CERV

L'Ingénieux Hidalgo don Quichotte de la Manche

I

(Chapitres I à XXXII)

PRÉSENTATION
NOTES
DOSSIER
CHRONOLOGIE
BIBLIOGRAPHIE

par Jean-Marc Pelorson

TRADUCTION

par Louis Viardot

GF Flammarion

Dans la même collection

CALDERÓN, *Le Grand Théâtre du monde* (édition bilingue). – *La vie est un songe* (édition bilingue).
CERVANTÈS, *L'Ingénieux Hidalgo don Quichotte de la Manche* (2 vol.).
Chansons de geste espagnoles (*Chanson de Mon Cid. Chanson de Rodrigue*).
ÉRASME, *Éloge de la folie.*
La Vie de Lazarillo de Tormes (édition bilingue).
L'ARIOSTE, *Roland furieux.*
LOPE DE VEGA. *Le Chevalier d'Olmedo. Le Duc de Viseu* (édition bilingue). – *Fuente ovejuna* (édition bilingue).
MALEBRANCHE, *De l'imagination* (*De la recherche de la vérité*, Livre II, parties 2 et 3).
PROUST, *À la recherche du temps perdu* (10 vol.). – *Un amour de Swann* (édition avec dossier).
SOREL, *Histoire comique de Francion.*
STERNE, *Vie et opinions de Tristram Shandy. – Le Voyage sentimental.*
ZOLA, *Le Roman expérimental* (édition avec dossier).

ISBN : 2-08-071289-6

Avertissement préliminaire

Le prologue et les trente-deux premiers chapitres de la Première partie du *Quichotte*, voilà qui constitue, assurément, une entame assez large pour qu'on puisse s'initier intensément à l'immense roman cervantin, et y découvrir à l'œuvre les puissances de l'imagination. Mais il conviendra de ne jamais perdre de vue les proportions de l'ensemble, et la force inventive qui le traverse de bout en bout. La présentation qui suit ne se privera donc pas de déborder au besoin les limites fixées, pour indiquer certains prolongements, ou certaines mutations. D'entrée de jeu, on tient à rappeler les données suivantes.

La Première partie du *Quichotte*, parue en 1605, comporte cinquante-deux chapitres. Si l'on rapporte au personnage principal les étapes successives de l'histoire – mais d'autres découpages seraient possibles, à commencer par la subdivision en quatre parties que proposait l'édition de 1605, et qui a disparu par la suite de la plupart des éditions et traductions, dont celle de Louis Viardot –, on distingue deux « sorties » du chevalier errant hors de son village manchègue. La première, qu'il effectue seul, prend très vite fin, dès le chapitre VI, par un retour piteux au manoir. La seconde, en compagnie cette fois de Sancho Panza, emprunte d'abord le même itinéraire que la première à travers quelques paysages de la Manche, pour s'en écarter progressivement vers le sud, jusqu'à atteindre les replis de la Sierra Morena. Puis un retour non moins piteux au village de départ referme à nouveau la boucle.

La Seconde partie, parue en 1615, comporte soixante-quatorze chapitres. Elle est entièrement consacrée à une troisième sortie, tournée cette fois vers le nord-est : vers l'« Aragon », au sens qu'avait à l'époque ce sous-ensemble de l'Espagne [1]. L'Aragon incluait alors le comté de Catalogne. Barcelone est le terme ultime de l'équipée de don Quichotte et Sancho avant leur retour forcé au village, où le chevalier, malade physiquement, mais moralement guéri, finit par mourir.

La coupure ici adoptée peut se justifier aisément : les trente-deux premiers chapitres constituent une suite d'aventures essentiellement consacrées à l'histoire de don Quichotte. Le chapitre XXXIII de la Première partie marque, avec le début de la nouvelle interpolée du « Curieux malavisé » (qui s'achève au chapitre XXXV), la greffe sur cette histoire centrale d'un récit totalement hétérogène, procédé dont Cervantès s'excusera plus tard, ou feindra de s'excuser [2]. Puis la place déjà précédemment accordée à diverses aventures sentimentales s'accroît au point d'occuper longuement le premier plan. L'histoire principale n'en reste pas là pour autant : les aventures de don Quichotte et Sancho repartent de plus belle et, dans la Seconde partie, publiée dix ans plus tard, trouvent de nouveaux développements. Lire tout le *Quichotte*, c'est évi-

1. Officiellement, mais très imparfaitement, uni à la « Castille » depuis le mariage d'Isabelle et Ferdinand, dits les « Rois Catholiques », à la fin du XVe siècle.

2. Au chapitre III de la Seconde partie, le bachelier Sansón Carrasco, ayant annoncé à don Quichotte qu'il est devenu célèbre grâce à un livre imprimé, signale que, parmi les défauts imputés à l'ouvrage, figure l'interpolation de la nouvelle du « Curieux malavisé », à qui l'on reproche non qu'elle soit mauvaise mais qu'elle « n'ait rien à voir avec l'histoire ». Plus loin, au chapitre XLIIII, Cid Hamete Benengeli jure qu'on ne l'y prendra plus à insérer ce genre de greffons. La tradition aristotélicienne admettait l'inclusion d'épisodes secondaires dans une histoire, mais à la double condition qu'ils gardent quelque lien avec l'intrigue principale et qu'ils ne soient pas de taille démesurée. Après 1605, Cervantès a respecté la première condition, mais ne s'est pas privé d'enfreindre la seconde : dans la suite de 1615 et dans l'ultime expérimentation romanesque qu'est le *Persilès*, abondent des récits plus ou moins adventices, parfois très développés.

demment l'idéal. Mais on peut s'y prendre progressivement, comme y invite la présente édition : en accompagnant le début de l'œuvre d'une présentation, d'un dossier et de notes livrant quelques clés pour la compréhension du texte, nous espérons donner au lecteur l'envie de poursuivre. Ce grand roman est fait pour habiter longtemps ceux qui l'ont découvert. L'ensemble constitue une collection richissime d'aventures toutes plus surprenantes les unes que les autres. Une expérience multiséculaire atteste que ce foisonnement narratif, joint à une force imageante efficace s'il en est, s'est emparé durablement de bien des lecteurs. On espère que l'initiation ici proposée ne dérogera pas à cette tradition.

Présentation

On partira de deux évidences : la première, c'est que des millions de gens, y compris ceux – immense majorité ! – qui n'ont pas lu le livre, connaissent le personnage de don Quichotte en tant qu'exemple spectaculaire des méfaits que peut causer l'imagination dans une cervelle humaine. L'épisode des moulins à vent sert de support fréquent à cette renommée. « Se battre contre les moulins à vent », cette locution métaphorique, accueillie par la langue française, demeure chez nous très courante. Il est vrai que ceux qui l'emploient ne la réfèrent pas forcément au roman cervantin. Mais, de toute manière, l'iconographie a largement popularisé l'épisode – comment ne pas songer, entre autres, au fameux dessin de Picasso, où les moulins sont bien là, à l'arrière-plan du couple itinérant ? Deuxième évidence : la puissance communicative de l'imagination créatrice de l'auteur est elle aussi très connue, non seulement parce que cela fait quatre siècles qu'elle donne beaucoup à voir et à rêver à quantité de lecteurs, mais parce qu'un formidable accompagnement artistique d'illustrateurs, peintres, plasticiens, musiciens, chorégraphes, et, maintenant, cinéastes, voire publicistes, forme aux yeux du grand nombre un nimbe lumineux autour du nom de Cervantès [1]. Misère d'un côté, grandeur de l'autre, l'essentiel de ce qu'il y a à dire sur l'imagination dans le Quichotte ne serait-il pas donné d'emblée, hors texte, dans cette antithèse ?

Le texte conduit à des vues moins simplistes. Ouvrons sans plus attendre les premières pages. L'antithèse qu'on vient d'esquisser s'y retrouve aussitôt, mais assortie de paradoxes et de mystère.

1. Voir Dossier, « 2. Réception du *Quichotte* ».

Grandeur et misère de l'imagination dans le chapitre inaugural

« Dans une bourgade de la Manche, dont je ne veux pas me rappeler le nom, vivait, il n'y a pas longtemps, un hidalgo… » Cette exposition, commençant par des indications de lieu et de temps, serait d'une grande banalité si la voix du narrateur, s'exprimant à la première personne, n'entrecoupait le récit par une incise trouble-fête : « dont je ne veux pas me rappeler le nom ». Un oubli jamais ne peut être volontaire. Il s'agit donc bien ici, non pas d'un trou de mémoire, mais d'une impertinente rétention d'information : d'une réticence. À peine la fonction référentielle qu'on attend d'ordinaire de l'instance narratrice démarre-t-elle, que l'automatisme se met délibérément en panne. Comment ne pas sentir dans cette interruption la toute-puissance d'une imagination créatrice ? À l'ancrage géographique amorcé succède un premier flou : la bourgade, d'un bout à l'autre du roman, demeurera anonyme, façon de suggérer que sa nomination aurait été arbitraire. Et, dans le premier chapitre, d'autres coups d'estompe ou de gomme ne tardent pas à se porter sur divers détails de l'information : hésitations sur l'âge exact de la gouvernante, sur celui de la nièce, et sur celui de l'hidalgo lui-même, qui ne restera pas, lui, anonyme, mais dont le nom (Quixada, Quesada, Quijana ?) fait problème. Comme si un créateur de personnages n'était pas, par définition, apte à les nommer. Les défaillances mêmes de l'information se retournent ici en autant de confirmations de l'omnipotence créatrice affichée d'emblée.

Passons à l'émergence de la folie du personnage central : c'est, comme on le sait, une folie littéraire, qui lui vient, nous dit-on, d'avoir dévoré nuit et jour des livres de chevalerie. « Si bien qu'à force de dormir peu et de lire beaucoup, il se dessécha le cerveau, de manière qu'il vint à perdre l'esprit. Son imagination se remplit de tout ce qu'il avait lu dans les livres… » Le maître mot est lâché : c'est bien l'imagination qui subit ici de plein fouet l'accident physiologique. Le cerveau se ratatine, mais l'imagination s'hypertrophie, elle devient, pourrait-on dire, un cas inédit, monstrueux, d'œdème livresque.

D'un côté, donc, une imagination créatrice se dressant de toute sa taille, figure de proue d'un livre novateur, de l'autre, une imagination déréglée, exhibant son enflure, gonflée du fatras de livres condamnés. Contraste saisissant : deux cerveaux en présence, l'un en pleine possession de ses moyens, l'autre malade, déréglé. D'autres effets du texte viennent brouiller ce contraste. En amont, il y a le prologue, où l'auteur se met en scène sous les traits d'un pauvre diable affolé à l'idée de publier un livre. Il avoue qu'il a fait de la prison, qu'il y a certes songé à noircir du papier, mais qu'en définitive l'ouvrage n'est pas vraiment de lui : d'autres ont déjà écrit sur don Quichotte, ou en parlent en meilleurs connaisseurs. En aval de la phrase où le cerveau de l'hidalgo se détraque, on voit le personnage se transformer très vite en puissant moteur de la fiction où il est inséré. Déjà le voilà qui nomme d'autres êtres, en les rebaptisant. Dérobades et faux-fuyants de l'instance auctoriale (c'est-à-dire des passages du texte où le lecteur croit pouvoir trouver la caution de l'auteur), autonomisation du personnage principal, les deux processus sont en marche et vont se développer et s'entrelacer tout au long du roman.

Ces jeux vertigineux d'une esthétique baroque, dont on évoquera plus loin les stratagèmes et les effets [1], ne sauraient remettre en cause deux vérités fondamentales : c'est que des personnages de fiction ne sont pas des personnes, et c'est que tout sort de la tête de leur créateur. Quand don Quichotte et ceux qui l'entourent imaginent, c'est Cervantès qui les imagine imaginant. Commencer par présenter séparément, comme nous allons le faire, l'imagination des personnages avant d'évoquer celle de leur créateur semble donc relever d'une distinction artificielle. Le premier tiroir que nous allons tirer n'est-il pas par avance inclus dans le second, plus large et plus profond ?

Question apparemment bien scolaire, mais qui recouvre un enjeu important. Dans un article qui fit grand bruit en son temps, Jean-Paul Sartre, philosophe mais aussi romancier, expliqua un jour, au détriment de François Mauriac,

1. Voir Dossier, « 4. Stratagèmes et effets d'une esthétique baroque ».

qu'un bon artiste sait qu'il ne doit pas se comporter comme un dieu créateur face à ses créatures, qu'il doit ruser pour masquer son omnipotence et leur concéder un semblant d'autonomie, s'il veut qu'elles se rapprochent, autant que faire se peut, de la vérité d'êtres humains dotés de liberté [1]. Par la suite vint la mode du structuralisme, qui mena à son tour, plus par souci de rigueur sémiotique que par préoccupation de vérité philosophique, une grande offensive contre la confusion entre personnage et personne. Être de papier, le personnage devait être désormais considéré exclusivement comme un effet du texte. Cette mode a passé, et beaucoup de commentateurs de textes littéraires, las sans doute du dessèchement qu'avait entraîné ce parti pris d'abstraction, se sont mis, subrepticement au début, puis résolument, à « rhabiller le personnage ». Or s'il est des personnages qui méritent d'être appréciés pour leur saveur concrète, ce sont ceux du roman cervantin. Si rusé qu'il ait été, Sartre n'est pas parvenu, en tant que romancier, à faire vivre les siens à l'égal de don Quichotte ou de Sancho. Lorsque le philosophe Miguel de Unamuno prend le prologue du roman cervantin au pied de la lettre, pour proclamer que l'auteur a été effectivement dépassé par son personnage, que celui-ci lui a échappé et existe plus puissamment que son créateur, ou lorsque Borges dit de don Quichotte que c'est « un ami », ces boutades, qui feignent de se laisser prendre aux trompe-l'œil de l'esthétique baroque, pointent vers le véritable enjeu, qui est celui de l'efficacité [2].

On ne prétendra pas, dans les lignes qui vont suivre, livrer les recettes de la réussite cervantine. Mais on s'efforcera, au contact étroit du texte, de savourer quelques aspects de cette efficacité.

---

1. Jean-Paul Sartre, *Situations I*, Gallimard, 1947, p. 36-57.

2. Pour les commentaires de Miguel de Unamuno et de Borges sur le *Quichotte*, voir Dossier, « 2. Réception du *Quichotte* ».

L'IMAGINATION DES PERSONNAGES

L'IMAGINATION QUICHOTTESQUE

Le problème de l'origine

Avant toute description de l'imagination quichottesque, une question préalable se pose : quelles sont les raisons profondes de son dérèglement ? On ne peut se satisfaire en effet de l'explication immédiate donnée par le texte : excès de lecture, insomnies dues aux livres. « Son imagination se remplit de tout ce qu'il avait lu dans les livres : enchantements, querelles, batailles, blessures, galanteries… » (p. 19) : ne croirait-on pas déjà entendre dans cette phrase pince-sans-rire du narrateur l'emportement naïf, qui se déchaîne un peu plus loin, de la gouvernante et de la nièce analphabète contre ces maudits romans entassés dans la bibliothèque du maître de maison et qui lui ont tourné la tête ?

Divers commentateurs ont proposé une explication physiologique un peu plus convaincante, au nom de la théorie, léguée par Hippocrate et Galien, et toujours en vogue au temps de Cervantès, des « humeurs ». Don Quichotte est explicitement défini dans le livre comme un « mélancolique ». C'est bien, au dire du médecin penché sur son lit de mort (II, chap. LXXIV), la mélancolie qui est venue à bout de lui. Or un médecin de la réalité, le docteur Huarte de San Juan, s'était servi, en 1575, de la vieille théorie des humeurs rapportées aux climats, en vue de donner aux parents de l'époque des conseils pour l'orientation de leurs enfants. Il est probable que Cervantès avait lu cet ouvrage, intitulé *Examen de ingenios* (*Examen des esprits*) [1].

1. Un épisode du *Persilès* (le duel d'Antonio) semble avoir sa source dans une anecdote rapportée par Huarte de San Juan, et il y a aussi dans l'*Examen des esprits* ce passage saisissant, au sujet d'un page devenu fou : « On le tenait, quand il était en bonne santé, pour un jeune homme de piètre talent ; mais, une fois tombé malade, il trouvait tant de drôleries, de sobriquets, de reparties à ce qu'on lui demandait, tant d'ingénieux procédés pour le gouvernement fictif d'un royaume dont il s'estimait le seigneur, que les gens venaient le trouver comme merveille à voir

Montaigne, pour sa part, en possédait un exemplaire et le tenait en grande estime. Quoi qu'il en soit, on a remarqué que Huarte de San Juan attribuait certaines « manies » à un dessèchement du cerveau consécutif à un échauffement excessif. Or le texte cervantin parle bien, au premier chapitre, d'une cervelle desséchée. Ce n'est pas tout : les trois sorties de don Quichotte se font dans la chaleur d'un seul et même été. Autre indice : la nièce, au chapitre V, signale que son oncle, quand il est pris de délire après avoir lu dans ses livres, se retrouve « guéri et reposé » après avoir bu « un grand pot d'eau froide ». Enfin, dès le titre, le chevalier est appelé « *ingenioso* ». Cet adjectif n'aurait-il pas un sens médical ? Ne pointerait-il pas vers un état mental pathologique ?

Cette interprétation de « *ingenioso* » n'a guère convaincu. Cervantès emploie ailleurs l'adjectif dans un sens tout à fait positif, et les traducteurs français les plus récents ont gardé, en pleine connaissance de cause, « ingénieux », que leurs devanciers, dont Louis Viardot, avaient déjà adopté, probablement sans y avoir autant réfléchi. D'autre part, don Quichotte boit souvent de l'eau fraîche tout au long de l'histoire, sans guérir pour autant. Et les déclarations de la nièce précisent, avec un comique involontaire, que son oncle assure avoir reçu « le pot d'eau froide » d'un « enchanteur » de ses amis (p. 49).

La psychiatrie et la psychanalyse auraient-elles leur mot à dire ? Hélène Deutsch s'y est risquée, tout en admettant que don Quichotte n'est pas un cas clinique [1]. Ce qui l'a aussi beaucoup gênée dans sa tentative, demeurée beaucoup moins marquante que les fameux commentaires de Freud sur la *Gradiva* de Jensen, ou ceux de Lacan sur *Hamlet*, c'est qu'il n'y a pas de traumatisme au départ, ni d'indication sur l'enfance du personnage. Il s'avance vers

---

et à entendre, et son propre maître ne s'écartait jamais de son chevet, et priait Dieu de faire qu'il ne guérît jamais » (notre traduction). C'est bien la folie qui fait aussi sortir don Quichotte du rang, et le problème d'un gouvernement fictif – confié à Sancho lors de l'épisode de Barataria – occupe une grande place dans la Seconde partie du roman.

1. Hélène Deutsch, « Don Quichotte et don-quichottisme », *Psychanalytic Quaterly* (6), 1937, p. 215-222.

nous, solitaire, aux abords de la cinquantaine. Impossible en son cas de reconstituer un « roman familial ».

Mais, plutôt que de scruter indéfiniment un texte qui se dérobe, n'est-ce pas à ses silences qu'il faudrait surtout s'intéresser ? Plus exactement à ce que suggère, sans jamais le dire, le résumé inaugural des cinquante années d'ennui qui précèdent l'instant où l'imagination quichottesque largue les amarres : ces armes ancestrales qui rouillent au râtelier, en ce plat pays de la Manche où ont cessé de retentir depuis longtemps les clameurs de la Reconquista [1], cette pratique de la chasse comme ersatz de la guerre, ces menus établis à la semaine, ces jours qui se ressemblent tous au point que le narrateur en intervertit l'ordre. Ne serait-ce pas l'effet cumulatif de ce demi-siècle d'existence routinière qui tourne don Quichotte vers la lecture d'une littérature d'évasion, et, depuis le tremplin des livres, le projette vers l'aventure ? Il y a des folies qui naissent ainsi, d'un excès de vie raisonnable, surtout, c'est bien connu, vers la cinquantaine. Voilà qui, sans ôter au personnage sa singularité excentrique, le rapporte à la communauté humaine : l'évasion de don Quichotte peut être largement interprétée comme une soif de revanche sur le prosaïsme de la vie.

Don Quichotte « fils de ses œuvres »

Au départ, donc, un simple hidalgo. Louis Viardot a bien fait, à notre avis, de conserver ce terme espagnol (accueilli en langue française dès le XVIe siècle), alors que le premier traducteur, César Oudin, avait proposé « gentilhomme », solution reprise par les versions les plus récentes. Au temps de Cervantès, qui était lui-même un hidalgo, les conceptions nobiliaires propres à l'Espagne faisaient de ce titre le degré le plus bas de la hiérarchie aristocratique. Pourtant « hidalgo », étymologiquement, signifiait « fils » (*hi* étant l'abréviation de *hijo*) de « quelque

1. Reconquista : terme évoquant le lent mouvement multiséculaire de refoulement vers le sud des populations musulmanes installées en Espagne à partir de 711, jusqu'à leur expulsion consécutive à la prise de Grenade par les Rois Catholiques en 1492.

chose » (*algo* désignant les biens matériels), si bien que la *hidalguía*, au sens médiéval du terme, toujours vivant au Siècle d'or, proclamait la prééminence de la noblesse du sang, liée à une notion de richesse. Mais, comme le montrent les premières lignes du roman, les hidalgos de la réalité, ceux en tout cas auxquels est initialement rattaché don Quichotte, étaient devenus presque des déclassés : de pauvres hobereaux vivotant au village sur quelques arpents de terre surplombés d'un manoir. La revanche que prend l'imagination du héros cervantin, dès lors qu'il décide de se rebaptiser, c'est de se hausser au rang des *caballeros*, qui avaient, eux, le droit de faire précéder leur prénom du *don* [1], indice d'une noblesse supérieure. Une telle usurpation, bien évidemment frauduleuse dans la réalité, s'opère dans le roman sous couvert d'imitation littéraire : les héros des livres de chevalerie, don Amadis, don Belianis, etc., étaient définis d'emblée comme des *caballeros*.

Une autre innovation de l'imagination quichottesque consiste en l'invention du prénom qui doit suivre le *don*. C'est à partir d'un patronyme, comme on l'a vu, incertain, et, dans deux cas au moins, comique (*hijada* voulant dire « mâchoire », *quesada* évoquant un gâteau au fromage), qu'est forgé *Quijote*, qui existait en espagnol pour désigner une pièce de l'armure, mais qui imite aussi, par son suffixe *-ote*, le *Lanzarote* du cycle arthurien, c'est-à-dire notre Lancelot. De ce point de vue, quelque chose comme *don Quissot* aurait été bien préférable à la francisation en « don Quichotte » que César Oudin nous a léguée irréversiblement. On peut regretter de même « Rossinante ». *Rocín* désigne en castillan un « roussin », c'est-à-dire « un mauvais cheval, une rosse », comme le précise le dictionnaire espagnol-français de César Oudin, contemporain de Cervantès. Viardot a rendu par « bidet » l'inflexion péjorative. Mais, dans le texte original, « Roci-

1. Cet indice nobiliaire en principe s'écrit sans majuscule. Mais Viardot et bien d'autres mettent la majuscule. Molière, lui, avait appelé « Dom Juan » son séducteur venu d'Espagne (par le détour d'adaptations italiennes de la pièce attribuée à Tirso de Molina), latinisation fautive puisque *dom*, abréviation de *dominus*, était ordinairement un titre précédant un patronyme et réservé à certains religieux.

nante » transfigure savoureusement une piètre monture en archétype idéal : le premier de tous les roussins du monde ! Quelque chose comme « Protobidet » eût, à notre avis, mieux fait l'affaire. D'autant que la consonance féminine de Rossinante peut faire croire à tort qu'il s'agit d'une jument… Venons-en à Dulcinée. C'est ainsi qu'est rebaptisée la paysanne d'un village voisin – « el Toboso », toponyme réel, était sans doute senti par les lecteurs espagnols contemporains, de même que bien d'autres lieux de la Manche nommés dans le roman, tels que « los Campos de Montiel » ou « Argamasilla », comme un lieu du genre Trifouillis-les-Oies. Le prénom Aldonza était rustique. Il se trouve qu'il était associé à une notion de douceur (*dulce*, en castillan, veut dire « doux »). La transfiguration opérée par l'imagination quichottesque porte sur le suffixe *-ea* de « Dulcinea », qui renvoie à des héroïnes littéraires telles que la Chariclée du roman grec d'Héliodore (cher à Cervantès, puisque son ultime roman, le *Persilès*, s'est inspiré des *Éthiopiques*), la Mélibée de *La Célestine*, ou la *Galatée* du grand poète de la Renaissance Garcilaso de la Vega et de Cervantès lui-même, qui a emprunté ce prénom à la mythologie antique pour intituler le roman pastoral de ses débuts littéraires.

À partir de là s'enclenche un mécanisme célèbre de projection de la fiction des livres sur le réel : des géants vont se substituer aux moulins, des châteaux aux auberges, un « armet » ou heaume à un plat à barbe, etc. Don Quichotte va délirer. Ces délires, comment les caractériser ?

En quel sens don Quichotte est-il délirant ?

Pour une fois, étymologie, usage courant et emploi scientifique tombent d'accord. Don Quichotte sort du sillon (c'est le sens, à l'origine, de « délirer »), il perd le contact avec la terre labourée en droite ligne par la communauté humaine. À notre époque industrielle, qui a recouvert de métal tant de métaphores agraires, on dirait vulgairement qu'il déraille. « Il délire », « il déraille » : qui n'emploie pas spontanément de telles expressions, l'index éventuellement pointé sur la tempe, pour commenter certains actes ou certains propos ? De leur côté, les ouvrages modernes de psychiatrie, qui se méfient si souvent des « mots de la tribu [1] », ne voient pas d'inconvénient à manier celui de délire, pour désigner par là un symptôme de diverses pathologies mentales. Mais ces ouvrages disent aussi qu'il y a plusieurs formes de délire. Comment mieux définir ceux de don Quichotte ? Que dit le texte à leur sujet ?

Il y a quelques épisodes où le chevalier subit son délire. C'est le cas lorsque, le corps « meurtri et disloqué », il divague sur la charrette qui le ramène chez lui de sa première « sortie » (chap. V) et se prend à lui tout seul pour le neveu du marquis de Mantoue, l'Abencérage, les douze pairs de France et les neuf chevaliers de la Renommée. C'est encore le cas lorsque, la nuit suivante, encore mal remis (chap. VII), il jette de grands cris dans sa chambre et se met à s'escrimer contre des ennemis invisibles. Mais le reste du temps, les bouffées de délire qui prennent don Quichotte ne sont pas les effets de quelque fièvre : elles sont présentées comme les décisions brusques d'un homme calme et même doté « d'un merveilleux sang-froid » (p. 76). Il faut alors donner à « délirant » un sens actif.

Plutôt que de tenter de rapporter un tel comportement aux descriptions cliniques modernes, essayons d'en rendre compte selon les représentations du psychisme à l'époque de Cervantès. On raisonnait alors en termes de « facultés de l'âme ». Or l'imagination en tant que faculté mentale est bien nommée et montrée à l'œuvre dès les premiers chapitres, mais de plus en plus associée à un processus complexe, où mémoire et volonté jouent aussi leur rôle.

Le premier stade de l'excitation imaginative de don Quichotte se manifeste, avant qu'il ne soit pris de folie, dans son enthousiasme de lecteur, qu'il partage avec ses amis le curé et le barbier, qui comme lui savent lire et comme lui apprécient les romans de chevalerie. Les trois compères discutent des mérites comparés d'Amadis, de Palmerín et du chevalier de Phébus. Ce qui unit alors le trio, c'est un même processus imaginatif, qu'on nomme

1. Au nom d'une exigence que la haute poésie a en commun avec le souci de rigueur scientifique, Mallarmé a dit la nécessité d'épurer le langage ordinaire. « Donner un sens plus pur aux mots de la tribu », écrit-il dans « Le Tombeau d'Edgar Poe ».

aujourd'hui « identification ». Dans l'expérience ordinaire de la lecture, l'identification est toujours sous-tendue par ce que Freud a appelé « dénégation », ce phénomène mental qu'il a analysé à propos de l'expérience théâtrale : le spectateur ordinaire, si captivé qu'il soit par la fiction dramatique, ne fait pas intrusion sur la scène. Or précisément, la singularité de don Quichotte, qui le sépare irrémédiablement de ses deux amis, réside en ce qu'il se met à croire dur comme fer « que tout ce magasin d'inventions rêvées est vérité pure » (p. 19). Cette indentification totale enjambe le garde-fou qu'est pour le lecteur ordinaire la conscience latente que l'univers auquel il s'identifie passagèrement n'est que fiction. Fidèle à lui-même, au chapitre XXV de la Seconde partie, don Quichotte taille en pièces des marionnettes coupables de représenter des Sarrasins poursuivant un couple d'amants chrétiens. On voit que le génie de Cervantès a su aller au-devant de la pensée de Freud, en étendant à l'expérience théâtrale la réflexion sur l'expérience de la lecture.

Second stade : dès lors que don Quichotte décide de vivre sa vie comme un roman et de partir à l'aventure, son imagination se met à fonctionner selon une subtile combinaison avec la mémoire et la volonté. L'intervention de la mémoire saute aux yeux, puisque le chevalier invoque très souvent ses modèles livresques, et s'en inspire pour agir. La disparition de sa bibliothèque (chap. VI) n'y changera rien : don Quichotte dispose d'une prodigieuse mémoire, qui lui permet de citer ses lectures sans support matériel. Il est lui-même une bibliothèque ambulante. Mais ce qui prime dans la combinaison, c'est la volonté. Il faut insister sur ce point, parce que les rares moments où le personnage est « agi » par ses délires ont masqué à beaucoup de commentateurs le volontarisme imaginatif dont il fait preuve le reste du temps. En effet, si le contexte environnemental a pu peser lourd au départ sur la décision de rupture, rien ensuite, au cours des errances de don Quichotte, n'est de nature à provoquer ses agressions. Il ne fait que croiser le train-train d'existences ordinaires et c'est lui qui, artificiellement, trouve toujours quelque prétexte pour attaquer. S'il se fait rosser à deux reprises dans une auberge nocturne, c'est qu'il s'est mis en situation de provoquer la jalousie d'un muletier, puis la colère d'un archer de la Sainte-Hermandad. L'absence de motif réel est portée à son comble lorsque don Quichotte décide de faire pénitence pour l'amour de sa Dame, à l'imitation d'Amadis et du Roland furieux de l'Arioste (chap. XXV). Le chevalier rencontre alors le jeune Cardenio, devenu fou de s'être cru « rebuté » par sa bien-aimée. « Mais vous, mon seigneur [lui dit Sancho], quelle raison avez-vous de devenir fou ? quelle dame vous a rebuté ? [...] – Eh ! par Dieu, voilà le point [répond don Quichotte] : et c'est là justement qu'est le fin de mon affaire. [...] Le mérite est de perdre le jugement sans sujet... » (p. 251).

Un tel comportement n'est pas sans évoquer les investissements gratuits de l'imagination dans des expériences ludiques. On pense aux jeux des enfants. On pense aussi à la passion du jeu chez certains adultes, chez qui elle peut devenir pathologique. Mais l'histoire de don Quichotte demeure singulière. Il n'est pas, on l'a vu, un cas clinique. Il diffère aussi des fous shakespeariens, de ce roi Lear qui croit que sa fille ne l'aime pas, de ce Hamlet qui veut venger son père. Don Quichotte, lui, n'a de revanche à prendre que sur la grisaille de la vie. Il a cherché à l'oublier par l'évasion des livres. Les livres n'ont fait qu'accroître son mal-être. Mais ils libèrent le ressort comprimé par un demi-siècle d'ennui. Alors l'imagination s'échappe des livres et s'élance vers le monde. Telle est – du moins c'est notre lecture – l'origine des délires actifs de ce fou méthodique.

L'imagination quichottesque à l'aune des échecs

Quel bilan partiel dresser, sur les trente-deux premiers chapitres, de ce que l'imagination fait commettre à don Quichotte ? La réponse paraît évidente : un bilan consternant. Il ne servirait à rien d'objecter que le chevalier errant retrouve par moments la raison. Les « intervalles lucides » de sa folie sont des moments paisibles où l'entendement reprend ses droits sur l'imagination, comme lors de la rencontre avec les chevriers (chap. XI), ou lors de l'épisode de Marcelle (chap. XII). Mais ces exceptions ne font que confirmer la règle. Le reste du temps, don Quichotte est une vraie catastrophe pour autrui et pour lui-même : il blesse deux muletiers et se fait lapider dans l'auberge qu'il prend pour un château (chap. III), il aggrave le sort d'un jeune berger qu'il voulait secourir, puis, tombé avec Rossinante, se fait bâtonner par un serviteur des marchands de Tolède qu'il avait agressés (chap. IV), il roule à terre lors de « l'épouvantable aventure » des moulins, puis attaque deux moines bénédictins, dont les valets le rouent de coups, et, à peine relevé, affronte un « Biscayen » (chap. VIII), qu'il finit par mettre en sang (chap. IX), il blesse un muletier « yangois », dont les compagnons l'étrillent en retour (chap. XV), il est rossé par un autre muletier dans l'auberge de Maritorne, puis à moitié assommé par un « archer de la Sainte-Hermandad » (chap. XVI), il échoue à secourir son écuyer malmené par des farceurs (chap. XVIII), il assaille des troupeaux de moutons, déclenche la fureur des pâtres, et y gagne d'avoir deux côtes cassées, deux doigts écrasés et trois dents en moins (chap. XVIII)… Arrêtons ici l'inventaire. Il suffit amplement à montrer la dangerosité de « la folle du logis » tant pour ceux que croise don Quichotte que pour lui-même.

Pourtant la leçon de ces échecs répétés, évidente lorsqu'ils sanctionnent une agressivité injustifiée, devient plus complexe lorsque le chevalier se veut altruiste et joue les redresseurs de tort. Deux épisodes, à cet égard, mériteraient commentaire : l'affaire du petit André (chap. IV) et celle des forçats (chap. XXII). Dans le premier cas, comme on l'a déjà dit, don Quichotte aggrave le sort de celui qu'il voulait aider. Dans le second, il libère des gredins qui finissent par le détrousser et le rosser. Mais qu'il ne faille pas à l'évidence se comporter comme don Quichotte en matière de justice n'empêche pas que les deux scènes aient quelque chose de dérangeant. La démonstration prendrait ici trop de place. On la trouvera développée dans la partie du Dossier intitulée « Utopie et contre-utopie ». Le problème de fond est d'ordre axiologique : il s'agit de savoir si les valeurs chevaleresques et courtoises auxquelles se réfère don Quichotte sont dégradées par ses échecs, ou si, d'une certaine manière, le texte ne les relance pas vers l'avenir.

Don Quichotte vient d'occuper beaucoup de place. Cela lui était dû – à tout seigneur tout honneur –, non seulement parce qu'il est le personnage principal, mais parce qu'il joue, comme on va le voir bientôt, un rôle fondamental dans le déploiement parodique de l'imagination de son créateur. Don Quichotte n'a pas pour autant le monopole de l'imagination dans le roman. Mais ce qu'il reste à dire au sujet des autres personnages peut s'exposer succinctement et de façon groupée.

DES IMAGINATIONS LUDIQUES

Chez Cervantès, c'est l'imagination, non le bon sens, qui est la chose du monde la mieux partagée. Parmi les nombreux personnages qui évoluent autour de don Quichotte, il en est certes quelques-uns, comme la gouvernante et la nièce, qui ne semblent guère imaginatifs ou qui n'ont pas, en tout cas, l'occasion de le montrer. Mais beaucoup, à l'instar de don Quichotte, s'investissent dans la lecture de livres d'évasion. Et certains imaginent des ruses inouïes. Plaisir d'identification et plaisir inventif, qui souvent s'entremêlent : don Quichotte n'est pas le seul à qui la littérature donne des idées.

L'entrecroisement se produit dès le premier séjour du chevalier dans une auberge (chap. II et III) : le matois aubergiste a vite fait de citer un romance lorsque don Quichotte l'appelle « châtelain », puis, ayant découvert la folie de son hôte, il se réfère aux livres de chevalerie pour flatter sa manie, et, de fil en aiguille, voilà qu'il lui propose une veillée d'armes et un adoubement, non sans lui recommander de se munir désormais d'argent et d'un écuyer. Dans une autre auberge, celle où sert Maritorne, on apprend plus loin (chap. XXXII) que les moissonneurs écoutent volontiers, aux heures de repos, des lectures publiques de ces livres de chevalerie si chers à don Quichotte. Pratique réelle de l'époque ? Certains aujourd'hui en doutent. Peut-être Cervantès s'est-il seulement amusé à prêter à de simples paysans analphabètes la capacité de goûter ainsi une littérature très alambiquée. N'attribue-t-il pas, à la fin de la Première partie, une Académie savante à l'humble bourgade d'Argamasilla, où, à l'en croire, des lettrés auraient composé des vers en l'honneur de don Quichotte ? Quoi qu'il en soit, Maritorne avoue avoir pris grand plaisir à écouter les amours des belles dames des livres, et à se mettre à la place de telle de leurs suivantes, qu'elle appelle duègne, pour rêver d'avoir quelques miettes du gâteau. Est-ce par malice naturelle ou pour s'être frottée à la littérature que la servante asturienne tramera plus loin (chap. XLIII), de connivence avec la fille de l'aubergiste, une belle ruse aux dépens de don Quichotte, qui se retrouvera les bras liés par un licou aux barreaux d'une lucarne, suspendu en l'air toute une nuit, Rossinante sur lequel il s'était mis debout l'ayant laissé en plan ?

Invention de ruses pour flatter une manie, de ruses pour s'en moquer, mais aussi de ruses pour tenter de la guérir. Cette noble intention qui anime très tôt le curé et le barbier et qui se communique à d'autres personnages donne lieu à une série de complots ahurissants. Le premier est le fameux « autodafé » des livres de la bibliothèque, que le curé et le barbier font ensuite murer pour expliquer sa disparition au maître de maison par la malveillance d'un enchanteur. Remède pire que le mal, puisqu'il confirme don Quichotte en sa croyance. Plus loin, c'est la riche paysanne Dorothée qui, à peine remise de ses démêlés amoureux avec don Fernand, se révèle grande lectrice des romans de chevalerie et se déguise en princesse Micomicona pour mystifier don Quichotte en lui servant de grands discours tirés des livres et en le berçant de grandioses promesses. L'idée vient d'ailleurs du curé, qui, de son côté, se fait habiller en demoiselle-se-cherchant-un-protecteur, puis, s'avisant de l'indécence du procédé, se contente d'aider le barbier, affublé d'une fausse barbe, à la récupérer quand elle se décolle. Cette cascade de gags au chapitre XXIX entraîne don Quichotte et Sancho dans un duo imaginatif étourdissant. Déjà don Quichotte se voit pour le moins empereur ; déjà Sancho se voit en négrier florissant, et il en oublie sa Thérèse, et il en oublie toute déférence envers son maître, quand il comprend que celui-ci va laisser passer la chance de sa vie, cette Micomicona si mignonne, qui est là, à portée de la main, alors que Dulcinée est si loin et peut-être si moche.

Dans son emportement, Sancho a failli se trahir. Car don Quichotte croit qu'il connaît Dulcinée. Quand il avait appris le vrai nom – Aldonza – de la paysanne du Toboso ainsi rebaptisée par son maître, l'écuyer avait prétendu l'avoir rencontrée, et avoir apprécié sa carrure costaude et sa voix de stentor. C'est pourquoi don Quichotte avait chargé Sancho de porter une lettre à sa Dame. On sait la suite. Sur le chemin du Toboso, l'écuyer perd la lettre, rencontre le curé et le barbier, qui lui conseillent de rebrousser chemin et d'inventer une fausse ambassade. Ce qui donne lieu à l'étourdissant chapitre XXXI où Sancho le nigaud, Sancho le paysan borné et terre à terre, manifeste soudain une incroyable verve imaginative pour opposer à l'exaltation systématique de son maître une désidéalisation impitoyable de la Dame. « À coup sûr tu l'auras trouvée enfilant un collier de perles, ou brodant avec un fil d'or quelque devise amoureuse pour ce chevalier son captif. – Je l'ai trouvée, répondit Sancho, qui vannait deux setiers de blé dans sa basse-cour » (p. 335). Et ainsi de suite. Il faudrait tout citer ! Sancho lui aussi, à sa manière, tente de guérir don Quichotte.

On voit par toutes ces scènes que don Quichotte n'est pas le seul à subir la puissance modeleuse de la littérature. Cependant il est le seul à en extraire un programme sérieux et continu d'action. Les autres, sous couleur de guérir un fou en le ramenant au village – Sancho l'illettré restant un cas à part, capable cependant de répliquer du tac au tac à l'imagination livresque de son maître –, tirent de leurs lectures de quoi pimenter leurs mystifications, parenthèses récréatives dans leur vie, divertissement, au sens plein du terme, si honni par Pascal, si cher à Cervantès. C'est dire qu'à leur manière ils ont besoin eux aussi de se soustraire à la grisaille de l'existence par la fantaisie littéraire. Et c'est cette puissance modeleuse, portée au plus haut point par Cervantès, que l'on va évoquer maintenant.

L'IMAGINATION DU CRÉATEUR

UNE IMAGINATION FOISONNANTE

La verve imaginative que Cervantès a prêtée à certaines de ses créatures, don Quichotte en tête, n'est qu'un aspect de la verve inventive du créateur. Invention foisonnante d'une foule de personnages – plusieurs centaines dans l'ensemble du livre –, tantôt marquants et insistants, tantôt réduits à une apparition météorique (tel ce domestique factotum des premières lignes, « qui sellait le bidet aussi bien qu'il maniait la serpette » et qui aurait pu être gratifié d'un destin d'écuyer), tantôt fondus dans des groupes anonymes (villageois, bergers) desquels certains se détachent par moments comme des coryphées, distinction signalée éventuellement par l'octroi d'un patronyme. Foisonnement aussi des épisodes, dont la matière surabondante déborde de plus en plus les intitulés des chapitres, impuissants à la contenir : « autres événements inattendus » (chap. XIV), « innombrables travaux » (chap. XVII), « autres aventures dignes d'être rapportées » (chap. XVIII), « autres événements fameux » (chap. XIX), « autres choses singulièrement divertissantes » (chap. XXX). Foisonnement de possibles narratifs abandonnés à peine sont-ils esquissés, et qui tracent des lignes virtuelles propices à la rêverie du lecteur, autour de la ligne narrative résolument choisie. Don Quichotte a failli devenir écrivain (chap. I). Il retient un second coup qui aurait tué le malheureux muletier (chap. II). Si Rossinante n'avait trébuché au milieu de sa course, que serait-il advenu, se demande le narrateur, du marchand agressé (chap. IV) ? À quoi bon poursuivre ? L'imagination foisonnante de Cervantès saute aux yeux dès qu'on ouvre le livre. Mais cette imagination se nourrit d'imaginaires multiples. Explorons à présent le processus par lequel elle dévore (au double sens agressif et nutritif du terme) toute une littérature antérieure.

IMAGINATION CRÉATRICE ET PARODIE

Un drôle d'« autodafé »

Il faut se défier du terme « autodafé » (aussi l'avons-nous mis entre guillemets), raccourci commode mais discutable par lequel toute une tradition de commentateurs a pris l'habitude de désigner la destruction de la bibliothèque de don Quichotte au chapitre VI. Le titre du chapitre parle seulement d'« *escrutinio* », que Viardot a traduit par « enquête » et qui indique plutôt un examen rigoureux. « Autodafé », ce mot sinistre venu du portugais évoque les bûchers de l'Inquisition, où furent brûlés des protestants au début du règne de Philippe II, et par ailleurs, tout au long de l'époque appelée Siècle d'or [1], tant de malheureux surpris à judaïser en cachette ou à pratiquer en secret la foi coranique. Il est vrai que les victimes, ici, ne sont pas des personnes humaines, ce sont les volumes d'une bibliothèque. Mais ne peut-on alors crier à l'obscurantisme, ou au fanatisme, ou aux deux à la fois ? Le curé et le barbier préluderaient-ils aux exactions des totalitarismes du XXe siècle, aux flambées de livres infligées par le nazisme, au *Fahrenheit 451* de Ray Bradbury, adapté par Truffaut ?

À bien y regarder, tout autre apparaît le contexte du chapitre. Appelés au secours par la nièce et la gouvernante, dans un village où il n'y a sans doute pas de médecin, le curé et le barbier semblent avant tout soucieux de protéger un fou contre lui-même. Ce qui ne les empêche pas d'en prendre à leur aise pour saccager ainsi, pendant qu'il dort, ses biens les plus précieux, et ils sont un rien filous, puisqu'ils en profitent pour rafler quelques livres. Mais ce détail nous rappelle justement qu'ils les aiment, ces livres, y compris ceux de chevalerie, dont ils

1. Siècle d'or : dans cette formule fréquente chez les historiens de l'Espagne, « Siècle » est pris au sens d'époque glorieuse (comme lorsqu'on parle du « siècle de Périclès »), et « or » fait allusion aussi bien aux galions d'Amérique qu'au rayonnement de toute une civilisation. L'extension donnée à la formule est variable dans l'historiographie : beaucoup lui font couvrir le XVIe siècle et la première moitié du XVIIe siècle.

ont précédemment discuté passionnément avec le maître de maison. Le curé n'a rien d'un inquisiteur fanatique. C'est tout au plus, comme l'appelle le narrateur, un « censeur » (il y avait de fait au temps de Cervantès une censure ecclésiastique, préalable imposé à la publication des livres), qui pratique une censure plutôt indulgente. Un tri s'opère, certains livres échappent au bûcher. Au bout du compte, on s'aperçoit qu'ils sont largement majoritaires. C'est ainsi que, parmi les livres de chevalerie, *Amadis* et *Tirant le Blanc* sont très honorablement sauvegardés. On s'aperçoit aussi que le tri s'étend à bien d'autres genres littéraires, à la poésie du Romancero, à celle de l'Arioste, aux romans pastoraux, occasion pour le curé de parler en termes mitigés de la *Galatée* d'un certain Cervantès présenté pourtant comme un ami personnel, et occasion humoristique pour l'auteur de prendre ainsi ses distances avec le curé et le barbier, personnages autonomes, auxquels il laisse l'entière responsabilité de leur fantasque saccage.

Tout cela fait toucher du doigt que l'éclairage du prologue, où l'auteur laisse un tiers déclarer que le roman tout entier n'est qu'une « invective » contre les livres de chevalerie, est pour le moins suspect, et qu'il est réducteur. En fait, c'est toute la littérature préexistante que Cervantès parodie dans son roman, à la fois par des propos plus ou moins sarcastiques du narrateur et des controverses entre personnages, et par la conduite de don Quichotte, imitation cocasse de ses modèles livresques. Une partie d'entre eux est mentionnée lors de l'« autodafé » : les romans de chevalerie bien sûr, mais aussi les romances, ou encore l'Arioste. Commençons par ces cibles occasionnelles de la parodie cervantine avant d'en venir à la cible principale.

La parodie des romances

Le mot « romance » au masculin – à ne pas confondre avec « la romance », née au XVIIIe siècle en tant que poème à sujet attendrissant ou chanson sentimentale – est un hispanisme, accueilli en langue française, mais souvent mal compris. En termes techniques de prosodie, il s'agit d'une suite[1] d'octosyllabes en nombre indéterminé, avec répétition d'une seule et même assonance aux vers pairs tout au long du poème. La relative liberté des vers impairs, soumis à une régularité métrique, mais soustraits à toute contrainte finale, alterne ainsi avec une sorte de monotonie sonore qui donne au romance son unité d'ensemble au plan phonique. Les romances, qui existaient dès le Moyen Âge, ont traversé les siècles, jusqu'au *Romancero gitan* de Lorca, au Romancero de la guerre civile[2] et par-delà. Ils sont toujours très vivants de nos jours dans l'aire hispanophone, où ils illustrent une interpénétration féconde multiséculaire entre une abondante tradition orale anonyme et l'écrit : au temps de Cervantès, tous les grands écrivains espagnols, à commencer par lui-même, composaient des romances, soit indépendants, soit insérés dans des dialogues de théâtre. Par « Romancero » on entend soit des recueils, collectifs ou personnels, publiés à certaines dates, soit l'ensemble du genre. La thématique, initialement épique et chevaleresque (au point qu'on a cru, peut-être à tort, les romances issus des chansons de geste, en tant que fragments séparés), s'est considérablement élargie et diversifiée au fil du temps.

Un vieux romance anonyme est cité dès le chapitre II du *Quichotte*, lorsque l'hidalgo, prenant un aubergiste pour un châtelain, lui déclare noblement, l'autre ayant expliqué qu'il n'a pas de lit à lui offrir : « *Mes parures, ce sont les armes ; mon repos, c'est le combat* » (p. 28). Un hôtelier moderne affichant complet à qui l'on dirait, en souvenir de Vadim, « Laissez-moi entrer tout de même, je prendrai le repos du guerrier », aurait-il assez de culture cinématographique et de présence d'esprit pour répliquer aussi spirituellement que l'aubergiste cervantin ? Lequel adapte aussitôt à la situation la suite du romance : « À ce train-là, *les lits de Votre Grâce sont des rochers durs, et son sommeil est toujours de veiller*. » Et de promettre à l'ascétique chevalier toutes les occasions du monde de ne pas fermer

1. Une « laisse », a-t-on dit parfois en poésie française pour désigner ce type de composition ouverte.

2. Serge Salaün, dans *Romancero de la guerre d'Espagne* (Ruedo Iberico, 1971), a étudié ces romances que certains combattants de la guerre civile espagnole (1936-1939) récitaient au front.

l'œil de la nuit, et même de l'année entière… Un peu plus loin surgit le romance du marquis de Mantoue (chap. V), suivi par d'autres au fil des chapitres. Un témoignage peu remarqué de Mateo Alemán, non dans son roman picaresque *Guzmán*, mais dans un traité d'orthographe [1], nous apprend que le romance du marquis de Mantoue était un grand classique du genre, chantonné – car les romances se chantaient – par les petits écoliers. Quand don Quichotte prostré à terre entonne « Ô noble marquis de Mantoue », le laboureur qui le ramasse et le met sur une charrette n'a manifestement pas eu l'occasion d'aller à l'école, et ne peut, « tout surpris », qu'écouter en silence « ces sottises » (p. 46-47). Le romance ici tombe à plat, aucune réplique ne le relève d'une dégradation totale, extrinsèque à son contenu, imputable exclusivement au délire de don Quichotte. Mais ne nous y trompons pas : ces vieux romances, si connus à l'époque, qui donnaient lieu à toutes sortes de variations burlesques, et qui étaient parfois déjà burlesques par eux-mêmes, étaient chers à des écrivains tels que Cervantès. Rapidité narrative, sécheresse du trait, naïveté ou pseudo-naïveté, goût du détail pittoresque, du gros plan fragmentaire souvent réservé pour la fin, telles sont quelques-unes des caractéristiques du Romancero, qui, de Cervantès ou Góngora à Miguel Hernández ou à Federico García Lorca, ont été reprises par quantité de grands écrivains espagnols, et magnifiées par eux y compris lorsqu'ils les parodient avec une tendre ironie. Peu de chose à voir avec le genre loustic, chez nous, d'un Georges Fourest ou d'un Goscinny.

La parodie du Roland furieux *de l'Arioste*

La suite célèbre donnée au début du XVIe siècle par le poète italien Ludovic Arioste au *Roland amoureux* de son compatriote Boiardo place « notre » Roland dans un tout autre contexte que celui de la chanson de geste française. Roland est rendu « furieux », entendons atteint de la plus frénétique des folies, pour avoir été repoussé par la belle

1. Mateo Alemán, *Ortografía castellana*, Mexico, 1609.

Angélique. Harcelée par un nombre incalculable de soupirants et de mâles lubriques, Angélique s'y entend pour échapper aux hommes (comme Michèle Mercier, en blonde indéfrisable, dans la série cinématographique des « Angélique », qui a transposé l'intrigue de l'Arioste au temps de Louis XIV), ce qui n'en rend que plus insupportable à Roland d'apprendre qu'elle a accordé ses faveurs à un jeune page africain, mieux nommé Medoro en italien et espagnol, que Médor en français.

Lors de l'« autodafé », on apprend que le barbier a chez lui le poème de l'Arioste, mais en italien, langue qu'il ne comprend pas. Le curé lui déconseille de l'acheter en traduction, sous prétexte que celle du capitaine Urrea n'est pas bonne et que toute poésie perd, de toute façon, à être traduite. Mieux vaut donc, estime benoîtement le brave ecclésiastique, laisser l'Arioste aux Italiens. Or, lu ou non en traduction, *Orlando furioso* était connu et savouré en Espagne par un public restreint de lettrés. Initiés à la sensualité et aux audaces satiriques du grand poème italien, ils ne pouvaient être dupes de ces propos de curé de campagne, et devaient y deviner beaucoup de pudibonderie.

Don Quichotte en tout cas, si chaste qu'il soit, a lu l'Arioste : il décide un jour d'imiter « le valeureux don Roland, quand il trouva sur les arbres d'une fontaine les indices qu'Angélique la belle s'était avilie dans les bras de Médor, ce qui lui donna tant de chagrin qu'il en devint fou, et qu'il arracha des arbres, troubla l'eau des claires fontaines, tua des bergers, détruisit des troupeaux, incendia des chaumières, renversa des maisons, traîna sa jument, et fit cent mille autres extravagances dignes d'une éternelle renommée » (chap. XXV, p. 251). Imitation comique par son absurdité (le chevalier n'a pas eu à souffrir, et pour cause, de la Dulcinée évanescente qu'il a inventée), par sa mise en scène (on devine l'inquiétude de Sancho) et, de surcroît, par ses hésitations. Car don Quichotte entend aussi imiter Amadis, « quand il se retira, dédaigné par sa dame Oriane, pour faire pénitence sur la Roche-Pauvre, après avoir changé son nom en celui du Beau-Ténébreux ». Au bout du compte, don Quichotte trouvera plus économique d'imiter Amadis plutôt qu'Orlando.

Ici encore, Cervantès admire tout en se moquant : il a longuement médité la matière et la manière du *Roland furieux*, et lorsqu'il le parodie à travers don Quichotte, il prolonge de sa propre ironie celle du poème ariostéen, qui est déjà lui-même une parodie des conventions épiques [1].

Un écho parodique à La Célestine

La Célestine ne passe pas entre les mains du curé et du barbier, mais elle est mentionnée dès les pièces liminaires [2] du roman, dans un poème burlesque où un personnage de fantaisie qualifie cet ouvrage de « livre, à mon avis, divin, s'il cachait mieux ce qui est humain ». En teintant de pudibonderie ce jugement délégué à un tiers, Cervantès souligne en fait la truculence extrême de la *Tragicomédie de Calixte et Mélibée*. Cette énorme pièce de théâtre [3], attribuée à Fernando de Rojas et datant de 1501

1. Pour prendre toute la mesure de la dette de Cervantès envers l'Arioste, voir l'ouvrage de Maxime Chevalier, *L'Arioste en Espagne (1530-1650)*, Bordeaux, 1966, chap. IV. On y apprend notamment que l'invention de Cid Hamete Benengeli doit quelque chose au Turpîn de l'Arioste.

2. La plupart des ouvrages littéraires au temps de Cervantès étaient précédés de poèmes élogieux composés par des amis de l'auteur. Le prologue du *Quichotte* se moque de cette forme de publicité souvent flagorneuse et quelquefois intéressée (monnaie d'échange entre écrivains, ou « service Interflora », comme on dit aujourd'hui). Afin de déroger pour une fois à cette pratique – pour une fois, car il ne l'a pas toujours repoussée –, Cervantès, au seuil de son roman, donne la parole à divers personnages fictifs : Amadis de Gaule, Belianis de Grèce et *Orlando furioso* offrent chacun un sonnet à don Quichotte ; Oriana, la Dame d'Amadis, imite leur exemple par un sonnet adressé à Dulcinée, et la série se clôt par un dialogue versifié entre Babieca, le cheval du Cid, et Rossinante. L'allusion à *La Célestine* figure dans un poème attribué à un rimailleur surnommé « el Donoso », soit « le Plaisantin ». S'affiche ainsi d'emblée l'autonomie des personnages, et même de Rossinante, puisque ces créatures de Cervantès débordent d'entrée de jeu le cadre narratif.

3. Au terme d'une genèse compliquée, la version de 1501 a atteint vingt et un actes ! Même si le mot *auto*, dans l'original, s'applique à des séquences dramatiques de dimension variable, très longues au début de l'histoire, puis beaucoup plus réduites, l'ensemble était fait pour être lu plutôt que joué, et il a fallu de nos jours beaucoup le remanier et le compresser pour pouvoir le représenter en Espagne et ailleurs, par exemple au festival d'Avignon avec Jeanne Moreau.

dans sa version définitive, est plus connue sous le nom de l'entremetteuse qui y joue un rôle capital en aidant le jeune Calixte à séduire Mélibée. Dans l'aire hispanophone, « Célestine » est devenue une antonomase pour désigner une maquerelle.

Entre autres réminiscences de *La Célestine* dans le roman cervantin, une imitation parodique, bien que rapide, mérite un commentaire développé : il s'agit de « l'exquise conversation » entre don Quichotte et Sancho au chapitre XXXI. Interrogeant l'écuyer sur sa supposée entrevue avec Dulcinée, le chevalier s'écrie : « Continue Sancho. Pendant qu'elle achevait sa tâche, quel entretien eûtes-vous ensemble ? Quelles questions te fit-elle à mon sujet ? Et que lui répondis-tu ? Achève, enfin, conte-moi tout, sans me faire tort d'une syllabe. » Plus d'un lecteur espagnol contemporain de Cervantès a dû rire aux éclats de cet interrogatoire haletant, qui fait écho aux questions dont Calixte presse Célestine, quand elle vient lui rendre compte de son ambassade auprès de Mélibée : « Dis-moi, par Dieu, madame, que faisait-elle ? Comment es-tu entrée, comment était-elle habillée, dans quelle partie de la maison se trouvait-elle, quel visage t'a-t-elle fait au début ? » Le rapprochement ainsi esquissé par Cervantès le temps de deux ou trois phrases entrouvre une perspective qui va loin. Dans la *Tragi-comédie*, Calixte voue un culte idolâtre à Mélibée, et le déroulement de l'action jette sur l'amour courtois, ou plutôt sur la version à la fois sensuelle et exaltée qu'en donne la pièce, une condamnation sombre et sans appel : la diabolique Célestine meurt victime de ses propres machinations, et les deux jeunes amants finissent par la rejoindre, Calixte en tombant d'une échelle, Mélibée en se suicidant. Or, dans le roman cervantin, au chapitre XIII, le spirituel Vivaldo avait posé à don Quichotte le problème du culte idolâtre de la Dame, qui conduit des chevaliers lancés l'un contre l'autre à se mettre en état de péché mortel et à mourir sans confession. Ainsi ressurgit au chapitre XXXI, le temps d'une allusion à la *Tragi-comédie*, un harmonique comique de la mise en cause, précédemment plus grave et plus appuyée, de l'amour courtois et son fréquent corollaire, l'agressivité chevaleresque, en tant que perversions de l'amour dû à

Dieu. Ainsi se profile une ligne de crête entre *La Célestine* et le *Quichotte*, deux sommets de la richissime littérature espagnole du Siècle d'or.

Parodies fugitives du roman picaresque

Non mentionné lui non plus lors de l'« autodafé », le genre picaresque est l'objet de plusieurs allusions parodiques au cours du roman cervantin. Elles nous font sortir de la parodie ordinairement déléguée à don Quichotte, puisqu'elles passent par le truchement d'autres personnages. Cependant on ne saurait escamoter, sous prétexte de leur marginalité, le problème qu'elles laissent entrevoir des rapports complexes entretenus par Cervantès avec un genre romanesque qu'il n'a jamais voulu pratiquer tout en le rencontrant par des voies de traverse.

Ce qui a certainement stimulé sa réflexion, c'est la mode lancée par le succès du *Guzmán de Alfarache* que Mateo Alemán avait publié en 1599 avec une suite en 1604, à l'époque précisément où Cervantès travaillait à terminer la Première partie de son propre roman. Empruntant au fameux *Lazarille de Tormès*, roman anonyme paru en 1554, la forme autobiographique qui fonde le genre picaresque, Alemán fait conter l'histoire par son Guzmán, un jeune nigaud sévillan au départ, mais qui prend vite de la malice à mesure qu'il passe de maître en maître. La vie dissolue du picaro le mène aux galères, et c'est en galérien contrit, touché par la Grâce, qu'il est censé embrasser d'un regard rétrospectif son existence passée. Beaucoup moins édifiante était la fin du malicieux roman de 1554 ; la lettre où Lazarille expose les péripéties de sa vie, au service successif, entre autres, d'un méchant aveugle, d'un prêtre avare et d'un écuyer famélique, s'achève sur une joviale déclaration de prospérité : le picaro, ayant épousé une servante au cœur large, si l'on peut dire, fait ménage à trois avec un archiprêtre.

Une première éclaboussure picaresque se produit au chapitre III du roman cervantin lorsque le matois patron andalou de la première auberge où se présente don Quichotte flatte la manie de son hôte en l'assurant qu'il a été lui-même chevalier errant, mais en des termes qui prennent à rebours tout l'idéal chevaleresque : grand voyageur lui aussi, fin connaisseur de tous les lieux malfamés d'Andalousie et de Castille, il a « causé une foule de torts » au lieu de les redresser, « défait des demoiselles » et relancé des veuves, gagné une grande célébrité devant presque tous les tribunaux d'Espagne. La parodie, que don Quichotte ne relève pas, est ici énorme. Le narrateur en justifie l'insolence : l'aubergiste estime son hôte complètement « fêlé » et donc incapable de saisir l'ironie. Plus fin devient, se dit-on, le comique lorsque don Quichotte lui-même parodie sans le vouloir.

La rencontre avec la chaîne des galériens au chapitre XXII dresse devant le chevalier errant le redoutable Ginès de Passamont, qui se flatte d'avoir écrit un récit de sa propre vie susceptible d'en remontrer « à Lazarille de Tormès et à tous ceux du même genre écrits ou à écrire ». Ce récit est-il fini ? demande don Quichotte. « Comment peut-il être fini, répliqua Ginès, puisque ma vie ne l'est pas ? » (p. 216). On a beaucoup glosé sur cette boutade, reprise d'ailleurs et adaptée à un autre contexte dans le *Persilès*, où un poète se désespère de ne pouvoir bâtir une pièce de théâtre à partir de la vie de Periandro et d'Auristela, qu'il vient de rencontrer, faute de savoir si cette pièce devrait être nommée comédie, ou tragédie, ou tragi-comédie, « car s'il connaissait le début, il ignorait le milieu et la fin, puisque les vies de Periandro et d'Auristela poursuivaient toujours leur cours, et que seule leur fin permettrait de nommer ce qu'on représenterait d'elles [1] ». Dans le cas de Ginès de Passamont, on ne peut qu'être perplexe sur la signification de sa boutade. Si une vie devait être achevée pour qu'on pût la conter, toute autobiographie deviendrait impossible, sauf à l'imaginer dictée sur le lit de mort. Du reste Ginès se contredit un peu plus loin en déclarant qu'il aura aux galères, où il retourne, tout le temps nécessaire pour boucler son ouvrage pratiquement achevé. En soulignant la dangerosité et le cynisme endurci du forçat écrivain, Cervantès aurait-il cherché, se demandent certains commentateurs, à ironiser sur l'invraisemblance d'une

1. *Persilès*, livre III, chap. II, notre traduction.

conversion édifiante genre Guzmán ? Peu probable, car don Quichotte à sa manière connaîtra lui aussi une brusque mutation en recouvrant raison et dévotion chrétienne sur son lit de mort. Ce qui a pu déplaire à Cervantès dans la convention autobiographique propre au genre picaresque, c'est qu'elle est exposée à détruire l'autonomie du personnage, dans la mesure où l'auteur doit faire passer par lui tout son message [1]. C'est peut-être aussi que ladite convention postule une équation entre l'art et la vie, alors que toute l'esthétique cervantine, qu'elle se plie ou non aux préceptes aristotéliciens, n'oublie jamais l'aspect artificiel des constructions littéraires, et le rappelle de diverses manières.

La parodie des romans de chevalerie

Pour parler avec ordre et concision du complexe dossier qu'il reste à instruire, on va développer deux paradoxes, surprenants à première vue mais profondément vrais, puis distinguer ce que la parodie cervantine a retenu des romans de chevalerie, ce qu'elle en a rejeté, et ce qu'elle a ajouté.

Premier paradoxe : non seulement la mise à mort annoncée par le prologue n'est pas suivie d'effet, mais Cervantès « ressuscite », immortalise même, les livres de chevalerie en faisant mine de les tuer. Longtemps obnubilée par le fallacieux prologue, la critique a fini par s'apercevoir que ces livres, très en vogue pendant une bonne partie du XVIe siècle (sainte Thérèse, pour ne prendre que cet exemple, était dans sa jeunesse une fervente de cette littérature d'évasion), s'étaient démodés. Dès avant 1600, on avait cessé d'en écrire, et les rééditions se raréfiaient. Mais on n'a pas toujours assez souligné que Cervantès, venu porter le coup de grâce à un genre moribond, s'est arrangé de multiples manières pour rappeler à ses lecteurs, depuis l'intérieur de sa fiction, le modèle visé par sa parodie, lui donnant ainsi une seconde vie et tout l'avenir de sa propre

1. De fait, Alemán écrase souvent son Guzmán sous le poids de doctes développements, alors que les dialogues de nouvelles cervantines semi-picaresques, telles que *Rinconete et Cortadillo* ou *Le Colloque des chiens*, permettent des modulations beaucoup plus libres et souples.

gloire. On ne lit pratiquement plus les romans de chevalerie aujourd'hui [1]. Si l'on en ouvre un ou deux, c'est à cause, justement, du *Quichotte*.

Étymologiquement, le préfixe grec *para-* dans « parodie » signifie « à côté ». La parodie, chant qui imite, se fonde sur un écart entre un modèle et l'imitation qui lui est juxtaposée. L'imitation, quand elle est parodique, exige la connaissance du modèle. Quelle chance de succès aurait un imitateur comique s'il singeait un « illustre inconnu » ou des comportements non identifiés par la conscience collective ? Dans les exemples de parodie cervantine ci-dessus évoqués, une intéressante distinction se dessine : tantôt Cervantès, comptant sur la célébrité du modèle, ne le signale même pas (au lecteur de s'apercevoir tout seul qu'un passage de *La Célestine* est parodié) ou le désigne brièvement par son titre (c'est le cas du romance du marquis de Mantoue), tantôt il prend soin de multiplier les repères : la naissance de la folie furieuse d'Orlando est résumée selon le texte de l'Arioste au moment où don Quichotte décide de l'imiter, et un épisode précis de l'*Amadis* lui-même est aussi résumé pour que la retraite amoureuse de don Quichotte prenne sens. On croise ainsi dans le roman cervantin tout un florilège de textes antérieurs cités ou résumés par le narrateur ou par divers personnages, lors des nombreux moments où le dialogue porte sur les livres (« autodafé », rencontre avec Vivaldo, discussions dans les auberges), et, bien sûr, par don Quichotte qui ajoute à ses commentaires une imitation en acte. Il en résulte une parodie qui peut très souvent se passer des érudits et annotateurs, aujourd'hui comme il y a quatre siècles, parce que c'est Cervantès lui-même, à l'intérieur de sa fiction, qui s'est chargé d'annoter. Non par souci didactique, mais pour « le plaisir du texte » comme dirait Barthes : pour aider le lecteur d'antan ou d'aujourd'hui à savourer, à rire [2].

---

1. Toutefois, Sylvia Roubaud, notamment dans « Los libros de caballerías » (in *Quijote*, Crítica, 1998), a magnifiquement exposé les traits génériques du genre, tels que les a dégagés Cervantès.

2. Aux personnages du *Persilès*, fiction ultime par laquelle Cervantès a voulu « rivaliser » avec Héliodore, n'est pas prêtée la conscience d'imiter les *Éthiopiques*. L'auteur comptait sur l'estime dont jouissait à l'époque ce roman grec auprès des lettrés (Racine chez nous fut encore

Un second paradoxe tient à ce que, pour une fois, la parodie est esthétiquement supérieure au modèle qu'elle dégrade. Qu'elle soit burlesque (traitement dégradant d'un sujet noble) ou héroï-comique (ennoblissement risible d'un sujet humble), la parodie aboutit d'ordinaire à des productions inférieures. *Le Lutrin* de Boileau, célébrant en style épique les démêlés d'un sacristain avec son entourage, n'a jamais eu qu'un succès de curiosité. Qui se souvient de *Hernani ou la Contrainte par cor*, parodie burlesque du drame de Victor Hugo ? *La Négresse blonde* de Georges Fourest, où Hector est traité de valet de carreau et où Chimène s'écrie « Qu'il est joli garçon l'assassin de papa ! » fait beaucoup rire, mais ne supplante ni *Andromaque* ni *Le Cid.* Œuvre foncièrement héroï-comique, puisqu'un humble hidalgo prétend y vivre une épopée, mais en même temps burlesque puisque les « héros » de la littérature, et même parfois de l'Histoire [1] y sont raillés, le *Quichotte* est une parodie qui surpasse tous ses modèles.

Ce que ce roman a retenu des livres de chevalerie ? Une forme narrative ouverte, propice à la griserie de l'aventure et des grands espaces. Au cours de sa production romanesque, Cervantès expérimente alternativement deux formes narratives. L'une se soumet au précepte aristotélicien, souvent cité par le romancier : une histoire doit avoir « un début, un milieu et une fin », apparente lapalissade, mais qui signifie qu'une logique doit guider le découpage et la progression de l'histoire, nouer une action, puis la dénouer, et donner ainsi à l'ensemble son unité. C'est à cette logique que se plient la nouvelle du « Curieux malavisé » interpolée dans le *Quichotte* et la majeure partie des *Nouvelles exemplaires*. Or les trois grands ensembles narratifs de la *Galatée*, du *Quichotte* et du *Persilès*, ainsi que trois au moins des *Nouvelles exemplaires* (*Rinconete et Cortadillo*, *Le Licencié de verre* et *Le Colloque des chiens*), offrent au contraire des suites d'aventures ou de découvertes qui semblent pouvoir se prolonger indéfini-

---

un de ses fervents) pour qu'ils savourent les moments de pastiche ou de parodie. Le déclin postérieur du roman grec a contribué à rendre le *Persilès* moins lisible que le *Quichotte.*

1. Notamment quand elle est réinterprétée à travers les versions naïves ou pseudo-naïves du Romancero.

ment, et dont la permutation, voire la suppression de telle ou telle, ne compromettrait nullement le déroulement de l'histoire. Alors que dans les récits « aristotéliciens » les contraintes logiques rétrécissent au fur et à mesure l'éventail des possibles, celui-ci se déploie sans restriction, de séquence en séquence, dans les fictions cervantines qu'on vient de citer. Le hasard préside à la plupart des aventures : ici don Quichotte abandonne les rênes à son cheval, là lui vient une brusque envie, imprévisible, d'imiter ses livres. Il y a bien quelques fils conducteurs : une constante ambition de gloire « au service de la République », des prétentions de justicier solitaire, le désir d'éblouir Dulcinée en lui dépêchant des témoins des prouesses réalisées. Mais ces *leitmotive* finissent toujours par s'estomper. Ce qui domine, c'est l'appel de l'aventure, qui propulse le chevalier, avec ou sans son écuyer, vers un horizon toujours repoussé. Il est vrai que la fiction du *Quichotte* reste confinée à l'Espagne, alors que les romans de chevalerie, depuis la Gaule, l'Angleterre ou la Grèce, entre autres pays de départ, promènent leurs héros aux quatre coins de l'univers, mais l'errance du chevalier dévore tout de même, en un seul été, beaucoup d'espace, en allers et retours Manche-Nouvelle Castille-Andalousie dans la Première partie, Manche-Aragon dans la Seconde. Quant au dénouement, il n'y en a pas à proprement parler dans le *Quichotte*. Qu'il rentre, ou plutôt soit ramené par trois fois au village d'où il s'est échappé, laisse ouverte la possibilité de nouvelles escapades. Au terme de la Seconde partie, c'est un accident physiologique, une maladie qui fait mourir le vieil hidalgo, tout bêtement est-on tenté de dire, allongé sur son lit et guéri définitivement (entendons : sans récidive possible cette fois) de sa folie. Fin contingente, dépourvue de finalité. Il n'y avait au départ, dirait un narratologue, aucune visée téléologique.

Le charme de l'aventure n'a pas empêché Cervantès de rejeter bien des aspects de cette littérature d'évasion. Les premiers griefs, invoqués dans les premiers chapitres, sont d'ordre stylistique et linguistique. À titre d'escarmouche inaugurale, le galimatias d'un Feliciano de Silva est cité : « *La raison de la déraison qu'à ma raison vous faites, affaiblit tellement ma raison, qu'avec raison je me plains de votre beauté* » (p. 18). Puis c'est le vieillissement de la langue qui est moqué à travers les archaïsmes dont sont truffés, dans l'original, les propos que tient don Quichotte aux filles de joie rencontrées dans l'auberge, au chapitre II [1]. Mais le romancier a dû se rendre compte qu'il y avait quelque chose d'injuste, ou, en tout cas, de superficiel à ridiculiser ainsi les livres de chevalerie pour un vieillissement linguistique dont ils n'étaient pas responsables ; il renonce donc assez vite à ce procédé comique trop facile. Surgissent alors, peu à peu, des griefs plus profonds. Certains sont d'ordre moral et religieux. Vivaldo, dans une joute orale de plus en plus serrée avec le chevalier (chap. XIII), souligne la déviation qu'est l'amour courtois au regard de l'amour dû à Dieu, argument repris, en style naïf et percutant, par Sancho lui-même quand il demande à son maître pourquoi, s'il entend vivre saintement, il ne se fait pas religieux ou ermite, au lieu de galoper ainsi, lance en arrêt, sur Rossinante (chap. XXXI). On ne peut évidemment sous-estimer cette préoccupation édifiante, qui aboutit au repentir chrétien de don Quichotte sur son lit de mort, et qui inspire à un certain chanoine, dans deux chapitres de la Première partie (chap. XLVI et XLVIII), le projet d'un roman de chevalerie positif, c'est-à-dire aseptisé et vertueux en tous points. Mais justement Cervantès n'était pas un chanoine, ou en tout cas – car il a compté parmi ses amis un chanoine joyeux gaillard en la personne de Góngora – il n'a pas fait du souci d'édification sa priorité romanesque, ni dans le *Quichotte* ni dans le *Persilès* (où l'on a parfois voulu voir, au risque de négliger la saveur malicieuse et ambiguë de ce chant du cygne, la réalisation du roman de chevalerie morigéné esquissé aux deux chapitres qu'on vient d'indiquer).

Plus que l'avalanche des reproches, souvent confus et contradictoires, qui se déverse sur les livres de chevalerie à travers les dialogues du *Quichotte*, ce sont les échecs du chevalier et la technique du récit qui inscrivent sur deux

---

1. « Que Vos Grâces ne prennent point la fuite… » dans la traduction de Viardot ne restitue guère le « *Non fuyan las vuestras mercedes…* », où un « non » médiéval remplace le « *no* » de la négation usuelle au temps de Cervantès, où le *h* à l'initiale du verbe « *huir* » est prononcé *f* à l'ancienne, etc.

axes, l'un idéologique, l'autre esthétique, les deux rejets essentiels.

Rejet idéologique : les livres de chevalerie sont faux. Non pour l'être devenus au fil du temps, par anachronisme croissant. Ni en raison d'une fausseté qui serait imputable à l'ensemble des valeurs auxquelles se réfère l'idéal chevaleresque : si l'agressivité brutale et les amours bébêtes des chevaliers, « forces qui vont », sont ridicules, voire perverses d'un point de vue religieux et moral, en revanche, l'exaltation des droits du cœur et l'aspiration à plus de justice, qui traversent aussi les livres de chevalerie, renvoient à des valeurs pérennes que les échecs de don Quichotte ne suffisent pas à discréditer [1]. Si les livres de chevalerie sont faux, ce n'est pas pour raison d'archaïsme, ni d'hérésie, ni d'immoralité, c'est fondamentalement pour délit d'idéalisation systématique de la réalité. De ce point de vue, tous les romans du genre se ressemblent. Sous la diversité apparente des aventures, c'est toujours la même histoire qui se répète : celle de beaux et vaillants chevaliers, ardents au combat, durs avec eux-mêmes, humbles avec leurs Dames, prêts à affronter monstres et rivaux, blessés mille fois, increvables, et finalement gagnants. On notera que cette histoire, sous de nouveaux attirails, court toujours à l'époque moderne, dans quantité de films et de séries télévisées, où les coursiers fringants sont devenus voitures, les épées ou les lances, revolvers et autres gadgets de l'armurerie moderne.

Rejet esthétique : en inventant une démence littéraire faite d'une identification totale, privée du garde-fou de la dénégation, Cervantès a dénoncé, non sans les dramatiser pour les besoins de la cause, les conséquences abêtissantes du « pacte de lecture » impliqué par toute une littérature d'évasion, dont les romans de chevalerie constituaient à l'époque l'expression paroxystique, le maillon le plus grossier, et aussi le plus faible. Ce pacte de lecture, à vrai dire, ne fonctionnait pas imperturbablement. La veine parodique court déjà dans certains modèles (romances, poème de l'Arioste) parodiés par le *Quichotte*, et même l'*Amadis* n'en est pas exempt. Or la parodie, « chant à

1. Voir Dossier, « 3. Utopie et contre-utopie ».

côté » comme on vient de la définir selon son étymologie, est déjà en elle-même une façon de secouer la propension paresseuse du lecteur à prendre pour argent comptant tout ce qu'on lui offre. Les coins ainsi déjà enfoncés çà et là dans l'identification indolente sont repris, et leur force démultipliée, par la parodie continue qu'est le *Quichotte*. Mais ce qui y fait tout voler en éclats, c'est l'invention d'une technique narrative iconoclaste, qui sape souvent la progression même du récit et suspend alors l'identification.

Inaugurée par le *Quichotte*, plus discrète dans les *Nouvelles exemplaires*, mais reprise de plus belle dans la fiction finale du *Persilès*, cette technique déborde à vrai dire la critique des romans de chevalerie : c'est la narrativité fictionnelle, y compris celle de Cervantès lui-même, qui est sapée de façon répétée. L'auteur n'a de cesse de dissiper l'illusion mimétique, qu'elle soit grossière ou raffinée, par des inventions telles que l'interruption supposée du manuscrit ou les intrusions ironiques du narrateur, semblables à celles d'un montreur de marionnettes exhibant soudain ses ficelles [1]. Or le prodige, c'est que le roman cervantin, tout en rompant le charme à maintes reprises, à chaque fois nous reprend. Il se produit, lors de l'expérience de la lecture, un clignotement de l'illusion, qui tour à tour ruine les effets de l'imagination créatrice et lui permet de reprendre ses droits. Ce prodige est dû, dans une large mesure, à une force inventive et suggestive qu'il nous reste à analyser.

LES INNOVATIONS D'UN CERTAIN « RÉALISME »

La parodie dont le chevalier errant est le vecteur involontaire crée une désidéalisation d'un type particulier, puisqu'une tension s'instaure entre l'imaginaire explicitement désigné d'une littérature antérieure et ce que la fiction cervantine lui oppose : c'est ainsi qu'aux châteaux grandioses des livres de chevalerie répliquent de vulgaires auberges. Comme l'a souligné Gérard Genette, le *Quichotte* est un antiroman, en ce sens que le personnage central imite explicitement et ridiculise involontairement la

1. Voir Dossier, « 4. Stratagèmes et effets d'une esthétique baroque ».

littérature antérieure [1]. Il y a là un trait distinctif par rapport aux fictions réalistes et naturalistes du XIXe siècle, où la désidéalisation opère en général (si ce n'est, en marge de la fiction, dans les préfaces et manifestes) sans référence aux représentations à l'eau de rose qu'elle entend combattre : c'est au public de se dire que *La Terre* de Zola ridiculise des ouvrages du genre *La Petite Fadette* de George Sand, ou, pour passer au domaine de la peinture, que Courbet ricane dans *Un enterrement à Ornans* contre les pieuses images à la Millet de paysans courbés sur la glèbe par l'Angelus. Mais ce trait distinctif de la désidéalisation, telle qu'on l'observe à l'œuvre dans le *Quichotte*, n'est pas indispensable au réalisme. La preuve en est que les *Nouvelles exemplaires* sont connues elles aussi pour leur veine réaliste, alors qu'on n'y trouve pas d'allusion sarcastique explicite à des modèles livresques extérieurs.

C'est dire que, dans le *Quichotte*, l'imagination cervantine, tout en s'appuyant sur des canevas fictionnels antérieurs qu'elle subvertit, est parvenue à faire du neuf avec du vieux, comme elle y est arrivée ailleurs par d'autres voies. Vient donc le moment d'apprécier en lui-même et pour lui-même cet élan créateur qui a donné naissance, comme le répètent à l'envi tous les manuels d'histoire de la littérature, au roman réaliste. Et puisqu'on vient d'esquisser une première comparaison entre Cervantès et les représentants du réalisme romanesque à l'époque où il s'est théorisé et a battu son plein, c'est-à-dire au XIXe siècle, tenons fermement ce fil conducteur. Il nous livre aussitôt deux autres traits distinctifs : la vision foncièrement sombre de la vie, qu'ont en commun, chacun à sa manière, un Balzac, un Flaubert et un Zola, contraste avec la tonalité comique du *Quichotte*. Et le « réel » fourni par l'illusion mimétique se révèle, dans le cas du roman cervantin, beaucoup plus inattendu et varié, lors de ses brèves fulgurances, qu'il ne l'est dans les longs constats minutieux de platitude que sont les descriptions de la pension du Père Goriot, ou du gâteau de mariage d'Emma Bovary.

---

1. Gérard Genette, *Palimpsestes. La littérature au second degré*, Seuil, 1982, p. 165.

La désidéalisation par le rire

Se moquer d'une exaltation est un des moyens de « retourner sur terre ». En ce sens, le rire sert une désidéalisation parodique, et donc un certain réalisme, entendu comme une représentation du réel qui, au nom de l'exactitude et de la vérité, insiste sur ses aspects décevants. L'épineuse question du comique cervantin demanderait à elle seule autant de place, sinon plus, que celle accordée ici à la question des puissances de l'imagination. Il serait illusoire de prétendre en quelques lignes trancher les débats qui tourmentent toujours tant de commentateurs : ce livre est-il seulement comique ? Et en quel sens l'est-il ? Affirmer que le contraste entre l'idéal, ou « ce qui devrait être » selon les vœux de l'imagination, et la réalité, ou « ce qui est » selon les données de l'expérience, produit automatiquement du rire, c'est ne pas expliquer pourquoi l'on rit, et c'est oublier que le contraste peut être tout aussi bien senti comme tragique. Les romantiques allemands ont contribué à inverser l'interprétation du roman cervantin, accueilli jusque-là comme un livre comique, en l'estimant grave, voire amer [1]. La controverse se poursuit jusqu'à nos jours et les réponses apportées par les uns et les autres passent peut-être par des différences d'humeur entre eux, voire des changements d'humeur chez un même lecteur à des stades distincts de sa vie. « Quand j'étais petit, je riais à l'idée d'un poisson hydrophobe », écrivait le pessimiste dramaturge Ibsen. On peut, en effet, tour à tour s'amuser ou s'attrister, voire s'indigner avec Unamuno, de l'isolement de don Quichotte face à son entourage de rieurs. Mais que l'on se laisse emporter par les effets hilarants du texte, ou qu'on y résiste par choix de tempérament ou de philosophie, ces effets sont là. Dans tout ce qui précède, on s'est attaché à en répercuter la force contagieuse, sinon à l'expliquer [2].

---

1. Voir Dossier, « 2. Réception du *Quichotte* ».
2. Voir *« Don Quichotte » de Cervantès*, éd. C. Allaigre, N. Ly et J.-M. Pelorson, Gallimard, « Foliothèque », 2005, chap. II : « Questions de rire ».

La palette du « réel » dans le Quichotte *: de la platitude à la loufoquerie*

L'aplatissement des rêves exaltés, effet caractéristique de *Madame Bovary*, entre autres exemples du réalisme au XIXe siècle, est là déjà, dans le *Quichotte*, mais en plus imagé : les innombrables chutes du chevalier à plat ventre dans la poussière illustrent très graphiquement la retombée. Par ailleurs, le « réel », dans le roman cervantin, ne relève pas toujours des lois banales de la vie. Si la gravitation universelle fait chuter don Quichotte, et retomber Sancho lorsqu'il est « berné » par des plaisantins dans une auberge, insolite est tout de même, en ce second cas, la montée du gros écuyer dans les airs, carnavalesque fantaisie que son maître découvre, interloqué, depuis le pan de mur qui le sépare de la scène et lui cache les ressorts du va-et-vient. Quant aux moulins à vent, invention technique récemment implantée en Nouvelle Castille qui avait de quoi surprendre à l'époque un promeneur non averti, Cervantès les fait entrer en littérature sous le signe d'un réel historique, certes, mais étrange : leur étonnante stature, d'abord immobile, s'anime au gré d'un vent naissant, et c'est l'« inimaginable » instant où les ailes élèvent dans le ciel cavalier et monture. Et que dire de l'épisode du plat à barbe ! Trimballé d'un village à l'autre par un barbier itinérant, juché sur un cheval, ce plat lui sert de parapluie improvisé, le temps d'une averse. Revient le soleil, et à l'instant précis où le barbier est en passe d'ôter son étrange coiffure, don Quichotte aperçoit de loin le scintillement, et transforme le plat en « armet de Membrin ». Que de coïncidences ! Ou plutôt quel minutieux montage, semblable à celui des pièges préparés, dans les émissions télévisuelles « caméra cachée », pour que le public se régale de l'effarement de celui qui va y tomber !

Au délire imaginatif de don Quichotte répond ainsi une invention presque aussi délirante de la part de son créateur : l'un va jusqu'à l'impossible, en sommant le monde de ressembler à la fiction des livres de chevalerie, l'autre va parfois, dans l'agencement des épisodes, jusqu'à un possible improbable. Dernier exemple : que deux troupeaux de moutons fonçant sur un vaste plateau désertique de la Manche progressent en sens opposé sur une même ligne, et qu'ils viennent à se heurter dans un tourbillon de poussière, ce n'est pas impossible, mais c'est de l'ordre du rarissime. En tout cas, c'est ce qui permet à Cervantès de déchaîner une fois de plus le délire du chevalier, qui veut voir un choc entre deux armées. Les noms attribués par lui aux chefs en présence sont burlesques au-delà de toute vraisemblance : c'est une bataille parodique digne des bandes dessinées d'Uderzo, une mêlée pour rire qu'évoque don Quichotte. Mais quoi d'étonnant si l'invention du créateur, qui se subdivise à chaque instant entre ce qu'il machine en tant que narrateur et ce qu'il fait imaginer à sa créature, se laisse aller à quelques empiétements ?

L'invention de tels épisodes a des aspects loufoques, presque délirants. Cervantès délie les paysages en même temps qu'il déchaîne l'imagination quichottesque. Mais alors que don Quichotte veut l'impossible en prétendant ressusciter la chevalerie errante, son créateur reste dans un possible poussé aux limites de l'improbable.

Les effets de réel résultant du contraste entre les rêves de don Quichotte et le monde auquel ils se cognent sont-ils à inscrire au compte de ce qu'on appelle aujourd'hui réalisme en littérature ? Oui, si l'on tient compte de la désidéalisation qui les sous-tend constamment. C'est en ce sens que Cervantès prépare Balzac ou Flaubert. Mais ces « effets de réel » émanent aussi, bien souvent, d'une imagination quasiment délirante, qui fraye sa voie originale, hors de toute tradition et hors des données ordinaires de la vie, vers des scènes insolites. En ce sens Cervantès annonce aussi « le réel merveilleux » théorisé et pratiqué entre autres par Alejo Carpentier, romancier cubain proche de nous.

L'IMAGINATION DU LECTEUR MISE À L'ŒUVRE

Une sobriété essentielle : croquis et crayonnages

Subjugué et parfois submergé par le foisonnement multiforme de l'imagination cervantine, le lecteur est cependant incité très souvent à faire travailler sa propre imagination. À l'opposé de tant de luxuriance se dresse en effet un autre pôle de l'art de Cervantès, celui de la sobriété et de la force suggestive qui en résulte.

L'efficacité de cette sobriété n'a pas cessé d'étonner. À commencer par la figuration physique du couple immortel. Pas de portrait du chevalier errant, seulement quelques mots épars dans le texte : l'adjectif « maigre » placé dès les premières lignes, un teint jaune signalé ailleurs, le surnom de « chevalier à la Triste Figure » que lui donne une nuit Sancho. Celui-ci n'est jamais décrit, sauf quand un dessin du manuscrit arabe découvert au chapitre IX lui attribue des pattes grêles d'échassier, détail éphémère vite oublié. Le nom de Sancho Panza crée à lui seul la silhouette ventrue (*panza* en espagnol est bien l'homologue de la « panse » en français). Pour imaginer le couple, les premiers lecteurs pouvaient s'appuyer sur leur expérience des fêtes carnavalesques, articulées sur l'opposition entre joyeuses ripailles et jeûnes du carême, et Sancho Panza aurait pu être aisément francisé par les premiers traducteurs en Saint-Pansart, variante burlesque du Roi Carnaval. Ce support nous manque aujourd'hui, du moins dans nos sociétés européennes à fêtes folkloriques assagies et figées, mais le contraste tout simple entre le maigre et le gros continue à fonctionner. Le dessin de Picasso s'est montré digne de cette sobriété. On est loin des portraits en pied tels que Théophile Gautier, peintre converti à l'écriture, les a multipliés dans son *Capitaine Fracasse* et ailleurs, sans parvenir à faire voir ses personnages, bien oubliés aujourd'hui. Ce n'est pas que l'imagerie romantique, avec ses fastueux portraits et surtout paysages, ait toujours échoué, témoin Victor Hugo. Mais l'art sobre des traits de crayon cervantins est à l'opposé de cette luxuriance romantique. Serait-ce pour se préserver entre autres de celle-ci que Viardot a voulu se soustraire à son époque en s'imposant de relire tout Montaigne avant de s'attaquer à la traduction du *Quichotte* ?

Même rapidité du trait, dans la phrase inaugurale, pour caractériser (ou « typifier », dirait Balzac) par quelques éléments essentiels l'appartenance de don Quichotte à une certaine catégorie sociale : « un hidalgo, de ceux qui ont lance au râtelier, rondache antique, bidet maigre et lévrier de chasse ». La juxtaposition des touches objectives par la succession de substantifs non précédés d'article donne un tracé sec et net. Rapidité du trait aussi pour ce défilé de personnages : « Ils étaient six, portant leurs parasols, avec quatre valets à cheval et trois garçons de mules à pied » (chap. IV).

Pour autant, ces croquis, dont on pourrait poursuivre la liste, sont souvent précédés de crayonnages, qui sont comme autant de velléités de foisonnement interrompues. L'exemple le plus saisissant est celui des dromadaires : « En devisant ainsi, ils découvrirent sur le chemin deux moines de l'ordre de Saint-Benoît, à cheval sur deux dromadaires, car les mules qu'ils montaient en avaient la taille… » (chap. VII). On a ici un fondu-enchaîné, ou plutôt deux images en surimpression : l'explication qui vient corriger la première ne l'efface pas pour autant dans l'esprit du lecteur. Le procédé se retrouve ailleurs, dans le registre tactile cette fois, quand don Quichotte s'étend sur un grabat de cailloux, dont le narrateur explique ensuite [1] que telle est l'impression donnée par les aspérités d'une courtepointe. En de pareils moments, le narrateur et don Quichotte font bloc pour imposer au lecteur un élan imaginatif qui précède et brouille, le temps de quelques mots, la netteté du trait. Mais l'effet, rapide, loin d'empêcher le lecteur d'imaginer par lui-même, l'y incite en piquant sa curiosité.

Effets de perspective et de suspense sensoriel

Très souvent dans le roman, ces bouffées imaginatives sont le premier stade d'un processus de perception à distance. Processus naturel : c'est une loi de la vie qui veut qu'il puisse y avoir un moment d'incertitude et de curiosité, avant que l'élément aperçu au loin soit vu de plus près, soit qu'il se rapproche, soit qu'on aille vers lui. En voici un exemple entre cent : « Ils cheminaient ainsi, quand ils virent descendre, par un ravin creusé entre deux hautes montagnes, une vingtaine de bergers, tous vêtus de

1. Viardot et d'autres traducteurs n'ont pas su respecter l'ordre des mots.

longues vestes de laine noire et couronnés de guirlande, qu'ensuite on reconnut être, les unes d'if, les autres de cyprès » (chap. XIII). On notera l'approximation du nombre « la vingtaine » (« trente ou quarante moulins », est-il dit de même au fameux chapitre VI) ; et la tournure impersonnelle (« qu'ensuite on reconnut être ») montre bien qu'en pareil cas ce n'est pas spécialement don Quichotte qui accommode son regard au surgissement de nouveaux personnages. L'ordre des mots offre au lecteur un *analogon* de la découverte progressive que font divers personnages fixant l'horizon. Ce double suspense visuel est une des caractéristiques majeures du récit cervantin – visuel ou plutôt, dirons-nous, perceptif, puisque, dans l'univers des personnages, la vue, dominante lors des scènes diurnes, peut faire place à des impressions tactiles (nous venons d'en citer un exemple), auditives ou olfactives lors de scènes nocturnes (telle la fameuse aventure des foulons) [1]. En de tels cas, le lecteur est invité à mettre ses yeux au service des autres sens. La fiction cervantine est ainsi une riche fête sensorielle.

On peut définir le romancier espagnol comme un roi, bien avant Hitchcock, du suspense. Et comme Cervantès avait aussi un certain sens publicitaire, laissons-lui sur ce point la parole. L'arrêt sur image que provoque l'interruption du manuscrit au chapitre VIII donne lieu, au tout début du chapitre suivant, à ce commentaire : « Nous avons laissé [...] le valeureux Biscayen et le fameux don Quichotte, les épées nues et hautes, prêts à se décharger deux furieux coups de tranchant, tels que, s'ils eussent frappé en plein, ils ne se fussent rien moins que pourfendus de haut en bas, et ouverts en deux comme une grenade ; mais justement à cet endroit critique, on a vu cette savoureuse histoire rester en l'air et démembrée... » (p. 79).

1. Sur les régimes diurne et nocturne de l'image, voir Gilbert Durand, *Les Structures anthropologiques de l'imaginaire*, Dunod, 1969. Don Quichotte y est défini comme un « héros solaire », 1984, p. 184.

CONCLUSION : MODERNITÉ DES CONCEPTIONS CERVANTINES DE L'IMAGINATION

Ces conceptions sont modernes, tout d'abord, par leur façon ambivalente d'évaluer l'imagination. Elles dénoncent, à travers don Quichotte, les pouvoirs maléfiques de la « folle du logis ». Mais elles montrent aussi que cette « faculté de l'âme », puissante mobilisation mentale, qui a partie liée avec d'autres « facultés » telles que la mémoire et la volonté, est un besoin, mieux, une exigence vitale, tant pour le chevalier errant que pour son entourage. Et loin de condamner cette exigence humaine de divertissement, le roman la relie à son propre élan créateur. À l'inverse de Pascal qui parle, comme ferait un moine d'une prostituée, de « cette maîtresse d'erreur et de fausseté, et d'autant plus fourbe qu'elle ne l'est pas toujours » (au chapitre « Puissances trompeuses » de ses *Pensées*), Cervantès aime profondément la face ludique et créatrice de l'imagination. Il est ainsi en avance sur la tradition philosophique classique, à laquelle Jean-Paul Sartre a pu reprocher ses conceptions univoques.

Selon un autre philosophe proche de nous, Michel Foucault, don Quichotte illustre une imagination qui s'entête à croire à l'identité entre les choses et les mots, plus précisément qui prescrit aux choses de se conformer aux mots sacralisés de certains livres. Or la pensée de Cervantès surplombe de son génie l'époque cruciale, appelée Renaissance par Foucault, où se rompt à jamais la vieille entente entre les signes que sont les mots et la réalité. On exposera plus loin ces hautes vues épistémologiques [1]. Elles tracent une distinction entre deux sortes d'imagination : celle, aveugle et régressive, de don Quichotte, et celle, lucide et moderne, de son créateur.

La psychanalyse a son mot à dire là-dessus [2]. Il semble que le besoin, si fort chez Cervantès, de créer des fictions, vienne d'un désir de compensation pour qui a pris cons-

1. Voir Dossier, « 2. Réception du *Quichotte* ».
2. Voir Christian Chelebourg, *L'Imaginaire littéraire. Des archétypes à la poétique du sujet*, Nathan, 2000.

cience de la misère des mots, du fossé qui les sépare du réel : tentative d'approcher du moins, autant que faire se peut, par l'illusion mimétique, ce réel insaisissable.

Les historiens et biographes pourraient proposer d'autres explications : Cervantès n'avait-il pas perdu l'usage de sa main gauche à Lépante ? La littérature n'était-elle pas devenue pour lui une prothèse ? Il est bien vrai que Cervantès a été fondamentalement un soldat, attaché à la valeur guerrière en tant que seule justification authentique de la noblesse, partisan d'un humanisme des Armes, admirateur passionné de don Juan d'Autriche et du poète-soldat Garcilaso de la Vega qui mourut jeune dans l'assaut d'une forteresse. Mais justement le besoin de compensation aurait dû conduire le manchot de Lépante à prolonger par la plume ces rêves de prouesses. Il serait devenu en ce cas… don Quichotte au seuil de l'aventure. Or le roman de 1605-1615 traite en fou celui qui voudrait prolonger en acte de tels rêves. Il faut donc admettre que le désir de compensation a pris à contresens une voie qui semblait toute tracée. Et bien que la vie bigarrée de cet homme déconcertant (qui fut captif à Alger, munitionnaire lors de la préparation de l'Invincible Armada, candidat refusé à un embarquement pour les Indes, puis, en 1610 encore, pour une semi-expatriation dorée à Naples, très assidu, vers la fin, auprès d'hommes d'affaires) n'autorise pas à voir en lui un homme de lettres au sens où on l'entend aujourd'hui, il faut admettre que le tourment de la misère glorieuse des mots le tenait aux tripes, pour qu'il ait donné en 1605 la Première partie de cet adieu tendrement ironique aux Armes qu'est le *Quichotte*, et pour qu'il ait écrit, malade et vieux, entre 1613 et 1616, tant de pages inspirées, en forçat jusqu'au bout de l'imagination créatrice.

Jean-Marc PELORSON

Note sur la traduction

Tout chef-d'œuvre littéraire du passé suscite au fil du temps de multiples traductions. On trouvera dans la première partie du Dossier (« Au sujet des traductions françaises du *Quichotte* ») quelques considérations succinctes sur ces versions, du début du XVIIe siècle à nos jours. Il faut voir en chacune d'elles une « interprétation », au sens quasiment musical du terme. Développons l'analogie en ce qu'elle a de fructueux : quiconque apprécie particulièrement telle sonate de Bach chantée par tel chœur, jouée par tels musiciens, conduite par tel chef d'orchestre, ne s'indignera pas de constater que d'autres versions existent, antérieures ou postérieures, et pourra même prendre plaisir à des comparaisons. De la même manière, l'adoption de la traduction de Louis Viardot, parue en 1836, et qui date donc de l'époque romantique, n'implique nulle dépréciation, ni de ses devanciers, ni de ceux qui n'ont pas craint de devenir ses émules. Critiquons maintenant, selon la méthode bachelardienne [1], l'analogie. Les mots ne sont pas des notes, ils sont de l'ordre du langage, et, quand traduction il y a, de l'ordre de deux langues : l'une, celle du texte original, est saisie à une époque donnée, et l'autre à travers un compromis entre plusieurs âges, puisqu'une tra-

1. Théoricien de la « formation des sciences », mais aussi de la création poétique, le philosophe Gaston Bachelard a beaucoup fait pour réhabiliter, sous réserve de contrôle critique, le raisonnement analogique.

duction peut être plus ou moins archaïsante (ou « sourcière », comme disent certains traductologues) ou plus ou moins modernisée. Par ailleurs les recherches des exégètes ont fait progresser la compréhension littérale du texte à traduire.

Deux objections s'ensuivent, touchant l'adoption de Viardot : sa traduction peut être sentie parfois comme vieillotte, ou, plus grave, comme inexacte par endroits. L'emprise sur ce traducteur de la syntaxe latine, telle qu'elle s'exerçait généralement sur la langue écrite de son temps, est indéniable. Cela nous vaut des subjonctifs imparfaits imperturbablement conjugués à toutes les personnes, ou encore des relatifs de liaison (« lequel », « lesquels », etc.) que des lecteurs d'aujourd'hui peuvent trouver bien lourds. Mais, passé un premier temps, peut-être, de surprise ironique, il n'est pas difficile de se réapproprier de tels usages, qui constituent, tout compte fait, un code peu nuisible à la lisibilité. Quelques notes discrètes seront placées ici ou là, en bas de page, pour expliciter certains emplois lexicaux, qui ont vieilli depuis l'époque de Viardot. On sera plus insistant pour signaler, toujours en note, quelques omissions ou erreurs, et pour tirer alors profit de ce que proposent, aux endroits correspondants, des traductions plus récentes. Mais il arrive que Viardot conserve quelquefois l'avantage : c'est ainsi que, dès la première page, et pour des raisons de rigueur historique qu'on exposera plus loin, nous lui saurons personnellement gré d'avoir conservé le terme clé d'hidalgo, pour caractériser don Quichotte, appelé « gentilhomme » par d'autres traducteurs. Ne cherchons pas à compter les points. L'essentiel, c'est que la traduction de Viardot a bien survécu à son époque : louée par Mérimée pour son exactitude, rééditée au XXe siècle, saluée avec un certain respect par de fins connaisseurs tels que Jean Cassou, ou, aujourd'hui, Jean Canavaggio, elle demeure une belle interprétation, très lisible dans l'ensemble, et une agréable voie d'accès au *Quichotte*.

Tout en insérant de nombreuses remarques personnelles sur un texte que nous pratiquons depuis tant d'années d'enseignement et de relectures toujours émerveillées, notre annotation s'appuie souvent sur la récente édition en espagnol de l'Instituto Cervantes et sur l'appareil critique de l'édition en français qui vient de remplacer, dans la Pléiade, celle de Jean Cassou [1].

La transcription des noms propres espagnols nous a posé, dans l'appareil critique, un problème assez complexe, lié aux pratiques de Viardot. L'usage des traducteurs d'aujourd'hui est en général de respecter la graphie des noms propres telle qu'elle apparaît dans l'original, sauf si ces noms ont été précédemment francisés, et si la célébrité qu'ils ont acquis sous de telles graphies est devenue irréversible. Viardot a tenu compte de ce genre d'exceptions pour ce qui est de don Quichotte et de Dulcinée. Mais il a laissé à Maritorne le « s » final qu'elle a en espagnol, et il a souvent accentué d'autres patronymes ou prénoms à l'endroit de l'accent tonique. Pedro, par exemple, est transcrit par lui : « Pédro ». D'autres fois, Viardot a francisé tout ou partie d'un nom propre espagnol, ou en a modifié arbitrairement la graphie d'origine. Comme ces fantaisies n'ont pas de conséquences graves pour la compréhension du texte, nous avons pris le parti de ne pas les commenter. Mais en appliquant généralement pour notre part les règles actuelles nous n'avons pu éviter, dans quelques notes, certaines disparités.

1. Voir Bibliographie.

L'Ingénieux Hidalgo don Quichotte de la Manche
I
(Chapitres I à XXXII)

PROLOGUE

Lecteur inoccupé, tu me croiras bien, sans exiger de serment, si je te dis que je voudrais que ce livre, comme enfant de mon intelligence, fût le plus beau, le plus élégant et le plus spirituel qui se pût imaginer ; mais hélas ! je n'ai pu contrevenir aux lois de la nature, qui veut que chaque être engendre son semblable. Ainsi, que pouvait engendrer un esprit stérile et mal cultivé comme le mien, sinon l'histoire d'un fils sec, maigre, rabougri, fantasque, plein de pensées étranges et que nul autre n'avait conçues, tel enfin qu'il pouvait s'engendrer dans une prison, où toute incommodité a son siège, où tout bruit sinistre fait sa demeure ? Le loisir et le repos, la paix du séjour, l'aménité des champs, la sérénité des cieux, le murmure des fontaines, le calme de l'esprit, toutes ces choses concourent à ce que les muses les plus stériles se montrent fécondes, et montrent au monde ravi des fruits merveilleux qui le comblent de satisfaction. Arrive-t-il qu'un père ait un fils laid et sans aucune grâce, l'amour qu'il porte à cet enfant lui met un bandeau sur les yeux pour qu'il ne voie pas ses défauts ; au contraire, il les prend pour des saillies, des gentillesses, et les conte à ses amis pour des traits charmants d'esprit et de malice. Mais moi, qui ne suis, quoique j'en paraisse le père véritable, que le père putatif de don Quichotte, je ne veux pas suivre le courant de l'usage, ni te supplier, les larmes aux yeux, comme d'autres font, très cher lecteur, de pardonner ou d'excuser les défauts que tu verras en cet enfant, que je te présente pour le mien. Puisque tu n'es ni son parent ni son ami ; puisque tu as ton âme dans ton corps avec son libre arbitre, autant que le plus huppé ; puisque tu habites ta maison, dont tu es seigneur autant que le roi de ses tributs, et que tu sais bien le commun proverbe : *Sous mon manteau je tue le roi*, toutes choses qui t'exemptent à mon égard d'obligation et de respect, tu peux dire de l'histoire tout ce qui te semblera bon, sans crainte qu'on te punisse pour le mal, sans espoir qu'on te récompense pour le bien qu'il te plaira d'en dire.

Seulement, j'aurais voulu te la donner toute nue, sans l'ornement du prologue, sans l'accompagnement ordinaire de cet innombrable catalogue de sonnets, d'épigrammes, d'éloges qu'on a l'habitude d'imprimer en tête des livres. Car je dois te dire que, bien que cette histoire m'ait coûté quelque travail à composer, aucun ne m'a semblé plus grand que celui de faire cette préface que tu es à lire. Bien souvent j'ai pris la plume pour l'écrire, et toujours je l'ai posée, ne sachant ce que j'écrirais. Mais un jour que j'étais indécis, le papier devant moi, la plume sur l'oreille, le coude sur la table et la main sur la joue, pensant à ce que j'allais dire, voilà que tout à coup entre un de mes amis, homme d'intelligence et d'enjouement, lequel, me voyant si sombre et si rêveur, m'en demanda la cause. Comme je ne voulais pas la lui cacher, je lui répondis que je pensais au prologue qu'il fallait écrire pour l'histoire de don Quichotte, et que j'étais si découragé que j'avais résolu de ne pas le faire, et dès lors de ne pas mettre au jour les exploits d'un si noble chevalier.

« Car enfin, lui dis-je, comment voudriez-vous que je ne fusse pas en souci de ce que va dire cet antique législateur qu'on appelle le public, quand il verra qu'au bout de tant d'années où je dormais dans l'oubli, je viens aujourd'hui me montrer au grand jour portant toute la charge de mon âge, avec une légende sèche comme du jonc, pauvre d'invention et de style, dépourvue de jeux d'esprit et de toute érudition, sans annotations en marge et sans commentaires à la fin du livre ; tandis que je vois d'autres ouvrages, même fabuleux et profanes, si remplis de sentences d'Aristote, de Platon et de toute la troupe des philosophes qu'ils font l'admiration des lecteurs, lesquels en tiennent les auteurs pour hommes de grande lecture, érudits et éloquents ? Et qu'est-ce, bon Dieu ! quand ils citent la sainte Écriture ? Ne dirait-on pas que ce sont autant de saints Thomas et de docteurs de l'Église, gardant en cela une si ingénieuse bienséance qu'après avoir dépeint, dans une ligne, un amoureux dépravé, ils font, dans la ligne suivante, un petit sermon chrétien, si joli que c'est une joie de le lire ou de l'entendre ? De tout cela mon livre va manquer ; car je n'ai rien à annoter en marge, rien à commenter à la fin et je ne sais pas davantage quels auteurs j'y ai suivis, afin de citer leurs noms en tête du livre, comme font tous les autres, par les lettres de l'A B C, en commençant par Aristote et en finissant par Xénophon, ou par Zoïle et Zeuxis, bien que l'un soit un critique envieux et le second un peintre. Mon livre va manquer encore de sonnets en guise d'introduction, au moins de sonnets dont les auteurs soient des ducs, des comtes, des marquis, des évêques, de grandes dames ou de célèbres poètes ; bien que, si j'en demandais quelques-uns à deux ou trois amis, gens du métier, je sais qu'ils me les donneraient, et tels que ne les égaleraient point ceux des plus renommés en notre Espagne. Enfin, mon ami et seigneur, poursuivis-je, j'ai résolu que le seigneur don Quichotte restât enseveli dans ses archives de la Manche, jusqu'à ce que le ciel lui envoie quelqu'un qui l'orne de tant de choses dont il est dépourvu ; car je me sens incapable de les lui fournir, à cause de mon insuffisance et de ma chétive érudition et parce que je suis naturellement paresseux d'aller à la quête d'auteurs qui disent pour moi ce que je sais bien dire sans eux. C'est de là que viennent l'indécision et la rêverie où vous m'avez trouvé, cause bien suffisante, comme vous venez de l'entendre, pour m'y tenir plongé. »

Quand mon ami eut écouté cette harangue, il se frappa le front du creux de la main, et, partant d'un grand éclat de rire : « Par Dieu, frère, s'écria-t-il, vous venez de me tirer d'une erreur où j'étais resté depuis le long temps que je vous connais. Je vous avais toujours tenu pour un homme d'esprit sensé, et sage dans toutes vos actions ; mais je vois à présent que vous êtes aussi loin de cet homme que la terre l'est du ciel. Comment est-il possible que de semblables bagatelles, et de si facile rencontre, aient la force d'interdire et absorber un esprit aussi mûr que le vôtre, aussi accoutumé à aborder et à vaincre des difficultés bien autrement grandes ? En vérité, cela ne vient pas d'un manque de talent, mais d'un excès de paresse et d'une absence de réflexion. Voulez-vous éprouver si ce que je dis est vrai ? Eh bien ! soyez attentif, et vous allez voir comment, en un clin d'œil, je dissipe toutes ces difficultés et remédie à tous ces défauts qui vous embarrassent, dites-vous, et vous effrayent au point de vous faire renoncer à mettre au jour l'histoire de votre fameux don Quichotte, miroir et lumière de toute la chevalerie errante. – Voyons, répliquai-je à son offre ; de quelle manière pensez-vous remplir le vide qui fait mon effroi, et tirer à clair le chaos de ma confusion ? »

Il me répondit : « À la première chose qui vous chagrine, c'est-à-dire le manque de sonnets, épigrammes et éloges à mettre en tête du livre, voici le remède que je propose ; prenez la peine de les faire vous-même ; ensuite vous les pourrez baptiser et nommer comme il vous plaira, leur donnant pour parrains le Preste Jean des Indes [1] ou l'empereur de Trébisonde [2], desquels je sais que le bruit a couru qu'ils étaient d'excellents poètes ; mais quand même ils ne l'eussent pas été, et que des pédants de bacheliers s'aviseraient de mordre sur vous par-derrière à propos de cette assertion, n'en faites pas cas pour deux maravédis : car le mensonge fût-il avéré, on ne vous coupera pas la main qui l'a écrit.

« Quant à citer en marge les livres et les auteurs où vous auriez pris les sentences et les maximes que vous placerez dans votre histoire, vous n'avez qu'à vous arranger de façon qu'il y vienne à propos quelque dicton latin, de ceux

---

1. Jean des Indes : Viardot dit curieusement « Preste ». Il est vrai que tout est imaginaire dans ce qu'une tradition médiévale a inventé au sujet de ce « prêtre Jean des Indes », qu'on a situé d'abord en Asie, puis en Éthiopie. Dans les dialogues facétieux, au temps de Cervantès, on invoquait ce personnage, en concurrence avec le Grand Turc, pour mettre divers propos sous le signe de l'invraisemblance ou de l'extraordinaire.

2. Trébisonde : nom ancien d'un port de la mer Noire (aujourd'hui Trabzon). Au seuil de ses aventures, don Quichotte rêve de « voir couronner la valeur de son bras au moins par l'empire de Trébisonde » (chap. I, *infra*).

que vous saurez par cœur, ou qui ne vous coûteront pas grande peine à trouver. Par exemple, en parlant de liberté et d'esclavage, vous pourriez mettre :

Non bene pro toto libertas venditur auro,

et citer en marge Horace ; ou celui qui l'a dit [1]. S'il est question du pouvoir de la mort, vous recourrez aussitôt au distique :

Pallida mors æquo pulsat pede pauperum tabernas
Regumque turres [2].

S'il s'agit de l'affection et de l'amour que Dieu commande d'avoir pour son ennemi, entrez aussitôt dans la divine Écriture, ce que vous pouvez faire avec tant soit peu d'attention, et citez pour le moins les paroles de Dieu même : *Ego autem dico vobis : Diligite inimicos vestros* [3]. Si vous traitez de mauvaises pensées, invoquez l'Évangile : *De corde exeunt cogitationes malæ* [4] ; si de l'instabilité des amis, voilà Caton qui vous prêtera son distique :

Donec eris felix, multos numerabis amicos ;
Tempora si fuerint nubila, solus eris [5].

---

1. Ce n'est pas Horace, mais un obscur poète médiéval du XIIe siècle, qui a proposé cette sentence (« La liberté ne se vend pas pour tout l'or du monde ») comme morale de la fable grecque d'Ésope, *Le Loup et le Chien*, que La Fontaine a reprise. Les annotateurs de Cervantès ont eu quelque mérite à retrouver la véritable source de la citation, ignorée ou nonchalamment occultée par « l'ami » que met en scène la préface.

2. Cette fois, la citation est bien d'Horace (*Odes*) : « La pâle mort d'un pied égal frappe tripots des pauvres et tours de rois. »

3. Matthieu, 5, 44 : « Eh bien moi, je vous dis : aimez vos ennemis. »

4. Matthieu, 15, 19 : « Du cœur proviennent les mauvaises pensées. »

5. La citation n'est pas de Caton, mais des *Odes* d'Ovide (*Tristes*, I, IX, v. 5-6) : « Tant que tu seras heureux, tu compteras beaucoup d'amis ; si le ciel se couvre, tu seras seul. » On a parfois imputé à Cervantès l'erreur de son personnage, et même ironisé à cette occasion sur les prétendues limites culturelles du grand romancier. Mais le distique était à son époque archiconnu des lettrés. L'apparente bévue est au service de l'ironie de la préface visant les citations plaquées, l'érudition de vitrine, en un mot, la cuistrerie.

Avec ces bouts de latin, et quelques autres de même étoffe, on vous tiendra du moins pour grammairien, ce qui, à l'heure qu'il est, n'est pas d'un petit honneur ni d'un mince profit.

« Pour ce qui est de mettre des notes et commentaires à la fin du livre, vous pouvez en toute sûreté le faire de cette façon : si vous avez à nommer quelque géant dans votre livre, faites en sorte que ce soit le géant Goliath, et vous avez, sans qu'il vous en coûte rien, une longue annotation toute prête ; car vous pourrez dire : *Le géant Golias, ou Goliath, fut un Philistin que le berger David tua d'un grand coup de fronde dans la vallée de Térébinthe, ainsi qu'il est conté dans le Livre des Rois, au chapitre où vous en trouverez l'histoire.* Après cela, pour vous montrer homme érudit, versé dans les lettres humaines et la cosmographie, arrangez-vous de manière que le fleuve du Tage soit mentionné en quelque passage de votre livre, et vous voilà en possession d'un autre magnifique commentaire. Vous n'avez qu'à mettre : *Le fleuve du Tage fut ainsi appelé du nom d'un ancien roi d'Espagne ; il a sa source en tel endroit, et son embouchure dans l'Océan, où il se jette, après avoir baigné les murs de la fameuse cité de Lisbonne. Il passe pour rouler des sables d'or, etc.* Si vous avez à parler de larrons, je vous fournirai l'histoire de Cacus, que je sais par cœur ; si de femmes perdues, voilà l'évêque de Mondoñedo [1] qui vous prêtera Lamia, Layda et Flora, et la matière d'une note de grand crédit ; si de cruelles, Ovide vous fournira Médée ; si d'enchanteresses, Homère a Calypso, et Virgile, Circé ; si de vaillants capitaines, Jules César se prêtera lui-même dans ses *Commentaires*, et Plutarque vous donnera mille Alexandres. Avez-vous à parler d'amours ? Pour peu que vous sachiez quatre mots de la langue italienne, vous trouverez dans Leone Hebreo [2] de quoi remplir la mesure toute comble ; et s'il

1. Il s'agit d'un étonnant prélat espagnol, Fray Antonio de Guevara, qui, dans la première moitié du XVIe siècle, multiplia des écrits souvent profanes et mystificateurs sous une apparence de dévotion et de sérieux. Cervantès devait en raffoler !

2. Leone Hebreo (en français, Léon l'Hébreu) : surnom de Juda ben Isaac Abravanel, grand représentant du courant néoplatonicien dans ses *Dialogues d'amour* (publiés en italien à Rome en 1535).

vous déplaît d'aller à la quête en pays étrangers, vous avez chez vous Fonseca [1] et son *Amour de Dieu*, qui renferme tout ce que vous et le plus ingénieux puissiez désirer en semblable matière. En un mot, vous n'avez qu'à faire en sorte de citer les noms que je viens de dire, ou de mentionner ces histoires dans la vôtre, et laissez-moi le soin d'ajouter des notes marginales et finales : je m'engage, parbleu, à vous remplir les marges du livre et quatre feuilles à la fin.

« Venons, maintenant, à la citation d'auteurs qu'ont les autres livres et dont le vôtre est dépourvu. Le remède est vraiment très facile, car vous n'avez autre chose à faire que de chercher un ouvrage qui les ait tous cités depuis l'*a* jusqu'au *z*, comme vous dites fort bien ; et ce même abécédaire, vous le mettrez tout fait dans votre livre. Vît-on clairement le mensonge, à cause du peu d'utilité que ces auteurs pouvaient vous offrir, que vous importe ? Il se trouvera peut-être encore quelque homme assez simple pour croire que vous les avez tous mis à contribution dans votre histoire ingénue et tout unie. Et, ne fût-il bon qu'à cela, ce long catalogue doit tout d'abord donner au livre quelque autorité. D'ailleurs, qui s'avisera, n'ayant à cela nul intérêt, de vérifier si vous avez ou non suivi ces auteurs ? Mais il y a plus, et si je ne me trompe, votre livre n'a pas le moindre besoin d'aucune de ces choses que vous dites lui manquer ; car enfin, il n'est tout au long qu'une invective contre les livres de chevalerie, dont Aristote n'entendit jamais parler [2], dont Cicéron n'eut pas la

---

1. Fonseca : nom d'un moine espagnol, auteur d'un *Traité de l'amour de Dieu* à la fin du XVIe siècle.

2. La boutade de « l'ami » recouvre une idée capitale, à savoir que les romans de chevalerie et, à plus forte raison, la fiction nouvelle qui vient les mettre en cause constituent une pratique narrative que personne n'a su encore théoriser. La *Poétique* d'Aristote demeurait en effet au temps de Cervantès l'assise indispensable à tous les efforts pour penser ce qu'on nomme aujourd'hui « littérature ». Or les exemples qu'avait pu méditer Aristote relevaient surtout de l'épopée, du théâtre et, à un moindre degré, de la poésie lyrique. C'est pourquoi les poéticiens du XVIe siècle, le Tasse par exemple, cherchaient à recouvrir du moule de l'épopée diverses fictions narratives postérieures à Aristote, comme les romans grecs du genre des *Éthiopiques* d'Héliodore, ou les romans de chevalerie eux-mêmes : on disait que c'étaient des « épopées en prose ».

moindre idée, et dont saint Basile n'a pas dit un mot. Et, d'ailleurs, ses fabuleuses et extravagantes inventions ont-elles à démêler quelque chose avec les ponctuelles exigences de la vérité ou les observations de l'astronomie ? Que lui importent les mesures géométriques ou l'observance des règles et arguments de la rhétorique ? A-t-il, enfin, à prêcher quelqu'un, en mêlant les choses humaines et divines, ce qui est une sorte de mélange que doit réprouver tout entendement chrétien ? L'imitation doit seulement lui servir pour le style, et plus celle-là sera parfaite, plus celui-ci s'approchera de la perfection. Ainsi donc, puisque votre ouvrage n'a d'autre but que de fermer l'accès et de détruire l'autorité qu'ont dans le monde et parmi le vulgaire les livres de chevalerie, qu'est-il besoin que vous alliez mendiant des sentences de philosophes, des conseils de la sainte Écriture, des fictions de poètes, des oraisons de rhétoriciens et des miracles de bienheureux ? Mais tâchez que, tout uniment et avec des paroles claires, honnêtes, bien disposées, votre période soit sonore et votre récit amusant, que vous peigniez tout ce que votre imagination conçoit, et que vous fassiez comprendre vos pensées sans les obscurcir et les embrouiller. Tâchez aussi qu'en lisant votre histoire, le mélancolique [1] s'excite à rire, que le rieur augmente sa gaieté, que le simple ne s'ennuie pas, que l'habile admire l'invention, que le grave ne la méprise point, et que le sage se croie tenu de la louer. Surtout, visez continuellement à renverser de fond en comble cette machine mal assurée des livres de chevalerie, réprouvés de tant de gens, et vantés d'un bien plus grand nombre. Si vous en venez à bout, vous n'aurez pas fait une mince besogne. »

J'avais écouté dans un grand silence tout ce que me disait mon ami, et ses propos se gravèrent si bien dans mon esprit que, sans vouloir leur opposer la moindre dispute, je les tins pour sensés, leur donnai mon approbation,

1. Mélancolique : à prendre au sens ancien de tempérament dominé par l'humeur noire, ou atrabile. Rappelons que le Misanthrope de Molière est défini par le sous-titre de la pièce comme un « atrabilaire », et tenu pour tel par son ami Philinte qui, lui, incarne le « flegmatique ». Il est plaisant de voir ici la mélancolie de don Quichotte présentée comme un antidote à la mélancolie éventuelle des lecteurs.

et voulus même en composer ce prologue, dans lequel tu verras, lecteur bénévole, la prudence et l'habileté de mon ami, le bonheur que j'eus de rencontrer en temps si opportun un tel conseiller, enfin le soulagement que tu goûteras toi-même en trouvant dans toute son ingénuité, sans mélange et sans détours, l'histoire du fameux don Quichotte de la Manche, duquel tous les habitants du district de la plaine de Montiel [1] ont l'opinion qu'il fut le plus chaste amoureux et le plus vaillant chevalier que, de longues années, on ait vu dans ces parages. Je ne veux pas trop te vanter le service que je te rends en te faisant connaître un si digne et si notable chevalier ; mais je veux que tu me saches gré pourtant de la connaissance que je te ferai faire avec le célèbre Sancho Panza, son écuyer, dans lequel, à mon avis, je te donne rassemblées toutes les grâces du métier qui sont éparses à travers la foule innombrable et vaine des livres de chevalerie. Après cela, que Dieu te donne bonne santé, et qu'il ne m'oublie pas non plus. *Vale.*

1. Montiel : lieu de la Manche à situer entre les actuelles provinces de Ciudad Real et d'Albacete.

PREMIÈRE PARTIE

CHAPITRE PREMIER

Qui traite de la qualité et des occupations du fameux hidalgo don Quichotte de la Manche

Dans une bourgade de la Manche, dont je ne veux pas me rappeler le nom, vivait, il n'y a pas longtemps, un hidalgo, de ceux qui ont lance au râtelier, rondache antique, bidet maigre et lévrier de chasse. Un pot-au-feu, plus souvent de mouton que de bœuf, une vinaigrette [1] presque tous les soirs, des abattis de bétail [2] le samedi, le vendredi des lentilles, et le dimanche quelque pigeonneau outre l'ordinaire, consumaient les trois quarts de son revenu. Le reste se dépensait en un pourpoint de drap fin, des chausses de panne avec leurs pantoufles de même étoffe, pour les jours de fête, et un habit de la meilleure serge du pays, dont il se faisait honneur les jours de la semaine. Il avait chez lui une gouvernante qui passait les quarante ans, une nièce qui n'atteignait pas les vingt, et de plus un garçon de ville et de campagne, qui sellait le bidet aussi bien qu'il maniait la serpette [3]. L'âge de notre

1. On a fait quelque progrès, depuis Viardot, pour savoir en quoi consistait exactement le menu de l'hidalgo. Le terme de « vinaigrette » est bien trop vague pour rendre *salpicón* qui désignait en espagnol du bœuf froid diversement assaisonné.

2. Abattis de bétail : plutôt œufs frits au lard, selon de savantes recherches culinaires menées après Viardot. Voilà de quoi réjouir les amateurs d'exactitude minutieuse… et d'œufs au lard !

3. Ce domestique anonyme, qui aurait pu devenir l'écuyer de son maître, disparaît totalement du roman, à peine apparu. Il y a ainsi souvent dans la foisonnante fiction cervantine des potentialités narratives qui tournent court.

hidalgo frisait la cinquantaine ; il était de complexion robuste, maigre de corps, sec de visage, fort matineux et grand ami de la chasse. On a dit qu'il avait le surnom de Quixada ou Quesada, car il y a sur ce point quelque divergence entre les auteurs qui en ont écrit, bien que les conjectures les plus invraisemblables fassent entendre qu'il s'appelait Quijana. Mais cela importe peu à notre histoire ; il suffit que, dans le récit des faits, on ne s'écarte pas d'un atome de la vérité.

Or il faut savoir que cet hidalgo, dans les moments où il restait oisif, c'est-à-dire à peu près toute l'année, s'adonnait à lire des livres de chevalerie, avec tant de goût et de plaisir qu'il en oublia presque entièrement l'exercice de la chasse et l'administration de son bien. Sa curiosité et son extravagance arrivèrent à ce point qu'il vendit plusieurs arpents de bonnes terres à blé pour acheter des livres de chevalerie à lire [1]. Aussi en amassa-t-il dans sa maison autant qu'il put s'en procurer. Mais, de tous ces livres, nul ne lui paraissait aussi parfait que ceux composés par le fameux Feliciano de Silva [2]. En effet, l'extrême clarté de sa prose le ravissait, et ses propos si bien entortillés lui semblaient d'or ; surtout quand il venait à lire ces lettres de galanterie et de défi où il trouvait écrit en plus d'un endroit : *La raison de la déraison qu'à ma raison vous faites, affaiblit tellement ma raison, qu'avec raison, je me plains de votre beauté*, et de même quand il lisait : *Les hauts cieux qui de votre divinité divinement par le secours des étoiles vous fortifient, et vous font méritante des mérites que mérite votre grandeur.*

Avec ces propos et d'autres semblables, le pauvre gentilhomme perdait le jugement. Il passait les nuits et se donnait la torture pour les comprendre, pour les approfondir, pour leur tirer le sens des entrailles, ce qu'Aristote lui-même n'aurait pu faire, s'il fût ressuscité tout exprès pour

---

1. Quelque cent cinquante ans après l'invention de l'imprimerie, des livres du format des romans de chevalerie pouvaient effectivement coûter cher. Le narrateur semble ici épouser le point de vue de quelque paysan de l'époque, sidéré de penser qu'on puisse préférer à de la bonne terre des morceaux de papier tacheté.

2. Feliciano de Silva : auteur de plusieurs suites effectivement « entortillées » à l'*Amadis de Gaule*, dans la première moitié du XVIe siècle.

cela. Il ne s'accommodait pas autant des blessures que don Bélianis donnait ou recevait, se figurant que, par quelque excellent docteur qu'il fût pansé, il ne pouvait manquer d'avoir le corps couvert de cicatrices, et le visage de balafres. Mais, néanmoins, il louait dans l'auteur cette façon galante de terminer son livre par la promesse de cette interminable aventure ; souvent même il lui vint envie de prendre la plume et de le finir au pied de la lettre, comme il y est annoncé. Sans doute il l'aurait fait, et s'en serait même tiré à son honneur, si d'autres pensées, plus continuelles et plus grandes, ne l'en eussent détourné. Maintes fois il avait disputé avec le curé du pays, homme docte et gradué à Siguënza [1], sur la question de savoir lequel avait été le meilleur chevalier, de Palmerin d'Angleterre ou d'Amadis de Gaule. Pour maître Nicolas, barbier du même village, il assurait que nul n'approchait du chevalier de Phébus [2], et que si quelqu'un pouvait lui être comparé, c'était le seul don Galaor, frère d'Amadis de Gaule ; car celui-là était propre à tout, sans minauderie, sans grimaces, non point un pleureur comme son frère, et ne lui cédant pas d'un pouce pour le courage.

Enfin, notre hidalgo s'acharna tellement à sa lecture que ses nuits se passaient en lisant du soir au matin, et ses jours, du matin au soir. Si bien qu'à force de dormir peu et de lire beaucoup, il se dessécha le cerveau, de manière qu'il vint à perdre l'esprit. Son imagination se remplit de tout ce qu'il avait lu dans les livres, enchantements, querelles, défis, batailles, blessures, galanteries, amours, tempêtes et extravagances impossibles ; et il se fourra si bien dans la tête que tout ce magasin d'inventions rêvées était la vérité pure qu'il n'y eut pour lui nulle autre histoire plus certaine dans le monde. Il disait que le Cid Ruy Diaz avait

---

1. Siguënza : localité dotée depuis la fin du XVe siècle d'une très modeste université, que celle, toute proche, d'Alcalá de Henares (lieu de naissance, rappelons-le, de Cervantès) était vite venue écraser de sa taille imposante. L'ironie à l'égard des diplômes du curé ne pouvait échapper aux lecteurs de l'époque.

2. Chevalier de Phébus : personnage d'un roman de chevalerie paru à Saragosse au milieu du XVIe siècle. Cervantès fait de lui le signataire d'un des sonnets liminaires du *Quichotte* (non traduits par Viardot). Au sujet de ces pièces liminaires, voir Présentation.

sans doute été bon chevalier, mais qu'il n'approchait point du chevalier de l'Ardente-Épée [1], lequel, d'un seul revers, avait coupé par la moitié deux farouches et démesurés géants. Il faisait plus de cas de Bernard del Carpio [2], parce que, dans la gorge de Roncevaux, il avait mis à mort Roland l'enchanté, s'aidant de l'adresse d'Hercule quand il étouffa Antée, le fils de la Terre, entre ses bras. Il disait grand bien du géant Morgan, qui, bien qu'issu de cette race géante, où tous sont arrogants et discourtois, était lui seul affable et bien élevé. Mais celui qu'il préférait à tous les autres, c'était Renaud de Montauban [3], surtout quand il le voyait sortir de son château, et détrousser autant de gens qu'il en rencontrait, ou voler, par-delà le détroit, cette idole de Mahomet, qui était toute d'or, à ce que dit son histoire. Quant au traître Ganelon, pour lui administrer une volée de coups de pied dans les côtes, il aurait volontiers donné sa gouvernante, et même sa nièce par-dessus le marché.

Finalement, ayant perdu l'esprit sans ressource, il vint à donner dans la plus étrange pensée dont jamais fou se fût avisé dans le monde. Il lui parut convenable et nécessaire, aussi bien pour l'éclat de sa gloire que pour le service de son pays, de se faire chevalier errant, de s'en aller par le monde, avec son cheval et ses armes, chercher les aventures, et de pratiquer tout ce qu'il avait lu que pratiquaient les chevaliers errants, redressant toutes sortes de torts, et s'exposant à tant de rencontres, à tant de périls qu'il acquît, en les surmontant, une éternelle renommée. Il s'imaginait déjà, le pauvre rêveur, voir couronner la valeur de son bras au moins par l'empire de Trébisonde. Ainsi emporté par de si douces pensées et par l'ineffable attrait qu'il y trouvait, il se hâta de mettre son désir en pratique. La première

1. Chevalier de l'Ardente-Épée : personnage d'une des suites à l'*Amadis* composées par Feliciano de Silva (voir p. 18, note 2).

2. Bernard del Carpio : héros légendaire dont toute une tradition épique a fait en Espagne le vainqueur de notre Roland. Si celui-ci est dit ici « enchanté », c'est que, selon cette tradition, on ne pouvait le tuer qu'à condition de lui enfoncer une grosse aiguille dans le talon. Le début du chapitre XXVI revient sur la ruse herculéenne imaginée par Bernard.

3. Renaud de Montauban : un des douze pairs de France, qui est passé de nos chansons de geste au Romancero espagnol.

chose qu'il fit fut de nettoyer les pièces d'une armure qui avait appartenu à ses bisaïeux, et qui, moisie et rongée de rouille, gisait depuis des siècles oubliée dans un coin. Il les lava, les frotta, les raccommoda du mieux qu'il put. Mais il s'aperçut qu'il manquait à cette armure une chose importante, et qu'au lieu d'un heaume complet elle n'avait qu'un simple morion. Alors son industrie suppléa à ce défaut : avec du carton, il fit une manière de demi-salade [1], qui, emboîtée avec le morion, formait une apparence de salade entière. Il est vrai que, pour essayer si elle était forte et à l'épreuve d'estoc et de taille, il tira son épée et lui porta deux coups du tranchant, dont le premier détruisit en un instant l'ouvrage d'une semaine. Cette facilité de la mettre en pièces ne laissa pas de lui déplaire et, pour s'assurer contre un tel péril, il se mit à refaire son armet, le garnissant en dedans de légères bandes de fer, de façon qu'il demeura satisfait de sa solidité ; et, sans vouloir faire sur lui de nouvelles expériences, il le tint pour un casque à visière de la plus fine trempe.

Cela fait, il alla visiter sa monture ; et, quoique l'animal eût plus de tares que de membres, et plus triste apparence que le cheval de Gonéla [2], qui *tantum, pellis et ossa fuit*, il lui sembla que ni le Bucéphale d'Alexandre ni le Babiéca du Cid ne lui étaient comparables. Quatre jours se passèrent à ruminer dans sa tête quel nom il lui donnerait : « Car, se disait-il, il n'est pas juste que cheval de si fameux chevalier, et si bon par lui-même, reste sans nom connu. » Aussi essayait-il de lui en accommoder un qui désignât ce qu'il avait été avant d'entrer dans la chevalerie errante, et ce qu'il était alors. La raison voulait d'ailleurs que son maître changeant d'état, il changeât aussi de nom, et qu'il en prît un pompeux et éclatant, tel que l'exigeaient le nouvel ordre et la nouvelle profession qu'il embrassait. Ainsi, après une quantité de noms qu'il composa, effaça, rogna, augmenta, défit et refit dans sa mémoire et son imagination, à la fin il vint à l'appeler *Rossinante*, nom, à son

1. La salade n'est pas ici un légume, mais un casque profond et arrondi, venant de l'italien *celata*. Étymologie : *cælum* (ciel en latin) à cause de la forme.

2. Pietro Gonella, bouffon italien de la cour des ducs de Ferrare au XVe siècle. Son cheval n'avait apparemment que la peau sur les os.

idée, majestueux et sonore, qui signifiait ce qu'il avait été et ce qu'il était devenu, la première de toutes les rosses du monde.

Ayant donné à son cheval un nom si à sa fantaisie, il voulut s'en donner un à lui-même ; et cette pensée lui prit huit autres jours, au bout desquels il décida de s'appeler *don Quichotte*. C'est de là, comme on l'a dit, que les auteurs de cette véridique histoire prirent occasion d'affirmer qu'il devait se nommer Quixada, et non Quesada comme d'autres ont voulu le faire croire. Se rappelant alors que le valeureux Amadis ne s'était pas contenté de s'appeler Amadis tout court, mais qu'il avait ajouté à son nom celui de sa patrie, pour la rendre fameuse, et s'était appelé Amadis de Gaule, il voulut aussi, en bon chevalier, ajouter au sien le nom de la sienne et s'appeler *don Quichotte de la Manche*, s'imaginant qu'il désignait clairement par là sa race et sa patrie, et qu'il honorait celle-ci en prenant d'elle son surnom.

Ayant donc nettoyé ses armes, fait du morion une salade, donné un nom à son bidet et à lui-même la confirmation il se persuada qu'il ne lui manquait plus rien, sinon de chercher une dame de qui tomber amoureux, car, pour lui, le chevalier errant sans amour était un arbre sans feuilles et sans fruits, un corps sans âme. Il se disait : « Si pour la punition de mes péchés, ou plutôt par faveur de ma bonne étoile, je rencontre par là quelque géant, comme il arrive d'ordinaire aux chevaliers errants, que je le renverse du premier choc ou que je le fende par le milieu du corps, qu'enfin je le vainque et le réduise à merci, ne serait-il pas bon d'avoir à qui l'envoyer en présent, pour qu'il entre et se mette à genoux devant ma douce maîtresse, et lui dise d'une voix humble et soumise : « Je suis le géant Caraculiambro [1], seigneur de l'île Malindrania, qu'a vaincu en combat singulier le jamais dignement loué chevalier don Quichotte de la Manche, lequel m'a ordonné de me présenter devant Votre Grâce, pour que Votre Grandeur dispose de moi tout à son aise ? » Oh ! combien se réjouit

1. Caraculiambro : il n'est pas besoin de savoir beaucoup d'espagnol pour saisir que ce nom est grotesque, de même que Malindrania, qui peut faire penser à « malandrin », vieux terme tant castillan que français, qui désigne un brigand, ou une canaille.

notre bon chevalier quand il eut fait ce discours, et surtout quand il eut trouvé à qui donner le nom de sa dame ! Ce fut, à ce que l'on croit, une jeune paysanne de bonne mine, qui demeurait dans un village voisin du sien et dont il avait été quelque temps amoureux, bien que la belle n'en eût jamais rien su, et ne s'en fût pas souciée davantage. Elle s'appelait Aldonza Lorenzo, et ce fut à elle qu'il lui sembla bon d'accorder le titre de dame suzeraine de ses pensées. Lui cherchant alors un nom qui ne s'écartât pas trop du sien, qui sentît et représentât la grande dame et la princesse, il vint à l'appeler *Dulcinée du Toboso*, parce qu'elle était native de ce village ; nom harmonieux à son avis, rare et distingué, et non moins expressif que tous ceux qu'il avait donnés à son équipage et à lui-même [1].

1. Sur l'invention de Dulcinée, voir Présentation.

CHAPITRE II

Qui traite de la première sortie que fit de son pays l'ingénieux don Quichotte

Ayant donc achevé ses préparatifs, il ne voulut pas attendre davantage pour mettre à exécution son projet. Ce qui le pressait de la sorte, c'était la privation qu'il croyait faire au monde par son retard, tant il espérait venger d'offenses, redresser de torts, réparer d'injustices, corriger d'abus, acquitter de dettes. Ainsi, sans mettre âme qui vive dans la confidence de son intention, et sans que personne le vît, un beau matin, avant le jour, qui était un des plus brûlants du mois de juillet, il s'arma de toutes pièces, monta sur Rossinante, coiffa son espèce de salade, embrassa son écu, saisit sa lance et, par la fausse porte d'une basse-cour, sortit dans la campagne, ne se sentant pas d'aise de voir avec quelle facilité il avait donné carrière à son noble désir. Mais à peine se vit-il en chemin qu'une pensée terrible l'assaillit, et telle que peu s'en fallut qu'elle ne lui fît abandonner l'entreprise commencée. Il lui vint à la mémoire qu'il n'était pas armé chevalier ; qu'ainsi, d'après les lois de la chevalerie, il ne pouvait ni ne devait entrer en lice avec aucun chevalier ; et que, mêmc le fût-il, il devait porter des armes blanches, comme chevalier novice, sans devise sur l'écu, jusqu'à ce qu'il l'eût gagnée par sa valeur. Ces pensées le firent hésiter dans son propos ; mais, sa folie l'emportant sur toute raison, il résolut de se faire armer chevalier par le premier qu'il rencontrerait, à l'imitation de beaucoup d'autres qui en agirent ainsi, comme il l'avait lu dans les livres qui l'avaient mis en cet état. Quant aux armes blanches, il pensait frotter si bien les siennes, à la première occasion, qu'elles devinssent plus blanches qu'une hermine. De cette manière, il se tranquillisa l'esprit, et continua son chemin, qui n'était autre que celui que voulait son cheval, car il croyait qu'en cela consistait l'essence des aventures.

En cheminant ainsi, notre tout neuf aventurier se parlait à lui-même, et disait : « Qui peut douter que dans les temps à venir, quand se publiera la véridique histoire de mes exploits, le sage qui les écrira, venant à conter cette première sortie que je fais si matin ne s'exprime de la sorte : "À peine le blond Phébus avait-il étendu sur la spacieuse face de la terre immense les tresses dorées de sa belle chevelure ; à peine les petits oiseaux nuancés de mille couleurs avaient-ils salué des harpes de leurs langues, dans une douce et mielleuse harmonie, la venue de l'aurore au teint de rose, qui, laissant la molle couche de son jaloux mari, se montre aux mortels du haut des balcons de l'horizon castillan, que le fameux chevalier don Quichotte de la Manche, abandonnant le duvet oisif, monta sur son fameux cheval Rossinante, et prit sa route à travers l'antique et célèbre plaine de Montiel." » En effet, c'était là qu'il cheminait ; puis il ajouta : « Heureux âge et siècle heureux, celui où paraîtront à la clarté du jour mes fameuses prouesses dignes d'être gravées dans le bronze, sculptées en marbre, et peintes sur bois, pour vivre éternellement dans la mémoire des âges futurs ! Ô toi, qui que tu sois, sage enchanteur, destiné à devenir le chroniqueur de cette merveilleuse histoire, je t'en prie, n'oublie pas mon bon Rossinante, éternel compagnon de toutes mes courses et de tous mes voyages. » Puis, se reprenant, il disait, comme s'il eût été réellement amoureux : « Ô princesse Dulcinée, dame de ce cœur captif ! une grande injure vous m'avez faite en me donnant congé, en m'imposant, par votre ordre, la rigoureuse contrainte de ne plus paraître en présence de votre beauté. Daignez, ma dame, avoir souvenance de ce cœur, votre sujet, qui souffre tant d'angoisses pour l'amour de vous. » À ces sottises, il en ajoutait cent autres, toutes à la manière de celles que ses livres lui avaient apprises, imitant de son mieux leur langage. Et cependant, il cheminait avec tant de lenteur, et le soleil, qui s'élevait, dardait des rayons si brûlants que la chaleur aurait suffi pour lui fondre la cervelle s'il en eût conservé quelque peu.

Il marcha presque tout le jour sans qu'il lui arrivât rien qui fût digne d'être conté ; et il s'en désespérait, car il aurait voulu rencontrer aussitôt quelqu'un avec qui faire l'expérience de la valeur de son robuste bras. Des auteurs disent que la première aventure qui lui arriva fut celle du Port-Lapice [1] ; d'autres, celle des moulins à vent. Mais ce que j'ai pu vérifier à ce sujet, et ce que j'ai trouvé consigné dans les annales de la Manche [2], c'est qu'il alla devant lui toute cette journée et qu'au coucher du soleil son bidet et lui se trouvèrent harassés et morts de faim. Alors regardant de toutes parts pour voir s'il ne découvrirait pas quelque château, quelque hutte de bergers, où il pût chercher un gîte et un remède à son extrême besoin, il aperçut non loin du chemin où il marchait une hôtellerie ; ce fut comme s'il eût vu l'étoile qui le guidait aux portiques, si ce n'est au palais de sa rédemption. Il pressa le pas, si bien qu'il y arriva à la tombée de la nuit. Par hasard il y avait sur la porte deux jeunes filles, de celles-là qu'on appelle *de joie*, lesquelles s'en allaient à Séville avec quelques muletiers qui s'étaient décidés à faire halte cette nuit dans l'hôtellerie. Et comme tout ce qui arrivait à notre aventurier, tout ce qu'il voyait ou pensait lui semblait se faire ou venir à la manière de ce qu'il avait lu, dès qu'il vit l'hôtellerie, il s'imagina que c'était un château, avec ses quatre tourelles et ses chapiteaux d'argent bruni, auquel ne manquaient ni le pont-levis, ni les fossés, ni aucun des accessoires que de semblables châteaux ont toujours dans les descriptions. Il s'approcha de l'hôtellerie, qu'il prenait pour un château, et, à quelque distance, il retint la bride à

1. Port-Lapice : col et petite localité de la Manche, au nord-ouest de l'actuelle province de Ciudad Real. C'est là que survient, lors de la seconde sortie de don Quichotte (chap. VIII), le combat avec le « Biscayen ». On notera dans cette anticipation et dans cette controverse sur l'ordre des événements la vertigineuse ambiguïté du mot « auteurs », au pluriel : écrivains qui auraient déjà donné différentes versions de l'histoire de don Quichotte, ou commentateurs de ces versions ?

2. Cervantès parle à diverses reprises de ces annales ou archives de la Manche, totalement fantaisistes.

Rossinante, attendant qu'un nain parût entre les créneaux pour donner avec son cor le signal qu'un chevalier arrivait au château. Mais voyant qu'on tardait et que Rossinante avait hâte d'arriver à l'écurie, il s'approcha de la porte, et vit les deux filles perdues qui s'y trouvaient, lesquelles lui parurent deux jolies damoiselles ou deux gracieuses dames qui, devant la porte du château, folâtraient et prenaient leurs ébats.

En ce moment il arriva, par hasard, qu'un porcher qui rassemblait dans des chaumes un troupeau de cochons (sans pardon ils s'appellent ainsi) souffla dans une corne au son de laquelle ces animaux se réunissent. Aussitôt don Quichotte s'imagina, comme il le désirait, qu'un nain donnait le signal de sa venue. Ainsi donc, transporté de joie, il s'approcha de l'hôtellerie et des dames, lesquelles voyant venir un homme armé de la sorte, avec lance et bouclier, allaient, pleines d'effroi, rentrer dans la maison. Mais don Quichotte comprit à leur fuite la peur qu'elles avaient. Il leva sa visière de carton, et, découvrant son sec et poudreux visage, d'un air aimable et d'une voix posée, il leur dit : « Que Vos Grâces ne prennent point la fuite, et ne craignent nulle discourtoise offense ; car, dans l'ordre de chevalerie que je professe, il n'appartient ni ne convient d'en faire à personne, et surtout à des damoiselles d'aussi haut parage que le démontrent vos présences. » Les filles le regardaient et cherchaient de tous leurs yeux son visage sous la mauvaise visière qui le couvrait. Mais quand elles s'entendirent appeler demoiselles, chose tellement hors de leur profession, elles ne purent s'empêcher d'éclater de rire, et ce fut de telle sorte que don Quichotte vint à se fâcher. Il leur dit gravement : « La politesse sied à la beauté, et le rire qui procède d'une cause légère est une inconvenance ; mais je ne vous dis point cela pour vous causer de la peine, ni troubler votre belle humeur, la mienne n'étant autre que de vous servir. » Ce langage, que ne comprenaient point les dames, et la mauvaise mine de notre chevalier augmentaient en elles le rire, et en lui le courroux, tellement que la chose eût mal tourné, si dans ce moment même n'eût paru l'hôtelier, gros homme que son embonpoint rendait pacifique ; lequel voyant cette bizarre figure, accoutrée d'armes si dépareillées, comme étaient la bride, la lance, la rondache et le corselet [1], fut tout prêt d'accompagner les demoiselles dans l'effusion de leur joie. Mais cependant, effrayé de ce fantôme armé en guerre, il se ravisa et résolut de lui parler poliment : « Si Votre Grâce, seigneur chevalier, lui dit-il, vient chercher un gîte, sauf le lit, car il n'y en a pas un seul dans cette hôtellerie, tout le reste s'y trouvera en grande abondance. » Don Quichotte voyant l'humilité du commandant de la forteresse, puisque tels lui paraissaient l'hôte et l'hôtellerie, lui répondit : « Pour moi, seigneur châtelain, quoi que ce soit me suffit. *Mes parures, ce sont les armes ; mon repos, c'est le combat* [2], etc. » L'hôte pensa que l'étranger l'avait appelé châtelain parce qu'il lui semblait un échappé de Castille, quoiqu'il fût Andalous [3], et de la plage de San-Lucar, aussi voleur que Cacus, aussi goguenard qu'un étudiant ou un page. Il lui répondit donc : « À ce train-là, *les lits de Votre Grâce sont des rochers durs, et son sommeil est toujours veiller* [4]. S'il en est ainsi, vous pouvez mettre pied à terre, bien assuré de trouver dans cette masure l'occasion et les occasions de ne pas dormir, non de la nuit, mais de l'année entière. »

En disant cela, il fut tenir l'étrier à don Quichotte, lequel descendit de cheval avec beaucoup de peine et d'efforts, comme un homme qui n'avait pas rompu le jeûne de toute la journée. Il dit aussitôt à l'hôtelier d'avoir grand soin de son cheval, parce que c'était la meilleure bête qui portât selle au monde. L'autre la regarda et ne la trouva pas si bonne que disait don Quichotte, pas même de

1. Don Quichotte combine tant bien que mal deux façons contradictoires de monter à cheval, l'une « à la bride », c'est-à-dire en cavalier lourdement armé et qui va jambes tendues, et l'autre « à la genette », avec des étriers courts et des protections légères, telles que la rondache et le corselet.

2. Vers initiaux d'un célèbre romance. Si Hugo avait corrigé Viardot, sans doute lui aurait-il fait écrire : « Mes parures sont les armes », afin d'offrir un premier heptasyllabe qui fasse pendant à « mon repos, c'est le combat. » L'heptasyllabe a été la solution métrique adoptée par Hugo quand il a transposé en vers français les octosyllabes de divers poèmes du Romancero, si cher à son frère Abel.

3. Curieuse graphie de l'époque romantique.

4. L'hôte (l'hôtelier, dirions-nous aujourd'hui) réplique du tac au tac en citant les deux vers du romance qui font suite à ceux qui viennent de servir de devise à don Quichotte.

moitié. Il l'arrangea pourtant dans l'écurie et revint voir ce que voulait son hôte, que les demoiselles s'occupaient à désarmer, s'étant déjà réconciliées avec lui. Elles lui avaient bien ôté la cuirasse de poitrine et celle d'épaules ; mais jamais elles ne purent venir à bout de lui déboîter le hausse-col, ni de lui ôter l'informe salade que tenaient attachée des rubans verts. Il fallait couper ces rubans, dont on ne pouvait défaire les nœuds ; mais don Quichotte ne voulut y consentir en aucune façon, et préféra rester toute cette nuit la salade en tête, ce qui faisait la plus étrange et la plus gracieuse figure qui se pût imaginer ; et, pendant cette cérémonie, se persuadant que les coureuses qui le désarmaient étaient de grandes dames du château, il leur dit avec une grâce parfaite ces vers d'un vieux romance : « *Jamais ne fut chevalier si bien servi des dames que don Quichotte quand il vint de son village ; les demoiselles prenaient soin de lui, et les princesses de son rossin* [1], ou Rossinante, car tel est, mesdames, le nom de mon cheval, comme don Quichotte de la Manche est celui de votre serviteur ; et, bien que je ne voulusse pas me découvrir jusqu'à ce que m'eussent découvert les exploits faits en votre service et profit, le besoin d'ajuster à l'occasion présente ce vieux romance de Lancelot a été cause que vous avez su mon nom avant la juste époque. Mais un temps viendra pour que Vos Seigneuries commandent et que j'obéisse, et pour que la valeur de mon bras témoigne du désir que j'ai de vous servir. » Les jeunes filles, qui n'étaient pas faites à de semblables rhétoriques, ne répondaient mot. Elles lui demandèrent s'il voulait manger quelque chose. « Quoi que ce fût, je m'en accommoderais, répondit don Quichotte ; car, si je ne me trompe, toute chose viendrait fort à point. »

Par bonheur, ce jour-là tombait un vendredi, et il n'y avait dans toute l'hôtellerie que des tronçons d'un poisson

1. Don Quichotte adapte à son cas un fameux romance de Lancelot. On notera que Viardot, qui a choisi dès le début de traduire *rocín* par « bidet », se trouve ici coincé et obligé d'inventer « rossin » au lieu de « roussin », pour permettre l'adéquation avec Rossinante. Digne de la métrique hugolienne est la récente et savoureuse traduction de Jean Canavaggio : « Oncques n'y eut chevalier/Si bien servi par les dames/Comme le fut don Quichotte/Quand de son village il vint./Damoiselles le servaient/Et princesses son roussin. »

séché qu'on appelle, selon le pays, morue, merluche ou truitelle [1]. On lui demanda si, par hasard, Sa Grâce mangerait de la truitelle, puisqu'il n'y avait pas d'autre poisson à lui servir. « Pourvu qu'il y ait plusieurs truitelles, répondit don Quichotte, elles pourront servir de truites, car il m'est égal qu'on me donne huit réaux en monnaie ou bien une pièce de huit réaux. D'ailleurs, il se pourrait qu'il en fût de ces truitelles comme du veau, qui est plus tendre que le bœuf, ou comme du chevreau, qui est plus tendre que le bouc. Mais, quoi que ce soit, apportez-le vite ; car la fatigue et le poids des armes ne se peuvent supporter sans l'assistance de l'estomac. » On lui dressa la table à la porte de l'hôtellerie, pour qu'il eût plus frais, et l'hôte lui apporta une ration de cette merluche mal détrempée et plus mal assaisonnée, avec du pain aussi noir et moisi que ses armes. C'était à mourir de rire que de le voir manger ; car comme il avait la salade mise et la visière levée, il ne pouvait rien porter à la bouche avec ses mains. Il fallait qu'un autre l'embecquât ; si bien qu'une de ces dames servit à cet office. Quant à lui donner à boire, ce ne fut pas possible, et ce ne l'aurait jamais été si l'hôte ne se fût avisé de percer de part en part un jonc dont il lui mit l'un des bouts dans la bouche, tandis que par l'autre il lui versait du vin. À tout cela, le pauvre chevalier prenait patience, plutôt que de couper les rubans de son morion. Sur ces entrefaites, un châtreur de porcs vint par hasard à l'hôtellerie et se mit, en arrivant, à souffler cinq à six fois dans son sifflet de jonc. Cela suffit pour confirmer don Quichotte dans la pensée qu'il était en quelque fameux château, qu'on lui servait un repas en musique, que la merluche était de la truite, le pain bis du pain blanc, les drôlesses des dames, et l'hôtelier le châtelain du château. Aussi donnait-il pour bien employées sa résolution et sa sortie. Pourtant, ce qui l'inquiétait le plus, c'était de ne pas se voir armé chevalier ; car il lui semblait qu'il ne pouvait légitimement s'engager dans aucune aventure sans avoir reçu l'ordre de chevalerie.

---

1. Ici ce sont tous les traducteurs qui sont coincés ! *Truchuela*, en espagnol, un des termes régionaux évoqués par Cervantès à propos de la morue, permet un jeu de mots avec *trucha* (truite) qui passe mal en français.

CHAPITRE III

Où l'on raconte de quelle gracieuse manière don Quichotte se fit armer chevalier

Ainsi tourmenté de cette pensée, il dépêcha son maigre souper d'auberge ; puis, dès qu'il l'eut achevé, il appela l'hôte, et, le menant dans l'écurie, dont il ferma la porte, il se mit à genoux devant lui en disant : « Jamais je ne me lèverai d'où je suis, valeureux chevalier, avant que votre courtoisie ne m'octroie un don que je veux lui demander, lequel tournera à votre gloire et au service du genre humain. » Quand il vit son hôte à ses pieds, et qu'il entendit de semblables raisons, l'hôtelier le regarda tout surpris, sans savoir que faire ni que dire, et s'opiniâtra à le relever. Mais il ne put y parvenir, si ce n'est en lui disant qu'il lui octroyait le don demandé. « Je n'attendais pas moins, seigneur, de votre grande magnificence, répondit don Quichotte ; ainsi, je vous le déclare, ce don que je vous demande, et que votre libéralité m'octroie, c'est que demain matin vous m'armiez chevalier. Cette nuit, dans la chapelle de votre château, je passerai la veillée des armes, et demain, ainsi que je l'ai dit, s'accomplira ce que tant je désire, afin de pouvoir, comme il se doit, courir les quatre parties du monde, cherchant les aventures au profit des nécessiteux, selon le devoir de la chevalerie et des chevaliers errants comme moi, qu'à de semblables exploits porte leur inclination. »

L'hôtelier, qui était passablement matois, comme on l'a dit, et qui avait déjà quelque soupçon du jugement fêlé de son hôte, acheva de s'en convaincre quand il lui entendit tenir de tels propos ; mais pour s'apprêter de quoi rire cette nuit, il résolut de suivre son humeur, et lui répondit qu'il avait parfaitement raison d'avoir ce désir ; qu'une telle résolution était propre et naturelle aux gentilshommes de haute volée, comme il semblait être et comme l'annonçait sa bonne mine. « Moi-même, ajouta-t-il, dans les années de ma jeunesse, je me suis adonné à cet honorable exercice ; j'ai parcouru diverses parties du monde, cherchant mes aventures, sans manquer à visiter le faubourg aux Perches de Malaga, les îles de Riaron, le compas de Séville, l'aqueduc de Ségovie ; l'oliverie de Valence, les rondes de Grenade, la plage de San-Lucar, le haras de Cordoue, les guinguettes de Tolède [1] et d'autres endroits où j'ai pu exercer aussi bien la vitesse de mes pieds que la subtilité de mes mains, causant une foule de torts, courtisant des veuves, défaisant quelques demoiselles et trompant beaucoup d'orphelins, finalement me rendant célèbre dans presque tous les tribunaux et cours d'Espagne. À la fin je suis venu me retirer dans ce mien château, où je vis de ma fortune et de celle d'autrui, y recevant tous les chevaliers errants de quelque condition et qualité qu'ils soient, seulement pour la grande affection que je leur porte, et pourvu qu'ils partagent avec moi leurs finances en retour de mes bonnes intentions. » L'hôtelier lui dit aussi qu'il n'y avait dans son château aucune chapelle où passer la veillée des armes, parce qu'on l'avait abattue pour en bâtir une neuve ; mais qu'il savait qu'en cas de nécessité on pouvait passer cette veillée partout où bon semblait, et qu'il pourrait fort bien veiller cette nuit dans la cour du château ; que le matin venu, s'il plaisait à Dieu, on ferait toutes les

1. Les lieux picaresques ici énumérés ont été transcrits de manière assez fantaisiste par Viardot et appellent un commentaire, si l'on veut prendre toute la mesure de la coquinerie de l'hôtelier. Les « Percheles » de Malaga étaient un quartier où les pêcheurs de ce port faisaient sécher leurs poissons sur des perches. Dans sa nouvelle *L'Illustre Laveuse de vaisselle*, Cervantès a écrit une page éblouissante sur les jeux canailles des pêcheurs de thon dans un autre port andalou. Les îlots de Riarán désignaient un autre quartier malfamé de Malaga. Le « Compás » de Séville était en fait un lupanar, et le « Potro » (ici traduit par « haras ») de Cordoue, un quartier non moins malfamé de cette ville, ainsi nommé en raison d'un poulain de pierre qui y surmontait une fontaine.

cérémonies voulues, de manière qu'il se trouvât armé chevalier, et aussi chevalier qu'on pût l'être au monde.

Il lui demanda de plus s'il portait de l'argent. Don Quichotte répondit qu'il n'avait pas une obole, parce qu'il n'avait jamais lu dans les histoires des chevaliers errants qu'aucun d'eux s'en fût muni. À cela l'hôte répliqua qu'il se trompait ; car, bien que les histoires n'en fissent pas mention, leurs auteurs n'ayant pas cru nécessaire d'écrire une chose aussi simple et naturelle que celle de porter de l'argent et des chemises blanches, il ne fallait pas croire pour cela que les chevaliers errants n'en portassent point avec eux ; qu'ainsi il tînt pour sûr et dûment vérifié que tous ceux dont tant de livres sont pleins et rendent témoignage portaient, à tout événement, la bourse bien garnie, ainsi que des chemises et un petit coffret plein d'onguents pour panser les blessures qu'ils recevaient. « En effet, ajoutait l'hôte, il ne se trouvait pas toujours dans les plaines et les déserts où se livraient leurs combats, où s'attrapaient leurs blessures, quelqu'un tout à point pour les panser, à moins qu'ils n'eussent pour ami quelque sage enchanteur qui vînt incontinent à leur secours, amenant dans quelque nue, à travers les airs, quelque demoiselle ou nain avec quelque fiole d'une eau de telle vertu que d'en avaler quelques gouttes les guérissait tout aussitôt de leurs blessures, comme s'ils n'eussent jamais eu le moindre mal ; mais à défaut d'une telle assistance, les anciens chevaliers tinrent pour chose fort bien avisée que leurs écuyers fussent pourvu d'argent et d'autres provisions indispensables, comme de la charpie et des onguents pour les panser ; et s'il arrivait, par hasard, que les chevaliers n'eussent point d'écuyer, ce qui se voyait rarement, eux-mêmes portaient tout cela sur la croupe de leurs chevaux, dans une toute petite besace, comme si c'eût été autre chose de plus d'importance ; car, à moins de ce cas particulier, cet usage de porter besace ne fut pas très suivi par les chevaliers errants. » En conséquence, il lui donnait le conseil, et l'ordre même au besoin, comme à son filleul d'armes, ou devant bientôt l'être, de ne plus se mettre désormais en route sans argent et sans provisions, et qu'il verrait, quand il y penserait le moins, comme il se trouverait bien de sa prévoyance. Don Quichotte lui promit d'accomplir ponctuellement ce qu'il lui conseillait.

Aussitôt tout fut mis en ordre pour qu'il fît la veillée des armes dans une grande basse-cour à côté de l'hôtellerie. Don Quichotte, ramassant toutes les siennes, les plaça sur une auge, à côté d'un puits ; ensuite il embrassa son écu, saisit sa lance et, d'une contenance dégagée, se mit à passer et repasser devant l'abreuvoir. Quand il commença cette promenade, la nuit commençait à tomber. L'hôtelier avait conté à tous ceux qui se trouvaient dans l'hôtellerie la folie de son hôte, sa veillée des armes et la cérémonie qui devait se faire pour l'armer chevalier. Étonnés d'une si bizarre espèce de folie, ils allèrent le regarder de loin. Tantôt il se promenait d'un pas lent et mesuré ; tantôt, appuyé sur sa lance, il tenait fixement les yeux sur ses armes et ne les en ôtait d'une heure entière. La nuit se ferma tout à fait ; mais la lune jetait tant de clarté qu'elle pouvait le disputer à l'astre qui la lui prêtait [1], de façon que tout ce que faisait le chevalier novice était parfaitement vu de tout le monde.

En ce moment, il prit fantaisie à l'un des muletiers qui s'étaient hébergés dans la maison d'aller donner de l'eau à ses bêtes, et pour cela il fallait enlever de dessus l'auge les armes de don Quichotte ; lequel, voyant venir cet homme, lui dit à haute voix : « Ô toi, qui que tu sois, téméraire chevalier, qui viens toucher les armes du plus valeureux chevalier errant qui ait jamais ceint l'épée, prends garde à ce que tu fais, et ne les touche point, si tu ne veux laisser ta vie pour prix de ton audace. » Le muletier n'eut cure de ces propos, et mal lui en prit, car il se fût épargné celle de sa santé ; au contraire, empoignant les courroies, il jeta le paquet loin de lui ; ce que voyant, don Quichotte tourna les yeux au ciel et, élevant son âme, à ce qu'il parut, à sa souveraine Dulcinée, il s'écria : « Secourez-moi, ma dame, en cette première offense qu'essuie ce cœur, votre vassal ; que votre aide et faveur ne me manquent point dans ce premier péril. » Et tandis qu'il tenait ces propos et d'autres semblables, jetant sa rondache, il leva sa lance à deux

1. « L'astre qui la lui prêtait » : périphrase précieuse pour désigner le soleil.

mains et en déchargea un si furieux coup sur la tête du muletier qu'il le renversa par terre en si piteux état qu'un second coup lui eût ôté tout besoin d'appeler un chirurgien. Cela fait, il ramassa ses armes et se remit à marcher de long en large avec autant de calme qu'auparavant.

Peu de temps après, et sans savoir ce qui s'était passé, car le muletier gisait encore sans connaissance, un de ses camarades s'approcha dans la même intention d'abreuver ses mules. Mais au moment où il enlevait les armes pour débarrasser l'auge, voilà que, sans dire mot et sans demander faveur à personne, don Quichotte jette de nouveau son écu, lève de nouveau sa lance et, sans la mettre en pièces [1], en fait plus de trois de la tête du second muletier, car il la lui fend en quatre. Tous les gens de la maison accoururent au bruit, et l'hôtelier parmi eux. En les voyant, don Quichotte embrassa son écu et, mettant l'épée à la main, il s'écria : « Ô dame de beauté, aide et réconfort de mon cœur défaillant, voici le moment de tourner les yeux de ta grandeur sur ce chevalier, ton esclave, que menace une si formidable aventure. » Ces mots lui rendirent tant d'assurance que, si tous les muletiers du monde l'eussent assailli, il n'aurait pas reculé d'un pas. Les camarades des blessés, qui les virent en cet état, commencèrent à faire pleuvoir de loin des pierres sur don Quichotte, lequel, du mieux qu'il pouvait, se couvrait avec son écu, et n'osait s'éloigner de l'auge, pour ne point abandonner ses armes. L'hôtelier criait qu'on le laissât tranquille, qu'il leur avait bien dit que c'était un fou, et qu'en qualité de fou il en sortirait quitte, les eût-il tués tous. De son côté, don Quichotte criait plus fort, les appelant traîtres et mécréants, et disant que le seigneur du château était un chevalier félon et malappris, puisqu'il permettait qu'on traitât de cette manière les chevaliers errants. « Si j'avais reçu, ajoutait-il, l'ordre de chevalerie, je lui ferais bien voir qu'il est un traître ; mais de vous, impure et vile canaille, je ne fais aucun cas. Jetez, approchez, venez et attaquez-moi de tout votre pouvoir, et vous verrez quel prix emportera votre folle audace. » Il

1. Allusion ironique à la formule « rompre une lance », employée en style héroïque pour des combats de chevaliers brisant des lances en l'honneur de leurs dames.

disait cela d'un air si résolu et d'un ton si hautain qu'il glaça d'effroi les assaillants, tellement que, cédant à la peur et aux remontrances de l'hôtelier, ils cessèrent de lui jeter des pierres. Alors don Quichotte laissa emporter les deux blessés, et se remit à la veillée des armes avec le même calme et la même gravité qu'auparavant.

L'hôtelier cessa de trouver bonnes les plaisanteries de son hôte et, pour y mettre fin, il résolut de lui donner bien vite son malencontreux ordre de chevalerie, avant qu'un autre malheur arrivât. S'approchant donc humblement, il s'excusa de l'insolence qu'avaient montrée ces gens de rien, sans qu'il en eût la moindre connaissance, lesquels, au surplus, étaient assez châtiés de leur audace. Il lui répéta qu'il n'y avait point de chapelle dans ce château ; mais que, pour ce qui restait à faire, elle n'était pas non plus indispensable, ajoutant que le point capital pour être armé chevalier consistait dans les deux coups sur la nuque et sur l'épaule, suivant la connaissance qu'il avait du cérémonial de l'ordre, et que cela pouvait se faire au milieu des champs ; qu'en ce qui touchait à la veillée des armes, il était bien en règle, puisque deux heures de veillée suffisaient et qu'il en avait passé plus de quatre [1].

Don Quichotte crut aisément tout cela ; il dit à l'hôtelier qu'il était prêt à lui obéir, et le pria d'achever avec toute la célérité possible. « Car, ajouta-t-il, si l'on m'attaquait une seconde fois, et que je me visse armé chevalier, je ne laisserais pas âme vivante dans le château, excepté toutefois celle qu'il vous plairait, et que j'épargnerais par amour de vous. » Peu rassuré d'un tel avis, le châtelain s'en alla quérir un livre où il tenait note de la paille et de l'orge qu'il donnait aux muletiers. Bientôt, accompagné d'un petit garçon qui portait un bout de chandelle, et des deux demoiselles en question, il revint où l'attendait don Quichotte, auquel il ordonna de se mettre à genoux ; puis, lisant dans son manuel comme s'il eût récité quelque dévote oraison, au milieu de sa lecture, il leva la main, et lui en donna un grand coup sur le chignon ; ensuite, de sa propre épée, un autre coup sur l'épaule, toujours marmottant entre

1. L'hôtelier en prend à son aise avec tout le cérémonial de l'adoubement, souvent évoqué pieusement dans les livres de chevalerie.

ses dents comme s'il eût dit des patenôtres. Cela fait, il commanda à l'une de ces dames de lui ceindre l'épée, ce qu'elle fit avec beaucoup de grâce et de retenue, car il n'en fallait pas une faible dose pour s'empêcher d'éclater de rire à chaque point des cérémonies. Mais les prouesses qu'on avait déjà vu faire au chevalier novice tenaient le rire en respect. En lui ceignant l'épée, la bonne dame lui dit : « Que Dieu rende Votre Grâce très heureux chevalier, et lui donne bonne chance dans les combats. » Don Quichotte lui demanda comment elle s'appelait, afin qu'il sût désormais à qui rester obligé de la faveur qu'elle lui avait faite ; car il pensait lui donner part à l'honneur qu'il acquerrait par la valeur de son bras. Elle répondit avec beaucoup d'humilité qu'elle s'appelait la Tolosa, qu'elle était fille d'un ravaudeur de Tolède, qui demeurait dans les échoppes de Sancho-Bienaya [1], et que, en quelque part qu'elle se trouvât, elle s'empresserait de le servir et le tiendrait pour son seigneur. Don Quichotte, répliquant, la pria, par amour de lui, de vouloir bien désormais prendre le *don*, et s'appeler doña Tolosa ; ce qu'elle promit de faire. L'autre lui chaussa l'éperon, et il eut avec elle presque le même dialogue qu'avec celle qui avait ceint l'épée : quand il lui demanda son nom, elle répondit qu'elle s'appelait la Meunière, et qu'elle était fille d'un honnête meunier d'Antéquéra. À celle-ci don Quichotte demanda de même qu'elle prît le *don* et s'appelât doña Molinera, lui répétant ses offres de service et de faveurs. Ces cérémonies, comme on n'en avait jamais vu, ainsi faites au galop et en toute hâte, don Quichotte brûlait d'impatience de se voir à cheval et de partir à la quête des aventures ; il sella Rossinante au plus vite, l'enfourcha et, embrassant son hôte, il lui dit des choses si étranges, pour le remercier de la faveur qu'il lui avait faite en l'armant chevalier, qu'il est impossible de réussir à les rapporter fidèlement. Pour le voir au plus tôt hors de sa maison, l'hôtelier lui rendit, quoique en moins de paroles, la monnaie de ses compliments, et sans lui demander son écot, le laissa partir à la grâce de Dieu.

---

1. Nom effectif, à l'époque, d'une place de Tolède.

CHAPITRE IV

De ce qui arriva à notre chevalier quand il quitta l'hôtellerie

L'aube du jour commençait à poindre quand don Quichotte sortit de l'hôtellerie, si content, si ravi, si transporté de joie de se voir enfin armé chevalier qu'il en faisait tressaillir jusqu'aux sangles de son cheval. Toutefois, venant à se rappeler les conseils de son hôte au sujet des provisions si nécessaires dont il devait être pourvu, entre autres l'argent et les chemises, il résolut de s'en retourner chez lui pour s'y accommoder de tout ce bagage, et encore d'un écuyer, comptant prendre à son service un paysan, son voisin, pauvre et chargé d'enfants, mais très propre à l'office d'écuyer dans la chevalerie errante. Cette résolution prise, il tourna Rossinante du côté de son village, et celui-ci, comme s'il eût reconnu le chemin de son gîte se mit à détaler de si bon cœur qu'il semblait que ses pieds ne touchaient pas à terre.

Don Quichotte n'avait pas fait encore grand trajet, quand il crut s'apercevoir que, de l'épaisseur d'un bois qui se trouvait à sa droite, s'échappaient des cris plaintifs comme d'une personne qui se plaignait. À peine les eut-il entendus qu'il s'écria : « Grâces soient rendues au ciel pour la faveur qu'il m'accorde, puisqu'il m'envoie si promptement des occasions de remplir les devoirs de mon état et de recueillir le fruit de mes bons desseins. Ces cris, sans doute, sont ceux d'un nécessiteux ou d'une nécessiteuse qui nécessite mon secours et ma protection. » Aussitôt, tournant bride, il dirigea Rossinante vers l'endroit d'où les cris lui semblaient partir. Il n'avait pas fait vingt pas dans le bois qu'il vit une jument attachée à un chêne et, à un autre chêne, également attaché, un jeune garçon de quinze ans au plus, nu de la tête à la ceinture. C'était lui qui jetait ces cris plaintifs, et non sans cause vraiment, car un vigoureux paysan lui administrait une correction à grands coups de ceinture de cuir, accompagnant chaque décharge d'une remontrance et d'un conseil. « La bouche close, lui disait-il, et les yeux éveillés ! » Le jeune garçon répondait : « Je ne le ferai plus, mon seigneur ; par la passion de Dieu, je ne le ferai plus, et je promets d'avoir à l'avenir plus grand soin du troupeau. » En apercevant cette scène, don Quichotte s'écria d'une voix courroucée : « Discourtois chevalier, il vous sied mal de vous attaquer à qui ne peut se défendre ; montez sur votre cheval et prenez votre lance (car une lance était aussi appuyée contre l'arbre où la jument se trouvait attachée), et je vous ferai voir qu'il est d'un lâche de faire ce que vous faites à présent. » Le paysan, voyant tout à coup fondre sur lui ce fantôme couvert d'armes qui lui brandissait sa lance sur la poitrine, se tint pour mort, et d'un ton patelin répondit : « Seigneur chevalier, ce garçon que vous me voyez châtier est un mien valet qui me sert à garder un troupeau de brebis dans ces environs ; mais il est si négligent que chaque jour il en manque quelqu'une ; et parce que je châtie sa paresse, ou peut-être sa friponnerie, il dit que c'est par vilenie, et pour ne pas lui payer les gages que je lui dois. Mais, sur mon Dieu et sur mon âme, il en a menti. – Menti devant moi, méchant vilain ? reprit don Quichotte. Par le soleil qui nous éclaire, je ne sais qui me retient de vous passer ma lance à travers le corps. Payez-le sur-le-champ, et sans réplique ; sinon, je jure Dieu que je vous extermine et vous anéantis sur le coup. Qu'on le détache [1]. » Le paysan baissa la tête et, sans répondre mot, détacha son berger, auquel don Quichotte demanda com-

---

1. Pour comprendre la colère subite de don Quichotte, et pourquoi il appelle « vilain », au sens de « manant », celui qu'il a pris pour un chevalier en raison de la lance attachée à un chêne, il faut savoir qu'un démenti public était considéré à l'époque comme une gravissime offense envers celui, bien sûr, qu'on traitait de menteur, mais aussi comme une impolitesse envers toute personne assistant à la scène.

bien lui devait son maître. « Neuf mois, dit-il, à sept réaux chaque. » Don Quichotte fit le compte, et, trouvant que la somme montait à soixante-trois réaux [1], il dit au laboureur de les débourser sur-le-champ, s'il ne voulait mourir. Le vilain répondit, tout tremblant, que, par le mauvais pas où il se trouvait, et par le serment qu'il avait fait déjà (il n'avait encore rien juré), il affirmait que la somme n'était pas si forte ; qu'il fallait en rabattre et porter en ligne de compte trois paires de souliers qu'il avait fournies à son valet, et un réal pour deux saignées qu'on lui avait faites étant malade. « Tout cela est bel et bon, répliqua don Quichotte ; mais que les souliers et la saignée restent pour les coups que vous lui avez donnés sans motif. S'il a déchiré le cuir des souliers que vous avez payés, vous avez déchiré celui de son corps ; et si le barbier lui a tiré du sang étant malade, vous lui en avez tiré en bonne santé. Partant, il ne vous doit rien. – Le malheur est, seigneur chevalier, que je n'ai pas d'argent ici ; mais qu'André s'en retourne à la maison avec moi, et je lui payerai son dû, un réal sur l'autre. – Que je m'en aille avec lui ! s'écria le jeune garçon ; ah bien oui, seigneur ; Dieu me préserve d'y penser. S'il me tenait seul à seul il m'écorcherait vif comme un saint Barthélemy. – Non, non, il n'en fera rien, reprit don Quichotte. Il suffit que je le lui ordonne pour qu'il me garde respect ; et, pourvu qu'il me le jure par la loi de la chevalerie qu'il a reçue, je le laisse aller libre, et je réponds du payement. – Que Votre Grâce, seigneur, prenne garde à ce qu'elle dit, reprit le jeune garçon ; mon maître que voici n'est point chevalier, et n'a jamais reçu d'ordre de chevalerie ; c'est Juan Haldudo le riche, bourgeois de Quintanar. – Qu'importe ? répondit don Quichotte ; il peut y avoir des Haldudo chevaliers ; et d'ailleurs chacun est fils de ses œuvres. – C'est bien vrai, reprit André ; mais de quelles œuvres mon maître est-il fils, lui qui me refuse mes gages, le prix de ma sueur et de mon travail ? – Je ne refuse pas, André, mon ami, répondit

1. « Soixante-treize », dit le texte espagnol des premières éditions, et non « soixante-trois ». Une telle erreur de calcul de la part de don Quichotte est si énorme que la plupart des éditions et traductions proposent charitablement, comme le fait Viardot, soixante-trois, au lieu de soixante-treize.

le laboureur ; faites-moi le plaisir de venir avec moi, et je jure par tous les ordres de chevalerie qui existent dans le monde de vous payer, comme je l'ai dit, un réal sur l'autre, et même avec les intérêts. – Des intérêts je vous fais grâce, reprit don Quichotte ; payez-le en bons deniers comptant, c'est tout ce que j'exige. Et prenez garde d'accomplir ce que vous venez de jurer ; sinon, et par le même serment, je jure de revenir vous chercher et vous châtier ; je saurai bien vous découvrir, fussiez-vous mieux caché qu'un lézard de muraille. Et si vous voulez savoir qui vous donne cet ordre, pour être plus sérieusement tenu de l'accomplir, sachez que je suis le valeureux don Quichotte de la Manche, le défaiseur de torts et le réparateur d'iniquités. Maintenant, que Dieu vous bénisse ! mais n'oubliez pas ce qui est promis et juré, sous peine de la peine prononcée. » Disant cela, il piqua des deux à Rossinante et disparut en un instant.

Le laboureur le suivit des yeux et, quand il vit que don Quichotte avait traversé le bois et ne paraissait plus, il revint à son valet André : « Or çà, lui dit-il, venez ici, mon fils, je veux vous payer ce que je vous dois, comme ce défaiseur de torts m'en a laissé l'ordre. – Je le jure bien, reprit André, et Votre Grâce fera sagement d'exécuter l'ordonnance de ce bon chevalier, auquel Dieu donne mille années de vie pour sa vaillance et sa bonne justice, et qui reviendra, par la vie de saint Roch, si vous ne me payez, exécuter ce qu'il a dit.

– Moi aussi, je le jure, reprit le laboureur ; mais, par le grand amour que je vous porte, je veux accroître la dette pour accroître le payement. » Et, le prenant par le bras, il revint l'attacher au même chêne, où il lui donna tant de coups qu'il le laissa pour mort. « Appelez maintenant, seigneur André, disait le laboureur, appelez le défaiseur de torts ; vous verrez s'il défait celui-ci ; quoique je croie pourtant qu'il n'est pas encore complètement fait, car il me prend envie de vous écorcher tout vif, comme vous en aviez peur. » À la fin, il le détacha, et lui donna permission d'aller chercher son juge pour qu'il exécutât la sentence rendue. André partit tout éploré, jurant qu'il irait chercher le valeureux don Quichotte de la Manche, qu'il lui conterait de point en point ce qui s'était passé, et que son maître le lui payerait au quadruple [1]. Mais avec tout cela, le pauvre diable s'en alla pleurant, et son maître resta à rire ; et c'est ainsi que le tort fut redressé par le valeureux don Quichotte.

Celui-ci, enchanté de l'aventure, qui lui semblait donner un heureux et magnifique début à ses prouesses de chevalerie, cheminait du côté de son village, disant à mi-voix : « Tu peux bien te nommer heureuse par-dessus toutes les femmes qui vivent aujourd'hui dans ce monde, ô par-dessus toutes les belles belle Dulcinée du Toboso, puisque le sort t'a fait la faveur d'avoir pour sujet et pour esclave de tes volontés un chevalier aussi vaillant et aussi renommé que l'est et le sera don Quichotte de la Manche, lequel, comme tout le monde le sait, reçut hier l'ordre de chevalerie, et dès aujourd'hui a redressé le plus énorme tort qu'ait inventé l'injustice et commis la cruauté, en ôtant le fouet de la main à cet impitoyable bourreau qui déchirait avec si peu de raison le corps de ce délicat enfant. »

En disant cela, il arrivait à un chemin qui se divisait en quatre, et tout aussitôt lui vint à l'esprit le souvenir des carrefours où les chevaliers errants se mettaient à penser quel chemin ils choisiraient. Et, pour les imiter, il resta un moment immobile ; puis, après avoir bien réfléchi, il lâcha la bride à Rossinante, remettant sa volonté à celle du bidet, lequel suivit sa première idée, qui était de prendre le chemin de son écurie. Après avoir marché environ deux milles, don Quichotte découvrit une grande troupe de gens, que depuis l'on sut être des marchands de Tolède qui allaient acheter de la soie à Murcie. Ils étaient six, portant leurs parasols, avec quatre valets à cheval et trois garçons de mules à pied. À peine don Quichotte les aperçut-il qu'il s'imagina faire rencontre d'une nouvelle aventure et, pour imiter autant qu'il lui semblait possible les passes d'armes qu'il avait lues dans ses livres, il crut trouver tout à propos l'occasion d'en faire une à laquelle il songeait. Ainsi, prenant l'air fier et la contenance assurée, il s'affermit bien sur ses étriers, empoigna sa lance, se couvrit la poitrine de

1. Au « septuple », faudrait-il dire, si l'on voulait rendre plus exactement en français l'allusion du texte à la peine dite *de las setenas*, qui, en vieux droit pénal, obligeait le débiteur condamné à payer sept fois le montant de son dû.

son écu et, campé au beau milieu du chemin, il attendit l'approche de ces chevaliers errants, puisqu'il les tenait et jugeait pour tels. Dès qu'ils furent arrivés à la portée de voir et d'entendre, don Quichotte éleva la voix, et d'un ton arrogant leur cria : « Que tout le monde s'arrête, si tout le monde ne confesse qu'il n'y a dans le monde entier demoiselle plus belle que l'impératrice de la Manche, la sans pareille Dulcinée du Toboso. » Les marchands s'arrêtèrent, au bruit de ces paroles, pour considérer l'étrange figure de celui qui les disait, et, par la figure et par les paroles, ils reconnurent aisément la folie du pauvre diable. Mais ils voulurent voir plus au long où pouvait tendre cette confession qu'il leur demandait, et l'un d'eux, qui était quelque peu goguenard et savait fort discrètement railler, lui répondit : « Seigneur chevalier, nous ne connaissons pas cette belle dame dont vous parlez ; faites-nous-la voir, et, si elle est d'une beauté aussi incomparable que vous nous le signifiez, de bon cœur et sans nulle crainte nous confesserons la vérité que votre bouche demande.

– Si je vous la faisais voir, répliqua don Quichotte, quel beau mérite auriez-vous à confesser une vérité si manifeste ? L'important, c'est que, sans la voir, vous le croyiez, confessiez, affirmiez, juriez et souteniez les armes à la main. Sinon en garde et en bataille, gens orgueilleux et démesurés ; que vous veniez un à un comme l'exige l'ordre de chevalerie, ou bien tous ensemble, comme c'est l'usage et la vile habitude des gens de votre trempe, je vous attends ici, et je vous défie, confiant dans la raison que j'ai de mon côté.

– Seigneur chevalier, reprit le marchand, je supplie Votre Grâce, au nom de tous tant que nous sommes de princes ici, qu'afin de ne pas charger nos consciences en confessant une chose que nous n'avons jamais vue ni entendue et qui est en outre si fort au détriment des impératrices et reines de la Castille [1] et de l'Estrémadure, vous vouliez bien nous montrer quelque portrait de cette dame ;

1. De l'Alcarria, dit, plus précisément, le texte espagnol, se référant à une région, toujours ainsi nommée aujourd'hui, de la Nouvelle Castille, au nord de la Manche.

ne fût-il pas plus gros qu'un grain d'orge, par l'échantillon nous jugerons de la pièce et, tandis que nous garderons l'esprit en repos, Votre Grâce recevra pleine satisfaction. Et je crois même, tant nous sommes déjà portés en sa faveur, que son portrait nous fît-il voir qu'elle est borgne d'un œil, et que l'autre distille du soufre et du vermillon, malgré cela, pour complaire à Votre Grâce, nous dirons à sa louange tout ce qu'il vous plaira. – Elle ne distille rien, canaille infâme, s'écria don Quichotte enflammé de colère ; elle ne distille rien, je le répète, de ce que vous venez de dire, mais bien du musc et de l'ambre ; elle n'est ni tordue ni bossue, mais plus droite qu'un fuseau de Guadarrama. Et vous allez payer le blasphème énorme que vous avez proféré contre une beauté du calibre de celle de ma dame. »

En disant cela, il se précipite, la lance baissée, contre celui qui avait porté la parole, avec tant d'ardeur et de furie que, si quelque bonne étoile n'eût fait trébucher et tomber Rossinante au milieu de la course, mal en aurait pris à l'audacieux marchand. Rossinante tomba donc et envoya rouler son maître à dix pas plus loin, lequel s'efforçait de se relever sans en pouvoir venir à bout, tant le chargeaient et l'embarrassaient la lance, l'écu, les éperons, la salade et le poids de sa vieille armure ; et, au milieu des incroyables efforts qu'il faisait vainement pour se remettre sur pied, il ne cessait de dire : « Ne fuyez pas, poltrons, vils esclaves ; ne fuyez pas. Prenez garde que ce n'est point par ma faute, mais par celle de mon cheval, que je suis étendu sur la terre. » Un garçon muletier, de la suite des marchands, qui sans doute n'avait pas l'humeur fort endurante, ne put entendre proférer au pauvre chevalier tombé tant d'arrogances et de bravades, sans avoir envie de lui en donner la réponse sur les côtes. S'approchant dc lui, il lui arracha sa lance, en fit trois ou quatre morceaux, et de l'un d'eux se mit à frapper si fort et si dru sur notre don Quichotte qu'en dépit de ses armes il le moulut comme plâtre. Ses maîtres avaient beau lui crier de ne pas tant frapper et de le laisser tranquille, le muletier avait pris goût au jeu, et ne voulut quitter la partie qu'après avoir ponté tout le reste de sa colère. Il ramassa les autres éclats de la lance, et acheva de les briser l'un après l'autre sur le corps du misérable abattu, lequel, tandis que cette grêle de coups lui pleuvait sur les épaules, ne cessait d'ouvrir la bouche pour menacer le ciel et la terre, et les voleurs de grand chemin qui le traitaient ainsi. Enfin le muletier se fatigua, et les marchands continuèrent leur chemin, emportant de quoi conter pendant tout le voyage sur l'aventure du pauvre fou bâtonné.

Celui-ci, dès qu'il se vit seul, essaya de nouveau de se relever ; mais s'il n'avait pu en venir à bout lorsqu'il était sain et bien portant, comment aurait-il mieux réussi étant moulu et presque anéanti ? Et pourtant il faisait contre fortune bon cœur, regardant sa disgrâce comme propre et commune aux chevaliers errants, et l'attribuant d'ailleurs tout entière à la faute de son cheval. Mais quant à se lever, ce n'était pas possible, tant il avait le corps meurtri et disloqué.

CHAPITRE V

Où se continue le récit de la disgrâce de notre chevalier

Voyant donc qu'en effet il ne pouvait remuer, don Quichotte prit le parti de recourir à son remède ordinaire, qui était de songer à quelque passage de ses livres ; et sa folie lui remit aussitôt en mémoire l'aventure de Baudouin et du marquis de Mantoue, lorsque Charlot abandonna le premier, blessé dans la montagne [1] : histoire sue des enfants, connue des jeunes gens, vantée et même crue des vieillards, et véritable, avec tout cela, comme les miracles de Mahomet. Celle-là donc lui sembla venir tout exprès pour sa situation ; et, donnant les signes de la plus vive douleur, il commença à se rouler par terre et à dire, d'une voix affaiblie, justement ce que disait, disait-on, le chevalier blessé : « Ô ma dame, où es-tu, que mon mal te touche si peu ? ou tu ne le sais pas, ou tu es fausse et déloyale. » De la même manière, il continua de réciter le romance, et quand il fut aux vers qui disent : « Ô noble marquis de Mantoue, mon oncle et seigneur », le hasard fit passer par là un laboureur de son propre village, et demeurant tout près de sa maison, lequel venait de conduire une charge de blé au moulin. Voyant cet homme étendu, il s'approcha, et lui demanda

1. Allusion à un romance où Carloto (Charlot en français), fils de Charlemagne, tue Baudoin (en espagnol, Valdovinos), neveu du marquis de Mantoue. Selon un témoignage de Mateo Alemán, les petits enfants apprenaient très tôt ce romance à l'école. C'est dire sa popularité, qui lui a valu, entre autres, d'être parodié dans un intermède anonyme de la fin du XVIe siècle dont Cervantès a peut-être eu connaissance.

qui il était, et quel mal il ressentait pour se plaindre si tristement. Don Quichotte crut sans doute que c'était son oncle le marquis de Mantoue ; aussi ne lui répondit-il pas autre chose que de continuer son romance, où Baudouin lui rendait compte de sa disgrâce, et des amours du fils de l'empereur avec sa femme, tout cela mot pour mot, comme on le chante dans le romance. Le laboureur écoutait tout surpris ces sottises, et lui ayant ôté la visière, que les coups de bâton avaient mise en pièces, il lui essuya le visage, qu'il avait plein de poussière ; et dès qu'il l'eut un peu débarbouillé, il le reconnut. « Eh, bon Dieu ! s'écria-t-il, seigneur Quijada [1] (tel devait être son nom quand il était en son bon sens, et qu'il ne s'était pas encore transformé, d'hidalgo paisible, en chevalier errant), qui vous a mis en cet état ? » Mais l'autre continuait son romance à toutes les questions qui lui étaient faites.

Le pauvre homme, voyant cela, lui ôta le mieux qu'il put le corselet et l'épaulière, pour voir s'il n'avait pas quelque blessure ; mais il n'aperçut pas trace de sang. Alors il essaya de le lever de terre, et, non sans grande peine, il le hissa sur son âne, qui lui semblait une plus douce monture. Ensuite, il ramassa les armes, jusqu'aux éclats de la lance, et les mit en paquet sur Rossinante. Puis, prenant celui-ci par la bride et l'âne par le licou, il s'achemina du côté de son village, tout préoccupé des mille extravagances que débitait don Quichotte. Et don Quichotte ne l'était pas moins, lui qui, brisé et moulu, ne pouvait se tenir sur la bourrique, et poussait de temps en temps des soupirs jusqu'au ciel. Si bien que le laboureur se vit obligé de lui demander encore quel mal il éprouvait. Mais le diable, à ce qu'il paraît, lui rappelait à la mémoire toutes les histoires accommodées à la sienne ; car, en cet instant, oubliant tout à coup Baudouin, il se souvint du More Aben-Darraez, quand le gouverneur d'Antéquéra, Rodrigo de Narvaez, le fit prisonnier et l'emmena dans son château fort. De sorte que, le laboureur lui ayant redemandé comment il se trouvait et ce qu'il avait, il lui

1. Quijana dans le texte. Viardot, peut-être par distraction, a repris un des deux autres noms (Quijada, Quesana) devant lesquels le narrateur a feint, comme il le fait encore ici, de demeurer hésitant.

répondit les mêmes paroles et les mêmes propos que l'Abencerrage, captif à Rodrigo de Narvaez, tout comme il en avait lu l'histoire dans la *Diane* de Montemayor [1], se l'appliquant si bien à propos que le laboureur se donnait au diable d'entendre un tel fatras d'extravagances. Par là il reconnut que son voisin était décidément fou ; et il avait hâte d'arriver au village pour se délivrer du dépit que lui donnait don Quichotte avec son interminable harangue. Mais celui-ci ne l'eut pas achevée qu'il ajouta : « Il faut que vous sachiez, don Rodrigo de Narvaez, que cette Xarifa, dont je viens de parler, est maintenant la charmante Dulcinée du Toboso, pour qui j'ai fait, je fais et je ferai les plus fameux exploits de chevalerie qu'on ait vus, qu'on voie et qu'on verra dans le monde. – Ah ! pécheur que je suis ! répondit le paysan ; mais voyez donc, seigneur, que je ne suis ni Rodrigo de Narvaez, ni le marquis de Mantoue, mais bien Pierre Alonzo, votre voisin ; et que Votre Grâce n'est pas davantage Baudouin ni Aben-Darraez, mais bien l'honnête hidalgo seigneur Quijada. – Je sais qui je suis, reprit don Quichotte, et je sais que je puis être, non seulement ceux que j'ai dits, mais encore les douze pairs de France, et les neuf chevaliers de la Renommée [2], puisque les exploits qu'ils ont faits, tous ensemble et chacun en particulier, n'approcheront jamais des miens. » Ce dialogue et d'autres semblables les menèrent jusqu'au pays, où ils arrivèrent à la chute du jour. Mais le laboureur attendit que la nuit fût close, pour qu'on ne vît pas le disloqué gentilhomme dans ce piteux état.

---

1. La *Diane* de Jorge de Montemayor, parue en 1559, magnifique roman pastoral (que le curé traitera avec ménagements en l'exemptant du feu lors de l'« autodafé » du chapitre suivant) a recueilli en son livre IV une nouvelle mauresque anonyme où l'Abencérage, tombé au pouvoir dc Rodrigo de Narváez, obtient de lui l'autorisation d'aller épouser sa bien-aimée Jarifa, à condition de revenir dans les trois jours, ce qu'il fait et ce qui vaut aux jeunes amants de s'en aller libres.

2. Les douze pairs de France, immortalisés dans la *Chanson de Roland*, et les neuf chevaliers de la Renommée, rassemblés par un ouvrage du XIVe siècle où des personnalités de la Bible, comme David, de l'Antiquité gréco-latine, comme Alexandre et Jules César, et de la chrétienté, comme Charlemagne, composent trois glorieux trios, cela fait, on en conviendra, beaucoup de champions auxquels se mesure l'ambition de don Quichotte !

L'heure venue, il entra au village et gagna la maison de don Quichotte, qu'il trouva pleine de trouble et de confusion. Le curé et le barbier du pays, tous deux grands amis de don Quichotte, s'y étaient réunis, et la gouvernante leur disait, en se lamentant : « Que vous en semble, seigneur licencié [1] Pedro Perez (ainsi s'appelait le curé), et que pensez-vous de la disgrâce de mon seigneur ? Voilà six jours qu'il ne paraît plus, ni lui, ni le bidet, ni la rondache, ni la lance, ni les armes. Ah ! malheureuse que je suis ! je gagerais ma tête, et c'est aussi vrai que je suis née pour mourir, que ces maudits livres de chevalerie, qu'il a ramassés et qu'il lit du matin au soir, lui ont tourné l'esprit. Je me souviens maintenant de lui avoir entendu dire bien des fois, se parlant à lui-même, qu'il voulait se faire chevalier errant et s'en aller par le monde chercher les aventures. Que Satan et Barabbas emportent tous ces livres, qui ont ainsi gâté le plus délicat entendement qui fût dans toute la Manche ! » La nièce, de son côté, disait la même chose, et plus encore : « Sachez, seigneur maître Nicolas, car c'était le nom du barbier, qu'il est souvent arrivé à mon seigneur oncle de passer à lire dans ces abominables livres de malheur deux jours avec leurs nuits, au bout desquels il jetait le livre tout à coup, empoignait son épée et se mettait à escrimer contre les murailles. Et quand il était rendu de fatigue, il disait qu'il avait tué quatre géants grands comme quatre tours, et la sueur qui lui coulait de lassitude, il disait que c'était le sang des blessures qu'il avait reçues dans la bataille. Puis ensuite il buvait un grand pot d'eau froide, et il se trouvait guéri et reposé, disant que cette eau était un précieux breuvage que lui avait apporté le sage Esquife [2], un grand enchanteur, son ami. Mais c'est à moi qu'en est toute la faute ; à moi, qui ne vous ai pas avisé des extravagances de mon seigneur oncle, pour que vous y

1. Licencié en théologie par-devant l'université de Sigüenza, est-on en mesure de préciser (voir p. 19, note 1).

2. Esquife : la nièce estropie ainsi le nom d'un enchanteur, Alquife, qui apparaît dans plusieurs livres de chevalerie. Ces bienfaits de l'eau froide ont été interprétés par certains commentateurs comme la preuve que la folie quichottesque est bien due à un échauffement du cerveau. Mais le chevalier boit beaucoup d'eau tout au long du roman, sans guérir pour autant. Voilà de quoi doucher lesdits commentateurs.

portiez remède avant que le mal arrivât jusqu'où il est arrivé, pour que vous brûliez tous ces excommuniés de livres ; il y en a beaucoup qui méritent bien d'être grillés comme autant d'hérétiques. – Ma foi, j'en dis autant, reprit le curé, et le jour de demain ne se passera pas sans qu'on en fasse un *autodafé* et qu'ils soient condamnés au feu, pour qu'ils ne donnent plus envie à ceux qui les liraient de faire ce qu'a fait mon pauvre ami. »

Tous ces propos, don Quichotte et le laboureur les entendaient hors de la porte, si bien que celui-ci acheva de connaître la maladie de son voisin. Et il se mit à crier à tue-tête : « Ouvrez, s'il vous plaît, au seigneur Baudouin, et au seigneur marquis de Mantoue, qui vient grièvement blessé, et au seigneur More Aben-Darreaz, qu'amène prisonnier le valeureux Rodrigo de Narvaez, gouverneur d'Antéquéra. » Ils sortirent tous à ces cris et, reconnaissant aussitôt, les uns leur ami, les autres leur oncle et leur maître, qui n'était pas encore descendu de l'âne, faute de le pouvoir, ils coururent à l'envi l'embrasser. Mais il leur dit : « Arrêtez-vous tous. Je viens grièvement blessé par la faute de mon cheval ; qu'on me porte à mon lit, et qu'on appelle, si c'est possible, la sage Urgande [1], pour qu'elle vienne panser mes blessures. – Hein ? s'écria aussitôt la gouvernante, qu'est-ce que j'ai dit ? est-ce que le cœur ne me disait pas bien de quel pied boitait mon maître ? Allons, montez, seigneur, et soyez le bienvenu, et, sans qu'on appelle cette Urgande, nous saurons bien ici vous panser. Maudits soient-ils, dis-je, une autre et cent autres fois, ces livres de chevalerie qui ont mis Sa Grâce en ce bel état ! » On porta bien vite don Quichotte dans son lit ; mais quand on examina ses blessures, on n'en trouva aucune. Il leur dit alors : « Je n'ai que les contusions d'une chute, parce que Rossinante, mon cheval, s'est abattu sous

1. Urgande : épouse d'Alquife, et signataire supposée d'un hommage versifié au *Quichotte*, qui figure en tête des pièces liminaires non retenues par Viardot. Un peu plus loin, la gouvernante estropie « Urganda » en « Urgada » (du verbe espagnol *hurgar*, qui signifie « tisonner »). Viardot a renoncé à rendre ce jeu et se contente de répéter : « qu'on appelle cette Urgande ». Canavaggio, lui, a traduit par « Hurlande ». On pourrait imaginer encore, pour restituer les connotations érotiques, « gourgandine », ou, par abréviation suggestive, « gourgande ».

moi tandis que je combattais contre dix géants, les plus démesurés et les plus formidables qui se puissent rencontrer sur la moitié de la terre. – Bah ! bah ! dit le curé, voici des géants en danse ! Par le saint dont je porte le nom, la nuit ne viendra pas demain que je ne les aie brûlés. » Ils firent ensuite mille questions à don Quichotte ; mais celui-ci ne voulut rien répondre, sinon qu'on lui donnât à manger et qu'on le laissât dormir, deux choses dont il avait le plus besoin. On lui obéit. Le curé s'informa tout au long, près du paysan, de quelle manière il avait rencontré don Quichotte. L'autre raconta toute l'histoire, sans omettre les extravagances qu'en le trouvant et en le ramenant il lui avait entendu dire. C'était donner au licencié plus de désir encore de faire ce qu'en effet il fit le lendemain, à savoir : d'aller appeler son ami le barbier maître Nicolas, et de s'en venir avec lui à la maison de don Quichotte…

CHAPITRE VI

De la grande et gracieuse enquête que firent le curé et le barbier dans la bibliothèque de notre ingénieux hidalgo

Lequel dormait encore. Le curé demanda à la nièce les clefs de la chambre où se trouvaient les livres auteurs du dommage, et de bon cœur elle les lui donna. Ils entrèrent tous, la gouvernante à leur suite, et ils trouvèrent plus de cent gros volumes fort bien reliés et quantité d'autres petits. Dès que la gouvernante les aperçut, elle sortit de la chambre en grande hâte et revint bientôt, apportant une écuelle d'eau bénite avec un goupillon. « Tenez, seigneur licencié, dit-elle, arrosez cette chambre, de peur qu'il n'y ait ici quelque enchanteur, de ceux dont ces livres sont pleins, et qu'il ne nous enchante en punition de la peine que nous voulons leur infliger en les chassant de ce monde. » Le curé se mit à rire de la simplicité de la gouvernante, et dit au barbier de lui présenter ces livres un à un pour voir de quoi ils traitaient, parce qu'il pouvait s'en rencontrer quelques-uns, dans le nombre, qui ne méritassent pas le supplice du feu. « Non, non, s'écria la nièce, il n'en faut épargner aucun, car tous ont fait le mal. Il vaut mieux les jeter par la fenêtre dans la cour, en faire une pile et y mettre le feu, ou bien les emporter dans la basse-cour, et là nous ferons le bûcher, pour que la fumée n'incommode point. » La gouvernante fut du même avis, tant elles désiraient toutes deux la mort de ces pauvres innocents. Mais le curé ne voulut pas y consentir sans en avoir au moins lu les titres ; et le premier ouvrage que maître Nicolas lui remit dans les mains fut les quatre volumes d'*Amadis de Gaule* [1]. « Il semble, dit le curé, qu'il y ait là-dessous quelque mystère ; car, selon ce que j'ai ouï dire, c'est là le premier livre de chevalerie qu'on ait imprimé en Espagne ; tous les autres ont pris de celui-là naissance et origine. Il me semble donc que, comme fondateur d'une si détestable secte, nous devons sans rémission le condamner au feu. – Non pas, seigneur, reprit le barbier ; car j'ai ouï dire aussi que c'est le meilleur de tous les livres de cette espèce qu'on ait composés, et, comme unique en son genre, il mérite qu'on lui pardonne. – C'est également vrai, dit le curé, et, pour cette raison, nous lui faisons, quant à présent, grâce de la vie. Voyons cet autre qui est à côté de lui. – Ce sont, répondit le barbier, les *Prouesses d'Esplandian, fils légitime d'Amadis de Gaule* [2]. – Pardieu ! dit le curé, il ne faut pas tenir compte au fils des mérites du père. Tenez, dame gouvernante, ouvrez la fenêtre et jetez-le à la cour : c'est lui qui commencera la pile du feu de joie que nous allons allumer. » La gouvernante ne se fit pas prier, et le brave Esplandian s'en alla, en volant, dans la cour, attendre avec résignation le feu qui le menaçait. « À un autre, dit le curé. – Celui qui vient après, dit le barbier, c'est *Amadis de Grèce* [3], et tous ceux du même côté sont, à ce que je crois bien, du même lignage des Amadis. – Eh bien ! dit le curé, qu'ils aillent tous à la basse-cour ; car, plutôt que de ne pas brûler la reine Pintiquinestra et le berger Darinel, et ses églogues, et les propos alambiqués de leur auteur, je brûlerais avec eux le père qui m'a mis au monde, s'il apparaissait sous la figure de chevalier errant. – C'est bien mon

1. L'édition espagnole la plus ancienne de l'*Amadis,* due à Garci-Montalvo, remonte à 1508, mais tire sa substance de toute une tradition médiévale, léguée par la légende arthurienne. Que l'admiration du barbier représente celle de Cervantès lui-même ne fait pas de doute : présent dès les pièces liminaires, Amadis est souvent invoqué au cours du roman, notamment lorsque don Quichotte décide d'imiter lors des épisodes de la Sierra Morena « la pénitence du Beau-Ténébreux » (chap. XXV).

2. Peu après 1508, le même Garci-Montalvo a donné cette suite. D'autres l'ont imité, si bien qu'il y a eu toute une série d'*Amadis*, issus du livre fondateur.

3. Neuvième livre de la série, dû à Feliciano de Silva, visé, comme on l'a vu, par la première escarmouche de Cervantès contre les romans de chevalerie au chapitre premier.

avis, dit le barbier. – Et le mien aussi, reprit la nièce. – Ainsi donc, dit la gouvernante, passez-les, et qu'ils aillent à la basse-cour. » On lui donna le paquet, car ils étaient nombreux, et, pour épargner la descente de l'escalier, elle les envoya par la fenêtre du haut en bas.

« Quel est ce gros volume ? demanda le curé. – C'est, répondit le barbier, *Don Olivante de Laura* [1]. – L'auteur de ce livre, reprit le curé, est le même qui a composé le *Jardin des Fleurs*, et, en vérité, je ne saurais guère décider lequel des deux livres est le plus véridique, ou plutôt le moins menteur. Mais ce que je sais dire, c'est que celui-là ira à la basse-cour comme un extravagant et un présomptueux. – Le suivant, dit le barbier, est *Florismars d'Hircanie* [2]. – Ah ! ah, répliqua le curé, le seigneur Florismars se trouve ici ? Par ma foi qu'il se dépêche de suivre les autres, en dépit de son étrange naissance et de ses aventures rêvées ; car la sécheresse et la dureté de son style ne méritent pas une autre fin : à la basse-cour, celui-là et cet autre encore, dame gouvernante. – Très volontiers, seigneur », répondit-elle, et déjà elle se mettait gaiement en devoir d'exécuter cet ordre. « Celui-ci est le *Chevalier Platir* [3], dit le barbier. – C'est un vieux livre, reprit le curé, mais je n'y trouve rien qui mérite grâce. Qu'il accompagne donc les autres sans réplique. » Ainsi fut fait.

On ouvrit un autre livre et l'on vit qu'il avait pour titre le *Chevalier de la Croix* [4]. « Un nom aussi saint que ce livre le porte, dit le curé, mériterait qu'on fît grâce à son ignorance. Mais il ne faut pas oublier le proverbe : derrière la croix se tient le diable. Qu'il aille au feu ! » Prenant un autre livre : « Voici, dit le barbier, le *Miroir de cheva-*

---

1. Antonio de Torquemada a publié ce roman de chevalerie en 1564. Sa miscellanée *Jardín de flores*, que le curé ne semble guère priser davantage, a pourtant été mise à profit par Cervantès dans son roman ultime, le *Persilès*.

2. Avec ce *s* final fantaisiste, Viardot n'a pas rendu pour autant plus martial ce Florismart, ou Félixmart, selon les graphies françaises de l'époque, héros d'un roman de Melchor de Ortega (1556).

3. De même qu'Amadis, Palmerín a fondé toute une série, dont le *Chevalier Platir*, œuvre anonyme parue en 1533, est le troisième maillon.

4. Ouvrage composite en deux parties traduites en castillan, l'une depuis le français par Alonso de Salazar (1521), l'autre par Pedro de Luján (1563).

lerie [1]. – Ah ! je connais déjà Sa Seigneurie, dit le curé. On y rencontre le seigneur Renaud de Montauban, avec ses amis et compagnons, tous plus voleurs que Cacus, et les douze pairs de France, et leur véridique historien Turpin. Je suis, par ma foi, d'avis de ne les condamner qu'à un bannissement perpétuel, et cela parce qu'ils ont eu quelque part dans l'invention du fameux Mateo Boyardo, d'où a tissé sa toile le poète chrétien Ludovic Arioste [2]. Quant à ce dernier, si je le rencontre ici, et qu'il parle une autre langue que la sienne, je ne lui porterai nul respect : mais s'il parle en sa langue, je l'élèverai par vénération au-dessus de ma tête. – Moi, je l'ai en italien, dit le barbier, mais je ne l'entends pas. – Il ne serait pas bon non plus que vous l'entendiez, répondit le curé ; et mieux aurait valu que ne l'entendit pas davantage un certain capitaine [3], qui ne nous l'aurait pas apporté en Espagne pour le faire castillan, car il lui a bien enlevé de son prix. C'est, au reste, ce que feront tous ceux qui voudront faire passer les ouvrages en vers dans une autre langue ; quelque

---

1. Sous-titre d'une adaptation en prose (1586) du *Roland amoureux* de Boiardo.

2. Le *Roland furieux* de l'Arioste (mort en 1533) a pris effectivement la suite du grand poème de Boiardo (mort en 1494). Non « entendu » par le barbier, faute de savoir l'italien, maintenu à distance par le curé (qu'on peut imaginer réticent envers la sensualité et l'audace satirique d'un ouvrage qui fut expurgé par l'Inquisition), l'Arioste est en fait un des grands inspirateurs de l'invention narrative et de l'ironie cervantines. Ce n'est pas un hasard si la pénitence de don Quichotte au chapitre XXV est placée sous le signe conjoint d'Amadis et du Roland furieux. Ce Roland n'est plus celui de la chanson de geste française, mais un amoureux rendu fou (« furieux ») d'avoir été repoussé par la belle Angélique. Signalons que la série des films sur Angélique, avec Robert Hossein et Michèle Mercier, a transposé dans la France de Louis XIV le poème ariostéen, plus connu par conséquent du « Français moyen » qu'il ne s'en doute.

3. Condamnation sans appel de l'une des traductions espagnoles de l'Arioste au XVIe siècle : celle du capitaine Jerónimo de Urrea (Anvers, 1549). Mais le curé va plus loin en affirmant que toute poésie est forcément gâchée par une traduction. Cervantès n'avait pas un point de vue aussi tranché : il lui est arrivé, par exemple, de porter aux nues (ou « d'élever au-dessus de sa tête », comme dit ici le curé, par allusion à un cérémonial exigeant des porteurs de quelque document royal ce signe de respect) la merveilleuse traduction poétique de l'*Aminte* du Tasse par Juan de Jáuregui, celui-là même qui, excellant au pinceau autant qu'à la plume, a fait un portrait de Cervantès décrit par celui-ci dans son Prologue des *Nouvelles exemplaires*.

soin qu'ils mettent, et quelque habileté qu'ils déploient, jamais ils ne les conduiront au point de leur première naissance. Mon avis est que ce livre et tous ceux qu'on trouvera parlant de ces affaires de France soient descendus et déposés dans un puits sec, jusqu'à ce qu'on décide, avec plus de réflexion, ce qu'il faut faire d'eux. J'excepte, toutefois, un certain *Bernard del Carpio*, qui doit se trouver par ici, et un autre encore appelé *Roncevaux* [1], lesquels, s'ils tombent dans mes mains, passeront aussitôt dans celles de la gouvernante, et de là, sans aucune rémission, dans celles du feu. »

De tout cela, le barbier demeura d'accord et trouva la sentence parfaitement juste, tenant son curé pour si bon chrétien et si amant de la vérité qu'il n'aurait pas dit autre chose qu'elle pour toutes les richesses du monde. En ouvrant un autre volume, il vit que c'était *Palmerin d'Olive* [2], et, près de celui-là, s'en trouvait un autre qui s'appelait *Palmerin d'Angleterre* [3]. À cette vue, le licencié s'écria : « Cette olive, qu'on la broie et qu'on la brûle, et qu'il n'en reste pas même de cendres ; mais cette palme d'Angleterre, qu'on la conserve comme chose unique, et qu'on fasse pour elle une cassette aussi précieuse que celle qu'Alexandre trouva dans les dépouilles de Darius et qu'il destina à enfermer les œuvres du poète Homère. Ce livre-ci, seigneur compère, est considérable à deux titres : d'abord, parce qu'il est très bon en lui-même ; ensuite, parce qu'il passe pour être l'ouvrage d'un spirituel et savant roi de Portugal. Toutes les aventures du château de Miraguarda sont excellentes et d'un heureux enlacement ; les propos sont clairs, sensés, de bon goût, et toujours appropriés au caractère de celui qui parle, avec beaucoup de justesse et d'intelligence. Je dis donc, sauf votre meilleur avis, seigneur maître Nicolas, que ce livre et l'*Amadis de Gaule* soient exemptés du feu, mais que tous les autres, sans plus de demandes et de réponses, périssent à l'instant. – Non, non, seigneur compère, répliqua le barbier, car celui que je tiens

1. *Bernard del Carpio*, *Roncevaux* : titres abrégés de deux poèmes espagnols de la seconde moitié du XVIe siècle, qui tiraient leur substance du *Roland furieux*.

2. Attribué à Francisco Vázquez (1511).

3. Traduit du portugais en espagnol vers le milieu du XVIe siècle par Luis Hurtado. L'auteur portugais était Francisco Moraes Cabral.

est le fameux *Don Bélianis*[1]. – Quant à celui-là, reprit le curé, ses deuxième, troisième et quatrième parties auraient besoin d'un peu de rhubarbe pour purger leur trop grande bile ; il faudrait en ôter aussi toute cette histoire du château de la Renommée[2], et quelques autres impertinences de même étoffe. Pour cela on peut lui donner le délai d'outre-mer, et, s'il se corrige ou non, l'on usera envers lui de miséricorde ou de justice. En attendant, gardez-les chez vous, compère, et ne les laissez lire à personne. – J'y consens », répondit le barbier. Et, sans se fatiguer davantage à feuilleter des livres de chevalerie, le curé dit à la gouvernante de prendre tous les grands volumes et de les jeter à la basse-cour.

Il ne parlait ni à sot ni à sourd, mais bien à quelqu'un qui avait plus envie de les brûler que de donner une pièce de toile à faire au tisserand, quelque grande et fine qu'elle pût être. Elle en prit donc sept ou huit d'une seule brassée et les lança par la fenêtre ; mais voulant trop en prendre à la fois, un d'eux était tombé aux pieds du barbier, qui le ramassa par envie de savoir ce que c'était, et lui trouva pour titre *Histoire du fameux chevalier Tirant le Blanc*[3].

« Bénédiction ! dit le curé en jetant un grand cri ; vous avez là *Tirant le Blanc* ! Donnez-le vite, compère, car je réponds bien d'avoir trouvé en lui un trésor d'allégresse et une mine de divertissements. C'est là que se rencontrent don Kyrie-Eleison de Montalban, un valeureux chevalier, et son frère Thomas de Montalban, et le chevalier Fonséca, et la bataille que livre au dogue le brave Tirant, et les finesses de la demoiselle Plaisir-de-ma-vie, avec les amours et les ruses

---

1. Don Belianis de Grèce, héros d'un roman de Jerónimo Fernández (milieu du XVIe siècle), déjà ironiquement évoqué au premier chapitre en tant que corps apparemment indestructible, bien que cabossé et balafré en tous sens (comme le sera celui de don Quichotte lui-même, et ceux, aujourd'hui, de tant de personnages de dessins animés).

2. Allusion à un char tiré par quarante éléphants, où prennent place les Neuf Preux de la Renommée (voir p. 48, note 2). Où irait-on avec la méthode du curé si l'on devait retirer de tant de films et séries télévisées d'aujourd'hui, avatars modernes des romans de chevalerie, les voitures de Batman, les vols supersoniques de Superman, ou les gadgets fulgurants de James Bond ?

3. Initialement publié en catalan (1490) par Joanot Martorell, *Tirant lo Blanc* a été traduit en castillan en 1511. L'éloge l'emporte sur les sarcasmes dans les propos contradictoires, voire confus, du curé.

de la veuve Reposée, et madame l'impératrice amoureuse d'Hippolyte, son écuyer. Je vous le dis en vérité, seigneur compère, pour le style ce livre est le meilleur du monde. Les chevaliers y mangent, y dorment, y meurent dans leurs lits, y font leurs testaments avant de mourir, et l'on y conte mille autres choses qui manquent à tous les livres de la même espèce. Et pourtant je vous assure que celui qui l'a composé méritait, pour avoir dit tant de sottises sans y être forcé, qu'on l'envoyât ramer aux galères tout le reste de ses jours. Emportez le livre chez vous, et lisez-le, et vous verrez si tout ce que j'en dis n'est pas vrai. – Vous serez obéi, répondit le barbier ; mais que ferons-nous de tous ces petits volumes qui restent ? – Ceux-là, dit le curé, ne doivent pas être des livres de chevalerie, mais de poésie. »

Il en ouvrit un et vit que c'était la *Diane* de Jorge de Montemayor. Croyant qu'ils étaient tous de la même espèce : « Ceux-ci, dit-il, ne méritent pas d'être brûlés avec les autres ; car ils ne font ni ne feront jamais le mal qu'ont fait ceux de chevalerie. Ce sont des livres d'innocente récréation, sans danger pour le prochain. – Ah, bon Dieu ! monsieur le curé, s'écria la nièce, vous pouvez bien les envoyer rôtir avec le reste ; car si mon oncle guérit de la maladie de chevalerie errante, en lisant ceux-là il n'aurait qu'à s'imaginer de se faire berger et de s'en aller par les prés et les bois, chantant et jouant de la musette ; ou bien de se faire poète, ce qui serait pis encore, car c'est, à ce qu'on dit, une maladie incurable et contagieuse. – Cette jeune fille a raison, dit le curé, et nous ferions bien d'ôter à notre ami, si facile à broncher, cette occasion de rechute. Puisque nous commençons par la *Diane* de Montemayor, je suis d'avis qu'on ne la brûle point, mais qu'on en ôte tout ce qui traite de la sage Félicia et de l'Onde enchantée [1], et presque tous

1. Le curé n'apprécie pas, sans dire pourquoi, l'épisode de la *Diane* de Montemayor (voir p. 48, note 1) où une magicienne fait boire à des amants malheureux une eau qui les guérit de leur souffrance. On peut trouver cette critique bien vétilleuse, venant d'un lecteur accoutumé à rencontrer tant d'autres aventures surnaturelles dans cette littérature d'évasion, épique, chevaleresque ou pastorale qu'il passe en revue et apprécie parfois. Mais la pique indirectement lancée, à travers les propos naïfs de la nièce de don Quichotte au chapitre III, contre la confiance qu'accorde son oncle aux breuvages des « enchanteurs », ne trouve-t-elle pas ici, sortant du cadre de la fiction au premier degré, une sorte d'écho ?

les grands vers. Qu'elle reste, j'y consens de bon cœur, avec sa prose et l'honneur d'être le premier de ces sortes de livres. – Celui qui vient après, dit le barbier, est la *Diane* appelée la *seconde de Salmantin* ; puis un autre portant le même titre, mais dont l'auteur est Gil Polo [1]. – Pour celle du Salmantin, répondit le curé, qu'elle aille augmenter le nombre des condamnés de la basse-cour ; et qu'on garde celle de Gil Polo comme si elle était d'Apollon lui-même. Mais passons outre, seigneur compère, et dépêchons-nous, car il se fait tard. – Celui-ci, dit le barbier, qui en ouvrait un autre, renferme les *Dix Livres de Fortune d'amour*, composés par Antonio de Lofraso [2], poète de Sardaigne. – Par les ordres que j'ai reçus, s'écria le curé, depuis qu'Apollon est Apollon, les muses des muses et les poètes des poètes, jamais on n'a composé livre si gracieux et si extravagant. Dans son espèce, c'est le meilleur et l'unique de tous ceux qui ont paru à la clarté du jour, et qui ne l'a pas lu peut se vanter de n'avoir jamais rien lu d'amusant. Amenez ici, compère, car je fais plus de cas de l'avoir trouvé que d'avoir reçu en cadeau une soutane de taffetas de Florence. » Et il le mit à part avec grande joie.

« Ceux qui suivent, continua le barbier, sont le *Pasteur d'Ibérie*, les *Nymphes de Hénarès* et les *Remèdes à la jalousie* [3]. – Il n'y a rien de mieux à faire, dit le curé, que de les livrer au bras séculier de la gouvernante, et qu'on ne me demande pas le pourquoi, car je n'aurais jamais

---

1. La suite de Gaspar Gil Polo (1564), intitulée *Primera parte de Diana enamorada* (*Première partie de Diane amoureuse*) a effectivement surpassé très vite celle qu'avait donnée, l'année précédente, Alonso Pérez, médecin natif de Salamanque.

2. Ce que dit Cervantès de ce poète sarde de langue catalane dans son *Voyage au Parnasse* a pu faire soupçonner beaucoup d'ironie dans les propos du curé, bien qu'il se déclare ravi de mettre la main sur l'ouvrage.

3. On sera bref ici sur ces trois échantillons de la veine pastorale. Disons seulement que le premier cité, dû à Bernardo de la Vega, est le plus tardif en date de publication (1591) de tous les ouvrages ici passés en revue. Comme l'*Arcadie* de Lope de Vega, parue en 1598, n'est pas évoquée, on s'est demandé s'il n'y aurait pas là l'indice d'une rédaction antérieure à cette date des premiers chapitres du *Quichotte,* ou, en tout cas, de celui de l'« autodafé ». Mais jusqu'en 1604-1605, rien n'empêchait Cervantès, s'il avait vraiment voulu rendre hommage à son grand rival, de compléter son manuscrit sur ce point. Il y a, en fin de compte, de la part de l'auteur de la *Galatée*, un silence sur son concurrent qui n'a guère dû plaire à celui-ci.

fini. – Voici maintenant le *Berger de Philida*. – Ce n'est pas un berger, dit le curé, mais bien un sage et ingénieux courtisan. Qu'on le garde comme une relique. – Ce grand-là qui vient ensuite, dit le barbier, s'intitule *Trésor de poésies variées* [1]. – Si elles étaient moins nombreuses, reprit le curé, elles n'en vaudraient que mieux. Il faut que ce livre soit sarclé, échardonné et débarrassé de quelques bassesses qui nuisent à ses grandeurs. Qu'on le garde pourtant, parce que son auteur est mon ami, et par respect pour ses autres œuvres, plus relevées et plus héroïques. – Celui-ci, continua le barbier, est le *Chansonnier* de Lopez Maldonado [2]. – L'auteur de ce livre, répondit le curé, est encore un de mes bons amis. Dans sa bouche, ses vers ravissent ceux qui les entendent, et telle est la suavité de sa voix que, lorsqu'il les chante, il enchante. Il est un peu long dans les églogues ; mais ce qui est bon n'est jamais de trop. Qu'on le mette avec les réservés. Mais quel est le livre qui est tout auprès ? – C'est la *Galatée* de Miguel de Cervantès, répondit le barbier. – Il y a bien des années, reprit le curé, que ce Cervantès est de mes amis [3], et je sais qu'il est plus versé dans la connaissance des infortunes que dans celle de la poésie. Son livre ne manque pas d'heureuse invention, mais il propose et ne conclut rien. Attendons la seconde partie qu'il promet ; peut-être qu'en se corrigeant il obtiendra tout à fait la miséricorde qu'on lui refuse aujourd'hui. En attendant, seigneur compère, gardez-le reclus en votre logis. – Très volontiers, répondit maître Nicolas. En voici trois autres qui viennent ensemble.

1. Le *Berger de Philida* et le *Trésor de poésies variées* sont dus à deux amis de Cervantès, respectivement Luis Gálvez de Montalbán et Pedro de Padilla. On notera que l'amitié n'exclut pas quelques critiques dans le second cas.

2. Deux poèmes de Cervantès figurent dans ce *Chansonnier*, paru en 1586.

3. Renversement typique d'une esthétique baroque, c'est ici un personnage fictif qui, par ses propos, fait exister son créateur et en parle avec une amitié non exempte de condescendance. En même temps, Cervantès parle de lui-même avec cette capacité d'autodérision qui caractérise l'humour, et relance l'annonce d'une suite (qui ne viendra jamais) à sa *Galatée* de 1585, où le destin de l'héroïne était laissé en suspens. L'indication « bien des années » peut être interprétée comme le signe d'une longue maturation de la première partie du *Quichotte*, ce qui ne surprendra personne.

Ce sont l'*Araucana* de don Alonzo de Ercilla [1], l'*Austriada* [2] de Juan Rufo, juré de Cordoue, et le *Monserrat* [3] de Cristoval de Viruès, poète valencien. – Tous les trois, dit le curé, sont les meilleurs qu'on ait écrits en vers héroïques dans la langue espagnole, et ils peuvent le disputer aux plus fameux d'Italie. Qu'on les garde comme les plus précieux bijoux de poésie que possède l'Espagne. »

Enfin le curé se lassa de manier tant de livres et voulut que, sans plus d'interrogatoire, on jetât tout le reste au feu. Mais le barbier en tenait déjà un ouvert qui s'appelait *Les Larmes d'Angélique* [4]. « Ah ! je verserais les miennes, dit le curé, si j'avais fait brûler un tel livre, car son auteur fut un des fameux poètes, non seulement d'Espagne, mais du monde entier, et il a merveilleusement réussi dans la traduction de quelques fables d'Ovide. »

---

1. Le poème épique, échelonné entre 1569 et 1589, d'Alonso de Ercilla au sujet de la conquête du Chili par ses compatriotes a été très médité par Cervantès, et demeure aujourd'hui, tant en Amérique latine qu'en Espagne, un chef-d'œuvre très étudié, auquel Pablo Neruda lui-même a rendu hommage pour sa force poétique sinon pour son idéologie.

2. Autre poème épique célébrant don Juan d'Autriche, fils naturel de Charles Quint, vainqueur des Turcs à Lépante. Cervantès a chéri la mémoire de ce chef que jalousait Philippe II, et qui est mort en 1579 aux Pays-Bas, à l'âge de trente-trois ans (voir la Chronologie).

3. Ce poème, qui date de 1587, célèbre la fondation du célèbre monastère catalan.

4. Poème publié en 1586 par Luis Barahona de Soto, qui brode sur l'histoire des amours, chantées par l'Arioste, d'Angélique et de « Medoro », transcrit par Médor en français, ce qui est devenu bien malencontreux aujourd'hui, alors qu'il s'agit d'un joli page africain.

CHAPITRE VII

De la seconde sortie de notre bon chevalier don Quichotte de la Manche

On en était là, quand don Quichotte se mit à jeter de grands cris. « Ici, disait-il, ici, valeureux chevaliers, c'est ici qu'il faut montrer la force de vos bras invincibles, car les gens de la cour emportent tout l'avantage du tournoi. » Pour accourir à ce tapage, on laissa là l'inventaire des livres qui restaient. Aussi croit-on que, sans être entendus ni confrontés, la *Caroléa* et *Léon d'Espagne* s'en allèrent au feu avec les *Gestes de l'empereur* [1] composés par don Luis de Avila, car sans doute ils se trouvaient dans la bibliothèque ; et peut-être, si le curé les eût vus, n'auraient-ils point subi ce rigoureux arrêt.

Quand ils arrivèrent auprès de don Quichotte, il avait quitté son lit et continuait à la fois ses cris et ses extravagances, frappant de tous côtés, d'estoc et de taille, mais aussi éveillé que s'il n'eût jamais dormi. On le prit à bras-le-corps, et par force on le recoucha. Quand il se fut un peu calmé, il se tourna vers le curé pour lui adresser la parole, et

1. Ces trois dernières victimes de l'autodafé sont citées en vrac avec des titres si abrégés que leur identification pose quelques problèmes. Deux poèmes épiques exaltant Charles Quint, l'un de Jerónimo Sempere (1560), l'autre de Juan Ochoa de Salde (1585) comportent « *la Carolea* » dans leurs titres respectifs. Pedro de la Vecilla Castellanos a chanté en vers la ville de León. Mais les *Comentarios*… (Venise, 1548) de Luis de Ávila sur les guerres de Charles Quint en Allemagne sont en prose, ce qui a conduit certains annotateurs à supposer que Cervantès devait plutôt viser le *Carlos famoso* publié par Luis Zapata en 1560. C'est peut-être pousser trop loin le souci de cohérence.

lui dit : « En vérité, seigneur archevêque Turpin, c'est une grande honte que ceux de nous qui nous appelons les douze Pairs, nous laissions si bonnement remporter la victoire de ce tournoi aux chevaliers de la cour, après que nous autres, les chevaliers errants, en avons enlevé les prix ces trois jours passés. – Faites silence, seigneur compère, répondit le curé ; s'il plaît à Dieu, la chance tournera, et ce qu'on perd aujourd'hui se peut gagner demain ; ne vous occupez, pour le moment, que de votre santé, car il me semble que vous devez être harassé et peut-être blessé grièvement. – Blessé, non, reprit don Quichotte ; mais moulu et rompu, cela ne fait pas doute : car ce bâtard de Roland m'a roué de coups avec le tronc d'un chêne, et tout cela de pure jalousie, parce qu'il voit que je suis le seul pour tenir tête à ses fanfaronnades. Mais je ne m'appellerais pas Renaud de Montauban [1] s'il ne me le payait, quand je sortirai de ce lit, en dépit de tous les enchantements qui le protègent. Quant à présent, qu'on me donne à manger ; car c'est ce qui peut me venir de plus à propos, et qu'on laisse à ma charge le soin de ma vengeance. » On s'empressa d'obéir et de lui apporter à manger ; après quoi ils restèrent, lui, encore une fois endormi, et les autres, émerveillés de sa folie.

Cette même nuit, la gouvernante brûla et calcina autant de livres qu'il s'en trouvait dans la basse-cour et dans toute la maison, et tels d'entre eux souffrirent la peine du feu qui méritaient d'être conservés dans d'éternelles archives. Mais leur mauvais sort et la paresse de l'examinateur ne permirent point qu'ils en échappassent, et ainsi s'accomplit pour eux le proverbe que souvent le juste paye pour le pécheur.

Un des remèdes qu'imaginèrent pour le moment le curé et le barbier contre la maladie de leur ami, ce fut qu'on murât la porte du cabinet des livres, afin qu'il ne les trouvât plus quand il se lèverait (espérant qu'en ôtant la cause, l'effet cesserait aussi), et qu'on lui dît qu'un enchanteur les avait emportés, le cabinet et tout ce qu'il y

1. Effectivement, dans le Romancero, Roland et Renaud de Montauban ne peuvent pas se souffrir, non plus que chez Boiardo. C'est, bien entendu, la belle Angélique qui est la cause de cette antipathie.

avait dedans ; ce qui fut exécuté avec beaucoup de diligence. Deux jours après, don Quichotte se leva, et la première chose qu'il fit fut d'aller voir ses livres. Mais ne trouvant plus le cabinet où il l'avait laissé, il s'en allait le cherchant à droite et à gauche, revenait sans cesse où il avait coutume de rencontrer la porte, en tâtait la place avec les mains, et sans mot dire, tournait et retournait les yeux de tous côtés. Enfin, au bout d'un long espace de temps, il demanda à la gouvernante où se trouvait le cabinet des livres. La gouvernante, qui était bien stylée sur ce qu'elle devait répondre, lui dit : « Quel cabinet ou quel rien du tout cherche Votre Grâce ? Il n'y a plus de cabinet ni de livres dans cette maison, car le diable lui-même a tout emporté. – Ce n'était pas le diable, reprit la nièce, mais bien un enchanteur qui est venu sur une nuée, la nuit après que Votre Grâce est partie d'ici, et, mettant pied à terre d'un serpent sur lequel il était à cheval, il entra dans le cabinet, et je ne sais ce qu'il y fit, mais au bout d'un instant il sortit en s'envolant par la toiture et laissa la maison toute pleine de fumée ; et quand nous voulûmes voir ce qu'il laissait de fait, nous ne vîmes plus ni livres ni chambre. Seulement, nous nous souvenons bien, la gouvernante et moi, qu'au moment de s'envoler, ce méchant vieillard nous cria d'en haut que c'était par une secrète inimitié qu'il portait au maître des livres et du cabinet qu'il faisait dans cette maison le dégât qu'on verrait ensuite. Il ajouta aussi qu'il s'appelait le sage Mugnaton. – Freston [1], il a dû dire, reprit don Quichotte. – Je ne sais, répliqua la gouvernante, s'il s'appelait Freston ou Friton, mais, en tout cas, c'est en *ton* que son nom finit. – En effet, continua don Quichotte, c'est un savant enchanteur, mon ennemi mortel, qui m'en veut parce qu'il sait, au moyen de son art et de son grimoire, que je dois, dans la suite des temps, me rencontrer en combat singulier avec un chevalier qu'il favorise, et que je dois aussi le vaincre, sans que sa science puisse en empêcher : c'est pour cela qu'il s'efforce de me causer tous les déplaisirs qu'il peut ; mais

1. Freston : Jeronimo Fernandez, créateur de don Belianis, avait attribué la paternité de son roman à un savant grec, qu'il avait appelé Fréston (invention qui n'est pas sans préfigurer celle de Hamet Ben-Engeli).

je l'informe, moi, qu'il ne pourra ni contredire ni éviter ce qu'a ordonné le ciel. – Qui peut en douter ? dit la nièce. Mais, mon seigneur oncle, pourquoi vous mêlez-vous à toutes ces querelles ? Ne vaudrait-il pas mieux rester pacifiquement dans sa maison que d'aller par le monde chercher du meilleur pain que celui de froment, sans considérer que bien des gens vont quérir de la laine qui reviennent tondus ? – Ô ma nièce ! répondit don Quichotte, que vous êtes peu au courant des choses ! avant qu'on me tonde, moi, j'aurai rasé et arraché la barbe à tous ceux qui s'imagineraient me toucher à la pointe d'un seul cheveu. » Toutes deux se turent, ne voulant pas répliquer davantage, car elles virent que la colère lui montait à la tête.

Le fait est qu'il resta quinze jours dans sa maison, très calme et sans donner le moindre indice qu'il voulût recommencer ces premières escapades ; pendant lequel temps il eut de fort gracieux entretiens avec ses deux compères, le curé et le barbier, sur ce qu'il prétendait que la chose dont le monde avait le plus besoin c'était de chevaliers errants, et qu'il fallait y ressusciter la chevalerie errante. Quelquefois le curé le contredisait, quelquefois lui cédait aussi ; car à moins d'employer cet artifice, il eût été impossible d'en avoir raison.

Dans ce temps-là, don Quichotte sollicita secrètement un paysan, son voisin, homme de bien (si toutefois on peut donner ce titre à celui qui est pauvre), mais, comme on dit, de peu de plomb dans la cervelle. Finalement il lui conta, lui persuada et lui promit tant de choses que le pauvre homme se décida à partir avec lui et à lui servir d'écuyer. Entre autres choses, don Quichotte lui disait qu'il se disposât à le suivre de bonne volonté, parce qu'il pourrait lui arriver telle aventure qu'en un tour de main il gagnât quelque île [1], dont il le ferait gouverneur sa vie durant. Séduit par ces promesses et d'autres semblables, Sancho Panza (c'était le nom du paysan) planta là sa femme et ses enfants et s'enrôla pour écuyer de son voisin. Don Qui-

---

1. Le texte espagnol ne dit pas tout bonnement *isla*, mais *ínsula*. Cette forme savante, empruntée aux romans de chevalerie, était bien faite pour ébaubir Sancho. Aussi Canavaggio a-t-il tenu à traduire par « isle ».

chotte se mit aussitôt en mesure de chercher de l'argent, et, vendant une chose, engageant l'autre, et gaspillant toutes ses affaires, il ramassa une raisonnable somme. Il se pourvut aussi d'une rondache de fer qu'il emprunta d'un de ses amis, et raccommoda du mieux qu'il put sa mauvaise salade brisée ; puis il avisa son écuyer Sancho du jour et de l'heure où il pensait se mettre en route, pour que celui-ci se munît également de ce qu'il jugerait le plus nécessaire. Surtout, il lui recommanda d'emporter un bissac. L'autre promit qu'il n'y manquerait pas et ajouta qu'il pensait aussi emmener un très bon âne qu'il avait, parce qu'il ne se sentait pas fort habile sur l'exercice de la marche à pied. À ce propos de l'âne, don Quichotte réfléchit un peu, cherchant à se rappeler si, par hasard, quelque chevalier errant s'était fait suivre d'un écuyer monté comme au moulin [1]. Mais jamais sa mémoire ne put lui en fournir un seul. Cependant il consentit à lui laisser emmener la bête, se proposant de l'accommoder d'une plus honorable monture dès qu'une occasion se présenterait, c'est-à-dire en enlevant le cheval au premier chevalier discourtois qui se trouverait sur son chemin. Il se pourvut aussi de chemises et des autres choses qu'il put se procurer, suivant le conseil que lui avait donné l'hôtelier, son parrain.

Tout cela fait et accompli, et, ne prenant congé, ni Panza de sa femme et de ses enfants, ni don Quichotte de sa gouvernante et de sa nièce, un beau soir ils sortirent du pays sans être vus de personne, et ils cheminèrent si bien toute la nuit qu'au point du jour ils se tinrent pour certains de n'être plus attrapés, quand même on se mettrait à leurs trousses. Sancho Panza s'en allait sur son âne, comme un patriarche, avec son bissac, son outre et, de plus, une grande envie de se voir déjà gouverneur de l'île que son maître lui avait promise. Don Quichotte prit justement la même direction et le même chemin qu'à sa première sortie, c'est-à-dire à travers la plaine de Montiel, où il cheminait avec moins d'incommodité que la fois passée, car il

---

1. « Asinesquement monté », dit beaucoup mieux la traduction de César Oudin revue par Jean Cassou, car l'original comporte bien une création de mot, avec l'adverbe *asnalmente*.

était fort grand matin, et les rayons du soleil, ne frappant que de biais, ne le gênaient point encore. Sancho Panza dit alors à son maître : « Quc Votre Grâce fasse bien attention, seigneur chevalier errant, de ne point oublier ce que vous m'avez promis au sujet d'une île, car, si grande qu'elle soit, je saurai bien la gouverner. » À quoi répondit don Quichotte : « Il faut que tu saches, ami Sancho Panza, que ce fut un usage très suivi par les anciens chevaliers errants de faire leurs écuyers gouverneurs des îles ou royaumes qu'ils gagnaient, et je suis bien décidé à ce qu'une si louable coutume ne se perde point par ma faute. Je pense au contraire y surpasser tous les autres ; car maintes fois, et même le plus souvent, ces chevaliers attendaient que leurs écuyers fussent vieux ; c'est quand ceux-ci étaient rassasiés de servir et las de passer de mauvais jours et de plus mauvaises nuits qu'on leur donnait quelque titre de comte ou pour le moins de marquis, avec quelque vallée ou quelque province à l'avenant ; mais si nous vivons, toi et moi, il peut bien se faire qu'avant six jours je gagne un royaume fait de telle sorte qu'il en dépende quelques autres, ce qui viendrait tout à point pour te couronner roi d'un de ceux-ci. Et que cela ne t'étonne pas, car il arrive à ces chevaliers des aventures si étranges, d'une façon si peu vue et si peu prévue que je pourrais facilement te donner encore plus que je ne te promets. – À ce train-là, répondit Sancho Panza, si, par un de ces miracles que raconte Votre Grâce, j'allais devenir roi, Juana Gutierrez [1], ma ménagère, ne deviendrait rien moins que reine, et mes enfants infants. – Qui en doute ? répondit don Quichotte. – Moi, j'en doute, répliqua Sancho ; car j'imagine que, quand même Dieu ferait pleuvoir des royaumes sur la terre, aucun ne s'ajusterait bien à la tête de Marie Gutierrez. Sachez, Seigneur, qu'elle ne vaut pas

1. Il se produit au cours du roman quelque flottement au sujet du prénom et du nom de la femme de Sancho. Elle est appelée ici par son mari, à quelques lignes de distance, Juana, puis María et, dans la Seconde partie du roman, elle déclarera se prénommer Teresa, et avoir pris depuis son mariage le nom de son conjoint. Ce qui donnera l'occasion à Sancho, apprenant que le plagiat d'Avellaneda appelait son épouse Mari Gutiérrez, d'authentifier « Teresa Panza » comme la bonne et unique façon de désigner sa moitié (ou sa ménagère, pour parler comme Viardot).

deux deniers pour être reine. Comtesse lui irait mieux ; encore serait-ce avec l'aide de Dieu. – Eh bien ! laisses-en le soin à Dieu, Sancho, répondit don Quichotte ; il lui donnera ce qui sera le plus à sa convenance, et ne te rapetisse pas l'esprit au point de venir à te contenter d'être moins que gouverneur de province. – Non, vraiment, mon seigneur, répondit Sancho, surtout ayant en Votre Grâce un si bon et si puissant maître, qui saura me donner ce qui me convient le mieux, et ce que mes épaules pourront porter. »

CHAPITRE VIII

Du beau succès qu'eut le valeureux don Quichotte dans l'épouvantable et inimaginable aventure des moulins à vent, avec d'autres événements dignes d'heureuse souvenance

En ce moment ils découvrirent trente ou quarante moulins à vent qu'il y a dans cette plaine, et, dès que don Quichotte les vit, il dit à son écuyer : « La fortune conduit nos affaires mieux que ne pourrait y réussir notre désir même. Regarde, ami Sancho ; voilà devant nous au moins trente démesurés géants, auxquels je pense livrer bataille et ôter la vie à tous tant qu'ils sont. Avec leurs dépouilles, nous commencerons à nous enrichir ; car c'est prise de bonne guerre, et c'est grandement servir Dieu que de faire disparaître si mauvaise engeance de la face de la terre. – Quels géants ? demanda Sancho Panza. – Ceux que tu vois là-bas, lui répondit son maître, avec leurs grands bras, car il y en a qui les ont de presque deux lieues de long. – Prenez donc garde, répliqua Sancho ; ce que nous voyons là-bas ne sont pas des géants, mais des moulins à vent, et ce qui paraît leurs bras, ce sont leurs ailes, qui, tournées par le vent, font tourner à leur tour la meule du moulin. – On voit bien, répondit don Quichotte, que tu n'es pas expert en fait d'aventures : ce sont des géants te dis-je ; si tu as peur, ôte-toi de là et va te mettre en oraison pendant que je leur livrerai une inégale et terrible bataille. » En parlant ainsi, il donna de l'éperon à son cheval Rossinante, sans prendre garde aux avis de son écuyer Sancho, qui lui criait qu'à coup sûr c'étaient des moulins à vent et non des géants qu'il allait attaquer. Pour lui, il s'était si bien mis dans la tête que c'étaient des géants que non seulement il n'entendait point les cris de son écuyer Sancho, mais qu'il ne parvenait pas, même en approchant tout près, à reconnaître la vérité. Au contraire, et tout en courant, il disait à grands cris : « Ne fuyez pas, lâches et viles créatures, c'est un seul chevalier qui vous attaque. » Un peu de vent s'étant alors levé, les grandes ailes commencèrent à se mouvoir ; ce que voyant don Quichotte, il s'écria : « Quand même vous remueriez plus de bras que le géant Briarée [1], vous allez me le payer. » En disant ces mots, il se recommande du profond de son cœur à sa dame Dulcinée, la priant de le secourir en un tel péril ; puis, bien couvert de son écu, et la lance en arrêt, il se précipite, au plus grand galop de Rossinante, contre le premier moulin qui se trouvait devant lui ; mais, au moment où il perçait l'aile d'un grand coup de lance, le vent la chasse avec tant de furie qu'elle met la lance en pièces et qu'elle emporte après elle le cheval et le chevalier, qui s'en alla rouler sur la poussière en fort mauvais état.

Sancho Panza accourut à son secours de tout le trot de son âne [2] et trouva, en arrivant près de lui, qu'il ne pouvait plus remuer, tant le coup et la chute avaient été rudes. « Miséricorde ! s'écria Sancho, n'avais-je pas bien dit à Votre Grâce qu'elle prît garde à ce qu'elle faisait, que ce n'était pas autre chose que des moulins à vent et qu'il fallait, pour s'y tromper, en avoir d'autres dans la tête ? – Paix, paix ! ami Sancho, répondit don Quichotte : les choses de la guerre sont plus que toute autre sujettes à des chances continuelles ; d'autant plus que je pense, et ce doit être la vérité, que ce sage Freston, qui m'a volé les livres et le cabinet, a changé ces géants en moulins [3], pour m'enlever la gloire de les vaincre : tant est grande l'inimitié qu'il me

1. Briarée : Titan mythologique à cent bras et cinquante têtes.

2. « À toute course de son âne » (César Oudin) colle de plus près au texte, et suggère mieux le dynamisme d'une croupe pour une fois fougueuse.

3. Avec l'hypothèse d'enchanteurs malveillants (de « malins génies » aurait dit Descartes), don Quichotte tient désormais un argument imparable contre les déconvenues du réel.

porte ! Mais en fin de compte son art maudit ne prévaudra pas contre la bonté de mon épée. – Dieu le veuille, comme il le peut », répondit Sancho Panza ; et il aida son maître à remonter sur Rossinante, qui avait les épaules à demi déboîtées.

En conversant sur l'aventure, ils suivirent le chemin du Port-Lapice, parce que, disait don Quichotte, comme c'est un lieu de grand passage, on ne pouvait manquer d'y rencontrer toutes sortes d'aventures. Seulement, il s'en allait tout chagrin de ce que sa lance lui manquât, et, faisant part de ce regret à son écuyer, il lui dit : « Je me souviens d'avoir lu qu'un chevalier espagnol nommé Diego Perez de Vargas, ayant eu son épée brisée dans une bataille, arracha d'un chêne une forte branche, ou peut-être le tronc, et, avec cette arme, fit de tels exploits et assomma tant de Mores qu'on lui donna le surnom d'*assommoir*, que lui et ses descendants ajoutèrent depuis à leur nom de Vargas [1]. Je t'ai dit cela, parce que je pense arracher du premier chêne, gris ou vert, que je rencontre, une branche aussi forte que celle-là, avec laquelle j'imagine faire de telles prouesses que tu te tiennes pour heureux d'en avoir mérité le spectacle et d'être témoin de merveilles qu'on aura peine à croire. – À la volonté de Dieu, répondit Sancho ; je le crois tout comme vous le dites. Mais Votre Grâce ferait bien de se redresser un peu, car il me semble qu'elle se tient quelque peu de travers, et ce doit être l'effet des secousses de sa chute. – Aussi vrai que tu le dis, reprit don Quichotte ; et si je ne me plains pas de la douleur que j'endure, c'est parce qu'il est interdit aux chevaliers errants de se plaindre d'aucune blessure, quand même les entrailles leur sortiraient de la plaie. – S'il en est ainsi, je n'ai rien à répondre, répliqua Sancho ; mais Dieu sait si je ne serais pas ravi de vous entendre plaindre, dès que quelque chose vous ferait mal. Pour moi, je puis dire que je me plaindrais au plus petit bobo, à moins toutefois que cette défense de se plaindre ne s'étende aux écuyers des chevaliers errants. » Don Quichotte ne put s'empêcher

1. Machuca (proche du verbe *machacar*, qui signifie « écraser ») est le surnom historique, indiqué dans le texte espagnol, d'un costaud du XIIIe siècle qui s'illustra contre les Maures au siège de Jerez.

de rire de la simplicité de son écuyer, et lui déclara qu'il pouvait fort bien se plaindre, quand et comme il lui plairait, avec ou sans envie, n'ayant jusque-là rien lu de contraire dans les lois de la chevalerie.

Sancho lui fit remarquer alors qu'il était l'heure de dîner. Don Quichotte répondit qu'il ne se sentait point d'appétit pour le moment, mais que lui pouvait manger tout à sa fantaisie. Avec cette permission, Sancho s'arrangea du mieux qu'il put sur son âne, et, tirant du bissac des provisions qu'il y avait mises, il s'en allait mangeant et cheminant au petit pas derrière son maître. De temps en temps, il portait l'outre à sa bouche de si bonne grâce qu'il aurait fait envie au plus galant cabaretier de Malaga. Et tandis qu'il marchait ainsi, avalant un coup sur l'autre, il ne se rappelait aucune des promesses que son maître lui avait faites et regardait, non comme un rude métier, mais comme un vrai délassement, de s'en aller cherchant des aventures, toutes périlleuses qu'elles pussent être.

Finalement, ils passèrent cette nuit sous un massif d'arbres, de l'un desquels don Quichotte rompit une branche sèche qui pouvait au besoin lui servir de lance et y ajouta le fer de celle qui s'était brisée. Don Quichotte ne dormit pas de toute la nuit, pensant à sa dame Dulcinée, pour se conformer à ce qu'il avait lu dans ses livres, que les chevaliers errants passaient bien des nuits sans dormir au milieu des forêts et des déserts, s'entretenant du souvenir de leurs dames. Sancho Panza ne la passa point de même ; car, comme il avait l'estomac plein, et non d'eau de chicorée, il n'en fit d'un bout à l'autre qu'un somme ; au matin, il fallut la voix de son maître pour l'éveiller, ce que ne pouvaient faire ni les rayons du soleil, qui lui donnait en plein visage, ni le chant de mille oiseaux qui saluaient joyeusement la venue du nouveau jour. En se frottant les yeux, Sancho fit une caresse à son outre, et, la trouvant un peu plus maigre que la nuit d'avant, son cœur s'affligea, car il lui sembla qu'ils ne prenaient pas le chemin de remédier sitôt à sa disette. Don Quichotte ne se soucia point non plus de déjeuner, préférant, comme on l'a dit, se repaître de succulents souvenirs.

Ils reprirent le chemin du Port-Lapice, et vers les trois heures de l'après-midi ils en découvrirent l'entrée. « C'est ici, dit à cette vue don Quichotte, que nous pouvons, ami Sancho, mettre les mains jusqu'aux coudes dans ce qu'on appelle aventures. Mais prends bien garde que, me vissestu dans le plus grand péril du monde, tu ne dois pas mettre l'épée à la main pour me défendre, à moins que tu ne t'aperçoives que ceux qui m'attaquent sont de la canaille et des gens de rien, auquel cas tu peux me secourir ; mais si c'étaient des chevaliers, il ne t'est nullement permis ni concédé par les lois de la chevalerie de me porter secours, jusqu'à ce que tu sois toi-même armé chevalier. – Par ma foi, seigneur, répondit Sancho, Votre Grâce en cela sera bien obéie, d'autant plus que de ma nature je suis pacifique, et fort ennemi de me fourrer dans le tapage et les querelles. Mais, à vrai dire, quand il s'agira de défendre ma personne, je ne tiendrai pas grand compte de ces lois ; car celles de Dieu et des hommes permettent à chacun de se défendre contre quiconque voudrait l'offenser. – Je ne dis pas le contraire, répondit don Quichotte ; seulement, pour ce qui est de me secourir contre les chevaliers, tiens en bride tes mouvements naturels. – Je répète que je n'y manquerai pas, répondit Sancho, et que je garderai ce commandement aussi bien que celui de chômer le dimanche. »

En devisant ainsi, ils découvrirent sur le chemin deux moines de l'ordre de Saint-Benoît, à cheval sur deux dromadaires [1], car les mules qu'ils montaient en avaient la taille, et portant leurs lunettes de voyage et leurs parasols. Derrière eux venait un carrosse entouré de quatre ou cinq hommes à cheval et suivi de deux garçons de mules à pied. Dans ce carrosse était, comme on le sut depuis, une dame de Biscaye qui allait à Séville, où se trouvait son mari prêt à passer aux Indes avec un emploi considérable. Les moines ne venaient pas avec elle, mais suivaient le même chemin. À peine don Quichotte les eut-il aperçus qu'il dit à son écuyer : « Ou je suis bien trompé ou nous tenons la plus fameuse aventure qui se soit jamais vue. Car ces

1. Magnifique échantillon cervantin d'une technique de récit donnant brusquement priorité à l'imaginé, pour corriger ensuite l'effet produit et le rajuster au « réel ». C'est, à échelle réduite, la toute récente déconvenue de don Quichotte face aux moulins qui se répète pour le lecteur : ces dromadaires qui nous transportaient aux pays exotiques des romans de chevalerie ne sont que des mules.

masses noires qui se montrent là-bas doivent être, et sont sans nul doute, des enchanteurs qui emmènent dans ce carrosse quelque princesse qu'ils ont enlevée ; il faut que je défasse ce tort à tout risque et de toute ma puissance. – Ceci, répondit Sancho, m'a l'air d'être pire que les moulins à vent. Prenez garde, seigneur ; ce sont là des moines de Saint-Benoît, et le carrosse doit être à des gens qui voyagent. Prenez garde, je le répète, à ce que vous allez faire, et que le diable ne vous tente pas. – Je t'ai déjà dit, Sancho, répliqua don Quichotte, que tu ne sais pas grand-chose en matière d'aventures. Ce que je dis est la vérité, et tu le verras dans un instant. »

Tout en disant cela, il partit en avant et fut se placer au milieu du chemin par où venaient les moines ; et dès que ceux-ci furent arrivés assez près pour qu'il crût pouvoir se faire entendre d'eux, il leur cria de toute sa voix : « Gens de l'autre monde, gens diaboliques, mettez sur-le-champ en liberté les hautes princesses que vous enlevez et gardez violemment dans ce carrosse ; sinon préparez-vous à recevoir prompte mort pour juste châtiment de vos mauvaises œuvres. » Les moines retinrent la bride et s'arrêtèrent, aussi émerveillés de la figure de don Quichotte que de ses propos, auxquels ils répondirent : « Seigneur chevalier, nous ne sommes ni diaboliques ni de l'autre monde, mais bien deux religieux de Saint-Benoît, qui suivons notre chemin, et nous ne savons si ce carrosse renferme ou non des princesses enlevées. – Je ne me paye point de belles paroles, reprit don Quichotte, et je vous connais déjà, déloyale canaille. » Puis, sans attendre d'autre réponse, il pique Rossinante et se précipite, la lance basse, contre le premier moine, avec tant de furie et d'intrépidité que, si le bon père ne se fût laissé tomber de sa mule, il l'aurait envoyé malgré lui par terre, ou grièvement blessé, ou mort peut-être. Le second religieux, voyant traiter ainsi son compagnon, prit ses jambes au cou de sa bonne mule [1] et enfila la venelle, aussi léger que le vent. Sancho Panza, qui vit l'autre

1. « Mit des jambes au château de sa bonne mule » serait la traduction littérale. Notre Présentation commente cette imbrication d'images, naïve et saisissante comme dans un dessin d'enfant.

moine par terre, sauta légèrement de sa monture et, se jetant sur lui, se mit à lui ôter son froc et sa capuche. Alors, deux valets qu'avaient les moines accoururent et lui demandèrent pourquoi il déshabillait leur maître. Sancho leur répondit que ses habits lui appartenaient légitimement, comme dépouilles de la bataille qu'avait remportée son seigneur don Quichotte. Les valets, qui n'entendaient pas raillerie et ne comprenaient rien à ces histoires de dépouilles et de bataille, voyant que don Quichotte s'était éloigné pour aller parler aux gens du carrosse, tombèrent sur Sancho, le jetèrent à la renverse et, sans lui laisser poil de barbe au menton, le rouèrent si bien de coups qu'ils le laissèrent étendu par terre, sans haleine et sans connaissance. Le religieux ne perdit pas un moment pour remonter sur sa mule, tremblant, épouvanté, et le visage tout blême de frayeur. Dès qu'il se vit à cheval, il piqua du côté de son compagnon, qui l'attendait assez loin de là, regardant comment finirait cette alarme ; et tous deux, sans vouloir attendre la fin de toute cette aventure, continuèrent en hâte leur chemin, faisant plus de signes de croix que s'ils eussent eu le diable lui-même à leurs trousses.

Pour don Quichotte, il avait été, comme on l'a vu, parler à la dame du carrosse, et il lui disait : « Votre Beauté, madame, peut désormais faire de sa personne tout ce qui sera le plus de son goût ; car la superbe de vos ravisseurs gît maintenant à terre, abattue par ce bras redoutable. Afin que vous ne soyez pas en peine du nom de votre libérateur, sachez que je m'appelle don Quichotte de la Manche, chevalier errant, et captif de la belle sans pareille doña Dulcinée du Toboso. Et, pour prix du bienfait que vous avez reçu de moi, je ne vous demande qu'une chose : c'est de retourner au Toboso, de vous présenter de ma part devant cette dame et de lui raconter ce que j'ai fait pour votre liberté. » Tout ce que disait don Quichotte était entendu par un des écuyers qui accompagnaient la voiture, lequel était Biscayen ; et celui-ci, voyant qu'il ne voulait pas laisser partir la voiture, mais prétendait, au contraire, la faire retourner au Toboso, s'approcha de don Quichotte, empoigna sa lance et, dans une langue qui n'était pas plus du castillan que du biscayen [1], lui parla de la sorte : « Va, chevalier, que mal ailles-tu ; par le Dieu qui me créa, si le carrosse ne laisses, aussi bien mort tu es que Biscayen suis-je. » Don Quichotte le comprit très bien et lui répondit avec un merveilleux sang-froid : « Si tu étais chevalier, aussi bien que tu ne l'es pas, chétive créature, j'aurais déjà châtié ton audace et ton insolence. » À quoi le Biscayen répliqua : « Pas chevalier, moi ! je jure à Dieu, tant tu as menti comme chrétien. Si lance jettes et épée tires, à l'eau tu verras comme ton chat vite s'en va. Biscayen par terre, hidalgo par mer, hidalgo par le diable, et menti tu as si autre chose dis. – C'est ce que nous allons voir [2] », répondit don Quichotte ; et, jetant sa lance à terre, il tire son épée, embrasse son écu et s'élance avec fureur sur le Biscayen, résolu à lui ôter la vie.

Le Biscayen, qui le vit ainsi venir, aurait bien désiré sauter en bas de sa mule, mauvaise bête de louage sur laquelle on ne pouvait compter ; mais il n'eut que le temps de tirer son épée, et bien lui prit de se trouver près du carrosse, d'où il saisit un coussin pour s'en faire un bouclier. Aussitôt ils se jetèrent l'un sur l'autre, comme s'ils eussent été de mortels ennemis. Les assistants auraient voulu mettre le holà ; mais ils ne purent en venir à bout, parce que le Biscayen jurait en son mauvais jargon que, si on ne lui laissait achever la bataille, il tuerait lui-même sa maîtresse et tous ceux qui s'y opposeraient. La dame du carrosse, surprise et effrayée de ce qu'elle voyait, fit signe au cocher de se détourner un peu et, de quelque distance, se mit à regarder la formidable rencontre.

---

1. Les Basques (appelés à l'époque « Biscayens », du nom d'une de leurs provinces) passaient en Castille pour très coléreux, et fiers de leur noblesse. De fait, ayant échappé à l'invasion musulmane, ils se considéraient comme descendants des Goths et s'estimaient tous hidalgos. On comprend dès lors le courroux du Biscayen, quand don Quichotte lui dit qu'il n'est pas « chevalier ». Le parler chaotique des Basques, quand ils baragouinaient le castillan, fournissait une ressource comique que Cervantès met à profit ici, mais aussi dans son théâtre.

2. *Ahora lo veredes, dijo Agrages* (en français, « vous allez voir, disait Agrajes ») est la riposte de don Quichotte dans l'original. Agrajes était un personnage de l'*Amadis de Gaule*, qui proférait cette menace chaque fois qu'il dégainait contre un ennemi, et cette formule était devenue proverbiale, un peu comme notre « Si tu ne vas pas à Lagardère… ».

En s'abordant, le Biscayen déchargea un si vigoureux coup de taille sur l'épaule de don Quichotte que, si l'épée n'eût rencontré la rondache, elle ouvrait en deux notre chevalier jusqu'à la ceinture. Don Quichotte, qui ressentit la pesanteur de ce coup prodigieux, jeta un grand cri, en disant : « Ô dame de mon âme, Dulcinée, fleur de beauté, secourez votre chevalier, qui, pour satisfaire la bonté de votre cœur, se trouve en cette dure extrémité. » Dire ces mots, serrer son épée, se couvrir de son écu et assaillir le Biscayen, tout cela fut l'affaire d'un moment ; il s'élança, déterminé à tout aventurer à la chance d'un seul coup. Le Biscayen, le voyant ainsi venir à sa rencontre, jugea de son emportement par sa contenance et résolut de jouer le même jeu que don Quichotte. Il l'attendit de pied ferme, bien couvert de son coussin, mais sans pouvoir tourner ni bouger sa mule, qui, harassée de fatigue et peu faite à de tels jeux d'enfants, ne voulait avancer ni reculer d'un pas. Ainsi donc, comme on l'a dit, don Quichotte s'élançait, l'épée haute, contre le prudent Biscayen, dans le dessein de le fendre par la moitié, et le Biscayen l'attendait de même, l'épée en l'air et abrité sous son coussin. Tous les assistants épouvantés attendaient avec anxiété l'issue des effroyables coups dont ils se menaçaient. La dame du carrosse offrait, avec ses femmes, mille vœux à tous les saints du paradis et mille cierges à toutes les chapelles d'Espagne, pour que Dieu délivrât leur écuyer et elles-mêmes du péril extrême qu'ils couraient. Mais le mal de tout cela, c'est qu'en cet endroit même l'auteur de cette histoire laisse la bataille indécise et pendante, donnant pour excuse qu'il n'a rien trouvé d'écrit sur les exploits de don Quichotte, de plus qu'il n'en a déjà raconté. Il est vrai que le second auteur de cet ouvrage [1] ne voulut pas croire qu'une si curieuse histoire fût ensevelie dans l'oubli, et que les beaux esprits de la Manche se fussent montrés si peu jaloux de sa gloire qu'ils n'eussent conservé dans leurs archives ou leurs bibliothèques quelques manuscrits qui

---

1. Il y a de quoi se perdre dans le décompte et l'identification des « auteurs » supposés du *Quichotte* ! Au chapitre I, à propos de l'hésitation sur le nom véritable de l'hidalgo, ils sont dits plusieurs. Ici, en voici deux, mais dont on ne sait que faire au juste, et dont aucun n'est encore Cid Hamet Ben-Engeli, qui va surgir au chapitre suivant.

traitassent de ce fameux chevalier. Ainsi donc, dans cette supposition, il ne désespéra point de rencontrer la fin de cette intéressante histoire, qu'en effet, par la faveur du ciel, il trouva de la manière qui sera rapportée dans la seconde partie.

CHAPITRE IX

Où se conclut et termine l'épouvantable bataille que se livrèrent le gaillard Biscayen et le vaillant Manchois

Nous avons laissé, dans la première partie de cette histoire, le valeureux Biscayen et le fameux don Quichotte, les épées nues et hautes, prêts à se décharger deux furieux coups de tranchant, tels que, s'ils eussent frappé en plein, ils ne se fussent rien moins que pourfendus de haut en bas, et ouverts en deux comme une grenade ; mais justement à cet endroit critique, on a vu cette savoureuse histoire rester en l'air et démembrée, sans que l'auteur nous fît connaître où l'on pourrait en trouver la suite. Cela me causa beaucoup de dépit [1], car le plaisir d'en avoir lu si peu se changeait en déplaisir, quand je songeais quelle faible chance s'offrait de trouver tout ce qui me semblait manquer d'un conte si délectable. Toutefois il me parut vraiment impos-

1. Cette soudaine énonciation à la première personne, qui supplante celle du narrateur anonyme, ne renoue pas avec l'impertinente réticence de l'incipit, mais plutôt avec le pseudo-auteur mis en scène dans la préface : un personnage à nouveau très concret surgit, le temps de quelques pages, hors du cadre de la fiction, dans une « réalité » qui prend bientôt l'aspect d'une rue de Tolède, et qui est présentée comme proche de l'instant de l'énonciation. Une fois qu'il aura découvert et fait traduire le manuscrit de Cid Hamet Ben-Engeli, il ne va pas pour autant céder totalement la place à « l'historien arabe », mais se transformer en commentateur occasionnel et plus ou moins critique du récit de celui-ci. Rôle tout de même marginal, qui ne fait pas de lui, sauf à jouer sur les mots, le « second auteur » dont il a été question un peu plus haut : ceux qui exhument des documents leur rendent vie, si l'on veut, mais n'en sont pas pour autant les auteurs.

sible, et hors de toute bonne coutume, qu'un si bon chevalier eût manqué de quelque sage qui prît à son compte le soin d'écrire ses prouesses inouïes, chose qui n'avait manqué à aucun de ces chevaliers errants desquels les gens disent qu'ils vont à leurs aventures ; car chacun d'eux avait toujours à point nommé un ou deux sages, qui non seulement écrivaient leurs faits et gestes, mais qui enregistraient leurs plus petites et plus enfantines pensées, si cachées qu'elles pussent être. Et vraiment un si bon chevalier ne méritait pas d'être à ce point malheureux qu'il manquât tout à fait de ce qu'un Platir [1] et d'autres semblables avaient eu de reste. Aussi ne pouvais-je me décider à croire qu'une histoire si piquante fût restée incomplète et estropiée ; j'en attribuais la faute à la malignité du temps, qui dévore et consume toutes choses, supposant qu'il la tenait cachée, s'il ne l'avait détruite. D'un autre côté, je me disais : « Puisque, parmi les livres de notre héros, il s'en est trouvé d'aussi modernes que les *Remèdes à la jalousie* et *les Nymphes de Hénarès*, son histoire ne peut pas être fort ancienne et, si elle n'a point été écrite, elle doit se retrouver encore dans la mémoire des gens de son village et des pays circonvoisins [2]. »

Cette imagination m'échauffait la tête et me donnait un grand désir de connaître d'un bout à l'autre la vie et les miracles de notre fameux Espagnol don Quichotte de la Manche, lumière et miroir de la chevalerie manchoise, et le premier qui, dans les temps calamiteux de notre âge, ait embrassé la profession des armes errantes ; le premier qui se soit mis à la besogne de défaire les torts, de secourir les veuves, de protéger les demoiselles, pauvres filles qui s'en allaient, le fouet à la main, sur leurs palefrois, par monts et par vaux, portant la charge et l'embarras de leur virginité, avec si peu de souci que si quelque chevalier félon, quelque vilain armé en guerre, ou quelque démesuré géant ne leur faisait violence, il s'est trouvé telle de ces demoiselles, dans les temps passés, qui, au bout de quatre-vingts ans, durant

1. Rappelons que le roman où figure le pauvre Platir fait partie des livres jetés au feu par le curé au chapitre VI, de même que, cités un peu plus loin, les *Remèdes à la jalousie* et les *Nymphes de Henarès*.

2. Ainsi donc ce personnage en quête d'auteur, qui vient de surgir, croit à la réalité de don Quichotte, de même que celui-ci croit à la réalité des chevaliers errants des livres !

lesquels elle n'avait pas couché une nuit sous toiture de maison, s'en est allée à la sépulture aussi vierge que la mère qui l'avait mise au monde [1]. Je dis donc que, sous ce rapport et sous bien d'autres, notre don Quichotte est digne de perpétuelles et mémorables louanges ; et vraiment, on ne doit pas me les refuser à moi-même pour la peine que j'ai prise et la diligence que j'ai faite dans le but de trouver la fin de cette histoire [2]. Cependant je sais bien que si le ciel, le hasard et la fortune ne m'eussent aidé, le monde restait privé du passe-temps exquis que pourra goûter, presque deux heures durant, celui qui mettra quelque attention à la lire. Voici donc de quelle manière j'en fis la découverte.

Me trouvant un jour à Tolède, dans la rue d'Alcana, je vis un jeune garçon qui venait vendre à un marchand de soieries de vieux cahiers de papier. Comme je me plais beaucoup à lire, et jusqu'aux bribes de papier qu'on jette à la rue, poussé par mon inclination naturelle, je pris un des cahiers que vendait l'enfant et je vis que les caractères en étaient arabes. Et comme, bien que je les reconnusse, je ne les savais pas lire, je me mis à regarder si je n'apercevais point quelque Morisque espagnolisé [3] qui pût les lire pour moi, et je n'eus pas grand-peine à trouver un tel

---

1. Raccourci égrillard, très à la mode au temps de Cervantès, pour « aussi vierge qu'elle l'était le jour où sa mère l'avait mise au monde », et qui porte à son paroxysme la malice sous-jacente à la feinte naïveté de tout l'éloge enthousiaste qui précède. L'Arioste avait déjà glissé quelques commentaires grivois sur les risques encourus par la virginité des demoiselles vagabondes, et la difficulté pour le narrateur de s'en porter garant.

2. Remarquons que cette phrase pourrait s'appliquer tout aussi bien à un auteur qui parlerait, pour en tirer mérite, des affres de la création. Le personnage mis en scène sert ainsi de truchement à un effet publicitaire pour le compte de Cervantès lui-même. Mais l'autodérision de l'humour vient corriger cet effet : le « passe-temps exquis » annoncé au lecteur durera, nous est-il dit, moins de deux heures.

3. Les Morisques étaient, après l'expulsion des Juifs et des Maures consécutive à la prise de Grenade par les Rois Catholiques en 1492, ceux des musulmans d'Espagne qui avaient pu rester en échange d'une conversion au christianisme que l'Inquisition n'avait pas tardé à exiger. Entre 1609 et 1614, donc après la publication de la Première partie du *Quichotte*, ils finirent par être définitivement expulsés, décision commentée dans la Seconde partie du roman et dans la nouvelle du *Colloque des chiens*. Certains de ces Morisques parlaient un mélange de castillan et d'arabe (*aljamia*) auquel il est fait ici allusion.

interprète ; car si je l'eusse cherché pour une langue plus sainte et plus ancienne [1], je l'aurais également trouvé. Enfin, le hasard m'en ayant amené un, je lui expliquai mon désir et lui remis le livre entre les mains. Il l'ouvrit au milieu, et n'eut pas plus tôt lu quelques lignes qu'il se mit à rire. Je lui demandai pourquoi il riait : « C'est, me dit-il, d'une annotation qu'on a mise en marge de ce livre. » Je le priai de me la faire connaître, et lui, sans cesser de rire : « Voilà, reprit-il, ce qui se trouve écrit en marge : *Cette Dulcinée du Toboso, dont il est si souvent fait mention dans la présente histoire, eut, dit-on, pour saler des porcs* [2]*, meilleure main qu'aucune autre femme de la Manche.* » Quand j'entendis prononcer le nom de Dulcinée du Toboso, je demeurai surpris et stupéfait, parce que aussitôt je m'imaginai que ces paperasses contenaient l'histoire de don Quichotte. Dans cette pensée, je le pressai de lire l'intitulé, et le Morisque, traduisant aussitôt l'arabe en castillan, me dit qu'il était ainsi conçu : *Histoire de don Quichotte de la Manche, écrite par Cid Hamet Ben-Engeli* [3]*, historien arabe.*

1. Allusion tout à fait orthodoxe à l'hébreu, considéré comme la langue « sainte » de la Bible.

2. On a là une vision très désidéalisante de Dulcinée, placée dans un village, El Toboso, où la population morisque était nombreuse, et montrée en train d'assaisonner un animal interdit, comme on sait, à la consommation, par le Coran. Un tel passage prélude aux propos truculents de Sancho sur la Dame de son maître, aux chapitres XXV et XXXI.

3. Étant admis que Cid veut dire « seigneur » ou « sieur », et Hamet « celui qui loue le plus le Seigneur », on a longtemps expliqué Benengeli comme une allusion comique à l'aubergine (en espagnol, *berenjena*), légume favori des Maures et Morisques. Selon une interprétation plus récente, Ben-Engel signifierait « fils de l'Évangile ». L'ensemble pourrait avoir été le surnom de Cervantès lui-même lors de sa captivité à Alger. Ce décryptage ingénieux, à supposer qu'il touche juste, n'était pas, de toute manière, à la portée des lecteurs espagnols de l'époque. Seuls quelques ex-compagnons chrétiens de Cervantès à Alger auraient pu, à la rigueur, effectuer un tel déchiffrement à la lecture du roman. Dans le mouvement de l'œuvre, ce n'est pas l'auteur chrétien qui reconquiert progressivement ses droits sur ce qu'il a créé, c'est au contraire l'historien arabe qui finit par récupérer à son compte la réticence inaugurale du chapitre premier, puisqu'il est écrit vers la fin de la Seconde partie, dans la traduction de Viardot : « Telle fut la fin de l'Ingénieux hidalgo de la Manche, duquel Cid Hamet ne voulut pas indiquer ponctuellement le pays natal, afin que toutes les villes et tous les bourgs de la Manche se disputassent l'honneur de lui avoir donné naissance… »

Il ne me fallut pas peu de discrétion pour dissimuler la joie que j'éprouvai quand le titre du livre frappa mon oreille. L'arrachant des mains du marchand de soie, j'achetai au jeune garçon tous ces vieux cahiers pour un demi-réal ; mais s'il eût eu l'esprit de deviner quelle envie j'en avais, il pouvait bien se promettre d'emporter plus de six réaux du marché.

M'éloignant bien vite avec le Morisque, je l'emmenai dans le cloître de la cathédrale et le priai de me traduire en castillan tous ces cahiers, du moins ceux qui traitaient de don Quichotte, sans rien mettre ni rien omettre, lui offrant d'avance le prix qu'il exigerait. Il se contenta de cinquante livres de raisin sec et de quatre boisseaux de froment, et me promit de les traduire avec autant de promptitude que de fidélité. Mais moi, pour faciliter encore l'affaire et ne pas me dessaisir d'une si belle trouvaille, j'emmenai le Morisque chez moi, où, dans l'espace d'un peu plus de six semaines, il traduisit toute l'histoire de la manière dont elle est ici rapportée.

Dans le premier cahier, on voyait, peinte au naturel, la bataille de don Quichotte avec le Biscayen ; tous deux dans la posture où l'histoire les avait laissés, les épées hautes, l'un couvert de sa redoutable rondache, l'autre de son coussin. La mule du Biscayen était si frappante qu'on reconnaissait qu'elle était de louage à une portée de mousquet. Le Biscayen avait à ses pieds un écriteau où on lisait : *Don Sancho de Azpeitia*, c'était sans doute son nom ; et aux pieds de Rossinante il y en avait un autre qui disait *Don Quichotte.* Rossinante était merveilleusement représenté, si long et si raide, si mince et si maigre, avec une échine si saillante et un corps si étique qu'il témoignait bien hautement avec quelle justesse et quel à-propos on lui avait donné le nom de Rossinante. Près de lui était Sancho Panza, qui tenait son âne par le licou, et au pied duquel on lisait sur un autre écriteau : *Sancho Zancas* [1]. Ce nom venait sans doute de ce qu'il avait, comme le montrait la peinture, le ventre gros, la taille courte, les jambes grêles et cagneuses. C'est de là que durent lui venir les

1. *Zancas* : pattes d'échassier. Ce surnom donné ici à Sancho ne reviendra jamais dans le roman.

surnoms de Panza et de Zancas, que l'histoire lui donne indifféremment, tantôt l'un, tantôt l'autre.

Il y avait bien encore quelques menus détails à remarquer ; mais ils sont de peu d'importance et n'ajoutent rien à la vérité de cette histoire, œuvre de laquelle on peut dire que nulle n'est mauvaise, pourvu qu'elle soit véritable. Si l'on pouvait élever quelque objection contre la sincérité de celle-ci, ce serait uniquement que son auteur fut de race arabe, et qu'il est fort commun aux gens de cette nation d'être menteurs. Mais, d'une autre part, ils sont tellement nos ennemis qu'on pourrait plutôt l'accuser d'être resté en deçà du vrai que d'avoir été au-delà [1]. C'est mon opinion : car, lorsqu'il pourrait et devrait s'étendre en louange sur le compte d'un si bon chevalier, on dirait qu'il les passe exprès sous silence, chose mal faite et plus mal pensée, puisque les historiens doivent être véridiques, ponctuels, jamais passionnés, sans que l'intérêt ni la crainte, la rancune ni l'affection les fassent écarter du chemin de la vérité, dont la mère est l'histoire, émule du temps, dépôt des actions humaines, témoin du passé, exemple du présent, enseignement de l'avenir. Dans celle-ci, je sais qu'on trouvera tout ce que peut offrir la plus attrayante ; et s'il y manque quelque bonne chose, je crois, à part moi, que ce fut plutôt la faute du chien de l'auteur que celle du sujet. Enfin, suivant la traduction, la seconde partie commençait de la sorte :

À voir lever en l'air les tranchantes épées des deux braves et courroucés combattants, à voir leur contenance et leur résolution, on eût dit qu'ils menaçaient le ciel, la terre et l'abîme. Le premier qui déchargea son coup fut le colérique Biscayen, et ce fut avec tant de force et de fureur que, si l'épée en tombant ne lui eût tourné dans la main, ce seul coup suffisait pour mettre fin au terrible combat et à toutes les aventures de notre chevalier. Mais sa bonne

1. Raisonnement raciste sinueux et hilarant : si l'historien « arabe », traité en tant que tel de « chien » un peu plus loin, est menteur comme ceux de sa « race » et, de surcroît, malveillant envers les chrétiens, on ne pourra le soupçonner d'avoir flatté son sujet, et la gloire de don Quichotte n'en sera que plus grande aux yeux du lecteur. Par la même occasion, Cervantès se défausse par avance sur le dos de Cid Hamet Ben-Engeli de tout défaut éventuel de sa fiction.

étoile, qui le réservait pour de plus grandes choses, fit tourner l'épée de son ennemi de manière que, bien qu'elle lui frappât en plein sur l'épaule gauche, elle ne fit d'autre mal que de lui désarmer tout ce côté-là, lui emportant de compagnie la moitié de la salade et la moitié de l'oreille ; et tout cela s'écroula par terre avec un épouvantable fracas. Vive Dieu ! qui pourrait à cette heure bonnement raconter de quelle rage fut saisi le cœur de notre Manchois, quand il se vit traiter de la sorte ? On ne peut rien dire de plus, sinon qu'il se hissa de nouveau sur ses étriers, et, serrant son épée dans ses deux mains, il la déchargea sur le Biscayen avec une telle furie, en l'attrapant en plein sur le coussin et sur la tête, que, malgré cette bonne défense, et comme si une montagne se fût écroulée sur lui, celui-ci commença à jeter le sang par le nez, par la bouche et par les oreilles, faisant mine de tomber de la mule en bas, ce qui était infaillible s'il ne se fût accroché par les bras à son cou. Mais cependant ses pieds quittèrent les étriers, bientôt après ses bras s'étendirent, et la mule, épouvantée de ce terrible coup, se mettant à courir à travers les champs, en trois ou quatre bonds jeta son cavalier par terre.

Don Quichotte le regardait avec un merveilleux sang-froid : dès qu'il le vit tomber, il sauta de cheval, accourut légèrement et, lui mettant la pointe de l'épée entre les deux yeux, il lui cria de se rendre ou qu'il lui couperait la tête. Le Biscayen était trop étourdi pour pouvoir répondre un seul mot ; et son affaire était faite, tant la colère aveuglait don Quichotte, si les dames du carrosse, qui jusqu'alors avaient regardé le combat tout éperdues, ne fussent accourues auprès de lui et ne l'eussent supplié de faire, par faveur insigne, grâce de la vie à leur écuyer. À cela, don Quichotte répondit avec beaucoup de gravité et de hauteur : « Assurément, mes belles dames, je suis ravi de faire ce que vous me demandez ; mais c'est à une condition, et moyennant l'arrangement que voici : que ce chevalier me promette d'aller au village du Toboso, et de se présenter de ma part devant la sans pareille Dulcinée, pour qu'elle dispose de lui tout à sa guise. » Tremblantes et larmoyantes, ces dames promirent bien vite, sans se faire expliquer ce que demandait don Quichotte, et sans s'informer même de ce qu'était Dulcinée, que leur écuyer ferait ponctuellement tout ce qui lui serait ordonné. « Eh bien ! reprit don Quichotte, sur la foi de cette parole, je consens à lui laisser la vie, bien qu'il ait mérité la mort. »

CHAPITRE X

Du gracieux entretien qu'eurent don Quichotte et Sancho Panza, son écuyer

Il y avait déjà quelque temps que Sancho Panza s'était relevé, un peu maltraité par les valets des moines, et, spectateur attentif de la bataille que livrait son seigneur don Quichotte, il priait Dieu du fond de son cœur de vouloir bien donner à celui-ci la victoire pour qu'il y gagnât quelque île et l'en fît gouverneur suivant sa promesse formelle. Voyant donc le combat terminé, et son maître prêt à remonter sur Rossinante, il accourut lui tenir l'étrier ; mais avant de le laisser monter à cheval, il se mit à genoux devant lui, lui prit la main, la baisa, et lui dit : « Que Votre Grâce, mon bon seigneur don Quichotte, veuille bien me donner le gouvernement de l'île que vous avez gagnée dans cette formidable bataille ; car, si grande qu'elle puisse être, je me sens de force à la savoir gouverner aussi bien que quiconque s'est jamais mêlé de gouverner des îles en ce monde. » À cela don Quichotte répondit : « Prenez garde, mon frère Sancho, que cette aventure et celles qui lui ressemblent ne sont pas aventures d'îles, mais de croisières de grandes routes, où l'on ne gagne guère autre chose que de s'en aller la tête cassée, ou avec une oreille de moins. Mais prenez patience, et d'autres aventures s'offriront où je pourrai vous faire non seulement gouverneur, mais quelque chose de mieux. » Sancho se confondit en remerciements et, après avoir encore une fois baisé la main de don Quichotte et le pan de sa cotte de mailles, il l'aida à monter sur Rossinante, puis il enjamba son âne et se mit à suivre son maître, lequel, s'éloignant à grands pas, sans prendre congé des dames du carrosse, entra dans un bois qui se trouvait près de là.

Sancho le suivait de tout le trot de sa bête ; mais Rossinante cheminait si lestement que, se voyant en arrière, force lui fut de crier à son maître de l'attendre. Don Quichotte retint la bride à Rossinante et s'arrêta jusqu'à ce que son traînard d'écuyer l'eût rejoint. « Il me semble, seigneur, dit ce dernier en arrivant, que nous ferions bien d'aller prendre asile dans quelque église ; car ces hommes contre qui vous avez combattu sont restés en si piteux état qu'on pourrait bien donner vent de l'affaire à la Sainte-Hermandad [1] et nous mettre dedans. Et, par ma foi, s'il en était ainsi, avant de sortir de prison, nous aurions à faire feu des quatre pieds. – Tais-toi, reprit don Quichotte ; où donc as-tu jamais vu ou lu qu'un chevalier errant eût été traduit devant la justice, quelque nombre d'homicides qu'il eût commis ? – Je ne sais rien en fait *d'homéciles*, répondit Sancho, et de ma vie ne l'ai essayé sur personne ; mais je sais bien que ceux qui se battent au milieu des champs ont affaire à la Sainte-Hermandad, et c'est de cela que je ne veux pas me mêler. – Eh bien ! ne te mets pas en peine, mon ami, répondit don Quichotte ; je te tirerai, s'il le faut, des mains des Philistins, à plus forte raison de celles de la Sainte-Hermandad. Mais, dis-moi, par ta vie ! as-tu vu plus vaillant chevalier que moi sur toute la surface de la terre ? As-tu lu dans les histoires qu'un autre ait eu plus d'intrépidité dans l'attaque, plus de résolution dans la défense, plus d'adresse à porter les coups, plus de promptitude à culbuter l'ennemi ? – La vérité est, répliqua Sancho, que je n'ai jamais lu d'histoires, car je ne sais ni lire ni écrire ; mais ce que j'oserais bien gager, c'est qu'en tous les jours de ma vie je n'ai pas servi un maître plus hardi que Votre Grâce ; et Dieu veuille que ces hardiesses ne se payent pas comme j'ai déjà dit. Mais ce que je prie Votre Grâce de faire à cette heure, c'est de se panser, car

1. La Santa-Hermandad était en Nouvelle Castille une police rurale redoutée, dont les archers étaient les agents d'exécution d'une justice très expéditive.

elle perd bien du sang par cette oreille. J'ai dans le bissac de la charpie et un peu d'onguent blanc. – Tout cela serait bien inutile, répondit don Quichotte, si je m'étais souvenu de faire une fiole du baume de Fierabras [1] ; il n'en faudrait qu'une goutte pour épargner le temps et les remèdes. – Quelle fiole et quel baume est-ce là ? demanda Sancho. – C'est un baume, répondit don Quichotte, dont je sais la recette par cœur, avec lequel il ne faut plus avoir peur de la mort, ni craindre de mourir d'aucune blessure. Ainsi, quand je l'aurai composé et que je te le donnerai à tenir, tu n'auras rien de mieux à faire, si tu vois que, dans quelque bataille, on m'a fendu par le milieu du corps, comme il nous arrive mainte et mainte fois, que de ramasser bien proprement la partie du corps qui sera tombée par terre ; puis, avant que le sang ne soit gelé, tu la replaceras avec adresse sur l'autre moitié qui sera restée en selle, mais en prenant soin de les ajuster et de les emboîter bien exactement ; ensuite tu me donneras à boire seulement deux gorgées du baume, et tu me verras redevenir plus sain et plus frais qu'une pomme de reinette. – S'il en est ainsi, reprit Sancho, je renonce dès maintenant au gouvernement de l'île promise, et je ne veux pas autre chose pour payement de mes bons et nombreux services, sinon que Votre Grâce me donne la recette de cette merveilleuse liqueur ; car je m'imagine qu'en tout pays elle vaudra bien deux réaux l'once, et c'est tout ce qu'il me faut pour passer cette vie en repos et en joie. Mais il reste à savoir si la façon en est bien chère. – Pour moins de trois réaux, reprit don Quichotte, on en peut faire plus de trois pintes. – Par la vie du Christ ! s'écria Sancho, qu'attend donc Votre Grâce pour le faire et pour me l'apprendre ? – Paix, paix, ami ! répondit don Quichotte ; je t'enseignerai, j'espère, de bien plus grands secrets, et te ferai de bien plus grandes faveurs ; mais pansons maintenant mon oreille, car elle me fait plus de mal que je ne voudrais. »

Sancho tira du bissac de la charpie et de l'onguent. Mais quand don Quichotte vint à s'apercevoir que sa salade était

1. Géant sarrasin qui, selon une légende médiévale largement répandue, aurait dérobé, à Rome ou à Jérusalem, un mélange d'essences qui avait servi à Joseph d'Arimathie pour embaumer le Christ, et dont on pouvait tirer un philtre merveilleux pour guérir toute blessure.

brisée, peu s'en fallut qu'il ne perdît l'esprit. Portant la main à son épée et levant les yeux au ciel, il s'écria : « Je fais serment au Créateur de toutes choses, et sur les quatre saints Évangiles, de mener la vie que mena le grand marquis de Mantoue, lorsqu'il jura de venger la mort de son neveu Baudouin, c'est-à-dire de ne pas manger pain sur table, de ne pas folâtrer avec sa femme [1] et de s'abstenir d'autres choses (lesquelles, bien que je ne m'en souvienne pas, je tiens pour comprises dans mon serment) jusqu'à ce que j'aie tiré pleine vengeance de celui qui m'a fait un tel grief. » Sancho, entendant cela, l'interrompit : « Que Votre Grâce fasse attention, dit-il, seigneur don Quichotte, que si le chevalier vaincu s'est acquitté de l'ordre qu'il a reçu, en allant se présenter devant Mme Dulcinée du Toboso, il doit être quitte et déchargé, et ne mérite plus d'autre peine qu'il ne commette d'autre délit. – Tu as parlé comme un oracle et touché le vrai point, répondit don Quichotte ; aussi j'annule mon serment en ce qui touche la vengeance à tirer du coupable ; mais je le refais, le répète et le confirme de nouveau, quant à mener la vie que j'ai dite, jusqu'à ce que j'enlève par force, à quelque chevalier, une salade aussi belle et aussi bonne que celle-ci. Et ne t'avise pas de croire, Sancho, que je parle à l'étourdie ; car je ne suis pas sans modèle en ce que je fais, et c'est ce qui se passa au pied de la lettre à propos de l'armet de Mambrin, qui coûta si cher à Sacripant [2]. – Croyez-moi, mon seigneur, répliqua Sancho ; que Votre Grâce donne au diable de tels serments, qui nuisent à la santé autant qu'ils troublent la conscience. Sinon, dites-moi : nous n'avons, par hasard, qu'à passer plusieurs jours sans ren-

1. Le serment d'abstinence sexuelle ne figure pas dans le romance du marquis de Mantoue, c'est un engagement ajouté par don Quichotte, et qui ne coûte rien au chaste vieux garçon qu'il est. Il y a dans ce qu'il ajoute une réminiscence d'un romance du Cid, où Chimène, en deuil de son père, somme le roi, tant qu'il ne l'aura pas vengée, de ne pas manger sur nappe, ni folâtrer avec la reine.

2. Dans le *Roland furieux* de l'Arioste, Renaud de Montauban, possesseur de l'« armet » ou heaume qui avait appartenu au roi Membrin, échappe à la mort grâce à ce casque dans un combat avec un païen, qui n'est pas Sacripant, précédemment vaincu, mais Dardinel. Pour une fois, la mémoire de don Quichotte trébuche. Mais, pas plus que Sancho, le lecteur d'aujourd'hui ne s'en aviserait, si les érudits ne veillaient.

contrer d'homme armé et coiffé de salade, que ferons-nous dans ce cas ? Faudra-t-il accomplir le serment malgré tant d'inconvénients et d'incommodités, comme de dormir tout vêtu, de ne pas coucher en lieu habité, et mille autres pénitences que contenait le serment de ce vieux fou de marquis de Mantoue, que Votre Grâce veut ratifier à présent ? Prenez donc garde qu'il ne passe pas d'hommes armés par ces chemins-ci, mais bien des muletiers et des charretiers, qui non seulement ne portent pas de salades, mais ne connaissent peut-être que celle de laitue. – C'est en cela que tu te trompes, reprit don Quichotte ; car nous n'aurons pas cheminé deux heures par ces croisières de routes que nous y verrons plus de gens armés qu'il n'en vint devant la citadelle d'Albraque [1], à la conquête d'Angélique la Belle. – Paix donc, et ainsi soit-il ! répondit Sancho ; Dieu permette que tout aille bien et que le temps vienne de gagner cette île qui me coûte déjà si cher, dussé-je en mourir de joie ! – Je t'ai déjà dit, Sancho, reprit don Quichotte, de ne pas te mettre en souci de cela. Si nous manquons d'îles, voici le royaume de Dinamarque ou celui de Sobradise [2], qui t'iront comme une bague au doigt, d'autant mieux qu'étant en terre ferme, ils doivent te convenir davantage. Mais laissons chaque chose à son temps, et regarde dans ce bissac si tu n'aurais rien à manger, afin d'aller ensuite à la recherche de quelque château où nous puissions loger cette nuit et faire le baume dont je t'ai parlé ; car je jure Dieu que l'oreille me cuit cruellement. – J'ai bien ici, répondit Sancho, un oignon, un peu de fromage et je ne sais combien de vieilles croûtes de pain ; mais ce ne sont pas des mets à l'usage d'un aussi vaillant chevalier que Votre Grâce. – Que tu entends mal les choses ! répondit don Quichotte. Apprends donc, Sancho, que c'est la gloire des chevaliers errants de ne pas manger d'un mois, et, s'ils mangent, de prendre tout ce qui

---

1. Château du poème de l'Arioste, où la princesse Angélique était tenue enfermée par son père. Une armée de plus de deux millions de soldats vint y mettre le siège. C'est dire si Angélique était convoitée.

2. Il y a quelque chose d'inutilement bizarre dans la transcription par Viardot de *Dinamarca*, qui est tout simplement, en espagnol, le Danemark. Un royaume nommé Sobradise figure dans *Amadis de Gaule*. Inutile de le chercher sur une carte.

se trouve sous la main. De cela tu ne ferais aucun doute si tu avais lu autant d'histoires que moi. Quel qu'en ait été le nombre, je n'y ai pas trouvé la moindre mention que les chevaliers errants mangeassent, si ce n'est par hasard et dans quelques somptueux banquets qu'on leur offrait, mais, le reste du temps, ils vivaient de l'air qui court. Et bien qu'il faille entendre qu'ils ne pouvaient passer la vie sans manger et sans satisfaire les autres nécessités naturelles, car, en effet, ils étaient hommes comme nous, il faut entendre aussi que, passant la vie presque entière dans les déserts et les forêts, sans cuisinier, bien entendu, leurs repas ordinaires devaient être des mets rustiques, comme ceux que tu m'offres à présent. Ainsi donc, ami Sancho, ne t'afflige pas de ce qui me fait plaisir, et n'essaye pas de rendre le monde neuf, ni d'ôter de ses gonds la chevalerie errante. – Excusez-moi, reprit Sancho : car, ne sachant ni lire ni écrire, comme je l'ai déjà dit à Votre Grâce, je n'ai pas eu connaissance des règles de la profession chevaleresque ; mais, dorénavant, je pourvoirai le bissac de toutes espèces de fruits secs pour Votre Grâce, qui est chevalier ; et pour moi, qui ne le suis pas, je le pourvoirai d'autres objets volatiles et plus nourrissants. – Je ne dis pas, Sancho, répliqua don Quichotte, qu'il soit obligatoire aux chevaliers errants de ne manger autre chose que les fruits dont tu parles ; mais que leurs aliments les plus ordinaires devaient être ces fruits et quelques herbes qu'ils trouvaient au milieu des champs, lesquelles herbes ils savaient reconnaître, ce que je sais aussi bien qu'eux. – C'est une grande vertu, répondit Sancho, que de connaître ces herbes ; car, à ce que je vais m'imaginant, nous aurons besoin quelque jour de mettre cette connaissance à profit. » Et, tirant en même temps du bissac ce qu'il avait dit y porter, ils se mirent à dîner tous deux en paisible et bonne compagnie. Mais désirant trouver un gîte pour la nuit, ils dépêchèrent promptement leur sec et pauvre repas. Ils remontèrent ensuite à cheval, et se donnèrent hâte pour arriver à quelque habitation avant la chute du jour ; mais le soleil leur manqua, et avec lui l'espérance d'atteindre ce qu'ils cherchaient, près de quelques huttes de chevriers. Ils se décidèrent donc à y passer la nuit ; et autant Sancho s'affligea de n'avoir pas trouvé l'abri d'une maison, autant son maître se réjouit de dormir à la belle étoile, parce qu'il lui semblait, chaque fois qu'il lui arrivait pareille chose, qu'il faisait un nouvel acte de possession [1] et justifiait d'une nouvelle preuve dans l'ordre de la chevalerie errante.

1. Terme juridique pour désigner, dans l'Espagne procédurière où vivait Cervantès, la consignation de faits susceptibles de plaider en faveur de la noblesse ou de la pureté de sang de quelque personne ou de quelque famille.

CHAPITRE XI

De l'aventure qu'eut don Quichotte avec des chevriers

Notre héros reçut des chevriers un bon accueil ; et Sancho, ayant accommodé du mieux qu'il put pour la nuit Rossinante et son âne, flaira et découvrit, au fumet qu'ils répandaient, certains quartiers de chevreau qui bouillaient devant le feu dans une marmite. Il aurait voulu, à l'instant même, voir s'ils étaient cuits assez à point pour les transvaser de la marmite en son estomac ; mais les chevriers lui en épargnèrent la peine. Ils les tirèrent du feu ; puis, étendant sur la terre quelques peaux de moutons, ils dressèrent en diligence leur table rustique et convièrent de bon cœur les deux étrangers à partager leurs provisions. Six d'entre eux, qui se trouvaient dans la bergerie, s'accroupirent à l'entour des peaux, après avoir prié don Quichotte, avec de grossières cérémonies, de s'asseoir sur une auge en bois qu'ils avaient renversée pour lui servir de siège. Don Quichotte s'assit, et Sancho resta debout pour lui servir à boire dans une coupe qui n'était pas de cristal, mais de corne. Son maître, le voyant debout, lui dit : « Pour que tu voies, Sancho, tout le bien qu'enferme en soi la chevalerie errante, et combien ceux qui en exercent quelque ministère que ce soit sont toujours sur le point d'être honorés et estimés dans le monde, je veux qu'ici, à mon côté, et en compagnie de ces braves gens, tu viennes t'asseoir et que tu ne fasses qu'un avec moi, qui suis ton maître et seigneur naturel, que tu manges dans mon assiette, que tu boives dans ma coupe ; car on peut dire de la chevalerie errante précisément ce qu'on dit de l'amour, qu'elle égalise toutes choses.

– Grand merci ! répondit Sancho. Mais je puis dire à Votre Grâce que, pourvu que j'aie de quoi bien manger, je m'en rassasie, debout et à part moi, aussi bien et mieux qu'assis de pair avec un empereur. Et même, s'il faut dire toute la vérité, je trouve bien plus de goût à ce que je mange dans mon coin, sans contrainte et sans façons, ne fût-ce qu'un oignon sur du pain, qu'aux dindons gras des autres tables où il faut mâcher doucement, boire à petits coups, s'essuyer à toute minute ; où l'on ne peut ni tousser ni éternuer quand l'envie vous en prend, ni faire autre chose enfin que permettent la solitude et la liberté. Ainsi donc, mon seigneur, ces honneurs que Votre Grâce veut me faire comme membre adhérent de la chevalerie errante, ayez la bonté de les changer en autres choses qui me soient plus à profit et à commodité ; car ces honneurs, quoique je les tienne pour bien reçus, j'y renonce pour d'ici à la fin du monde. – Avec tout cela, reprit don Quichotte, il faut que tu t'assoies, car celui qui s'humilie, Dieu l'élève [1]» ; et, le prenant par le bras, il le fit asseoir, par force, à côté de lui.

Les chevriers n'entendaient rien à ce jargon d'écuyers et de chevaliers errants, et ne faisaient autre chose que se taire, manger et regarder leurs hôtes, qui, d'aussi bonne grâce que de bon appétit, avalaient des morceaux gros comme le poing. Quand le service des viandes fut achevé, ils étalèrent sur des nappes de peau une grande quantité de glands doux et mirent au milieu un demi-fromage, aussi dur que s'il eût été fait de mortier. Pendant ce temps, la corne ne restait pas oisive ; car elle tournait si vite à la ronde, tantôt pleine, tantôt vide, comme les pots d'une roue à chapelet, qu'elle eut bientôt desséché une outre, de deux qui étaient en évidence.

Après que don Quichotte eut pleinement satisfait son estomac, il prit une poignée de glands dans sa main et, les regardant avec attention, il se mit à parler de la sorte :

---

1. Luc, 14, 11 : « Celui qui s'abaisse sera élevé. »

« Heureux âge, dit-il, et siècles heureux, ceux auxquels les anciens donnèrent le nom d'âge d'or [1], non point parce que ce métal, qui s'estime tant dans notre âge de fer, se recueillait sans aucune peine à cette époque fortunée, mais parce que alors ceux qui vivaient ignoraient ces deux mots, *tien* et *mien* [2] ! En ce saint âge, toutes choses étaient communes. Pour se procurer l'ordinaire soutien de la vie, personne, parmi les hommes, n'avait d'autre peine à prendre que celle d'étendre la main, et de cueillir sa nourriture aux branches des robustes chênes, qui les conviaient libéralement au festin de leurs fruits doux et mûrs. Les claires fontaines et les fleuves rapides leur offraient en magnifique abondance des eaux limpides et délicieuses. Dans les fentes des rochers, et dans le creux des arbres, les diligentes abeilles établissaient leurs républiques, offrant sans nul intérêt, à la main du premier venu, la fertile moisson de leur doux labeur. Les lièges vigoureux se dépouillaient d'eux-mêmes, et par pure courtoisie, des larges écorces dont on commençait à couvrir les cabanes, élevées sur des poteaux rustiques, et seulement pour se garantir de l'inclémence du ciel. Tout alors était paix, amitié, concorde. Le soc aigu de la pesante charrue n'osait point encore ouvrir et déchirer les pieuses entrailles de notre première mère ; car, sans y être forcée, elle offrait, sur tous les points de son sein spacieux et fertile, ce qui pouvait alimenter, satisfaire et réjouir les enfants qu'elle y

1. Hésiode, dans *Les Travaux et les Jours*, avait placé l'humanité sur une ligne décadente, qui allait de l'âge d'or à l'âge de fer, en passant par l'âge d'argent et l'âge de bronze. Don Quichotte, qui estime vivre à l'âge de fer, attend de la chevalerie errante qu'elle ressuscite le premier âge de l'humanité. Il est donc le héros de l'anachronisme, au sens le plus large du terme.

2. La nostalgie d'un communisme primitif, qui aurait ignoré, grâce à une exploitation collective des fruits de la nature, les divisions de la propriété et, partant, les conflits, les procès et chicanes, a traversé puissamment les imaginations européennes au seuil des Temps modernes, non pas seulement dans des textes de théologiens, juristes et philosophes, mais dans certains projets de réalisation : on pense surtout aux espoirs placés dans le Nouveau Monde lors de sa conquête, au baptême de l'Eldorado, à l'interdiction faite quelque temps par Charles Quint aux avocats de s'embarquer pour l'Amérique. L'entreprise de don Quichotte, solitaire en son temps, peut être considérée comme un surgeon de ces rêves collectifs, qui ont vite dû déchanter au contact des réalités.

portait alors. Alors aussi les simples et folâtres bergerettes s'en allaient de vallée en vallée et de colline en colline, la tête nue, les cheveux tressés, sans autres vêtements que ceux qui sont nécessaires pour couvrir ce que la pudeur veut et voulut toujours tenir couvert ; et leurs atours n'étaient pas de ceux dont on use à présent, où la soie de mille façons martyrisée se rehausse et s'enrichit de la pourpre de Tyr ; c'étaient des feuilles entrelacées de bardane et de lierre, avec lesquelles, peut-être, elles allaient aussi pompeuses et parées que le sont aujourd'hui nos dames de la cour avec les étranges et galantes inventions que leur a enseignées l'oisive curiosité. Alors les amoureux mouvements de l'âme se montraient avec ingénuité, comme elle les ressentait, et ne cherchaient pas, pour se faire valoir, d'artificieux détours de paroles. Il n'y avait point de fraude, point de mensonge, point de malice qui vinssent se mêler à la franchise, à la bonne foi. La justice seule faisait entendre sa voix, sans qu'osât la troubler celle de la faveur ou de l'intérêt, qui l'étouffent maintenant et l'oppriment. La loi du bon plaisir ne s'était pas encore emparée de l'esprit du juge, car il n'y avait alors ni chose ni personne à juger. Les jeunes filles et l'innocence marchaient de compagnie, comme je l'ai déjà dit, sans guide et sans défense, et sans avoir à craindre qu'une langue effrontée ou de criminels desseins les souillassent de leurs atteintes ; leur perdition naissait de leur seule et propre volonté. Et maintenant, en ces siècles détestables, aucune d'elles n'est en sûreté, fût-elle enfermée et cachée dans un nouveau labyrinthe de Crète ; car, à travers les moindres fentes, la sollicitude et la galanterie se font jour ; avec l'air pénètre la peste amoureuse, et tous les bons principes s'en vont à vau-l'eau. C'est pout remédier à ce mal que, dans la suite des temps, et la corruption croissant avec eux, on institua l'ordre des chevaliers errants, pour défendre les filles, protéger les veuves, favoriser les orphelins et secourir les malheureux. De cet ordre-là, je suis membre, mes frères chevriers, et je vous remercie du bon accueil que vous avez fait à moi et à mon écuyer ; car, bien que, par la loi naturelle, tous ceux qui vivent sur la terre soient tenus d'assister les chevaliers errants, toutefois, voyant que, sans connaître cette obligation, vous m'avez bien accueilli et bien traité, il est juste que ma bonne volonté réponde autant que possible à la vôtre. »

Toute cette longue harangue, dont il pouvait fort bien faire l'économie, notre chevalier l'avait débitée parce que les glands qu'on servit lui remirent l'âge d'or en mémoire et lui donnèrent la fantaisie d'adresser ce beau discours [1] aux chevriers, lesquels, sans lui répondre un mot, s'étaient tenus tout ébahis à l'écouter. Sancho se taisait aussi ; mais il avalait des glands doux et faisait de fréquentes visites à la seconde outre, qu'on avait suspendue à un liège pour que le vin se tînt frais. Don Quichotte avait été plus long à parler que le souper à finir, et dès qu'il eut cessé, un des chevriers lui dit : « Pour que Votre Grâce, seigneur chevalier errant, puisse dire avec plus de raison que nous l'avons régalée de notre mieux, nous voulons lui donner encore plaisir et divertissement ; ce sera de faire chanter un de nos compagnons, qui ne peut tarder à revenir. C'est un garçon très entendu et très amoureux, qui sait lire et écrire par-dessus le marché, et de plus est musicien, jouant d'une viole à ravir les gens. » À peine le chevrier achevait ces mots, qu'on entendit le son de la viole et bientôt on vit paraître celui qui en jouait, lequel était un jeune homme d'environ vingt-deux ans et de fort bonne mine. Ses compagnons lui demandèrent s'il avait soupé ; il répondit que oui. Alors celui qui l'avait annoncé lui dit : « De cette manière, Antonio, tu pourras bien nous faire le plaisir de chanter un peu, afin que ce seigneur, notre hôte, voie que, dans les montagnes et les forêts, on trouve aussi des gens qui savent la musique. Nous lui avons raconté tes talents, et nous désirons que tu les montres, afin de ne point passer pour menteurs. Ainsi, assieds-toi, je t'en prie, et chante-nous la chanson de tes amours, celle qu'a versifiée ton oncle le bénéficier, et que le village a trouvée si jolie.

1. Le texte espagnol dit, beaucoup plus rudement, qu'on aurait pu se passer de ce discours, qu'il était « inutile », comme traduit Canavaggio. Toute cette scène est typique du balancement des rêveries cervantines entre utopie et contre-utopie : ce sont de vulgaires glands qui ont nourri l'imagination de don Quichotte, les chevriers n'ont pas compris un traître mot de son jargon. Et pourtant ces touches réalistes n'empêchent pas la transfiguration poétique, aux yeux du lecteur, de ces chevriers en dignes officiants du vieux rêve écologique.

– Très volontiers, répondit Antonio » ; et, sans se faire prier davantage, il s'assit sur une souche de chêne, accorda sa viole et, un moment après, chanta de fort bonne grâce les couplets suivants :

Je sais Olalla, que tu m'adores, bien que tu ne m'en aies rien dit, même avec les yeux, ces langues muettes des amours.

Parce que je sais que tu m'as compris, je me persuade que tu m'aimes, car jamais l'amour qui fut connu n'est resté malheureux.

Il est vrai que maintes fois, Olalla, tu m'as fait accroire que tu as l'âme de bronze, et que ton sein blanc couvre un cœur de rocher ;

Mais à travers l'honnêteté de tes refus et de tes reproches, l'espérance laisse voir le pan de sa robe.

Si l'amour est courtoisie, de celle que tu montres je conclus que la fin de mes espérances sera telle que je l'imagine.

Et si de bons offices sont capables d'adoucir un cœur, ceux que j'ai pu te rendre fortifient mon espoir.

Car, pour peu que tu aies pris garde, tu auras vu plus d'une fois que je me suis vêtu le lundi de ce qui me faisait honneur le dimanche.

Comme l'amour et la parure suivent toujours le même chemin, en tout temps à tes yeux j'ai voulu me montrer galant.

Je laisse la danse à cause de toi, et n'ai pas besoin de te rappeler les musiques que tu as entendues, à la nuit close ou au chant du coq.

Je ne compte pas toutes les louanges que j'ai faites de ta beauté, lesquelles, toutes vraies qu'elles soient, m'ont mis très mal avec quelques-unes de tes compagnes.

Teresa del Berrocal me dit un jour que je te vantais : « Tel pense adorer un ange qui n'adore qu'un singe.

« Grâce à de nombreux joyaux, à des cheveux postiches et à d'hypocrites beautés qui trompent l'amour même. »

Je lui donnai un démenti ; elle se fâcha ; son cousin prit sa défense, il me défia, et tu sais bien ce qu'il a fait et ce que j'ai fait.

Je ne t'aime pas à l'étourdie, et ne te fais pas une cour assidue pour que tu deviennes ma maîtresse [1] ; mon intention est plus honnête.

L'Église a de saints nœuds qui sont des liens de soie, mets ta tête sous le joug, tu verras comme j'y mettrai la mienne.

---

1. Le poème parle, plus crûment, de concubinage (*barraganía*).

Si tu refuses, je jure ici, par le saint le plus révéré, de ne plus sortir de ces montagnes, sinon pour me faire capucin.

En cet endroit, le chevrier cessa de chanter ; et, quoique don Quichotte le priât de chanter encore quelque chose, Sancho Panza ne voulut pas y consentir, lui qui avait plus d'envie de dormir que d'entendre des chansons. « Votre Grâce, dit-il à son maître, peut bien s'arranger dès à présent un gîte pour la nuit ; car le travail que se donnent ces bonnes gens toute la journée ne permet pas qu'ils passent la nuit à chanter. – Je te comprends, Sancho, lui répondit don Quichotte, et je m'aperçois bien que tes visites à l'outre exigent en retour plus de sommeil que de musique. – Dieu soit loué ! répondit Sancho, personne n'en a fait le dégoûté. – J'en conviens, reprit don Quichotte, permis à toi de t'arranger à ta fantaisie ; mais aux gens de ma profession, il sied mieux de veiller que de dormir. Cependant, il sera bien, Sancho, que tu me panses encore une fois cette oreille, qui me fait vraiment plus de mal qu'il n'est besoin. » Sancho se mit en devoir d'obéir ; mais un des chevriers, voyant la blessure, dit à don Quichotte de ne pas s'inquiéter, et qu'il allait employer un remède qui l'aurait bientôt guéri. Cueillant aussitôt quelques feuilles de romarin, qui était très abondant en cet endroit, il les mâcha, les mêla d'un peu de sel et, lui appliquant cet emplâtre sur l'oreille, qu'il banda fortement, il l'assura qu'il n'était pas besoin d'un second médecin ; ce qui fut vrai.

CHAPITRE XII

De ce que raconta un chevrier à ceux qui étaient avec don Quichotte

Sur ces entrefaites, arriva un autre garçon, de ceux qui apportaient les provisions du village. « Compagnons, leur dit-il, savez-vous ce qui se passe au pays ? – Et comment pourrions-nous le savoir ? répondit l'un d'eux. – Eh bien, sachez, reprit le nouveau venu, que, ce matin, est mort ce fameux Chrysostome, l'étudiant berger, et l'on murmure qu'il est mort d'amour pour cette endiablée de Marcelle, la fille de Guillaume le riche, celle qui se promène en habits de bergère à travers les landes. – Pour Marcelle, dis-tu ? interrompit un chevrier. Pour elle-même, te dis-je ; et ce qu'il y a de bon, c'est qu'il a ordonné par son testament qu'on l'enterrât au milieu des champs, comme s'il était More, et précisément au pied de la roche d'où coule la fontaine du Liège ; car, à ce qu'on dit qu'il a dit, ce fut en cet endroit qu'il la vit pour la première fois. Et il a aussi ordonné d'autres choses, telles que les marguilliers du pays disent qu'il ne faut pas les exécuter et que ce serait très mal fait, parce qu'elles sentent le païen. À tout cela son grand ami Ambroise l'étudiant, qui s'est aussi déguisé en berger comme lui, répond qu'il faut tout accomplir, sans que rien n'y manque, de ce qu'a ordonné Chrysostome, et c'est là-dessus que le village s'est mis en émoi. Mais enfin, dit-on, il faudra faire ce que veulent Ambroise et tous les autres bergers ses amis. Demain on vient l'enterrer en grande pompe où je viens de vous dire ; et m'est avis que ce sera une belle chose à voir ; du moins je ne manquerais pas d'aller m'en régaler, si je savais n'avoir pas besoin de retourner demain au pays. – Nous ferons tous de même, répondirent les chevriers, et nous tirerons au sort à qui gardera les chèvres des autres. – Tu as raison, Pédro, reprit l'un d'eux ; mais il ne sera pas besoin de se donner cette peine, car je resterai pour tous ; et ne crois pas que ce soit vertu de ma part, ou manque de curiosité : c'est que l'épine qui me traversa le pied l'autre jour ne me laisse pas faire un pas. – Nous ne t'en sommes pas moins obligés », répondit Pédro.

Alors, don Quichotte pria celui-ci de lui dire quel était ce mort et quelle cette bergère. À quoi Pédro répondit que tout ce qu'il savait, c'est que ce mort était un fils d'hidalgo, fort riche, qui habitait un bourg de ces montagnes ; qu'il avait passé plusieurs années étudiant à Salamanque, au bout desquelles il était revenu dans son pays, avec la réputation d'être très savant et grand liseur de livres. « On dit, ajouta Pédro, qu'il savait principalement la science des étoiles, et tout ce que font là-haut dans le ciel le soleil et la lune ; car il nous annonçait ponctuellement les *éclisses* de la lune et du soleil. – C'est éclipses mon ami, et non éclisses, interrompit don Quichotte, que s'appelle l'obscurcissement momentané de ces deux grands luminaires célestes. » Mais Pédro, qui ne regardait pas à ces bagatelles, poursuivit son conte en disant : « Il devinait tout de même quand l'année devait être abondante ou *strile*. – Stérile, vous voulez dire, mon ami, interrompit de nouveau don Quichotte. – Stérile ou strile, reprit Pédro, c'est tout un, et je dis donc que de ce qu'il leur disait, ses parents et ses amis s'enrichirent, ceux du moins qui avaient confiance en lui et qui suivaient ses conseils. Cette année, leur disait-il, semez de l'orge et non du froment ; celle-ci, vous pouvez semer des pois, mais pas d'orge ; celle qui vient sera d'une grande abondance en huile et les trois suivantes on n'en récoltera pas un goutte. – Cette science s'appelle *astrologie*, dit don Quichotte. – Je ne sais comment elle s'appelle, répliqua Pédro, mais je sais qu'il savait tout cela, et bien d'autres choses. Finalement il ne s'était pas encore passé bien des mois depuis son retour de Salamanque, quand, un beau matin, il s'éveilla vêtu en berger avec sa houlette et sa veste de peau, ayant jeté aux orties le long manteau d'étudiant. Et en même temps, son grand ami Ambroise, qui avait été son camarade d'étude, s'habilla aussi en berger. J'oubliais de dire que Chrysostome le défunt fut un fameux homme pour composer des chansons, tellement qu'il faisait les noëls qui se chantent pour la naissance du Seigneur et les comédies de la Fête-Dieu que représentaient les garçons de notre village, et tout le monde disait que c'était d'un beau achevé. Quand ceux du village virent tout à coup en bergers les deux étudiants, ils restèrent bien étonnés, et personne ne pouvait deviner pour quelle raison ils avaient fait une si drôle de transformation. Dans ce temps-là, le père de notre Chrysostome venait de mourir ; de manière qu'il resta héritier d'une bien jolie fortune, tant en meubles qu'en biens-fonds, sans compter bon nombre de têtes de bétail gros et menu, et une grande quantité d'argent comptant. De tout cela, le jeune homme resta maître absolu et dissolu ; et il le méritait bien, en vérité ; car c'était un bon compagnon, charitable, ami des braves gens, et il avait une figure de bénédiction. Ensuite, on vint à reconnaître que ce changement d'habit ne s'était fait que pour courir dans les déserts de ces montagnes après cette bergère Marcelle que notre camarade a nommée tout à l'heure, et de qui s'était amouraché le pauvre défunt Chrysostome.

« Et je veux vous dire à présent, parce qu'il faut que vous le sachiez, quelle est cette créature ; peut-être, et même sans peut-être, vous n'aurez rien entendu de pareil dans tous les jours de votre vie, dussiez-vous vivre plus d'années que Mathieu Salé [1]. – Dites "Mathusalem", interrompit don Quichotte, qui ne pouvait souffrir les équivoques [2] du chevrier. – Salem ou Salé, la distance n'est pas grande, répliqua Pédro, et si vous vous mettez, seigneur, à éplucher toutes mes paroles, nous n'aurons pas

1. « Plus d'années que la gale », donne la traduction littérale. Mais la gale, *sarna* en espagnol, est, dans la bouche de Pedro, une déformation de « Sarra », la femme d'Abraham, qui vécut, selon une tradition fort précise, cent vingt-sept ans. Viardot a transposé comme il a pu le jeu de mots. On n'a guère fait mieux depuis.

2. « Équivoque » est ici un substantif, qui désignait en langue classique un mauvais jeu de mots.

fini au bout de l'année. – Pardon, mon ami, reprit don Quichotte, la distance est plus grande que vous ne pensez ; mais continuez votre histoire, et je ne vous reprendrai plus sur rien. – Je disais donc, seigneur de mon âme, reprit le chevrier, qu'il y eut dans notre village un laboureur encore plus riche que le père de Chrysostome, qui s'appelait Guillaume, et auquel Dieu donna, par-dessus ses grandes richesses, une fille dont la mère mourut en la mettant au monde. Cette mère était bien la plus respectable femme qu'il y eût dans tous les environs. Il me semble que je la vois encore, avec cette figure qui était la moitié du soleil et la moitié de la lune ; et surtout elle était bonne ménagère et bonne amie des pauvres, si bien que je crois qu'au jour d'aujourd'hui son âme est dans la gloire de Dieu. Du chagrin de la mort d'une si bonne femme, son mari Guillaume en mourut, laissant sa fille Marcelle toute petite, mais grandement riche, au pouvoir d'un sien oncle, prêtre et bénéficier dans le pays. L'enfant grandit en âge et grandit en beauté, tellement qu'elle nous rappelait sa mère, qui en avait eu beaucoup, et l'on jugeait même que la fille passerait un jour la mère. Et ce fut ainsi, car dès qu'elle eut atteint quatorze à quinze ans, personne ne pouvait la voir sans bénir Dieu de l'avoir créée si belle, et la plupart s'en retournaient fous d'amour. Son oncle la gardait dans la retraite et le recueillement ; mais néanmoins la renommée de sa grande beauté s'étendit de telle façon que, non seulement les jeunes gens du pays, mais ceux de plusieurs lieues à la ronde, et les plus huppés, sollicitaient et importunaient l'oncle afin qu'il la leur donnât pour femme. Mais lui, qui va droit son chemin comme un bon chrétien, quoiqu'il eût voulu la marier dès qu'il la vit en âge de l'être, il ne voulut pas pourtant forcer son consentement, et cela sans prendre garde au bénéfice qu'il trouvait à garder la fortune de la petite tant qu'il différait son mariage. Et, par ma foi, c'est ce qu'on a dit à plus d'une veillée du village à la louange du bon prêtre. Et je veux que vous sachiez, seigneur errant, que, dans ces petits pays, on parle de tout et on mord sur tout ; et vous pouvez bien vous mettre dans la tête, comme je me le suis mis, qu'un curé doit être bon hors de toute mesure pour obliger ses paroissiens à dire du bien de lui, surtout dans les villages. – C'est bien la vérité, s'écria don Quichotte ; mais continuez, je vous prie, car l'histoire est bonne, et vous la contez, don Pédro, avec fort bonne grâce. – Que celle du Seigneur ne me manque pas, reprit Pédro, c'est celle qui importe le plus.

« Et vous saurez, du reste, que l'oncle proposait bien exactement à la nièce chacun des partis qui se présentaient, en lui vantant leurs qualités et en la pressant de choisir un mari de son goût ; elle, jamais ne lui répondit autre chose, sinon qu'alors elle ne voulait pas se marier, et qu'étant si jeune elle se sentait trop faible pour porter le fardeau d'un ménage. Avec ces excuses, qui lui semblaient raisonnables, l'oncle cessait de l'importuner et attendait qu'elle eût pris un peu d'âge, et qu'elle sût choisir une compagnie de son goût : "Car, disait-il, et il disait fort bien, il ne faut pas que les parents engagent les enfants contre leur gré." Mais ne voilà-t-il pas qu'un beau matin, sans que personne s'y fût attendu, la dédaigneuse Marcelle se fait et se montre bergère ; et, sans que son oncle et tous les gens du pays pussent l'en dissuader, la voilà qui s'en va aux champs avec les autres filles du village et garde elle-même son troupeau ; et, par ma foi, dès qu'elle se fit voir en public et que sa beauté parut au grand jour, je ne saurais plus vous dire combien de riches jeunes gens, hidalgos ou laboureurs, ont pris le costume de Chrysostome, et s'en vont lui faire la cour à travers les champs.

« Un d'eux, comme vous le savez déjà, était notre défunt, duquel on disait qu'il ne l'aimait pas, mais qu'il l'adorait. Et qu'on ne pense pas que, pour s'être mise en cette vie si libre et si relâchée, Marcelle ait rien fait, même en apparence, qui fût au détriment de sa chasteté ; au contraire, elle garde son honneur avec tant de vigilance que, de tous ceux qui la servent et la sollicitent, aucun n'a pu ni ne pourra se flatter qu'elle lui ait laissé la plus petite espérance d'agréer ses désirs, et, bien qu'elle ne fuie ni la compagnie ni la conversation des bergers, et qu'elle les traite fort amicalement, dès que l'un d'eux s'avise de lui découvrir son intention, quoique juste et sainte autant que l'est celle du mariage, elle le chasse bien loin d'elle comme avec un mousquet. De manière qu'avec cette humeur et cette façon d'être, elle fait plus de mal dans ce pays que si une contagion de peste s'y était déclarée, car sa douceur et sa beauté attirent les cœurs de tous ceux qui la voient : ils s'empressent de la servir, de l'aimer, et bientôt son indifférence et sa rigueur les mènent au désespoir [1]. Aussi ne savent-ils faire autre chose que de l'appeler à grands cris ingrate et cruelle, et de lui donner d'autres noms semblables qui peignent bien son genre de caractère. Et si vous deviez rester ici quelques jours, vous entendriez, seigneur, résonner ces montagnes et ces vallées des plaintes de ces amants rebutés qui la suivent.

« Près de ces huttes est un endroit où sont réunis presque deux douzaines de grands hêtres, et il n'y en a pas un qui n'ait sur sa lisse écorce le nom de Marcelle écrit et gravé ; quelquefois une couronne est gravée au-dessus du nom, comme si son amant avait voulu dire qu'elle mérite et porte la couronne de la beauté. Ici soupire un berger, là se plaint un autre ; par ici on entend des chants d'amour ; par là, des stances de tristesse et de désespoir. Tel passe toutes les heures de la nuit assis au pied d'un chêne ou d'un rocher, et le soleil le trouve, au matin, absorbé dans ses pensées, sans qu'il ait fermé ses paupières humides ; tel autre, pendant la plus insupportable ardeur de l'été, reste étendu sur la poussière brûlante pour envoyer ses plaintes au ciel compatissant. De l'un, de l'autre et de tous ensemble la belle Marcelle se moque et triomphe. Nous tous qui la connaissons, nous sommes curieux de voir où aboutira sa fierté, et quel sera l'heureux prétendant qui doit venir à bout de dompter une humeur si farouche, de posséder une beauté si parfaite. Et, comme tout ce que j'ai dit est la vérité la plus avérée, je me figure qu'il en est de même de ce qu'a conté notre compagnon sur la mort de Chrysostome. Je vous conseille donc, seigneur, de ne pas manquer de vous trouver à son enterrement : c'est une chose à voir, car Chrysostome a bien des amis, et d'ici à l'endroit où il a ordonné qu'on l'enterrât, il n'y a pas une demi-lieue.

---

1. Désespoir a ici le sens fort de suicide. Si Chrysostome n'a pas voulu d'une sépulture chrétienne, c'est sans doute en sachant qu'on risquait de la lui refuser. Voilà qui donne à l'épisode une certaine hardiesse tragique, en marge de l'orthodoxie.

– J'en fais mon affaire, répondit don Quichotte, et je vous remercie du plaisir que vous m'avez fait en me contant une si intéressante histoire. – Oh ! ma foi, répliqua le chevrier, je ne sais pas la moitié des aventures arrivées aux amants de Marcelle ; mais il se pourrait que, chemin faisant, nous rencontrassions demain quelque berger qui nous contât le reste. Quant à présent, vous ferez bien d'aller dormir sous l'abri d'un toit ; car le serein pourrait faire mal à votre blessure, bien que le remède qu'on y a mis soit tel qu'il n'y ait plus d'accident à craindre. »

Sancho Panza, qui donnait au diable le chevrier et ses bavardages, pressa son maître d'aller se coucher dans la cabane de Pédro. Don Quichotte à la fin céda ; mais ce fut pour donner le reste de la nuit au souvenir de sa dame Dulcinée, à l'imitation des amants de Marcelle. Quant à Sancho, il s'arrangea sur la paille, entre Rossinante et son âne, et dormit, non comme un amant rebuté, mais comme un homme qui a l'estomac plein et le dos roué de coups [1].

1. Pourtant Sancho n'a pas récemment reçu de raclée. L'épisode de Marcelle aurait-il été placé primitivement plus loin, après celui des Yangois (chap. XV) ? C'est ce que se sont demandé certains « généticiens » (spécialistes de la genèse du texte).

CHAPITRE XIII

Où se termine l'histoire de la bergère Marcelle, avec d'autres événements

Mais, à peine l'aurore commençait à se montrer, comme disent les poètes, sur les balcons de l'Orient, que cinq des six chevriers se levèrent, furent appeler don Quichotte et lui dirent, s'il avait toujours l'intention d'aller voir l'enterrement de Chrysostome, qu'ils étaient prêts à lui tenir compagnie. Don Quichotte, qui ne désirait pas autre chose, se leva et ordonna à Sancho de mettre à leurs bêtes la selle et le bât. Sancho obéit en diligence, et, sans plus de retard, toute la troupe se mit en chemin.

Ils n'eurent pas fait un quart de lieue qu'à la croisière du sentier ils virent venir de leur côté six ou sept bergers vêtus de vestes de peaux noires, la tête couronnée de guirlandes de cyprès et de laurier-rose, et tenant chacun à la main un fort bâton de houx. Après eux venaient deux gentilshommes à cheval, en bel équipage de route, avec trois valets de pied qui les accompagnaient. En s'abordant, les deux troupes se saluèrent avec courtoisie, et s'étant demandé les uns aux autres où ils allaient, ils surent que tous se rendaient au lieu de l'enterrement ; ils se mirent donc à cheminer tous de compagnie. Un des cavaliers s'adressant à son compagnon : « Il me semble, seigneur Vivaldo, lui dit-il, que nous n'aurons point à regretter le retard que nous coûtera le spectacle de cette cérémonie, qui ne pourra manquer d'être intéressante, d'après les choses étranges que nous ont contées ces bonnes gens, aussi bien du berger défunt que de la bergère homicide. – C'est ce que je pense aussi, répondit Vivaldo, et j'aurais retardé mon voyage, non d'un jour, mais de quatre, pour en être témoin. »

Don Quichotte alors leur demanda ce qu'ils avaient ouï dire de Marcelle et de Chrysostome. Le voyageur répondit que, ce matin même, ils avaient rencontré ces bergers, et que, les voyant en ce triste équipage, ils leur avaient demandé pour quelle cause ils allaient ainsi costumés ; que l'un d'eux la leur conta, ainsi que la beauté et l'étrange humeur d'une bergère appelée Marcelle, la multitude d'amoureux qui la recherchaient et la mort de ce Chrysostome à l'enterrement duquel ils allaient assister. Finalement, il répéta tout ce qu'avait déjà conté Pédro à don Quichotte.

Cet entretien fini, un autre commença, le cavalier qui se nommait Vivaldo ayant demandé à don Quichotte quel était le motif qui le faisait voyager armé de la sorte, en pleine paix et dans un pays si tranquille. À cela don Quichotte répondit : « La profession que j'exerce et les vœux que j'ai faits ne me permettent point d'aller d'une autre manière. Le repos, la bonne chère, les divertissements furent inventés pour d'efféminés gens de cour ; mais les fatigues, les veilles et les armes ne furent inventées que pour ceux que le monde appelle chevaliers errants, desquels, quoique indigne et le moindre de tous, j'ai l'honneur de faire partie. » Dès qu'on entendit sa réponse, tout le monde le tint pour fou ; mais, afin de s'en assurer davantage et de voir jusqu'au bout de quelle espèce était sa folie, Vivaldo, revenant à la charge, lui demanda ce qu'on entendait par chevaliers errants.

« Vos Grâces n'ont-elles jamais lu, répondit don Quichotte, les chroniques et les annales d'Angleterre, où il est question des fameux exploits du roi Arthur, que dans notre idiome castillan nous appelons le roi Artus, et duquel une antique tradition, reçue dans tout le royaume de la Grande-Bretagne, raconte qu'il ne mourut pas, mais qu'il fut, par art d'enchantement, changé en corbeau, et que, dans la suite des temps, il doit venir reprendre sa couronne et son sceptre ; ce qui fait que, depuis cette époque jusqu'à nos jours, on ne saurait prouver qu'aucun Anglais ait tué un corbeau [1] ? Eh bien ! c'est dans le temps de ce bon roi que fut institué ce fameux ordre de chevalerie appelé la Table Ronde et que se passèrent de point en point, comme on les conte, les amours de don Lancelot du Lac et de la reine Genièvre, amours dont la confidente et la médiatrice était cette respectable duègne Quintagnone [2], pour laquelle fut fait ce romance si connu et si répété dans notre Espagne :

Onc chevalier ne fut sur terre
Des dames si bien accueilli,
Qu'à son retour de l'Angleterre
Don Lancelot n'en fût servi ;

ainsi que cette progression si douce et si charmante de ses hauts faits amoureux et guerriers. Depuis lors, et de main en main, cet ordre de chevalerie alla toujours croissant et s'étendant aux diverses parties du monde. Ce fut en son sein que se rendirent fameux et célèbres par leurs actions le vaillant Amadis de Gaule, avec tous ses fils et petits-fils, jusqu'à la cinquième génération, et le valeureux Félix-Mars d'Hyrcanie, et cet autre qu'on ne peut jamais louer assez, Tirant le Blanc ; et qu'enfin, presque de nos jours, nous avons vu, entendu et connu l'invincible chevalier don Bélianis de Grèce. Voilà, seigneur, ce que c'est que d'être chevalier errant ; voilà de quel ordre de cheva-

1. Tout en les traitant de fables, Cervantès raffolait de ces rêveries naïves sur des pays plus ou moins éloignés de l'Espagne. La légende du respect des Anglais à l'égard des corbeaux est reprise dans le *Persilès* (I, 1, XVIII), où un personnage explique aussi, fort gravement, que l'Angleterre « n'est porteuse, non seulement d'aucun loup, mais de nulle autre bête nuisible, comme sont, par exemple, serpents, vipères, araignées et scorpions : bien au contraire, c'est chose patente et manifeste que si l'on introduit en Angleterre, depuis d'autres contrées, quelque bête venimeuse, à peine arrivée là, elle meurt ; et si l'on prélève de la terre de cette île pour la porter vers quelque autre terre, et pour en encercler quelque vipère, elle n'ose ni ne peut sortir du cercle qui l'emprisonne et la cerne, jusqu'à ce que mort s'ensuive » (notre traduction).

2. Dans le romance espagnol de Lancelot, Quintañona est une haute dame, comme l'étaient les *dueñas* des textes médiévaux. Mais la dégradation sémantique qu'a connue par la suite le terme *dueña* verse sur la prétendument « respectable » Quintagnonne un éclairage comique, qui la ravale au rang des vulgaires entremetteuses.

lerie je vous ai parlé, ordre dans lequel, quoique pécheur, j'ai fait profession, professant tout ce qu'ont professé les chevaliers dont je viens de faire mention. Voilà pourquoi je vais par ces solitudes et ces déserts, cherchant les aventures, bien déterminé à risquer mon bras et ma vie dans la plus périlleuse que puisse m'envoyer le sort, si c'est au secours des faibles et des affligés. »

Il n'en fallut pas davantage pour achever de convaincre les voyageurs que don Quichotte avait le jugement à l'envers, et pour leur apprendre de quelle espèce de folie il était possédé ; ce qui leur causa le même étonnement qu'à tous ceux qui, pour la première fois, en prenaient connaissance. Vivaldo, qui avait l'esprit vif et l'humeur enjouée, désirant passer sans ennui le peu de chemin qui leur restait à faire pour arriver à la colline de l'enterrement, voulut lui offrir l'occasion de poursuivre ses extravagants propos : « Il me semble, seigneur chevalier errant, lui dit-il, que Votre Grâce a fait profession dans un des ordres les plus rigoureux qu'il y ait sur la terre ; et, si je ne m'abuse, la règle même des frères chartreux n'est pas si étroite.

– Aussi étroite, c'est possible, répondit notre don Quichotte ; mais aussi nécessaire au monde, c'est une chose que je suis à deux doigts de mettre en doute ; car, s'il faut parler vrai, le soldat qui exécute ce que lui ordonne son capitaine ne fait pas moins que le capitaine qui a commandé. Je veux dire que les religieux, en tout repos et en toute paix, demandent au ciel le bien de la terre ; mais nous, soldats et chevaliers, nous mettons en pratique ce qu'ils mettent en prière, faisant ce bien par la valeur de nos bras et le tranchant de nos épées, non point à l'abri des injures du temps, mais à ciel découvert, en butte aux insupportables rayons du soleil d'été et aux glaces hérissées de l'hiver. Ainsi, nous sommes les ministres de Dieu sur la terre et les instruments par qui s'exerce sa justice. Et comme les choses de la guerre et toutes celles qui s'y rattachent ne peuvent être mises à exécution que par le travail excessif, la sueur et le sang, il suit de là que ceux qui en font profession accomplissent, sans aucun doute, une œuvre plus grande que ceux qui, dans le calme et la sécurité, se contentent d'invoquer Dieu pour qu'il prête son aide à ceux qui en ont besoin. Je ne veux pas dire pour cela (rien n'est plus loin de ma pensée) que l'état de chevalier errant soit aussi saint que celui de moine cloîtré ; je veux seulement inférer des fatigues et des privations que j'endure qu'il est plus pénible, plus laborieux, plus misérable, plus sujet à la faim, à la soif, à la nudité, à la vermine. Il n'est pas douteux, en effet, que les chevaliers errants des siècles passés n'aient éprouvé bien des souffrances dans le cours de leur vie ; et si quelques-uns s'élevèrent par la valeur de leur bras jusqu'à devenir empereurs, il leur en a coûté, par ma foi, un bon prix payé en sueur et en sang ; encore, si ceux qui montèrent jusqu'à ce haut degré eussent manqué d'enchanteurs et de sages qui les protégeassent, ils seraient restés bien déçus dans leurs espérances et bien frustrés dans leurs vœux.

– C'est assurément mon avis, répliqua le voyageur ; mais une chose qui, parmi beaucoup d'autres, me choque de la part des chevaliers errants, c'est que, lorsqu'ils se trouvent en occasion d'affronter quelque grande et périlleuse aventure, où ils courent manifestement risque de la vie, jamais, en ce moment critique, ils ne se souviennent de recommander leur âme à Dieu, comme tout bon chrétien est tenu de faire en semblable danger ; au contraire, ils se recommandent à leurs dames avec autant d'ardeur et de dévotion que s'ils en eussent fait leur Dieu ; et cela, si je ne me trompe, sent quelque peu le païen. – Seigneur, répondit don Quichotte, il n'y a pas moyen de faire autrement ; et le chevalier qui ferait autre chose se mettrait dans un mauvais cas. Il est reçu en usage et passé en coutume dans la chevalerie errante que le chevalier errant qui est en présence de sa dame au moment d'entreprendre quelque grand fait d'armes tourne vers elle amoureusement les yeux, comme pour lui demander par son regard qu'elle le secoure et le favorise dans le péril qui le presse ; et même lorsque personne ne peut l'entendre, il est tenu de murmurer quelques mots entre les dents pour se recommander à elle de tout son cœur ; et de cela nous avons dans les histoires d'innombrables exemples. Mais il ne faut pas croire cependant que les chevaliers s'abstiennent de recommander leur âme à Dieu ; ils trouveront temps et lieu pour le faire pendant la besogne.

– Avec tout cela, répliqua le voyageur, il me reste un scrupule. J'ai lu bien des fois que deux chevaliers errants en viennent aux gros mots, et, de parole en parole, voilà que leur colère s'enflamme, qu'ils font tourner leurs chevaux pour prendre du champ, et que tout aussitôt, sans autre forme de procès, ils reviennent se heurter à bride abattue, se recommandant à leurs dames au milieu de la carrière. Et ce qui arrive le plus ordinairement de ces rencontres, c'est que l'un des chevaliers tombe à bas de son cheval, percé d'outre en outre par la lance de son ennemi, et que l'autre, à moins de s'empoigner aux crins, descendrait aussi par terre. Or comment le mort a-t-il eu le temps de recommander son âme à Dieu, dans le cours d'une besogne si vite expédiée ? Ne vaudrait-il pas mieux que les paroles qu'il emploie pendant la course à se recommander à sa dame fussent employées à ce qu'il est tenu de faire comme bon chrétien [1] ? d'autant plus que j'imagine, à part moi, que les chevaliers errants n'ont pas tous des dames à qui se recommander, car enfin ils ne sont pas tous amoureux. – Cela ne peut être, s'écria don Quichotte, je dis que cela ne peut être, et qu'il est impossible qu'il y ait un chevalier errant sans dame : pour eux tous, il est aussi bien de nature et d'essence d'être amoureux que pour le ciel d'avoir des étoiles. À coup sûr vous n'avez jamais vu d'histoires où se rencontre un chevalier errant sans amours, car, par la raison même qu'il n'en aurait point, il ne serait pas tenu pour légitime chevalier, mais pour bâtard, et l'on dirait qu'il est entré dans la forteresse de l'ordre, non par la grande porte, mais par-dessus les murs, comme un larron et un brigand.

---

1. Les objections de plus en plus serrées de Vivaldo placent l'offensive contre les romans de chevalerie sur le terrain le plus brûlant, qui est celui des griefs religieux : l'affrontement entre deux chevaliers est une façon de tuer ou de mourir sans confession, donc en état de péché mortel et sans rédemption possible ; en outre, l'idéalisation de la Dame est une déviation de l'amour dû à Dieu, une idolâtrie. Mais la conversation rebondit sur le problème des chevaliers sans dame, ce qui offre à don Quichotte une porte de sortie. Le spirituel Vivaldo est moins soucieux de raisonner don Quichotte que de s'amuser de sa manie.

– Néanmoins, reprit le voyageur, il me semble, si j'ai bonne mémoire, avoir lu que don Galaor, frère du valeureux Amadis de Gaule, n'eut jamais de dame attitrée, de laquelle il pût se réclamer dans les périls ; et pourtant il n'en fut pas moins tenu pour un vaillant et fameux chevalier. »

À cela don Quichotte répondit : « Seigneur, une seule hirondelle ne fait pas le printemps ; d'ailleurs, je sais de bonne source qu'en secret ce chevalier était réellement amoureux. En outre, cette manie d'en conter à toutes celles qu'il trouvait à son gré, c'était une complexion naturelle et particulière qu'il ne pouvait tenir en bride. Mais néanmoins, il est parfaitement avéré qu'il n'avait qu'une seule dame maîtresse de sa volonté et de ses pensées, à laquelle il se recommandait mainte et mainte fois, mais très secrètement, car il se piquait d'être amant discret.

– Puisqu'il est de l'essence de tout chevalier errant d'être amoureux, reprit le voyageur, on peut bien croire que Votre Grâce n'a point dérogé à cette règle de l'état qu'elle professe, et si Votre Grâce ne se pique pas d'être aussi discret que don Galaor, je vous supplie ardemment, au nom de toute cette compagnie et au mien propre, de nous apprendre le nom, la patrie, la qualité et les charmes de votre dame. Elle ne peut manquer de tenir à grand bonheur que tout le monde sache qu'elle est aimée et servie par un chevalier tel que nous paraît Votre Grâce. » À ces mots don Quichotte poussa un grand soupir : « Je ne pourrais affirmer, dit-il, si ma douce ennemie désire ou craint que le monde sache que je suis son serviteur ; seulement je puis dire, en répondant à la prière qui m'est faite avec tant de civilité, que son nom est Dulcinée ; sa patrie le Toboso, village de la Manche ; sa qualité, au moins celle de princesse, puisqu'elle est ma reine et ma dame ; et ses charmes, surhumains, car en elle viennent se réaliser et se réunir tous les chimériques attributs de la beauté que les poètes donnent à leurs maîtresses. Ses cheveux sont des tresses d'or, son front des champs élyséens, ses sourcils des arcs-en-ciel, ses yeux des soleils, ses joues des roses, ses lèvres du corail, ses dents des perles, son cou de l'albâtre, son sein du marbre, ses mains de l'ivoire, sa blancheur celle de la neige, et ce que la pudeur cache aux regards des hommes est tel, je m'imagine, que le plus judicieux examen pourrait seul en reconnaître le prix, mais non pas y trouver des termes de comparaison [1].

– Maintenant, reprit Vivaldo, nous voudrions savoir son lignage, sa souche et sa généalogie. – Elle ne descend pas, répondit don Quichotte, des Curtius, Caïus et Scipion de l'ancienne Rome, ni des Colonna et Ursini de la moderne, ni des Moncada et Réquésen de Catalogne, ni des Rébella et Villanova de Valence, ni des Palafox, Nuza, Rocaberti, Corella, Luna, Alagon, Urréa, Foz et Gurréa d'Aragon ; ni des Cerda, Manrique, Mendoza et Guzman de Castille ; ni des Alencastro, Palha et Ménésès de Portugal ; elle est de la famille du Toboso de la Manche, race nouvelle il est vrai, mais telle qu'elle peut être le généreux berceau des plus illustres races des siècles à venir. Et qu'à cela l'on ne réplique rien, si ce n'est aux conditions que Zerbin écrivit au pied du trophée des armes de Roland :

Que nul de les toucher ne soit si téméraire,
S'il ne veut de Roland affronter la colère [2].

– Quoique ma famille, répondit le voyageur, soit des Cachopin de Larédo, je n'oserais point la mettre en parallèle avec celle du Toboso de la Manche ; et pourtant, à vrai dire, ce nom et ce titre n'étaient pas encore arrivés jusqu'à mes oreilles. – C'est étrange, et j'en suis surpris », répondit don Quichotte.

Cet entretien des deux interlocuteurs, tous les autres l'écoutaient avec une grande attention, si bien que les chevriers et les bergers eux-mêmes reconnurent le vide qu'il y avait dans la cervelle de notre héros. Le seul Sancho Panza s'imaginait que tout ce que disait son maître était pure vérité, et cela parce qu'il savait de longue main quel homme c'était, l'ayant connu depuis sa première enfance. Si pourtant quelque chose éveillait ses doutes et lui sem-

1. Dulcinée est vraiment pour don Quichotte la « non-pareille » en tous points. L'Inquisition portugaise, plus pudibonde que son homologue espagnole, n'a pas souri de ces audaces imaginatives du chaste chevalier et a censuré la fin de la phrase. Un qui a dû trouver désopilant le passage non expurgé, c'est Voltaire, qui s'est livré à tant de grivoiseries sur le « joyau » caché de Cunégonde et autres demoiselles.

2. Traduction de deux vers du *Roland furieux* (XXIV, v. 66-67).

blait difficile à croire, c'était cette invention de la charmante Dulcinée du Toboso ; car, demeurant si près de ce village, jamais il n'avait eu connaissance de tel nom ni de telle princesse.

Ils cheminaient discourant ainsi, quand ils virent descendre, par un ravin creusé entre deux hautes montagnes, une vingtaine de bergers, tous vêtus de longues vestes de laine noire et couronnés de guirlandes, qu'ensuite on reconnut être, les unes d'if, les autres de cyprès. Six d'entre eux portaient un brancard couvert d'une infinité de fleurs et de branches vertes. En les apercevant, un des chevriers s'écria : « Voici venir ceux qui apportent le corps de Chrysostome, et c'est au pied de cette montagne qu'il a ordonné qu'on l'enterrât. » Cela fit hâter la marche, et toute la troupe arriva au moment où les autres avaient déjà déposé leur brancard à terre et où quatre d'entre eux s'occupaient, avec des pieux aigus, à creuser la sépulture au pied d'une roche vive. Ils s'abordèrent courtoisement les uns les autres ; puis, les saluts échangés, don Quichotte et ceux qui l'accompagnaient se mirent à considérer le brancard sur lequel était étendu, tout couvert de fleurs, un cadavre vêtu en berger auquel on pouvait donner trente ans d'âge. Quoique mort, il montrait avoir été, pendant la vie, de belle tournure et de beau visage. Autour de lui, et sur le brancard même, on avait placé quelques livres et plusieurs papiers ouverts ou pliés.

Ceux qui l'examinaient, comme ceux qui creusaient la fosse, et tous les autres assistants, gardaient un merveilleux silence ; enfin un de ceux qui l'avaient apporté dit à l'un de ses compagnons : « Regarde, Ambroise, si c'est bien là l'endroit qu'a désigné Chrysostome, puisque tu veux si ponctuellement accomplir ce qu'il a ordonné dans son testament. – C'est bien là, répondit Ambroise ; car mon malheureux ami cent fois m'y a conté sa déplorable histoire. C'est là, m'a-t-il dit, qu'il vit pour la première fois cette mortelle ennemie du genre humain ; là que, pour la première fois, il lui déclara son amour, aussi pur que passionné ; là, enfin, que Marcelle acheva de le désespérer par son indifférence et ses dédains, et l'obligea de mettre une fin tragique au misérable drame de sa vie ; c'est là qu'en souvenir de tant d'infortunes il a voulu qu'on le déposât dans le sein d'un éternel oubli. » Se tournant alors vers don Quichotte et les voyageurs, il continua de la sorte : « Ce corps, seigneurs, que vous regardez avec des yeux attendris, fut dépositaire d'une âme en qui le ciel avait mis une grande partie de ses plus riches dons. C'est le corps de Chrysostome, qui fut unique pour l'esprit et pour la courtoisie, extrême pour la grâce et la noblesse, phénix en amitié, généreux et magnifique sans calcul, grave sans présomption, joyeux sans futilité ni bassesse ; finalement, le premier en tout ce qui s'appelle être bon, et sans second en tout ce qui s'appelle être malheureux. Il aima, et fut haï, il adora, et fut dédaigné ; il voulut adoucir une bête féroce, attendrir un marbre, poursuivre le vent, se faire entendre du désert ; il servit enfin l'ingratitude, et le prix qu'il en reçut, ce fut d'être la proie de la mort au milieu du cours de sa vie, à laquelle mit fin une bergère qu'il voulait faire vivre éternellement dans la mémoire des hommes. C'est ce que prouveraient au besoin ces papiers sur lesquels vous portez les regards, s'il ne m'avait enjoint de les livrer au feu dès que j'aurai livré son corps à la terre.

– Mais, seigneur, reprit Vivaldo, ce serait les traiter avec plus de rigueur et de cruauté que leur auteur lui-même. Il n'est ni juste ni raisonnable d'exécuter à la lettre la volonté de celui qui commande des choses hors de toute raison. Qu'aurait fait Auguste s'il eût consenti qu'on exécutât ce qu'ordonnait par son testament le divin chantre de Mantoue [1] ? Ainsi donc, seigneur Ambroise, c'est assez de donner le corps de votre ami à la terre ; ne donnez pas encore ses œuvres à l'oubli. Ce qu'il ordonna en homme outragé, ne l'accomplissez pas en instrument aveugle. Au contraire, en rendant la vie à ses écrits, rendez-la de même pour toujours à la cruauté de Marcelle, afin que, dans les temps à venir, elle serve d'exemple aux hommes, pour qu'ils évitent de tomber dans de semblables abîmes. Nous savons, en effet, nous tous qui vous entourons, l'histoire

1. Une vieille biographie latine de Virgile, qui avait été traduite en espagnol, rapportait que l'auteur de l'*Énéide* aurait voulu brûler le manuscrit de son chef-d'œuvre, faute d'avoir eu le temps de le parfaire, et que l'empereur Auguste sut empêcher une telle catastrophe. En somme, l'ami inventé par Cervantès dans sa préface se comporte en nouvel Auguste.

des amours et du désespoir de votre ami ; nous savons l'affection que vous lui portiez, la raison de sa mort et ce qu'il ordonna en mettant fin à sa vie ; et de cette lamentable histoire nous pouvons inférer combien furent grands l'amour de Chrysostome, la cruauté de Marcelle, la foi de votre amitié, et quel terme fatal attend ceux qui, séduits par l'amour, se précipitent sans frein dans le sentier de perdition où il les entraîne. Hier au soir, en apprenant la mort de Chrysostome, nous avons su que son enterrement devait se faire en cet endroit ; et non moins remplis de compassion que de curiosité, nous avons résolu de quitter notre droit chemin pour venir voir de nos propres yeux ce dont le seul récit nous avait si vivement touchés. Pour prix de cette compassion et du désir que nous avons formé de remédier, si nous avions pu, à cette infortune, nous vous prions, ô discret Ambroise, et moi, du moins, je vous supplie que renonçant à brûler ces écrits, vous m'en laissiez enlever quelques-uns. » Sans attendre la réponse du berger, Vivaldo étendit la main et saisit quelques papiers, de ceux qui se trouvaient le plus à sa portée. En voyant son action, Ambroise lui dit : « Par courtoisie, je consentirai, seigneur, à ce que vous gardiez ceux que vous avez pris ; mais espérer que je renonce à jeter le reste au feu, c'est une espérance vaine. »

Vivaldo, qui brûlait de savoir ce que contenaient ces papiers, en ouvrit un précipitamment et vit qu'il avait pour titre *Chant de désespoir*. Quand Ambroise l'entendit citer : « Voilà, s'écria-t-il, les derniers vers qu'écrivit l'infortuné ; et pour que vous voyiez, seigneur, en quelle situation l'avait réduit sa disgrâce, lisez-les de manière que vous soyez entendu ; vous en aurez bien le temps pendant qu'on achèvera de creuser la tombe. – C'est ce que je ferai de bon cœur », répondit Vivaldo ; et comme tous les assistants partageaient son envie, ils se mirent en cercle autour de lui, et voici ce qu'il leur lut d'une voix haute et sonore.

CHAPITRE XIV

Où sont rapportés les vers désespérés du berger défunt, avec d'autres événements inattendus

Chant de Chrysostome

Puisque tu veux, cruelle, que l'on publie de bouche en bouche et de pays en pays l'âpre violence de ta rigueur, je ferai en sorte que l'enfer lui-même communique à ma triste poitrine un accent lamentable qui change l'ordinaire accent de ma voix. Et, au gré de mon désir, qui s'efforce de raconter ma douleur et tes prouesses, il en sortira un effroyable cri, auquel seront mêlés, pour plus de tourment, des morceaux de mes misérables entrailles. Écoute donc, et prête une oreille attentive, non pas au son harmonieux, mais au bruit confus qui, pour ma satisfaction et pour ton dépit, s'exhale du fond de ma poitrine amère :

Que le rugissement du lion, le féroce hurlement du loup, le sifflement horrible du serpent écailleux, l'effroyable cri de quelque monstre, le croassement augural de la corneille, le vacarme du vent qui agite la mer, l'implacable mugissement du taureau vaincu, le plaintif roucoulement de la tourterelle veuve, le chant sinistre du hibou et les gémissements de toute la noire troupe de l'enfer accompagnent la plainte de mon âme et se mêlent en un son qui trouble tous les sens ; car la peine cruelle qui me déchire a besoin, pour être contée, de moyens nouveaux.

Ce ne sont point les sables dorés du Tage ni les oliviers du fameux Bétis qui entendront les échos de cette étrange confusion ; c'est sur le sommet des rochers et dans la profondeur des abîmes que, d'une langue morte, mais de paroles toujours vivantes, se répandront mes déchirantes peines ; ou dans d'obscurs vallons, ou sur des plages arides, ou dans les lieux que le soleil n'éclaira jamais de sa lumière, ou parmi la multitude de bêtes venimeuses que nourrit le limon du Nil. Et, tandis que, dans les déserts sauvages, les échos sourds et incertains résonneront de mon mal et de ta rigueur sans pareille, par privilège de mon misérable destin, ils seront portés dans l'immensité du monde.

Un dédain donne la mort ; un soupçon faux ou vrai met à bout la patience ; la jalousie tue d'une pointe cruelle ; une longue absence trouble la vie, et à la crainte de l'oubli ne résiste nulle espérance d'un sort heureux : en tout se montre la mort inévitable. Mais moi, prodige inouï ! je vis jaloux, absent, dédaigné, et certain des soupçons qui me tuent. Dans l'oubli où mon feu s'avive, et parmi tant de tourments, ma vue ne peut atteindre l'ombre de l'espérance, et, dans mon désespoir, je ne la désire pas ; au contraire, pour me plonger et m'opiniâtrer dans ma plainte, je jure de la fuir éternellement.

Peut-on, par hasard, dans le même instant, espérer et craindre ? ou est-ce bien de le faire, quand les raisons de craindre sont les plus certaines ? Dois-je, si la cruelle jalousie se présente à moi, dois-je fermer les yeux, quand je ne peux manquer de la voir à travers les mille blessures dont mon âme est percée ? Qui n'ouvrirait toutes grandes les portes à la méfiance et à la crainte, quand il voit l'indifférence à découvert, ses soupçons devenus, par une amère conviction, des vérités palpables, et la vérité nue déguisée en mensonge ? Ô Jalousie, tyran du royaume d'Amour, mets-moi des fers à ces deux mains ! Donne-moi, Dédain, la corde du supplice ! Mais, hélas ! par une cruelle victoire, la Souffrance étouffe votre souvenir !

Je meurs enfin, et pour n'espérer jamais aucun bon succès, ni dans la vie ni dans la mort, je m'obstinerai et resterai ferme en ma pensée. Je dirai qu'on a toujours raison de bien aimer, et que l'âme la plus libre est celle qui est le plus esclave de la tyrannie de l'amour ; je dirai que celle qui fut toujours mon ennemie a l'âme aussi belle que le corps, que son indifférence naît de ma faute, et que c'est par les maux qu'il nous fait qu'Amour maintient en paix son empire. Cette opinion et un lacet misérable accélérant le terme fatal où m'ont conduit tes dédains, j'offrirai aux vents le corps et l'âme sans laurier, sans palme de gloire à venir.

Toi qui fais voir, par tant de traitements cruels, la raison qui m'oblige à traiter de même la vie qui me lasse et que j'abhorre ; puisque cette profonde blessure de mon cœur te donne d'éclatantes preuves de la joie qu'il sent à s'offrir aux coups de ta rigueur, si, par bonheur, tu me reconnais digne, que le pur ciel de tes beaux yeux soit troublé par ma mort, n'en fais rien : je ne veux pas que tu me donnes un regret en échange des dépouilles de mon âme. Au contraire, que ton rire, dans le moment funeste, prouve que ma fin est une fête pour toi. Mais c'est une grande simplicité de te donner cet avis, sachant que tu mets ta gloire à ce que ma vie arrive si promptement à son terme.

Viennent donc, puisque l'heure a sonné, viennent du profond de l'abîme, Tantale avec sa soif, Sisyphe avec le poids de son rocher ; que Prométhée amène son vautour, qu'Ixion n'arrête point sa roue, ni les cinquante sœurs [1] leur interminable travail ; que tous ensemble transportent dans mon cœur leur mortel supplice, et qu'à voix basse (si l'on en doit à celui qui meurt de sa main) ils chantent de tristes obsèques à ce corps auquel on refusera un saint linceul ; que le portier de l'enfer, aux trois têtes, que mille autres chimères et mille autres monstres fassent à ce concert un douloureux contrepoint : il me semble que nulle autre pompe ne peut mieux convenir aux funérailles d'un homme mort d'amour.

Chant de désespoir, n'éclate pas en plaintes quand tu abandonneras ma triste compagnie ; au contraire, puisque la cause qui t'a fait naître augmente de mon malheur son bonheur, garde-toi, même en la sépulture, de montrer ta tristesse.

Les vers de Chrysostome furent trouvés bons par ceux qui en avaient entendu la lecture. Toutefois Vivaldo fit remarquer qu'ils ne paraissaient pas d'accord avec ce qu'on lui avait raconté de la modestie et de la vertu de Marcelle ; Chrysostome, en effet, s'y plaignait de jalousie, de soupçons, d'absences, toutes choses fort au détriment de la bonne et pure renommée de son amante. Mais Ambroise, comme un homme qui avait su les plus secrètes pensées de son ami, répondit aussitôt : « Il faut que vous sachiez, seigneur, pour éclaircir votre doute, qu'au moment où cet infortuné écrivit les vers que vous venez de lire, il était loin de Marcelle, qu'il avait volontairement quittée pour essayer si l'absence userait avec lui de son

1. Il faut comprendre : les Danaïdes, condamnées aux Enfers à remplir un tonneau sans fond pour avoir, toutes ou presque, tué leurs époux la nuit des noces. Plus loin, « le portier de l'enfer, aux trois têtes » désigne Cerbère.

ordinaire pouvoir ; et comme, pour l'amant absent, il n'est soupçon qui ne le poursuive ni crainte qui ne l'assiège, de même Chrysostome souffrait les tourments trop réels d'une jalousie imaginaire. Ainsi demeure hors de toute atteinte la vérité que publie la renommée sur la vertu de Marcelle, à laquelle, au défaut près d'être cruelle, un peu arrogante et très dédaigneuse, l'envie même ne pourrait reprocher ni découvrir la moindre tache. »

Vivaldo lui répondit qu'il avait raison ; et, comme il voulait lire un autre papier de ceux qu'il avait sauvés du feu, il en fut empêché par une merveilleuse vision (tel en paraissait du moins l'objet) qui tout à coup s'offrit à leurs yeux. Sur la roche au pied de laquelle se creusait la sépulture apparut la bergère Marcelle, si belle que sa beauté passait sa renommée. Ceux qui ne l'avaient point encore vue la regardaient dans le silence de l'admiration, et ceux qui avaient l'habitude de la voir ne restèrent pas moins étonnés que les autres. Mais dès qu'Ambroise l'eut aperçue, il s'écria avec l'accent d'une âme indignée : « Viens-tu par hasard, sauvage basilic de ces montagnes, dont le seul regard empoisonne, viens-tu voir si ta présence fera couler le sang des blessures de ce malheureux que ta cruauté a privé de la vie [1] ? Viens-tu t'applaudir et te glorifier des cruelles prouesses de ta bizarre humeur ? ou bien voir, du haut de cette colline, comme un autre impitoyable Néron, l'incendie de sa Rome en flammes, ou fouler aux pieds ce misérable cadavre, comme la fille dénaturée de Tarquin foula celui de son père [2] ? Dis-nous vite ce qui t'amène et ce que tu souhaites de nous ; car, sachant que jamais la volonté de Chrysostome ne cessa de t'obéir durant sa vie, je ferai en sorte, après sa mort, que tu

1. Une vieille croyance venue du droit pénal germanique conseillait de traîner un assassin présumé devant le corps de la victime pour qu'il fût confondu si les plaies se remettaient à saigner.

2. Tulia, qui fit tuer son père pour permettre à son époux de régner, n'était pas en fait la fille de Tarquin le Superbe, mais sa femme. Voulue ou non par Cervantès, cette erreur d'Ambroise fait partie d'un étalage grandiloquent de savoir universitaire qui glisse manifestement sur la bergère Marcelle. Mais le vibrant plaidoyer de celle-ci en faveur des droits du cœur et de la liberté féminine, s'il n'invoque pas de sources livresques, fait écho aux conceptions platoniciennes de l'amour, et se développe sur une forte armature rhétorique.

sois également obéie par les volontés de tous ceux qui s'appelèrent ses amis.

– Je ne viens, ô Ambroise, répondit Marcelle, pour aucune des choses que tu as dites ; je viens prendre moi-même ma défense et prouver combien ont tort ceux qui m'accusent de leurs peines et de la mort de Chrysostome. Je vous prie donc, vous tous qui êtes ici présents, de m'écouter avec attention ; il ne faut dépenser ni beaucoup de temps ni beaucoup de paroles pour démontrer une vérité aux esprits intelligents.

« Le ciel, à ce que vous dites, m'a faite belle, de telle sorte que, sans pouvoir vous en défendre, ma beauté vous force de m'aimer ; et, en retour de l'amour que vous avez pour moi, vous dites et vous prétendez que je suis tenue de vous aimer. Je reconnais bien, par l'intelligence naturelle que Dieu m'a donnée, que tout ce qui est beau est aimable ; mais je ne puis comprendre que, par la raison qu'il est aimable, ce qui est aimé comme beau soit tenu d'aimer ce qui l'aime, d'autant mieux qu'il pourrait arriver que ce qui aime le beau fût laid ; or le laid étant digne de haine, il vient mal à propos de dire : Je t'aime parce que tu es belle ; tu dois m'aimer quoique je sois laid. Mais supposons que les beautés soient égales ; ce n'est pas une raison pour que les désirs soient égaux, car de toutes les beautés ne naît pas l'amour : il y en a qui réjouissent la vue sans soumettre la volonté. Si toutes les beautés touchaient et forçaient les cœurs, le monde serait une confusion où les volontés se croiseraient et s'entrechoqueraient sans savoir où se prendre et se fixer ; car, rencontrant des beautés en nombre infini, les désirs seraient également infinis ; et l'amour véritable, à ce que j'ai ouï dire, ne se divise point : il doit être volontaire et non forcé. S'il en est ainsi, comme je le crois, pourquoi voulez-vous que mon cœur cède à la contrainte, et seulement parce que vous dites que vous m'aimez bien ? Mais, dites-moi, si le ciel, au lieu de me faire belle, m'eût faite laide, serait-il juste que je me plaignisse de vous parce que vous ne m'aimeriez pas ? D'ailleurs vous devez considérer que la beauté que j'ai, je ne l'ai pas choisie ; telle qu'elle est, le ciel me l'a donnée par pure grâce, sans prière, sans choix de ma part ; et, de même que la vipère ne mérite pas d'être accusée du venin qu'elle porte en sa bouche, bien que ce venin cause la mort, parce que la nature le lui a donné, de même je ne mérite pas de reproches pour être née belle. La beauté, dans la femme honnête, est comme le feu éloigné, comme l'épée immobile ; ni l'un ne brûle, ni l'autre ne blesse ceux qui ne s'en approchent point. L'honneur et la vertu sont des ornements de l'âme, sans lesquels le corps peut, mais ne doit point paraître beau. Eh bien, si l'honnêteté est un des mérites qui ornent et embellissent le plus le corps et l'âme, pourquoi la femme qu'on aime pour ses charmes devrait-elle la perdre, afin de correspondre aux désirs de l'homme qui, pour son plaisir seul, essaye, par tous les moyens, de la lui enlever ? Libre je suis née, et, pour pouvoir mener une vie libre, j'ai choisi la solitude des champs. Les arbres de ces montagnes sont ma compagnie, les eaux claires de ces ruisseaux, mes miroirs ; c'est aux arbres et aux ruisseaux que je communique mes pensées et mes charmes. Je suis un feu éloigné, une épée mise hors de tout contact. Ceux que j'ai rendus amoureux par ma vue, je les ai détrompés par mes paroles ; et si les désirs ne s'alimentent que d'espérance, n'en ayant jamais donné la moindre ni à Chrysostome ni à nul autre, on peut dire que c'est plutôt son obstination que ma cruauté qui lui a donné la mort. Si l'on m'objecte que ses désirs étaient honnêtes et que, pour cela, j'étais obligée de m'y rendre, je répondrai que quand, dans ce même endroit où l'on creuse à présent sa fosse, il me découvrit l'honnêteté de son intention, je lui dis que la mienne était de vivre en perpétuelle solitude et que la terre seule possédât les dépouilles intactes de ma beauté ; que si, malgré cet avis qui devait lui dessiller les yeux, il voulut s'obstiner contre l'espérance et naviguer contre le vent, est-il étonnant qu'il ait fait naufrage au milieu du golfe de son imprudence ? Si je l'avais abusé, j'aurais été fausse ; si je l'avais satisfait, j'aurais manqué à ma sainte résolution. Il s'opiniâtra, quoique détrompé ; il se désespéra, sans être haï. Voyez maintenant s'il est juste qu'on m'accuse de ses tourments. Ai-je trompé quelqu'un, qu'il se plaigne ; ai-je manqué à mes promesses, qu'il se désespère ; l'ai-je appelé, qu'il prenne confiance ; l'ai-je admis à mes faveurs, qu'il se glorifie. Mais doit-il me nommer cruelle et homicide celui que je n'ai point trompé, point appelé, point choisi ? Le ciel, jusqu'à présent, n'a pas voulu que j'aimasse par fatalité ; croire que j'aimerai par choix, c'est une erreur. Que cet avertissement général serve à tous ceux qui me sollicitent pour leur goût particulier, et que l'on sache dorénavant que, si quelqu'un meurt pour moi, ce ne sera ni de jalousie ni de dédain ; car celle qui n'aime personne ne peut donner de jalousie à personne, et détromper les gens n'est pas les dédaigner. Celui qui m'appelle basilic et bête féroce, qu'il me fuie comme une chose haïssable et dangereuse ; celui qui m'appelle ingrate, qu'il ne me serve pas ; étrange et impénétrable, qu'il ne cherche point à me connaître ; cruelle, qu'il cesse de me poursuivre. Cette bête, ce basilic, cette ingrate, cette cruelle, cette impénétrable ne veut les chercher, les suivre, les servir et les connaître en aucune façon. Si son impatience et ses ardents désirs ont fait périr Chrysostome, la faute en est-elle à ma conduite honnête et à ma circonspection ? Si je conserve ma vertu parmi les arbres de ces solitudes, pourquoi veut-il me la faire perdre, celui qui veut que je la garde parmi les hommes ? J'ai, comme vous le savez, des biens à moi ; je ne convoite pas ceux des autres : ma situation me rend libre, et il ne me plaît pas de me faire esclave. Je n'aime ni ne hais personne. On ne peut dire que je trompe celui-ci, que je flatte celui-là, que je me raille de l'un et m'adoucis avec l'autre. L'honnête compagnie des bergères de ces villages et le soin de mes chèvres suffisent à mes plaisirs. Ces montagnes forment tout le domaine de mes désirs, et si parfois ils en franchissent les limites, c'est pour contempler la beauté du ciel, où l'âme doit diriger ses pas, comme à son premier et dernier séjour. »

En achevant ces mots, et sans attendre aucune réponse, la bergère se retourna et disparut dans le plus épais d'un bois qui couvrait la montagne, laissant dans l'admiration, aussi bien de son esprit que de sa beauté, tous ceux qui l'avaient entendue. Quelques-uns de ceux qu'avait blessés la puissante flèche des rayons de ses beaux yeux firent mine de vouloir la suivre, sans mettre à profit l'avertissement qu'elle venait de leur donner. Mais aussitôt que don Quichotte s'aperçut de leur intention, il lui sembla que l'occasion était belle d'exercer sa chevalerie, en portant secours aux demoiselles qui en avaient besoin. Mettant la main à la garde de son épée, d'une voix haute et intelligible, il s'écria : « Que personne, de quelque état et condition que ce soit, ne s'avise de suivre la belle Marcelle, sous peine d'éveiller mon indignation et d'encourir ma colère. Elle a prouvé, par d'éclatantes raisons, qu'elle est à peu près, ou plutôt tout à fait innocente de la mort de Chrysostome ; elle a prouvé combien elle est éloignée de condescendre aux vœux d'aucun de ses amants. Au lieu donc d'être suivie et poursuivie, il est juste qu'elle soit estimée et honorée de toutes les âmes honnêtes qui peuplent le monde ; car elle y est sans doute la seule femme qui passa sa vie en de si pures intentions. »

Soit que les menaces de don Quichotte leur imposassent, soit qu'Ambroise les priât de remplir jusqu'au bout leur devoir envers son ami, aucun des bergers ne fit un pas pour s'éloigner jusqu'à ce que, la fosse creusée, et les papiers de Chrysostome brûlés, ils eussent déposé son corps dans la tombe ; ce qui ne s'acheva point sans arracher des larmes à tous les assistants. On couvrit la fosse d'un large éclat de rocher, en attendant qu'on eût achevé une pierre tumulaire, sur laquelle, à ce que dit Ambroise, il pensait faire graver ces vers pour épitaphe :

Ci-gît le corps glacé d'un amant malheureux, qui fut un berger de troupeaux, et que perdit un refus d'amour.

Il mourut sous les coups de la rigueur d'une ingrate beauté par qui l'Amour étend la tyrannie de son empire.

On répandit ensuite sur la sépulture une infinité de fleurs et de branchages, et tous les bergers, ayant témoigné à leur ami Ambroise la part qu'ils prenaient à sa douleur, lui dirent successivement adieu. Vivaldo et son compagnon en firent autant, et, de son côté, don Quichotte prit congé de ses hôtes et des voyageurs, lesquels le conviaient à les accompagner à Séville, lieu si fécond en aventures, lui disaient-ils, qu'on en trouve plus au coin de chaque rue qu'en nulle autre ville du monde. Don Quichotte les remercia de leur conseil et de la bonne grâce qu'ils montraient à lui rendre service ; mais il ajouta qu'il ne voulait ni ne devait aller à Séville avant qu'il n'eût purgé toutes ces montagnes des bandits dont elles passaient pour être infestées.

Les voyageurs, le voyant en cette bonne résolution, ne voulurent pas l'importuner davantage. Au contraire, après lui avoir dit une autre fois adieu, ils poursuivirent leur chemin, pendant lequel les sujets d'entretien ne leur manquèrent pas, ayant à converser sur l'histoire de Marcelle et de Chrysostome, et sur les folies de don Quichotte. Celui-ci résolut d'aller à la recherche de la bergère Marcelle et de s'offrir à son service. Mais les choses n'arrivèrent point comme il l'imaginait, ainsi qu'on le verra dans la suite de cette véridique histoire, dont la seconde partie se termine en cet endroit.

CHAPITRE XV

Où l'on raconte la disgracieuse aventure que rencontra don Quichotte en rencontrant quelques Yangois dénaturés [1]

Le sage Cid Hamet Ben-Engeli raconte qu'aussitôt que don Quichotte eut pris congé de ses hôtes et de tous ceux qui s'étaient trouvés à l'enterrement de Chrysostome, il entra, suivi de son écuyer, dans le bois où ils avaient vu disparaître la bergère Marcelle ; mais, après avoir erré çà et là pendant deux heures, la cherchant de toutes parts, sans avoir pu la rencontrer, ils arrivèrent à une prairie couverte d'herbe fraîche, au milieu de laquelle coulait un doux et limpide ruisseau. Conviés par la beauté du lieu, ils résolurent d'y passer les heures de la sieste ; car l'ardeur de midi commençait à se faire rudement sentir. Don Quichotte et Sancho mirent pied à terre, et, laissant l'âne et Rossinante paître tout à leur aise l'herbe abondante que le pré leur offrait, ils donnèrent l'assaut au bissac, et, sans cérémonie, en paix et en bonne société, maître et valet se mirent à manger ensemble ce qu'ils y trouvèrent.

Sancho n'avait pas songé à mettre des entraves à Rossinante ; car il le connaissait pour si bonne personne et si peu enclin au péché de la chair que toutes les juments des herbages de Cordoue ne lui auraient pas donné la moindre tentation. Mais le sort ordonna, et le diable aussi, qui ne dort pas toujours, que justement dans ce vallon se trouvassent à

1. Yanguas (province de Ségovie) était la patrie de nombreux muletiers.

paître un troupeau de juments galiciennes que menaient des muletiers yangois, lesquels ont coutume de faire la sieste avec leurs bêtes dans les endroits où se trouvent l'herbe et l'eau. Celui où s'était arrêté don Quichotte était donc fort à leur convenance. Or il arriva que Rossinante sentit tout à coup le désir d'aller folâtrer avec mesdames les juments, et sortant, dès qu'il les eut flairées, de ses habitudes et de ses allures naturelles, sans demander permission à son maître, il prit un petit trot coquet et s'en alla leur communiquer son amoureuse envie. Mais les juments, qui avaient sans doute plus besoin de paître que d'autre chose, le reçurent à coups de pied et à coups de dents, si bien qu'en un moment elles rompirent les sangles de la selle et le laissèrent tout nu sur le pré. Mais une autre disgrâce l'attendait, plus cuisante encore : les muletiers, voyant qu'il voulait faire violence à leurs juments, accoururent avec leurs gourdins et lui assenèrent une telle bastonnade qu'ils l'eurent bientôt jeté les quatre fers en l'air. Cependant don Quichotte et Sancho, qui voyaient la déconfiture de Rossinante, accouraient tout haletants, et don Quichotte dit à son écuyer : « À ce que je vois, ami Sancho, ces gens-là ne sont pas des chevaliers, mais de la vile et basse canaille. Ainsi, tu peux, en toute sûreté de conscience, m'aider à tirer une vengeance légitime de l'outrage qu'ils ont fait devant nos yeux à Rossinante. – Quelle diable de vengeance avons-nous à tirer, répondit Sancho, s'ils sont plus de vingt, et nous seulement deux, ou plutôt même un et demi ? – Moi, j'en vaux cent », répliqua don Quichotte ; et sans plus de discours, il mit l'épée à la main et fondit sur les Yangois. Sancho fit de même, excité par l'exemple de son maître.

À la première attaque, don Quichotte porta à l'un des muletiers un si grand coup d'épée qu'il fendit un pourpoint de cuir dont il était vêtu, et, de compagnie, un bon morceau de l'épaule. Les Yangois, qui se virent malmener par deux hommes seuls, étant si nombreux, recoururent à leurs gourdins et, enfermant au milieu de la troupe les deux téméraires, se mirent à jouer du bâton sur leurs reins avec une merveilleuse diligence. Il est vrai qu'à la seconde décharge, ils avaient jeté Sancho sur le carreau et que don Quichotte, en dépit de son adresse et de son courage, n'avait pas été quitte à meilleur marché. Son étoile voulut même qu'il allât tomber aux pieds de Rossinante, qui ne s'était pas encore relevé ; tableau qui démontre bien avec quelle fureur officie le bâton entre des mains grossières et courroucées. Les Yangois, voyant donc la méchante besogne qu'ils avaient faite, se dépêchèrent de charger leurs bêtes et s'éloignèrent en toute hâte, laissant les deux aventuriers en mauvaise mine et en pire état.

Le premier qui reprit ses sens fut Sancho Panza, lequel, se trouvant tout auprès de son maître, lui dit d'une voix plaintive et dolente : « Seigneur don Quichotte, aïe ! aïe ! seigneur don Quichotte ! – Que veux-tu, mon frère Sancho ? répondit le chevalier d'un accent aussi lamentable. – Je voudrais bien, si c'était possible, répondit Sancho, que Votre Grâce me donnât deux gorgées de ce breuvage du *Fier-Blas* [1], si elle en a par hasard sous la main ; peut-être sera-t-il aussi bon pour les os rompus que pour la chair ouverte. – Ah ! si j'en avais, malheureux que je suis ! répondit don Quichotte, que nous manquerait-il ? Mais je te jure, Sancho Panza, foi de chevalier errant, que deux jours ne se passeront pas, si la fortune n'ordonne autre chose, sans que j'aie ce baume en mon pouvoir, ou j'aurai perdu l'usage des mains. – Deux jours ! répliqua Sancho ; mais en combien donc Votre Grâce croit-elle que nous aurons recouvré l'usage des pieds ? – Pour mon compte, reprit le moulu chevalier, je ne pourrais trop en dire le nombre. Mais je crois que de ce malheur toute la faute est à moi : je ne devais pas tirer l'épée contre des hommes qui ne fussent pas armés chevaliers ; et c'est pour avoir violé les lois de la chevalerie que le Dieu des batailles a permis que je reçusse ce châtiment. C'est pourquoi, mon frère Sancho, il est bon que je t'avertisse d'une chose qui importe beaucoup au salut de tous deux ; à savoir que, dès que tu verras qu'une semblable canaille nous fait insulte, tu n'attendes pas que je tire l'épée pour les châtier, ce que je ne ferai plus d'aucune façon ; mais toi, mets l'épée à la main, et châtie-les tout à ton aise ; et si des chevaliers accourent à leur aide et défense, alors je

1. Sancho nomme *el feo Blas* (littéralement, « le vilain Blas ») le Fiérabras dont lui a parlé son maître (voir p. 89, note 1).

saurai bien te défendre et les repousser de la bonne manière, car tu as vu déjà, par mille preuves et expériences, jusqu'où s'étendent la force et la valeur de cet invincible bras. » Tant le pauvre gentilhomme avait conservé d'arrogance depuis sa victoire sur le vaillant Biscayen !

Mais Sancho ne trouva pas tellement bon l'avis de son maître qu'il ne crût devoir y répondre : « Seigneur, dit-il, je suis un homme doux, calme et pacifique, et je sais dissimuler toute espèce d'injures, parce que j'ai une femme à nourrir et des enfants à élever. Ainsi, que Votre Grâce reçoive également cet avis, puisque je ne peux dire cet ordre, que je ne mettrai d'aucune manière l'épée à la main, ni contre vilain, ni contre chevalier ; et que, dès à présent jusqu'au jugement dernier, je pardonne toutes les offenses qu'on m'a faites ou qu'on pourra me faire, qu'elles soient venues, viennent ou doivent venir de personne haute ou basse, de riche ou de pauvre, d'hidalgo ou de manant, sans excepter aucun état ni condition. »

Quand il entendit cela, son maître répondit : « Je voudrais avoir assez d'haleine pour parler posément, et que la douleur dont je souffre à cette côte brisée se calmât un peu, pour te faire comprendre, ô Panza ! dans quelle erreur tu es. Or çà, pécheur impénitent, si le vent de la fortune, jusqu'à présent si contraire, tourne en notre faveur et remplit les voiles de notre désir, pour nous faire, sans plus de tempêtes, prendre port en quelqu'une des îles que je t'ai promises, qu'arrivera-t-il de toi, si, quand j'aurai conquis cette île, je veux t'en faire seigneur ? Tu vas m'en empêcher, parce que tu ne seras pas chevalier, et que tu ne veux pas l'être, et que tu n'as ni courage ni point d'honneur pour venger tes injures et défendre ta seigneurie ; car il faut que tu saches que, dans les provinces ou royaumes nouvellement conquis, les esprits des naturels ne sont pas tellement tranquilles ni tellement dans le parti de leur nouveau maître qu'on ne doive craindre qu'ils ne veuillent encore brouiller les affaires, et, comme on dit, tenter fortune. Il faut donc que le nouveau possesseur ait assez d'entendement pour savoir se gouverner, et assez de valeur pour prendre, en tout événement, l'offensive et la défensive. – Dans celui qui vient de nous arriver, répondit Sancho, j'aurais bien voulu avoir cet entendement et cette valeur que vous dites. Mais je vous jure, foi de pauvre homme, qu'à cette heure j'ai plus besoin d'emplâtres que de sermons. Voyons, que Votre Grâce essaye de se lever, et nous aiderons ensuite Rossinante, bien qu'il ne le mérite guère, car c'est lui qui est la cause principale de toute cette pluie de coups. Jamais je n'aurais cru cela de Rossinante, que je tenais pour une personne chaste et pacifique autant que moi. Enfin, on a raison de dire qu'il faut bien du temps pour connaître les gens, et que rien n'est sûr en cette vie. Qui aurait dit qu'après les grands coups d'épée que Votre Grâce a donnés à ce malheureux errant, viendrait si vite à leur suite cette grande tempête de coups de bâton qui est venue fondre sur nos épaules ? – Encore les tiennes, Sancho, répliqua don Quichotte, sont-elles faites à semblables averses ; mais pour les miennes, élevées dans la fine toile de Hollande, il est clair qu'elles sentiront bien plus longtemps la douleur de cette triste aventure ; et si je n'imaginais, que dis-je, imaginer ! si je n'étais certain que toutes ces incommodités sont attachées forcément à la profession des armes, je me laisserais mourir en cette place de honte et de dépit. » À cela l'écuyer répondit : « Seigneur, puisque ces disgrâces sont dans les revenus de la chevalerie, pourriez-vous me dire si elles arrivent tout le long de l'année ou si elles ont des époques fixes, comme les moissons ? car il me semble que si nous faisons deux récoltes comme celle-ci, nous ne serons guère en état d'en faire une troisième, à moins que Dieu ne nous prête le secours de son infinie miséricorde.

– Sache donc, ami Sancho, répondit don Quichotte, que la vie des chevaliers errants est sujette à mille dangers et à mille infortunes ; mais aussi qu'ils sont incessamment en passe de devenir rois et empereurs, comme l'a prouvé l'expérience en divers chevaliers, dont je sais parfaitement les histoires ; et je pourrais maintenant, si la douleur me le permettait, te conter celles de quelques-uns d'entre eux qui, par la seule valeur de leurs bras, sont montés jusqu'au trône. Eh bien ! ces mêmes chevaliers s'étaient vus avant et se virent depuis plongés dans les malheurs et les misères. Ainsi le valeureux Amadis de Gaule se vit au pouvoir de son mortel ennemi, l'enchanteur Archalaüs, et l'on tient pour avéré que celui-ci, le tenant prisonnier, lui donna plus de deux cents coups de fouet avec les rênes de son cheval, après l'avoir attaché à une colonne de la cour de son château. Il y a même un auteur secret et fort accrédité qui raconte que le chevalier de Phœbus [1], ayant été pris dans une certaine trappe qui s'enfonça sous ses pieds dans un certain château, se trouva en tombant dans un profond souterrain, les pieds et les mains attachés ; que là, on lui administra un remède d'eau de neige et de sable qui le mit à deux doigts de la mort ; et que s'il n'eût été secouru dans cette transe par un sage, son grand ami, c'en était fait du pauvre chevalier. Ainsi je puis bien passer par les mêmes épreuves que de si nobles personnages ; car ils eurent à souffrir de plus grands affronts que celui que nous essuyons à cette heure. Et je veux en effet t'apprendre, Sancho, que les blessures faites avec les instruments qui se trouvent sous la main ne causent point d'affront, et cela se trouve écrit en termes exprès dans la loi du duel. "Si le cordonnier, y est-il dit, en frappe un autre avec la forme qu'il tient à la main, bien que véritablement cette forme soit de bois, on ne dira pas que celui qui a reçu le coup soit bâtonné." Je te dis cela pour que tu ne t'avises pas de penser qu'ayant été moulus dans cette rencontre, nous ayons aussi été outragés ; car les armes que portaient ces hommes, et avec lesquelles ils nous ont assommés, n'étaient autre chose que leurs pieux, et nul d'entre eux, si j'ai bonne mémoire, ne portait épée, poignard ou coutelas.

– Ma foi, répondit Sancho, ils ne m'ont pas donné le temps d'y regarder de si près ; car à peine eus-je mis ma tisonne [2] au vent qu'ils me chatouillèrent les épaules avec leurs rondins tellement qu'ils m'ôtèrent la vue des yeux et la force des pieds, et qu'ils me jetèrent juste à l'endroit où je suis encore gisant ; et ce qui m'y donne de la peine, ce n'est pas de penser si les coups de pieux m'ont ou non causé d'outrage, mais bien la douleur que m'ont laissée ces coups, qui resteront aussi longtemps gravés dans ma

---

1. Les spécialistes modernes des romans de chevalerie, qui, à la différence de Sancho, ne s'en laissent pas conter, ont relevé ici deux erreurs successives de don Quichotte : c'est Gandalin et non Amadis qui a été fouetté par Archalaüs, et c'est en revanche Amadis et non le chevalier de Phoebus qui est tombé par une trappe.

2. Nom francisé par Viardot de « Tizona », l'épée du Cid.

mémoire que sur mes épaules. – Avec tout cela, répondit don Quichotte, je dois te rappeler, mon frère Panza, qu'il n'y a point de ressentiment que le temps n'efface, ni de douleur que la mort ne guérisse.

– Oui-da, répliqua Sancho ; mais quel plus grand mal peut-il y avoir que celui qui doit attendre le temps pour s'effacer et la mort pour se guérir ? Si du moins notre mal d'aujourd'hui était de ceux que guérit une paire d'emplâtres, patience ; mais je commence à croire que tous les cataplasmes d'un hôpital ne suffiraient pas seulement pour nous remettre sur pied.

– Allons, Sancho, reprit don Quichotte, cesse de te plaindre, et fais contre fortune bon cœur ; je te donnerai l'exemple. Et voyons un peu comment se porte Rossinante ; car il me semble que le pauvre animal a reçu sa bonne part de l'orage. – Il n'y a pas de quoi s'en étonner, répondit Sancho, puisqu'il est aussi chevalier errant. Mais ce qui m'étonne, c'est que mon âne en soit sorti sain et sauf, et qu'il n'ait pas perdu un poil où nous avons, comme on dit, laissé la toison. – Dans le malheur, reprit don Quichotte, la fortune laisse toujours une porte ouverte pour en sortir. Je dis cela, parce que cette bonne bête pourra suppléer au défaut de Rossinante et me porter d'ici à quelque château où je sois pansé de mes blessures. D'autant plus que je ne tiendrai pas une telle monture à déshonneur ; car je me rappelle avoir lu que ce bon vieux Silène [1], le père nourricier du dieu de la joie, se prélassait à cheval sur un bel âne quand il fit son entrée dans la ville aux cent portes [2]. – Il devait être à cheval, en effet, comme dit Votre Grâce, répondit Sancho ; mais il y a bien de la différence entre aller de cette manière, jambe de çà, jambe de là, ou bien être étendu de travers comme un sac de farine. – Les blessures qui se reçoivent dans les batailles, repartit gravement don Quichotte, donnent de l'honneur

1. Le satyre Silène avait grand besoin d'un âne pour le porter, car il était ivre en permanence. Il faut dire qu'il était l'inséparable compagnon du « dieu de la joie », à savoir Bacchus, dont il avait été le père nourricier.

2. Nouvelle erreur de don Quichotte : la « ville aux cent portes » était Thèbes, capitale de la Thébaïde ou Haute-Égypte. Bacchus était issu d'une autre Thèbes, en Béotie. La confusion, on en conviendra, ne prête guère à conséquence.

loin de l'ôter. Ainsi donc, ami Panza, ne réplique pas davantage ; mais, au contraire, comme je te l'ai dit, lève-toi du mieux qu'il te sera possible, mets-moi sur ton âne de la manière qu'il te conviendra le plus, et partons d'ici, avant que la nuit nous surprenne dans cette solitude. – Mais j'ai souvent ouï dire à Votre Grâce, répondit Sancho, qu'il est très habituel aux chevaliers errants de coucher dans les déserts à la belle étoile, et qu'ils s'en font un vrai plaisir. – Cela arrive, reprit don Quichotte, quand ils ne peuvent faire autrement, ou quand ils sont amoureux. Et tu as si bien dit vrai qu'il y a eu tel chevalier qui est resté sur une roche, exposé au soleil, à l'ombre et à toutes les inclémences du ciel, pendant deux années entières, sans que sa dame le sût. Et l'un de ceux-là fut Amadis, lorsque, s'étant appelé Beau-Ténébreux, il se gîta sur la Roche-Pauvre, et y passa je ne sais pas trop si ce fut huit ans ou huit mois, car le compte m'en est échappé ; il suffit de savoir qu'il y resta en pénitence pour je ne sais quelle rebuffade qu'il avait essuyée de sa dame Oriane [1]. Mais laissons tout cela, Sancho, et finissons-en, avant qu'une autre disgrâce n'arrive à l'âne comme à Rossinante.

– Ce serait bien le diable », répliqua Sancho ; puis, poussant trente soupirs, soixante aïe ! aïe ! et cent vingt jurons ou malédictions contre qui l'avait amené là, il finit par se mettre sur pied ; mais, s'arrêtant à mi-chemin de la besogne, il resta ployé comme un arc, sans pouvoir achever de se redresser. Dans cette douloureuse posture, il lui fallut rattraper et harnacher l'âne, qui avait pris aussi quelque distraction, à la faveur des libertés de cette journée. Ensuite il releva Rossinante, lequel, s'il eût eu une langue pour se plaindre, aurait bien tenu tête au maître et au valet. Finalement, Sancho accommoda don Quichotte sur la bourrique, attacha Rossinante en arrière-garde et, tirant sa bête par le licou, il s'achemina du côté où il lui semblait que pouvait se trouver le grand chemin. En effet, au bout d'une petite heure de marche, la fortune, qui

1. Allusion à une pénitence d'Amadis, sous le nom de « Beltenebrós » que lui avait donné un ermite. La durée de la pénitence n'est pas indiquée dans le roman de chevalerie. En se voulant trop précise, la mémoire de don Quichotte lui joue ici un tour, à moins qu'il ne cherche à impressionner Sancho par des indications croissantes de durée.

menait de mieux en mieux ses affaires, lui présenta tout à coup la grande route, sur laquelle il découvrit une hôtellerie, qui, malgré lui, mais au gré de don Quichotte, devait être un château. Sancho soutenait que c'était une hôtellerie, et don Quichotte, un château ; et la querelle dura si longtemps qu'avant de l'avoir terminée ils étaient à la porte de la maison, où Sancho entra, sans autre vérification, avec toute sa caravane.

CHAPITRE XVI

De ce qui arriva à l'ingénieux hidalgo dans l'hôtellerie qu'il prenait pour un château

L'hôtelier, qui vit don Quichotte mis en travers sur un âne, demanda à Sancho quel mal s'était fait cet homme. Sancho répondit que ce n'était rien ; qu'il avait roulé du haut d'une roche en bas, et qu'il venait avec les reins tant soit peu meurtris. Cet hôtelier avait une femme qui, bien au rebours de celles d'un semblable métier, était naturellement charitable et s'apitoyait sur les afflictions du prochain. Aussi elle accourut bien vite pour panser don Quichotte, et se fit aider par une fille qu'elle avait, jeune personne avenante et de fort bonne mine.

Il y avait aussi, dans la même hôtellerie, une servante asturienne [1], large de face, plate du chignon, camuse du nez, borgne d'un œil et peu saine de l'autre. À la vérité, l'élégance du corps suppléait aux défauts du visage. Elle n'avait pas sept palmes des pieds à la tête, et ses épaules, qui chargeaient et voûtaient quelque peu son dos, lui faisaient baisser les yeux à terre plus souvent qu'elle n'aurait

1. Il faut que la description de Maritorne ait frappé très fort l'imagination collective pour qu'elle soit devenue, après don Quichotte et Dulcinée, la troisième « antonomase » léguée par le roman. Il arrive encore aujourd'hui, au moins dans des textes littéraires, qu'on dise une « Maritorne », pour parler d'une servante laide et sale. Même si l'on n'est plus sensible depuis longtemps aux stéréotypes de l'époque, qui voulaient qu'une Asturienne n'eût pas de nuque, et qu'un nez camus fût signe de lasciveté chez une femme, le personnage a gardé sa puissance réaliste, qui lui vient de sa description et du « clash » de sa confrontation avec le chaste, exalté et courtois don Quichotte.

voulu. Cette gentille personne vint aider la fille de la maison, et toutes deux dressèrent un méchant lit à don Quichotte dans un galetas qui, selon toutes les apparences, avait servi longues années de grenier à paille. Dans la même pièce logeait aussi un muletier, qui avait son lit un peu plus loin que celui de notre don Quichotte ; et, quoique le lit du manant fût fait des bâts et des couvertures de ses mules, il valait cent fois mieux que celui du chevalier ; car c'étaient tout bonnement quatre planches mal rabotées posées sur deux bancs inégaux ; un matelas, si mince qu'il avait l'air d'une courtepointe, tout couvert d'aspérités qu'on aurait prises au toucher pour des cailloux [1], si l'on n'eût vu, par quelques trouées, que c'étaient des tapons de laine ; deux draps cuir de buffle, et une couverture dont on aurait compté les fils, sans en échapper un seul. Ce fut dans ce méchant grabat que s'étendit don Quichotte ; et tout aussitôt l'hôtesse et sa fille vinrent l'oindre d'onguent des pieds à la tête, à la lueur d'une lampe que tenait Maritornes, car c'est ainsi que s'appelait l'Asturienne.

Pendant l'opération, l'hôtesse, voyant don Quichotte noir et meurtri en tant d'endroits : « Ceci, dit-elle, ressemble plus à des coups qu'à une chute. – Ce ne sont pourtant pas des coups, répondit Sancho ; mais la roche où il est tombé avait beaucoup de pointes et chacune a marqué sa place. » Puis il ajouta : « Faites en sorte, madame, s'il plaît à Votre Grâce, qu'il reste quelques étoupes ; je sais quelqu'un qui saura bien en tirer parti, car les reins me cuisent aussi quelque peu. – Vous êtes donc aussi tombé ? demanda l'hôtesse. – Non vraiment, répliqua Sancho ; mais de la frayeur et de la secousse que j'ai eues en voyant tomber mon maître, le corps me fait si mal qu'on dirait que j'ai reçu cent coups de bâton. – Cela pourrait bien être,

1. Viardot et d'autres traducteurs ont ici malencontreusement bousculé l'ordre des mots : de même que l'image des dromadaires est donnée plus haut, comme impression première, à propos de mules, le texte espagnol parle à présent d'un matelas plein de cailloux, ou plus exactement de *bodoques*, soit, en français d'époque, de « jalets » (terme ancien qui désignait des pierres rondes lancées par les arbalétriers). Comme dans les exemples précédents, l'explication de cet effet de l'imagination, ici non point visuel mais tactile, vient ensuite.

interrompit la jeune fille ; car il m'est arrivé souvent de rêver que je tombais du haut d'une tour en bas, et que je ne finissais jamais d'arriver jusqu'à terre ; et, quand je me réveillais, j'étais aussi lasse et aussi brisée que si je fusse tombée réellement. – Voilà justement l'affaire, mademoiselle, s'écria Sancho ; et moi, sans rien rêver du tout, et plus éveillé que je ne le suis à présent, je me trouve presque autant de marques noires et bleues sur le corps que mon seigneur don Quichotte. – Comment appelez-vous ce cavalier ? demanda l'Asturienne Maritornes. – Don Quichotte de la Manche, répondit Sancho Panza, c'est un chevalier errant, l'un des plus braves et des plus dignes qu'on ait vus de longtemps sur la terre. – Qu'est-ce qu'un chevalier errant ? répliqua la gracieuse servante. – Quoi ! reprit Sancho, vous êtes si neuve en ce monde que vous ne le sachiez pas ? Eh bien ! sachez, ma sœur, qu'un chevalier errant est quelque chose qui, en un tour de main, est bâtonné ou empereur ; aujourd'hui, c'est la plus malheureuse créature du monde, et la plus affamée ; demain, il aura trois ou quatre couronnes de royaumes à donner à son écuyer. – Comment alors, interrompit l'hôtesse, puisque vous êtes celui de ce bon seigneur, n'avez-vous pas au moins quelque comté ? – Il est de bonne heure encore, répondit Sancho ; car il n'y a pas plus d'un mois [1] que nous sommes à chercher les aventures, et, jusqu'à présent, nous n'en avons pas encore rencontré qui valût la peine de s'appeler ainsi. Il arrive quelquefois de chercher une chose et d'en trouver une autre. Mais que mon seigneur don Quichotte guérisse de cette blessure, ou de cette chute, et que je n'en reste pas moi-même estropié, et je ne troquerais pas mes espérances pour la meilleure seigneurie d'Espagne. »

Tout cet entretien, don Quichotte l'écoutait de son lit avec grande attention ; se mettant comme il put sur son séant, il prit tendrement la main de l'hôtesse, et lui dit : « Croyez-moi, belle et noble dame, vous pouvez vous appeler heureuse pour avoir recueilli dans votre château

1. Le vantard rogne parfois sur ses exagérations pour mieux les faire passer. C'est ce que fait ici Sancho, qui n'est parti de son village que depuis trois jours, et dit « qu'il n'y a pas plus d'un mois ».

ma personne, qui est telle que, si je ne la loue pas, c'est parce qu'on a coutume de dire que la louange propre avilit ; mais mon écuyer vous dira qui je suis. Je veux seulement vous dire que j'aurai éternellement gravé dans la mémoire le service que vous m'avez rendu, pour vous en garder reconnaissance autant que durera ma vie. Et plût au ciel que l'amour ne me tînt pas assujetti à ses lois, et ne m'eût pas fait l'esclave des yeux de cette belle ingrate que je nomme entre mes dents ; car ceux de cette aimable damoiselle seraient maintenant les maîtres de ma liberté. » L'hôtesse, sa fille et la bonne Maritornes restaient toutes confuses aux propos du chevalier errant, qu'elles n'entendaient pas plus que s'il eût parlé grec. Elles devinaient bien pourtant que tout cela tirait à des remerciements et à des galanteries ; mais, peu faites à semblable langage, elles le regardaient et se regardaient, et don Quichotte leur semblait un tout autre homme que les autres. Après l'avoir remercié de ses politesses en propos d'hôtellerie, elles le quittèrent, et Maritornes alla panser Sancho, qui n'en avait pas moindre besoin que son maître.

Or il faut savoir que le muletier et l'Asturienne avaient comploté de prendre ensemble cette nuit leurs ébats [1]. Celle-ci lui avait donné sa parole qu'aussitôt que les hôtes seraient retirés et ses maîtres endormis, elle irait le trouver pour lui faire plaisir en tout ce qu'il commanderait. Et l'on raconte de cette bonne fille que jamais elle ne donna semblable parole sans la tenir, l'eût-elle donnée au fond d'un bois et sans aucun témoin ; car elle se piquait d'avoir du sang d'hidalgo dans les veines, et ne se tenait pas pour avilie d'être servante d'auberge, disant que des malheurs et des revers de fortune l'avaient jetée dans cet état.

Le lit dur, étroit, chétif et traître sur lequel reposait don Quichotte se trouvait le premier au milieu de cet appartement d'où l'on voyait les étoiles. Auprès de lui, Sancho fit le sien, tout bonnement avec une natte de jonc et une couverture qui semblait plutôt de crin que de laine. À ces deux lits succédait celui du muletier, fabriqué, comme on l'a dit, avec les bâts et tout l'attirail de ses deux meilleurs

1. Toute la scène nocturne qui va suivre a été censurée en 1624 par l'Inquisition portugaise, décidément très pudibonde.

mulets ; et il en menait douze, tous gras, brillants et vigoureux, car c'était un des riches muletiers d'Arevalo, à ce que dit l'auteur de cette histoire, lequel fait dudit muletier mention particulière, parce qu'il le connaissait très intimement, et l'on assure même qu'il était tant soit peu son parent [1]. Cid Hamet Ben-Engeli fut, en effet, un historien très curieux et très ponctuel en toutes choses, ce que prouvent assez celles qu'il a rapportées jusqu'à présent, puisque, si communes et chétives qu'elles soient, il n'a pas voulu les passer sous silence. De lui pourront prendre exemple les historiens sérieux et graves, qui nous racontent les actions de leurs personnages d'une façon si courte et si succincte qu'à peine le goût nous en touche les lèvres, et qui laissent dans l'encrier, par négligence, ignorance ou malice, le plus substantiel de l'ouvrage. Loué soit mille fois l'auteur de *Tablante de Ricamonte*, et celui du livre qui rapporte les faits et gestes du *Comte Tomillas* [2] ! Avec quelle exactitude tout est décrit par eux !

Je dis donc, pour en revenir à notre histoire, que le muletier, après avoir visité ses bêtes et leur avoir donné la seconde ration d'orge, s'étendit sur ses harnais et se mit à attendre sa ponctuelle Maritornes. Sancho Panza était bien graissé et couché ; mais, quoiqu'il fît tout ce qu'il pût pour dormir, la douleur de ses côtes l'en tenait empêché, et quant à don Quichotte, avec la douleur des siennes, il avait les yeux ouverts comme un lièvre. Toute l'hôtellerie était

1. Il y avait beaucoup de Morisques, avant l'expulsion de 1609, parmi les muletiers. À l'invective raciste jetée plus haut sur « le chien d'auteur » qu'est « l'historien arabe », soupçonné de mensonge et de malveillance (voir la p. 84, note 1) succède maintenant un éloge pince-sans-rire de son sens des menues choses de la vie, considéré comme solidaire de sa parenté avec d'humbles muletiers.

2. Il est probable que bien peu de lecteurs contemporains de Cervantès avaient souvenance de ces deux vieux ouvrages, publiés l'un en 1513 et l'autre en 1498, présentés ici avec tant d'enthousiasme apparent. Les érudits nous apprennent que, dans un roman anonyme dérivé de l'histoire des chevaliers de la Table Ronde, l'impitoyable Tablante fait fouetter deux fois par jour un comte qu'il a vaincu et qui relève de maladie. Quant à Tomillas, c'est un infâme calomniateur dans une *Histoire délirante* d'Henri, fils d'Oliva, roi de Jérusalem et empereur de Constantinople. Rien ne pourrait être plus éloigné de l'attention aux « choses communes et chétives » et de « l'exactitude » attribuées à Cid Hamet Ben-Engeli.

ensevelie dans le silence, et il n'y avait pas, dans la maison entière, d'autre lumière que celle d'une lampe qui brûlait suspendue sous le portail. Cette merveilleuse tranquillité, et les pensées qu'entretenait toujours en l'esprit de notre chevalier le souvenir des événements qui se lisent à chaque page dans les livres auteurs de sa disgrâce, lui firent naître en l'imagination l'une des plus étranges folies que de sang-froid l'on pût imaginer. Il se persuada qu'il était arrivé à un fameux château, puisque toutes les hôtelleries où il logeait étaient autant de châteaux à ses yeux, et que la fille de l'hôtelier était la fille du châtelain, laquelle, vaincue par sa bonne grâce, s'était éprise d'amour pour lui, et résolue à venir cette nuit même, en cachette de ses parents, le visiter dans son alcôve. Prenant toute cette chimère, qu'il avait fabriquée, pour réelle et véritable, il commença à se troubler et à s'affliger, en pensant à l'imminent péril que sa chasteté courait ; mais il résolut au fond de son cœur de ne commettre aucune déloyauté contre sa dame Dulcinée du Toboso, quand la reine Guenièvre elle-même, assistée de sa duègne Quintagnonne, viendrait l'en solliciter.

En continuant de rêver à ces extravagances, le temps passa et l'heure arriva, pour lui fatale, où devait venir l'Asturienne, laquelle en chemise et pieds nus, les cheveux retenus dans une coiffe de futaine, se glissa à pas de loup dans l'appartement où logeaient les trois hôtes, à la quête de son muletier. Mais à peine eut-elle passé la porte que don Quichotte l'entendit, et, s'asseyant sur son lit, en dépit de ses emplâtres et de son mal de reins, il étendit les bras pour recevoir sa charmante damoiselle l'Asturienne, qui, toute ramassée et retenant son haleine, allait les mains en avant, cherchant à tâtons son cher ami. Elle vint donner dans les bras de don Quichotte, qui la saisit fortement par un poignet et, la tirant vers lui sans qu'elle osât souffler mot, la fit asseoir sur son lit. Il tâta sa chemise, qui lui sembla, bien qu'elle fût de toile à faire des sacs, de la plus fine percale de lin. Elle portait aux bras des espèces de bracelets en boules de verre qui lui parurent avoir le reflet des perles orientales ; ses cheveux, qui tiraient un peu sur la nature et la couleur du crin, il les prit pour des tresses d'or fin d'Arabie, dont l'éclat obscurcissait celui du soleil, et son haleine, qui sentait assurément la salade à l'ail marinée de la veille, lui parut répandre une odeur suave et parfumée. Finalement, il se la peignit dans son imagination avec les mêmes charmes et les mêmes atours que cette autre princesse qu'il avait lu dans ses livres être venue visiter de nuit le chevalier blessé, vaincue par l'amour dont elle s'était éprise. Tel était l'aveuglement du pauvre hidalgo que rien ne pouvait le détromper ni le toucher, ni l'haleine, ni certaines autres choses qui distinguaient la pauvre fille, lesquelles auraient pourtant fait vomir les entrailles à tout autre qu'un muletier ; au contraire, il croyait serrer dans ses bras la déesse des amours, et, la tenant amoureusement embrassée, il lui dit d'une voix douce et tendre : « Je voudrais bien, haute et charmante dame, me trouver en passe de payer une faveur infinie, comme celle que, par la vue de votre extrême beauté, vous m'avez octroyée ; mais la fortune, qui ne se lasse pas de persécuter les bons, a voulu me jeter dans ce lit, où je gis moulu et brisé, tellement que si ma volonté voulait correspondre à la vôtre, elle n'en aurait pas le pouvoir. Mais à cette impossibilité s'en ajoute une plus grande : c'est la foi que j'ai promise et donnée à la sans pareille Dulcinée du Toboso, unique dame de mes plus secrètes pensées. Certes, si ces obstacles ne venaient pas à la traverse, je ne serais pas un assez niais chevalier pour laisser passer en fumée l'heureuse occasion que m'offre votre infinie bonté. »

Maritornes était dans une mortelle angoisse de se voir retenue si fortement par don Quichotte, et, ne prêtant nulle attention aux propos qu'il lui tenait, elle faisait, sans dire mot, tous les efforts possibles pour se dégager.

Le bon muletier, que tenaient éveillé ses méchants désirs, avait aussi entendu sa nymphe [1] dès qu'elle eut passé le seuil de la porte. Il écouta très attentivement tout ce que disait don Quichotte, et, jaloux de ce que l'Asturienne lui eût manqué de parole pour un autre, il se leva, s'approcha davantage du lit de don Quichotte et se tint coi pour voir où aboutiraient ces propos qu'il ne pouvait entendre. Mais quand il vit que la pauvre fille travaillait à se dépêtrer, tandis que don Quichotte s'efforçait de la

1. Au sens, oublié aujourd'hui, de « femme galante, courtisane ». Le terme espagnol *coima* est, lui, argotique et mériterait donc une traduction plus truculente, du genre « bagasse » ou « ribaude ».

retenir, le jeu lui déplut ; il éleva le bras de tout son long et déchargea un si terrible coup de poing sur les étroites mâchoires de l'amoureux chevalier qu'il lui mit la bouche tout en sang ; et, non content de cette vengeance, il lui monta sur la poitrine, et, d'un pas un peu plus vite que le trot, il lui parcourut toutes les côtes du haut en bas. Le lit, qui était de faible complexion et de fondements peu solides, ne pouvant supporter la surcharge du muletier, s'enfonça et tomba par terre. Au bruit de ses craquements, l'hôtelier s'éveilla, et bientôt il s'imagina que ce devait être quelque démêlé de Maritornes, car, quoiqu'il l'appelât à tue-tête, elle ne répondait pas. Dans ce soupçon, il se leva, alluma sa lampe à bec et s'avança du côté d'où venait le tapage. La servante, entendant venir son maître, dont elle connaissait l'humeur terrible, toute troublée et tremblante, alla se réfugier dans le lit de Sancho Panza, qui dormait encore, et s'y tapit, recoquillée comme un peloton. L'hôtelier entra en disant : « Où es-tu, carogne ? car, à coup sûr, ce sont ici de tes équipées. » En ce moment, Sancho entr'ouvrit les yeux, et, sentant cette masse sur son estomac, il crut qu'il avait le cauchemar ; il se mit donc à allonger des coups de poing de droite et de gauche, dont la meilleure partie attrapèrent Maritornes, laquelle, excitée par la douleur, et perdant avec la patience toute retenue, rendit à Sancho la monnaie de sa pièce, et si dru qu'elle eut bientôt achevé de l'éveiller. Sancho, se voyant traiter ainsi, sans savoir par qui ni pourquoi, se releva du mieux qu'il put, et, prenant Maritornes à bras-le-corps, ils commencèrent entre eux la plus acharnée et la plus gracieuse escarmouche qu'on ait jamais vue. Cependant le muletier, voyant à la lueur de la lampe la transe où se trouvait sa dame, laissant enfin don Quichotte, accourut lui porter le secours dont elle avait tant besoin. L'hôtelier fit la même chose, mais dans une intention différente, car il voulait châtier l'Asturienne, croyant bien qu'elle était l'unique cause de cette diabolique harmonie. Et de même qu'on a coutume de dire le chien au chat, et le chat au rat [1], le

1. Viardot transpose et raccourcit la comptine espagnole évoquée dans le texte, et qui passe « du chat au rat, du rat à la corde, de la corde au bâton ».

muletier tapait sur Sancho, Sancho sur la fille, la fille sur Sancho et l'hôte sur la fille ; et tous les quatre y allaient de si bon cœur et de si bon jeu qu'ils ne se donnaient pas un instant de répit. Le meilleur de l'affaire, c'est que la lampe de l'hôtelier s'éteignit, et, comme ils se trouvèrent tout à coup dans les ténèbres, les coups donnés à tâtons roulaient si impitoyablement à tort et à travers que, partout où portaient leurs mains, ils ne laissaient ni chair saine ni morceau de chemise.

Par hasard logeait cette nuit dans l'hôtellerie un archer de ceux que l'on appelle de la Sainte-Hermandad vieille de Tolède [1]. Quand il entendit l'étrange vacarme de la bataille, il empoigna sa verge noire et sa boîte de fer-blanc qui contenait ses titres [2] ; puis, entrant à tâtons dans la pièce où se livrait le combat : « Holà ! s'écria-t-il, arrêtez au nom de la justice, au nom de la Sainte-Hermandad ! » Le premier qu'il rencontra sous sa main fut le déplorable don Quichotte, qui était encore sur les débris de sa couche, étendu la bouche en l'air et sans aucune connaissance. L'archer, l'empoignant par la barbe, ne cessait de crier : « Main forte à la justice ! » Mais, voyant que celui qu'il tenait à poignée ne bougeait ni ne remuait le moins du monde, il s'imagina qu'il était mort et que les autres étaient ses meurtriers. Dans cette croyance, il haussa encore la voix, et s'écria : « Qu'on ferme la porte de la maison, et qu'on ait soin que personne ne s'échappe. On vient de tuer un homme ici. » Ce cri effraya tous les combattants ; chacun d'eux laissa la bataille indécise, et justement au point où l'avait trouvée la voix de l'archer. L'hôtelier se retira dans sa chambre, la servante dans son taudis, le muletier sur ses harnais entassés ; les deux malheureux don Quichotte et Sancho furent les seuls qui ne purent bouger de la place. L'archer, lâchant enfin la barbe de don Quichotte, sortit pour aller chercher de la lumière et revenir arrêter les coupables ; mais il n'en trouva pas

---

1. On appelait « vieilles », pour les distinguer de la nouvelle Santa Hermandad créée sous les Rois Catholiques et étendue à tout le royaume (fin du XVe siècle), les trois gendarmeries rurales, datant du XIVe siècle, de Tolède, Ciudad Real et Talavera.

2. Cette verge et cette boîte servaient d'insignes pour accréditer l'archer en tant qu'agent de police.

une étincelle, l'hôtelier ayant exprès éteint la lampe du portail en se retirant. L'autre fut donc obligé de recourir a la cheminée, où ce ne fut qu'à force de patience et de temps perdu qu'il trouva moyen de rallumer une autre mèche.

CHAPITRE XVII

Où se poursuit l'histoire des innombrables travaux qu'eut à supporter le brave don Quichotte avec son bon écuyer Sancho Panza, dans l'hôtellerie qu'il avait crue, pour son malheur, être un château

Dans cet intervalle, don Quichotte était enfin revenu de son évanouissement ; et, de ce même accent plaintif avec lequel il avait appelé la veille son écuyer, quand il était étendu dans la vallée des Gourdins, il se mit à l'appeler de nouveau. « Sancho, mon ami, dors-tu ? Dors-tu, mon ami Sancho ? – Que diable voulez-vous que je dorme, répondit Sancho, plein de désespoir et de dépit, si tous les démons de l'enfer se sont déchaînés cette nuit contre moi ? – Ah ! tu peux bien le croire en effet, reprit don Quichotte ; car, ou je ne sais pas grand-chose, ou ce château est enchanté. Il faut que tu saches… Mais, avant de parler, je veux que tu me jures que tu tiendras secret ce que je vais te dire, jusqu'après ma mort. – Oui, je le jure, répondit Sancho. – Je te demande ce serment, reprit don Quichotte, parce que je hais de faire tort à l'honneur de personne. – Puisque je vous dis que je le jure, répéta Sancho, et que je tairai la chose jusqu'à la fin de vos jours ! Mais plût à Dieu que je pusse la découvrir dès demain ! – Est-ce que je me conduis si mal envers toi, Sancho, répondit don Quichotte, que tu veuilles me voir sitôt trépassé ? – Ce n'est pas pour cela, répliqua Sancho, c'est que je n'aime pas garder beaucoup les secrets ; je craindrais qu'ils ne se pourrissent dans mon estomac d'être trop gardés. – Que ce soit pour une raison ou pour une autre, reprit don Quichotte, je me confierai plus encore à ton affection et à ta courtoisie. Eh bien ! sache donc qu'il m'est arrivé cette nuit une des plus étranges aventures dont je puisse tirer gloire ; et, pour te la conter le plus brièvement possible, tu sauras qu'il y a peu d'instants je vis venir près de moi la fille du seigneur de ce château, qui est bien la plus accorte et la plus ravissante damoiselle qu'on puisse trouver sur une grande partie de la terre. Que pourrais-je te dire des charmes de sa personne, des grâces de son esprit et d'autres attraits cachés que, pour garder la foi que je dois à ma dame Dulcinée du Toboso, je laisserai passer sans y toucher, et sans en rien dire ! Je veux te dire seulement que, le ciel se trouvant envieux du bonheur extrême que m'envoyait la fortune, ou peut-être, ce qui est plus certain, ce château, comme je viens de dire, étant enchanté, au moment où j'étais avec elle dans le plus doux, le plus tendre et le plus amoureux entretien, voilà que, sans que je la visse, ou sans que je susse d'où elle venait, une main qui pendait au bras de quelque géant démesuré m'assena un si grand coup de poing sur les mâchoires qu'elles sont encore toutes baignées de sang ; puis ensuite le géant me battit et me moulut de telle sorte que je suis en pire état qu'hier, lorsque les muletiers, à propos de l'incontinence de Rossinante, nous firent l'affront que tu sais bien. D'où je conjecture que le trésor de la beauté de cette damoiselle doit être confié à la garde de quelque More enchanté, et qu'il n'est pas réservé pour moi. – Ni pour moi non plus, s'écria Sancho ; car plus de quatre cents Mores m'ont tanné la peau de telle manière que la mouture d'hier sous les gourdins n'était que pain bénit en comparaison. Mais dites-moi, seigneur, comment appelez-vous belle et rare cette aventure qui nous laisse dans l'état où nous sommes ? Encore, pour Votre Grâce, le mal n'a pas été si grand, puisqu'elle a tenu dans ses bras cette incomparable beauté. Mais, moi, qu'ai-je attrapé, bon Dieu, sinon les plus effroyables gourmades que je pense recevoir en toute ma vie ? Malheur à moi et à la mère qui m'a mis au monde ! Je ne suis pas chevalier errant, et je n'espère jamais le devenir ; et de toutes les mauvaises rencontres j'attrape la meilleure part ! – Comment, on t'a donc aussi gourmé [1] ? demanda don Quichotte. – Qu'il en cuise à ma race ! s'écria Sancho ; qu'est-ce que je viens donc de vous dire ? – Ne te mets pas en peine, ami, reprit don Quichotte ; je vais préparer tout à l'heure le baume précieux avec lequel nous guérirons en un clin d'œil. »

En ce moment, l'archer de la Sainte-Hermandad, qui venait d'allumer sa lampe, rentra pour visiter celui qu'il pensait avoir été tué. Quand Sancho le vit entrer, en chemise, un mouchoir roulé sur la tête, sa lampe à la main, et, par-dessus le marché, ayant une figure d'hérétique, il demanda à son maître : « Seigneur, ne serait-ce pas là, par hasard, le More enchanté qui revient achever la danse, si les mains et les pieds lui démangent encore ? – Non, répondit don Quichotte, ce ne peut être le More, car les enchantés ne se font voir de personne. – Ma foi, reprit Sancho, s'ils ne se font pas voir, ils se font bien sentir ; sinon qu'on en demande des nouvelles à mes épaules. – Les miennes pourraient en donner aussi, répondit don Quichotte ; mais ce n'est pas un indice suffisant pour croire que celui que nous voyons soit le More enchanté. »

L'archer s'approcha et, les trouvant en si tranquille conversation, s'arrêta tout surpris. Il est vrai que don Quichotte était encore la bouche en l'air, sans pouvoir bouger de ses coups et de ses emplâtres. L'archer vint à lui. « Eh bien, dit-il, comment vous va, bonhomme ? – Je parlerais plus courtoisement, reprit don Quichotte, si j'étais à votre place. Est-il d'usage, dans ce pays, de parler ainsi aux chevaliers errants, lourdaud mal élevé ? » L'archer, qui s'entendait traiter de la sorte par un homme de si pauvre mine, ne put souffrir son arrogance ; et, levant la lampe qu'il tenait à la main, il l'envoya avec toute son huile sur la tête de don Quichotte, qui en fut à demi trépané, puis, laissant tout dans les ténèbres, il s'enfuit aussitôt. « Sans aucun doute, seigneur, dit Sancho Panza, c'est bien là le More enchanté : il doit garder le trésor pour d'autres ; mais pour nous, il ne garde que les coups de poing et les coups de lampe. – Ce doit être ainsi, répondit don Quichotte ; mais il ne faut faire aucun cas de tous ces enchantements, ni prendre contre eux dépit ou colère : comme ce

1. Gourmer : en français classique, battre à coups de poing.

sont des êtres invisibles et fantastiques, nous chercherions vainement de qui nous venger. Lève-toi, Sancho, si tu peux ; appelle le commandant de cette forteresse, et fais en sorte qu'il me donne un peu d'huile, de vin, de sel et de romarin, pour en composer le baume salutaire. En vérité, je crois que j'en ai grand besoin maintenant, car je perds beaucoup de sang par la blessure que ce fantôme m'a faite. »

Sancho se leva, non sans douleur de la moelle de ses os, et s'en fut à tâtons chercher l'hôte ; et, rencontrant sur son chemin l'archer, qui s'était arrêté près de la porte, inquiet de savoir ce que devenait son ennemi blessé : « Seigneur, lui dit-il, qui que vous soyez, faites-nous la grâce et la charité de nous donner un peu de romarin, d'huile, de vin et de sel, dont nous avons besoin pour panser un des meilleurs chevaliers errants qu'il y ait sur toute la surface de la terre, lequel gît à présent dans ce lit, grièvement blessé par les mains du More enchanté qui habite cette hôtellerie. » Quand l'archer entendit de semblables propos, il prit Sancho pour un cerveau timbré ; mais, le jour commençant à poindre, il alla ouvrir la porte de l'hôtellerie, et appela l'hôte pour lui dire ce que ce bonhomme voulait. L'hôte pourvut Sancho de toutes les provisions qu'il était venu chercher, et celui-ci les porta bien vite à don Quichotte, qu'il trouva la tête dans ses deux mains, se plaignant du mal que lui avait causé le coup de lampe, qui ne lui en avait causé d'autre pourtant que de lui faire pousser au front deux bosses assez grosses ; car ce qu'il prenait pour du sang n'était que l'huile de la lampe mêlée à la sueur qu'avaient fait couler de son front les angoisses de la tempête passée. Finalement, il prit ses drogues, les mêla dans une marmite et les fit bouillir sur le feu jusqu'à ce qu'il lui semblât qu'elles fussent à leur point de cuisson. Il demanda ensuite quelque fiole pour y verser cette liqueur ; mais, comme on n'en trouva point dans toute l'hôtellerie, il se décida à la mettre dans une burette d'huile en fer-blanc, dont l'hôte lui fit libéralement donation. Puis il récita sur la burette plus de quatre-vingts *Pater noster*, autant d'*Ave Maria*, de *Salve* et de *Credo*, accompagnant chaque parole d'un signe de croix en manière de bénédiction [1]. À cette cérémonie se trou-

1. Phrase censurée par l'Inquisition portugaise en 1624.

vaient présents Sancho, l'hôte et l'archer, car le muletier avait repris paisiblement le soin et le gouvernement de ses mulets.

Cela fait, don Quichotte voulut aussitôt expérimenter par lui-même la vertu de ce baume, qu'il s'imaginait si précieux. Il en but donc, de ce qui n'avait pu tenir dans la burette et qui restait encore dans la marmite où il avait bouilli, plus d'une bonne demi-pinte. Mais à peine eut-il fini de boire qu'il commença de vomir, de telle manière qu'il ne lui resta rien au fond de l'estomac ; et les angoisses du vomissement lui causant, en outre, une sueur abondante, il demanda qu'on le couvrît bien dans son lit et qu'on le laissât seul. On lui obéit, et il dormit paisiblement plus de trois grandes heures, au bout desquelles il se sentit, en s'éveillant, le corps tellement soulagé et les reins si bien remis de leur foulure, qu'il se crut entièrement guéri ; ce qui, pour le coup, lui fit penser qu'il avait vraiment trouvé la recette du baume de Fierabras, et qu'avec un tel remède il pouvait désormais affronter sans crainte toute espèce de rencontres, de querelles et de batailles, quelque périlleuses qu'elles fussent. Sancho Panza, tenant aussi à miracle le soulagement de son maître, le pria de lui laisser prendre ce qui restait dans la marmite, et qui n'était pas une faible dose. Don Quichotte le lui abandonna, et Sancho, prenant le pot à deux anses de la meilleure foi du monde, comme de la meilleure grâce, s'en versa dans le gosier presque autant que son maître.

Or il arriva que l'estomac du pauvre Sancho n'avait pas sans doute toute la délicatesse de celui de son seigneur ; car, avant de vomir, il fut tellement pris de sueurs froides, de nausées, d'angoisses et de haut-le-cœur, qu'il pensa bien véritablement que sa dernière heure était venue ; et, dans son affliction, il maudissait, non seulement le baume, mais le gredin qui le lui avait fait prendre. Don Quichotte, le voyant en cet état, lui dit gravement : « Je crois, Sancho, que tout ce mal te vient de ce que tu n'es pas armé chevalier, car j'ai l'opinion que cette liqueur ne doit pas servir à ceux qui ne le sont pas. – Malédiction sur moi et sur toute ma race ! s'écria Sancho ; si Votre Grâce savait cela d'avance, pourquoi donc me l'a-t-elle seulement laissé goûter ? » En ce moment, le breuvage fit enfin son opération, et le pauvre écuyer commença à se vider par les deux bouts, avec tant de hâte et si peu de relâche que la natte de jonc sur laquelle il s'était recouché et la couverture de toile à sac qui le couvrait furent à tout jamais mises hors de service. Il faisait, cependant, de tels efforts et souffrait de telles convulsions que non seulement lui, mais tous les assistants crurent qu'il y laisserait la vie. Cette bourrasque et ce danger durèrent presque deux heures, au bout desquelles il ne se trouva pas soulagé comme son maître, mais, au contraire, si fatigué et si rompu qu'il ne pouvait plus se soutenir.

Mais don Quichotte, qui se sentait, comme on l'a dit, guéri radicalement, voulut aussitôt se remettre en route à la recherche des aventures ; car il lui semblait que tout le temps qu'il perdait en cet endroit, c'était le faire perdre au monde et aux malheureux qui attendaient son secours, surtout joignant à cette habituelle pensée la confiance qu'il mettait désormais en son baume. Aussi, dans son impatient désir, il mit lui-même la selle à Rossinante, le bât à l'âne de Sancho, puis aida Sancho à se hisser sur l'âne, après l'avoir aidé à se vêtir. Ayant ensuite enfourché son cheval, il s'avança dans un coin de la cour de l'hôtellerie et prit une pique de messier [1] qui était là pour qu'elle lui servît de lance. Tous les gens qui se trouvaient dans l'hôtellerie, et leur nombre passait vingt personnes, s'étaient mis à le regarder. La fille de l'hôte le regardait aussi, et lui ne cessait de tenir les yeux sur elle, jetant de temps à autre un soupir qu'il tirait du fond de ses entrailles ; mais tout le monde croyait que c'était la douleur qui le lui arrachait, ceux du moins qui l'avaient vu graisser et emplâtrer la veille.

Dès qu'ils furent tous deux à cheval, don Quichotte, s'arrêtant à la porte de la maison, appela l'hôtelier et lui dit d'une voix grave et posée : « Grandes et nombreuses, seigneur châtelain, sont les grâces que j'ai reçues dans votre château, et je suis étroitement obligé à vous en être reconnaissant tous les jours de ma vie. Si je puis les reconnaître et les payer en tirant pour vous vengeance de quelque

1. Messier : garde-champêtre temporaire affecté à la surveillance des moissons et récoltes.

orgueilleux qui vous ait fait quelque outrage, sachez que ma profession n'est pas autre que de secourir ceux qui sont faibles, de venger ceux qui reçoivent des offenses, et de châtier les félonies. Consultez donc votre mémoire, et, si vous trouvez quelque chose de cette espèce à me recommander, vous n'avez qu'à le dire, et je vous promets, par l'ordre de chevalerie que j'ai reçu, que vous serez pleinement quitte et satisfait. »

L'hôte lui répondit, avec le même calme et la même gravité : « Je n'ai nul besoin, seigneur chevalier, que Votre Grâce me venge d'aucun affront ; car, lorsque j'en reçois, je sais bien moi-même en tirer vengeance. J'ai seulement besoin que Votre Grâce me paye la dépense qu'elle a faite cette nuit dans l'hôtellerie, aussi bien de la paille et de l'orge données à ses deux bêtes que des lits et du souper. – Comment ! c'est donc une hôtellerie ? s'écria don Quichotte. – Et de très bon renom, répondit l'hôtelier. – En ce cas, reprit don Quichotte, j'ai vécu jusqu'ici dans l'erreur ; car, en vérité, j'ai pensé que c'était un château, et non des plus mauvais. Mais, puisque c'est une hôtellerie et non point un château, ce qu'il y a de mieux à faire pour le moment, c'est que vous renonciez au payement de l'écot ; car je ne puis contrevenir à la règle des chevaliers errants, desquels je sais de science certaine, sans avoir jusqu'à ce jour lu chose contraire, que jamais aucun d'eux ne paya logement, nourriture ni dépense d'auberge. En effet, on leur doit, par droit et privilège spécial, bon accueil partout où ils se présentent, en récompense des peines insupportables qu'ils se donnent pour chercher les aventures de nuit et de jour, en hiver et en été, à pied et à cheval, avec la soif et la faim, sous le chaud et le froid, sujets enfin à toutes les inclémences du ciel et à toutes les incommodités de la terre. – Je n'ai rien à voir là-dedans, répondit l'hôtelier : qu'on me paye ce qu'on me doit, et trêve de chansons ; tout ce qui m'importe, c'est de faire mon métier et de recouvrer mon bien. – Vous êtes un imbécile et un méchant gargotier », repartit don Quichotte ; puis, piquant des deux à Rossinante, et croisant sa pique, il sortit de l'hôtellerie sans que personne le suivît, et, sans voir davantage si son écuyer le suivait, il gagna champ à quelque distance.

L'hôtelier, voyant qu'il s'en allait et ne le payait point, vint réclamer son dû à Sancho Panza, lequel répondit que, puisque son maître n'avait pas voulu payer, il ne le voulait pas non plus ; et qu'étant écuyer de chevalier errant, il devait jouir du même bénéfice que son maître pour ne payer aucune dépense dans les auberges et hôtelleries. L'hôte eut beau se fâcher, éclater et menacer, s'il ne le payait pas, de lui faire rendre gorge d'une façon qui lui en cuirait, Sancho jura, par la loi de chevalerie qu'avait reçue son maître, qu'il ne payerait pas un maravédi, dût-il lui en coûter la vie. « Car, disait-il, ce n'est point par mon fait que doit se perdre cette antique et excellente coutume des chevaliers errants, et je ne veux pas que les écuyers de ceux qui sont à venir au monde aient à se plaindre de moi pour me reprocher la violation d'un si juste privilège. »

La mauvaise étoile de l'infortuné Sancho voulut que, parmi les gens qui avaient couché dans l'hôtellerie, se trouvassent quatre drapiers de Ségovie, trois merciers de Cordoue et deux marchands forains de Séville, tous bons diables et bons vivants, aimant les niches et la plaisanterie. Ces neuf gaillards, comme poussés d'un même esprit, s'approchèrent de Sancho, le firent descendre de son âne, et, l'un d'eux ayant couru chercher la couverture du lit de l'hôtesse, on jeta dedans le pauvre écuyer. Mais, en levant les yeux, ils s'aperçurent que le plancher du portail était trop bas pour leur besogne. Ils résolurent donc de sortir dans la basse-cour, qui n'avait d'autre toit que le ciel ; et là, ayant bien étendu Sancho sur la couverture, ils commencèrent à l'envoyer voltiger dans les airs, se jouant de lui comme on fait d'un chien dans le temps du carnaval [1].

Les cris que poussait le malheureux berné [2] étaient si perçants qu'ils arrivèrent jusqu'aux oreilles de son maître, lequel, s'arrêtant pour écouter avec attention, crut d'abord qu'il lui arrivait quelque nouvelle aventure ; mais il reconnut bientôt que c'était son écuyer qui jetait ces cris

---

1. Chien ou pantin (en espagnol, *pelele*, titre d'une toile célèbre de Goya) envoyé en l'air, ce jeu immémorial était une des pratiques fréquentes des fêtes carnavalesques au temps de Cervantès.

2. Avant de devenir un synonyme de « se moquer », « berner », en français classique, signifiait « envoyer quelqu'un en l'air dans une couverture ».

affreux. Tournant bride aussitôt, il revint de tout le pesant galop de son cheval à l'hôtellerie, et, la trouvant fermée, il en fit le tour pour voir s'il ne rencontrerait pas quelque passage. Mais il ne fut pas plus tôt arrivé devant les murs de la cour, qui n'étaient pas fort élevés, qu'il aperçut le mauvais jeu qu'on faisait jouer à son écuyer. Il le vit monter et descendre à travers les airs avec tant de grâce et d'agilité que, si la colère ne l'eût suffoqué, je [1] suis sûr qu'il aurait éclaté de rire. Il essaya de grimper de son cheval sur le mur ; mais il était si moulu et si harassé qu'il ne put pas seulement mettre pied à terre. Ainsi, du haut de son cheval, il commença à proférer tant d'injures et de défis à ceux qui bernaient Sancho qu'il n'est pas possible de parvenir à les rapporter. Mais, en dépit de ses malédictions, les berneurs ne cessaient ni leur besogne ni leurs éclats de rire, et le voltigeur Sancho ne cessait pas non plus ses lamentations, qu'il entremêlait tantôt de menaces et tantôt de prières ; rien n'y faisait, et rien n'y fit, jusqu'à ce qu'ils l'eussent laissé de pure lassitude.

On lui ramena son âne, et l'ayant remis dessus, on le couvrit bien de son petit manteau. Le voyant si harassé, la compatissante Maritornes crut lui devoir le secours d'une cruche d'eau, et l'alla tirer d'un puits pour qu'elle fût plus fraîche. Sancho prit la cruche et l'approcha de ses lèvres ; mais il s'arrêta aux cris de son maître, qui lui disait : « Sancho, mon fils, ne bois pas de cette eau ; n'en bois pas, mon enfant, elle te tuera. Vois-tu, j'ai ici le très saint [2] baume (et il lui montrait sa burette) ; avec deux gouttes que tu boiras, tu seras guéri sans faute. » À ces cris, Sancho tourna les yeux tant soit peu de travers, et répondit en criant plus fort : « Est-ce que par hasard Votre Grâce oublie déjà que je ne suis pas chevalier, et veut-elle que j'achève de vomir le peu d'entrailles qui me restent d'hier soir ? Gardez votre liqueur, de par tous les diables ! et

1. Qui est censé parler ici à la première personne ? Cid Hamet Ben-Engeli ? le découvreur du manuscrit ? Cervantès lui-même ? Tous les trois et bien d'autres, est-on tenté de dire, fondus dans l'imagination expansive d'un « je » auquel le lecteur s'identifie volontiers.

2. Adjectif censuré lui aussi par l'Inquisition portugaise en 1624. Cela nous laisse rêveurs aujourd'hui : Cervantès n'était tout de même pas le Salman Rushdie de son époque.

laissez-moi tranquille. » Achever de dire ces mots et commencer de boire, ce fut tout un ; mais voyant, à la première gorgée, que c'était de l'eau, il ne voulut pas continuer, et pria Maritornes de lui apporter du vin, ce qu'elle fit aussitôt de très bonne grâce, et même elle le paya de sa poche ; car on dit d'elle, en effet, que, quoiqu'elle fût réduite à cet état, elle avait encore quelque ombre éloignée de vertu chrétienne.

Dès que Sancho eut achevé de boire, il donna du talon à son âne, et, lui faisant ouvrir toute grande la porte de l'hôtellerie, il sortit, enchanté de n'avoir rien payé du tout, et d'être venu à bout de sa résolution, bien que c'eût été aux dépens de ses cautions ordinaires, c'est-à-dire de ses épaules. Il est vrai que l'hôtelier garda son bissac en payement de ce qui lui était dû ; mais Sancho s'était enfui si troublé qu'il ne s'aperçut pas de cette perte. Dès qu'il le vit dehors, l'hôtelier voulut barricader la porte, mais les berneurs l'en empêchèrent ; car c'étaient de telles gens que, si don Quichotte eût été réellement un des chevaliers de la Table Ronde, ils n'en auraient pas fait cas pour deux liards de plus.

CHAPITRE XVIII

Où l'on raconte l'entretien qu'eurent Sancho Panza et son seigneur don Quichotte, avec d'autres aventures bien dignes d'être rapportées

Sancho rejoignit son maître, si abattu, si affaissé qu'il ne pouvait plus seulement talonner son âne. Quand don Quichotte le vit en cet état : « Pour le coup, bon Sancho, lui dit-il, j'achève de croire que ce château, ou hôtellerie si tu veux, est enchanté sans aucun doute. Car enfin ceux qui se sont si atrocement joués de toi, que pouvaient-ils être, sinon des fantômes et des gens de l'autre monde ? Ce qui me confirme dans cette pensée, c'est que, tandis que je regardais les actes de ta déplorable tragédie par-dessus l'enceinte de la cour, il ne me fut possible ni de monter sur les murs, et de les franchir, ni même de descendre de cheval. Sans doute ils me tenaient moi-même enchanté ; car je te jure, par la foi d'un homme tel que je suis, que, si j'avais pu monter au mur ou mettre pied à terre, je t'aurais si bien vengé de ces félons et mauvais garnements qu'ils auraient à tout jamais gardé le souvenir de leur méchant tour, quand bien même j'eusse dû, pour les châtier, contrevenir aux lois de la chevalerie, qui ne permettent pas, comme je te l'ai déjà dit maintes fois, qu'un chevalier porte la main sur celui qui ne l'est pas, sinon pour la défense de sa propre vie et en cas d'urgente nécessité.
– Chevalier ou non, répondit Sancho, je me serais, pardieu ! bien vengé moi-même, si j'avais pu, mais le mal est que je ne pouvais pas. Et pourtant je jurerais bien que ces

gens-là qui se sont divertis à mes dépens n'étaient ni fantômes ni hommes enchantés, comme dit Votre Grâce, mais bien de vrais hommes de chair et d'os tout comme nous ; et je le sais bien, puisque je les entendais s'appeler l'un l'autre pendant qu'ils me faisaient voltiger, et que chacun d'eux avait son nom. L'un s'appelait Pedro Martinez ; l'autre Tenorio Fernandez, et l'hôtelier, Juan Palomèque le gaucher. Ainsi donc, seigneur, si vous n'avez pu sauter la muraille, ni seulement mettre pied à terre, cela venait d'autre chose que d'un enchantement. Quant à moi, ce que je tire au clair de tout ceci, c'est que ces aventures que nous allons cherchant nous mèneront à la fin des fins à de telles mésaventures que nous ne saurons plus reconnaître notre pied droit. Ce qu'il y a de mieux à faire et de plus raisonnable, selon mon faible entendement, ce serait de nous en retourner au pays, maintenant que c'est le temps de la moisson, et de nous occuper de nos affaires, au lieu de nous en aller, comme on dit, de fièvre en chaud mal, et de l'alguazil au corrégidor [1].

– Que tu sais peu de chose, Sancho, répondit don Quichotte, en fait de chevalerie errante ! Tais-toi, et prends patience : un jour viendra où tu verras par la vue de tes yeux quelle grande et noble chose est l'exercice de cette profession. Sinon, dis-moi, quelle plus grande joie, quel plus doux ravissement peut-il y avoir dans ce monde que celui de remporter une victoire et de triompher de son ennemi ? Aucun, sans doute. – Cela peut bien être, repartit Sancho, encore que je n'en sache rien ; mais tout ce que je sais, c'est que, depuis que nous sommes chevaliers errants, ou Votre Grâce du moins, car je ne mérite pas de me compter en si honorable confrérie, nous n'avons jamais remporté de victoire, si ce n'est pourtant contre le Biscayen ; encore Votre Grâce en est-elle sortie en y laissant une moitié d'oreille et une moitié de salade. Depuis lors, tout a été pour nous coups de poing sur coups de bâton, et coups de bâton sur coups de poing ; mais j'ai

1. Les deux formules imagées dont se sert Sancho dans le texte espagnol pour dire « aller de mal en pis » sont autres. Il serait trop long d'en rendre compte ici. Disons que tous les traducteurs ont peiné… Pour la seconde, César Oudin avait proposé une jolie traduction, presque littérale : « aller de socques en sabots ».

reçu, par-dessus le marché, les honneurs du bernement, et encore de gens enchantés, dont je ne pourrais tirer vengeance pour savoir jusqu'où s'étend, comme dit Votre Grâce, le plaisir de vaincre son ennemi. – C'est bien la peine que je ressens, répondit don Quichotte, et celle que tu dois ressentir aussi. Mais sois tranquille ; je vais dorénavant faire en sorte d'avoir aux mains une épée forgée avec tant d'art que celui qui la porte soit à l'abri de toute espèce d'enchantement. Il se pourrait même bien que la fortune me fît présent de celle que portait Amadis quand il s'appelait le *chevalier de l'Ardente-Épée* [1], laquelle fut une des meilleures lames que chevalier posséda jamais au monde ; car, outre qu'elle avait la vertu dont je viens de parler, elle coupait comme un rasoir, et nulle armure, quelque forte ou enchantée qu'elle fût, ne résistait à son tranchant. – Je suis si chanceux, moi, reprit l'écuyer, que, quand même ce bonheur vous arriverait, et qu'une semblable épée tomberait en vos mains, elle ne pourrait servir et profiter qu'aux chevaliers dûment armés tels, tout de même que le baume ; et quant aux écuyers, bernique. – N'aie pas cette crainte, Sancho, reprit don Quichotte ; le ciel en agira mieux avec toi. »

Les deux aventuriers s'entretenaient ainsi, quand, sur le chemin qu'ils suivaient, don Quichotte aperçut un épais nuage de poussière qui se dirigeait de leur côté. Dès qu'il le vit, il se tourna vers Sancho et lui dit : « Voici le jour, ô Sancho, où l'on va voir enfin la haute destinée que me réserve la fortune ; voici le jour, dis-je encore, où doit se montrer, autant qu'en nul autre, la valeur de mon bras ; où je dois faire des prouesses qui demeureront écrites dans le livre de la Renommée pour l'admiration de tous les siècles à venir. Tu vois bien, Sancho, ce tourbillon de poussière ? eh bien ! il est soulevé par une immense armée qui s'avance de ce côté, formée d'innombrables et diverses nations. – En ce cas, reprit Sancho, il doit y en avoir deux ; car voilà que, du côté opposé, s'élève un autre tourbillon. » Don Quichotte se retourna tout empressé, et, voyant que Sancho disait vrai, il sentit une joie extrême, car il s'imagina sur-le-champ que c'étaient deux armées

1. Voir page 20, note 1, pour ce surnom d'Amadis de Grèce.

qui venaient se rencontrer et se livrer bataille au milieu de cette plaine étendue. Il avait, en effet, à toute heure et à tout moment, la fantaisie pleine de batailles, d'enchantements, d'aventures, d'amours, de défis et de toutes les impertinences que débitent les livres de chevalerie errante, et rien de ce qu'il faisait, disait ou pensait, ne manquait de tendre à de semblables rêveries.

Ces tourbillons de poussière qu'ils avaient vus étaient soulevés par deux grands troupeaux de moutons qui venaient sur le même chemin de deux endroits différents, mais si bien cachés par la poussière qu'on ne put les distinguer que lorsqu'ils furent arrivés tout près. Don Quichotte affirmait avec tant d'insistance que c'étaient des armées que Sancho finit par le croire. « Eh bien ! seigneur, lui dit-il, qu'allons-nous faire, nous autres ? – Qu'allons-nous faire ? reprit don Quichotte ; porter notre aide et notre secours aux faibles et aux abandonnés. Or il faut que tu saches, Sancho, que cette armée que nous avons en face est conduite et commandée par le grand empereur Alifanfaron [1], seigneur de la grande île Taprobana, et que

1. L'évocation d'Alifanfaron marque le coup d'envoi d'un prodigieux déchaînement onomastique auquel va se livrer l'imagination quichottesque. D'abord submergé par cette avalanche de noms propres, le lecteur pourra mieux en apprécier la saveur comique s'il accepte de se laisser guider par le commentaire récent que deux cervantistes, Nadine Ly et Claude Allaigre (voir Bibliographie), ont donné du passage sous le titre plaisant « La guerre des moutons ». Résumons : Alifanfaron règne sur Taprobana, ancien nom attesté de Ceylan, mais qui peut suggérer à une oreille espagnole une troupe vaine ; les Garamantes, à l'extrême sud de ce qu'on appelait à l'époque la Libye, étaient ce qu'on pouvait imaginer de plus méridional ; Pentapolin, tout bien considéré, n'est qu'un âne (*pollino* en espagnol), mais multiplié par cinq (selon le suffixe grec *penta-*) ; Laurcalco peut être lu, par latinisme, comme celui qui piétine des lauriers, et sa seigneurie du Pont-d'Argent le désigne comme un fuyard, dès lors qu'on songe au proverbe espagnol « *Al enemigo que huye, la puente de plata* », qu'on peut traduire en français, à condition de changer de métal, par : « L'ennemi qui fuit, un pont d'or fais-lui. » Micocolembo combine les suggestions de *mico* (singe à longue queue), de *coco* (« croque-mitaine ») et de *bembo* (« lippe »), paronyme de *lembo*, ce qui donne au total « un monstre cacophonique africanisé et grotesque ». Quirocie contient un verbe (*rociar* en espagnol) qui, dans un emploi argotique, signifie « arroser » quelqu'un dans un jeu de tripot. Brandabarbaran retentit comme un roulement de tambour, évoque une épée par son début formé sur la racine italienne *brando* (plusieurs per-

cette autre armée qui vient par-derrière nous est celle de son ennemi le roi des Garamantes, Pentapolin au bras retroussé, qu'on appelle ainsi parce qu'il entre toujours dans les batailles avec le bras droit nu jusqu'à l'épaule. – Et pourquoi, demanda Sancho, ces deux seigneurs-là s'en veulent-ils ainsi ? – Ils s'en veulent, répondit don Quichotte, parce que cet Alifanfaron est un furieux païen qui est tombé amoureux de la fille de Pentapolin, très belle et très accorte dame, laquelle est chrétienne, et son père ne la veut pas donner au roi païen, à moins que celui-ci ne renonce d'abord à la loi de son faux prophète Mahomet pour embrasser celle de sa fiancée. – Par ma barbe ! s'écria Sancho, je jure que Pentapolin a bien raison, et que je l'aiderai de bon cœur du mieux que je pourrai. – Tu ne feras en cela que ce que tu dois, Sancho, reprit don Quichotte ; car, pour prendre part à de semblables batailles, il n'est pas requis et nécessaire d'être armé chevalier. – J'entends bien cela, répondit Sancho ; mais où mettrons-nous cet âne, pour être sûrs de le retrouver après la fin de la mêlée ? Car s'y fourrer sur telle monture, je ne crois pas que cela se soit vu jusqu'à présent. – C'est vrai, reprit don Quichotte ; mais ce que tu peux faire de lui, c'est de le laisser aller à la bonne aventure, qu'il se perde ou se retrouve ; car, après la victoire, nous aurons tant et tant de chevaux à choisir que Rossinante lui-même court grand risque d'être troqué pour un autre. Mais fais silence, regarde, et prête-moi toute ton attention. Je veux te désigner et te dépeindre les principaux chevaliers qui viennent dans les deux armées ; et pour que tu les voies et distingues plus facilement, retirons-nous sur cette éminence, d'où l'on doit aisément découvrir l'une et l'autre. »

---

sonnages de romans de chevalerie ont des noms qui commencent ainsi), et combine barbe et bave pour finir. « Boliche » signifie en argot un tripot, et peut aussi désigner le jeu du bilboquet. Un Français pourrait croire Timonel carcassonais. Mais un Espagnol entend dans *carcajona* à la fois « carquois » (*carcaj*) et « éclat de rire » (*carcajada*). Le père de Mioulina est en sucre d'orge (en espagnol, *alfeñique*), donc, au sens figuré du mot, une mauviette, et le fait que son duché est placé dans une région du Portugal (Algarve) le rend encore plus sucré et plus fondant pour les lecteurs castillans de l'époque, enclins à ironiser sur la sensiblerie larmoyante de leurs voisins.

Ils quittèrent le chemin et gravirent une petite hauteur, de laquelle on aurait, en effet, parfaitement distingué les deux troupeaux que don Quichotte prenait pour des armées si les nuages de poussière qui se levaient sous leurs pieds n'en eussent absolument caché la vue. Mais enfin, voyant dans son imagination ce qu'il ne pouvait voir de ses yeux et ce qui n'existait pas, don Quichotte commença d'une voix élevée : « Ce chevalier que tu vois là-bas, avec des armes dorées, qui porte sur son écu un lion couronné, rendu aux pieds d'une jeune damoiselle, c'est le valeureux Laurcalco, seigneur du Pont-d'Argent. Cet autre, aux armes à fleurs d'or, qui porte sur son écu trois couronnes d'argent en champ d'azur, c'est le redoutable Micocolembo, grand-duc de Quirocie. Cet autre, aux membres gigantesques, qui se trouve à sa main droite, c'est le toujours intrépide Brandabarbaran de Boliche, seigneur des trois Arabies ; il a pour cuirasse une peau de serpent, et pour écu une porte, qu'on dit être une de celles du temple que renversa Samson de fond en comble, quand, au prix de sa vie, il se vengea des Philistins ses ennemis. Mais tourne maintenant les yeux de ce côté et tu verras, à la tête de cette autre armée, le toujours vainqueur et jamais vaincu Timonel de Carcaxona, prince de la Nouvelle-Biscaye ; il est couvert d'armes écartelées d'azur, de sinople, d'argent et d'or, et porte sur son écu un chat d'or, en champ lionne, avec ces quatre lettres : *Miou*, qui forment le commencement du nom de sa dame, laquelle est, à ce qu'on assure, l'incomparable Mioulina, fille du duc d'Alfégniquen des Algarves. Cet autre, qui charge et fait plier les reins de cette puissante cavale, dont les armes sont blanches comme la neige et l'écu sans aucune devise, c'est un chevalier novice, Français de nation, qu'on appelle Pierre Papin [1], seigneur des baronnies d'Utrique. Cet autre, qui de ses larges étriers bat les flancs mouchetés de ce zèbre rapide, et porte des armes parsemées de coupes d'azur, c'est le puissant duc de

1. Ce Pierre Papin était un personnage mi-historique mi-proverbial, que Cervantès a évoqué aussi dans une de ses pièces de théâtre sous les traits d'un Français tenancier d'un tripot. À quoi renvoie « Utrique » ? On a songé à Utrecht. Mais ne vaut-il pas mieux laisser flotter ce toponyme dans un espace imaginaire ?

Nerbie, Espartafilardo [1] du Bocage, dont l'emblème, peint sur son écu, est un champ d'asperges avec cette devise espagnole : *Rastrea mi suerte.* »

Don Quichotte continua de la même manière à nommer une foule de chevaliers qu'il s'imaginait voir dans l'une et l'autre armée, leur donnant à chacun, sans hésiter, les armes, les couleurs et les devises que lui fournissait son intarissable folie ; puis, sans s'arrêter un instant, il poursuivit de la sorte : « Ces escadrons que tu vois en face de nous sont formés d'une infinité de nations diverses. Voici ceux qui boivent les douces eaux du fleuve appelé Xanthe [2] par les dieux, et par les hommes Scamandre ; ici sont les montagnards qui foulent les champs massyliens ; là, ceux qui criblent la fine poudre d'or de l'heureuse Arabie ; là, ceux qui jouissent des fraîches rives du limpide Thermodon, là, ceux qui épuisent, par mille saignées, le Pactole au sable doré ; là, les Numides, de foi douteuse et inconstante ; les Perses, fameux par leur adresse à tirer de l'arc ; les Parthes et les Mèdes, qui combattent en

---

1. Il a vraiment du « nerf », ce chevaucheur de zèbre qui nous invite à le suivre (sa devise serait en français : « Suis mon sort »), et dont le nom – Espartafilardo – peut évoquer, en tant que signifié, un cordage (*filáciga*) de *sparte* (au sens de crin végétal), tout en rejaillissant, en tant que signifiant sonore, en ces asperges (*espárragos*) de son écu ! De toute cette foisonnante énumération, Sancho, en bon paysan qu'il est, ne retiendra guère que le terme « asperges ».

2. Ce fleuve qui sous le nom de Xanthe ou de Scamandre arrosait Troie, marque à son tour le coup d'envoi d'une seconde envolée imaginative, cette fois toponymique. Les champs massyliens étaient habités par une tribu numide d'Afrique du Nord. Thermodon désignait un fleuve de Cappadoce, le Pactole un fleuve de Lydie, qui roulait des pépites depuis que le roi Midas s'y était trempé. Il faut placer les Numides entre la Mauritanie et Carthage, les Parthes et les Mèdes entre l'Euphrate et l'Indus. On remarquera que cette géographie humaine, tout imprégnée qu'elle est de réminiscences mythiques et littéraires, ne tend pas toujours à l'idéalisation : les Numides sont dits de foi douteuse, et les Scythes cruels. Quant aux Éthiopiens, Don Quichotte aurait pu les traiter en peuple raffiné, si le caprice de sa mémoire s'était tourné vers Héliodore et ses *Éthiopiques*, où Cervantès a puisé tant d'idées pour son *Persilès*. Avec « l'autre armée », nous nous retrouvons dans une Espagne fluviale qui exige moins d'éclaircissements : Bétis est la désignation romaine du Guadalquivir, dont le Génil est un affluent ; les champs tartésiens s'étendaient autour de l'ancienne Tartessos, à l'ouest de la Bétique ; le Pisuerga (curieusement féminisé par Viardot) se jette dans le Duero à Valladolid…

fuyant ; les Arabes, aux tentes nomades ; les Scythes, aussi cruels de cœur que blancs de peau ; les Éthiopiens, qui s'attachent des anneaux aux lèvres ; et enfin cent autres nations dont je vois bien et reconnais les visages, mais dont les noms m'ont échappé. Dans cette autre armée, voici venir ceux qui s'abreuvent au liquide cristal du Bétis, couronnés d'oliviers ; ceux qui lavent et polissent leurs visages dans les ondes dorées que le Tage roule toujours à pleins bords ; ceux qui jouissent des eaux fertilisantes du divin Génil ; ceux qui foulent les champs tartésiens aux gras pâturages ; ceux qui folâtrent dans les prés élyséens de Xérès, les riches Manchois couronnés de blonds épis ; ceux qui se couvrent de fer, antiques restes du sang des Goths ; ceux qui se baignent dans la Pisuerga, fameuse par la douceur de ses courants ; ceux qui paissent d'innombrables troupeaux dans les vastes pâturages qu'enserre en ses détours le tortueux Guadiana, célèbre par sa source inconnue ; ceux qui tremblent de froid sous les vents qui sifflent dans les vallons des Pyrénées, ou sous les flocons de neige qui blanchissent le sommet de l'Apennin ; finalement, toutes les nations diverses que l'Europe renferme en son sein populeux. »

Qui pourrait redire toutes les provinces que cita don Quichotte et tous les peuples qu'il nomma, en donnant à chacun d'eux, avec une merveilleuse célérité, ses attributs les plus caractéristiques, tout absorbé qu'il était par le souvenir de ses livres mensongers ? Sancho Panza restait, comme on dit, pendu à ses paroles, sans trouver moyen d'en placer une seule ; seulement, de temps à autre, il tournait la tête pour voir s'il apercevrait les géants et les chevaliers que désignait son maître ; et comme il ne pouvait en découvrir aucun : « Par ma foi ! seigneur, s'écria-t-il enfin, je me donne au diable, si homme, géant ou chevalier paraît de tous ceux que vous avez nommés ; là, du moins, je n'en vois pas la queue d'un, et tout cela doit être des enchantements comme les fantômes d'hier soir. – Comment peux-tu parler ainsi ? répondit don Quichotte ; n'entends-tu pas les hennissements des chevaux, le son des trompettes, le bruit des tambours ? – Je n'entends rien autre chose, répliqua Sancho, sinon des bêlements d'agneaux et de brebis. » Ce qui était parfaitement vrai, car les deux troupeaux s'étaient approchés assez près pour être entendus. « C'est la peur que tu as, reprit don Quichotte, qui te fait, Sancho, voir et entendre tout de travers ; car l'un des effets de cette triste passion est de troubler les sens et de faire paraître les choses autrement qu'elles ne sont. Mais, si ta frayeur est si grande, retire-toi à l'écart, et laisse-moi seul ; seul, je donnerai la victoire au parti où je porterai le secours de mon bras. » En disant ces mots, il enfonce les éperons à Rossinante et, la lance en arrêt, descend comme un foudre du haut de la colline. Sancho lui criait de toutes ses forces : « Arrêtez ! seigneur don Quichotte, arrêtez ! Je jure Dieu que ce sont des moutons et des brebis que vous allez attaquer. Revenez donc, par la vie du père qui m'a engendré. Quelle folie est-ce là ? Mais regardez qu'il n'y a ni géant, ni chevalier, ni chat, ni asperges, ni champ, ni écu d'azur, ni quartier d'écu, ni diable, ni rien. Par les péchés que je dois à Dieu, qu'est-ce que vous allez faire ? »

Ces cris n'arrêtaient point don Quichotte, lequel, au contraire, criait encore plus haut : « Courage ! chevaliers qui combattez sous la bannière du valeureux empereur Pentapolin au bras retroussé ; courage ! suivez-moi tous, et vous verrez avec quelle facilité je tirerai pour lui vengeance de son ennemi, Alifanfaron de Taprobana. » En disant cela, il se jette à travers l'escadron des brebis et commence à les larder à coups de lance, avec autant d'ardeur et de rage que s'il eût réellement frappé ses plus mortels ennemis. Les pâtres qui menaient le troupeau lui crièrent d'abord de laisser ces pauvres bêtes ; mais, voyant que leurs avis ne servaient de rien, ils délièrent leurs frondes et se mirent à lui saluer les oreilles avec des cailloux gros comme le poing. Don Quichotte, sans se soucier des pierres qui pleuvaient sur lui, courait çà et là, et disait : « Où donc es-tu, superbe Alifanfaron ? Viens à moi, c'est un seul chevalier qui veut éprouver tes forces corps à corps, et t'ôter la vie en peine de la peine que tu causes au valeureux Garamante Pentapolin. » En cet instant arrive une amande de rivière qui, lui donnant droit dans le côté, lui ensevelit deux côtes au fond de l'estomac. À ce coup, il se crut mort ou grièvement blessé ; et, se rappelant aussitôt son baume, il tire la burette, la porte à ses lèvres et commence à se verser dans le corps la précieuse liqueur. Mais, avant qu'il eût fini d'avaler tout ce qui lui en semblait nécessaire, voilà qu'une seconde dragée lui arrive, qui frappe si en plein sur sa main et sur sa burette qu'elle fait voler celle-ci en éclats, lui écrase deux doigts horriblement, et lui emporte, chemin faisant, trois ou quatre dents de la bouche. Telle fut la roideur du premier coup, et telle celle du second, que force fut au pauvre chevalier de se laisser tomber de son cheval en bas. Les pâtres s'approchèrent de lui, et, croyant qu'ils l'avaient tué, ils se dépêchèrent de rassembler leurs troupeaux, chargèrent sur leurs épaules les brebis mortes, dont le nombre passait six à huit, et, sans autre enquête, s'éloignèrent précipitamment.

Sancho était resté tout ce temps sur la hauteur, d'où il contemplait les folies que faisait son maître, s'arrachant la barbe à pleines mains et maudissant l'heure où la fortune avait permis qu'il en fît la connaissance. Quand il le vit par terre et les bergers s'éloigner, il descendit de la colline, s'approcha de lui, et le trouva dans un piteux état, quoiqu'il n'eût pas perdu le sentiment. « Eh bien ! seigneur don Quichotte, lui dit-il, ne vous disais-je pas bien de revenir, et que vous alliez attaquer, non pas des armées, mais des troupeaux de moutons ? – C'est ainsi, répondit don Quichotte, qu'a fait disparaître et changer les choses ce larron de sage enchanteur, mon ennemi. Car apprends, ô Sancho, qu'il est très facile à ces gens-là de nous faire apparaître ce qu'ils veulent ; et ce malin nécromant qui me persécute, envieux de la gloire qu'il a bien vu que j'allais recueillir dans cette bataille, a changé les escadrons de soldats en troupeaux de brebis. Sinon, Sancho, fais une chose, par ma vie ! Pour que tu te détrompes et que tu voies la vérité de ce que je dis, monte sur ton âne, et suis-les, sans faire semblant de rien ; dès qu'ils se seront éloignés quelque peu, ils reprendront leur forme naturelle et, cessant d'être moutons, redeviendront hommes faits et parfaits, tout comme je te les ai dépeints d'abord. Mais non, n'y va pas à présent ; j'ai trop besoin de ton secours et de tes services. Approche et regarde combien il me manque de dents ; car je crois, en vérité, qu'il ne m'en reste pas une seule dans la bouche. » Sancho s'approcha de son maître, et si près qu'il lui mettait presque les yeux dans le gosier. C'était alors que le baume venait d'opérer dans l'estomac de don Quichotte ; et au moment où Sancho se mettait à regarder l'état de ses mâchoires, l'autre leva le cœur et, plus violemment que n'aurait fait une arquebuse, lança tout ce qu'il avait dans le corps à la barbe du compatissant écuyer. « Sainte Vierge ! s'écria Sancho, qu'est-ce qui vient de m'arriver là ? Sans doute que ce pécheur est blessé à mort, puisqu'il vomit le sang par la bouche. » Mais dès qu'il y eut regardé de plus près, il reconnut, à la couleur, odeur et saveur, que ce n'était pas du sang, mais bien le baume de la burette qu'il lui avait vu boire. Alors il fut pris d'une si horrible nausée que, le cœur aussi lui tournant, il vomit ses tripes au nez de son seigneur, et qu'ils restèrent tous deux galamment accoutrés.

Sancho courut à son âne pour prendre de quoi s'essuyer et panser son maître ; mais ne trouvant plus le bissac, il fut sur le point d'en perdre l'esprit. Il se donna de nouveau mille malédictions, et résolut, dans le fond de son cœur, d'abandonner son maître pour regagner le pays, dût-il perdre ses gages et les espérances du gouvernement de l'île tant promise. Don Quichotte se leva cependant, et, tenant ses mâchoires de la main gauche pour empêcher de tomber le reste de ses dents, il prit de l'autre la bride de Rossinante, lequel n'avait pas bougé des côtés de son maître, tant il était fidèle et loyal serviteur ; puis il s'en alla trouver son écuyer qui, la poitrine appuyée sur son âne, et la joue sur sa main, se tenait comme un homme accablé de tristesse.

En voyant sa posture et ses marques de profond chagrin, don Quichotte lui dit : « Apprends, ô Sancho, qu'un homme n'est pas plus qu'un autre, s'il ne fait plus qu'un autre. Tous ces orages dont nous sommes assaillis sont autant de signes que le temps enfin va reprendre sa sérénité, et nos affaires un meilleur cours ; car il est impossible que le bien ou le mal soient durables : d'où il suit que le mal ayant beaucoup duré, le bien doit être proche. Ainsi tu ne dois pas t'affliger outre mesure des disgrâces qui m'arrivent, puisque tu n'en prends aucune part. – Comment non ? répondit Sancho ; est-ce que par hasard celui qu'on faisait danser hier sur la couverture était un autre que le fils de mon père ? Et le bissac qui me manque aujourd'hui, avec tout mon bagage, était-il à d'autres qu'au même ? – Quoi ! tu n'as plus le bissac ? s'écria douloureusement don Quichotte. – Non, je ne l'ai plus, répliqua Sancho. – En ce cas, nous n'avons rien à manger aujourd'hui, reprit don Quichotte. – Ce serait vrai, répondit Sancho, si ces prés manquaient des plantes que Votre Grâce dit connaître si bien, et avec lesquelles ont coutume de suppléer à de telles privations d'aussi malencontreux chevaliers errants que vous l'êtes. – Avec tout cela, reprit don Quichotte, j'aimerais mieux, à l'heure qu'il est, un quartier de pain bis avec deux têtes de harengs que toutes les plantes que décrit Dioscorides, fût-il commenté par le docteur Laguna [1]. Mais allons, bon Sancho, monte sur ton âne, et viens-t'en derrière moi ; Dieu, qui pourvoit à toutes choses, ne nous manquera pas, surtout travaillant, comme nous le faisons, si fort à son service : car il ne manque ni aux moucherons de l'air, ni aux vermisseaux de la terre, ni aux insectes de l'eau ; il est si miséricordieux qu'il fait luire son soleil sur les bons et les méchants, et tomber sa pluie sur le juste et l'injuste. – En vérité, répondit Sancho, vous étiez plus fait pour devenir prédicateur que chevalier errant. – Les chevaliers errants, Sancho, reprit don Quichotte, savaient et doivent savoir de tout ; et tel d'entre eux, dans les siècles passés, s'arrêtait à faire un sermon au milieu du grand chemin, comme s'il eût pris ses licences à l'université de Paris. Tant il est vrai que jamais l'épée n'émoussa la plume, ni la plume l'épée. – À la bonne heure, répondit Sancho, qu'il en soit comme le veut Votre Grâce. Allons-nous-en de là, et tâchons de trouver un gîte pour la nuit ; mais que Dieu veuille que ce soit en tel lieu qu'il n'y air ni berne, ni berneur, ni fantômes, ni Mores enchantés ; car, si j'en retrouve, j'envoie à tous les diables le manche après la cognée. – Demandes-en la grâce à Dieu, mon fils, répliqua don Quichotte, et mène-nous où tu voudras ; je veux, cette fois-ci, laisser à ton choix le soin de notre logement. Mais, avant tout, donne voir ta main, et tâte avec le doigt pour savoir combien de dents me manquent de ce côté droit de la mâchoire supérieure ; car c'est là que je sens le plus de mal. »

1. Le médecin et grand humaniste Andrés Laguna (mort en 1560) a commenté Dioscoride, botaniste grec de l'Antiquité.

Sancho lui mit la main dans la bouche, et tâtant de haut en bas : « Combien de dents, lui demanda-t-il, aviez-vous l'habitude d'avoir de ce côté ? – Quatre, répondit don Quichotte, sans compter l'œillère, toutes bien entières et bien saines. – Faites attention à ce que vous dites, seigneur, reprit Sancho. – Je dis que j'en avais quatre, si ce n'est même cinq, répondit don Quichotte ; car en toute ma vie, on ne m'a pas tiré une dent de la bouche, et je n'en ai perdu ni de carie ni de pituite. – Eh bien ! à ce côté d'en bas, dit Sancho, Votre Grâce n'a plus que deux dents et demie, et, à celui d'en haut, ni demie ni entière : tout est ras et plat comme la paume de la main. – Oh ! malheureux que je suis ! s'écria don Quichotte aux tristes nouvelles que lui donnait son écuyer ; j'aimerais mieux qu'ils m'eussent enlevé un bras [1], pourvu que ce ne fût pas celui de l'épée ; car il faut que tu saches, Sancho, qu'une bouche sans dents est comme un moulin sans meule, et qu'on doit mille fois plus estimer une dent qu'un diamant. Mais enfin ce sont des disgrâces auxquelles nous sommes sujets, nous tous qui avons fait profession dans l'ordre austère de la chevalerie errante. Allons, monte sur ton âne, conduis-nous ; je te suivrai au train que tu voudras. »

Sancho fit ce qu'ordonnait son maître et s'achemina du côté où il lui parut plus sûr de trouver un gîte, sans s'écarter toutefois du grand chemin, très fréquenté dans cet endroit. Comme ils s'en allaient ainsi l'un devant l'autre et pas à pas, parce que la douleur des mâchoires ne laissait à don Quichotte ni repos ni envie de se hâter beaucoup, Sancho, voulant endormir son mal et le divertir en lui contant quelque chose, lui dit ce qu'on verra dans le chapitre suivant.

1. Don Quichotte serait devenu en ce cas – sauf à l'imaginer gaucher – un manchot du bras gauche, à l'instar de son créateur, lequel, de son côté, tenait beaucoup à la validité de son bras droit, pour manier la plume après avoir manié l'épée. Voir à ce sujet la fin de notre Présentation.

CHAPITRE XIX

Des ingénieux propos que Sancho tint à son maître, et de l'aventure arrivée à celui-ci avec un corps mort, ainsi que d'autres événements fameux

« Il me semble, seigneur, que toutes ces mésaventures qui nous sont arrivées depuis quelques jours doivent être la peine du péché que Votre Grâce a commis contre l'ordre de sa chevalerie, en manquant d'accomplir le serment que vous aviez fait de ne pas manger pain sur nappe, ni badiner avec la reine, ni tout ce qui s'ensuit, et que vous aviez juré d'accomplir jusqu'à ce que vous ayez enlevé cet armet de Malandrin, ou comme s'appelle le More, car je ne me souviens pas très bien de son nom. – Tu as vraiment raison, Sancho, répondit don Quichotte ; mais à vrai dire, cela m'était tout à fait sorti de la mémoire. Et tu peux bien être assuré de même que c'est pour la faute que tu as commise en manquant de m'en faire ressouvenir à temps que tu as attrapé l'aventure de la berne. Mais je vais réparer la mienne ; car il y a aussi, dans l'ordre de la chevalerie, des compositions [1] sur toutes sortes de péchés.

– Est-ce que, par hasard, j'ai juré quelque chose, moi ? reprit Sancho. – Peu importe que tu n'aies pas juré, répliqua don Quichotte : il suffit que tu ne sois pas très à

1. Compositions : à prendre ici au sens de « compromis » ou « accommodements ».

l'abri du reproche de complicité. Ainsi, pour oui ou pour non, il vaut mieux nous pourvoir de dispenses [1].

– Ma foi, s'il en est ainsi, reprit Sancho, que Votre Grâce prenne garde à ne pas oublier ce nouveau serment comme l'autre ; car les fantômes pourraient bien reprendre l'envie de se divertir encore avec moi, et même avec Votre Grâce, s'ils la voient en rechute. »

Durant ces entretiens et d'autres semblables, la nuit les surprit au milieu du chemin, sans qu'ils sussent comment avoir ni comment découvrir où se mettre à l'abri ; et le pis de l'affaire, c'est qu'ils mouraient de faim, car avec le bissac s'était envolée toute la provision. Pour achever pleinement leur disgrâce, il leur arriva une aventure qui cette fois, et sans artifice, pouvait bien s'appeler ainsi. La nuit était venue, et fort obscure ; cependant ils cheminaient toujours, Sancho croyant que, de bon compte, on ne pouvait faire plus d'une à deux lieues sur la grande route sans rencontrer quelque hôtellerie. Or donc, pendant qu'ils marchaient ainsi par la nuit noire, l'écuyer mourant de faim et le chevalier avec grand appétit, voilà qu'ils aperçurent venir, sur le chemin qu'ils suivaient, une grande multitude de lumières qui semblaient autant d'étoiles mouvantes. À cette vue, Sancho perdit la carte [2] et son maître sentit un peu la chair de poule. L'un tira son âne par le licou, l'autre son bidet par la bride, et tous deux se tinrent cois, regardant avec grande attention ce que ce pouvait être. Ils virent que les lumières venaient droit de leur côté et que, plus elles s'approchaient, plus elles semblaient grandes.

Pour le coup, Sancho se mit à trembler de tous ses membres, comme un épileptique, et les cheveux se dressèrent sur la tête de don Quichotte, lequel, s'animant néanmoins un peu : « Voici sans doute, dit-il, une grande et périlleuse aventure, où il va falloir, Sancho, que je montre

---

1. Il existait des bulles (pontificales) dites de rémission qui dispensaient de restitution celui qui se retrouvait avec un bien d'autrui sans savoir à qui le rendre. On voit mal, soit dit en passant, comment don Quichotte aurait pu rendre à Maritorne, ou à qui que ce fût, ce qu'il n'avait jamais pris.

2. Cette expression figurée a bien vieilli pour dire « ne plus savoir où l'on en est, perdre la tête ».

toute ma force et tout mon courage. – Malheureux que je suis ! répondit Sancho, si c'est encore une aventure de fantômes, comme elle m'en a tout l'air, où trouver des côtes pour y suffire ? – Tout fantômes qu'ils puissent être, s'écria don Quichotte, je ne permettrai pas qu'ils te touchent seulement au poil du pourpoint. S'ils t'ont fait un mauvais tour l'autre fois, c'est que je n'ai pu sauter les murs de la basse-cour ; mais nous sommes maintenant en rase campagne, où je pourrai jouer de l'épée tout à mon aise. – Mais s'ils vous enchantent et vous engourdissent comme la fois passée, répliqua Sancho, que vous servira-t-il d'avoir ou non le champ libre ? – En tout cas, reprit don Quichotte, je te supplie, Sancho, de reprendre courage ; l'expérience te fera voir quel est le mien. – Eh bien ! oui, j'en aurai, s'il plaît à Dieu », répondit Sancho. Et tous deux, se détournant un peu du chemin, se remirent à considérer attentivement ce que pouvaient être ces lumières qui marchaient.

Ils aperçurent bientôt un grand nombre d'hommes enchemisés dans des robes blanches [1], et cette effrayante vision acheva si bien d'abattre le courage de Sancho Panza qu'il commença à claquer des dents comme dans un accès de fièvre tierce ; mais la peur et le claquement augmentèrent encore quand ils virent enfin distinctement ce que c'était. Ils découvrirent une vingtaine au moins de ces gens en chemise, tous à cheval, tenant à la main des torches allumées, derrière lesquels venait une litière tendue en deuil, que suivaient six autres cavaliers habillés de noir jusqu'aux pieds de leurs mules, car on voyait bien, au calme de l'allure de ces bêtes, que ce n'étaient pas des chevaux. Ces fantômes blancs cheminaient en murmurant d'inintelligibles paroles d'une voix basse et plaintive.

---

1. Pour se reconnaître entre eux lors d'une offensive nocturne, les soldats mettaient une chemise blanche sur leur armure. « Camisades » s'est dit, en français, pour ces attaques de nuit, et « camisards » en a dérivé pour désigner les protestants cévenols après la révocation de l'édit de Nantes, qui utilisaient ce signe distinctif pour se reconnaître entre eux, dans la mêlée des persécutions. Ici, comme don Quichotte le découvrira un peu tard, les *encamisados* ne sont ni des soldats agressifs, ni des revenants, mais de pacifiques ecclésiastiques avec des surplis blancs, escortant de nuit un cercueil.

Cette étrange apparition, à une telle heure et dans un lieu désert, suffisait pour faire bien pénétrer l'effroi jusqu'au cœur de Sancho, et même jusqu'à celui de son maître. Néanmoins, tandis que toute la résolution de Sancho faisait naufrage, le contraire arriva pour don Quichotte, auquel sa folle imagination représenta sur-le-champ que c'était une des aventures de ses livres. Il se figura que la litière était un brancard où l'on portait quelque chevalier mort ou grièvement blessé, dont la vengeance était réservée à lui seul. Sans plus de réflexion, il s'affermit bien sur la selle, met en arrêt sa pique de messier et, d'une contenance assurée, va se planter au beau milieu du chemin où devaient forcément passer les gens aux blancs manteaux. Dès qu'il les vit s'approcher, il leur cria d'une voix terrible : « Halte-là, chevaliers ! qui que vous soyez, halte-là ! Dites-moi qui vous êtes, d'où vous venez, où vous allez, et ce que vous menez sur ce brancard. Selon toutes les apparences, ou vous avez fait, ou l'on vous a fait quelque tort et grief ; il convient donc et il est nécessaire que j'en sois instruit, soit pour vous punir du mal que vous avez fait, soit pour vous venger de celui qu'on vous a fait.
– Nous sommes pressés, et l'hôtellerie est loin, répondit un des hommes en chemise ; nous n'avons pas le temps de vous rendre tous les comptes que vous demandez » ; et, piquant sa mule, il voulut passer outre. Mais don Quichotte s'était grandement irrité de cette réponse ; saisissant la mule par le mors : « Halte-là ! vous dis-je, et soyez plus poli. Qu'on réponde à ce que j'ai demandé, ou sinon je vous déclare la guerre à tous et vous livre bataille. » La mule était ombrageuse : se sentant prise au mors, elle se cabra et se renversa par terre sur son cavalier. Un valet, qui marchait à pied, voyant tomber son maître, se mit à injurier don Quichotte, lequel, déjà enflammé de colère, baisse sa lance sans attendre davantage et, fondant sur un des habillés de noir, l'envoie rouler sur la poussière, atteint d'un mauvais coup ; puis, se ruant à travers la troupe, c'était merveille de voir avec quelle promptitude il les attaquait et les culbutait l'un après l'autre ; l'on eût dit qu'il avait en cet instant poussé des ailes à Rossinante, tant il se montrait fier et léger.

Tous ces manteaux blancs étaient des gens timides et sans armes ; dès les premiers coups, ils lâchèrent pied et se mirent à courir à travers champs avec leurs torches allumées, si bien qu'on les aurait pris pour une des mascarades qui courent les nuits de carnaval. Quant aux manteaux noirs, ils étaient si empêtrés dans leurs longues jupes qu'ils ne pouvaient remuer. Don Quichotte put donc les bâtonner et les chasser tous devant lui, restant à bon marché maître du champ de bataille ; car ils imaginaient tous que ce n'était pas un homme, mais bien le diable en personne qui était venu de l'enfer les attendre au passage, pour leur enlever le corps mort qu'ils menaient dans la litière. Sancho, cependant, regardait tout cela, admirant l'intrépidité de son seigneur, et il disait dans sa barbe : « Sans aucun doute, ce mien maître-là est aussi brave et vaillant qu'il le dit. »

Une torche était restée, brûlant par terre, auprès du premier qu'avait renversé la mule. Don Quichotte, l'apercevant à cette lueur, s'approcha de lui ; et, lui posant la pointe de sa lance sur la gorge, il lui cria de se rendre, ou, sinon, qu'il le tuerait. « Je ne suis que trop rendu, répondit l'homme à terre, puisque je ne puis bouger et que j'ai, je crois, la jambe cassée. Mais, si vous êtes gentilhomme et chrétien, je supplie Votre Grâce de ne pas me tuer ; elle commettrait un grand sacrilège, car je suis licencié et j'ai reçu les premiers ordres. – Et qui diable, étant homme d'Église, vous a conduit ici ? s'écria don Quichotte. – Qui, seigneur ? répondit l'autre ; mon malheur. – Eh bien ! répliqua don Quichotte, un autre plus grand vous menace, si vous ne répondez sur-le-champ à toutes les questions que je vous ai faites. – Vous allez être aisément satisfait, reprit le licencié ; et d'abord Votre Grâce saura que, bien que j'aie dit tout à l'heure que j'avais les licences, je ne suis encore [1] que bachelier. Je m'appelle Alonzo Lopez et suis natif d'Alcovendas. Je viens de la ville de Baéza, en compagnie de onze autres prêtres, ceux qui fuyaient avec

1. Cet « encore » a été ajouté à tort par Viardot : beaucoup de bacheliers, au temps de Cervantès, en restaient là à vie de leurs diplômes, parce que l'obtention de la licence ou du doctorat coûtait trop cher, en raison des cérémonies requises. Mais certains se disaient licenciés sans l'être, comme le fait ici, au moins dans un premier temps et pour tenter d'en imposer à son agresseur, cet Alonso López, qui a ensuite l'honnêteté de rectifier.

des torches. Nous allons à Ségovie, accompagnant un corps mort qui est dans cette litière : ce corps mort est celui d'un gentilhomme qui mourut à Baéza, où il a été quelque temps déposé au cimetière ; mais, comme je vous ai dit, nous portons ses os à Ségovie, où est la sépulture de sa famille. – Et qui l'a tué ? demanda don Quichotte. – Dieu, par le moyen d'une fièvre maligne qu'il lui a envoyée, répondit le bachelier. – En ce cas, reprit don Quichotte, le Seigneur m'a dispensé de la peine que j'aurais prise de venger sa mort, si tout autre l'eût tué. Mais, étant frappé de telle main, je n'ai plus qu'à me taire et à plier les épaules, ce que je ferais s'il m'eût frappé moi-même. Mais je veux apprendre à Votre Révérence que je suis un chevalier de la Manche, appelé don Quichotte, et que ma profession est d'aller par le monde redressant les torts et réparant les injustices. – Je ne sais trop, répondit le bachelier, comment vous entendez le redressement des torts, car de droit que j'étais, vous m'avez fait tordu, me laissant avec une jambe cassée, qui ne se verra plus droite en tous les jours de sa vie ; et l'injustice que vous avez réparée en moi, ç'a été de m'en faire une irréparable, et nulle plus grande mésaventure ne pouvait m'arriver que de vous rencontrer cherchant des aventures. – Toutes les choses ne se passent point de la même façon, répliqua don Quichotte ; le mal est venu, seigneur bachelier Alonzo Lopez, de ce que vous cheminiez la nuit, vêtus de surplis blancs, des torches à la main, marmottant entre vos lèvres, et couverts de deuil, tels enfin que vous ressembliez à des fantômes et à des gens de l'autre monde. Aussi je n'ai pu me dispenser de remplir mon devoir en vous attaquant, et je n'aurais pas manqué de le faire quand bien même vous auriez été réellement, comme je n'ai cessé de le croire, une troupe de démons échappés de l'enfer. – Puisque l'a voulu ainsi ma mauvaise fortune, reprit le bachelier, je vous supplie, seigneur chevalier errant, qui m'empêcherez pour longtemps d'errer, de m'aider à me dégager de cette mule, sous laquelle ma jambe est prise entre la selle et l'étrier. – Vous parliez donc pour demain, à ce qu'il paraît ? répondit don Quichotte. Et que diable attendiez-vous pour me conter votre souci ? »

Il cria aussitôt à Sancho de venir ; mais celui-ci n'avait garde de se presser, parce qu'il s'occupait à dévaliser un mulet de bât que ces bons prêtres menaient chargé d'excellentes provisions de bouche. Sancho fit de son manteau une manière de havre-sac, et l'ayant farci de tout ce qu'il put y faire entrer, il en chargea son âne, puis il accourut aux cris de son maître, auquel il prêta la main pour tirer le seigneur bachelier de dessous sa mule. Ils parvinrent à le remettre en selle, lui rendirent sa torche, et don Quichotte lui dit de suivre le chemin qu'avaient pris ses compagnons, en le chargeant de leur demander de sa part pardon de l'offense qu'il n'avait pu s'empêcher de leur faire. Sancho lui dit encore : « Si par hasard ces messieurs veulent savoir quel est le brave qui les a mis en déroute, vous n'avez qu'à leur dire que c'est le fameux don Quichotte de la Manche, autrement appelé *le chevalier de la Triste-Figure* [1]. »

Le bachelier s'éloigna sans demander son reste, et don Quichotte alors s'informa de Sancho pour quel motif il l'avait appelé *le chevalier de la Triste-Figure*, plutôt à cette heure qu'à toute autre. « Je vais vous le dire, répondit Sancho ; c'est que je vous ai un moment considéré à la lueur de cette torche que porte ce pauvre boiteux ; et véritablement Votre Grâce a bien la plus mauvaise mine que j'aie vue depuis longues années ; ce qui doit venir sans doute, ou des fatigues de ce combat, ou de la perte de vos dents. – Ce n'est pas cela, répondit don Quichotte ; mais le sage auquel est confié le soin d'écrire un jour l'histoire de mes prouesses aura trouvé bon que je prenne quelque surnom significatif, comme en prenaient tous les chevaliers du temps passé. L'un s'appelait *le chevalier de l'Ardente-Épée* ; l'autre, *de la Licorne* ; celui-ci, *des Demoiselles* ; celui-là, *du Phénix* ; cet autre, *du Griffon*, et cet autre, *de la Mort* [2] ; et c'est par ces surnoms et ces insignes qu'ils étaient connus sur toute la surface de la

1. Sancho, sans le savoir, réinvente un surnom que portait déjà un certain Deocliano, personnage du roman de chevalerie *Don Clarian de Landanis*.

2. Le premier et le dernier de ces six surnoms se rapportent à Amadis de Grèce, les autres, respectivement et dans l'ordre, à Belianis de Grèce, Florandin de Macédoine, Florarlan de Thrace et Felinis. On ne saurait dire que tous ces braves chevaliers, ni par leurs noms, ni par leurs surnoms, soient aujourd'hui « connus sur toute la surface de la terre ».

terre. Ainsi donc, dis-je, le sage dont je viens de parler t'aura mis dans la pensée et sur la langue ce nom de *chevalier de la Triste-Figure*, que je pense bien porter désormais ; et pour que ce nom m'aille mieux encore, je veux faire peindre sur mon écu, dès que j'en trouverai l'occasion, une triste et horrible figure. – Par ma foi, seigneur, reprit Sancho, il est bien inutile de dépenser du temps et de l'argent à faire peindre cette figure-là. Votre Grâce n'a qu'à montrer la sienne, et à regarder en face ceux qui la regarderont, et je vous réponds que, sans autre image et sans nul écu, ils vous appelleront tout de suite le *chevalier de la Triste-Figure*. Et croyez bien que je vous dis vrai ; car je vous assure, soit dit en badinage, que la faim et le manque de dents vous donnent une si piteuse mine qu'on peut, comme je l'ai dit, très aisément épargner la peinture. »

Don Quichotte se mit à rire de la saillie de son écuyer, mais pourtant n'en résolut pas moins de prendre ce surnom, en faisant peindre son bouclier comme il l'entendait. « Sais-tu bien, Sancho, lui dit-il ensuite, que me voilà excommunié pour avoir violemment porté les mains sur une chose sainte, suivant ce texte : *Si quis suadente diabolo* [1], etc. Et cependant, à vrai dire, je n'ai pas porté les mains, mais cette pique ; et d'ailleurs je ne pensais guère offenser des prêtres et des choses de l'Église, que je respecte et que j'adore comme fidèle chrétien catholique que je suis, mais au contraire des fantômes et des spectres de l'autre monde. Et quand il en serait ainsi, je n'ai pas oublié ce qui arriva au Cid Ruy-Diaz quand il brisa la chaise de l'ambassadeur d'un certain roi devant Sa Sainteté le pape, qui l'excommunia pour ce fait [2] ; ce qui n'empêcha pas que le bon Rodrigo de Vivar n'eût agi ce jour-là en loyal et vaillant chevalier. »

Le bachelier s'étant éloigné sur ces entrefaites, don Quichotte avait envie de voir si le corps qui venait dans la litière était de chair ou d'os ; mais Sancho ne voulut jamais y consentir. « Seigneur, lui dit-il, Votre Grâce a mis à fin cette aventure à moins de frais que toutes celles

1. « Si quelqu'un, persuadé par le diable… » : début d'une formule d'excommunication prononcée contre qui s'en prenait délibérément à un homme d'Église.

2. Scène inventée dans un romance.

que j'ai vues jusqu'à présent. Il ne faut pas tenter le diable. Ces gens, quoique vaincus et mis en déroute, pourraient bien cependant s'apercevoir qu'une seule personne les a battus ; la honte et le dépit pourraient bien les ramener sur nous prendre leur revanche, et ils nous donneraient du fil à retordre. Croyez-moi, l'âne est pourvu, la montagne est près, la faim nous talonne ; il n'y a rien de mieux à faire que de nous en aller bravement les pieds l'un devant l'autre ; et, comme on dit, que le mort aille à la sépulture et le vivant à la pâture. » Là-dessus prenant son âne par le licou, il pria son maître de le suivre, lequel obéit, voyant que Sancho avait la raison de son côté.

Après avoir cheminé quelque temps entre deux coteaux, ils arrivèrent dans un large et frais vallon, où ils mirent pied à terre. Sancho soulagea bien vite son âne ; puis, maître et valet, étendus sur l'herbe verte, ayant toute la sauce de leur appétit, déjeunèrent, dînèrent, goûtèrent et soupèrent tout à la fois pêchant dans plus d'un panier de viandes froides que messieurs les prêtres du défunt, gens qui rarement oublient les soins d'ici-bas, avaient eu l'attention de charger sur les épaules du mulet. Mais il leur arriva une autre disgrâce, que Sancho trouva la pire de toutes : c'est qu'ils n'avaient pas de vin à boire, pas même une goutte d'eau pour se rafraîchir la bouche. La soif à son tour les tourmentait, et Sancho, voyant que le pré sur lequel ils étaient assis avait beaucoup d'herbe fraîche et menue, dit à son maître ce qu'on verra dans le chapitre suivant.

CHAPITRE XX

De l'aventure inouïe que mit à fin le valeureux don Quichotte, avec moins de péril que n'en courut en nulle autre nul fameux chevalier

« Il est impossible, mon seigneur, que ce gazon vert ne rende pas témoignage qu'ici près coule quelque fontaine ou ruisseau qui le mouille et le rafraîchit. Nous ferons donc bien d'avancer un peu, car nous trouverons sans doute de quoi calmer cette terrible soif qui nous obsède et dont le tourment est pire encore que celui de la faim. »

Don Quichotte approuva cet avis : il prit Rossinante par la bride, et Sancho son âne par le licou, après lui avoir mis sur le dos les débris du souper ; puis ils commencèrent à cheminer en remontant la prairie à tâtons, car l'obscurité de la nuit ne laissait pas apercevoir le moindre objet. Ils n'eurent pas fait deux cents pas que leurs oreilles furent frappées par un grand bruit d'eau, comme serait celui d'une cascade qui tomberait du haut d'un rocher. Ils sentirent à ce bruit une joie infinie et, s'étant arrêtés pour écouter attentivement d'où il partait, ils entendirent tout à coup un autre vacarme qui calma tout à la fois leur joie et leur soif, surtout pour Sancho, naturellement poltron. Ils entendirent de grands coups sourds, frappés en cadence et accompagnés d'un certain cliquetis de fers et de chaînes qui, joint au bruit du torrent, aurait jeté l'effroi dans tout autre cœur que celui de don Quichotte. La nuit, comme je viens de le dire, était très obscure, et le hasard les avait amenés sous un bouquet de grands arbres, dont les feuilles, agitées par la brise, faisaient un autre bruit à la fois doux et effrayant ; si bien que la solitude, le site, l'obscurité, le bruit de l'eau et le murmure des feuilles, tout répandait l'horreur et l'épouvante. Ce fut pis encore quand ils virent que les coups ne cessaient de frapper, ni le vent de souffler, et que le jour tardait à poindre pour leur apprendre du moins où ils se trouvaient.

Mais don Quichotte, soutenu par son cœur intrépide, sauta sur Rossinante, embrassa son écu et, croisant sa lance : « Ami Sancho, s'écria-t-il, apprends que je suis né, par la volonté du ciel, dans notre âge de fer, pour y ressusciter l'âge d'or. C'est à moi que sont réservés les périls redoutables, les prouesses éclatantes et les vaillants exploits. C'est moi, dis-je encore une fois, qui dois ressusciter les vingt-cinq de la Table Ronde, les douze de France et les neuf de la Renommée ; qui dois mettre en oubli les Platir, les Phébus, les Bélianis, les Tablant, Olivant et Tirant, et la foule innombrable des fameux chevaliers errants des siècles passés, faisant en ce siècle où je me trouve de si grands et de si merveilleux faits d'armes qu'ils obscurcissent les plus brillants dont les autres aient à se vanter. Remarque bien, écuyer loyal et fidèle, les ténèbres de cette nuit et son profond silence, le bruit sourd et confus de ces arbres, l'effroyable tapage de cette eau que nous étions venus chercher, et qui semble se précipiter du haut des montagnes de la Lune [1] ; enfin le vacarme incessant de ces coups redoublés qui nous déchirent les oreilles ; toutes choses qui, non seulement ensemble, mais chacune en particulier, sont capables de jeter la surprise, la peur et l'effroi dans l'âme même du dieu Mars, à plus forte raison de celui qui n'est pas fait à de tels événements. Eh bien ! toutes ces choses que je viens de te peindre sont autant d'aiguillons qui réveillent mon courage, et déjà le cœur me bondit dans la poitrine du désir que j'éprouve d'affronter cette aventure, toute périlleuse qu'elle s'annonce. Ainsi donc, Sancho, serre un peu les sangles de Rossinante, et reste à la garde de Dieu. Tu m'attendras ici l'espace de trois jours, au bout desquels, si je ne reviens

1. Allusion aux « monts de la Lune », que la géographie de Ptolémée avait placés aux sources du Nil, en amont de deux cataractes.

pas, tu pourras t'en retourner à notre village, et de là, pour faire une bonne œuvre et me rendre service, tu iras au Toboso, où tu diras à Dulcinée, mon incomparable dame, que son captif chevalier est mort pour accomplir des choses mémorables qui le rendissent digne de se nommer ainsi. »

Lorsque Sancho entendit son maître parler de la sorte, il se prit à pleurer avec le plus profond attendrissement. « Seigneur, lui dit-il, je ne sais pourquoi Votre Grâce veut absolument s'engager dans une si périlleuse aventure. Il est nuit à cette heure, personne ne nous voit ; nous pouvons bien changer de route et échapper au danger, dussions-nous ne pas boire de trois jours ; et puisqu'il n'y a personne pour nous voir, il n'y en aura pas davantage pour nous taxer de poltrons. Et d'ailleurs, j'ai souvent entendu prêcher au curé de notre endroit, ce curé que Votre Grâce connaît bien, que quiconque cherche le péril y succombe [1]. Ainsi donc il ne serait pas bien de tenter Dieu, en se jetant dans une si effroyable affaire qu'on ne pût s'en tirer que par miracle. C'est bien assez de ceux qu'a faits le ciel en votre faveur, lorsqu'il vous a préservé d'être berné comme moi, et qu'il vous a donné pleine victoire, sans qu'il vous en coûtât la moindre égratignure, sur tous ces ennemis qui accompagnaient le corps du défunt. Mais si tout cela ne peut toucher ni attendrir ce cœur de rocher, qu'il s'attendrisse du moins en pensant qu'à peine Votre Grâce aura fait un pas pour s'éloigner d'ici, je rendrai de frayeur mon âme à qui voudra la prendre. J'ai quitté mon pays, j'ai laissé ma femme et mes enfants pour suivre et servir Votre Grâce, croyant valoir plutôt plus que moins. Mais, comme on dit, l'envie d'y trop mettre rompt le sac : elle a détruit mes espérances ; car, au moment où je comptais le plus attraper enfin cette île malencontreuse que Votre Grâce m'a tant de fois promise, voilà qu'en échange et en payement de mes services vous voulez maintenant me laisser

1. L'Ecclésiastique, 3, 26 : *Qui amat periculum in illo peribit*. Certains annotateurs disent que la phrase était devenue proverbiale au temps de Cervantès. Cela n'est pas si sûr, puisque Sancho explique sa connaissance de la sentence par un prêche entendu à l'église. D'autres passages du roman font intervenir à nouveau cette explication lorsque la culture populaire de Sancho semble excéder ses bornes.

tout seul dans un lieu si éloigné du commerce des hommes. Ah ! par un seul Dieu, mon seigneur, n'ayez pas à mon égard tant de cruauté. Et si Votre Grâce ne veut pas absolument renoncer à courir cette aventure, attendez au moins jusqu'au matin ; car, à ce que m'apprend la science que j'ai apprise quand j'étais berger, il ne doit pas y avoir trois heures d'ici à l'aube du jour : en effet, la bouche [1] de la Petite Ourse est par-dessus la tête de la Croix, tandis que minuit se marque à la ligne du bras gauche.

– Mais, Sancho, répondit don Quichotte, comment peux-tu voir cette ligne, ni où sont la bouche et la tête, puisque la nuit est si obscure qu'on ne distingue pas une seule étoile ? – C'est bien vrai, répliqua Sancho ; mais la peur a de bons yeux, et puisqu'elle voit, à ce qu'on dit, sous la terre, elle peut bien voir en haut dans le ciel ; d'ailleurs il est aisé de conjecturer qu'il n'y a pas loin d'ici au jour. – Qu'il vienne tôt ou qu'il vienne tard, reprit don Quichotte, il ne sera pas dit, à cette heure ni dans aucun temps, que des larmes ou des prières m'aient empêché de faire ce que je dois en qualité de chevalier. Je te prie donc, Sancho, de te taire. Dieu, qui m'a mis dans le cœur l'envie d'affronter cette aventure inouïe et formidable, aura soin de veiller sur mon salut et de consoler ton affliction. Ce que tu as à faire, c'est de bien serrer les sangles de Rossinante, et de te tenir ici ; je te promets d'être bientôt de retour, mort ou vif. »

Sancho, voyant l'inébranlable résolution de son maître et le peu d'influence qu'avaient sur lui ses conseils, ses prières et ses larmes, résolut de recourir à son adresse, et de lui faire, s'il était possible, attendre le jour bon gré mal gré. Pour cela, tandis qu'il serrait les sangles du cheval, sans faire semblant de rien et sans être aperçu, il attacha avec le licou de l'âne les deux pieds de Rossinante, de façon que, lorsque don Quichotte voulut partir, il n'en put

---

1. *Bocina,* dit le texte espagnol, c'est-à-dire « cor de chasse », selon une expression imagée de l'époque. L'étoile Polaire était l'embouchure, et les étoiles de l'extrémité la bouche. Selon de savants calculs appliqués à la méthode rustique de Sancho, il aurait fallu que la fiction fût située un 15 mars pour qu'il dise vrai. Or le texte la situe en été, au temps des moissons. Les propos de Sancho sont donc un coup de bluff, devant lequel don Quichotte se montre du reste assez méfiant.

venir à bout, car le cheval ne pouvait bouger, si ce n'est par sauts et par bonds. Voyant le succès de sa ruse, Sancho Panza lui dit aussitôt : « Eh bien ! seigneur, vous le voyez : le ciel, touché de mes pleurs et de mes supplications, ordonne que Rossinante ne puisse bouger de là, et si vous vous opiniâtrez, si vous tourmentez cette pauvre bête, ce sera vouloir fâcher la fortune et donner, comme on dit, du poing contre l'aiguillon. »

Cependant don Quichotte se désespérait ; mais, plus il frappait son cheval de l'éperon, moins il le faisait avancer. Enfin, sans se douter de la ligature, il trouva bon de se calmer et d'attendre, ou que le jour vînt, ou que Rossinante remuât. Toutefois, attribuant son refus de marcher à toute autre cause que l'industrie de Sancho : « Puisqu'il en est ainsi, lui dit-il, et que Rossinante ne veut pas avancer, il faut bien me résigner à attendre que l'aube nous rie, quoique j'aie à pleurer tout le temps qu'elle va tarder à poindre. – Il n'y a pas de quoi pleurer, répondit Sancho ; j'amuserai Votre Grâce en lui contant des contes jusqu'au jour ; à moins pourtant que vous n'aimiez mieux descendre de cheval et dormir un peu sur le gazon, à la mode des chevaliers errants, pour vous trouver demain mieux reposé et plus en état d'entreprendre cette furieuse aventure qui vous attend. – Qu'appelles-tu descendre, qu'appelles-tu dormir ? s'écria don Quichotte. Suis-je par hasard de ces chevaliers musqués qui prennent du repos dans les périls ? Dors, toi qui es né pour dormir, et fais tout ce que tu voudras ; mais je ferai, moi, ce qui convient le plus à mes desseins. – Que Votre Grâce ne se fâche pas, mon cher seigneur, répondit Sancho ; j'ai dit cela pour rire » ; et, s'approchant de lui, il mit une main sur l'arçon de devant, passa l'autre sur l'arçon de derrière, de sorte qu'il se tint embrassé à la cuisse gauche de son maître, sans oser s'en éloigner d'une seule ligne, tant sa frayeur était grande au bruit des coups qui continuaient à frapper alternativement.

Don Quichotte dit alors à Sancho de lui conter un conte, comme il le lui avait promis. « Je le ferais de bon cœur, répondit l'écuyer, si la peur me laissait la parole ; et cependant je vais m'efforcer de vous dire une histoire telle que, si je parviens à la conter et si je n'en oublie rien, ce sera la meilleure de toutes les histoires. Que Votre Grâce soit donc attentive, je vais commencer.

« Il y avait un jour ce qu'il y avait… que le bien qui vient soit pour tout le monde, et le mal pour celui qui l'est allé chercher… Et je vous prie de remarquer, mon seigneur, le commencement que les anciens donnaient à leurs contes de la veillée ; ce n'était pas le premier venu, vraiment, mais bien une sentence de Caton [1], l'encenseur romain, qui dit : “Et le mal pour celui qui l'est allé chercher.” Laquelle sentence vient ici comme une bague au doigt, pour que Votre Grâce reste tranquille, et pour que je n'aille chercher le mal d'aucun côté ; mais bien plutôt pour que nous prenions un autre chemin, puisque personne ne nous force à continuer celui où nous assaillent tant de frayeurs. – Continue ton conte, Sancho, dit don Quichotte ; et du chemin que nous devons prendre, laisse-m'en le souci.

– Je dis donc, continua Sancho, que, dans un endroit de l'Estramadure, il y avait un pâtre chevrier, c'est-à-dire qui gardait des chèvres, lequel pâtre ou chevrier, comme dit mon histoire, s'appelait Lope Ruiz, et ce Lope Ruiz était amoureux d'une bergère qui s'appelait Torralva, laquelle bergère appelée Torralva était fille d'un riche propriétaire de troupeaux, et ce riche propriétaire de troupeaux… – Mais si c'est ainsi que tu contes ton histoire, Sancho, interrompit don Quichotte, répétant deux fois ce que tu as à dire, tu ne finiras pas en deux jours. Conte-la tout uniment, de suite, et comme un homme d'intelligence ; sinon, tais-toi, et n'en dis pas davantage. – De la manière que je vous la conte, répondit Sancho, se content dans mon pays toutes les histoires de veillées ; je ne sais pas la conter autrement, et il n'est pas juste que Votre Grâce exige que je fasse des modes nouvelles. – Conte donc comme tu voudras, s'écria don Quichotte, et, puisque le sort m'a réduit à t'écouter, continue. – Vous saurez donc, seigneur de mon âme, poursuivit Sancho, que, comme j'ai déjà dit, ce berger était amoureux de Torralva la bergère, laquelle était une fille joufflue et

1. Une tradition attestée en Espagne avait fait de Caton le Censeur (214-149 av. J.-C.) un auteur de proverbes et maximes.

rebondie, assez farouche et même un peu hommasse, car elle avait quelques poils de moustache, si bien que je crois la voir d'ici. – Tu l'as donc connue quelque part ? demanda don Quichotte. – Non, je ne l'ai pas connue, reprit Sancho ; mais celui qui m'a conté l'histoire m'a dit qu'elle était si véritable et si certaine que, quand je la raconterais à un autre, je pourrais bien jurer et affirmer que j'avais vu tout ce qui s'y passe. Or donc, les jours allant et venant, comme on dit, le diable, qui ne s'endort pas et qui se fourre partout pour tout embrouiller, fit si bien que l'amour qu'avait le berger pour la bergère se changea en haine et en mauvais vouloir ; et la cause en fut, selon les mauvaises langues, une certaine quantité de petites jalousies qu'elle lui donna les unes sur les autres, et telles, ma foi, qu'elles passaient la plaisanterie. Depuis ce temps, la haine du berger devint si forte que, pour ne plus voir la bergère, il résolut de quitter son pays et d'aller jusqu'où ses yeux ne pussent jamais la revoir. La Torralva, tout aussitôt qu'elle se vit dédaignée de Lope, l'aima bien plus fort que lui ne l'avait jamais aimée.

– C'est la condition naturelle des femmes, interrompit don Quichotte, de dédaigner qui les aime, et d'aimer qui les dédaigne. Continue.

– Il arriva donc, reprit Sancho, que le berger mit en œuvre son projet, et, poussant ses chèvres devant lui, il s'achemina dans les champs de l'Estramadure, pour passer au royaume de Portugal. La Torralva, qui eut vent de sa fuite, se mit aussitôt à ses trousses ; elle le suivait de loin, à pied, ses souliers dans une main, un bourdon dans l'autre, et portant à son cou un petit bissac qui contenait, à ce qu'on prétend, un morceau de miroir, la moitié d'un peigne et je ne sais quelle petite boîte de fard à farder pour le visage. Mais, qu'elle portât ces choses ou d'autres, ce que je n'ai pas envie de vérifier à présent [1], toujours est-il que le berger arriva avec son troupeau pour passer le Gua-

1. Cette incise de Sancho, solidaire de la tradition orale des conteurs, rejoint les sarcasmes de Cervantès contre les détails si souvent oiseux des textes littéraires. À remarquer que la malice de Sancho consiste justement à multiplier les digressions tout en les critiquant : toute l'histoire de la Torralva est un prologue superflu au conte attrape-nigaud qui la suit.

diana, dans le temps que les eaux avaient tellement crû que la rivière sortait presque de son lit ; et du côté où il arriva, il n'y avait ni barque, ni bateau, ni batelier, pour le passer lui et ses chèvres, ce qui le fit bien enrager, parce qu'il voyait déjà la Torralva sur ses talons, et qu'elle allait lui faire passer un mauvais quart d'heure avec ses pleurs et ses criailleries. Mais il regarda tant de côté et d'autre qu'à la fin il aperçut un pêcheur qui avait auprès de lui un petit bateau, mais si petit qu'il ne pouvait tenir qu'une chèvre et une personne. Et pourtant il l'appela et fit marché pour qu'il le passât à l'autre bord, lui et trois cents chèvres qu'il conduisait. Le pêcheur se met dans sa barque, vient prendre une chèvre et la passe ; puis revient et en passe une autre, puis revient encore et en passe encore une autre… Ah çà ! que Votre Grâce fasse bien attention de compter les chèvres que passe le pêcheur ; car si vous en échappez une seule, le conte [1] finira sans qu'on puisse en dire un mot de plus. Je continue donc, et je dis que la rive de l'autre côté était escarpée, argileuse et glissante, de sorte que le pêcheur tardait beaucoup pour aller et venir. Il revint pourtant chercher une autre chèvre, puis une autre, puis une autre encore.

– Eh, pardieu ! suppose qu'il les a toutes passées ! s'écria don Quichotte, et ne te mets pas à aller et venir de cette manière, car tu ne finirais pas de les passer en un an. – Combien y en a-t-il de passées jusqu'à cette heure ? demanda Sancho. – Et qui diable le sait ? répondit don Quichotte. – Je vous le disais bien, pourtant, d'en tenir bon compte, reprit Sancho. Eh bien ! voilà que l'histoire est finie, et qu'il n'y a plus moyen de la continuer. – Comment cela peut-il être ? s'écria don Quichotte ; est-il donc si essentiel à ton histoire de savoir par le menu le nombre

1. Conte folklorique venu de la nuit des temps et attesté en divers pays. Il pouvait servir, qu'il y eût chèvres ou moutons, à endormir les enfants. Considéré du point de vue de la narratologie moderne, il correspond au cas du singulatif, ainsi nommé par Gérard Genette, quand un événement censé se répéter x fois dans l'histoire est répété autant de fois dans le récit (*Figures III*, Seuil, 1972, p. 146). Savoir en pareil cas résumer au lieu d'asservir le récit à l'histoire, c'est, pourrait-on dire « l'enfance de l'art ». C'est donc bien, une fois de plus, la pseudo-objectivité de l'illusion mimétique, tant raillée dans tout le roman cervantin, qui est ici visée.

de chèvres qui ont passé, que, si l'on se trompe d'une seule, tu ne puisses en dire un mot de plus ? – Non, seigneur, en aucune façon, répondit Sancho ; car, au moment où je demandais à Votre Grâce combien de chèvres avaient passé, et que vous m'avez répondu que vous n'en saviez rien, tout aussitôt ce qui me restait à dire s'en est allé de ma mémoire, et c'était, par ma foi, le meilleur et le plus divertissant. – De façon, reprit don Quichotte, que l'histoire est finie ? – Comme la vie de ma mère, répondit Sancho. – Je t'assure en vérité, répliqua don Quichotte, que tu viens de conter là l'un des plus merveilleux contes, histoires ou historiettes qu'on puisse inventer dans ce monde, et qu'une telle manière de le conter et de le finir ne s'est vue et ne se verra jamais. Je ne devais pas, au surplus, attendre autre chose de ta haute raison [1]. Mais pourquoi m'étonner ? Peut-être que ces coups, dont le bruit ne cesse pas, t'ont quelque peu troublé la cervelle ? – Tout est possible, répondit Sancho ; mais, à propos de mon histoire, je sais qu'il n'y a plus rien à dire, et qu'elle finit juste où commence l'erreur du compte des chèvres qui passent. – À la bonne heure, reprit don Quichotte, qu'elle finisse où tu voudras. Mais voyons si maintenant Rossinante peut remuer. » En disant cela, il se remit à lui donner de l'éperon, et le cheval se remit à faire un saut, sans bouger de place, tant il était bien attaché.

En ce moment il arriva, soit à cause de la fraîcheur du matin qui commençait à se faire sentir, soit parce que Sancho avait mangé la veille au soir quelque chose de laxatif, soit enfin, ce qui est le plus probable, que la nature opérât en lui, il arriva qu'il se sentit envie de déposer une charge dont personne ne pouvait le soulager. Mais telle était la peur qui s'était emparée de son âme qu'il n'osait pas s'éloigner de son maître de l'épaisseur d'un ongle. D'une autre part, essayer de remettre ce qu'il avait à faire était impossible. Dans cette perplexité, il imagina de lâcher la main droite avec laquelle il se tenait accroché à l'arçon de derrière ; puis, sans faire ni bruit ni mouvement, il détacha l'aiguillette qui soutenait ses chausses, lesquelles lui tombèrent aussitôt sur les talons, et lui restèrent

---

1. On voit que don Quichotte lui aussi sait à l'occasion manier l'ironie.

aux pieds comme des entraves, ensuite il releva doucement le pan de sa chemise, et mit à l'air les deux moitiés d'un postérieur qui n'était pas de mince encolure. Cela fait, et lorsqu'il croyait avoir achevé le plus difficile pour sortir de cette horrible angoisse, un autre embarras lui survint, plus cruel encore : il lui sembla qu'il ne pouvait commencer sa besogne sans laisser échapper quelque bruit, et le voilà, serrant les dents et pliant les épaules, qui retient son souffle de toute la force de ses poumons. Mais en dépit de tant de précautions, il fut si peu chanceux qu'à la fin il fit un léger bruit, fort différent de celui qui causait sa frayeur. Don Quichotte l'entendit. « Quel est ce bruit ? demanda-t-il aussitôt. – Je ne sais, seigneur, répondit l'autre ; mais ce doit être quelque chose de nouveau, car les aventures et mésaventures ne commencent jamais pour un peu. » Puis il se remit à tenter la fortune, et cette fois avec tant de succès que, sans plus de scandale ni d'alarme, il se trouva délivré du fardeau qui l'avait si fort mis à la gêne.

Mais, comme don Quichotte avait le sens de l'odorat tout aussi fin que celui de l'ouïe, et comme Sancho était si près et si bien cousu à ses côtés que les vapeurs lui montaient à la tête presque en ligne droite, il ne put éviter que quelques-unes n'arrivassent jusqu'à ses narines. Dès qu'il les eut senties, il appela ses doigts au secours de son nez, qu'il serra étroitement entre le pouce et l'index : « Il me semble, Sancho, dit-il alors d'un ton nasillard, que tu as grand-peur en ce moment. – C'est vrai, répondit Sancho ; mais à quoi Votre Grâce s'aperçoit-elle que ma peur est plus grande à présent que tout à l'heure ? – C'est qu'à présent tu sens plus fort que tout à l'heure, reprit don Quichotte, et ce n'est pas l'ambre, en vérité. – C'est encore possible, répliqua Sancho ; mais la faute n'en est pas à moi : elle est à Votre Grâce, qui m'amène à ces heures indues dans ces parages abandonnés. – Retire-toi deux ou trois pas, mon ami, reprit don Quichotte sans lâcher les doigts qui lui tenaient le nez ; et désormais prends un peu plus garde à ta personne et à ce que tu dois à la mienne ; c'est sans doute de la grande liberté que je te laisse prendre avec moi qu'est née cette irrévérence. – Je gagerais, répliqua Sancho, que Votre Grâce s'imagine que j'ai fait de ma personne quelque chose que je ne devais point faire. – Laisse, laisse, s'écria don Quichotte, ce sont matières qu'il vaut mieux ne pas agiter. »

Ce fut en ces entretiens et d'autres semblables que le maître et le valet passèrent le reste de la nuit. Dès que Sancho vit que l'aube allait poindre, il détacha tout doucement les liens de Rossinante, et celui-ci, se voyant libre, se sentit, à ce qu'il parut, un peu de cœur au ventre. Quoiqu'il ne fût nullement fougueux de sa nature, il se mit à piétiner du devant, car, quant à faire des courbettes, je lui en demande bien pardon, mais il n'en était pas capable. Don Quichotte, voyant qu'enfin Rossinante remuait, en tira bon augure et vit là le signal d'entreprendre cette aventure redoutable.

Pendant ce temps, le jour achevait de venir, et les objets se montraient distinctement. Don Quichotte vit qu'il était sous un groupe de hauts châtaigniers, arbres qui donnent une ombre très épaisse ; mais, quant au bruit des coups, qui ne cessaient pas un instant, il ne put en découvrir la cause. Ainsi donc, sans attendre davantage, il fit sentir l'éperon à Rossinante, et, prenant encore une fois congé de son écuyer, il lui ordonna de l'attendre en cet endroit trois jours au plus, comme il lui avait dit précédemment, au bout desquels, si Sancho ne le voyait pas revenir, il pourrait tenir pour certain qu'il avait plu à Dieu de lui faire laisser la vie dans cette périlleuse aventure. Il lui rappela ensuite l'ambassade qu'il devait présenter de sa part à sa dame Dulcinée ; enfin il ajouta que Sancho ne prît aucun souci du payement de ses gages, parce que lui, don Quichotte, avant de quitter le pays, avait laissé son testament, où se trouvait l'ordre de lui payer gages et gratifications au prorata du temps qu'il l'avait servi. « Mais, continua-t-il, s'il plaît à Dieu de me tirer de ce péril sain et sauf et sans encombre, tu peux regarder comme archi-certaine la possession de l'île que je t'ai promise. » Quand Sancho entendit les touchants propos de son bon seigneur, il se remit à pleurer, et résolut de ne plus le quitter jusqu'à l'entière et complète solution de l'affaire. De ces pleurs et de cette honorable détermination, l'auteur de notre histoire tire la conséquence que Sancho Panza devait être bien né, et tout au moins vieux chrétien [1]. Son affliction attendrit quelque peu son maître, mais pas assez pour qu'il montrât la moindre faiblesse. Au contraire, dissimulant du mieux qu'il put, il s'achemina sans retard du côté d'où semblait venir le bruit continuel de l'eau et des coups.

Sancho le suivait à pied, selon sa coutume, menant par le licou son âne, éternel compagnon de sa bonne et mauvaise fortune. Quand ils eurent marché quelque temps sous le feuillage de ces sombres châtaigniers, ils arrivèrent dans une petite prairie, au pied de quelques roches élevées, d'où tombait avec grand bruit une belle chute d'eau. Au bas de ces roches étaient quelques mauvaises baraques, plus semblables à des ruines qu'à des maisons, du milieu desquelles ils s'aperçurent que partait le bruit de ces coups redoublés qui continuaient toujours. Rossinante s'effraya du bruit que faisaient les coups et la chute de l'eau. Mais

1. Par une fierté raciste non exempte d'implications antiseigneuriales, les paysans castillans se croyaient volontiers de sang pur, à la différence de la noblesse des châteaux ou de la Cour, qui, par un jeu multiséculaire d'alliances matrimoniales avec des familles juives, voire mauresques, pendant la longue période médiévale de coexistence des trois monothéismes sur le sol hispanique, avait souvent un sang mêlé. On appelait « nouveaux chrétiens », au temps de Cervantès, les descendants de ceux des Juifs ou des Maures qui avaient choisi de se convertir après 1492 pour pouvoir demeurer en Espagne. Surveillés de près, soupçonnés en permanence d'insincérité sous prétexte que la conversion de leurs ascendants n'avait pas été obtenue, comme elle aurait dû l'être, par la douceur évangélique (cercle vicieux construit par l'idéologie dominante), les « nouveaux chrétiens » vivaient pratiquement en situation d'apartheid, sauf quand une richesse éventuelle leur permettait de contourner les exclusives pesant sur l'accès aux offices et bénéfices. Quant aux nouveaux-chrétiens de la paysannerie, essentiellement morisques, ils formaient, en Andalousie et en Aragon surtout, une main-d'œuvre prolifique, patiente et laborieuse, très détestée par les « petits blancs » de l'époque. Cervantès s'est moqué du racisme antijuif des paysans vieux-chrétiens dans son intermède *Le Retable des merveilles*. À l'égard du sentiment antimusulman, l'ancien combattant de Lépante et captif des bagnes d'Alger a eu une position plus tranchée, qui l'a conduit à approuver, dans le *Persilès*, l'expulsion définitive des années 1609-1614. Mais l'apparition du sympathique Ricote dans la Seconde partie du *Quichotte* montre que Cervantès a regretté que l'expulsion n'ait pas tenu compte des cas de conversion sincère. Pour revenir au texte, cela ne manque pas ici de sel que Sancho soit estimé « vieux chrétien » et loué en tant que tel par « l'auteur de l'histoire », c'est-à-dire par le Maure Cid Hamet Ben-Engeli !

don Quichotte, après l'avoir calmé de la voix et de la main, s'approcha peu à peu des masures, se recommandant du profond de son cœur à sa dame, qu'il suppliait de lui accorder faveur en cette formidable entreprise, et, chemin faisant, invoquant aussi l'aide de Dieu. Pour Sancho, qui ne s'éloignait pas des côtés de son maître, il étendait tant qu'il pouvait le cou et la vue par-dessous le ventre de Rossinante, pour voir s'il apercevrait ce qui le tenait depuis si longtemps en doute et en émoi. Ils avaient fait encore une centaine de pas dans cette posture, lorsque enfin, au détour d'un rocher, se découvrit manifestement à leurs yeux la cause de cet infernal tapage qui, pendant la nuit tout entière, leur avait causé de si mortelles alarmes. Et c'était tout bonnement, si cette découverte, ô lecteur [1], ne te donne ni regret ni dépit, six marteaux de moulin à foulon qui, de leurs coups alternatifs, faisaient tout ce vacarme.

À cette vue, don Quichotte devint muet ; il pâlit et défaillit du haut en bas. Sancho le regarda et vit qu'il avait la tête baissée sur sa poitrine, comme un homme confus et consterné. Don Quichotte aussi regarda Sancho : il le vit les deux joues enflées, et la bouche tellement pleine d'envie de rire qu'il semblait vouloir en étouffer ; et toute sa mélancolie ne pouvant tenir contre la comique grimace de Sancho, il se laissa lui-même aller à sourire. Dès que Sancho vit que son maître commençait, il lâcha la bonde et s'en donna de si bon cœur qu'il fut obligé de se serrer les rognons avec les poings pour ne pas crever de rire. Quatre fois il se calma, et quatre fois il se reprit avec la même impétuosité que la première. Don Quichotte s'en donnait au diable, surtout quand il l'entendit s'écrier, par manière de figue, et contrefaisant sa voix et ses gestes : « Apprends, ami Sancho, que je suis né, par la volonté du ciel, dans notre âge de fer pour y ressusciter l'âge d'or : c'est à moi que sont réservés les périls redoutables, les prouesses éclatantes et les vaillants exploits » ; continuant de répéter ainsi les propos que lui avait tenus son maître lorsqu'il entendit la première fois le bruit des coups de marteau.

---

1. Pour un commentaire développé de cette adresse au lecteur, voir la fin du Dossier.

Voyant donc que Sancho se moquait de lui décidément, don Quichotte fut saisi d'une telle colère qu'il leva le manche de sa pique et lui en assena deux coups si violents que, si l'autre les eût reçus sur la tête aussi bien que sur les épaules, son maître était quitte de lui payer ses gages, à moins que ce ne fût à ses héritiers. Quand Sancho vit que ses plaisanteries étaient payées de cette monnaie, craignant que son maître ne doublât la récompense, il prit une contenance humble et un ton contrit : « Que Votre Grâce s'apaise ! lui dit-il ; ne voyez-vous pas que je plaisante ? – Et c'est justement parce que vous plaisantez que je ne plaisante pas, répondit don Quichotte. Venez ici, monsieur le rieur, et répondez : Vous semble-t-il, par hasard, que si ces marteaux à foulon eussent été aussi bien une périlleuse aventure, je n'avais pas montré assez de courage pour l'entreprendre et la mettre à fin ? Et suis-je obligé, par hasard, chevalier que je suis [1], à distinguer les sons et à reconnaître si le bruit que j'entends vient de marteaux à foulon ou d'autre chose ? Et ne pourrait-il pas arriver, comme c'est la vérité toute pure, que je n'en aie jamais vu ni entendu de ma vie, comme vous les avez vus et entendus, vous, rustre et vilain que vous êtes, né et élevé dans leur voisinage ? Sinon, faites voir un peu que ces six marteaux [2] se changent en six géants, et jetez-les-moi à la barbe l'un après l'autre, ou tous ensemble ; et si je ne les mets pas tous six les quatre fers en l'air, alors je vous permets de vous moquer de moi tout à votre aise. – En voilà bien assez, mon cher seigneur, répliqua Sancho ; je confesse que j'ai trop lâché la bride à ma bonne humeur. Mais, dites-moi, maintenant que nous sommes quittes et que la paix est faite (que Dieu vous tire de toutes les aventures aussi sain et sauf que de celle-ci !), dites-moi, n'y a-t-il pas de quoi rire, et aussi de quoi conter, dans cette grande frayeur que nous avons eue ? Dans la mienne, je

1. Don Quichotte interprète donc une certaine incapacité à saisir le réel comme un privilège de l'aristocratie. Il y a dans cet énorme paradoxe une autodénonciation inconsciente.

2. Ces marteaux, maillets ou foulons, actionnés par la roue du moulin, frappaient les étoffes de drap jour et nuit, pour les dégraisser. Après la mésaventure des moulins à vent, voilà, une fois de plus, l'imagination quichottesque déboussolée par les inventions techniques.

veux dire, car je sais bien que Votre Grâce n'a jamais connu le nom même de la peur. – Je ne nie pas, répondit don Quichotte, que dans ce qui nous est arrivé il n'y ait réellement matière à rire ; mais je ne pense pas qu'il y ait matière à conter, car tous les gens qui vous écoutent n'ont pas assez de sens et d'esprit pour mettre les choses à leur vrai point. – Tout au moins, reprit Sancho, vous avez su mettre à son vrai point le manche de la lance ; car, en me visant sur la tête, vous m'avez donné sur les épaules, grâce à Dieu et au soin que j'ai pris de gauchir à droite. Mais passe : tout s'en va, comme on dit, dans la lessive, et j'ai souvent ouï dire encore : Celui-là t'aime bien qui te fait pleurer [1] ; et d'autant plus que les grands seigneurs, après une mauvaise parole dite à leurs valets, ont coutume de leur donner une nippe. Je ne sais trop ce qu'ils leur donnent quand ils leur ont donné des coups de bâton ; mais j'imagine que les chevaliers errants donnent après le bâton des îles ou des royaumes en terre ferme. – La chance pourrait tourner de telle sorte, répondit don Quichotte, que tout ce que tu dis vînt à se vérifier. Et d'abord, pardonne le passé : tu es raisonnable, et tu sais que les premiers mouvements ne sont pas dans la main de l'homme. Mais je veux aussi que tu sois désormais informé d'une chose, afin que tu te contiennes et t'abstiennes de trop parler avec moi : c'est que, dans tous les livres de chevalerie que j'ai lus, et le nombre en est infini, jamais je n'ai vu qu'aucun écuyer bavardât avec son seigneur aussi hardiment que tu bavardes avec le tien. Et, à vrai dire, nous avons aussi grand tort l'un que l'autre : toi, parce que tu ne me respectes pas assez ; moi, parce que je ne me fais pas assez respecter. Voilà Gandalin, l'écuyer d'Amadis, qui devint comte de l'Île-Ferme ; eh bien ! on dit de lui que jamais il ne parlait à son seigneur, sinon le bonnet à la main, la tête penchée et le corps incliné, *more turquesco*. Mais que dirons-nous de Gasabal, l'écuyer de don Galaor, lequel fut si discret que, pour nous instruire de son merveilleux talent à garder le silence, son nom n'est cité qu'une fois [2]

1. La propension de Sancho à citer des proverbes va s'amplifiant tout au long du roman.

2. Indice d'une minutieuse lecture, confirmé par les vérifications des spécialistes.

dans tout le cours de cette grande et véridique histoire ? De tout ce que je viens de dire tu dois inférer, Sancho, qu'il est nécessaire de faire la différence du maître au valet, du seigneur au vassal, du chevalier à l'écuyer. Ainsi donc désormais nous devrons nous traiter avec plus de respect, sans prendre trop de corde et nous permettre trop de badinage. Car enfin, de quelque manière que je vienne à me fâcher contre vous, ce sera toujours tant pis pour la cruche. Les récompenses et les bienfaits que je vous ai promis viendront à leur temps, et s'ils ne viennent pas, du moins, comme je vous l'ai dit, votre salaire ne se perdra point. – Tout ce que dit Votre Grâce est parfaitement bien, répondit Sancho ; mais je voudrais savoir, si le temps des récompenses ne devait jamais venir, et qu'il fallût s'en tenir aux gages, combien gagnait dans ce temps-là un écuyer de chevalier errant, et s'il faisait marché au mois ou à la journée, comme les goujats des maçons. – À ce que je crois, répliqua don Quichotte, les écuyers de ce temps-là n'étaient pas à gages, mais à merci [1] ; et si je t'ai assigné des gages dans le testament clos que j'ai laissé chez moi, c'est en vue de ce qui pouvait arriver. Car, en vérité, je ne sais pas encore comment prendra la chevalerie dans les siècles calamiteux où nous sommes, et je ne voudrais pas que, pour si peu de chose, mon âme fût en peine dans l'autre monde. Il faut en effet que tu saches, ami Sancho, qu'en celui-ci, il n'est pas d'état plus scabreux et plus périlleux que celui des coureurs d'aventures. – Je le crois bien, reprit Sancho, puisque le seul bruit des marteaux à foulon a pu troubler et désarçonner le cœur d'un errant

1. Dans la société espagnole du temps de Cervantès, un grand nombre de domestiques servaient encore « à merci », c'est-à-dire qu'ils étaient logés, nourris et gardés à vie, mais ne recevaient que des gratifications occasionnelles, le plus souvent en nature. Cependant l'argent progressivement s'emparait de la vie des échanges, si bien que, surtout dans les villes, la coutume de gages fixes et monnayés allait s'élargissant. L'île promise par don Quichotte à Sancho s'insère dans le vieux système des « mercis ». Un jour viendra où l'écuyer (II, chap. VII), las d'attendre la récompense annoncée, s'enhardira à exiger des « gages » et, découvrant alors en son maître ce qu'on appellerait aujourd'hui « un chef d'entreprise moderne », puisque don Quichotte menace aussitôt de le congédier et d'embaucher « d'autres écuyers », capitule en rase campagne et retourne, éperdu, au lien « féodal » qui l'unissait à son seigneur.

aussi valeureux que Votre Grâce. Au reste, vous pouvez être bien certain que désormais je ne desserrerai plus les dents pour badiner sur vos affaires, mais seulement pour vous honorer comme mon maître et seigneur naturel. – En ce cas-là, répliqua don Quichotte, tu vivras, comme on dit, sur la face de la terre ; car, après les parents, ce sont les maîtres qu'on doit respecter le plus, et comme s'ils avaient les mêmes droits et la même qualité. »

CHAPITRE XXI

Qui traite de la haute aventure et de la riche conquête de l'armet de Mambrin, ainsi que d'autres choses arrivées à notre invincible chevalier

En ce moment, il commença de tomber un peu de pluie, et Sancho aurait bien voulu se mettre à l'abri en entrant dans les moulins à foulon. Mais don Quichotte les avait pris en telle aversion pour le mauvais tour qu'ils venaient de lui jouer qu'il ne voulut en aucune façon consentir à y mettre le pied. Il tourna bride brusquement à main droite, et tous deux arrivèrent à un chemin pareil à celui qu'ils avaient suivi la veille.

À peu de distance, don Quichotte découvrit de loin un homme à cheval, portant sur sa tête quelque chose qui luisait et brillait comme si c'eût été de l'or. À peine l'avait-il aperçu, qu'il se tourna vers Sancho, et lui dit : « Il me semble, Sancho, qu'il n'y a point de proverbe qui n'ait un sens véritable ; car que sont-ils, sinon des sentences tirées de l'expérience même, qui est la commune mère de toutes les sciences ? Cela est vrai spécialement du proverbe qui dit : Quand une porte se ferme, une autre s'ouvre. En effet, si la fortune hier soir nous a fermé la porte de l'aventure que nous cherchions, en nous abusant sur le bruit des marteaux à foulon, voilà maintenant qu'elle nous ouvre à deux battants la porte d'une autre aventure meilleure et plus certaine ; et cette fois, si je ne réussis pas à en trouver l'entrée, ce sera ma faute, sans que je puisse m'excuser sur mon ignorance des moulins à foulon, ni sur l'obscurité de la nuit. Je dis tout cela, parce que, si je ne me trompe, voilà quelqu'un qui vient de notre côté portant coiffé sur sa tête cet armet de Mambrin à propos duquel j'ai fait le serment que tu n'as pas oublié [1]. – Pour Dieu ! seigneur, répondit Sancho, prenez bien garde à ce que vous dites, et plus encore à ce que vous faites ; je ne voudrais pas que ce fussent d'autres marteaux à foulon qui achevassent de nous fouler et de nous marteler le bon sens. – Que le diable soit de l'homme ! s'écria don Quichotte. Qu'a de commun l'armet avec les marteaux ? – Je n'en sais rien, répondit Sancho ; mais, par ma foi, si je pouvais parler comme j'en avais l'habitude, je vous donnerais de telles raisons que Votre Grâce verrait bien qu'elle se trompe en ce qu'elle dit. – Comment puis-je me tromper en ce que je dis, traître méticuleux ? reprit don Quichotte. Dis-moi, ne vois-tu pas ce chevalier qui vient à nous, monté sur un cheval gris pommelé, et qui porte sur la tête un armet d'or ? – Ce que j'avise et ce que je vois, répondit Sancho, ce n'est rien autre qu'un homme monté sur un âne gris comme le mien, et portant sur la tête quelque chose qui reluit. – Eh bien ! ce quelque chose, c'est l'armet de Mambrin, reprit don Quichotte. Range-toi de côté, et laisse-moi seul avec lui. Tu vas voir comment, sans dire un mot, pour ménager le temps, j'achève cette aventure et m'empare de cet armet que j'ai tant souhaité. – De me ranger à l'écart, c'est mon affaire, répondit Sancho ; mais Dieu veuille, dis-je encore, que ce soit la fougère [2] et non des foulons. – Je vous ai déjà dit, frère, s'écria don Quichotte, que vous cessiez de me rebattre les oreilles de ces foulons ; car je jure de par tous les…, vous m'entendez bien, que je vous foulerai l'âme au fond du corps. » Sancho se tut aussitôt, craignant que son maître n'accomplît son serment, car il l'avait assaisonné à se déchirer la bouche.

Or voici ce qu'étaient cet armet, ce cheval et ce chevalier que voyait don Quichotte. Il y avait dans ces environs

1. Pour ce serment, se reporter au chapitre X.

2. Le texte espagnol parle, plus précisément, d'origan, par allusion à un proverbe espagnol qui disait en substance « Plaise à Dieu que ce soit origan… », dans des situations de la vie où l'on cherche à distinguer, selon des métaphores évangéliques plus connues, le bon grain de l'ivraie.

deux villages voisins ; l'un si petit qu'il n'avait ni pharmacie ni barbier ; et l'autre plus grand, ayant l'une et l'autre. Le barbier du grand village desservait le petit, dans lequel un malade avait besoin d'une saignée, et un autre habitant de se faire la barbe. Le barbier s'y rendait pour ces deux offices, portant un plat à barbe en cuivre rouge ; le sort ayant voulu que la pluie le prît en chemin, pour ne pas tacher son chapeau, qui était neuf sans doute, il mit par-dessus son plat à barbe, lequel, étant bien écuré, reluisait d'une demi-lieue. Il montait un âne gris, comme avait dit Sancho ; et voilà pourquoi don Quichotte crut voir un cheval pommelé, un chevalier et un armet d'or ; car toutes les choses qui frappaient sa vue, il les arrangeait aisément à son délire chevaleresque et à ses errantes pensées.

Dès qu'il vit que le pauvre chevalier s'approchait, sans entrer en pourparlers, il fondit sur lui, la lance basse, de tout le galop de Rossinante, bien résolu à le traverser d'outre en outre ; mais, au moment de l'atteindre, et sans ralentir l'impétuosité de sa course, il lui cria : « Défends-toi, chétive créature, ou livre-moi de bonne grâce ce qui m'est dû si justement. » Le barbier, qui, sans y penser ni le prévoir, vit tout à coup fondre sur lui ce fantôme, ne trouva d'autre moyen de se garer du coup de lance que de se laisser tomber en bas de son âne ; puis, dès qu'il eut touché la terre, il se releva, plus agile qu'un daim, et se mit à courir si légèrement à travers la plaine que le vent même n'eût pu l'attraper. Il laissa son bassin par terre, et c'est tout ce que demandait don Quichotte, lequel s'écria que le païen n'était pas bête, et qu'il avait imité le castor [1], qui, se voyant pressé par les chasseurs, coupe de ses propres dents ce que son instinct naturel lui apprend être l'objet de leurs poursuites.

Il ordonna ensuite à Sancho de ramasser l'armet, et celui-ci, le pesant dans la main : « Pardieu ! dit-il, ce plat à barbe est bon, et vaut une piastre comme un maravédi. » Puis il le donna à son maître, qui le mit aussitôt sur sa tête, le tournant et le retournant de tous côtés pour en trouver

1. Une vieille croyance, transmise entre autres par Pline l'Ancien, attribuait au castor mâle le courage de se châtrer avec ses dents pour soustraire aux chasseurs le castoréum, substance médicinale.

l'enchâssure ; et comme il ne pouvait en venir à bout : « Il faut, s'écria-t-il, que ce païen, à la mesure duquel on a forgé pour la première fois cette fameuse salade, ait eu la tête bien grosse ; et le pis, c'est qu'il en manque la moitié. » Quand Sancho entendit appeler salade un plat à barbe, il ne put retenir un grand éclat de rire ; mais la colère de son maître lui revenant en mémoire, il fit halte à mi-chemin. « De quoi ris-tu, Sancho ? lui demanda don Quichotte. – Je ris, répondit-il, en considérant quelle grosse tête devait avoir le païen, premier maître de cet armet, qui ressemble à un bassin de barbier comme une mouche à l'autre. – Sais-tu ce que j'imagine, Sancho ? reprit don Quichotte. Que cette pièce fameuse, cet armet enchanté, a dû, par quelque étrange accident, tomber aux mains de quelqu'un qui ne sut ni connaître ni estimer sa valeur, et que ce nouveau maître, sans savoir ce qu'il faisait, et le voyant de l'or le plus pur, s'imagina d'en fondre la moitié pour en faire argent ; de sorte que l'autre moitié est restée sous cette forme, qui ne ressemble pas mal, comme tu dis, à un plat de barbier. Mais qu'il en soit ce qu'il en est ; pour moi, qui le connais, sa métamorphose m'importe peu ; je le remettrai en état au premier village où je rencontrerai un forgeron, et de telle façon qu'il n'ait rien à envier au casque même que fourbit le dieu des fournaises pour le dieu des batailles [1]. En attendant, je le porterai comme je pourrai, car mieux vaut quelque chose que rien du tout, et d'ailleurs il sera bien suffisant pour me défendre d'un coup de pierre. – Oui, répondit Sancho, pourvu qu'on ne les lance pas avec une fronde, comme dans la bataille des deux armées, quand on vous rabota si bien les mâchoires et qu'on mit en morceaux la burette où vous portiez ce bienheureux breuvage qui m'a fait vomir la fressure. – Je n'ai pas grand regret de l'avoir perdu, reprit don Quichotte ; car tu sais bien, Sancho, que j'en ai la recette dans la mémoire. – Moi aussi, je la sais par cœur, répondit Sancho ; mais si je le fais ou si je le goûte une autre fois en ma vie, que ma dernière heure soit venue. Et

1. Les deux périphrases de don Quichotte renvoient respectivement à Vulcain et à Mars. Sancho n'est pas à même de les comprendre, mais il n'y perd pas grand-chose : Vulcain, s'il faut en croire les spécialistes de la mythologie latine, n'a jamais donné de casque à Mars.

d'ailleurs je ne pense pas me mettre davantage en occasion d'en avoir besoin ; au contraire, je pense me garer avec toute la force de mes cinq sens, d'être blessé et de blesser personne. Quant à être une autre fois berné, je n'en dis rien : ce sont de ces malheurs qu'on ne peut guère prévenir ; et quand ils arrivent, il n'y a rien de mieux à faire que de plier les épaules, de retenir son souffle, de fermer les yeux et de se laisser aller où le sort et la couverture vous envoient.

– Tu es un mauvais chrétien, Sancho, dit don Quichotte lorsqu'il entendit ces dernières paroles ; car jamais tu n'oublies l'injure qu'on t'a faite. Apprends donc qu'il est d'un cœur noble et généreux de ne faire aucun cas de tels enfantillages. Dis-moi, de quel pied boites-tu ? Quelle côte enfoncée, ou quelle tête rompue as-tu tirée de la bagarre, pour ne pouvoir oublier cette plaisanterie ? Car enfin, en examinant la chose, il est clair que ce ne fut qu'une plaisanterie et un passe-temps. Si je ne l'entendais pas ainsi, je serais déjà retourné là-bas, et j'aurais fait pour te venger plus de ravage que n'en firent les Grecs pour venger l'enlèvement d'Hélène ; laquelle, si elle fût venue dans cette époque, ou ma Dulcinée dans la sienne, pourrait bien être sûre de n'avoir pas une si grande réputation de beauté. » En disant cela, il poussa un profond soupir, qu'il envoya jusqu'aux nuages. « Eh bien ! reprit Sancho, que ce soit donc pour rire, puisqu'il n'y a pas moyen de les en faire pleurer ; mais je sais bien, quant à moi, ce qu'il y avait pour rire et pour pleurer, et ça ne s'en ira pas plus de ma mémoire que de la peau de mes épaules. Mais laissons cela de côté, et dites-moi, s'il vous plaît, seigneur, ce que nous ferons de ce cheval gris pommelé, qui semble un âne gris, et qu'a laissé à l'abandon ce Martin [1] que Votre Grâce a si joliment flanqué par terre. Au train dont il a pendu ses jambes à son cou, pour prendre la poudre d'escampette, il n'a pas la mine de revenir jamais le chercher ; et, par ma barbe, le grison [2] n'a pas l'air mauvais. – Je n'ai jamais coutume, répondit don Quichotte, de dépouiller ceux que j'ai vaincus ; et ce n'est pas non plus l'usage de

1. C'est Mambrin que Sancho appelle ici Martin.
2. Terme familier pour âne, baudet.

la chevalerie de leur enlever les chevaux et de les laisser à pied, à moins pourtant que le vainqueur n'ait perdu le sien dans la bataille ; car alors il lui est permis de prendre celui du vaincu, comme gagné de bonne guerre. Ainsi donc, Sancho, laisse ce cheval, ou âne, ou ce que tu voudras qu'il soit, car dès que son maître nous verra loin d'ici, il viendra le reprendre. – Dieu sait pourtant si je voudrais l'emmener, répliqua Sancho, ou tout au moins le troquer contre le mien, qui ne me semble pas si bon. Et véritablement les lois de votre chevalerie sont bien étroites, puisqu'elles ne s'étendent pas seulement à laisser troquer un âne contre un autre. Mais je voudrais savoir si je pourrais tout au moins troquer les harnais. – C'est un cas dont je ne suis pas très sûr, répondit don Quichotte ; de façon que, dans le doute, et jusqu à plus ample information, je permets que tu les échanges, si tu en as un extrême besoin. – Si extrême, répliqua Sancho, que si ces harnais étaient pour ma propre personne, je n'en aurais pas un besoin plus grand. » Aussitôt, profitant de la licence, il fit *mutatio capparum* [1], comme disent les étudiants, et para si galamment son âne qu'il lui en parut avantagé du quart et du tiers.

Cela fait, ils déjeunèrent avec les restes des dépouilles prises sur le mulet des bons pères, et burent de l'eau du ruisseau des moulins à foulon, mais sans tourner la tête pour les regarder, tant ils les avaient pris en aversion pour la peur qu'ils en avaient eue. Enfin, la colère étant passée avec l'appétit, et même la mauvaise humeur, ils montèrent à cheval, et, sans prendre aucun chemin déterminé, pour se mieux mettre à l'unisson des chevaliers errants, ils commencèrent à marcher par où les menait la volonté de Rossinante ; car celle du maître se laissait entraîner, et même celle de l'âne, qui le suivait toujours en bon camarade quelque part que l'autre lui servît de guide. De cette manière ils revinrent sur le grand chemin, qu'ils suivirent à l'aventure, et sans aucun parti pris.

Tandis qu'ils cheminaient ainsi tout droit devant eux, Sancho dit à son maître : « Seigneur, Votre Grâce veut-

1. Les cardinaux de la curie romaine échangeaient à Pâques leurs manteaux pour des vêtements moins chauds.

elle me donner permission de deviser un peu avec elle ? Depuis que vous m'avez imposé ce rude commandement du silence, plus de quatre bonnes choses m'ont pourri dans l'estomac, et j'en ai maintenant une sur le bout de la langue, une seule que je ne voudrais pas voir perdre ainsi. – Dis-la, répondit don Quichotte ; et sois bref dans tes propos ; aucun n'est agréable s'il est long. – Je dis donc, seigneur, reprit Sancho, que, depuis quelques jours, j'ai considéré combien peu l'on gagne et l'on amasse à chercher ces aventures que Votre Grâce cherche par ces déserts et ces croisières de grands chemins, où, quels que soient les dangers qu'on affronte et les victoires qu'on remporte, comme il n'y a personne pour les voir et les savoir, vos exploits restent enfouis dans un oubli perpétuel, au grand détriment des bonnes intentions de Votre Grâce et de leur propre mérite. Il me semble donc qu'il vaudrait mieux, sauf le meilleur avis de Votre Grâce, que nous allassions servir un empereur, ou quelque autre grand prince, qui eût quelque guerre à soutenir, au service duquel Votre Grâce pût montrer la valeur de son bras, ses grandes forces et son intelligence plus grande encore. Cela vu du seigneur que nous servirons, force sera qu'il nous récompense, chacun selon ses mérites. Et là se trouveront aussi des clercs pour coucher par écrit les prouesses de Votre Grâce, et pour en garder mémoire. Des miennes je ne dis rien, parce qu'elles ne doivent pas sortir des limites de la gloire écuyère ; et pourtant j'ose dire que, s'il était d'usage dans la chevalerie d'écrire les prouesses des écuyers, je crois bien que les miennes ne resteraient pas entre les lignes.

– Tu n'as pas mal parlé, Sancho, répondit don Quichotte ; mais avant que d'en arriver là, il faut d'abord aller par le monde, comme en épreuves [1], cherchant les aventures, afin de gagner par ces hauts faits nom et renom, tellement que, dès qu'il se présente à la cour d'un grand monarque, le chevalier soit déjà connu par ses œuvres, et qu'à peine il ait franchi les portes de la ville, tous les petits garçons le suivent et l'entourent, criant après lui : "Voici le chevalier du Soleil", ou bien du Serpent, ou de quelque autre marque distinctive sous laquelle il sera connu pour

1. Comprendre : comme des novices qui doivent faire leurs preuves.

avoir fait de grandes prouesses ; “voici, diront-ils, celui qui a vaincu en combat singulier l’effroyable géant Brocabruno de la grande force, celui qui a désenchanté le grand Mameluk de Perse d’un long enchantement où il était retenu depuis bientôt neuf cents années”. Ainsi, de proche en proche, ils iront publiant ces hauts faits ; et bientôt, au tapage que feront les enfants et le peuple tout entier, le roi de ce royaume se mettra aux balcons de son royal palais ; et, dès qu’il aura vu le chevalier, qu’il reconnaîtra par la couleur des armes et la devise de l’écu, il devra forcément s’écrier : “Or sus, que tous les chevaliers qui se trouvent à ma cour sortent pour recevoir la fleur de la chevalerie qui s’avance !” À cet ordre, ils sortiront tous, et lui-même descendra jusqu’à la moitié de l’escalier, puis il embrassera étroitement son hôte, et lui donnera le baiser de paix au milieu du visage ; aussitôt il le conduira par la main dans l’appartement de la reine, où le chevalier la trouvera avec l’infante sa fille, qui ne peut manquer d’être une des plus belles et des plus parfaites jeunes personnes qu’à grand-peine on pourrait trouver sur une bonne partie de la face de la terre. Après cela, il arrivera tout aussitôt que l’infante jettera les yeux sur le chevalier, et le chevalier sur l’infante, et chacun d’eux paraîtra à l’autre plutôt une chose divine qu’humaine ; et, sans savoir pourquoi ni comment, ils resteront enlacés et pris dans les lacs inextricables de l’amour, et le cœur percé d’afflictions de ne savoir comment se parler pour se découvrir leurs sentiments, leurs désirs et leurs peines. De là, sans doute, on conduira le chevalier dans quelque salle du palais richement meublée, où, après lui avoir ôté ses armes, on lui présentera une riche tunique d’écarlate pour se vêtir ; et s’il avait bonne mine sous ses armes, il l’aura meilleure encore sous un habit de cour. La nuit venue, il soupera avec le roi, la reine et l’infante, et n’ôtera pas les yeux de celle-ci, la regardant en cachette des assistants, ce qu’elle fera de même et avec autant de sagacité ; car c’est, comme je l’ai dit, une très discrète personne. Le repas desservi, on verra tout à coup entrer par la porte de la salle un petit vilain nain et, derrière lui, une belle dame entre deux géants, laquelle vient proposer une certaine aventure préparée par un ancien sage, et telle que celui qui en viendra à bout sera tenu pour le meilleur chevalier du monde. Aussitôt le roi ordonnera que tous les chevaliers de sa cour en fassent l'épreuve ; mais personne ne pourra la mettre à fin, si ce n'est le chevalier étranger, au grand accroissement de sa gloire, et au grand contentement de l'infante, qui se tiendra satisfaite et même récompensée d'avoir placé en si haut lieu les pensées de son âme. Le bon de l'affaire, c'est que ce roi, ou prince, ou ce qu'il est enfin, soutient une guerre acharnée contre un autre prince aussi puissant que lui, et le chevalier, son hôte, après avoir passé quelques jours dans son palais, lui demandera permission d'aller le servir dans cette guerre. Le roi la lui donnera de très bonne grâce, et le chevalier lui baisera courtoisement les mains pour la faveur qui lui est octroyée. Et cette nuit même, il ira prendre congé de l'infante sa maîtresse [1], à travers le grillage d'un jardin sur lequel donne sa chambre à coucher. Il l'a déjà entretenue plusieurs fois en cet endroit, par l'entremise d'une damoiselle, leur confidente, à qui l'infante confie tous ses secrets. Il soupire, elle s'évanouit ; la damoiselle apporte de l'eau et s'afflige de voir venir le jour, ne voulant pas, pour l'honneur de sa maîtresse, qu'ils soient découverts. Finalement, l'infante reprend connaissance et tend à travers la grille ses blanches mains au chevalier, qui les couvre de mille baisers et les baigne de ses larmes ; ils se concertent sur la manière de se faire savoir leurs bonnes ou mauvaises fortunes, et la princesse le supplie d'être absent le moins longtemps possible ; il lui en fait la promesse avec mille serments et, après lui avoir encore une fois baisé les mains, il s'arrache d'auprès d'elle avec de si amers regrets qu'il est près de laisser là sa vie ; il regagne son appartement, se jette sur son lit, mais ne peut dormir du chagrin que lui cause son départ ; il se lève de grand matin, va prendre congé du roi, de la reine et de l'infante ; mais les deux premiers, en recevant ses adieux, lui disent que l'infante est indisposée et ne peut recevoir de visite. Le chevalier pense alors que c'est de la peine de son éloignement ; son cœur est navré, et peu s'en faut qu'il ne laisse éclater ouvertement son affliction. La confidente est

1. Au sens classique du terme : sa bien-aimée, la maîtresse de son cœur.

témoin de la scène, elle remarque tout et va le conter à sa maîtresse, qui l'écoute en pleurant et lui dit qu'un des plus grands chagrins qu'elle éprouve, c'est de ne savoir qui est son chevalier, s'il est ou non de sang royal. La damoiselle affirme que tant de grâce, de courtoisie et de vaillance ne peuvent se trouver ailleurs que dans une personne royale et de qualité. La princesse affligée accepte cette consolation ; elle essaye de cacher sa tristesse pour ne pas donner une mauvaise opinion d'elle à ses parents, et au bout de deux jours elle reparaît en public. Cependant le chevalier est parti ; il prend part à la guerre, combat et défait l'ennemi du roi, emporte plusieurs villes, gagne plusieurs victoires. Il revient à la cour, voit sa maîtresse à leur rendez-vous d'habitude, et convient avec elle qu'il la demandera pour femme à son père, en récompense de ses services ; le roi ne le veut pas accepter pour gendre, ne sachant qui il est ; et pourtant, soit par enlèvement, soit d'autre manière, l'infante devient l'épouse du chevalier, et son père finit par tenir cette union à grand honneur, parce qu'on vient à découvrir que ce chevalier est fils d'un vaillant roi de je ne sais quel royaume, car il ne doit pas se trouver sur la carte. Le père meurt, l'infante hérite, et voilà le chevalier roi. C'est alors le moment de faire largesse à son écuyer et à tous ceux qui l'ont aidé à s'élever si haut. Il marie son écuyer avec une demoiselle de l'infante, qui sera sans doute la confidente de ses amours, laquelle est fille d'un duc de première qualité.

– C'est cela ! s'écria Sancho ; voilà ce que je demande, et vogue la galère ! Ouf, je m'en tiens à cela, et tout va nous arriver au pied de la lettre, pourvu que Votre Grâce s'appelle *le chevalier de la Triste-Figure*. – N'en doute pas, Sancho, répondit don Quichotte, car c'est par les mêmes degrés et de la même manière que je viens de te conter que montaient et que montent encore les chevaliers errants jusqu'au rang de rois et d'empereurs. Il ne manque plus maintenant que d'examiner quel roi des chrétiens ou des païens a sur les bras une bonne guerre et une belle fille. Mais nous avons le temps de penser à cela ; car, ainsi que je te l'ai dit, il faut d'abord acquérir ailleurs de la renommée avant de se présenter à la cour. Pourtant, il y a bien encore une autre chose qui me manque : en supposant que nous trouvions un roi avec une guerre et une fille, et que j'aie gagné une incroyable renommée dans l'univers entier, je ne sais trop comment il pourrait se faire que je me trouvasse issu d'un roi, ou pour le moins cousin issu de germain d'un empereur. Car enfin, avant d'en être bien assuré, le roi ne voudra pas me donner sa fille pour femme, quelque prix que méritent mes éclatants exploits ; et voilà que, par ce manque de parenté royale, je vais perdre ce que mon bras a bien mérité. Il est vrai que je suis fils d'hidalgo, de souche connue, ayant possession et propriété, et bon pour exiger cinq cents sous de réparation [1]. Il pourrait même se faire que le sage qui écrira mon histoire débrouillât et arrangeât si bien ma généalogie que je me trouvasse arrière-petit-fils de roi, à la cinquième ou sixième génération. Car il est bon, Sancho, que je t'apprenne une chose : il y a deux espèces de descendances et de noblesses. Les uns tirent leur origine de princes et de monarques ; mais le temps, peu à peu, les a fait déchoir, et ils finissent en pointe comme les pyramides ; les autres ont pris naissance en basse extraction, et vont montant de degré en degré jusqu'à devenir de grands seigneurs. De manière qu'entre eux il y a cette différence, que les uns ont été ce qu'ils ne sont plus, et que les autres sont ce qu'ils n'avaient pas été ; et, comme je pourrais être de ceux-là, quand il serait bien avéré que mon origine est grande et glorieuse, il faudrait à toute force que cela satisfît le roi mon futur beau-père ; sinon, l'infante m'aimerait si éperdument qu'en dépit de son père, et sût-il à n'en pouvoir douter que je suis fils d'un porteur d'eau, elle me prendrait encore pour son époux et seigneur. Sinon, enfin, ce serait le cas de l'enlever et de l'emmener où bon me semblerait, jusqu'à ce que le temps ou la mort eût apaisé le courroux de ses parents.

– C'est aussi le cas de dire, reprit Sancho, ce que disent certains vauriens : "Ne demande pas de bon gré ce que tu peux prendre de force." Quoique cependant cet autre dicton vienne plus à propos : "Mieux vaut le saut de la

---

1. Un hidalgo se plaignant en justice d'avoir été lésé pouvait obtenir cinq cents sols de réparation ; un roturier, trois cents seulement. On voit que don Quichotte sait à l'occasion compter ses sous.

haie que la prière des braves gens." Je dis cela parce que, si le seigneur roi, beau-père de Votre Grâce, ne veut pas se laisser fléchir jusqu'à vous donner Madame l'infante, il n'y a pas autre chose à faire, comme dit Votre Grâce, que de l'enlever et de la mettre en lieu sûr. Mais le mal est qu'en attendant que la paix soit faite, et que vous jouissiez paisiblement du royaume, le pauvre écuyer pourra bien rester avec ses dents au crochet dans l'attente des faveurs promises ; à moins pourtant que la damoiselle confidente, qui doit devenir sa femme [1], ne soit partie à la suite de l'infante, et qu'il ne passe avec elle sa pauvre vie, jusqu'à ce que le ciel en ordonne autrement ; car, à ce que je crois, son seigneur peut bien la lui donner tout de suite pour légitime épouse. – Et qui l'en empêcherait ? répondit don Quichotte. – En ce cas, reprit Sancho, nous n'avons qu'à nous recommander à Dieu, et laisser courir le sort comme soufflera le vent. – Oui, répliqua don Quichotte, que Dieu fasse ce qui convient à mon désir et à ton besoin, Sancho, et que celui-là ne soit rien qui ne s'estime pour rien. – À la main de Dieu ! s'écria Sancho ; je suis vieux chrétien, et pour être comte, c'est tout assez. – Et c'est même trop [2], reprit don Quichotte ; tu ne le serais pas que cela ne ferait rien à l'affaire. Une fois que je serai roi, je puis bien te donner la noblesse, sans que tu l'achètes ou que tu la gagnes par tes services ; car, si je te fais comte, te voilà du coup gentilhomme, et, quoi que disent les mauvaises langues, par ma foi, ils seront bien obligés, malgré tout leur dépit, de te donner de la seigneurie. – Et quand même ! s'écria Sancho, croit-on que je ne saurais pas faire valoir mon titre ? J'ai été dans un temps bedeau d'une confrérie, et, par ma vie, la robe de bedeau m'allait si bien que tout le monde disait que j'avais assez bonne mine pour être marguillier [3]. Que sera-ce, bon Dieu, quand je me

1. En cet instant, Sancho a complètement oublié sa moitié.

2. Comprendre : c'est plus qu'il n'en faut. L'ironie de don Quichotte vise moins Sancho que les seigneurs titrés de la société de l'époque, à qui le paysan pourrait aisément en remontrer pour ce qui est de la pureté de sang. Mais, comme le suggère la suite des propos, ce qui fonde la noblesse pour le chevalier errant, ce n'est pas un privilège biologique, c'est la valeur guerrière, qui doit se mériter.

3. Laïc chargé de l'entretien d'une église.

mettrai un manteau ducal sur le dos et que je serai tout habillé d'or et de perles, à la mode d'un comte étranger ! J'ai dans l'idée qu'on me viendra voir de cent lieues. – Assurément tu auras bonne mine, répondit don Quichotte, mais il sera bon que tu te râpes souvent la barbe ; car tu l'as si épaisse, si emmêlée et si crasseuse que, si tu n'y mets pas le rasoir au moins tous les deux jours, on reconnaîtra qui tu es à une portée d'arquebuse. – Eh bien ! répliqua Sancho, il n'y a qu'à prendre un barbier et l'avoir à gages à la maison ; et même, si c'est nécessaire, je le ferai marcher derrière moi comme l'écuyer d'un grand seigneur. – Et comment sais-tu, demanda don Quichotte, que les grands seigneurs mènent derrière eux leurs écuyers ? – Je vais vous le dire, répondit Sancho. Il y a des années que j'ai été passer un mois à la cour ; et là, je vis à la promenade un seigneur qui était très petit, et tout le monde disait qu'il était très grand. Un homme le suivait à cheval à tous les tours qu'il faisait, si bien qu'on aurait dit que c'était sa queue. Je demandai pourquoi cet homme ne rejoignait pas l'autre et restait toujours derrière lui. On me répondit que c'était son écuyer, et que les grands avaient coutume de se faire suivre ainsi de ces gens. Voilà comment je le sais depuis ce temps-là, car je n'ai jamais oublié l'aventure. – Je dis que tu as pardieu raison, reprit don Quichotte, et que tu peux fort bien mener ton barbier à ta suite. Les modes ne sont pas venues toutes à la fois ; elles s'inventent l'une après l'autre, et tu peux bien être le premier comte qui se fasse suivre de son barbier. D'ailleurs c'est plutôt un office de confiance, celui de faire la barbe, que celui de seller le cheval. – Pour ce qui est du barbier, dit Sancho, laissez-m'en le soin, et gardez celui de faire en sorte d'arriver à être roi et à me faire comte. – C'est ce qui sera, avec l'aide de Dieu », répondit don Quichotte ; et, levant les yeux, il aperçut ce qu'on dira dans le chapitre suivant.

CHAPITRE XXII

De la liberté que rendit don Quichotte à quantité de malheureux que l'on conduisait, contre leur gré, où ils eussent été bien aises de ne pas aller

Cid Hamet Ben-Engeli, auteur arabe et manchois [1], raconte, dans cette grave, douce, pompeuse, humble et ingénieuse histoire, qu'après que le fameux don Quichotte de la Manche et Sancho Panza, son écuyer, eurent échangé les propos qui sont rapportés à la fin du chapitre XXI, don Quichotte leva les yeux et vit venir, sur le chemin qu'il suivait, une douzaine d'hommes à pied, enfilés par le cou à une longue chaîne de fer, comme les grains d'un chapelet, et portant tous des menottes aux bras. Ils étaient accompagnés de deux hommes à cheval et de deux hommes à pied, ceux à cheval portant des arquebuses à rouet [2], ceux à pied, des piques et des épées. Dès que Sancho les aperçut, il s'écria : « Voilà la chaîne des galériens, forçats du roi, qu'on mène ramer aux galères. – Comment ! forçats ? répondit don Quichotte. Est-il possible que le roi fasse violence à personne ? – Je ne dis pas cela, reprit Sancho ; je dis que ce sont des gens condamnés pour leurs délits à servir par force le roi dans les galères. – Finalement, répliqua don Quichotte, et quoi qu'il en soit, ces

1. Association de qualificatifs riche en tensions paradoxales – un peu comme si on disait : « un étranger bien de chez nous ».

2. En appuyant sur la détente, on déclenchait un ressort qui faisait tourner rapidement une rondelle d'acier, le rouet, sous un silex, ce qui provoquait la mise à feu.

gens que l'on conduit vont par force et non de leur plein gré ? – Rien de plus sûr, répondit Sancho. – Eh bien ! alors, reprit son maître, c'est ici que se présente l'exécution de mon office qui est d'empêcher les violences et de secourir les malheureux. – Faites attention, dit Sancho, que la justice, qui est la même chose que le roi [1], ne fait ni violence ni outrage à de semblables gens. »

Sur ces entrefaites, la chaîne des galériens arriva près d'eux, et don Quichotte, du ton le plus honnête, pria les gardiens de l'informer de la cause ou des causes pour lesquelles ils menaient de la sorte ces pauvres gens. « Ce sont des forçats, répondit un des gardiens à cheval, qui vont servir Sa Majesté sur les galères. Je n'ai rien de plus à vous dire, et vous, rien de plus à demander. – Cependant, répliqua don Quichotte, je voudrais bien savoir sur chacun d'eux en particulier la cause de leur disgrâce. » À cela il ajouta d'autres propos si polis pour les engager à l'informer de ce qu'il désirait tant savoir que l'autre gardien lui dit enfin : « Nous avons bien ici le registre où sont consignées les condamnations de chacun de ces misérables ; mais ce n'est pas le moment de nous arrêter pour l'ouvrir et en faire lecture. Approchez-vous et questionnez-les eux-mêmes ; ils vous répondront s'ils en ont envie, et bien certainement ils l'auront, car ce sont des gens qui prennent également plaisir à faire et à raconter des tours de coquins. »

Avec cette permission que don Quichotte aurait bien prise si on ne la lui eût accordée, il s'approcha de la chaîne et demanda au premier venu pour quels péchés il allait en si triste équipage. « Pour avoir été amoureux, répondit l'autre. – Quoi ! pas davantage ? s'écria don Quichotte. Par ma foi ! si l'on condamne les gens aux galères pour être amoureux, il y a longtemps que je devrais y ramer. – Oh ! mes amours ne sont pas de ceux qu'imagine Votre Grâce, répondit le galérien. Quant à moi, j'aimai si éper-

---

1. La différence avec l'épisode du petit André (chap. IV) saute aux yeux. Cette fois-ci, don Quichotte ne va pas se mêler d'un de ces innombrables litiges privés qui, même dans les sociétés les plus modernes, échappent aux mailles de la justice (« plages de non-droit », comme on les appelle parfois aujourd'hui). Libérer des forçats, c'est revenir sur la chose jugée, et contester la plus haute des justices instituées de l'époque : celle du roi.

dument une corbeille de lessive remplie de linge blanc, et je la serrai si étroitement dans mes bras que, si la justice ne me l'eût arrachée par force, je n'aurais pas encore, à l'heure qu'il est, cessé mes caresses. Je fus pris en flagrant délit, il n'était pas besoin de question [1] ; la cause fut bâclée : on me chatouilla les épaules de cent coups de fouet, et quand j'aurai, par-dessus le marché, fauché le grand pré pendant trois ans, l'affaire sera faite. – Qu'est-ce que cela, faucher le grand pré ? demanda don Quichotte. – C'est ramer aux galères [2] », répondit le forçat, qui était un jeune homme d'environ vingt-quatre ans, natif, à ce qu'il dit, de Piédraïta.

Don Quichotte fit la même demande au second, qui ne voulut pas répondre un mot, tant il marchait triste et mélancolique. Mais le premier répondit pour lui : « Celui-là, seigneur, va aux galères en qualité de serin de Canarie, je veux dire de musicien et de chanteur. – Comment donc ! s'écria don Quichotte, envoie-t-on les musiciens et les chanteurs aux galères ? – Oui, seigneur, répondit le forçat ; il n'y a rien de pire au monde que de chanter dans le tourment. – Mais, au contraire, reprit don Quichotte ; j'avais toujours entendu dire, avec le proverbe : Qui chante, ses maux enchante. – Eh bien ! c'est tout au rebours ici, repartit le galérien ; qui chante une fois pleure toute sa vie. – Je n'y comprends rien », dit don Quichotte. Mais un des gardiens lui dit : « Seigneur cavalier, parmi ces gens de bien, chanter dans le tourment veut dire confesser à la torture. Ce drôle a été mis à la question et a fait l'aveu de son crime, qui est d'avoir été voleur de bestiaux ; et, sur son aveu, on l'a condamné à six ans de galères, sans compter deux cents coups de fouet qu'il porte déjà sur ses épaules. Il marche toujours triste et honteux, à cause que les autres voleurs, aussi bien ceux qu'il laisse là-bas que ceux qui l'accompagnent ici, le méprisent, le bafouent et le maltrai-

---

1. Comprendre : pas besoin de torture.

2. Viardot a omis, sans doute faute de voir comment le traduire, un court passage où le forçat emploie le terme argotique de *gurapas* pour désigner les galères, et explique le mot à la demande de don Quichotte. Or ce terme, venu de l'arabe, avait été francisé en « gourape » dans la *lingua franca* qu'on parlait sur les pourtours de la Méditerranée. « Gourapes », a donc traduit J. Cassou, suivi par J. Canavaggio.

tent, parce qu'il a confessé le délit et n'a pas eu le courage de tenir bon pour le nier ; car ils disent qu'il n'y a pas plus de lettres dans un *non* que dans un *oui*, et que c'est trop de bonheur pour un accusé d'avoir sur sa langue sa vie ou sa mort, et non pas sur la langue des témoins et des preuves ; et, quant à cela, je trouve que tout le tort n'est pas de leur côté. – C'est bien aussi ce que je pense », répondit don Quichotte, lequel, passant au troisième, lui fit la même question qu'aux autres ; et celui-ci, sans se faire tirer l'oreille, répondit d'un ton dégagé : « Moi, je vais faire une visite de cinq ans à mesdames les galères, faute de dix ducats. – J'en donnerais bien vingt de bon cœur pour vous préserver de cette peine, s'écria don Quichotte. – Cela ressemble, reprit le galérien, à celui qui a sa bourse pleine au milieu de la mer et qui meurt de faim, ne pouvant acheter ce qui lui manque. Je dis cela, parce que, si j'avais eu en temps opportun les vingt ducats que m'offre à présent Votre Grâce, j'aurais graissé la patte du greffier, avivé l'esprit et la langue de mon avocat, de manière que je me verrais aujourd'hui au beau milieu de la place de Zocodover à Tolède, et non le long de ce chemin, accouplé [1] comme un chien de chasse. Mais Dieu est grand, la patience bonne, et tout est dit. »

Don Quichotte passa au quatrième. C'était un homme de vénérable aspect, avec une longue barbe blanche qui lui couvrait toute la poitrine ; lequel s'entendant demander pour quel motif il se trouvait à la chaîne, se mit à pleurer sans répondre un mot ; mais le cinquième condamné lui servit de truchement. « Cet honnête barbon, dit-il, va pour quatre ans aux galères, après avoir été promené en triomphe dans les rues à cheval et magnifiquement vêtu. – Cela veut dire, si je ne me trompe, interrompit Sancho, qu'il a fait amende honorable, et qu'il est monté au pilori. – Tout justement, reprit le galérien ; et le délit qui lui a valu cette peine, c'est d'avoir été courtier d'oreille et même du corps tout entier ; je veux dire que ce gentilhomme est ici en qualité de Mercure galant [2], et parce qu'il

1. Comprendre : tenu en laisse.

2. « Courtier » et « Mercure » ont rapport au commerce. Or un proxénète s'occupe bien, à sa manière, de commerce.

avait aussi quelques pointes et quelques grains de sorcellerie. – De ces pointes et de ces grains, je n'ai rien à dire, répondit don Quichotte ; mais, quant à la qualité de Mercure galant tout court, je dis que cet homme ne mérite pas d'aller aux galères, si ce n'est pour y commander et pour en être le général. Car l'office d'entremetteur d'amour n'est pas comme le premier venu ; c'est un office de gens habiles et discrets, très nécessaire dans une république bien organisée, et qui ne devrait être exercé que par des gens de bonne naissance et de bonne éducation. On devrait même créer des inspecteurs et examinateurs pour cette charge comme pour les autres, et fixer le nombre des membres en exercice, ainsi que pour les courtiers de commerce. De cette manière on éviterait bien des maux, dont la seule cause est que trop de gens se mêlent du métier ; gens sans tenue et sans intelligence, femmelettes, petits pages, drôles de peu d'années et de nulle expérience, qui, dans l'occasion la plus pressante, et quand il faut prendre un parti, ne savent plus reconnaître leur main droite de la gauche et laissent geler leur soupe de l'assiette à la bouche. Je voudrais pouvoir continuer ce propos et démontrer pourquoi il conviendrait de faire choix des personnes qui exerceraient dans l'État cet office si nécessaire ; mais ce n'est ici ni le lieu ni le temps. Quelque jour j'en parlerai à quelqu'un qui puisse y pourvoir [1]. Je dis seulement aujourd'hui que la peine que m'a causée la vue de ces cheveux blancs et de ce vénérable visage, mis à si rude épreuve pour quelques messages d'amour, s'est calmée à cette autre accusation de sorcellerie. Je sais bien pourtant qu'il n'y a dans le monde ni charmes ni sortilèges qui puissent contraindre ou détourner la volonté, comme le pensent quelques simples. Nous avons parfaitement notre libre arbitre ; ni plantes ni enchantements ne peuvent lui faire violence. Ce que font quelques femmelettes par simplicité, ou quelques fripons par fourberie, ce sont des breuvages, des mixtures, de vrais poisons, avec lesquels ils rendent

1. Plaidoyer inattendu, de la part du chaste don Quichotte, en faveur des proxénètes. Il envisage même à ce sujet, lui, le justicier solitaire, de saisir les pouvoirs publics !

les hommes fous [1], faisant accroire qu'ils ont le pouvoir de les rendre amoureux, tandis qu'il est, comme je le dis, impossible de contraindre la volonté. – Cela est bien vrai, s'écria le bon vieillard. Et en vérité, seigneur, quant à la sorcellerie, je n'ai point de faute à me reprocher : je ne puis nier quant aux entremises d'amour ; mais jamais je n'ai cru mal faire en cela. Ma seule intention était que tout le monde se divertît, et vécût en paix et en repos, sans querelles comme sans chagrins. Mais ce désir charitable ne m'a pas empêché d'aller là d'où je pense bien ne plus revenir, tant je suis chargé d'années et tant je souffre d'une rétention d'urine qui ne me laisse pas un instant de répit. » À ces mots, le bonhomme se remit à pleurer de plus belle, et Sancho en prit tant de pitié qu'il tira de sa poche une pièce de quatre réaux et lui en fit aumône.

Don Quichotte, continuant son interrogatoire, demanda au suivant quel était son crime ; celui-ci, d'un ton non moins vif et dégagé que le précédent, répondit : « Je suis ici pour avoir trop folâtré avec deux de mes cousines germaines, et avec deux autres cousines qui n'étaient pas les miennes. Finalement, nous avons si bien joué tous ensemble aux petits jeux innocents qu'il en est arrivé un accroissement de famille tel et tellement embrouillé qu'un faiseur d'arbres généalogiques n'aurait pu s'y reconnaître. Je fus convaincu par preuves et témoignages ; la faveur me manqua, l'argent aussi, et je fus mis en danger de périr par la gorge. On m'a condamné à six ans de galères ; je n'ai point appelé [2] : c'est la peine de ma faute. Mais je suis jeune, la vie est longue, et tant qu'elle dure il y a remède à tout. Si Votre Grâce, seigneur chevalier, a de quoi secourir ces pauvres gens, Dieu vous le payera dans le ciel, et nous aurons grand soin sur la terre de prier Dieu dans nos oraisons pour la santé et la vie de Votre Grâce, afin qu'il vous les donne aussi bonne et longue que le mérite votre respectable personne. » Celui-ci portait l'habit d'étudiant,

1. Dans la nouvelle cervantine *Le Licencié de verre*, une sorcière donne à manger à un jeune étudiant qu'elle voudrait séduire un coing qu'elle a trafiqué selon ses recettes, avec, pour tout résultat, de le rendre fou.

2. Comprendre : « j'ai eu tort de ne pas faire appel ».

et l'un des gardiens dit qu'il était très éloquent discoureur et fort avancé dans le latin.

Derrière tous ceux-là venait un homme d'environ trente ans, bien fait et de bonne mine, si ce n'est cependant que lorsqu'il regardait il mettait l'un de ses yeux dans l'autre. Il était attaché bien différemment de ses compagnons ; car il portait au pied une chaîne si longue qu'elle lui faisait, en remontant, le tour du corps, puis deux forts anneaux à la gorge, l'un rivé à la chaîne, l'autre comme une espèce de carcan duquel partaient deux barres de fer qui descendaient jusqu'à la ceinture et aboutissaient à deux menottes où il avait les mains attachées par de gros cadenas ; de manière qu'il ne pouvait ni lever ses mains à sa tête, ni baisser sa tête à ses mains [1]. Don Quichotte demanda pourquoi cet homme portait ainsi bien plus de fers que les autres. Le gardien répondit que c'était parce qu'il avait commis plus de crimes à lui seul que tous les autres ensemble, et que c'était un si hardi et si rusé coquin que, même en le gardant de cette manière, ils n'étaient pas très sûrs de le tenir, et qu'ils avaient toujours peur qu'il ne vînt à leur échapper. « Mais quels grands crimes a-t-il donc faits, demanda don Quichotte, s'ils ne méritent pas plus que les galères ? – Il y est pour dix ans, répondit le gardien, ce qui emporte la mort civile [2]. Mais il n'y a rien de plus à dire, sinon que c'est le fameux Ginès de Passamont, autrement dit Ginésille de Parapilla [3]. – Holà ! seigneur commissaire, dit alors le galérien, tout doucement, s'il vous plaît, et ne nous amusons pas à épiloguer sur les noms et surnoms. Je m'appelle Ginès et non Ginésille ; et Passamont est mon nom de famille, non point Parapilla, comme vous dites. Et que chacun à la ronde se tourne et s'examine, et ce ne sera pas mal fait. – Parlez un peu

1. Cette mise en valeur par les précautions prises d'une dangerosité extrême se retrouve dans bien des intrigues policières d'aujourd'hui. Songeons, par exemple, au film *Le Silence des agneaux* (réalisé par Jonathan Demme, en 1991).

2. La condamnation à dix ans de galère entraînait la perte à vie de tous droits, sauf celui de tester.

3. Terme emprunté à l'italien, qui peut suggérer un « arnaqueur » (*parar* et *pillar*, dans l'argot castillan des tripots, avaient des emplois qui allaient en ce sens), mais aussi « un pénis ailé ».

moins haut, seigneur larron de la grande espèce, répliqua le commissaire, si vous n'avez envie que je vous fasse taire par les épaules. – On voit bien, reprit le galérien, que l'homme va comme il plaît à Dieu ; mais, quelque jour, quelqu'un saura si je m'appelle ou non Ginésille de Parapilla. – N'est-ce pas ainsi qu'on t'appelle, imposteur ? s'écria le gardien. – Oui, je le sais bien, reprit le forçat ; mais je ferai en sorte qu'on ne me donne plus ce nom, ou bien je m'arracherai la barbe, comme je le dis entre mes dents [1]. Seigneur chevalier, si vous avez quelque chose à nous donner, donnez-nous-le vite, et allez à la garde de Dieu, car tant de questions sur la vie du prochain commencent à nous ennuyer ; et si vous voulez connaître la mienne, sachez que je suis Ginès de Passamont, dont l'histoire est écrite par les cinq doigts de cette main. – Il dit vrai, reprit le commissaire ; lui-même a écrit sa vie, et si bien qu'on ne peut rien désirer de mieux. Mais il a laissé le livre en gage dans la prison pour deux cents réaux. – Et je pense bien le retirer, s'écria Ginès, fût-il engagé pour deux cents ducats. – Est-il donc si bon ? demanda don Quichotte. – Si bon, reprit le galérien, qu'il fera la barbe à *Lazarille de Tormès* et à tous ceux du même genre écrits ou à écrire. Ce que je puis dire à Votre Grâce, c'est qu'il rapporte des vérités, mais des vérités si gracieuses et si divertissantes qu'aucun mensonge ne peut en approcher. – Et quel est le titre du livre ? demanda don Quichotte. – *La Vie de Ginès de Passamont*, répondit l'autre. – Est-il fini ? reprit don Quichotte. – Comment peut-il être fini, répliqua Ginès, puisque ma vie ne l'est pas [2] ? Ce qui est écrit comprend depuis le jour de ma naissance jusqu'au moment où l'on m'a condamné cette dernière fois aux galères. – Vous y aviez donc été déjà ? reprit don Quichotte. – Pour servir

1. Formule consacrée en littérature depuis *La Célestine* pour désigner un aparté impertinent.

2. Apparente boutade, mais remarque plus profonde qu'il n'y paraît : une pique est ici lancée contre la mode des romans picaresques, préparée par le fameux *Lazarillo de Tormès* (ouvrage anonyme paru en 1554), et impulsée vers 1600 par le *Guzmán de Alfarache* de Mateo Alemán. La règle fondamentale du genre, à savoir la convention autobiographique, condamne le récit d'une vie à l'incomplétude. Defoe, dans son roman post-picaresque *Moll Flanders*, s'est souvenu de cette boutade de Ginès.

Dieu et le roi, répondit Ginès, j'y ai déjà fait quatre ans une autre fois, et je connais le goût du biscuit et du nerf de bœuf, et je n'ai pas grand regret d'y retourner encore, car le temps d'y finir mon livre : il me reste une foule de bonnes choses à dire, et, dans les galères d'Espagne, on a plus de loisir que je n'en ai besoin, d'autant plus qu'il ne m'en faut pas beaucoup pour ce qui me reste à écrire, car je le sais déjà par cœur. – Tu as de l'esprit, lui dit don Quichotte. – Et du malheur, répondit Ginès, car le malheur poursuit toujours l'esprit. – Poursuit toujours la scélératesse ! s'écria le gardien. – Je vous ai déjà dit, seigneur commissaire, répliqua Passamont, de parler plus doux. Ces messieurs de la chancellerie [1] ne vous ont pas mis cette verge noire en main pour maltraiter les pauvres gens qui sont ici, mais pour nous conduire où l'ordonne Sa Majesté. Sinon, et par la vie de [2]... Mais suffit. Quelque jour les taches faites dans l'hôtellerie pourraient bien s'en aller à la lessive ; que chacun se taise, et vive bien, et parle mieux encore ; et suivons notre chemin, car c'est bien assez de fadaises comme cela. » Le commissaire leva sa baguette pour donner à Passamont la réponse à ses menaces ; mais don Quichotte, se jetant au-devant du coup, le pria de ne point le frapper : « Ce n'est pas étonnant, lui dit-il, que celui qui a les mains si bien attachées ait du moins la langue un peu libre. » Puis, s'adressant à tous les forçats de la chaîne, il ajouta : « De tout ce que vous venez de me dire, mes très chers frères, je découvre clairement que, bien qu'on vous ait punis pour vos fautes, les châtiments que vous allez subir ne sont pas fort de votre goût, et qu'enfin vous allez aux galères tout à fait contre votre gré. Je découvre aussi que le peu de courage qu'a montré l'un dans la question, le manque d'argent pour celui-ci, pour celui-là le manque de faveur et, finalement, l'erreur ou la passion du juge, ont été les causes de votre perdition, et vous ont privés de la justice qui vous était due. Tout cela maintenant s'offre à ma mémoire pour me dire et me persuader que je dois montrer à votre égard

1. Au sens de « Cour de justice ».

2. Début d'un gros juron blasphématoire, sévèrement puni s'il était surpris ou dénoncé.

pourquoi le ciel m'a mis au monde, pourquoi il a voulu que je fisse profession dans l'ordre de chevalerie dont je suis membre, et pourquoi j'ai fait vœu de porter secours aux malheureux et aux faibles qu'oppriment les forts. Mais, comme je sais qu'une des qualités de la prudence est de ne pas faire par la violence ce qui peut se faire par la douceur, je veux prier messieurs les gardiens et monsieur le commissaire de vouloir bien vous détacher et vous laisser aller en paix ; d'autres ne manqueront pas pour servir le roi en meilleures occasions, et c'est, à vrai dire, une chose monstrueuse de rendre esclaves ceux que Dieu et la nature ont faits libres. Et d'ailleurs, seigneurs gardiens, continua don Quichotte, ces pauvres diables ne vous ont fait nulle offense [1] ; eh bien ! que chacun d'eux reste avec son péché : Dieu est là-haut dans le ciel, qui n'oublie ni de châtier le méchant ni de récompenser le bon, et il n'est pas bien que des hommes d'honneur se fassent les bourreaux d'autres hommes, quand ils n'ont nul intérêt à cela. Je vous prie avec ce calme et cette douceur, afin d'avoir, si vous accédez à ma demande, à vous remercier de quelque chose. Mais si vous ne le faites de bonne grâce, cette lance et cette épée, avec la valeur de mon bras, vous feront bien obéir par force.

– Voilà, pardieu, une gracieuse plaisanterie ! s'écria le commissaire ; c'était bien la peine de tant lanterner pour accoucher de cette belle idée. Tiens ! ne veut-il pas que nous laissions aller les forçats du roi, comme si nous avions le pouvoir de les lâcher, ou qu'il eût celui de nous en donner l'ordre ! Allons donc, seigneur, passez votre chemin, et redressez un peu le bassin que vous avez sur la tête, sans vous mêler de chercher cinq pattes à notre chat. – C'est vous qui êtes le chat, le rat, le forçat et le

1. Placé dans son contexte particulier, le raisonnement de don Quichotte peut être vu comme une ruse pour circonvenir les gardiens. Isolé de son contexte, il devient une mise en cause radicale de tout l'appareil de la justice instituée. Ce qui est demandé tant aux juges qu'à leurs exécutants c'est justement de ne pas avoir d'intérêts personnels dans les litiges où ils interviennent. Le renversement paradoxal ici tenté par don Quichotte entre en contradiction avec son propre idéal de justicier solitaire, forgé à la lecture de romans de chevalerie où l'exercice de la justice par le seigneur dans son fief se projette dans l'espace et devient itinérant.

goujat [1] ! » s'écria don Quichotte. Et sans dire gare, il s'élance sur lui avec tant de furie qu'avant que l'autre ait eu le temps de se mettre en garde il le jette sur le carreau grièvement blessé d'un coup de lance. Le bonheur voulut que ce fût justement l'homme à l'arquebuse. Les autres gardes restèrent d'abord étonnés et stupéfaits à cette attaque inattendue ; mais, reprenant bientôt leurs esprits, ils empoignèrent, ceux à cheval leurs épées, ceux à pied leurs piques, et assaillirent tous ensemble don Quichotte, qui les attendait avec un merveilleux sang-froid. Et sans doute il eût passé un mauvais quart d'heure si les galériens, voyant cette belle occasion de recouvrer la liberté, n'eussent fait tous leurs efforts pour rompre la chaîne où ils étaient attachés côte à côte. La confusion devint alors si grande que les gardiens, tantôt accourant aux forçats qui se détachaient, tantôt attaquant don Quichotte, dont ils étaient attaqués, ne firent enfin rien qui vaille. Sancho aidait de son côté à délivrer Ginès de Passamont, qui prit le premier la clef des champs ; et celui-ci, dès qu'il se vit libre, sauta sur le commissaire abattu, lui prit son épée et son arquebuse, avec laquelle, visant l'un, visant l'autre, sans tirer jamais, il eut bientôt fait vider le champ de bataille à tous les gardes, qui échappèrent, en fuyant, aussi bien à l'arquebuse de Passamont qu'aux pierres que leur lançaient sans relâche les autres galériens délivrés.

Sancho s'affligea beaucoup de ce bel exploit, se doutant bien que ceux qui se sauvaient à toutes jambes allaient rendre compte de l'affaire à la Sainte-Hermandad, laquelle se mettrait, au son des cloches et des tambours, à la poursuite des coupables. Il communiqua cette crainte à son maître, qu'il pria de s'éloigner bien vite du chemin et de s'enfoncer dans la montagne qui était proche. « C'est fort bien, répondit don Quichotte, mais je sais ce qu'il convient de faire avant tout. » Appelant alors tous les galériens qui couraient pêle-mêle, et qui avaient dépouillé le commissaire jusqu'à la peau, ces honnêtes gens se mirent en rond autour de lui pour voir ce qu'il leur voulait. Don Quichotte

---

1. « *el gato, el rato y el bellaco* », dit l'original. En argot, *gato* désignait l'alguazil ou encore le larron ; *rato* un voleur trouillard ; et *bellaco* signifie « coquin ».

leur tint ce discours : « Il est d'un homme bien né [1] d'être reconnaissant des bienfaits qu'il reçoit, et l'un des péchés qui offensent Dieu davantage, c'est l'ingratitude. Je dis cela, parce que vous avez vu, seigneurs, par manifeste expérience, le bienfait que vous avez reçu de moi, en payement duquel je désire, ou plutôt telle est ma volonté, que, chargés de cette chaîne dont j'ai délivré vos épaules, vous vous mettiez immédiatement en chemin pour vous rendre à la cité du Toboso ; que là vous vous présentiez devant ma dame, Dulcinée du Toboso, à laquelle vous direz que son chevalier, celui de la Triste-Figure, lui envoie ses compliments, et vous lui conterez mot pour mot tous les détails de cette fameuse aventure, jusqu'au moment où je vous ai rendu la liberté si désirée. Après quoi vous pourrez vous retirer et vous en aller chacun à la bonne aventure. »

Ginès de Passamont, se chargeant de répondre pour tous, dit à don Quichotte : « Ce que Votre Grâce nous ordonne, seigneur chevalier notre libérateur, est impossible à faire, de toute impossibilité ; car nous ne pouvons aller tous ensemble le long de ces grands chemins, mais, au contraire, seuls, isolés, chacun tirant à part soi, et s'efforçant de se cacher dans les entrailles de la terre, pour n'être pas rencontrés par la Sainte-Hermandad, qui va sans aucun doute lâcher ses limiers à nos trousses. Ce que Votre Grâce peut faire, et ce qu'il est juste qu'elle fasse, c'est de commuer ce service et cette obligation de passage devant cette dame Dulcinée du Toboso en quelques douzaines de *Credo* et d'*Ave Maria*, que nous dirons en votre intention. C'est du moins une pénitence qu'on peut faire de nuit et de jour, pendant la fuite comme pendant le repos, en paix comme en guerre. Mais penser que nous allons maintenant retourner en terre d'Égypte, je veux dire que nous allons reprendre notre chaîne et suivre le chemin du Toboso, c'est penser qu'il fait nuit à présent, quoiqu'il ne soit pas dix heures du matin ; et nous demander une telle folie, c'est demander des poires à l'ormeau. – Eh bien ! je jure Dieu, s'écria don Quichotte, s'enflammant de colère, don fils de mauvaise maison, don Ginésille de Paropillo, ou comme on vous appelle, que vous irez tout seul, l'oreille basse et la queue

1. Comprendre : c'est le propre d'un homme bien né.

entre les jambes, avec toute la chaîne sur le dos. » Passamont, qui n'était pas fort endurant de sa nature, et qui n'était plus à s'apercevoir que la cervelle de don Quichotte avait un faux pli, puisqu'il avait commis une aussi grande extravagance que celle de leur rendre la liberté, se voyant traiter si cavalièrement, cligna de l'œil à ses compagnons, lesquels, s'éloignant tout d'une volée, firent pleuvoir sur don Quichotte une telle grêle de pierres qu'il n'avait pas assez de mains pour se couvrir de sa rondache ; et quant au pauvre Rossinante, il ne faisait pas plus de cas de l'éperon que s'il eût été coulé en bronze. Sancho se jeta derrière son âne et se défendit avec cet écu du nuage de pierres qui crevait sur tous les deux. Mais don Quichotte ne put pas si bien s'abriter que je ne sais combien de cailloux ne l'atteignissent dans le milieu du corps, et si violemment qu'ils l'emmenèrent avec eux par terre. Dès qu'il fut tombé, l'étudiant lui sauta dessus, et lui ôta de la tête son plat à barbe, dont il lui donna trois ou quatre coups sur les épaules, puis qu'il frappa autant de fois sur la terre et qu'il mit presque en morceaux. Ces vauriens prirent ensuite au pauvre chevalier un pourpoint à doubles manches qu'il portait par-dessus ses armes, et lui auraient enlevé jusqu'à ses bas si l'armure des grèves [1] n'en eût empêché. Ils débarrassèrent aussi Sancho de son manteau court, et le laissèrent en justaucorps ; puis, ayant partagé entre eux tout le butin de la bataille, ils s'échappèrent chacun de son côté, ayant plus de soin d'éviter la Sainte-Hermandad, dont ils avaient grand-peur, que de se mettre la chaîne au cou, et de se présenter en cet état devant madame Dulcinée du Toboso. Il ne resta plus sur la place que l'âne, Rossinante, Sancho et don Quichotte : l'âne, pensif et tête basse, secouant de temps en temps les oreilles, comme si l'averse de pierres n'eût pas encore cessé ; Rossinante, étendu le long de son maître, car une autre décharge l'avait aussi jeté sur le carreau ; Sancho, en manches de chemise, et tremblant à l'idée de la Sainte-Hermandad ; enfin don Quichotte, l'âme navrée de se voir ainsi maltraité par ceux-là mêmes qui lui devaient un si grand bienfait.

1. Poulaines en acier qui protégeaient le bas de la jambe, du genou au talon.

CHAPITRE XXIII

De ce qui arriva au fameux don Quichotte dans la Sierra-Morena, l'une des plus rares aventures que rapporte cette véridique histoire

Don Quichotte, se voyant en si triste état, dit à son écuyer : « Toujours, Sancho, j'ai entendu dire que faire du bien à de la canaille, c'est jeter de l'eau dans la mer. Si j'avais cru ce que tu m'as dit, j'aurais évité ce déboire ; mais la chose est faite, prenons patience pour le moment, et tirons expérience pour l'avenir. – Vous tirerez expérience, répondit Sancho, tout comme je suis Turc. Mais, puisque vous dites que, si vous m'eussiez cru, vous eussiez évité ce malheur, croyez-moi maintenant, et vous en éviterez un bien plus grand encore. Car je vous déclare qu'avec la Sainte-Hermandad il n'y a pas de chevalerie qui tienne, et qu'elle ne fait pas cas de tous les chevaliers errants du monde pour deux maravédis. Tenez, il me semble déjà que ses flèches me sifflent aux oreilles. – Tu es naturellement poltron, Sancho, reprit don Quichotte, mais, afin que tu ne dises pas que je suis entêté, et que je ne fais jamais ce que tu me conseilles, pour cette fois, je veux suivre ton avis, et me mettre à l'abri de ce courroux qui te fait si peur. Mais c'est à une condition : que jamais, en la vie ou en la mort, tu ne diras à personne que je me suis éloigné et retiré de ce péril par frayeur, mais bien pour complaire à tes supplications. Si tu dis autre chose, tu en auras menti, et dès à présent pour alors, comme alors pour dès à présent, je te donne un démenti et dis que tu mens et mentiras toutes les fois que tu diras ou penseras pareille chose. Et ne me réplique rien ; car, de penser seulement que je m'éloigne d'un péril, de celui-ci principalement, où il me semble que je montre je ne sais quelle ombre de peur, il me prend envie de rester là et d'y attendre seul, non seulement cette Sainte-Hermandad ou confrérie qui t'épouvante, mais encore les frères des douze tribus d'Israël, et les sept frères Machabées [1], et les jumeaux Castor et Pollux, et tous les frères, confrères et confréries qu'il y ait au monde. – Seigneur, répondit Sancho, se retirer ce n'est pas fuir, et attendre n'est pas sagesse quand le péril surpasse l'espérance et les forces. Il est d'un homme sage de se garder aujourd'hui pour demain, et de ne pas s'aventurer tout entier en un jour. Et sachez que, tout rustre et vilain que je suis, j'ai bien quelque idée pourtant de ce qu'on appelle se bien gouverner. Ainsi, ne vous repentez pas d'avoir suivi mon conseil ; montez plutôt sur Rossinante, si vous pouvez, ou sinon je vous aiderai ; et suivez-moi, car le cœur me dit que nous avons plus besoin maintenant de nos pieds que de nos mains. »

Don Quichotte monta sur sa bête sans répliquer un mot ; et, Sancho prenant les devants sur son âne, ils entrèrent dans une gorge de la Sierra-Morena, dont ils étaient proches. L'intention de Sancho était de traverser toute cette chaîne de montagnes et d'aller déboucher au Viso ou bien à Almodovar del Campo, après s'être cachés quelques jours dans ces solitudes, pour échapper à la Sainte-Hermandad, si elle se mettait à leur piste. Ce qui l'encouragea dans ce dessein, ce fut de voir que le sac aux provisions qu'il portait sur son âne avait échappé au pillage des galériens, chose qu'il tint à miracle, tant ces honnêtes gens avaient bien fureté et pris tout ce qui leur convenait.

Les deux voyageurs arrivèrent cette nuit même au cœur de la Sierra-Morena, où Sancho trouva bon de faire halte, et même de passer quelques jours, au moins tant que dureraient les vivres. Ils s'arrangèrent donc pour la nuit entre deux roches et quantité de grands lièges. Mais la destinée,

1. Les « douze tribus d'Israël » sont nommées dans la Bible (Genèse, 49, 1-28), ainsi que le martyre des sept frères Maccabées (livre 2 des Maccabées).

qui selon l'opinion de ceux que n'éclaire point la vraie foi, ordonne et règle tout à sa fantaisie, voulut que Ginès de Passamont, cet insigne voleur qu'avaient délivré de la chaîne la vertu et la folie de don Quichotte, poussé par la crainte de la Sainte-Hermandad, qu'il redoutait avec juste raison, eût aussi songé à se cacher dans ces montagnes. Elle voulut de plus que sa frayeur et son étoile l'eussent conduit précisément où s'étaient arrêtés don Quichotte et Sancho Panza, qu'il reconnut aussitôt, et qu'il laissa paisiblement endormir. Comme les méchants sont toujours ingrats, comme la nécessité est l'occasion qui fait le larron, et que le présent fait oublier l'avenir, Ginès, qui n'avait pas plus de reconnaissance que de bonnes intentions, résolut de voler l'âne de Sancho Panza, se souciant peu de Rossinante, qui lui parut un aussi mauvais meuble à vendre qu'à mettre en gage. Sancho dormait ; Ginès lui vola son âne, et, avant que le jour vînt, il était trop loin pour qu'on pût le rattraper [1].

L'aurore parut, réjouissant la terre et attristant le bon Sancho Panza ; car, ne trouvant plus son âne, et se voyant sans lui, il se mit à faire les plus tristes et les plus douloureuses lamentations, tellement que don Quichotte s'éveilla au bruit de ses plaintes, et l'entendit qui disait en pleurant : « Ô fils de mes entrailles, né dans ma propre maison, jouet de mes enfants, délices de ma femme, envie de mes voisins, soulagement de mes charges, et finalement nourricier de la moitié de ma personne, car, avec vingt-six maravédis que tu gagnais par jour, tu fournissais à la moitié de ma dépense ! » Don Quichotte, qui vit les pleurs de Sancho et en apprit la cause, le consola par les meilleurs raisonne-

1. Ce vol de l'âne de Sancho ne figurait pas dans la première édition. C'est une invention postérieure de Cervantès, dont il s'explique dans la Seconde partie par le truchement de Cid Hamet Ben-Engeli (II, chap. XXVII), destinée à réparer une omission qu'on lui avait reprochée : en effet, au chapitre XXV, l'écuyer chargé de porter une lettre à Dulcinée doit partir à pied, en raison de la disparition de sa monture. Comment et pourquoi elle avait disparu, c'est ce qui n'est précisé qu'à partir de la seconde édition. Mais la retouche demeure un peu voyante et maladroite : le raccord aurait dû être placé, pour être tout à fait cohérent, au chapitre XXV, où Sancho dit avoir pleuré depuis la veille la perte de son âne. Cid Hamet Ben-Engeli en rejettera la responsabilité sur l'imprimeur.

ments qu'il put trouver et lui promit de lui donner une lettre de change de trois ânons sur cinq qu'il avait laissés dans son écurie. À cette promesse, Sancho se consola, sécha ses larmes, calma ses sanglots, et remercia son maître de la faveur qu'il lui faisait.

Celui-ci, dès qu'il eut pénétré dans ces montagnes, qui lui semblaient des lieux tout à fait propres aux aventures qu'il cherchait, s'était senti le cœur bondir de joie. Il repassait en sa mémoire ces merveilleux événements qui, dans de semblables lieux, âpres et solitaires, étaient arrivés à des chevaliers errants, et ces pensées l'absorbaient et le transportaient au point qu'il oubliait toute autre chose. Quant à Sancho, il n'avait d'autre souci, depuis qu'il croyait cheminer en lieu sûr, que de restaurer son estomac avec les débris qui restaient du butin fait sur les prêtres du convoi. Il s'en allait derrière son maître, chargé de tout ce qu'aurait dû porter le grison, et tirant du sac pour mettre en son ventre ; et il se trouvait si bien de cette manière d'aller qu'il n'aurait pas donné une obole pour rencontrer toute autre aventure. En ce moment il leva les yeux et vit que son maître, s'étant arrêté, essayait de soulever avec la pointe de sa lance je ne sais quel paquet qui gisait par terre. Se hâtant alors d'aller lui aider, s'il en était besoin, il arriva au moment où don Quichotte soulevait sur le bout de sa pique un coussin et une valise attachés ensemble, tous deux en lambeaux et à demi pourris. Mais le paquet pesait tant que Sancho fut obligé de l'aller prendre à la main, et son maître lui dit de voir ce qu'il y avait dans la valise. Sancho s'empressa d'obéir, et, quoiqu'elle fût fermée avec une chaîne et son cadenas, il lui fut facile, par les trous qu'avait faits la pourriture, de voir ce qu'elle contenait. C'étaient quatre chemises de fine toile de Hollande, et d'autres hardes aussi élégantes que propres ; et de plus, Sancho trouva dans un mouchoir un bon petit tas d'écus d'or. Dès qu'il les vit : « Béni soit le ciel tout entier, s'écria-t-il, qui nous envoie enfin une aventure à gagner quelque chose. » Il se remit à chercher, et trouva un petit livre de souvenirs richement relié. « Donne-moi ce livre, lui dit don Quichotte ; quant à l'argent, garde-le, je t'en fais cadeau. » Sancho lui baisa les mains pour le remercier de cette faveur, et dévalisant la valise, il mit la lingerie dans le sac aux provisions. À la vue de toutes ces circonstances, don Quichotte dit à son écuyer : « Il me semble, Sancho, et ce ne peut être autre chose, que quelque voyageur égaré aura voulu traverser ces montagnes, et que des brigands, l'ayant surpris au passage, l'auront assassiné et seront venus l'enterrer dans cet endroit désert. – Cela ne peut pas être, répondit Sancho ; car des voleurs n'auraient point laissé l'argent. – Tu as raison, reprit don Quichotte, et je ne devine vraiment pas ce que ce peut être. Mais, attends, nous allons voir s'il n'y a pas dans ces tablettes quelque note d'où nous puissions dépister et découvrir ce que nous désirons savoir. » Il ouvrit le petit livre, et la première chose qu'il vit écrite, comme en brouillon, quoique d'une belle écriture, fut un sonnet qu'il lut à haute voix pour que Sancho l'entendît. Ce sonnet disait :

Ou l'amour n'a point assez de discernement, ou il a trop de cruauté, ou bien ma peine n'est point en rapport avec la faute qui me condamne à la plus dure espèce de tourment.

Mais, si l'amour est un dieu, personne n'ignore, et la raison le veut ainsi, qu'un dieu ne peut être cruel. Qui donc ordonne l'amère douleur que j'endure et que j'adore ?

Si je dis que c'est vous, Philis, je me trompe ; car tant de mal ne peut sortir de tant de bien, et ce n'est pas du ciel que me vient cet enfer.

Il faut donc mourir, voilà le plus certain ; car au mal dont la cause est inconnue, ce serait miracle de trouver le remède.

« Cette chanson-là ne nous apprend rien, dit Sancho ; à moins pourtant que, par ce fil dont il y est question, nous ne tirions le peloton de toute l'aventure. – De quel fil parles-tu ? demanda don Quichotte. – Il me semble, répondit Sancho, que Votre Grâce a parlé de fil. – De Philis j'ai parlé, reprit don Quichotte, et c'est sans doute le nom de la dame dont se plaint l'auteur de ce sonnet ; et, par ma foi ! ce doit être un poète passable, ou je n'entends rien au métier. – Comment donc ! s'écria Sancho ; est-ce que Votre Grâce s'entend aussi à composer des vers ? – Et plus que tu ne penses, répondit don Quichotte. C'est ce que tu verras bientôt, quand tu porteras à Mme Dulcinée du Toboso une lettre écrite en vers du haut en bas. Il faut que tu saches, Sancho, que tous, ou du moins la plupart des chevaliers errants des temps passés, étaient de grands troubadours, c'est-à-dire de grands poètes et de grands musiciens ; car ces deux talents, ou ces deux grâces, pour les mieux nommer, sont essentielles aux amoureux errants. Il est vrai que les strophes des anciens chevaliers ont plus de vigueur que de délicatesse. – Lisez autre chose, dit Sancho ; peut-être trouverez-vous de quoi nous satisfaire. » Don Quichotte tourna la page. « Ceci est de la prose, dit-il, et ressemble à une lettre. – À une lettre missive ? demanda Sancho. – Elle ne me semble, au commencement, qu'une lettre d'amour, répondit don Quichotte. – Eh bien ! que Votre Grâce ait la bonté de lire tout haut, reprit Sancho ; j'aime infiniment ces histoires d'amour. – Volontiers », dit don Quichotte ; et, lisant à haute voix, comme Sancho l'en avait prié, il trouva ce qui suit :

La fausseté de tes promesses et la certitude de mon malheur me conduisent en un lieu d'où arriveront plus tôt à tes oreilles la nouvelle de ma mort que les expressions de mes plaintes. Tu m'as trahi, ingrate, pour un homme qui a plus, mais qui ne vaut pas plus que moi. Si la vertu était estimée une richesse, je n'envierais pas le bonheur d'autrui, et je ne pleurerais pas mon propre malheur. Ce qu'avait fait ta beauté, tes actions l'ont détruit. Par l'une, je te crus un ange ; par les autres, j'ai reconnu que tu étais une femme. Reste en paix, toi qui me fais la guerre ; et fasse le ciel que les perfidies de ton époux demeurent toujours cachées, afin que tu ne te repentes point de ce que tu as fait, et que je ne tire pas vengeance de ce que je ne désire plus.

Quand don Quichotte eut achevé de lire cette lettre : « Elle nous en apprend encore moins que les vers, dit-il, si ce n'est pourtant que celui qui l'a écrite est quelque amant rebuté. » Feuilletant ensuite le livre en entier, il y trouva d'autres poésies et d'autres lettres, tantôt lisibles, tantôt effacées. Mais elles ne contenaient autre chose que des plaintes, des lamentations, des reproches, des plaisirs et des peines, des faveurs et des mépris, célébrant les unes et déplorant les autres.

Pendant que don Quichotte faisait l'examen des tablettes, Sancho faisait celui de la valise, sans y laisser, non plus que dans le coussin, un coin qu'il ne visitât, un repli qu'il ne furetât, une couture qu'il ne rompît, un flocon de laine qu'il ne triât soigneusement, pour que rien ne se perdît faute de diligence et d'attention ; tant lui avaient éveillé l'appétit les écus d'or déjà trouvés et dont le nombre passait la centaine ! Bien qu'il ne rencontrât rien de plus que cette trouvaille, il donna pour bien employés les sauts sur la couverture, les vomissements du baume de Fierabras, les caresses des gourdins, les coups de poing du muletier, l'enlèvement du bissac, le vol du manteau, et toute la faim, la soif et la fatigue qu'il avait souffertes au service de son bon seigneur, trouvant qu'il en était plus que payé et récompensé par l'abandon du trésor découvert.

Le chevalier de la Triste-Figure conservait un grand désir de savoir quel était le maître de la valise, conjecturant par le sonnet et la lettre, par la monnaie d'or et par les chemises fines, qu'elle devait avoir appartenu à quelque amoureux de haut étage, que les dédains et les perfidies de sa dame avaient conduit à quelque fin désespérée. Mais, comme en cet endroit âpre et sauvage il ne se trouvait personne dont il pût recueillir des informations, il ne pensa qu'à passer outre, sans prendre d'autre chemin que celui qui convenait à Rossinante, c'est-à-dire où la pauvre bête pouvait mettre un pied devant l'autre, et s'imaginant toujours qu'au travers de ces broussailles devait enfin s'offrir quelque étrange aventure. Tandis qu'il cheminait dans ces pensées, il aperçut tout à coup, à la cime d'un monticule qui se trouvait en face de lui, un homme qui allait sautant de roche en roche et de buisson en buisson avec une étonnante légèreté. Il crut reconnaître qu'il était à demi nu, la barbe noire et touffue, les cheveux longs et en désordre, la tête découverte, les pieds sans chaussures et les jambes sans aucun vêtement. Des chausses, qui semblaient de velours jaune, lui couvraient les cuisses, mais tellement en lambeaux qu'elles laissaient voir la chair en plusieurs endroits. Bien qu'il eût passé avec la rapidité de l'éclair, cependant tous ces détails furent remarqués et retenus par le chevalier de la Triste-Figure. Celui-ci aurait bien voulu le suivre ; mais il n'était pas donné aux faibles jarrets de Rossinante de courir à travers ces pierrailles, ayant d'ailleurs de sa nature le pas court et l'humeur flegmatique. Don Quichotte s'imagina aussitôt que ce devait être le maître de la valise, et il résolut à part soi de se mettre à sa poursuite, dût-il, pour le trouver, courir toute une année par ces montagnes. Il ordonna donc à Sancho de prendre par un côté du monticule, tandis qu'il prendrait par l'autre, espérant, à la faveur d'une telle manœuvre, rencontrer cet homme qui avait disparu si vite à leurs yeux. « Je ne puis faire ce que vous commandez, répondit Sancho ; car, dès que je quitte Votre Grâce, la peur est avec moi, qui m'assaille de mille espèces d'alarmes et de visions. Et ce que je dis là doit vous servir d'avis pour que dorénavant vous ne m'éloigniez pas d'un doigt de votre présence. – J'y consens, reprit le chevalier de la Triste-Figure, et je suis ravi que tu aies ainsi confiance en mon courage, qui ne te manquera pas, quand même l'âme te manquerait au corps. Viens donc derrière moi, pas à pas, ou comme tu pourras, et fais de tes yeux des lanternes. Nous ferons le tour de ces collines, et peut-être tomberons-nous sur cet homme que nous venons d'entrevoir, et qui, sans aucun doute, n'est autre que le maître de notre trouvaille. – En ce cas, répondit Sancho, il vaut bien mieux ne pas le chercher ; car, si nous le trouvons, et s'il est par hasard le maître de l'argent, il est clair que me voilà contraint de le lui restituer. Il vaut mieux, dis-je, sans faire ces inutiles démarches, que je reste en possession de bonne foi, jusqu'à ce que, sans tant de curiosité et de diligence, le véritable propriétaire vienne à se découvrir. Ce sera peut-être après que j'aurai dépensé l'argent, et alors le roi m'en fera quitte. – Tu te trompes en cela, Sancho, répondit don Quichotte. Dès que nous soupçonnons que c'est le maître de cet argent que nous avons eu devant les yeux, nous sommes obligés de le chercher et de lui faire restitution ; et si nous ne le cherchions pas, la seule puissante présomption qu'il en est le maître nous mettrait dans la même faute que s'il l'était réellement. Ainsi donc, ami Sancho, n'aie pas de peine de le chercher car ce sera m'en ôter une grande si je le trouve. » Cela dit, il donna de l'éperon à Rossinante, et Sancho le suivit à pied, portant la charge de l'âne, grâce à Ginès de Passamont [1].

Quand ils eurent presque achevé le tour de la montagne, ils trouvèrent, au bord d'un ruisseau, le cadavre d'une mule portant encore la selle et la bride, à demi dévoré par les loups et les corbeaux ; ce qui confirma davantage leur soupçon que ce fuyard était le maître de la valise et de la mule. Pendant qu'ils la considéraient, ils entendirent un coup de sifflet, comme ceux des pâtres qui appellent leurs troupeaux ; puis tout à coup, à leur main gauche, ils virent paraître une grande quantité de chèvres, et derrière elles parut, sur le haut de la montagne, le chevrier qui les gardait, lequel était un homme d'âge. Don Quichotte l'appela aussitôt à grands cris et le pria de descendre auprès d'eux. L'autre répondit en criant de même, et leur demanda comment ils étaient venus dans un lieu qui n'était guère foulé que par le pied des chèvres, ou des loups et d'autres bêtes sauvages. Sancho lui répliqua qu'il n'avait qu'à descendre, et qu'on lui rendrait bon compte de toute chose. Le chevrier descendit donc et, en arrivant auprès de don Quichotte, il lui dit : « Je parie que vous êtes à regarder la mule de louage qui est morte dans ce ravin. Eh bien ! de bonne foi, il y a bien six mois qu'elle est à la même place. Mais, dites-moi, avez-vous rencontré par là son maître ? – Nous n'avons rencontré personne, répondit don Quichotte, mais seulement un coussin et une valise que nous avons trouvés près d'ici. – Je l'ai bien aussi trouvée, moi, cette valise, repartit le chevrier ; mais je n'ai voulu ni la relever ni m'en approcher tant seulement, craignant quelque malheur, et qu'on ne m'accusât de l'avoir eue par vol ; car le diable est fin, et il jette aux jambes de l'homme de quoi le faire trébucher et tomber, sans savoir pourquoi ni comment. – C'est justement ce que je disais, répondit Sancho ; moi aussi, je l'ai trouvée, mais je n'ai pas voulu m'en approcher d'un jet de pierre. Je l'ai laissée là-bas, où elle est comme elle était, car je n'aime pas attacher des grelots aux chiens. – Dites-moi, bonhomme, reprit don

1. La fin de cette phrase, à partir de « et Sancho… », a été introduite postérieurement aux premières éditions.

Quichotte, savez-vous, par hasard, quel est le maître de ces objets ? – Ce que je saurai vous dire, répondit le chevrier, c'est qu'il y a au pied de six mois environ qu'à des huttes de bergers, qui sont comme à trois lieues d'ici, arriva un jeune homme de belle taille et de bonne façon, monté sur cette même mule qui est morte par là, et avec cette même valise que vous dites avoir trouvée et n'avoir pas touchée. Il nous demanda quel était l'endroit de la montagne le plus âpre et le plus désert. Nous lui dîmes que c'était celui où nous sommes à présent ; et c'est bien la vérité, car si vous entriez une demi-lieue plus avant, peut-être ne trouveriez-vous plus moyen d'en sortir, et je m'émerveille que vous ayez pu pénétrer jusqu'ici, car il n'y a chemin ni sentier qui conduise en cet endroit. Je dis donc qu'en écoutant notre réponse, le jeune homme tourna bride et s'achemina vers le lieu que nous lui avions indiqué, nous laissant tous ravis de sa bonne mine et de la hâte qu'il se donnait à s'enfoncer dans le plus profond de la montagne. Et depuis lors nous ne le vîmes plus jamais, jusqu'à ce que, quelques jours après, il coupa le chemin à l'un de nos pâtres ; et sans lui rien dire, il s'approcha de lui et lui donna une quantité de coups de pied et de coups de poing. Ensuite, il s'en fut à la bourrique aux provisions, lui prit tout le pain et le fromage qu'elle portait, et, cela fait, il s'enfuit et rentra dans la montagne plus vite qu'un cerf. Quand nous apprîmes cette aventure, nous nous mîmes, quelques chevriers et moi, à le chercher presque pendant deux jours, dans le plus épais des bois de la montagne, au bout desquels nous le trouvâmes blotti dans le creux d'un gros liège. Il vint à nous avec beaucoup de douceur, mais les habits déjà en pièces, et le visage si défiguré, si brûlé du soleil qu'à peine nous le reconnaissions ; si bien que ce furent ses habits, tout déchirés qu'ils étaient, qui, par le souvenir que nous en avions gardé, nous firent entendre que c'était bien là celui que nous cherchions. Il nous salua très poliment ; puis, en de courtes mais bonnes raisons, il nous dit de ne pas nous étonner de le voir aller et vivre de la sorte, que c'était pour accomplir certaine pénitence que lui avaient fait imposer ses nombreux péchés. Nous le priâmes de nous dire qui il était ; mais nous ne pûmes jamais l'y décider. Nous lui dîmes aussi, quand il aurait besoin de nourriture et de provisions, de nous indiquer où nous le trouverions, parce que nous lui en porterions de bon cœur et très exactement ; et, si cela n'était pas plus de son goût, qu'il vînt les demander, mais non les prendre de force aux bergers. Il nous remercia beaucoup de nos offres, nous demanda pardon des violences passées et nous promit de demander dorénavant sa nourriture pour l'amour de Dieu sans faire aucun mal à personne. Quant à son habitation, il nous dit qu'il n'en avait pas d'autre que celle qu'il pouvait rencontrer où la nuit le surprenait ; enfin, après ces demandes et ces réponses, il se mit à pleurer si tendrement que nous aurions été de pierre, nous tous qui étions à l'écouter, si nous n'eussions fondu en larmes. Il suffisait de considérer comment nous l'avions vu la première fois et comment nous le voyions alors ; car, ainsi que je vous l'ai dit, c'était un gentil et gracieux jeune homme, et qui montrait bien, dans la politesse de ses propos, qu'il était de bonne naissance et richement élevé, si bien que nous étions tous rustres, et que, pourtant, sa gentillesse était si grande qu'elle se faisait reconnaître même par la rusticité. Et tout à coup pendant qu'il était au milieu de sa conversation, le voilà qui s'arrête, qui devient muet, qui cloue ses yeux en terre un bon morceau de temps, et nous voilà tous étonnés, inquiets, attendant comment allait finir cette extase, et prenant de lui grande pitié ; en effet, comme tantôt il ouvrait de grands yeux, tantôt les fermait, tantôt regardait à terre sans ciller, puis serrait les lèvres et fronçait les sourcils, nous reconnûmes facilement qu'il était pris de quelque accident de folie. Mais il nous fit bien vite voir que nous pensions vrai ; car il se releva tout à coup, furieux, de la terre où il s'était couché, et se jeta sur le premier qu'il trouva près de lui, avec tant de vigueur et de rage que, si nous ne le lui eussions arraché des mains, il le tuait à coups de poing et à coups de dents. Et tout en le frappant, il disait : « Ah ! traître de Fernand ! c'est ici, c'est ici que tu me payeras le tour infâme que tu m'as joué ; ces mains vont t'arracher le cœur où logent et trouvent asile toutes les perversités réunies, principalement la fraude et la trahison » ; et il ajoutait à cela d'autres propos qui rendaient tous à mal parler de ce Fernand, et à l'appeler traître et perfide. Enfin, nous lui ôtâmes, non sans peine, notre pauvre camarade, et alors, sans dire un mot, il s'éloigna de nous à toutes jambes et disparut si vite entre les roches et les broussailles qu'il nous fut impossible de le suivre. Nous avons de là conjecturé que la folie le prenait par accès, et qu'un particulier nommé Fernand a dû lui faire quelque méchant tour, aussi cruel que le montre l'état où il l'a réduit. Et tout cela s'est confirmé depuis par le nombre de fois qu'il est venu à notre rencontre, tantôt pour demander aux bergers de lui donner une part de leurs provisions, tantôt pour la leur prendre de force ; car, quand il est dans ses accidents de folie, les bergers ont beau lui offrir de bon cœur ce qu'ils ont, il ne veut rien recevoir ; mais il prend à coups de poing. Au contraire, quand il est dans son bon sens, il demande pour l'amour de Dieu, avec beaucoup de politesse, et quand il a reçu, il fait tout plein de remercîments, sans manquer de pleurer aussi. Et je puis vous dire, en toute vérité, seigneurs, continua le chevrier, qu'hier nous avons résolu, moi et quatre bergers, dont deux sont mes pâtres, et deux mes amis, de le chercher jusqu'à ce que nous le trouvions, et, quand nous l'aurons trouvé, de le conduire, de gré ou de force, à la ville d'Almodovar, qui est à huit lieues d'ici ; et là nous le ferons guérir si son mal peut être guéri, ou du moins nous saurons qui il est, quand il aura son bon sens, et s'il a des parents auxquels nous puissions donner avis de son malheur. Voilà, seigneurs, tout ce que je puis vous dire touchant ce que vous m'avez demandé et comptez bien que le maître des effets que vous avez trouvés est justement le même homme que vous avez vu passer avec d'autant plus de légèreté que ses habits ne le gênent guère. »

Don Quichotte qui avait dit, en effet, au chevrier comment il avait vu courir cet homme à travers les broussailles, resta tout surpris de ce qu'il venait d'entendre ; et, sentant s'accroître son désir de savoir qui était ce malheureux fou, il résolut de poursuivre sa première pensée, et de le chercher par toute la montagne, sans y laisser une caverne, une fente, un trou qu'il ne visitât jusqu'à ce qu'il l'eût trouvé. Mais la fortune arrangea mieux les choses qu'il ne l'espérait ; car, en ce même instant, parut, dans une gorge de la montagne qui débouchait sur eux, le jeune homme qu'il voulait chercher. Celui-ci s'avançait en marmottant dans ses lèvres des paroles qu'il n'eût pas même été possible d'entendre de près. Son costume était tel qu'on l'a dépeint ; seulement lorsqu'il fut proche, don Quichotte s'aperçut qu'un pourpoint en lambeaux qu'il portait sur les épaules était de peau de daim parfumée d'ambre ; ce qui acheva de le convaincre qu'une personne qui portait de tels habits ne pouvait être de basse condition. Quand le jeune homme arriva près d'eux, il les salua d'une voix rauque et brusque, mais avec beaucoup de courtoisie. Don Quichotte lui rendit ses saluts avec non moins de civilité et, mettant pied à terre, il alla l'embrasser avec une grâce affectueuse et le tint quelques minutes étroitement serré sur sa poitrine, comme s'il l'eût connu depuis longues années. L'autre, que nous pouvons bien appeler le *Déguenillé de la mauvaise mine*, comme don Quichotte le *chevalier de la Triste-Figure*, après s'être laissé donner l'embrassade, l'écarta un peu de lui, et, posant les deux mains sur les épaules de don Quichotte, il se mit à le regarder comme s'il eût voulu chercher à le reconnaître, n'étant peut-être pas moins surpris de voir la figure, l'air et les armes de don Quichotte, que don Quichotte ne l'était de le voir lui-même en cet état. Finalement, le premier qui parla, après leur longue accolade, ce fut le Déguenillé, qui dit ce que nous rapporterons plus loin.

CHAPITRE XXIV

Où se continue l'histoire de la Sierra-Morena

L'histoire rapporte que don Quichotte écoutait avec une extrême attention le misérable chevalier de la Montagne, lequel, poursuivant l'entretien, lui dit : « Assurément, seigneur, qui que vous soyez, car je ne vous connais pas, je vous rends grâce des marques de courtoisie et d'affection que vous me donnez ; et je voudrais me trouver en position de répondre autrement que par ma bonne volonté à celle que vous me témoignez dans l'aimable accueil que je reçois de vous. Mais ma triste destinée ne me donne rien autre chose, pour correspondre aux bons offices qui me sont rendus, que de bons désirs de les reconnaître.

– Les miens, repartit don Quichotte, sont de vous servir, tellement que j'avais résolu de ne pas sortir de ces montagnes jusqu'à ce que je vous eusse découvert, et que j'eusse appris de votre bouche si la douleur dont l'étrangeté de votre vie montre que vous êtes atteint peut trouver quelque espèce de remède, pour le chercher, dans ce cas, avec toute la diligence possible. Et si votre malheur est de ceux qui tiennent la porte fermée à toute espèce de consolation, je voulais du moins vous aider à le supporter, en mêlant aux vôtres mes gémissements et mes pleurs ; car, enfin, c'est un soulagement dans les peines que de trouver quelqu'un qui s'y montre sensible. Si donc mes bonnes intentions méritent d'être récompensées par quelque preuve de courtoisie, je vous supplie, seigneur, par celle que je vois briller en vous, et je vous conjure aussi par l'objet que vous avez aimé, ou que vous aimez le plus au monde, de me dire qui vous êtes et quel motif vous a poussé à vivre et à mourir comme une bête brute au milieu de ces solitudes, où vous séjournez si différent de vous-même, ainsi que le prouvent les dehors de votre personne. Je jure, continua don Quichotte, par l'ordre de chevalerie que j'ai reçu, quoique pécheur indigne, et par la profession de chevalier errant, que si vous consentez, seigneur, à me complaire en cela, je vous servirai avec toute l'ardeur et le dévouement auxquels je suis tenu, étant ce que je suis, soit en soulageant votre disgrâce, s'il s'y trouve quelque remède, soit, comme je vous l'ai promis, en vous aidant à la pleurer. »

Le chevalier de la Forêt [1], qui entendait parler de cette façon celui de la Triste-Figure, ne faisait autre chose que le regarder, l'examiner, le considérer du haut en bas, et quand il l'eut contemplé tout à son aise : « Si l'on a, dit-il, quelque chose à me donner à manger, qu'on me le donne pour l'amour de Dieu ; et quand j'aurai mangé, je ferai et je dirai tout ce qu'on voudra, en reconnaissance des bonnes intentions qui me sont témoignées. » Aussitôt Sancho tira de son bissac et le chevrier de sa panetière ce qu'il fallait au Déguenillé pour apaiser sa faim. Celui-ci se jeta sur ce qu'on lui offrit, comme un être abruti et stupide, et se mit à manger avec tant de voracité qu'une bouchée n'attendait pas l'autre, et qu'il semblait plutôt les engloutir que les avaler. Tant qu'il mangea, ni lui ni ceux qui le regardaient ne soufflèrent mot ; mais dès qu'il eut fini son repas, il leur fit signe de le suivre, et les conduisit dans une petite prairie verte et fraîche qui se trouvait près de là au détour d'un rocher. En arrivant à cet endroit, il s'étendit sur l'herbe, les autres firent de même, et tout cela sans rien dire, jusqu'à ce qu'enfin le chevalier Déguenillé, s'étant bien arrangé dans sa place, leur parla de la sorte : « Si vous voulez, seigneurs, que je vous conte en peu de mots l'immensité de mes malheurs, il faut que vous me promettiez que, par aucune question, par aucun geste, vous n'interromprez le fil de ma triste histoire ; car à l'instant

1. *Caballero del Bosque*, dit l'original, appellation que reprendra dans la Seconde partie (II, chap. XII) le bachelier Sanson Carrasco lorsqu'il se déguisera en chevalier errant pour aller défier don Quichotte.

où vous le feriez, ce que je raconterais en resterait là. » Ce préambule du chevalier Déguenillé rappela aussitôt à la mémoire de don Quichotte l'histoire que lui avait contée son écuyer, et qui resta suspendue faute d'avoir trouvé le nombre de chèvres qui avaient passé la rivière. Cependant le Déguenillé poursuivit : « Si je prends cette précaution, dit-il, c'est parce que je voudrais passer rapidement sur l'histoire de mes infortunes ; car les rappeler à ma mémoire ne peut servir à rien qu'à m'en causer de nouvelles ; et moins vous m'interrogerez, plus tôt j'aurai fait de les dire ; mais je n'omettrai rien toutefois de ce qui a quelque importance pour satisfaire pleinement votre curiosité. » Don Quichotte lui fit, au nom de tous, la promesse qu'il ne serait point interrompu ; et lui, comptant sur cette assurance, commença de la sorte :

« Mon nom est Cardénio, mon pays une des principales villes de l'Andalousie, ma famille noble, mes parents riches, et mon malheur si grand que mes parents l'auront pleuré et que ma famille l'aura ressenti, sans que leur richesse puisse l'adoucir ; car pour remédier aux maux que le ciel envoie, les biens de la fortune ont peu de puissance. Dans ce même pays vivait un ange du ciel, en qui l'amour avait placé toutes les perfections, toutes les gloires qu'il me fût possible d'ambitionner. Telle était la beauté de Luscinde, demoiselle aussi noble, aussi riche que moi, mais plus heureuse et moins constante que ne méritaient mes honnêtes sentiments. Cette Luscinde, je l'aimai, je l'adorai dès mes plus tendres années. Elle aussi, elle m'aima avec cette innocence et cette naïveté que permettait son jeune âge. Nos parents s'étaient aperçus de notre mutuelle affection, mais sans regret, car ils voyaient bien qu'en continuant au-delà de l'enfance, elle ne pouvait avoir d'autre fin que le mariage, chose que semblait arranger d'avance l'égalité de notre noblesse et de nos fortunes. Pour tous deux, en effet, l'amour grandit avec l'âge, et le père de Luscinde crut devoir, par bienséance, me refuser l'entrée de sa maison, imitant ainsi les parents de cette Thisbé tant de fois célébrée par les poètes [1]. Cette

1. Le texte latin où Ovide, dans *Les Métamorphoses*, raconte la méprise tragique qui coûte la vie à Pyrame et Thisbé était un grand classique dans

défense de nous voir ne fit qu'ajouter un désir au désir, une flamme à la flamme ; car, bien qu'elle imposât silence à nos lèvres, elle ne put l'imposer à nos plumes, lesquelles savent, plus librement que la langue, faire entendre à qui l'on veut les sentiments que l'âme renferme, puisque souvent la présence de l'objet aimé trouble la résolution la mieux arrêtée et rend muette la langue la plus hardie. Ô ciel ! combien de billets je lui écrivis ! combien de réponses je reçus, honnêtes et tendres ! combien de chansons je composai, et de vers amoureux, où mon âme déclarait ses sentiments secrets, peignait ses désirs brûlants, entretenait ses souvenirs, et se délassait de ses transports ! À la fin, me voyant réduit au désespoir, et sentant que mon âme se consumait dans l'envie de revoir Luscinde, je résolus de tenter et de mettre en œuvre ce qui me semblait le plus convenable pour atteindre le prix si désiré et si mérité de mon amour, c'est-à-dire de la demander à son père pour légitime épouse. Je le fis en effet ; il me répondit qu'il était sensible à l'intention que je montrais de vouloir l'honorer de mon alliance et m'honorer de la sienne ; mais que, mon père vivant encore, c'était à lui qu'il appartenait à juste droit de faire cette demande, car si cette union n'était pleinement de son agrément et de son goût, Luscinde n'était point une femme à prendre un mari et à se donner pour épouse à la dérobée. Comme il me parut avoir raison en tout ce qu'il disait, je lui rendis grâce de ses bonnes intentions, et j'espérai que mon père donnerait son consentement dès que je le lui demanderais.

« Dans cet espoir, j'allai à l'instant même dire à mon père quel était mon désir. Mais au moment où j'entrai dans son appartement, je le trouvai tenant à la main une lettre ouverte, qu'il me remit avant que je lui eusse dit une parole. “Cardénio, me dit-il, tu verras par cette lettre que

---

l'Europe lettrée du temps de Cervantès, et de nombreux écrivains le reprenaient ou le parodiaient. Pyrame et Thisbé, qui s'aimaient contre le gré de leurs parents, s'étaient donné un rendez-vous nocturne. Arrivée la première, Thisbé s'enfuit à la venue d'un lion qui la griffe et lui arrache sa robe. Survient Pyrame qui, à la vue du vêtement ensanglanté, se suicide. Revient Thisbé, qui se suicide à son tour. On voit par l'attitude de Cardenio que la littérature n'a guère d'effet curatif sur les conduites.

le duc Ricardo te veut du bien.” Le duc Ricardo, comme vous devez le savoir, seigneurs, est un grand d’Espagne qui a ses terres dans la plus belle contrée de l’Andalousie. Je pris la lettre, je la lus, et je vis qu’elle était conçue en termes tels qu’à moi-même il me parut impossible que mon père manquât de condescendre à ce qui lui était demandé. Le duc le priait de m’envoyer aussitôt où il résidait, disant qu’il voulait que je fusse, non point attaché à la personne de son fils aîné, mais son compagnon, et qu’il se chargeait de me placer en une situation qui répondît à l’estime qu’il avait pour moi. Je devins muet à la lecture de cette lettre, et surtout quand j’entendis mon père ajouter : “D’ici à deux jours, Cardénio, tu partiras pour obéir à la volonté du duc, et rends grâces à Dieu, qui t’ouvre un chemin par lequel tu dois atteindre à ce que tu mérites.” À ces propos, il ajouta les conseils que donne un père en cette occasion. Le moment de mon départ arriva. J’avais entretenu Luscinde la nuit précédente et lui avais conté tout ce qui se passait. J’en avais également rendu compte à son père, en le suppliant de me garder quelque temps sa parole et de différer de prendre un parti pour sa fille, au moins jusqu’à ce que je susse ce que Ricardo voulait de moi. Il m’en fit la promesse, et Luscinde la confirma par mille serments, par mille défaillances. Je me rendis enfin auprès du duc Ricardo, et je reçus de lui un accueil si bienveillant qu’aussitôt l’envie s’éveilla parmi les gens de sa maison, car il leur sembla que les marques d’intérêt dont me comblait le duc étaient à leur préjudice. Mais celui de tous qui témoigna le plus de joie de mon arrivée, ce fut son second fils, appelé don Fernand, beau jeune homme, de nobles manières, libéral, et facile à s’éprendre, lequel voulut bientôt que je fusse à tel point son ami que notre liaison fit gloser tout le monde. L’aîné m’aimait sans doute, et me traitait avec distinction, mais sans avoir pour moi, néanmoins, l’affection et l’intimité de don Fernand. Or il arriva que, comme entre amis rien n’est secret, et que la privauté dont je jouissais auprès de don Fernand avait cessé de s’appeler ainsi pour devenir amitié, il me confiait toutes ses pensées, entre autres un sentiment amoureux qui lui causait quelque souci. Il aimait une jeune paysanne, vassale de son père, dont les parents étaient très riches, et si belle, si spirituelle, si sage que ceux qui la connaissaient ne savaient en laquelle de ces qualités elle excellait davantage. Tant d'attraits réunis en la belle paysanne enflammèrent à tel point les désirs de don Fernand qu'il résolut, pour faire sa conquête, et tout autre moyen demeurant sans succès, de lui donner parole de l'épouser [1]. Pour répondre à l'amitié qu'il me portait, je me crus obligé de chercher, par les plus puissantes raisons et les exemples les plus frappants que je pus trouver, à le détourner d'un tel dessein ; et, voyant que mes remontrances étaient vaines, je résolus de tout découvrir au duc son père. Mais don Fernand, adroit et fin, se douta que je prendrais ce parti ; car il vit bien qu'en serviteur loyal je ne pouvais tenir cachée une chose si déshonorante pour le duc mon seigneur. Aussi, voulant me distraire et me tromper, il me dit qu'il ne trouvait pas de meilleur remède pour écarter de son souvenir la beauté qui l'avait soumis que de s'absenter quelques mois, et qu'il voulait en consé-

---

1. La promesse de mariage était, avant les dispositions du concile de Trente (décret Tametsi de 1563), un engagement devant Dieu assez efficace pour que l'Église, les familles et les souverains fussent obligés d'en tenir compte, en raison de la définition fondamentalement libérale du mariage chrétien, sacrement fondé sur le consentement mutuel des deux parties, sans que la permission des autorités parentales ou autres, ni la présence de témoins, ni même d'un prêtre, fussent formellement requises. Le concile de Trente avait établi un distinguo entre validité et licéité : ceux qui contractaient des fiançailles ou mariage clandestins étaient bien unis devant Dieu, mais l'Église, estimant qu'elle n'avait pas à connaître des choses cachées, refusait désormais, par principe, de s'interposer en leur faveur quand les familles ou le souverain contestaient de telles unions. Après le concile, les fiançailles clandestines, accompagnées d'engagements écrits, n'en étaient pas moins demeurées un moyen assez efficace pour mettre dans l'embarras les parents hostiles à l'union, les juges et même les prêtres éventuellement saisis de l'affaire. Car les unions clandestines pouvaient recourir à diverses ruses pour parvenir à s'officialiser, par exemple à des engagements écrits, telle la cédule que Dorothée fait signer à don Fernand. Il est vrai que certains séducteurs ne faisaient pas honneur, par la suite, à leur signature. Dans *L'Abuseur de Séville*, pièce attribuée à Tirso de Molina et sans doute un peu postérieure aux deux parties du *Quichotte*, le célèbre don Juan défie sans cesse le Ciel en ne tenant pas ses engagements auprès des belles. On voit que les démêlés des couples Cardenio-Luscinde et Fernand-Dorothée correspondent à des pratiques tenaces de l'époque. Ils renvoient aussi, faut-il aussitôt ajouter, aux unions clandestines des livres de chevalerie, systématiquement favorables aux droits du cœur contre les pressions parentales.

quence que nous vinssions tous deux chez mon père, en donnant au duc le prétexte d'aller acheter quelques bons chevaux dans ma ville natale, où s'élèvent les meilleurs de l'univers. Quand je l'entendis ainsi parler, poussé par ma tendresse, j'aurais approuvé sa résolution, fût-elle moins sage, comme la plus judicieuse qui se pût imaginer, en voyant quelle heureuse occasion elle m'offrait de revoir ma Luscinde. Dans cette pensée et dans ce désir, j'approuvai son avis, je l'affermis en son dessein, et lui conseillai de le mettre en pratique sans retard, disant que l'absence, en dépit des plus fermes sentiments, a d'infaillibles effets. Mais, comme je l'appris ensuite, don Fernand ne m'avait fait cette proposition qu'après avoir abusé de la jeune paysanne sous le faux titre de son époux, et il cherchait une occasion de se mettre en sûreté avant d'être découvert, craignant le courroux que ferait éclater son père en apprenant sa faute. Comme, chez la plupart des jeunes gens, l'amour ne mérite pas ce nom, que c'est un désir passager qui n'a d'autre but que le plaisir, et qu'une fois celui-ci obtenu l'autre s'éteint, ce qui n'arrive point à l'amour véritable, aussitôt que don Fernand eut possédé la paysanne, ses désirs s'apaisèrent et sa flamme s'éteignit ; tellement que, s'il avait d'abord feint de vouloir s'éloigner pour éviter de prendre un engagement, il voulait s'éloigner alors pour éviter de le tenir. Le duc lui donna la permission de partir, et me chargea de l'accompagner. Nous arrivâmes dans ma ville, où mon père le reçut comme l'exigeait la qualité d'un tel hôte. Je revis bientôt Luscinde, et mes feux renaquirent, sans avoir été ni morts ni refroidis. Pour mon malheur, je les fis connaître à don Fernand, car il me semblait que la loi de notre amitié m'obligeait à ne lui garder aucun secret. Je lui vantai les charmes, les grâces et l'esprit de Luscinde, avec une telle passion que mes louanges lui donnèrent l'envie de voir une personne ornée de tant d'attraits. Mon triste sort voulut que je satisfisse son désir ; une nuit, je la lui fis voir à la lumière d'une bougie, par une fenêtre où nous avions coutume de nous entretenir. Il la vit, et toutes les beautés qu'il avait vues jusqu'alors furent mises en oubli. Il resta muet, absorbé, insensible et, finalement, épris d'amour au point où vous le verrez dans le cours de ma triste histoire. Pour enflammer davantage son désir, qu'il me cachait à moi, et ne découvrait qu'au ciel, la destinée voulut qu'il trouvât un jour un billet qu'elle m'écrivait pour m'engager, à demander sa main à son père, billet si plein de grâce, de pudeur et d'amour qu'après l'avoir lu il me dit qu'en la seule Luscinde se trouvaient réunis tous les charmes de l'esprit et de la beauté répartis dans le reste des femmes. Il est bien vrai, et je veux l'avouer à présent, que, tout en voyant avec quels justes motifs don Fernand faisait l'éloge de Luscinde, j'étais fâché d'entendre de telles louanges dans sa bouche, et je commençai justement à me défier de lui. En effet, à tous moments il voulait que nous parlassions de Luscinde, et sans cesse il ramenait l'entretien sur son compte, dût-il le tirer par les cheveux. Tout cela éveillait en mon âme quelque soupçon de jalousie, non que je craignisse aucun revers de la constance et de la loyauté de Luscinde, et pourtant ma destinée me faisait craindre précisément ce qu'elle me préparait. Don Fernand cherchait toujours à lire les billets que j'envoyais à Luscinde et ceux qu'elle me répondait, sous le motif qu'il prenait un grand plaisir à l'ingénieuse expression de notre tendresse.

« Un jour, il arriva que Luscinde m'ayant demandé à lire un livre de chevalerie pour lequel elle avait beaucoup de goût, l'*Amadis de Gaule*… » À peine don Quichotte eut-il entendu prononcer le mot de livre de chevalerie, qu'il s'écria : « Si Votre Grâce m'eût dit, au commencement de son histoire, que Sa Grâce Mlle Luscinde avait du goût pour les livres de chevalerie, vous n'auriez eu nul besoin d'autre éloge pour me faire apprécier l'élévation de son intelligence, qui ne pouvait être ornée d'autant de mérite que vous, seigneur, nous l'avez dépeinte, si elle eût manqué de goût pour une si exquise et si savoureuse lecture. Aussi, quant à moi, n'est-il plus besoin d'entrer en dépense de paroles pour me vanter ses charmes, son mérite et son esprit ; il m'a suffi d'apprendre où se dirigent ses goûts pour la déclarer la plus belle et la plus spirituelle des femmes de ce monde. Seulement j'aurais voulu, seigneur, que Votre Grâce lui eût envoyé, en même temps qu'*Amadis de Gaule*, ce bon *Don Rugel de Grèce*, car je suis sûr que Mlle Luscinde se fût beaucoup divertie de Daraïda et Garaya, et des élégants propos du pasteur Darinel [1], et des admirables vers de ses bucoliques, qu'il chantait et jouait avec tant de grâce, d'esprit et d'enjouement ; mais le temps viendra de réparer facilement cette faute ; et ce sera dès que Votre Grâce voudra bien s'en venir avec moi dans mon village ; car là, je pourrai lui donner plus de trois cents volumes qui font les délices de mon âme et les délassements de ma vie, bien que je croie me rappeler que je n'en ai plus aucun, grâce à la malice et à l'envie des méchants enchanteurs. Et que Votre Grâce me pardonne si j'ai contrevenu à la promesse que nous lui avions faite de ne point interrompre son récit ; mais dès que j'entends parler de chevalerie et de chevaliers errants, il n'est pas plus en mon pouvoir de m'empêcher d'y joindre mon mot qu'il n'est possible aux rayons du soleil de cesser de répandre la chaleur, ou à ceux de la lune, l'humidité. Ainsi donc, excusez, et poursuivez, ce qui viendra maintenant le plus à propos. »

Pendant que don Quichotte débitait le discours qui vient d'être rapporté, Cardénio avait laissé tomber sa tête sur sa poitrine, dans l'attitude d'un homme qui rêve profondément. Et bien que, par deux fois, don Quichotte l'eût prié de continuer son histoire, il ne voulait ni relever la tête ni répondre un mot. Mais enfin, après un long silence, il se redressa et dit : « Je ne puis m'ôter une chose de la pensée, et personne au monde ne me l'en ôtera, et celui-là serait un grand maraud qui croirait ou ferait croire le contraire : c'est que ce belître insigne de maître Élisabad vivait en concubinage avec la reine Madasime [2]. – Oh ! pour cela non, de par tous les diables ! s'écria don Quichotte, enflammé de colère, et donnant un démenti assaisonné comme de coutume ; c'est une grande malignité, ou plutôt

1. Allusion précise au onzième livre de la série des *Amadis*, composé par Feliciano de Silva.

2. Élisabad est un chirurgien efficace, puisqu'il guérit Amadis de ses blessures après son combat contre un animal fabuleux. C'est aussi un séducteur, qui obtient les faveurs d'une infante, nièce d'un roi. Mais aucune Madasime n'est reine dans les romans de chevalerie, et les insinuations de Cardenio sont tout à fait fantaisistes. À moins qu'elles ne reprennent une tradition parodique qui se serait greffée sur les données livresques. Cervantès aurait-il plaisanté avec son père, chirurgien, de toutes ces questions ?

une grande coquinerie de parler ainsi. La reine Madasime fut une noble et vertueuse dame, et l'on ne peut supposer qu'une si haute princesse s'avisât de faire l'amour avec un guérisseur de hernies [1]. Et qui dira le contraire en a menti comme un misérable coquin ; et c'est ce que je lui ferai voir à pied ou à cheval, armé ou désarmé, de jour ou de nuit, et de telle manière qu'il lui fera plaisir. » Cependant Cardénio le regardait fixement, car il venait d'être repris d'un accès de folie, et n'était pas plus en état de continuer son histoire que don Quichotte de l'entendre, tant celui-ci s'était piqué de l'injure faite à Madasime. Chose étrange ! il avait pris parti pour elle, tout comme si elle eût été réellement sa véritable et légitime souveraine ; tellement il s'était entêté de ses excommuniés de livres ! Or, donc, Cardénio étant redevenu fou, dès qu'il s'entendit donner un démenti et traiter de coquin, avec d'autres gentillesses semblables, il prit mal la plaisanterie et, ramassant un gros caillou qui se trouvait à ses pieds, il en donna un tel coup dans la poitrine à don Quichotte qu'il le culbuta roide sur le dos. Sancho Panza, qui vit ainsi traiter son seigneur, se jeta sur le fou le poing fermé ; mais le fou le reçut de telle sorte que, d'une gourmade [2], il l'envoya par terre ; et, lui montant sur l'estomac, il lui foula les côtes tout à plaisir. Le chevrier, qui voulut défendre Sancho, courut la même chance, et après les avoir tous trois moulus et rendus, le fou les laissa et s'en fut, avec un merveilleux sang-froid, regagner les bois de la montagne. Sancho se releva ; mais, dans la rage qu'il avait de se voir ainsi rossé sans raison, il s'en prit au chevrier, lui disant que c'était sa faute, puisqu'il ne les avait pas avertis que cet homme avait de temps en temps des accès de folie et que, s'ils l'eussent su, ils se seraient tenus sur leurs gardes. Le chevrier répondit qu'il avait dit cela précisément et que, si l'autre ne l'avait pas entendu, ce n'était pas sa faute. Sancho repartit, le chevrier répliqua, et la fin des reparties et des répliques fut de s'empoigner à la barbe et de se donner de telles gourmades que, si don Quichotte ne les eût séparés, ils se met-

1. *Un sacapotras* dans l'original, littéralement un « tire-hernies », était une façon méprisante de désigner un chirurgien.

2. Comprendre : coup de poing.

taient en pièces. Sancho disait, tenant le chevrier à la poignée : « Laissez-moi faire, seigneur chevalier de la Triste-Figure ; celui-ci est bien vilain [1] comme moi, et n'est pas armé chevalier ; et je puis bien tout à mon aise me venger du tort qu'il m'a fait, en combattant avec lui main à main, comme un homme d'honneur. – C'est vrai, répondit don Quichotte ; mais je sais qu'il n'y a nullement de sa faute dans ce qui nous est arrivé. » En disant cela, il leur fit faire la paix ; puis il demanda de nouveau au chevrier s'il serait possible de trouver Cardénio, car il mourait d'envie de savoir la fin de son histoire. Le chevrier lui répéta ce qu'il lui avait déjà dit, qu'il ne savait au juste où Cardénio faisait sa demeure, mais que, s'il parcourait avec soin ces alentours, il ne manquerait pas de le rencontrer, ou raisonnable ou fou.

1. Au sens ancien, bien entendu, de « simple paysan », « manant », « rustique ».

CHAPITRE XXV

Qui traite des choses étranges qui arrivèrent, dans la Sierra-Morena, au vaillant chevalier de la Manche, et de la pénitence qu'il fit à l'imitation du Beau-Ténébreux

Don Quichotte, ayant fait ses adieux au chevrier, remonta sur Rossinante et donna ordre à Sancho de le suivre ; lequel obéit, mais de mauvaise grâce, forcé qu'il était d'aller à pied. Ils pénétraient peu à peu dans le plus âpre de la montagne. Sancho mourait d'envie de deviser, tout en marchant, avec son maître ; mais il aurait voulu que celui-ci engageât la conversation, pour ne pas contrevenir aux ordres qu'il en avait reçus [1]. À la fin, ne pouvant supporter un aussi long silence, il lui dit : « Seigneur don Quichotte, que Votre Grâce veuille bien me donner sa bénédiction et mon congé ; je veux m'en aller d'ici, et retourner à ma maison pour y trouver ma femme et mes enfants, avec lesquels je pourrai du moins parler et converser tout à mon aise ; car enfin, prétendre que j'aille avec Votre Grâce à travers ces solitudes de jour et de nuit, sans que je puisse lui parler quand l'envie m'en prend, c'est m'enterrer tout vif. Encore, si le sort voulait que les animaux parlassent, comme au temps d'Isope [2], le mal ne serait pas si grand, car je causerais avec mon âne, ou la

1. Allusion à l'ordre de moins bavarder que lui avait donné son maître au chapitre XX.

2. Isope était en France une déformation populaire du nom d'Ésope, homologue de Guisopete, employé par Sancho en castillan. Un fabliau, au Moyen Âge, était souvent appelé « ysopet ».

première bête venue, de tout ce qui me passerait par l'esprit, et je prendrais ainsi mon mal en patience. Mais c'est une rude chose, et qu'on ne peut bonnement supporter, que de s'en aller cherchant des aventures toute sa vie, sans trouver autre chose que des coups de poing, des coups de pied ; des coups de pierre et des sauts de couverture, et avec tout cela, il faut se coudre la bouche, sans oser lâcher ce qu'on a sur le cœur, comme si l'on était muet. – Je t'entends, Sancho, répondit don Quichotte, tu meurs d'envie que je lève l'interdit que j'ai jeté sur ta langue. Eh bien ! tiens-le pour levé, et dis tout ce que tu voudras, mais à condition que cette suspension de l'interdit ne durera pas au-delà du temps que nous passerons dans ces montagnes. – Soit, dit Sancho ; pourvu que je parle maintenant, Dieu sait ce qui viendra plus tard. Et pour commencer à jouir de ce sauf-conduit, je vous demanderai à quel propos Votre Grâce s'avisait de prendre le parti de cette reine Marcassine, ou comme elle s'appelle. Et que diable vous importait que cette Élie l'abbé fût ou non son bon ami ? Je crois que si vous aviez laissé passer ce point, dont vous n'étiez pas juge, le fou aurait passé plus avant dans son histoire, et nous aurions évité, vous le caillou dans l'estomac, moi plus de dix soufflets sur la face, et autant de coups de pied sur le ventre. – Par ma foi, Sancho, répondit don Quichotte, si tu savais aussi bien que je le sais quelle noble et respectable dame fut cette reine Madasime, je sais que tu dirais que ma patience a été grande de ne pas briser la bouche d'où étaient sortis de tels blasphèmes, et c'est un grand blasphème de dire ou de penser qu'une reine vive en concubinage avec un chirurgien. La vérité de l'histoire est que ce maître Élisabad dont le fou a parlé était un homme très prudent et de bon conseil, et qu'il servit autant de gouverneur que de médecin à la reine ; mais s'imaginer qu'elle était sa bonne amie, c'est une insolence digne du plus sévère châtiment. Et d'ailleurs, pour que tu conviennes que Cardénio ne savait ce qu'il disait, tu dois observer que, lorsqu'il parlait ainsi, il était déjà retombé dans ses accès. – C'est justement ce que je dis, reprit Sancho, et qu'il ne fallait faire aucun cas des paroles d'un fou ; car enfin, si votre bonne étoile ne vous eût secouru, et si le caillou, au lieu de s'acheminer à l'estomac, eût pris la route de la tête, nous serions frais maintenant pour avoir voulu défendre cette belle dame que Dieu a mise en pourriture. – Eh bien ! Sancho, répliqua don Quichotte, mets-toi dans la tête que sa folie même ne pouvait absoudre Cardénio. Contre les sages et contre les fous, tout chevalier errant est obligé de prendre parti pour l'honneur des femmes, quelles qu'elles puissent être ; à plus forte raison des princesses de haut étage, comme le fut la reine Madasime, à laquelle je porte une affection toute particulière pour ses rares qualités ; car, outre qu'elle était prodigieusement belle, elle se montra prudente, patiente et courageuse dans les nombreux malheurs qui l'accablèrent. C'est alors que les conseils et la société de maître Élisabad lui furent d'un grand secours pour l'aider à supporter ses peines avec prudence et fermeté. De là le vulgaire ignorant et malintentionné prit occasion de dire et de croire qu'elle était sa maîtresse. Mais ils en ont menti, dis-je encore, et ils en auront encore menti deux cents autres fois, tous ceux qui oseront dire ou penser telle chose. – Je ne le dis ni ne le pense, moi, répondit Sancho ; et que ceux qui mordent à ce conte le mangent avec leur pain. S'ils ont ou non couché ensemble, c'est à Dieu qu'ils en auront rendu compte. Moi, je viens de nos vignes, je ne sais rien de rien ; et je n'aime pas m'enquérir de la vie d'autrui ; et celui qui achète et ment, dans sa bourse le sent. D'ailleurs, nu je suis né, nu je me trouve ; je ne perds ni ne gagne. Mais, eussent-ils été bons amis, que m'importe à moi ? Bien des gens croient qu'il y a des quartiers de lard où il n'y a pas seulement de crochets pour les pendre. Mais qui peut mettre des portes aux champs ? n'a-t-on pas glosé [1] de Dieu lui-même ? – Ah ! sainte Vierge, s'écria don Quichotte, combien de niaiseries enfiles-tu, Sancho, les unes au bout des autres ! Eh ! quel rapport y a-t-il entre l'objet qui nous occupe et les proverbes que tu fais ainsi défiler [2] ?

---

1. Comprendre : n'a-t-on pas dit du mal de Dieu lui-même ?

2. Les enfilades de proverbes dans la bouche de Sancho deviennent une ressource comique de plus en plus exploitée et commentée au fil du roman. Les amateurs lettrés de proverbes, tel Érasme savourant les apophtegmes de l'Antiquité, ne les appréciaient que s'ils étaient cités avec une certaine discrétion. En sautant sans cesse du coq à l'âne, Sancho ne pouvait que faire sourire un public plus ou moins prévenu

Par ta vie, Sancho, tais-toi une fois pour toutes et ne t'occupe plus désormais que de talonner ton âne, sans te mêler de ce qui ne te regarde pas, et mets-toi bien dans la tête, avec l'aide de chacun de tes cinq sens, que tout ce que je fis, fais et ferai, est d'accord avec la droite raison, et parfaitement conforme aux lois de la chevalerie, que je connais mieux que tous les chevaliers qui en ont fait profession dans le monde. – Mais, seigneur, répondit Sancho, est-ce une bonne règle de chevalerie, que nous allions ainsi par ces montagnes comme des enfants perdus, sans chemin ni sentier, et cherchant un fou, auquel, dès que nous l'aurons trouvé, il pourrait bien prendre envie de finir ce qu'il a commencé, non de son histoire, mais de la tête de Votre Grâce et de mes côtes à moi, je veux dire d'achever de nous les rompre ? – Tais-toi, Sancho, je te le répète, reprit don Quichotte ; car il faut que tu saches que ce qui m'amène dans ces lieux déserts, ce n'est pas seulement le désir de rencontrer le fou, mais bien aussi celui que j'ai d'y faire une prouesse capable d'éterniser mon nom et de répandre ma renommée sur toute la face de la terre, telle enfin qu'elle doit mettre le sceau à tous les mérites qui rendent parfait et fameux un chevalier errant. – Et cette prouesse est-elle bien périlleuse ? demanda Sancho. – Non, répondit le chevalier de la Triste-Figure, bien que le dé puisse tourner de manière que nous ayons, au lieu de chance, du guignon. Mais tout dépendra de ta diligence. – Comment de ma diligence ? reprit Sancho. – Oui, reprit don Quichotte, car, si tu reviens vite, d'où je vais t'envoyer, vite finira ma peine et vite commencera ma gloire. Mais comme il n'est pas juste que je te tienne davantage en suspens et dans l'attente du sujet de mes propos, je veux que tu saches, ô Sancho, que le fameux

---

contre de tels dérapages de la pensée. Mais, en un autre sens, cette aptitude mémorielle à mobiliser, pour une situation donnée, autant de phrases du répertoire de la « sagesse populaire » pouvait susciter une certaine admiration. Plus loin dans le roman, don Quichotte en vient à jalouser cet aspect de la culture populaire, et à tenter de rivaliser sur ce point avec son serviteur. Cette ambivalence disparaît dans l'écho lointain et appauvri qu'a donné Molière au roman cervantin, quand Sganarelle fait défiler des « niaiseries » plus fabriquées que vraiment proverbiales devant un don Juan goguenard.

Amadis de Gaule fut un des plus parfaits chevaliers errants ; que dis-je ? un des plus parfaits ! le seul, l'unique, le premier, le seigneur de tous les chevaliers qui étaient au monde de son temps. J'en suis bien fâché pour don Bélianis, et pour tous ceux qui disent qu'il l'égala en quelque chose, car ils se trompent, sur ma foi. Je dis, d'un autre côté, que, lorsqu'un peintre veut devenir célèbre dans son art, il essaye d'imiter les originaux des meilleurs peintres qu'il connaît ; et la même règle doit courir pour tous les métiers, pour toutes les professions qui servent à la splendeur des républiques. C'est encore ce que doit faire et ce que fait celui qui veut gagner une réputation de prudence et de patience ; il imite Ulysse, dans la personne et les travaux duquel Homère nous a tracé un portrait vivant de l'homme prudent et ferme dans le malheur, de même que Virgile nous a montré, dans la personne d'Énée, la valeur d'un fils pieux et la sagacité d'un vaillant capitaine ; les peignant tous deux, non tels qu'ils furent, mais tels qu'ils devaient être, afin de laisser aux hommes à venir un modèle achevé de leurs vertus. De la même manière, Amadis fut le nord, l'étoile et le soleil des chevaliers vaillants et amoureux, et c'est lui que nous devons imiter, nous tous qui sommes engagés sous les bannières de l'amour et de la chevalerie. Cela donc étant ainsi, il me paraît, Sancho, que le chevalier errant qui l'imitera le mieux sera le plus près d'atteindre à la perfection de la chevalerie. Or l'une des choses où ce chevalier fit le plus éclater sa prudence, sa valeur, sa fermeté, sa patience et son amour, ce fut quand il se retira, dédaigné par sa dame Oriane, pour faire pénitence sur la Roche-Pauvre, après avoir changé son nom en celui du Beau-Ténébreux [1], nom significatif, à coup sûr, et bien propre à la vie qu'il s'était volontairement imposée. Ainsi, comme il m'est plus facile de l'imiter en cela qu'à pourfendre des géants, à décapiter des andriaques [2], à défaire

1. L'épisode de la pénitence se trouve au livre II d'*Amadis de Gaule*. On trouve d'autres exemples de pénitence dans *Le Chevalier au lion* de Chrétien de Troyes (fin du XIIe siècle), dans les récits de Lancelot et de Tristan, issus des légendes arthuriennes, ainsi que dans divers romans de chevalerie.

2. On ne trouve pas trace dans le dictionnaire Littré de ce terme, sans doute forgé de toutes pièces par Viardot pour traduire le *endriagos* de l'original, qui désigne des monstres velus, couverts de coquillages, et dotés de pattes de lion et de serres d'aigle.

des armées, à disperser des flottes et à détruire des enchantements ; comme, d'ailleurs, ces lieux sauvages sont admirablement propres à de tels desseins, je n'ai pas envie de laisser passer sans la saisir l'occasion qui m'offre si commodément les mèches de ses cheveux [1]. – En fin de compte, demanda Sancho, qu'est-ce que Votre Grâce prétend faire dans cet endroit si écarté ? – Ne t'ai-je pas dit, répondit don Quichotte, que je veux imiter Amadis faisant le désespéré, l'insensé, le furieux, afin d'imiter en même temps le valeureux don Roland, quand il trouva sur les arbres d'une fontaine les indices qu'Angélique la belle s'était avilie dans les bras de Médor, ce qui lui donna tant de chagrin qu'il en devint fou, et qu'il arracha des arbres, troubla l'eau des claires fontaines, tua des bergers, détruisit des troupeaux, incendia des chaumières, renversa des maisons, traîna sa jument, et fit cent mille autres extravagances dignes d'éternelle renommée ? Il est vrai que je ne pense pas imiter Roland, ou Orland, ou Rotoland [2] (car il avait ces trois noms à la fois) de point en point, dans toutes les folies qu'il fit, dit ou pensa. Mais j'ébaucherai du moins de mon mieux celles qui me sembleront les plus essentielles. Peut-être même viendrai-je à me contenter tout simplement de l'imitation d'Amadis, qui, sans faire de folies d'éclat et de mal, mais seulement de pleurs et de désespoir, obtint autant de gloire que personne. – Quant à moi, dit Sancho, il me semble que les chevaliers qui en agirent de la sorte y furent provoqués, et qu'ils avaient des raisons pour faire ces sottises et ces pénitences. Mais vous, mon seigneur, quelle raison avez-vous de devenir fou ? quelle dame vous a rebuté ? ou quels indices avez-vous trouvés qui fissent entendre que Mme Dulcinée du Toboso ait fait quelque enfantillage avec More ou chrétien ? – Eh ! par Dieu, voilà le point, répondit don Quichotte ; et c'est là justement qu'est le fin de mon affaire. Qu'un chevalier errant devienne fou quand il en a le motif, il n'y a là ni gré

1. Dans divers dictons populaires, l'Occasion était représentée comme chauve, mais avec quelques mèches qu'il fallait savoir attraper au passage.

2. Roland est le nom du héros dans les chansons de geste françaises, Orland est la graphie de Viardot pour Orlando, nom italien du même preux. Rotoland transcrit le latin Rotholandus.

ni grâce ; le mérite est de perdre le jugement sans sujet et de faire dire à ma dame : “S’il fait de telles choses à froid, que ferait-il donc à chaud ?” D’ailleurs, n’ai-je pas un motif bien suffisant dans la longue absence qui me sépare de ma dame et toujours maîtresse Dulcinée du Toboso ? Car, ainsi que tu l’as entendu dire à ce berger de l’autre jour, Ambrosio : “Qui est absent, tous les maux craint ou ressent.” Ainsi donc, ami Sancho, ne perds pas en vain le temps à me conseiller que j’abandonne une imitation si rare, si heureuse, si inouïe. Fou je suis, et fou je dois être jusqu’à ce que tu reviennes avec la réponse d’une lettre que je pense te faire porter à ma dame Dulcinée. Si cette réponse est telle que la mérite ma foi, aussitôt cesseront ma folie et ma pénitence ; si le contraire arrive, alors je deviendrai fou tout de bon, et n’aurai plus nul sentiment. Ainsi, de quelque manière qu’elle réponde, je sortirai de la confusion et du tourment où tu m’auras laissé, jouissant du bien que tu m’apporteras, à la faveur de ma raison, ou cessant de sentir le mal, à la faveur de ma folie. Mais, dis-moi, Sancho, as-tu bien précieusement gardé l’armet de Mambrin ? J’ai vu que tu l’as relevé de terre quand cet ingrat voulut le mettre en pièces, et ne put en venir à bout ; ce qui démontre bien clairement toute la finesse de sa trempe. » À cela Sancho répondit : « Vive Dieu ! seigneur chevalier de la Triste-Figure, je ne puis souffrir ni porter en patience certaines choses que dit Votre Grâce. Elles me font imaginer à la fin que tout ce que vous me dites d’aventures de chevalerie, de gagner des royaumes et des empires, de donner des îles et de faire d’autres faveurs et générosités, à la mode des chevaliers errants, que tout cela, dis-je, n’est que vent et mensonge, et autant de contes à dormir debout. Car, enfin, quiconque entendrait dire à Votre Grâce qu’un plat à barbe de barbier est l’armet de Mambrin, et ne vous verrait pas sortir de cette erreur en plus de quatre jours, qu’est-ce qu’il devrait penser, sinon que celui qui dit et affirme une telle chose doit avoir le cerveau timbré ? Le plat à barbe, je l’ai dans mon bissac, tout aplati et tout bossué, et je l’emporte pour le redresser à la maison, et m’y faire la barbe, si Dieu me fait assez de grâce pour que je me retrouve un jour avec ma femme et mes enfants. – Vois-tu bien, Sancho, reprit don Quichotte, par le même Dieu au nom duquel tu viens de jurer, je te jure que tu as le plus étroit entendement qu'écuyer eut jamais au monde. Est-il possible que, depuis le temps que tu marches à ma suite, tu ne te sois pas encore aperçu que toutes les choses des chevaliers errants semblent autant de chimères, de billevesées et d'extravagances, et qu'elles vont sans cesse au rebours des autres ? Ce n'est point parce qu'il en est ainsi, mais parce que au milieu de nous s'agite incessamment une tourbe d'enchanteurs qui changent nos affaires, les tronquent, les dénaturent et les bouleversent à leur gré, selon qu'ils ont envie de nous nuire ou de nous prêter faveur. Voilà pourquoi cet objet, qui te paraît à toi un plat à barbe de barbier, me paraît à moi l'armet de Mambrin, et à un autre paraîtra tout autre chose. Et ce fut vraiment une rare précaution du sage qui est de mon parti, de faire que tout le monde prît pour un plat à barbe ce qui est bien réellement l'armet de Mambrin, car cet objet étant de si grande valeur, tout le monde me poursuivrait pour me l'enlever. Mais, comme on voit que ce n'est rien autre chose qu'un bassin de barbier, personne ne s'en met en souci. C'est ce qu'a bien prouvé celui qui voulait le rompre, et qui l'a laissé par terre sans l'emporter ; car, ma foi, s'il eût connu ce que c'était, il ne serait pas parti les mains vides. Garde-le, ami ; à présent je n'en ai nul besoin, car je dois au contraire me dépouiller de toutes ces armes, et rester nu comme lorsque je sortis du ventre de ma mère, s'il me prend fantaisie d'imiter dans ma pénitence plutôt Roland qu'Amadis. »

Ils arrivèrent, tout en causant ainsi, au pied d'une haute montagne qui s'élevait seule, comme une roche taillée en pic, au milieu de plusieurs autres dont elle était entourée. Sur son flanc courait un ruisseau limpide, et tout à l'entour s'étendait une prairie si verte et si molle qu'elle faisait plaisir aux yeux qui la regardaient. Beaucoup d'arbres dispersés çà et là et quelques fleurs des champs embellissaient encore cette douce retraite. Ce fut le lieu que choisit le chevalier de la Triste-Figure pour faire sa pénitence. Dès qu'il l'eut aperçu, il se mit à s'écrier à haute voix comme s'il eût déjà perdu la raison : « Voici l'endroit, ô ciel, que j'adopte et choisis pour pleurer l'infortune où vous-même m'avez fait descendre ; voici l'endroit où les pleurs de mes yeux augmenteront les eaux de ce petit ruisselet, où mes profonds et continuels soupirs agiteront incessamment les feuilles de ces arbres sauvages, en signe et en témoignage de l'affliction qui déchire mon cœur outragé. Ô vous, qui que vous soyez, dieux rustiques, qui faites votre séjour dans ces lieux inhabités, écoutez les plaintes de ce misérable amant qu'une longue absence et d'imaginaires motifs de jalousie ont réduit à venir se lamenter dans ces déserts et à se plaindre des rigueurs de cette belle ingrate, modèle et dernier terme de l'humaine beauté. Ô vous, napées et dryades [1], qui habitez d'ordinaire dans les profondeurs des montagnes, puissent les légers et lascifs satyres dont vous êtes vainement adorées ne troubler jamais votre doux repos, pourvu que vous m'aidiez à déplorer mes infortunes, ou du moins que vous ne vous lassiez pas d'entendre mes plaintes ! Ô Dulcinée du Toboso, jour de mes nuits, gloire de mes peines, nord de mes voyages, étoile de ma bonne fortune, puisse le ciel te la donner toujours heureuse en tout ce qu'il te plaira de lui demander, si tu daignes considérer en quels lieux et en quel état m'a conduit ton absence, et répondre par un heureux dénoûment à la constance de ma foi ! Ô vous, arbres solitaires, qui allez désormais tenir compagnie à ma solitude, faites connaître par le doux bruissement de votre feuillage que ma présence ne vous déplaît pas ! Et toi, ô mon écuyer, agréable et fidèle compagnon de ma bonne et mauvaise fortune, retiens bien dans ta mémoire ce qu'ici tu me verras faire, pour que tu le transmettes et le racontes à celle qui en est la cause unique ! » En disant ces derniers mots, il mit pied à terre, se hâta d'ôter les mors et la selle à Rossinante, et le frappant doucement sur la croupe avec la paume de la main : « Reçois la liberté, lui dit-il, de celui qui l'a perdue, ô coursier aussi excellent par tes œuvres que malheureux par ton sort ! Va-t'en, prends le chemin que tu voudras, car tu portes écrit sur le front que nul ne t'a égalé en légèreté et en vigueur, ni l'hippogriffe d'Astolphe [2], ni le renommé Frontin, qui coûta si cher à Bradamante. »

1. Napées : nymphes des vallées. Dryades : nymphes des bois.

2. Astolphe, dans le *Roland furieux* de l'Arioste, est un cheval ailé, et Frontin la monture de Bradamante, sœur de Renaud de Montauban.

Sancho, voyant cela : « Pardieu ! s'écria-t-il, bien en a pris vraiment à celui qui nous a ôté la peine de débâter le grison ; on ne manquerait, par ma foi, ni de caresses à lui faire, ni de belles choses à dire à sa louange. Mais s'il était ici, je ne permettrais point que personne le débâtât ; car, à quoi bon ? Il n'avait que voir aux noms d'amoureux et de désespéré, puisque son maître n'était ni l'un ni l'autre, lequel maître était moi, quand il plaisait à Dieu. En vérité, seigneur chevalier de la Triste-Figure, si mon départ et votre folie ne sont pas pour rire, mais tout de bon, il sera fort à propos de reseller Rossinante, pour qu'il supplée au défaut du grison ; ce sera gagner du temps sur l'allée et le retour ; car si je fais à pied le chemin, je ne sais ni quand j'arriverai ni quand je reviendrai, tant je suis pauvre marcheur. – Je dis, Sancho, répondit don Quichotte, que tu fasses comme tu voudras, et que ton idée ne me semble pas mauvaise. Et j'ajoute que tu partiras dans trois jours, afin que tu voies d'ici là tout ce que je fais et dis pour elle, et que tu puisses le lui répéter. – Et qu'est-ce que j'ai à voir, reprit Sancho, de plus que je n'ai vu ? – Tu n'es pas au bout du compte, répondit don Quichotte. À présent ne faut-il pas que je déchire mes vêtements, que je disperse les pièces de mon armure, et que je fasse des culbutes la tête en bas sur ces rochers, ainsi que d'autres choses de même espèce qui vont exciter ton admiration ? – Pour l'amour de Dieu, reprit Sancho, que Votre Grâce prenne bien garde à la manière de faire ces culbutes ; vous pourriez tomber sur une telle roche et en telle posture qu'au premier saut se terminerait toute la machine de cette pénitence. Moi, je suis d'avis que, puisque Votre Grâce trouve ces culbutes tout à fait nécessaires, et que l'œuvre ne peut s'en passer, vous vous contentiez, tout cela n'étant qu'une chose feinte et pour rire, vous vous contentiez, dis-je, de les faire dans l'eau, ou sur quelque chose de doux, comme du coton ; et laissez-moi me charger du reste ; je saurai bien dire à Mme Dulcinée que Votre Grâce faisait ces culbutes sur une pointe de rocher plus dure que celle d'un diamant. – Je suis reconnaissant de ta bonne intention, ami Sancho, répondit don Quichotte ; mais je veux te faire savoir que toutes ces choses que je fais ici, loin d'être pour rire, sont très réelles et très sérieuses ; car, d'une autre manière, ce serait contrevenir aux règlements de la chevalerie, qui nous défendent de dire aucun mensonge, sous la peine des relaps [1] ; et faire une chose pour une autre, c'est la même chose que mentir. Ainsi donc mes culbutes doivent être franches, sincères et véritables, sans mélange de sophisme ou de fantastique. Il sera même nécessaire que tu me laisses quelques brins de charpie pour me panser, puisque le sort a voulu que nous perdissions le baume. – Ça été bien pis de perdre l'âne, reprit Sancho, car avec lui s'en est allée la charpie et toute la boutique. Et je supplie Votre Grâce de ne plus se rappeler ce maudit breuvage ; il suffit que j'en entende le nom pour me mettre toute l'âme à l'envers et l'estomac sens dessus dessous. Je vous supplie, en outre, de tenir pour passés les trois jours de délai que vous m'avez accordés afin de voir quelles folies vous faites ; je les donne pour dûment vues et pour passées en force de chose jugée. J'en dirai des merveilles à madame ; mais écrivez la lettre et dépêchez-moi vite, car j'ai la meilleure envie de revenir tirer Votre Grâce de ce purgatoire où je la laisse. – Purgatoire, dis-tu Sancho ? reprit don Quichotte. Tu ferais mieux de l'appeler enfer, et pire encore s'il y a quelque chose de pire. – Qui est en enfer, répliqua Sancho, *nulla est retentio* [2], à ce que j'ai ouï dire. – Je n'entends pas ce que veut dire *retentio*, reprit don Quichotte. – *Retentio* veut dire, repartit Sancho, que qui est en enfer n'en sort plus jamais, et n'en peut plus sortir ; ce qui sera tout au rebours pour Votre Grâce, ou, ma foi, je ne saurais plus jouer des talons, au cas que je porte des éperons pour éveiller Rossinante. Et plantez-moi une bonne fois pour toutes dans le Toboso, et en présence de Mme Dulcinée ; je lui ferai un tel récit des bêtises et des folies (c'est tout un) que Votre Grâce a faites et qui lui restent encore à faire que je finirai par la rendre plus souple qu'un gant, dussé-je la trouver plus dure qu'un tronc de liège. Avec cette réponse douce et mielleuse, je

1. Relaps : terme religieux pour stigmatiser la « rechute » (*labi*, dont le participe passé est *lapsum*, signifie en latin « tomber ») dans sa religion d'origine d'un converti au christianisme.

2. Sancho cite de travers la phrase latine, tirée de l'Office des défunts, qui dit : *Quia in inferno nulla est redemptio* (en français, « pour qui est en enfer, il n'y a pas de rédemption »).

reviendrai à travers les airs, comme un sorcier, et je tirerai Votre Grâce de ce purgatoire, qui paraît un enfer, bien qu'il ne le soit pas, puisqu'il y a grande espérance d'en sortir, ce que n'ont pas, comme je l'ai dit, ceux qui sont en enfer ; et je ne crois pas que Votre Grâce dise autre chose.
– Oui, c'est la vérité, répondit le chevalier de la Triste-Figure ; mais comment ferons-nous pour écrire la lettre ?
– Et puis aussi la lettre de change des ânons, ajouta Sancho. – Tout y sera compris, répondit don Quichotte. Et, puisque le papier manque, il serait bon que nous l'écrivissions, comme faisaient les anciens, sur des feuilles d'arbre, ou sur des tablettes de cire, quoique à vrai dire il ne serait pas plus facile de trouver de la cire que du papier. Mais voilà qu'il me vient à l'esprit où il sera bien et plus que bien de l'écrire : c'est sur le livre de poche qu'a perdu Cardénio. Tu auras soin de la faire transcrire sur une feuille de papier en bonne écriture, dans le premier village où tu trouveras un maître d'école, ou sinon, le premier sacristain venu te la transcrira ; mais ne t'avise pas de la faire transcrire par un notaire : ces gens-là ont une écriture de chicane [1] que Satan lui-même ne déchiffrerait pas. – Et que faut-il faire de la signature ? demanda Sancho. – Jamais Amadis n'a signé ses lettres, répondit don Quichotte. – C'est très bien, répliqua Sancho, mais la lettre de change doit être signée forcément. Si je la fais transcrire, on dira que la signature est fausse, et je resterai sans ânons. – La lettre de change, reprit don Quichotte, sera faite et signée sur le livre de poche lui-même, et quand ma nièce la verra, elle ne fera nulle difficulté d'y faire honneur. Quant à la lettre d'amour, tu mettras pour signature : *À vous jusqu'à la mort, le chevalier de la Triste-Figure*. Il importera peu qu'elle soit écrite d'une main étrangère ; car, si je m'en souviens bien, Dulcinée ne sait ni lire ni écrire, et de toute sa vie n'a vu lettre de ma main. En effet, mes amours et les siennes ont toujours été platoniques, sans s'étendre plus loin qu'à une honnête œillade, et encore tellement de loin en loin que j'oserais jurer d'une chose en toute sûreté de conscience : c'est que, depuis douze ans au moins que je

1. *letra procesada*, dit l'original, pour parler de la cursive des notaires, qui liait tous les mots les uns aux autres par rapidité de transcription.

l'aime plus que la prunelle de ces yeux que doivent manger un jour les vers de la terre, je ne l'ai pas vue quatre fois ; encore, sur ces quatre fois, n'y en a-t-il peut-être pas une où elle ait remarqué que je la regardais, tant sont grandes la réserve et la retraite où l'ont élevée son père Lorenzo Corchuelo et sa mère Aldonza Nogalès. – Comment, comment ! s'écria Sancho, c'est la fille de Lorenzo Corchuelo qui est à cette heure Mme Dulcinée du Toboso, celle qu'on appelle, par autre nom, Aldonza Lorenzo ? – C'est elle-même, répondit don Quichotte, celle qui mérite de régner sur tout l'univers. – Oh ! Je la connais bien, reprit Sancho, et je puis dire qu'elle jette aussi bien la barre [1] que le plus vigoureux garçon de tout le village. Tudieu ! c'est une fille de tête, faite et parfaite, et de poil à l'estomac, propre à faire la barbe et le toupet à tout chevalier errant qui la prendra pour dame. Peste ! quelle voix elle a, et quel creux de poitrine ! Je puis dire qu'un jour elle monta au clocher du village pour appeler des valets de ferme qui travaillaient dans un champ de son père ; et quoiqu'il y eût de là plus d'une demi-lieue, ils l'entendirent aussi bien que s'ils eussent été au pied de la tour. Et ce qu'elle a de mieux, c'est qu'elle n'est pas du tout bégueule ; elle a beaucoup de bonnes façons ; elle badine avec tout le monde, elle rit et folâtre à tout propos. À présent, seigneur chevalier de la Triste-Figure, je dis que non seulement Votre Grâce peut et doit faire des folies pour elle, mais que vous pouvez à juste titre vous désespérer et vous pendre, et que de ceux qui l'apprendront, il n'y a personne qui ne dise que vous avez bien fait, dût le diable vous emporter. Oh ! je voudrais déjà me trouver en chemin, seulement pour le plaisir de la revoir, car il y a longtemps que je ne l'ai vue ; et vraiment elle doit être bien changée. Rien ne gâte plus vite le teint des femmes que d'être toujours à travers les champs, à l'air et au soleil. Il faut pourtant que je confesse à Votre Grâce une vérité, seigneur don Quichotte ; car jusqu'à présent j'étais resté dans une grande ignorance. Je pensais bien innocemment

1. Le jeu rustique dit de la barre consistait à jeter aussi loin que possible ou vers un emplacement déterminé une pointe de métal à bout aiguisé, qui allait se ficher en terre à la façon d'un javelot.

que madame Dulcinée devait être quelque princesse dont Votre Grâce était éprise, ou quelque personne de haut rang et telle qu'elle méritât les riches présents que vous lui avez envoyés, à savoir : celui du Biscayen vaincu, ou celui des galériens délivrés, et beaucoup d'autres encore, aussi nombreux que les victoires que doit avoir remportées Votre Grâce dans le temps que je n'étais pas encore son écuyer. Mais, tout bien considéré, que diable peut gagner madame Aldonza Lorenzo, je veux dire madame Dulcinée du Toboso, à voir venir s'agenouiller devant elle les vaincus que Votre Grâce lui envoie, ou lui doit envoyer ? Car il pourrait bien arriver qu'au moment où ils paraîtraient, elle fût à peigner du chanvre ou à battre du blé dans la grange, et qu'en la voyant, ces gens-là se missent en colère, tandis qu'elle se moquerait ou se fâcherait aussi du cadeau. – Je t'ai déjà dit bien des fois, Sancho, répondit don Quichotte, que tu es un grand bavard, et qu'avec un esprit lourd et obtus tu te mêles souvent de badiner et de faire des pointes. Mais pour que tu reconnaisses combien tu es sot et combien je suis sage, je veux que tu écoutes une petite histoire. Apprends donc qu'une jeune veuve, belle, libre et riche, et surtout fort amie de la joie, s'amouracha d'un frère lai, gros garçon, frais, réjoui et de large encolure. Son aîné vint à le savoir, et dit un jour à la bonne veuve, en manière de semonce fraternelle : "Je suis étonné, madame, et non sans raison, qu'une femme aussi noble, aussi belle, aussi riche que Votre Grâce, aille s'amouracher d'un homme d'aussi bas étage et d'aussi pauvre esprit qu'un tel, tandis qu'il y a dans la même maison tant de docteurs, de maîtres et de théologiens, parmi lesquels vous pourriez choisir comme au milieu d'un cent de poires, et dire : 'Celui-ci me convient, celui-là me déplaît.'" Mais la dame lui répondit avec beaucoup d'aisance et d'abandon : "Vous êtes bien dans l'erreur, mon très cher seigneur et frère, et vous pensez à la vieille mode, si vous imaginez que j'ai fait un mauvais choix en prenant un tel, quelque idiot qu'il vous paraisse ; car pour ce que j'ai à faire de lui, il sait autant et plus de philosophie qu'Aristote." De la même manière, Sancho, pour ce que j'ai à faire de Dulcinée, elle vaut autant que la plus haute princesse de la terre. Il ne faut pas croire que tous les poètes qui chantent des dames sous des noms qu'ils leur donnent à leur fantaisie les aient réellement pour maîtresses. Penses-tu que les Amaryllis, les Philis, les Sylvies, les Dianes, les Galatées, les Alices [1] et d'autres semblables, dont sont remplis les livres, les romances, les boutiques de barbiers et les théâtres de comédie, fussent de vraies créatures en chair et en os, et les dames de ceux qui les ont célébrées ? Non, vraiment ; la plupart des poètes les imaginent pour donner un sujet à leurs vers, et pour qu'on les croie amoureux, ou du moins capables de l'être. Ainsi donc, il me suffit de penser et de croire que la bonne Aldonza Lorenzo est belle et sage. Quant à la naissance, elle importe peu ; nous n'en sommes pas à faire une enquête, pour lui conférer l'habit de chanoinesse [2], et je me persuade, moi, qu'elle est la plus haute princesse du monde. Car il faut que tu saches, Sancho, si tu ne le sais pas encore, que deux choses par-dessus toutes excitent à l'amour : ce sont la beauté et la bonne renommée. Or ces deux choses se trouvent dans Dulcinée au degré le plus éminent, car en beauté personne ne l'égale, et en bonne renommée bien peu lui sont comparables. Et pour tout dire en un mot, j'imagine qu'il en est ainsi, sans qu'il faille rien ôter ni rien ajouter, et je la peins dans mon imagination telle que je la désire, aussi bien pour la noblesse que pour les attraits ; à ce point que nulle femme n'approche d'elle, ni les Hélènes, ni les Lucrèces [3], ni toutes les héroïnes des siècles passés, grecques, romaines ou barbares. Que chacun en dise ce qu'il voudra ; si je suis blâmé par les

---

1. Ce qui est curieux, c'est que don Quichotte refuse ici de croire à la réalité des êtres de papier que sont ces héroïnes de romans, alors qu'il prétend croire dur comme fer à l'existence des chevaliers errants. Ce qui est piquant, c'est de voir Galatée citée parmi ces héroïnes, quand on sait que Cervantès a ainsi nommé la jeune bergère de son roman pastoral.

2. L'original parle d'un habit de « chevalier », par quoi il est fait allusion aux enquêtes de noblesse et de pureté de sang requises pour l'accession aux quatre ordres militaires de l'époque, dont celui, bien connu, de Saint-Jacques.

3. Inutile de rappeler qui fut la belle Hélène, pour qui se fit la guerre de Troie. Quant à l'histoire de Lucrèce, plus oubliée aujourd'hui, c'est celle d'une Romaine qui se suicida après avoir été violée par Sextus, fils de Tarquin le Superbe, ce qui provoqua un soulèvement populaire et la chute de la royauté.

ignorants, je ne serai pas du moins puni par les gens austères. – Et moi je dis, reprit Sancho, qu'en toute chose Votre Grâce a raison, et que je ne suis qu'un âne. Et je ne sais pourquoi ce nom me vient à la bouche, car il ne faut point parler de corde dans la maison d'un pendu. Mais donnez-moi la lettre, et que je déménage. »

Don Quichotte prit les tablettes de Cardénio et, se mettant à l'écart, il commença d'un grand sang-froid à écrire la lettre. Quand il l'eut finie, il appela Sancho et lui dit qu'il voulait la lui lire pour qu'il l'apprît par cœur dans le cas où elle se perdrait en route, car il fallait tout craindre de sa mauvaise étoile. « Votre Grâce ferait mieux, répondit Sancho, de l'écrire deux ou trois fois, là, dans le livre, et de me le donner après ; je saurai bien le garder ; mais penser que j'apprenne la lettre par cœur, c'est une sottise. J'ai la mémoire si mauvaise que j'oublie souvent comment je m'appelle. Toutefois, lisez-la-moi, je serai bien aise de l'entendre, car elle doit être faite comme en lettres moulées. – Écoute donc, reprit don Quichotte, voici comment elle est conçue :

LETTRE DE DON QUICHOTTE À DULCINÉE DU TOBOSO

Haute et souveraine dame,

Le piqué au vif des pointes de l'absence, le blessé dans l'intime région du cœur, dulcissime Dulcinée du Toboso, te souhaite la bonne santé dont il ne jouit plus. Si ta beauté me dédaigne, si tes mérites cessent d'être portés en ma faveur, et si tes rigueurs entretiennent mes angoisses, bien que je sois passablement rompu à la souffrance, mal pourrai-je me maintenir en une transe semblable, qui n'est pas seulement forte, mais durable à l'avenant. Mon bon écuyer Sancho te fera une relation complète, ô belle ingrate, ô ennemie adorée, de l'état où je me trouve à ton intention. S'il te plaît de me secourir, je suis à toi ; sinon fais à ta fantaisie, car, en terminant mes jours, j'aurai satisfait à mon désir et à ta cruauté.

À toi jusqu'à la mort,

Le chevalier de la TRISTE-FIGURE.

– Par la vie de mon père ! s'écria Sancho, quand il eut entendu lire cette lettre, voilà bien la plus haute et la plus merveilleuse pièce que j'aie jamais entendue ! Peste ! comme Votre Grâce lui dit bien là tout ce qu'elle veut lui dire ! et comme vous avez joliment enchâssé dans le parafe [1] *le chevalier de la Triste-Figure* ! Je le dis en vérité, vous êtes le diable lui-même, et il n'y a rien que vous ne sachiez. – Tout est nécessaire, reprit don Quichotte, pour la profession que j'exerce. – Or çà, reprit Sancho, mettez maintenant au revers de la page la cédule [2] pour les trois ânons, et signez-la très clairement ; pour qu'en la voyant on reconnaisse votre écriture. – Volontiers », dit don Quichotte. Et l'ayant écrite, il en lut ensuite le contenu :

Veuillez, madame ma nièce, payer sur cette première d'ânons, à Sancho Panza, mon écuyer, trois des cinq que j'ai laissés à la maison, et qui sont confiés aux soins de Votre Grâce ; lesquels trois ânons je lui fais payer et délivrer pour un égal nombre reçus ici comptant, et qui, sur cette lettre et sur sa quittance, seront dûment acquittés. Fait dans les entrailles de la Sierra-Morena, le 27 août de la présente année.

« C'est très bien, s'écria Sancho, Votre Grâce n'a plus qu'à signer. – Il n'est pas besoin de signature, répondit don Quichotte ; je vais mettre seulement mon parafe, ce qui vaudra tout autant que la signature, non pour trois ânes, mais pour trois cents. – Je me fie en Votre Grâce, reprit Sancho. Laissez maintenant que j'aille seller Rossinante, et préparez-vous à me donner votre bénédiction ; car je veux me mettre en route tout à l'heure, sans voir les extravagances que vous avez à faire, et je saurai bien dire que je vous ai vu faire à bouche que veux-tu. – Pour le moins, je veux, Sancho, repartit don Quichotte, et c'est tout à fait nécessaire, je veux, dis-je, que tu me voies tout nu, sans autre habit que la peau, faire une ou deux douzaines de folies. Ce sera fini en moins d'une demi-heure ;

1. Vieille graphie pour « paraphe ».
2. Terme ancien pour : reconnaissance écrite d'une promesse.

mais quant tu auras vu celles-là de tes propres yeux, tu pourras juger en conscience pour toutes celles qu'il te plaira d'ajouter, et je t'assure bien que tu n'en diras pas autant que je pense en faire. – Par l'amour de Dieu, mon bon seigneur, s'écria Sancho, que je ne voie pas la peau de Votre Grâce ! j'en aurais trop de compassion, et ne pourrais m'empêcher de pleurer ; et pour avoir pleuré hier soir le pauvre grison [1], j'ai la tête si malade que je ne suis pas en état de me remettre à de nouveaux pleurs. Si Votre Grâce veut à toute force que je voie quelques-unes de ses folies, faites-les tout habillé, courtes et les premières venues. D'ailleurs, quant à moi, rien de cela n'est nécessaire, et, comme je vous l'ai dit, ce serait abréger le voyage et hâter mon retour, qui doit vous rapporter d'aussi bonnes nouvelles que Votre Grâce les désire et les mérite. Sinon, par ma foi, que Mme Dulcinée se tienne bon ! Si elle ne répond pas comme la raison l'exige, je fais vœu solennel à qui m'entend de lui arracher la bonne réponse de l'estomac à coups de pied et à coups de poing. Car enfin qui peut souffrir qu'un chevalier errant aussi fameux que Votre Grâce aille devenir fou sans rime ni raison pour une… Que la bonne dame ne me le fasse pas dire, car, au nom de Dieu, je lâche ma langue et lui crache son fait à la figure. Ah ! je suis bon, vraiment, pour ces gentillesses. Elle ne me connaît guère, et, si elle me connaissait, elle me jeûnerait comme la veille d'un saint [2]. – Par ma foi, Sancho, interrompit don Quichotte, à ce qu'il paraît, tu n'es guère plus sage que moi. – Je ne suis pas si fou, reprit Sancho, mais je suis plus colère [3]. Maintenant, laissant cela de côté, qu'est-ce que Votre Grâce va manger en attendant que je revienne ? Allez-vous, comme Cardénio, vous mettre en embuscade et prendre de force votre nourriture aux bergers ? – Que cela ne te donne pas de souci,

1. On a expliqué plus haut en quoi cette façon de dater de la veille la disparition de l'âne trahit un remaniement mal fondu du texte de la première édition. Voir p. 224, note 1.

2. Viardot a tenté vaillamment de rendre, en l'expliquant quelque peu, un raccourci audacieux du texte qui dit, littéralement : « elle me jeûnerait ». Comprenons : elle me respecterait, moi, Sancho, comme on respecte un jeûne.

3. Colère est ici un adjectif.

répondit don Quichotte ; quand même j'aurais des vivres en abondance, je ne mangerais pas autre chose que les herbes et les fruits que me fourniront cette prairie et ces arbres. Le fin de mon affaire est de ne pas manger du tout et de souffrir bien d'autres austérités. – À propos, dit Sancho, savez-vous ce que je crains ? c'est de ne plus retrouver mon chemin pour revenir en cet endroit où je vous laisse, tant il est désert et caché. – Prends-en bien toutes les enseignes [1], répondit don Quichotte ; je ferai en sorte de ne pas m'éloigner de ces alentours, et même j'aurai soin de monter sur les plus hautes de ces roches, pour voir si je te découvre quand tu reviendras. Mais, au reste, dans la crainte que tu ne me manques et ne te perdes, ce qu'il y a de mieux à faire, c'est que tu coupes des branches de ces genêts, dont nous sommes entourés, et que tu les disposes de distance en distance jusqu'à ce que tu arrives à la plaine. Ces branches te serviront d'indices et de guides pour que tu me retrouves à ton retour, à l'imitation du fil qu'employa Persée [2] dans le labyrinthe. – C'est ce que je vais faire », répondit Sancho. Et dès qu'il eut coupé quelques broussailles, il vint demander à son seigneur sa bénédiction, et, non sans avoir beaucoup pleuré tous deux, il prit congé de lui. Après être monté sur Rossinante, que don Quichotte lui recommanda tendrement, l'engageant d'en prendre soin comme de sa propre personne, Sancho se mit en route pour la plaine, semant de loin en loin des branches de genêt, comme son maître le lui avait conseillé, et bientôt s'éloigna, au grand déplaisir de don Quichotte, qui aurait voulu lui faire voir au moins une couple de folies.

Mais Sancho n'avait pas encore fait cent pas qu'il revint, et dit à son maître : « Je dis, seigneur, que Votre Grâce avait raison ; pour que je puisse jurer en repos de conscience que je lui ai vu faire des folies, il sera bon que j'en voie pour le moins une, bien que, Dieu merci, j'en aie vu une assez grosse dans votre envie de rester là. – Ne te

1. Au sens ancien de « marque, indice permettant de reconnaître quelque chose ».

2. Rare effort de don Quichotte pour tirer de la mythologie des applications pratiques. Mais sa mémoire lui joue un tour : il confond Persée avec Thésée.

l'avais-je pas dit ? s'écria don Quichotte. Attends, Sancho ; en moins d'un *credo* ce sera fait. » Aussitôt, tirant ses chausses en toute hâte, il resta nu en pan de chemise ; puis, sans autre façon, il se donna du talon dans le derrière, fit deux cabrioles en l'air et deux culbutes, la tête en bas et les pieds en haut, découvrant de telles choses que, pour ne les pas voir davantage, Sancho tourna bride et se tint pour satisfait de pouvoir jurer que son maître demeurait fou. Maintenant nous le laisserons suivre son chemin jusqu'au retour, qui ne fut pas long.

CHAPITRE XXVI

Où se continuent les fines prouesses d'amour que fit don Quichotte dans la Sierra-Morena

Et revenant à conter ce que fit le chevalier de la Triste-Figure quand il se vit seul, l'histoire dit qu'à peine don Quichotte eut achevé ses sauts et ses culbutes, nu de la ceinture en bas, et vêtu de la ceinture en haut, voyant que Sancho s'en était allé sans vouloir attendre d'autres extravagances, il gravit jusqu'à la cime d'une roche élevée, et là se remit à réfléchir sur une chose qui avait déjà maintes fois occupé sa pensée, sans qu'il eût encore pu prendre une résolution : c'était de savoir lequel serait le meilleur et lui conviendrait le mieux, d'imiter Roland dans ses folies dévastatrices, ou bien Amadis dans ses folies mélancoliques ; et, se parlant à lui-même, il disait : « Que Roland ait été aussi brave et vaillant chevalier que tout le monde le dit, qu'y a-t-il à cela de merveilleux ? Car enfin, il était enchanté, et personne ne pouvait lui ôter la vie, si ce n'est en lui enfonçant une épingle noire sous la plante du pied. Or il portait toujours à ses souliers six semelles de fer. Et pourtant toute sa magie ne servit de rien contre Bernard del Carpio, qui découvrit la feinte, et l'étouffa entre ses bras dans la gorge de Roncevaux [1]. Mais, laissant à part la question de sa vaillance, venons à celle de sa folie, car il est certain qu'il perdit le jugement sur les indices qu'il

1. Cette victoire de Bernard del Carpio sur Roland avait déjà été évoquée dès le premier chapitre. Cependant la protection des sept semelles de fer (réduites à six dans la traduction de Viardot) apparaît dans l'histoire de Ferragut, non dans celle de Roland.

trouva aux arbres de la fontaine [1] et sur la nouvelle que lui donna le pasteur qu'Angélique avait dormi plus de deux siestes avec Médor, ce petit More aux cheveux bouclés, page d'Agramant [2]. Et certes, s'il s'imagina que cette nouvelle était vraie et que la dame lui avait joué ce tour, il n'eut pas grand mérite à devenir fou. Mais moi, comment puis-je l'imiter dans les folies, ne l'ayant point imité dans le sujet qui les fit naître ? Car, pour Dulcinée du Toboso, j'oserais bien jurer qu'en tous les jours de sa vie elle n'a pas vu l'ombre d'un More, en chair et en costume, et qu'elle est encore aujourd'hui comme la mère qui l'a mise au monde [3]. Je lui ferais donc une manifeste injure si, croyant d'elle autre chose, j'allais devenir fou du genre de folie qu'eut Roland le Furieux. D'un autre côté, je vois qu'Amadis de Gaule, sans perdre l'esprit et sans faire d'extravagances, acquit en amour autant et plus de renommée que personne. Et pourtant, d'après son histoire, il ne fit rien de plus, en se voyant dédaigné de sa dame Oriane, qui lui avait ordonné de ne plus paraître en sa présence contre sa volonté, que de se retirer sur la Roche-Pauvre, en compagnie d'un ermite ; et là il se rassasia de pleurer, jusqu'à ce que le ciel le secourût dans l'excès de son affliction et de ses angoisses. Si telle est la vérité, et ce l'est à coup sûr, pourquoi me donnerais-je à présent la peine de me déshabiller tout à fait, et de faire du mal à ces pauvres arbres qui ne m'en ont fait aucun ? Et qu'ai-je besoin de troubler l'eau claire de ces ruisseaux, qui doivent me donner à boire quand l'envie m'en prendra ? Vive, vive la mémoire d'Amadis, et qu'il soit imité en tout ce qui est possible par don Quichotte de la Manche, duquel on dira ce qu'on a dit d'un autre, que s'il ne fit pas de grandes choses, il périt pour les avoir entreprises ! Et si je ne suis ni outragé ni dédaigné par ma Dulcinée, ne me suffit-il pas, comme je l'ai déjà dit, d'être séparé d'elle par

1. Allusion à une épigramme gravée par Médor sur la fontaine qui avait été témoin de ses amours avec Angélique, dans le poème de l'Arioste.

2. Autre erreur de la mémoire de don Quichotte : Médor n'est pas le page d'Agramant, mais celui du berger Darinel. Voir p. 61, note 4.

3. On a commenté plus haut ce raccourci à effet grivois. Voir p. 81, note 1.

l'absence ? Courage donc, les mains à la besogne ! Venez à mon souvenir, belles actions d'Amadis, enseignez-moi par où je dois commencer à vous imiter. Mais je sais que ce qu'il fit la plupart du temps, ce fut de réciter ses prières, et c'est ce que je vais faire aussi. » Alors, pour lui servir de chapelet, don Quichotte prit de grosses pommes de liège, qu'il enfila et dont il fit un rosaire à dix grains. Mais ce qui le contrariait beaucoup, c'était de ne pas avoir sous la main un ermite qui le confessât et lui donnât des consolations. Aussi passait-il le temps, soit à se promener dans la prairie, soit à écrire et à tracer sur l'écorce des arbres ou sur le sable même une foule de vers, tous accommodés à sa tristesse, et quelques-uns à la louange de Dulcinée. Mais les seuls qu'on put retrouver entiers, et qui fussent encore lisibles quand on vint à sa recherche, furent les strophes suivantes :

Arbres, plantes et fleurs, qui vous montrez en cet endroit si hauts, si verts et si brillants, écoutez, si vous ne prenez plaisir à mon malheur, écoutez mes plaintes respectables. Que ma douleur ne vous trouble point, quelque terrible qu'elle éclate ; car, pour vous payer sa bienvenue, ici pleura don Quichotte l'absence de Dulcinée

du Toboso.

Voici le lieu où l'amant le plus loyal se cache loin de sa dame, arrivé à tant d'infortune sans savoir ni comment ni pourquoi. Un amour de mauvaise engeance le ballotte et se joue de lui ; aussi, jusqu'à remplir un baril, ici pleura don Quichotte l'absence de Dulcinée

du Toboso.

Cherchant les aventures à travers de durs rochers, et maudissant de plus dures entrailles, sans trouver parmi les broussailles et les rocs autre chose que des mésaventures, l'Amour le frappa de son fouet acéré, non de sa douce bandelette, et, blessé sur le chignon, ici pleura don Quichotte l'absence de Dulcinée

du Toboso.

Ce ne fut pas un petit sujet de rire, pour ceux qui firent la découverte des vers qu'on vient de citer, que cette addition *du Toboso* faite hors ligne au nom de Dulcinée ; car ils pensèrent que don Quichotte s'était imaginé que si, en nommant Dulcinée, il n'ajoutait aussi *du Toboso*, la strophe ne pourrait être comprise ; et c'est, en effet, ce qu'il avoua depuis lui-même. Il écrivit bien d'autres poésies ; mais, comme on l'a dit, ces trois strophes furent les seules qu'on put déchiffrer. Tantôt l'amoureux chevalier occupait ainsi ses loisirs, tantôt il soupirait, appelait les faunes et les sylvains de ces bois, les nymphes de ces fontaines, la plaintive et vaporeuse Écho [1], les conjurant de l'entendre, de lui répondre et de le consoler ; tantôt il cherchait quelques herbes nourrissantes pour soutenir sa vie en attendant le retour de Sancho. Et si, au lieu de tarder trois jours à revenir, celui-ci eût tardé trois semaines, le chevalier de la Triste-Figure serait resté si défiguré qu'il n'eût pas été reconnu même de la mère qui l'avait mis au monde. Mais il convient de le laisser absorbé dans ses soupirs et ses poésies, pour conter ce que devint Sancho, et ce qui lui arriva dans son ambassade.

Dès qu'il eut gagné la grand'route, il se mit en quête du Toboso, et atteignit le lendemain l'hôtellerie où lui était arrivée la disgrâce des sauts sur la couverture. À peine l'eut-il aperçue qu'il s'imagina voltiger une seconde fois par les airs, et il résolut bien de ne pas y entrer, quoiqu'il fût justement l'heure de le faire, c'est-à-dire l'heure du dîner, et qu'il eût grande envie de goûter à quelque chose de chaud, n'ayant depuis bien des jours rien mangé que des provisions froides. Son estomac le força donc à s'approcher de l'hôtellerie, encore incertain s'il entrerait ou brûlerait l'étape. Tandis qu'il était en suspens, deux hommes sortirent de la maison, et, dès qu'ils l'eurent aperçu, l'un d'eux dit à l'autre : « Dites-moi, seigneur licencié, cet homme à cheval, n'est-ce pas Sancho Panza, celui que la gouvernante de notre aventurier prétend avoir suivi son maître en guise d'écuyer ? – C'est lui-même, répondit le licencié, et voilà le cheval de notre don

1. La nymphe Écho, dans *Les Métamorphoses* d'Ovide, pleure de ne pas être aimée par Narcisse.

Quichotte. » Ils avaient, en effet, reconnu facilement l'homme et sa monture ; car c'étaient le curé et le barbier du village, ceux qui avaient fait le procès et l'*auto-da-fé* des livres de chevalerie. Aussitôt qu'ils eurent achevé de reconnaître Sancho et Rossinante, désirant savoir des nouvelles de don Quichotte, ils s'approchèrent du cavalier, et le curé, l'appelant par son nom : « Ami Sancho Panza, lui dit-il, qu'est-ce que fait votre maître ? » Sancho les reconnut aussitôt, mais il résolut de leur cacher le lieu et l'état où il avait laissé son seigneur ; il leur répondit donc que celui-ci était occupé en un certain endroit, à une certaine chose qui lui était d'une extrême importance, mais qu'il ne pouvait découvrir, au prix des yeux qu'il avait dans sa tête. « Non, non, Sancho Panza, s'écria le barbier, si vous ne dites point où il est et ce qu'il fait, nous croirons, comme nous avons déjà droit de le croire, que vous l'avez assassiné et volé, car enfin vous voilà monté sur son cheval. Et, par Dieu ! vous nous rendrez compte du maître de la bête, ou gare à votre gosier. – Oh ! répondit Sancho, il n'y a pas de menace à me faire, et je ne suis pas homme à tuer ni voler personne. Que chacun meure de sa belle mort, à la volonté de Dieu qui l'a créé. Mon maître est au beau milieu de ces montagnes, à faire pénitence tout à son aise. » Et sur-le-champ il leur conta, d'un seul trait et sans prendre haleine, en quel état il l'avait laissé, les aventures qui leur étaient arrivées, et comment il portait une lettre à Mme Dulcinée du Toboso, qui était la fille de Lorenzo Corchuelo, dont son Maître avait le cœur épris jusqu'au foie.

Les deux questionneurs restèrent tout ébahis de ce que leur contait Sancho ; et, bien qu'ils connussent déjà la folie de don Quichotte et l'étrange nature de cette folie, leur étonnement redoublait toutes les fois qu'ils en apprenaient des nouvelles. Ils prièrent Sancho Panza de leur montrer la lettre qu'il portait à Mme Dulcinée du Toboso. Celui-ci répondit qu'elle était écrite sur un livre de poche, et qu'il avait ordre de son seigneur de la faire transcrire sur du papier dans le premier village qu'il rencontrerait ; à quoi le curé répliqua que Sancho n'avait qu'à la lui faire voir, et qu'il la transcrirait lui-même en belle écriture. Sancho Panza mit aussitôt la main dans son sein pour y chercher le livre de poche ; mais il ne le trouva point, et n'avait garde de le trouver, l'eût-il cherché jusqu'à cette heure, car don Quichotte l'avait gardé sans songer à le lui remettre et sans que Sancho songeât davantage à le lui demander. Quand le bon écuyer vit que le livre ne se trouvait point, il fut pris d'une sueur froide et devint pâle comme un mort ; puis il se mit en grande hâte à se tâter tout le corps de haut en bas, et, voyant qu'il ne trouvait toujours rien, il s'empoigna, sans plus de façon, la barbe à deux mains, s'en arracha la moitié, et tout d'une haleine s'appliqua cinq à six coups de poing sur les mâchoires et sur le nez, si bien qu'il se mit tout le visage en sang. Voyant cela, le curé et le barbier lui demandèrent à la fois ce qui lui était arrivé pour se traiter d'une si rude façon. « Ce qui m'est arrivé ! s'écria Sancho, que j'ai perdu de la main à la main trois ânons dont le moindre était comme un château. – Comment cela ? répliqua le barbier. – C'est que j'ai perdu le livre de poche, reprit Sancho, où se trouvait la lettre à Dulcinée, et de plus une cédule signée de monseigneur, par laquelle il ordonnait à sa nièce de me donner trois ânons sur quatre ou cinq qui sont à l'écurie. » Et là-dessus Sancho leur conta la perte du grison. Le curé le consola, en lui disant que, dès qu'il trouverait son maître, il lui ferait renouveler la donation, et que cette fois le mandat serait écrit sur du papier, selon la loi et la coutume, attendu que les mandats écrits sur des livres de poche ne peuvent jamais être acceptés ni payés. Sancho, sur ce propos, se sentit consolé, et dit qu'en ce cas il se souciait fort peu d'avoir perdu la lettre à Dulcinée, puisqu'il la savait presque par cœur et qu'on pourrait la transcrire de sa mémoire, où et quand on en prendrait l'envie. « Eh bien ! dites-la donc, Sancho, s'écria le barbier, et nous vous la transcrirons. » Sancho s'arrêta tout court et se gratta la tête pour rappeler la lettre à son souvenir ; tantôt il se tenait sur un pied, tantôt sur l'autre ; tantôt il regardait le ciel, tantôt la terre ; enfin après s'être rongé plus qu'à moitié l'ongle d'un doigt, tenant en suspens ceux qui attendaient sa réponse, il s'écria, au bout d'une longue pause : « Par le saint nom de Dieu, seigneur licencié, je veux bien que le diable emporte ce que je me rappelle de la lettre ! Pourtant, elle disait pour commencer : "*Haute et souterraine dame* [1]". – Oh ! non, interrompit le barbier, il n'y avait pas souterraine, mais surhumaine ou souveraine dame. – C'est cela même, s'écria Sancho ; ensuite, si je m'en souviens bien, elle continuait en disant… si je ne m'en souviens pas mal… *Le blessé et manquant de sommeil… et le piqué baise à Votre Grâce les mains, ingrate et très méconnaissable beauté.* Puis je ne sais trop ce qu'il disait de bonne santé et de maladie qu'il lui envoyait ; puis il s'en allait discourant, jusqu'à ce qu'il vînt à finir par : *À vous jusqu'à la mort, le chevalier de la Triste-Figure.* » Les deux auditeurs s'amusèrent beaucoup à voir quelle bonne mémoire avait Sancho Panza ; ils lui en firent compliment et le prièrent de répéter la lettre encore deux fois, pour qu'ils pussent eux-mêmes l'apprendre par cœur et la transcrire à l'occasion. Sancho la répéta donc trois autres fois, et trois fois répéta trois autres mille impertinences. Après cela il se mit à conter les aventures de son maître ; mais il ne souffla mot de la berne qu'il avait essuyée dans cette hôtellerie où il refusait toujours d'entrer. Il ajouta que son seigneur, dès qu'il aurait reçu de favorables dépêches de sa dame Dulcinée du Toboso, allait se mettre en campagne pour tâcher de devenir empereur, ou monarque pour le moins, ainsi qu'ils en étaient convenus entre eux ; et que c'était une chose toute simple et très facile, tant était grande la valeur de sa personne et la force de son bras ; puis, qu'aussitôt qu'il serait monté sur le trône, il le marierait, lui Sancho, qui serait alors veuf, parce qu'il ne pouvait en être autrement, et qu'il lui donnerait pour femme une suivante de l'impératrice, héritière d'un riche et grand État en terre ferme, n'ayant pas plus d'îles que d'îlots, desquels il ne se souciait plus.

Sancho débitait tout cela d'un air si grave, en s'essuyant de temps en temps le nez et la barbe, et d'un ton si dénué de bon sens que les deux autres tombaient de leur haut, considérant quelle violence devait avoir eue la folie de don Quichotte, puisqu'elle avait emporté après elle le jugement de ce pauvre homme. Ils ne voulurent pas se fatiguer

1. *Sobajada dama* dit l'original, ce qui veut dire littéralement « dame tripatouillée ». Viardot a trouvé une transposition très amusante, mais si l'on voulait rendre les connotations érotiques, on pourrait proposer « Soubrette Dame ».

à le tirer de l'erreur où il était, car il leur apparut que, sa conscience n'étant point en péril, le mieux était de l'y laisser, et qu'il serait bien plus divertissant pour eux d'entendre ses extravagances. Aussi lui dirent-ils de prier Dieu pour la santé de son seigneur, et qu'il était dans les futurs contingents et les choses hypothétiques qu'avec le cours du temps il devînt empereur ou pous le moins archevêque, ou dignitaire d'un ordre équivalent. « En ce cas, seigneur, répondit Sancho, si la fortune embrouillait les affaires de façon qu'il prît fantaisie à mon maître de ne plus être empereur, mais archevêque, je voudrais bien savoir dès à présent ce qu'ont l'habitude de donner à leurs écuyers les archevêques errants. – Ils ont l'habitude, répondit le curé, de leur donner, soit un bénéfice simple, soit un bénéfice à charge d'âmes, soit quelque sacristie qui leur rapporte un bon revenu de rente fixe, sans compter le casuel, qu'il faut estimer autant. – Mais pour cela, répondit Sancho, il sera nécessaire que l'écuyer ne soit pas marié, et qu'il sache tout au moins servir la messe. S'il en est ainsi, malheur à moi qui suis marié pour mes péchés, et qui ne sais pas la première lettre de l'A B C ! Que sera-ce de moi, bon Dieu ! si mon maître se fourre dans la tête d'être archevêque et non pas empereur, comme c'est la mode et la coutume des chevaliers errants ? – Ne vous mettez pas en peine, ami Sancho, reprit le barbier ; nous aurons soin de prier votre maître et nous lui en donnerons le conseil, et nous lui en ferons au besoin un cas de conscience de devenir empereur, et non archevêque, ce qui lui sera plus facile, car il est plus brave que savant. – C'est bien aussi ce que j'ai toujours cru, répondit Sancho, quoique je puisse dire qu'il est propre à tout. Mais ce que je pense faire de mon côté, c'est de prier notre Seigneur qu'il l'envoie justement là où il trouvera le mieux son affaire, et le moyen de m'accorder les plus grandes faveurs. – Vous parlez en homme sage, reprit le curé, et vous agirez en bon chrétien. Mais ce qui importe à présent, c'est de chercher à tirer votre maître de cette inutile pénitence qu'il s'amuse à faire là-bas, à ce que vous dites. Et pour réfléchir au moyen qu'il faut prendre, aussi bien que pour dîner, car il en est l'heure, nous ferons bien d'entrer dans cette hôtellerie. » Sancho répondit qu'ils y entrassent, que lui resterait dehors, et qu'il leur dirait ensuite quelle raison l'empêchait d'entrer ; mais qu'il les suppliait de lui faire apporter quelque chose à manger, de chaud bien entendu, ainsi que de l'orge pour Rossinante. Les deux amis entrèrent, le laissant là, et, peu de moments après, le barbier lui apporta de quoi dîner.

Ensuite, ils se mirent à disserter ensemble sur les moyens qu'il fallait employer pour réussir dans leur projet, et le curé vint à s'arrêter à une idée parfaitement conforme au goût de don Quichotte, ainsi qu'à leur intention. « Ce que j'ai pensé, dit-il au barbier, c'est de prendre le costume d'une damoiselle errante, tandis que vous vous arrangerez le mieux possible en écuyer. Nous irons ensuite trouver don Quichotte ; et puis, feignant d'être une damoiselle affligée et quêtant du secours, je lui demanderai un don, qu'il ne pourra manquer de m'octroyer, en qualité de valeureux chevalier errant, et ce don que je pense réclamer, c'est qu'il m'accompagne où il me plaira de le conduire, pour défaire un tort que m'a fait un chevalier félon. Je le supplierai aussi de ne point me faire lever mon voile, ni de m'interroger sur mes affaires, jusqu'à ce qu'il m'ait rendu raison de ce discourtois chevalier. Je ne doute point que don Quichotte ne se rende à tout ce qui lui sera demandé sous cette forme, et nous pourrons ainsi le tirer de là, pour le ramener au pays, où nous essayerons de trouver quelque remède à son étrange folie. »

CHAPITRE XXVII

Comment le curé et le barbier vinrent à bout de leur dessein, avec d'autres choses dignes d'être rapportées dans cette grande histoire

Le barbier ne trouva rien à redire à l'invention du curé ; elle lui parut si bonne qu'ils la mirent en œuvre sur-le-champ. Ils demandèrent à l'hôtesse de leur prêter une jupe et des coiffes, en lui laissant pour gages une soutane neuve du curé. Le barbier se fit une grande barbe avec une queue de vache, toute rousse, aux poils de laquelle l'hôte accrochait son peigne. L'hôtesse les pria de lui dire pourquoi faire ils demandaient ces nippes. Le curé lui conta en peu de mots la folie de don Quichotte, et comment ils avaient besoin de ce déguisement pour le tirer de la montagne où il était encore abandonné. L'hôtelier et sa femme devinèrent aussitôt que ce fou était leur hôte, le faiseur de baume et le maître de l'écuyer berné : aussi contèrent-ils au curé tout ce qui s'était passé chez eux, sans taire ce que taisait si bien Sancho. Finalement, l'hôtesse accoutra le curé de la plus divertissante manière. Elle lui mit une jupe de drap chamarrée de bandes de velours noir d'un empan de large toute tailladée, avec un corsage de velours vert, garni d'une bordure de satin blanc, corsage et jupe qui devaient avoir été faits du temps du bon roi Wamba [1]. Le curé ne voulut pas permettre qu'on lui mît des coiffes ; mais il se

1. Roi wisigoth du VIIe siècle, devenu aussi populaire dans la tradition orale que, chez nous, Dagobert.

couvrit la tête d'un petit bonnet de toile piquée qu'il portait la nuit pour dormir ; puis il se serra le front avec une large jarretière de taffetas noir, et fit de l'autre une espèce de voile qui lui cachait fort bien la barbe et tout le visage. Par-dessus le tout, il enfonça son chapeau clérical, qui était assez grand pour lui servir de parasol, et, se couvrant les épaules de son manteau, il monta sur sa mule à la manière des femmes, tandis que le barbier enfourchait la sienne, avec une barbe qui lui tombait sur la ceinture, moitié rousse et moitié blanche, car elle était faite de la queue d'une vache rouane [1]. Ils prirent congé de tout le monde, même de la bonne Maritornes, qui promit de réciter un chapelet, bien que pécheresse, pour que Dieu leur donnât bonne chance dans une entreprise si difficile et si chrétienne. Mais le curé n'eut pas plus tôt passé le seuil de l'hôtellerie qu'il lui vint un scrupule à la pensée. Il trouva que c'était mal à lui de s'être accoutré de la sorte, et chose indécente pour un prêtre, bien que ce fût à bonne intention. « Mon compère, dit-il au barbier, en lui faisant part de sa réflexion, changeons de costume, je vous prie ; il est plus convenable que vous fassiez la damoiselle quêteuse ; moi je ferai l'écuyer, et je profanerai moins aussi mon caractère ; si vous refusez, je suis résolu à ne point passer outre, dût le diable emporter don Quichotte. »

Sancho arriva dans ce moment et ne put s'empêcher de rire en les voyant tous deux en cet équipage. Le barbier consentit à tout ce que voulut le curé, et celui-ci, changeant de rôle, se mit à instruire son compère sur la manière dont il fallait s'y prendre et sur les paroles qu'il fallait dire à don Quichotte, pour l'engager et le contraindre à ce qu'il s'en vînt avec eux et laissât le gîte qu'il avait choisi pour sa vaine pénitence. Le barbier répondit que, sans recevoir de leçon, il saurait bien s'acquitter de son rôle. Il ne voulut pas se déguiser pour le moment, préférant attendre qu'ils fussent arrivés près de don Quichotte ; il plia donc ses habits, tandis que le curé ajustait sa barbe, et ils se mirent en route, guidés par Sancho Panza. Celui-ci leur conta, chemin faisant, ce qui était arrivé à son maître et à lui avec le fou qu'ils avaient rencontré dans la montagne, mais en

1. C'est-à-dire avec une robe à poils rouges, alezans et noirs.

cachant toutefois la trouvaille de la valise et de ce qu'elle renfermait ; car, si benêt qu'il fût, le jeune homme n'était pas mal intéressé [1].

Le jour suivant, ils arrivèrent à l'endroit où Sancho avait semé des branches de genêt pour retrouver en quelle place son maître était resté. Dès qu'il l'eut reconnu, il leur dit qu'ils étaient à l'entrée de la montagne, et qu'ils n'avaient qu'à s'habiller, si leur déguisement devait servir à quelque chose pour la délivrance de son seigneur. Ceux-ci, en effet, lui avaient dit auparavant que d'aller ainsi de compagnie et de se déguiser de la sorte était de la plus haute importance pour tirer son maître de la méchante vie à laquelle il s'était réduit. Ils lui avaient en outre recommandé de ne point dire à son maître qui ils étaient, ni qu'il les connût, et que, si don Quichotte lui demandait, comme c'était inévitable, s'il avait remis la lettre à Dulcinée, il répondît que oui, mais que la dame, ne sachant pas lire, s'était contentée de répondre de vive voix qu'elle lui ordonnait, sous peine d'encourir sa disgrâce, de venir, à l'instant même, se présenter devant elle, chose qui lui importait essentiellement. Enfin, ils avaient ajouté qu'avec cette réponse et ce qu'ils pensaient lui dire de leur côté, ils avaient la certitude de le ramener à meilleure vie et de l'obliger à se mettre incontinent en route pour devenir empereur ou monarque ; car il n'y avait plus à craindre qu'il voulût se faire archevêque.

Sancho écouta très attentivement leurs propos, se les mit bien dans la mémoire, et les remercia beaucoup de l'intention qu'ils témoignaient de conseiller à son maître qu'il se fît empereur et non pas archevêque, car il tenait, quant à lui, pour certain qu'en fait de récompenses à leurs écuyers, les empereurs pouvaient plus que les archevêques errants. « Il sera bon, ajouta-t-il, que j'aille en avant retrouver mon seigneur, et lui donner la réponse de sa dame ; peut-être suffira-t-elle pour le tirer de là, sans que vous vous donniez tant de peine. » L'avis de Sancho leur parut bon, et ils résolurent de l'attendre jusqu'à ce qu'il rapportât la nouvelle de la découverte de son maître. Sancho s'enfonça dans les gorges de la montagne, laissant

1. C'est-à-dire cupide.

ses deux compagnons au milieu d'une étroite vallée où courait en murmurant un petit ruisseau et que couvraient d'une ombre rafraîchissante de hautes roches et quelques arbres qui croissaient sur leurs flancs. On était alors au mois d'août, temps où, dans ces parages, la chaleur est grande, et il pouvait être trois heures de l'après-midi. Tout cela rendait le site plus agréable et conviait nos voyageurs à y attendre le retour de Sancho. Ce fut aussi le parti qu'ils prirent. Mais tandis qu'ils étaient tous deux assis paisiblement à l'ombre, tout à coup une voix parvint à leurs oreilles, qui, sans s'accompagner d'aucun instrument, faisait entendre un chant doux, pur et délicat. Ils ne furent pas peu surpris, n'ayant pu s'attendre à trouver dans ce lieu quelqu'un qui chantât de la sorte. En effet, bien qu'on ait coutume de dire qu'on rencontre au milieu des champs et des forêts, et parmi les bergers, de délicieuses voix, ce sont plutôt des fictions de poètes que des vérités [1]. Leur étonnement redoubla quand ils s'aperçurent que ce qu'ils entendaient chanter étaient des vers, non de grossiers gardeurs de troupeaux, mais bien d'ingénieux citadins. Voici, du reste, les vers tels qu'ils les recueillirent :

Qui cause le tourment de ma vie ? le dédain. Et qui augmente mon affliction ? la jalousie. Et qui met ma patience à l'épreuve ? l'absence. De cette manière, aucun remède ne peut être apporté au mal qui me consume, puisque toute espérance est tuée par le dédain, la jalousie et l'absence.

Qui m'impose cette douleur ? l'amour. Et qui s'oppose à ma félicité ? la fortune. Et qui permet mon affliction ? le ciel. De cette manière, je dois appréhender de mourir de ce mal étrange, puisque à mon détriment s'unissent l'amour, la fortune et le ciel.

Qui peut améliorer mon sort ? la mort. Et le bonheur d'amour, qui l'obtient ? l'inconstance. Et ses maux, qui les guérit ? la folie. De cette manière, il n'est pas sage de vouloir guérir une

---

1. Remarque sarcastique qui désidéalise tout le genre pastoral. *La Galatée* d'un certain Cervantès est donc implicitement visée. Dans la Nouvelle exemplaire *Le Colloque des chiens*, Berganza critique de même les conventions de la pastorale au nom de son expérience canine du réel.

passion, quand les remèdes sont la mort, l'inconstance et la folie [1].

L'heure, le temps, la solitude, la belle voix et l'habileté du chanteur, tout causait à la fois à ses auditeurs de l'étonnement et du plaisir. Ceux-ci se tinrent immobiles dans l'espoir qu'ils entendraient encore autre chose. Enfin, voyant que le silence du musicien durait assez longtemps, ils résolurent de se mettre à sa recherche et de savoir qui chantait si bien. Mais, comme ils se levaient, la même voix les retint à leur place en se faisant entendre de nouveau. Elle chantait le sonnet suivant :

Sainte amitié, qui, laissant ton apparence sur la terre, t'es envolée d'une aile légère vers les âmes bienheureuses du ciel, et résides, joyeuse, dans les demeures de l'empyrée ;

De là, quand il te plaît, tu nous montres ton aimable visage couvert d'un voile à travers lequel brille parfois l'ardeur des bonnes œuvres, qui deviennent mauvaises à la fin.

Quitte le ciel, ô amitié, et ne permets pas que l'imposture revête ta livrée, pour détruire l'intention sincère ;

Si tu ne lui arraches tes apparences, bientôt le monde se verra dans la mêlée de la discorde et du chaos.

Ce chant fut terminé par un profond soupir, et les deux auditeurs écoutaient toujours avec la même attention si d'autres chants le suivraient encore. Mais, voyant que la musique s'était changée en plaintes et en sanglots, ils s'empressèrent de savoir quel était le triste chanteur dont les gémissements étaient aussi douloureux que sa voix était délicieuse. Ils n'eurent pas à chercher longtemps : au détour d'une pointe de rocher, ils aperçurent un homme de la taille et de la figure que Sancho leur avait dépeintes quand il leur conta l'histoire de Cardénio. Cet homme, en les voyant, ne montra ni trouble ni surprise ; il s'arrêta et laissa tomber sa tête sur sa poitrine, dans la posture d'une

1. Il n'est pas difficile de discerner dans les strophes de ce poème la répétition d'une structure ternaire, avec trois questions, suivies chacune d'une réponse, et une conclusion nouant ensemble les trois termes des réponses. On a appelé *ovillejo* ce type de poème mis à l'honneur par Cervantès ici-même, mais aussi dans sa nouvelle *L'Illustre Laveuse de vaisselle*. *Ovillo* en castillan signifie « pelote de laine ».

personne qui rêve profondément, sans avoir levé les yeux pour les regarder, si ce n'est la première fois, lorsqu'ils parurent à l'improviste devant lui. Le curé, qui était un homme d'élégante et courtoise parole, l'ayant reconnu au signalement qu'en avait donné Sancho, s'approcha de lui et, comme quelqu'un au fait de sa disgrâce, il le pria, en termes courts mais pressants, de quitter la vie si misérable qu'il menait en ce désert, crainte de l'y perdre enfin, ce qui est, de tous les malheurs, le plus grand. Cardénio se trouvait alors avec tout son bon sens, et libre de ces accès furieux qui le mettaient si souvent hors de lui. Aussi, quand il vit ces deux personnes dans un costume si peu à l'usage de ceux qui fréquentent ces âpres solitudes, il ne laissa pas d'éprouver quelque surprise, surtout lorsqu'il les entendit lui parler de son histoire comme d'une chose à leur connaissance ; car les propos du curé ne lui laissaient pas de doute à cet égard. Il leur répondit en ces termes : « Je vois bien, seigneurs, qui que vous soyez, que le ciel, dans le soin qu'il prend de secourir les bons, et maintes fois aussi les méchants, m'envoie, sans que je mérite cette faveur, en ces lieux si éloignés du commerce des hommes, des personnes qui, retraçant à mes yeux, sous les plus vives images, quelle est ma démence à mener la vie que je mène, essayent de me tirer de cette triste retraite pour me ramener en un meilleur séjour. Mais, comme elles ne savent point ce que je sais, moi, qu'en sortant du mal présent j'aurais à tomber dans un pire, elles doivent sans doute me tenir pour un homme de faible intelligence, et peut-être même privé de tout jugement. Ce ne serait point une chose surprenante qu'il en fût ainsi, car je m'aperçois bien moi-même que le souvenir de mes malheurs est si continuel et si pesant, et qu'il a tant d'influence pour ma perdition, que, sans pouvoir m'en défendre, je reste quelquefois comme une pierre, privé de tout sentiment et de toute connaissance. Il faut bien que je reconnaisse cette vérité, quand on me dit, en m'en montrant les preuves, ce que j'ai fait pendant que ces terribles accès se sont emparés de moi. Alors je ne sais qu'éclater en plaintes inutiles, que maudire sans profit ma mauvaise étoile, et, pour excuse de ma folie, j'en raconte l'origine à tous ceux qui veulent l'entendre. De cette manière, quand les gens sensés apprennent la cause, ils ne s'étonnent plus des effets ; s'ils ne trouvent point de remède à m'offrir, du moins ne trouvent-ils pas de faute à m'imputer, et l'horreur de mes extravagances se change en pitié de mes malheurs. Si vous venez donc, seigneurs, dans la même intention que d'autres sont venus, je vous en supplie, avant de continuer vos sages et véritables conseils, écoutez ma fatale histoire. Peut-être, après l'avoir entendue, vous épargnerez-vous la peine que vous prendriez à consoler une infortune à laquelle est fermée toute consolation. »

Les deux amis, qui ne désiraient autre chose que d'apprendre de sa bouche même la cause de son mal, le prièrent instamment de la leur conter, et lui promirent de ne faire rien de plus qu'il ne voudrait pour le guérir ou le soulager. Le triste chevalier commença donc sa déplorable histoire à peu près dans les mêmes termes et avec les mêmes détails qu'il l'avait déjà contée à don Quichotte et au chevrier, peu de jours auparavant, lorsque, à l'occasion de maître Élisabad, et par la ponctualité de don Quichotte à remplir les devoirs de la chevalerie, le récit, comme on l'a vu, en resta inachevé. Mais à présent un heureux hasard permit que l'accès de furie ne prît point Cardénio, et lui laissât le temps de continuer jusqu'au bout.

Quand il fut arrivé à l'endroit du billet que don Fernand trouva dans un volume d'*Amadis de Gaule* : « J'en ai parfaitement conservé le souvenir, ajouta-t-il, et voici comment il était conçu :

LUSCINDE À CARDÉNIO

Chaque jour je découvre en vous des mérites qui m'obligent à vous estimer davantage. Si donc vous voulez que j'acquitte ma dette, sans que ce soit aux dépens de l'honneur, vous pourrez facilement réussir. J'ai un père qui vous connaît et qui m'aime, lequel, sans contraindre ma volonté, satisfera celle qu'il est juste que vous ayez, s'il est vrai que vous m'estimiez comme vous me le dites, et comme je le crois.

C'est ce billet qui m'engagea à demander la main de Luscinde, comme je vous l'ai conté ; c'est ce billet qui la fit passer, dans l'opinion de don Fernand, pour une des femmes les plus spirituelles et les plus adroites de son temps, et qui fit naître en lui l'envie de me perdre avant que mes désirs fussent comblés. Je confiai à don Fernand que le père de Luscinde exigeait que le mien la lui demandât, et que je n'osais en prier mon père, dans la crainte qu'il ne voulût pas y consentir, non qu'il ne connût parfaitement la qualité, les vertus et les charmes de Luscinde, bien capables d'ennoblir toute autre maison d'Espagne, mais parce que je supposais qu'il ne voudrait point me laisser marier avant de savoir ce que le duc Ricardo voulait faire de moi. Finalement, je lui dis que je ne me hasarderais point à m'ouvrir à mon père, tant à cause de cet obstacle que de plusieurs autres que j'entrevoyais avec effroi, sans savoir quels ils fussent, et seulement parce qu'il me semblait que jamais mes désirs ne seraient satisfaits. À tout cela don Fernand me répondit qu'il se chargeait, lui, de parler à mon père, et de le décider à parler pour moi au père de Luscinde [1]. Traître ami, homme ingrat, perfide et cruel, que t'avait fait cet infortuné qui te découvrait avec tant d'abandon les secrets et les joies de son cœur ? Quelle offense as-tu reçue de moi ? Quelle parole t'ai-je dite, quel conseil t'ai-je donné qui n'eussent pour but unique ton intérêt et ton illustration ? Mais pourquoi me plaindre, hélas ! N'est-ce point une chose avérée que, lorsque le malheur nous vient d'une fatale étoile, comme il se précipite de haut en bas avec une irrésistible violence, il n'y a nulle force sur la terre qui puisse l'arrêter, nulle prudence humaine qui puisse le prévenir ? Qui aurait pu s'imaginer que don Fernand, cavalier de sang illustre et d'esprit distingué, mon obligé par mes services, assez puissant pour obtenir tout ce qu'un désir amoureux lui faisait souhaiter, quelque part qu'il s'adressât, irait se mettre en tête de me ravir, à moi, ma seule brebis, que même je ne possédais pas encore ? Mais laissons de côté ces considérations inutiles, et renouons le fil rompu de ma triste histoire.

« Don Fernand, qui trouvait dans ma présence un obstacle à l'exécution de son infâme dessein, résolut de

1. Viardot a sauté ici une phrase où Cardenio compare don Fernand à toutes sortes de traîtres illustres, Catilina, Sylla et Judas, entre autres.

m'envoyer auprès de son frère aîné ; ce fut sous le prétexte de demander quelque argent à celui-ci, pour payer six chevaux qu'à dessein, et dans le seul but de m'éloigner pour laisser le champ libre à sa perfidie, il avait achetés le jour même qu'il s'offrit de parler à mon père. Pouvais-je, hélas ! prévenir cette trahison ? Pouvait-elle seulement tomber dans ma pensée ? Non, sans doute : au contraire, je m'offris de bon cœur à partir aussitôt, satisfait de ce marché. Dans la nuit, je parlai à Luscinde ; je lui dis ce que nous avions concerté, don Fernand et moi, et j'ajoutai qu'elle eût la ferme espérance de voir combler bientôt nos justes et saints désirs. Elle me répondit, aussi peu défiante que moi de la trahison de don Fernand, que je fisse en sorte de revenir bien vite, parce qu'elle croyait aussi que nos souhaits ne tarderaient à s'accomplir qu'autant que mon père tarderait à parler au sien. Je ne sais ce qui lui prit en ce moment ; mais, comme elle achevait de me dire ce peu de mots, ses yeux se remplirent de larmes, sa voix s'éteignit ; il sembla qu'un nœud qui lui serrait la gorge ne lui laissait plus articuler les paroles qu'elle s'efforçait de me dire encore. Je restai stupéfait de ce nouvel accident, qui jamais ne lui était arrivé. En effet, chaque fois qu'un heureux hasard ou mon adresse nous permettaient de nous entretenir, c'était toujours avec allégresse et contentement, sans que jamais nos entretiens fussent mêlés de pleurs, de soupirs, de jalousies ou de soupçons. Je ne faisais, de mon côté, qu'exalter mon bonheur de ce que le ciel me l'avait donnée pour dame et maîtresse ; je vantais les attraits de sa personne et les charmes de son esprit. Elle, alors, me rendait ingénument la pareille, louant en moi ce que son amour lui faisait paraître digne d'éloge. En plus de tout cela, nous nous contions mille enfantillages, et les aventures de nos voisins ou de nos connaissances ; et jamais ma hardiesse n'allait plus loin qu'à prendre, presque de force, une de ses belles mains blanches, que j'approchais de ma bouche autant que le permettaient les étroits barreaux d'une fenêtre basse par lesquels nous étions séparés. Mais la nuit qui précéda le fatal jour de mon départ, elle pleura, elle gémit et s'en fut, me laissant plein de trouble et d'alarmes, effrayé d'avoir vu chez Luscinde ces nouveaux et tristes témoignages de regret et d'affliction. Toutefois, pour ne pas détruire moi-même mes espérances, j'attribuai tout à la force de l'amour qu'elle me portait et à la douleur que cause toujours l'absence à ceux qui s'aiment avec ardeur. Enfin je partis, triste et pensif, l'âme remplie de soupçons et de frayeurs, sans savoir ce qu'il fallait soupçonner et craindre : manifestes indices du coup affreux qui m'attendait.

« J'arrivai au pays où j'étais envoyé ; je remis les lettres au frère de don Fernand ; je fus bien reçu de lui, mais non pas bien promptement dépêché, car il me fit attendre, à mon grand déplaisir, huit jours entiers, et dans un endroit où le duc ne pût me voir, parce que don Fernand écrivait qu'on lui envoyât de l'argent sans que son père en eût connaissance. Tout cela fut une ruse de perfidie, puisque, l'argent ne manquant pas à son frère, il pouvait m'expédier sur-le-champ. Cet ordre imprévu m'autorisait à lui désobéir, car il me semble impossible de supporter la vie tant de jours en l'absence de Luscinde, surtout l'ayant laissée dans la tristesse que je vous ai dépeinte. Cependant je me résignai à obéir, en bon serviteur, bien que je visse que ce serait aux dépens de mon repos et de ma santé. Au bout de quatre jours, un homme arrive, me cherchant pour me remettre une lettre que je reconnus être de Luscinde à l'écriture de l'adresse. Je l'ouvre, tout saisi d'effroi, pensant bien que quelque grand motif l'avait seul décidée à m'écrire pendant l'absence, car, présente, elle le faisait rarement. Mais avant de lire cette lettre, je demande à l'homme quelle personne la lui avait donnée et quel temps il avait mis à faire le chemin. Il me répond que, passant par hasard dans une rue de la ville vers l'heure de midi, une très belle dame l'avait appelé d'une fenêtre, les yeux baignés de larmes, et qu'elle lui avait dit en grande hâte : "Mon frère, si vous êtes chrétien comme vous le paraissez, je vous supplie, pour l'amour de Dieu, de porter vite, vite, cette lettre au pays et à la personne qu'indique l'adresse, et que tout le monde connaît ; vous ferez une bonne œuvre devant Notre-Seigneur. Et, pour que vous puissiez commodément la faire, prenez ce que contient ce mouchoir." En disant cela, ajouta le messager, elle jeta par la fenêtre un mouchoir où se trouvaient enveloppés cent réaux, cette bague d'or que je porte et cette lettre que vous tenez ; puis, aussitôt, sans attendre ma réponse, elle s'éloigna de la fenêtre après avoir vu pourtant que j'avais ramassé le mouchoir et la lettre, et quand je lui eus dit par signes que je ferais ce qu'elle m'avait prescrit. Me voyant donc si bien payé de la peine que j'allais prendre, et connaissant à l'adresse de la lettre qu'on m'envoyait auprès de vous, seigneur, que je connais bien, Dieu merci ; touché surtout des larmes de cette belle dame, je résolus de ne me fier à personne, et de venir moi-même vous apporter la lettre ; aussi, depuis seize heures qu'elle me l'a donnée, j'ai fait le chemin qui est, vous le savez, de dix-huit lieues.

« Tandis que le reconnaissant messager me donnait ces détails, j'étais, comme on dit, pendu à ses paroles, et les jambes me tremblaient si fort que je pouvais à peine me soutenir. Enfin, j'ouvris la lettre, et je vis qu'elle contenait ce peu de mots :

La parole que vous avait donnée don Fernand de parler à votre père pour qu'il parlât au mien, il l'a remplie plus à son contentement qu'à votre profit. Sachez, seigneur, qu'il a demandé ma main ; et mon père, aveuglé par les avantages qu'il pense qu'a sur vous don Fernand, consent à la lui donner. La chose est tellement sérieuse que, d'ici à deux jours, les fiançailles doivent se faire, mais si secrètement qu'elles n'auront d'autres témoins que le ciel et quelques gens de la maison. En quel état je suis, imaginez-le ; s'il vous importe d'accourir, jugez-en ; et si je vous aime ou non, l'événement vous le fera connaître. Plaise à Dieu que ce billet arrive en vos mains avant que la mienne se voie contrainte de s'unir à celle d'un homme qui sait si mal garder la foi qu'il engage !

« Telles furent en substance les expressions de la lettre. À peine eus-je achevé de la lire que je partis à l'instant même, sans attendre ni argent ni réponse à ma mission, car je reconnus bien alors que ce n'était pas pour acheter des chevaux, mais pour laisser le champ libre à ses désirs, que don Fernand m'avait envoyé à son frère. La juste fureur que je conçus contre cet ami déloyal, et la crainte de perdre un cœur que j'avais gagné par tant d'années d'amour et de soumission, me donnèrent des ailes. J'arrivai le lendemain dans ma ville, juste à l'heure convenable pour entretenir Luscinde. J'entrai secrètement, et je laissai la mule que j'avais montée chez le brave homme qui m'avait apporté la lettre. Un heureux hasard permit que je trouvasse Luscinde à la fenêtre basse si longtemps témoin de nos amours. Elle me reconnut aussitôt, et moi je la reconnus aussi ; mais non point comme elle devait me revoir ni moi la retrouver. Y a-t-il, hélas ! quelqu'un au monde qui puisse se flatter d'avoir sondé l'abîme des confuses pensées et de la changeante condition d'une femme ? Personne assurément. Dès que Luscinde me vit : "Cardénio, me dit-elle, je suis vêtue de mes habits de noces ; déjà m'attendent dans le salon don Fernand le traître et mon père l'ambitieux, avec d'autres témoins, qui seront plutôt ceux de ma mort que de mes fiançailles. Ne te trouble point, ami, mais tâche de te trouver présent à ce sacrifice ; si mes paroles n'ont pas le pouvoir de l'empêcher, un poignard est caché là, qui saura me soustraire à toute violence, qui empêchera que mes forces ne succombent, et qui, en mettant fin à ma vie, mettra le sceau à l'amour que je t'ai voué." Je lui répondis, plein de trouble et de précipitation, craignant de n'avoir plus le temps de me faire entendre : "Que tes œuvres, ô Luscinde, justifient tes paroles ; si tu portes un poignard pour accomplir ta promesse, j'ai là une épée pour te défendre, ou pour me tuer si le sort nous est contraire." Je ne crois pas qu'elle pût entendre tous mes propos, car on vint l'appeler en grande hâte pour la mener où le fiancé l'attendait. Alors, je puis le dire ainsi, le soleil de ma joie se coucha et la nuit de ma tristesse acheva de se fermer ; je demeurai les yeux sans vue et l'intelligence sans raison, ne pouvant ni trouver l'entrée de sa demeure ni me mouvoir d'aucun côté. Mais enfin, considérant combien ma présence importait dans une circonstance si critique et si solennelle, je me ranimai du mieux que je pus, et j'entrai dans la maison. Comme j'en connaissais dès longtemps toutes les issues, j'y pénétrai, sans que personne me vît, à la faveur du trouble et de la confusion qui régnaient ; je parvins à me glisser jusque dans un recoin que formait une fenêtre du salon même et que couvraient de leurs plis deux rideaux en tapisserie, à travers lesquels je pouvais voir, sans être vu, tout ce qui se passait dans l'appartement. Qui pourrait dire à présent quelles alarmes firent battre mon cœur tout le temps que je passai dans cette retraite ! quelles pensées m'assaillirent ! quelles résolutions je formai ! Elles furent telles qu'il est impossible et qu'il serait mal de les redire. Il suffit que vous sachiez que le fiancé entra dans la salle, sans autre parure que ses habits ordinaires. Il avait pour parrain de mariage le cousin germain de Luscinde, et, dans tout l'appartement, il n'y avait personne que les serviteurs de la maison. Un peu après, Luscinde sortit d'un cabinet de toilette, accompagnée de sa mère et de deux suivantes, vêtue et parée comme l'exigeaient sa naissance et sa beauté, et comme l'avait pu faire la perfection de son bon goût. L'égarement où j'étais ne me permit pas de remarquer les détails de son costume ; j'en aperçus seulement les couleurs, qui étaient le rouge et le blanc, et les reflets que jetaient les riches bijoux dont sa coiffure et tous ses habits étaient ornés. Mais rien n'égalait la beauté singulière de ses cheveux blonds, qui brillaient aux yeux d'un éclat plus vif que les pierres précieuses, plus vif que les quatre torches qui éclairaient la salle. Ô souvenir, ennemi mortel de mon repos ! À quoi sert-il de me représenter maintenant les incomparables attraits de cette ennemie adorée ? Ne vaut-il pas mieux, cruel souvenir, que tu me rappelles et me représentes ce qu'elle fit alors, afin qu'un si manifeste outrage me fasse chercher, sinon la vengeance, au moins le terme de ma vie ? Ne vous lassez point, seigneurs, d'entendre les digressions auxquelles je me laisse aller ; mais ma douloureuse histoire n'est pas de celles qui se peuvent conter succinctement, à la hâte ; et chacune de ses circonstances me semble, à moi, digne d'un long discours. »

Le curé lui répondit que non seulement ils ne se lassaient point de l'entendre, mais qu'ils prenaient au contraire grand intérêt à tous ces détails, qui méritaient la même attention que le fond même du récit.

Cardénio continua donc : « Aussitôt, dit-il, que tout le monde fut réuni dans la salle, on fit entrer le curé de la paroisse, lequel prit les deux fiancés par la main, pour faire ce qu'exige une telle cérémonie. Lorsqu'il prononça ces mots sacramentels : "Voulez-vous, madame, prendre le seigneur don Fernand, ici présent, pour votre légitime époux, comme l'ordonne la sainte mère Église ?" je passai toute la tête et le cou hors de la tapisserie, et me mis, d'une oreille attentive et d'une âme troublée, à écouter ce que répondrait Luscinde, attendant de sa réponse l'arrêt de ma mort ou la confirmation de ma vie. Oh ! pourquoi n'ai-je pas alors quitté ma retraite ? Pourquoi ne me suis-je pas écrié : "Luscinde, Luscinde ! vois ce que tu fais, vois ce que tu me dois ; considère que tu es à moi, et ne peux être à un autre ; que prononcer le *oui* et m'ôter la vie, ce sera l'affaire du même instant. Et toi, traître don Fernand, ravisseur de mon bien, meurtrier de ma vie, que veux-tu ? Que prétends-tu ? Ne vois-tu pas que tu ne peux chrétiennement satisfaire tes désirs, puisque Luscinde est ma femme, et que je suis son époux ?" Malheureux insensé ! À présent que je suis loin du péril, je dis bien ce que je devais faire et ce que je ne fis pas ; à présent que j'ai laissé ravir mon plus cher trésor, je maudis vainement le ravisseur, dont j'aurais pu me venger, si j'avais eu autant de cœur pour frapper que j'en ai maintenant pour me plaindre ! Enfin, puisque je fus alors imbécile et lâche, il est juste que je meure maintenant honteux, repentant et insensé. Le curé attendait toujours la réponse de Luscinde, qui resta fort longtemps à la faire ; et, lorsque je pensai qu'elle allait tirer son poignard pour tenir sa promesse, ou délier sa langue pour déclarer la vérité et parler dans mes intérêts, j'entends qu'elle prononce, d'une voix faible et tremblante : *Oui, je le prends*. Don Fernand dit la même parole, lui mit au doigt l'anneau de mariage, et ils furent unis d'un indissoluble nœud [1]. Le marié s'approcha pour embrasser son épouse ; mais elle, posant la main sur son cœur, tomba évanouie dans les bras de sa mère.

« Il me reste à dire maintenant en quel état je me trouvai lorsque, dans ce *oui* fatal, que j'avais entendu, je vis la

1. *Disoluble nudo* dit l'original, ce qui a rendu perplexe plus d'un annotateur : Cardenio voudrait-il dire que la violence faite aux sentiments de Luscinde constitue ce que les théologiens appelleraient un « empêchement dirimant » au mariage ? L'abattement du jeune homme suggère plutôt qu'il croit ce mariage indissoluble. Pour faire dire à « disoluble » son contraire, on s'est appuyé dès lors sur le sens privatif que peut prendre le préfixe *dis-*.

perte de mes espérances, la fausseté des promesses et de la parole de Luscinde, et l'impossibilité de recouvrer, en aucun temps, le bien que cet instant venait de me faire perdre. Je restai privé de sens, me croyant abandonné du ciel et devenu pour la terre un objet d'inimitié ; car l'air ne fournissait plus d'haleine à mes soupirs, ni l'eau de matière à mes larmes ; le feu seul s'était accru, et tout mon cœur brûlait de jalousie et de rage. L'évanouissement de Luscinde avait mis en émoi toute l'assemblée ; et sa mère l'ayant délacée pour lui donner de l'air, on découvrit sur son sein un papier cacheté que don Fernand saisit aussitôt, et qu'il se mit à lire à la lueur d'une des torches. Dès qu'il eut achevé cette lecture, il se jeta sur une chaise et resta la tête appuyée sur sa main, dans la posture d'un homme rêveur, sans se mêler aux soins qu'on prodiguait à sa femme pour la faire revenir de son évanouissement. Pour moi, quand je vis toute la maison dans cette confusion et ce trouble, je me hasardai à sortir, sans me soucier d'être vu, et bien déterminé, dans ce cas, à faire un si sanglant éclat que tout le monde connût la juste indignation qui poussait mon cœur au châtiment du traître, et même à celui de l'inconstante, encore évanouie. Mais mon étoile, qui me réservait sans doute pour de plus grands maux, s'il est possible qu'il y en ait, ordonna que j'eusse alors trop de jugement, elle qui, depuis, m'en a complètement privé. Ainsi, sans vouloir tirer vengeance de mes plus grands ennemis, ce qui m'était facile, puisque nul ne pensait à moi, j'imaginai de la tirer de moi-même et de m'infliger la peine qu'ils avaient méritée ; et sans doute avec plus de rigueur que je n'en aurais exercé contre eux, si je leur eusse en ce moment donné la mort, car celle qui frappe à l'improviste a bientôt terminé le supplice, tandis que celle qui se prolonge en tourments interminables tue perpétuellement sans ôter la vie. Enfin, je m'échappai de cette maison et me rendis chez l'homme où j'avais laissé ma mule. Je la fis aussitôt seller ; et, sans prendre congé de lui, je quittai la ville, n'osant pas, comme un autre Loth, tourner la tête pour la regarder. Quand je me vis seul, au milieu de la campagne, couvert par l'obscurité de la nuit, et invité par son silence à donner cours à mes plaintes, sans crainte d'être écouté ou reconnu, je déliai ma langue et j'éclatai en malédictions contre Luscinde et Fernand, comme si j'eusse ainsi vengé l'outrage que j'avais reçu d'eux. Je m'attachais surtout à elle, lui donnant les noms de cruelle, d'ingrate, de fausse et de parjure, mais par-dessus tout d'intéressée et d'avaricieuse, puisque c'était la richesse de mon ennemi qui avait ébloui ses yeux et lui avait fait préférer celui envers qui la fortune s'était montrée plus libérale de ses dons ; puis, au milieu de la fougue de ces emportements et de ces malédictions, je l'excusais en disant : "Peut-on s'étonner qu'une jeune fille, élevée dans la retraite, auprès de ses parents, accoutumée à leur obéir toujours, ait voulu condescendre à leur désir, lorsqu'ils lui donnaient pour époux un gentilhomme si noble, si riche, si bien fait de sa personne qu'en le refusant elle aurait fait croire ou qu'elle avait perdu l'esprit, ou qu'elle avait déjà donné son cœur, ce qui eût porté une grave atteinte à sa bonne réputation ?" Puis, je revenais au premier sentiment, et me disais : "Pourquoi n'a-t-elle pas dit que j'étais son époux ? On aurait vu qu'elle n'avait pas fait un choix si indigne qu'elle ne pût s'en justifier ; car, avant que don Fernand s'offrît, ses parents eux-mêmes ne pouvaient, s'ils eussent mesuré leur désir sur la raison, souhaiter mieux que moi pour époux de leur fille. Ne pouvait-elle donc, avant de s'engager dans ce dernier et terrible pas, avant de donner sa main, dire qu'elle avait déjà reçu la mienne, puisque je me serais prêté, dans ce cas, à tout ce qu'elle eût voulu feindre ?" Enfin, je me convainquis que peu d'amour, peu de jugement, beaucoup d'ambition et de désirs de grandeur lui avaient fait oublier les promesses dont elle m'avait bercé, trompé et entretenu dans mon honnête et fidèle espoir. Pendant cette agitation et ces entretiens avec moi-même, je cheminai tout le reste de la nuit, et me trouvai, au point du jour, à l'une des entrées de ces montagnes. J'y pénétrai et continuai de marcher devant moi trois jours entiers, sans suivre aucun chemin ; enfin, j'arrivai à une prairie, dont je ne sais trop la situation, et je demandai à des bergers qui s'y trouvaient où était l'endroit le plus désert et le plus âpre de ces montagnes. Ils m'indiquèrent celui-ci, je m'y acheminai aussitôt avec le dessein d'y finir ma vie. En entrant dans cette affreuse solitude, ma mule tomba morte de faim et de fatigue, ou plutôt, à ce que je crois, pour se débarrasser d'une charge aussi inutile que celle qu'elle portait en ma personne. Je restai à pied, accablé de lassitude, exténué de besoin, sans avoir et sans vouloir chercher personne qui me secourût. Après être demeuré de la sorte, je ne sais combien de temps, étendu par terre, je me levai, n'ayant plus faim, et je vis auprès de moi quelques chevriers, ceux qui avaient sans doute pourvu à mes extrêmes besoins. Ils me racontèrent, en effet, comment ils m'avaient trouvé, et comment je leur avais dit tant de niaiseries et d'extravagances que j'annonçais clairement avoir perdu l'esprit. Hélas ! j'ai bien senti moi-même, depuis ce moment, que je ne l'ai pas toujours libre et sain ; mais, au contraire, si affaibli, si troublé que je fais mille folies, déchirant mes habits, parlant tout haut au milieu de ces solitudes, maudissant ma fatale étoile, et répétant sans cesse le nom chéri de mon ennemie, sans avoir alors d'autre intention que celle de laisser exhaler ma vie avec mes cris. Quand je reviens à moi, je me trouve si fatigué, si rendu qu'à peine puis-je me soutenir. Ma plus commune habitation est le creux d'un liège, capable de couvrir ce misérable corps. Les pâtres et les chevriers qui parcourent ces montagnes avec leurs troupeaux, émus de pitié, me donnent ma nourriture, en plaçant des vivres sur les chemins et sur les rochers où ils pensent que je pourrai les trouver en passant ; car, même dans mes accès de démence, la nécessité parle, et l'instinct naturel me donne le désir de chercher à manger, et la volonté de satisfaire ma faim. D'autres fois, à ce qu'ils me disent quand ils me rencontrent en mon bon sens, je m'embusque sur les chemins, et j'enlève de force, quoiqu'ils me les offrent de bon cœur, les provisions que des bergers apportent du village à leurs cabanes. C'est ainsi que je passe le reste de ma misérable vie, jusqu'à ce qu'il plaise au ciel de la conduire à son dernier terme, ou de m'ôter la mémoire, afin que je perde tout souvenir des charmes et du parjure de Luscinde et des outrages de don Fernand. S'il me faisait cette grâce sans m'ôter la vie, je ramènerais sans doute mes pensées vers la droite raison ; sinon, je n'ai plus qu'à le prier de traiter mon âme avec miséricorde, car je ne sens en moi ni le courage ni la force de tirer mon corps des austérités où l'a condamné mon propre choix. Voilà, seigneurs, l'amère histoire de mes infortunes. Dites-moi s'il est possible de la conter avec moins de regret et d'affliction que je ne vous en ai montré ; surtout, ne vous fatiguez point à me vouloir persuader, par vos conseils, ce que la raison vous suggérera pour remédier à mes maux ; ils ne me seraient pas plus utiles que n'est le breuvage ordonné par le médecin au malade qui ne veut pas le prendre. Je ne veux point de guérison sans Luscinde ; et, puisqu'il lui a plu d'appartenir à un autre, étant ou devant être à moi, il me plaît d'appartenir à l'infortune, n'ayant pu être au bonheur. Elle a voulu, par son insouciance, rendre stable ma perdition ; eh bien ! je voudrai, en me perdant, contenter ses désirs. Et l'on dira désormais qu'à moi seul a manqué ce qu'ont pour dernière ressource tous les malheureux, auxquels sert de consolation l'impossibilité même d'être consolés ; c'est au contraire, pour moi, la cause de plus vifs regrets et de plus cruelles douleurs, car j'imagine qu'ils doivent durer même au-delà de la mort. »

Ici, Cardénio termina le long récit de sa triste et amoureuse histoire ; et, comme le curé se préparait à lui adresser quelques mots de consolation, il fut retenu par une voix qui frappa tout à coup leurs oreilles, et qui disait, en plaintifs accents, ce que dira la quatrième partie de cette narration ; car c'est ici que mit fin à la troisième le sage et diligent historien Cid Hamed Ben-Engéli.

CHAPITRE XXVIII

Qui traite de la nouvelle et agréable aventure qu'eurent le curé et le barbier dans la Sierra-Morena

Heureux, trois fois heureux furent les temps où vint au monde l'audacieux chevalier don Quichotte de la Manche ! En effet, parce qu'il prit l'honorable détermination de ressusciter l'ordre presque éteint et mort de la chevalerie errante, nous jouissons maintenant, dans notre âge si nécessiteux de divertissements et de gaieté, non seulement des douceurs de son histoire véridique, mais encore des contes et des épisodes qu'elle renferme, non moins agréables, pour la plupart, non moins ingénieux et véritables que l'histoire elle-même. Celle-ci, poursuivant le fil peigné, retors et dévidé de son récit, raconte qu'au moment où le curé se disposait à consoler de son mieux Cardénio, une voix l'en empêcha, en frappant leurs oreilles de ces tristes accents. « Ô mon Dieu, disait cette voix, est-il possible qu'enfin j'aie trouvé un lieu qui puisse servir de sépulture cachée à ce corps dont je porte si fort contre mon gré la charge pesante ? Oui, je le crois, à moins que la solitude que promettent ces montagnes ne vienne à me manquer aussi. Hélas ! combien ces rochers et ces broussailles, qui me laissent confier par mes plaintes mes malheurs au ciel, me tiendront une plus agréable compagnie que celle d'aucun homme de ce monde, car il n'en est aucun sur la terre de qui l'on puisse attendre un conseil dans les perplexités, un soulagement dans la tristesse, un remède dans les maux ! » Ces tristes propos furent entendus par le curé et ceux qui se trouvaient avec lui ; et, comme il leur parut qu'on les avait prononcés tout près d'eux, ils se levèrent aussitôt pour chercher qui se plaignait de la sorte. Ils n'eurent pas fait vingt pas qu'au détour du rocher ils aperçurent, assis au pied d'un frêne, un jeune garçon, vêtu en paysan, dont ils ne purent alors voir le visage, parce qu'il l'inclinait en se baignant les pieds dans un ruisseau qui coulait en cet endroit. Ils étaient arrivés avec tant de silence que le jeune garçon ne les entendit point ; celui-ci, d'ailleurs, n'était attentif qu'à se laver les pieds, qu'il avait tels qu'on aurait dit deux morceaux de blanc cristal de roche mêlés parmi les autres pierres du ruisseau. Tant de beauté et tant de blancheur les surprirent étrangement, car ces pieds ne leur semblaient pas faits pour fouler des mottes de terre derrière une charrue et des bœufs, comme l'indiquaient les vêtements de l'inconnu. Voyant qu'ils ne s'étaient pas fait entendre, le curé, qui marchait devant, fit signe aux deux autres de se blottir derrière des quartiers de roche qui se trouvaient là. Ils s'y cachèrent tous trois, épiant curieusement le jeune garçon. Celui-ci portait un mantelet à deux pans, serré autour des reins par une épaisse ceinture blanche. Il avait aussi de larges chausses en drap brun et, sur la tête, une *montera* [1] de même étoffe. Ses chausses étaient retroussées jusqu'à la moitié des jambes, qui semblaient, assurément, faites de blanc albâtre. Quand il eut fini de laver ses beaux pieds, il prit, pour se les essuyer, un mouchoir sous sa *montera*, et, voulant soulever sa coiffure, il releva la tête ; alors ceux qui l'observaient eurent occasion de voir une beauté si incomparable que Cardénio dit à voix basse au curé : « Puisque ce n'est pas Luscinde, ce n'est pas non plus une créature humaine. » Le jeune homme ôta sa *montera*, et, secouant la tête d'un et d'autre côté, il fit tomber et déployer des cheveux dont ceux du soleil même devaient être jaloux. Alors nos trois curieux reconnurent que celui qu'ils avaient pris pour un paysan était une femme, jeune et délicate, la plus belle qu'eussent encore vue les yeux des deux amis de don Quichotte, et même ceux de Cardénio, s'il n'eût pas connu Luscinde, car il affirma depuis que la seule

1. Sorte de bonnet.

beauté de Luscinde pouvait le disputer à celle-là. Ces longs et blonds cheveux non seulement lui couvrirent les épaules, mais la cachèrent tout entière sous leurs tresses épaisses, tellement que de tout son corps on n'apercevait plus que ses pieds. Pour les démêler, elle n'employa d'autre peigne que les doigts des deux mains, telles que, si les pieds avaient paru dans l'eau des morceaux de cristal, les mains ressemblaient dans les cheveux à des flocons de neige. Tout cela redoublant l'admiration des trois spectateurs et leur désir de savoir qui elle était, ils résolurent enfin de se montrer. Mais, au mouvement qu'ils firent en se levant, la belle jeune fille tourna la tête et, séparant avec ses deux mains les cheveux qui lui couvraient le visage, elle regarda d'où partait le bruit. Dès qu'elle eut aperçu ces trois hommes, elle se leva précipitamment ; puis, sans prendre le temps de se chausser et de rassembler ses cheveux, elle saisit un petit paquet de hardes qui se trouvait près d'elle et se mit à fuir, pleine de trouble et d'effroi. Mais elle n'eut pas fait quatre pas que, ses pieds délicats ne pouvant souffrir les aspérités des rocailles, elle se laissa tomber par terre. À cette vue, les trois amis accoururent auprès d'elle, et le curé, prenant le premier la parole : « Arrêtez-vous, madame, lui dit-il ; qui que vous soyez, sachez que nous n'avons d'autre intention que de vous servir. Ainsi n'essayez pas vainement de prendre la fuite ; vos pieds ne sauraient vous le permettre, et nous ne pouvons nous-mêmes y consentir. » À ces propos elle ne répondit mot, stupéfaite et confuse. Ils s'approchèrent, et le curé, la prenant par la main, continua de la sorte : « Ce que nous cachent vos habits, madame, vos cheveux nous l'ont découvert ; clairs indices que ce ne sont pas de faibles motifs qui ont travesti votre beauté sous ce déguisement indigne d'elle, et qui vous ont amenée au fond de cette solitude, où nous sommes heureux de vous trouver, sinon pour donner un remède à vos maux, au moins pour vous offrir des conseils. Aucun mal, en effet, ne peut, tant que la vie dure, arriver à cette extrémité que celui qui l'éprouve ne veuille pas même écouter l'avis qui lui est offert avec bonne intention. Ainsi donc, ma chère dame, ou mon cher monsieur, ou ce qu'il vous plaira d'être, remettez-vous de l'effroi que vous a causé notre vue, et contez-nous votre bonne ou mauvaise fortune, sûre qu'en nous tous ensemble, et en chacun de nous, vous trouverez qui vous aide à supporter vos malheurs en les partageant. »

Pendant que le curé parlait ainsi, la belle travestie demeurait interdite et comme frappée d'un charme ; elle les regardait tour à tour, sans remuer les lèvres et sans dire une parole, semblable à un jeune paysan auquel on montre à l'improviste des choses rares et qu'il n'a jamais vues. Enfin, le curé, continuant ses propos affectueux, elle laissa échapper un profond soupir et rompit le silence : « Puisque la solitude de ces montagnes, dit-elle, n'a pu me cacher aux regards, et que mes cheveux en s'échappant ne permettent plus à ma langue de mentir, en vain voudrais-je feindre à présent, et dire ce qu'on ne croirait plus que par courtoisie. Cela posé, je dis, seigneurs, que je vous suis très obligée des offres de service que vous m'avez faites, et qu'elles m'ont mise dans l'obligation de vous satisfaire en tout ce que vous m'avez demandé. Je crains bien, à vrai dire, que la relation de mes infortunes, telle que je vous la ferai, ne vous cause autant de contrariété que de compassion, car vous ne trouverez ni remède pour les guérir ni consolation pour en adoucir l'amertume. Mais néanmoins, pour que mon honneur ne soit pas compromis dans votre pensée, après que vous m'avez reconnue pour femme, que vous m'avez vue jeune, seule et dans cet équipage, toutes choses qui peuvent, ensemble ou séparément, détruire tout crédit d'honnêteté, je me décide à vous dire ce que j'aurais voulu qu'il me fût possible de taire. » Ce petit discours fut adressé tout d'une haleine par cette charmante fille aux trois amis, avec une voix si douce et tant d'aisance de langage que la grâce de son esprit ne leur causa pas moins de surprise que sa beauté. Ils répétèrent leurs offres de service, et lui firent de nouvelles instances pour qu'elle remplît ses promesses ; elle alors, sans se faire prier davantage, après avoir décemment remis sa chaussure et relevé ses cheveux, prit pour siège une grosse pierre, autour de laquelle s'assirent les trois auditeurs ; puis, se faisant violence pour retenir quelques larmes qui lui venaient aux yeux, d'une voix sonore et posée, elle commença ainsi l'histoire de sa vie :

« Dans cette Andalousie qui nous avoisine, est une petite ville dont un duc prend son titre, et qui le met au rang de ceux qu'on appelle grands d'Espagne. Ce duc a deux fils : l'aîné, héritier de ses États, l'est aussi, selon toute apparence, de ses belles qualités ; quant au cadet, je ne sais de quoi il est héritier, si ce n'est des ruses de Ganelon ou des trahisons de Vellido [1]. De ce seigneur mes parents sont vassaux, humbles de naissance, mais tellement pourvus de richesses que, si les biens de la nature eussent égalé pour eux ceux de la fortune, ils n'auraient pu rien désirer davantage, et moi, je n'aurais pas eu non plus à craindre de tomber dans la détresse où je me vois réduite, car tout mon malheur naît peut-être de ce qu'ils n'ont pas eu le bonheur de naître illustres. Il est vrai qu'ils ne sont pas d'extraction si basse qu'ils aient à rougir de leur condition ; mais elle n'est pas si haute non plus qu'on ne puisse m'ôter de la pensée que de leur humble naissance viennent toutes mes infortunes. Ils sont laboureurs enfin, mais de sang pur, sans aucun mélange de race malsonnante, et, comme on dit, vieux chrétiens de la vieille roche ; et si vieux, en effet, que leurs richesses et leur somptueux train de vie leur acquièrent peu à peu le nom d'hidalgos et même de gentilshommes [2]. Cependant la plus grande richesse et la plus grande noblesse dont ils se fissent gloire, c'était de m'avoir pour fille. Aussi, comme ils n'ont pas d'autres enfants pour hériter d'eux, et qu'ils m'ont toujours tendrement chérie, j'étais bien une des filles les plus doucement choyées que jamais choyèrent des parents. J'étais le miroir où ils se miraient, le bâton où s'appuyait leur vieillesse, le but unique où tendaient tous leurs désirs, qu'ils mesuraient sur la volonté du ciel, et dont les miens, en retour de leur bonté, ne s'écartaient sur aucun point. Et de la même manière que j'étais maîtresse de leurs cœurs, je l'étais aussi de leurs biens. C'est moi qui admettais ou congédiais les domestiques, et le compte de

---

1. Vellido Dolfos, rendu responsable par le Romancero de la mort du roi don Sancho à Zamora.

2. Il existait de fait dans l'Espagne du temps de Cervantès une bourgeoisie rurale assez opulente pour parvenir parfois à s'anoblir, grâce à des alliances matrimoniales, et par d'autres voies encore, accessibles aux personnes riches.

tout ce qui était semé ou récolté passait par mes mains. Les moulins d'huile, les pressoirs de vin, les troupeaux de grand et de petit bétail, les ruches d'abeilles, finalement tout ce que peut avoir un riche laboureur comme mon père était remis à mes soins. J'étais le majordome et la dame, et j'en remplissais les fonctions avec tant de sollicitude et de plaisir que je ne saurais parvenir à vous l'exprimer. Les moments de la journée qui me restaient, après avoir donné les ordres aux contremaîtres, aux valets de ferme et aux journaliers, je les employais aux exercices permis et commandés à mon sexe, l'aiguille, le tambour à broder, et le rouet bien souvent. Si, pour me récréer, je laissais ces travaux, je me donnais le divertissement de lire quelque bon livre, ou de jouer de la harpe, car l'expérience m'a fait voir que la musique repose les esprits fatigués et soulage du travail de l'intelligence. Voilà quelle était la vie que je menais dans la maison paternelle ; et si je vous l'ai contée avec tant de détails, ce n'est point par ostentation, pour vous faire entendre que je suis riche, mais pour que vous jugiez combien c'est sans ma faute que je suis tombée de cette heureuse situation au triste état où je me trouve à présent réduite. En vain je passais ma vie au milieu de tant d'occupations, et dans une retraite si sévère qu'elle pourrait se comparer à celle d'un couvent, n'étant vue de personne, à ce que j'imaginais, si ce n'est des gens de la maison, car les jours que j'allais à la messe, c'était de si grand matin, accompagnée de ma mère et de mes femmes, si bien voilée d'ailleurs et si timide qu'à peine mes yeux voyaient plus de terre que n'en foulaient mes pieds. Et néanmoins les yeux de l'amour, ou de l'oisiveté, pour mieux dire, plus perçants que ceux du lynx, me livrèrent aux poursuites de don Fernand. C'est le nom du second fils du duc dont je vous ai parlé. »

À peine ce nom de don Fernand fut-il sorti de la bouche de celle qui racontait son histoire que Cardénio changea de visage et se mit à frémir de tout son corps avec une si visible altération que le curé et le barbier, ayant jeté les yeux sur lui, craignirent qu'il ne fût pris de ces accès de folie dont ils avaient ouï dire qu'il était de temps en temps attaqué. Mais Cardénio, pourtant, ne fit pas autre chose que de suer ou de trembler, sans bouger de place, et d'attacher fixement ses regards sur la belle paysanne, imaginant bien qui elle était. Celle-ci, sans prendre garde aux mouvements convulsifs de Cardénio, continua de la sorte son récit :

« Ses yeux ne m'eurent pas plus tôt aperçue qu'il se sentit, comme il le dit ensuite, enflammé de ce violent amour dont il donna bientôt des preuves. Mais, pour arriver plus vite au terme de l'histoire de mes malheurs, je veux passer sous silence les démarches que fit don Fernand pour me déclarer ses désirs. Il suborna tous les gens de ma maison, il fit mille cadeaux et offrit mille faveurs à mes parents ; les jours étaient de perpétuelles fêtes dans la rue que j'habitais, et, pendant la nuit, les sérénades ne laissaient dormir personne ; les billets en nombre infini qui, sans que je susse comment, parvenaient en mes mains, étaient remplis d'amoureux propos et contenaient moins de syllabes que de promesses et de serments. Tout cela, cependant, loin de m'attendrir, m'endurcissait, comme s'il eût été mon plus mortel ennemi et que tous les efforts qu'il faisait pour me séduire, il les eût faits pour m'irriter. Ce n'est pas que je ne reconnusse tout le mérite personnel de don Fernand, et que je tinsse à outrage les soins qu'il me rendait ; j'éprouvais, au contraire, je ne sais quel contentement à me voir estimée et chérie par un si noble cavalier, et je n'avais nul déplaisir à lire mes louanges dans ses lettres ; car il me semble qu'à nous autres femmes, quelque laides que nous soyons, il est toujours doux de nous entendre appeler jolies. Mais ce qui m'empêchait de fléchir, c'était le soin de mon honneur, c'étaient les continuels conseils que me donnaient mes parents, lesquels avaient bien facilement découvert l'intention de don Fernand, qui ne se mettait d'ailleurs point en peine que tout le monde la connût. Ils me disaient qu'en ma vertu seule reposaient leur honneur et leur considération ; que je n'avais qu'à mesurer la distance qui me séparait de don Fernand pour reconnaître que ses vues, bien qu'il dît le contraire, se dirigeaient plutôt vers son plaisir que vers mon intérêt ; ils ajoutaient que, si je voulais y mettre un obstacle et l'obliger à cesser ses offensantes poursuites, ils étaient prêts à me marier sur-le-champ avec qui je voudrais choisir, non seulement dans notre ville, mais dans celles des environs, puisqu'on pouvait tout espérer de leur grande fortune et de ma bonne renommée. Ces promesses et leurs avis, dont je sentais la justesse, fortifiaient si bien ma résolution que jamais je ne voulus répondre à don Fernand un mot qui pût lui montrer, même au loin, l'espérance de voir ses prétentions satisfaites. Toutes ces précautions de ma vigilance, qu'il prenait sans doute pour des dédains, durent enflammer davantage ses coupables désirs ; c'est le seul nom que je puisse donner à l'amour qu'il me témoignait, car, s'il eût été ce qu'il devait être, je n'aurais pas eu l'occasion de vous en parler à cette heure. Finalement, don Fernand apprit que mes parents cherchaient à m'établir, afin de lui ôter l'espoir de me posséder, ou du moins que j'eusse plus de gardiens pour me défendre. Cette nouvelle ou ce soupçon suffirent pour lui faire entreprendre ce que je vais vous raconter [1].

« Une nuit, j'étais seule dans mon appartement, sans autre compagnie que celle d'une femme de chambre, ayant eu soin de bien fermer les portes, dans la crainte que la moindre négligence ne mît mon honneur en péril. Tout à coup, sans pouvoir imaginer comment cela se fit, au milieu de tant de précautions, dans la solitude et le silence de ma retraite, tout à coup il parut devant moi. Cette vue me troubla de manière qu'elle m'ôta la lumière des yeux et la parole de la langue ; je ne pus pas même jeter des cris pour appeler au secours, et je crois qu'il ne m'aurait pas laissé le temps de crier, car aussitôt il s'approcha de moi, et, me prenant dans ses bras, puisque je n'avais pas la force de me défendre, tant j'étais troublée, il se mit à me tenir de tels propos que je ne sais comment le mensonge peut être assez habile pour les arranger de manière à les faire croire des vérités. Le traître faisait d'ailleurs en sorte que les larmes donnassent crédit à ses paroles, et les soupirs à ses intentions. Moi, pauvre enfant, seule parmi les miens, et sans expérience de semblables rencontres, je commençai, ne sachant comment, à tenir pour vraies toutes ces faussetés, non de façon, cependant, qu'elles me

1. Toute la scène qui suit a été censurée par l'Inquisition portugaise en 1624. Par crainte que d'autres jeunes filles n'imitent l'exemple de Dorothée, au vu de sa réussite finale ?

donnassent plus qu'une simple compassion pour ses soupirs et ses pleurs. Aussi, revenant un peu de ma première alarme, je retrouvai mes esprits éperdus, et je lui dis avec plus de courage que je n'avais cru pouvoir en conserver : "Si, comme je suis dans vos bras, Seigneur, j'étais entre les griffes d'un lion furieux, et qu'il fallût, pour m'en délivrer avec certitude, faire ou dire quelque chose au détriment de ma vertu, il ne me serait pas plus possible de le faire ou de le dire qu'il n'est possible que ce qui a été ne fût pas. Ainsi donc, si vous tenez mon corps enserré dans vos bras, moi, je tiens mon âme retenue par mes bons sentiments, qui sont aussi différents des vôtres que vous le verriez s'il vous convenait d'user de violence pour les satisfaire. Je suis votre vassale, mais non votre esclave : la noblesse de votre sang ne vous donne pas le droit de mépriser, de déshonorer l'humilité du mien ; et je m'estime autant, moi paysanne et vilaine, que vous gentilhomme et seigneur. Vos forces n'ont aucune prise sur moi, ni vos richesses aucune influence ; vos paroles ne peuvent me tromper, ni vos soupirs et vos larmes m'attendrir. Mais, si je voyais quelqu'une des choses que je viens d'énumérer dans celui que mes parents me donneraient pour époux, alors ma volonté se plierait à la sienne et lui serait vouée à jamais. De manière que, même à contre-cœur, pourvu que mon honneur fût intact, je vous livrerais volontairement, seigneur, ce que vous voulez maintenant m'arracher par la violence. C'est vous dire que jamais personne n'obtiendra de moi la moindre faveur qu'il ne soit mon légitime époux. – S'il ne faut que cela pour te satisfaire, me répondit le déloyal chevalier, vois, charmante Dorothée (c'est le nom de l'infortunée qui vous parle), je t'offre ma main, et je jure d'être ton époux, prenant pour témoins de mon serment les cieux, auxquels rien n'est caché, et cette sainte image de la mère de Dieu, que voilà devant nous." »

Au moment où Cardénio l'entendit se nommer Dorothée, il fut repris de ses mouvements convulsifs, et acheva de se confirmer dans la première opinion qu'il avait eue d'elle. Mais, ne voulant pas interrompre l'histoire dont il prévoyait et savait presque la fin, il lui dit seulement : « Quoi ! madame, Dorothée est votre nom ? J'ai ouï parler d'une personne qui le portait, et dont les malheurs vont de pair avec les vôtres. Mais continuez votre récit : un temps viendra où je vous dirai des choses qui ne vous causeront pas moins d'étonnement que de pitié. » À ces propos de Cardénio, Dorothée jeta les yeux sur lui, considéra son étrange et misérable accoutrement, puis le pria, s'il savait quelque chose qui la concernât, de le dire aussitôt. « Tout ce que la fortune m'a laissé, ajouta-t-elle, c'est le courage de souffrir et de résister à quelque désastre qui m'atteigne, bien assurée qu'il n'en est aucun dont mon infortune puisse s'accroître. – Je n'aurais pas perdu un instant, madame, à vous dire ce que je pense, répondit Cardénio, si j'étais sûr de ne pas me tromper dans mes suppositions ; mais l'occasion de les dire n'est pas venue, et il ne vous importe nullement encore de les connaître. – Comme il vous plaira, reprit Dorothée ; je reviens à mon histoire.

« Don Fernand, saisissant une image de la Vierge, qui se trouvait dans ma chambre, la plaça devant nous pour témoin de nos fiançailles, et m'engagea, sous les serments les plus solennels et les plus formidables, sa parole d'être mon mari. Cependant, avant qu'il achevât de les prononcer, je lui dis qu'il prît bien garde à ce qu'il allait faire ; qu'il considérât le courroux que son père ne manquerait pas de ressentir en le voyant épouser une paysanne, sa vassale ; qu'il ne se laissât point aveugler par la beauté que je pouvais avoir, puisqu'il n'y trouverait pas une excuse suffisante de sa faute, et que, si son amour le portait à me vouloir quelque bien, il laissât plutôt mon sort se modeler sur ma naissance ; car jamais des unions si disproportionnées ne réussissent, et le bonheur qu'elles donnent au commencement n'est pas de longue durée. Je lui exposai toutes ces raisons que vous venez d'entendre, et bien d'autres encore dont je ne me souviens plus ; mais elles ne purent l'empêcher de poursuivre son dessein, de la même manière que celui qui emprunte, pensant ne pas payer, ne regarde guère aux conditions du contrat. Dans ce moment, je fis à part moi un rapide discours et je me dis à moi-même : “Non, je ne serai pas la première que le mariage élève d'une humble à une haute condition ; et don Fernand ne sera pas le premier auquel les charmes de la beauté, ou plutôt une aveugle passion, ait fait prendre une compagne disproportionnée à la grandeur de sa naissance. Puisque je ne veux ni changer le monde, ni faire de nouveaux usages [1], j'aurai raison de saisir cet honneur que m'offre la fortune ; car, dût l'affection qu'il me témoigne ne pas durer au-delà de l'accomplissement de ses désirs, enfin je serai son épouse devant Dieu. Au contraire, si je veux l'éloigner par mes dédains et mes rigueurs, je le vois en un tel état qu'oubliant toute espèce de devoir il usera de violence, et je resterai, non seulement sans honneur, mais sans excuse de la faute que pourra me reprocher quiconque ne saura pas combien j'en suis exempte. Quelles raisons auraient, en effet, le pouvoir de persuader à mes parents et aux autres que ce gentilhomme est entré dans ma chambre sans mon consentement ?" Toutes ces demandes et ces réponses, mon imagination se les fit en un instant ; mais ce qui commença surtout à m'ébranler et à me pousser, sans que je le susse, à ma perdition, ce furent les serments et les imprécations de don Fernand, les témoins qu'il invoquait, les larmes qu'il répandit en abondance, et finalement les charmes de sa bonne mine, qui, soutenus par tant de véritable amour, auraient pu vaincre tout autre cœur aussi libre, aussi sage que le mien. J'appelai la fille qui me servait pour qu'elle se joignit sur la terre aux témoins invoqués dans le ciel ; don Fernand renouvela et confirma ses premiers serments ; il prit de nouveaux saints à témoin ; il se donna mille malédictions s'il ne remplissait point sa promesse ; ses yeux se mouillèrent encore de larmes, sa bouche s'enflamma de soupirs ; il me serra davantage entre ses bras, dont je n'avais pu me dégager un seul instant ; enfin, quand ma servante eut de nouveau quitté l'appartement, il mit le comble à mon déshonneur et à sa trahison.

« Le jour qui succéda à la nuit de ma perte ne venait point, à ce que je crois, aussi vite que le souhaitait don Fernand ; car, après avoir assouvi un désir criminel, il n'en est pas de plus vif que celui de s'éloigner des lieux où on l'a satisfait. C'est du moins ce que je pensai quand je vis don Fernand mettre tant de hâte à partir. Cette même ser-

1. À la différence, peut se dire le lecteur, de don Quichotte, moins chanceux que Dorothée dans ses rêves de promotion sociale.

vante qui l'avait amené jusqu'en ma chambre le conduisit hors de la maison, avant que le jour parût. Quand il me fit ses adieux, il me répéta, quoique avec moins d'empressement et d'ardeur qu'à son arrivée, que je fusse tranquille sur sa foi, que je crusse ses serments aussi valables que sincères ; et, pour donner plus de poids à ses paroles, il tira de son doigt un riche anneau qu'il mit au mien. Enfin, il me quitta, et moi, je restai, je ne sais trop si ce fut triste ou gaie. Ce que je puis dire, c'est que je demeurai confuse et rêveuse, et presque hors de moi d'un tel événement, sans avoir le courage ou même la pensée de gronder ma fille de compagnie pour la trahison qu'elle avait commise en cachant don Fernand dans ma propre chambre ; car je ne pouvais encore décider si ce qui venait de m'arriver était un bien ou un mal. J'avais dit à don Fernand, au moment de son départ, qu'il pourrait employer la même voie pour me visiter d'autres nuits secrètement, puisque j'étais à lui, jusqu'à ce qu'il lui convînt de publier notre mariage. Mais il ne revint plus, si ce n'est la nuit suivante, et je ne pus plus le voir, ni dans la rue, ni à l'église, pendant tout un mois que je me fatiguai vainement à le chercher, bien que je susse qu'il n'avait pas quitté la ville et qu'il se livrait la plupart du temps à l'exercice de la chasse, qu'il aimait avec passion. Je sais, hélas ! combien ces jours me parurent longs et ces heures amères ; je sais que je commençai à douter de sa bonne foi, et même à cesser d'y croire ; je sais aussi que ma servante entendit alors les reproches que je ne lui avais pas faits auparavant pour me plaindre de son audace ; je sais enfin qu'il me fallut me faire violence pour retenir mes pleurs et composer mon visage, afin de ne pas obliger mes parents à me demander le sujet de mon affliction, et de ne pas être obligée moi-même de recourir avec eux au mensonge. Mais cet état forcé dura peu. Le moment vint bientôt où je perdis toute patience, où je foulai aux pieds toute considération et toute retenue, où je fis enfin éclater mon courroux au grand jour. Ce fut lorsque, au bout de quelque temps, on répandit chez nous la nouvelle que, dans une ville voisine, don Fernand s'était marié avec une jeune personne d'une beauté merveilleuse et de noble famille, mais pas assez riche, néanmoins, pour avoir pu prétendre, avec sa seule dot, à si haute union. On disait qu'elle se nommait Luscinde, et l'on racontait aussi des choses étranges arrivées pendant la cérémonie des fiançailles. »

Quand il entendit le nom de Luscinde, Cardénio ne fit autre chose que de plier les épaules, froncer le sourcil, se mordre les lèvres, et laisser bientôt couler sur ses joues deux ruisseaux de larmes. Dorothée n'interrompit point pour cela le fil de son histoire, et continua de la sorte : « Cette triste nouvelle arriva promptement jusqu'à moi ; mais, au lieu de se glacer en l'apprenant, mon cœur s'enflamma d'une telle rage qu'il s'en fallut peu que je ne sortisse de la maison et ne parcourusse à grands cris les rues de la ville pour publier l'infâme trahison dont j'étais victime. Mais cette fureur se calma par la pensée qui me vint d'un projet que je mis en œuvre dès la nuit suivante. Je m'habillai de ces vêtements que me donna un domestique de mon père, de ceux qu'on appelle *zagals* [1] chez les laboureurs, auquel j'avais découvert toute ma funeste aventure et que j'avais prié de m'accompagner jusqu'à la ville, où j'espérais rencontrer mon ennemi. Ce zagal, après m'avoir fait des remontrances sur l'audace et l'inconvenance de ma résolution, m'y voyant bien déterminée, s'offrit, comme il le dit, à me tenir compagnie jusqu'au bout du monde. Aussitôt j'enfermai dans un sac de toile un habillement de femme, ainsi que de l'argent et des bijoux pour me servir au besoin, et, dans le silence de la nuit, sans rien dire de mon départ à ma perfide servante, je quittai la maison, accompagnée du zagal et assaillie de mille pensées confuses. Je pris à pied le chemin de la ville ; mais le désir d'arriver me donnait des ailes, afin de pouvoir sinon empêcher ce que je croyais achevé sans retour, au moins demander à don Fernand de quel front il en avait agi de la sorte. J'arrivai en deux jours et demi au but de mon voyage, et, tout en entrant dans la ville, je m'informai de

1. Le terme *zagal*, issu de l'arabe, était couramment employé à l'époque de Cervantès au sens de « jeune berger », « garçon de village », comme traduit César Oudin dans son dictionnaire bilingue. Dès lors on peut se demander pourquoi Dorothée semble mettre le mot entre guillemets (effectivement introduits par certaines éditions pour encadrer le terme). C'est sans doute qu'elle se réfère à un emploi familier, élargi à l'ensemble de la domesticité masculine. « Garçons » en français, « boys » en anglais ne connaissent-ils pas des emplois analogues ?

la maison des parents de Luscinde. Le premier auquel j'adressai cette question me répondit plus que je n'aurais voulu en apprendre. Il m'indiqua leur maison, et me raconta tout ce qui s'était passé aux fiançailles de leur fille, chose tellement publique dans la ville qu'elle faisait la matière de tous les entretiens et de tous les caquets. Il me dit que la nuit où fut célébré le mariage de don Fernand avec Luscinde, celle-ci, après avoir prononcé le *oui* de le prendre pour époux, avait été saisie d'un long évanouissement, et que son époux, l'ayant voulu délacer pour lui donner de l'air, trouva un billet écrit de la main même de Luscinde, où elle déclarait qu'elle ne pouvait être l'épouse de don Fernand, parce qu'elle était celle de Cardénio (un noble cavalier de la même ville, à ce que me dit cet homme), et que, si elle avait donné à don Fernand le *oui* conjugal, c'était pour ne point désobéir à ses parents. Enfin, ce billet faisait entendre, dans le reste de son contenu, qu'elle avait pris la résolution de se tuer à la fin de la cérémonie des épousailles, et donnait les raisons qui l'obligeaient à s'ôter la vie. Cette intention était, dit-on, clairement confirmée d'ailleurs par un poignard qu'on trouva caché sous ses habits de noce. À cette vue, don Fernand, se croyant joué et outragé par Luscinde, se jeta sur elle avant qu'elle fût revenue de son évanouissement et voulut la percer de ce même poignard qu'on avait trouvé dans son sein ; ce qu'il aurait fait si les parents et les assistants ne l'eussent retenu. On ajoute que don Fernand sortit aussitôt et que Luscinde ne revint à elle que le lendemain ; qu'alors elle conta à ses parents comment elle était la véritable épouse de ce Cardénio dont je viens de parler. J'appris encore, d'après les bruits qui couraient, que Cardénio s'était trouvé présent aux fiançailles et que, voyant sa maîtresse mariée, ce qu'il n'avait jamais cru possible, il avait quitté la ville en désespéré, après avoir écrit une lettre où, se plaignant de l'affront que Luscinde lui faisait, il annonçait qu'on ne le verrait plus. Tout cela était de notoriété publique dans la ville, et l'on n'y parlait pas d'autre chose. Mais on parla bien davantage encore quand on sut que Luscinde avait disparu de la maison de son père, et même de la ville, car on l'y chercha vainement ; et ses malheureux parents en perdaient l'esprit, ne sachant quel moyen prendre pour la retrouver. Toutes ces nouvelles ranimèrent un peu mes espérances, et je me crus plus heureuse de n'avoir pas trouvé don Fernand que de l'avoir trouvé marié. Il me sembla, en effet, que mon malheur n'était pas sans remède, et je m'efforçais de me persuader que peut-être le ciel avait mis cet obstacle imprévu au second mariage pour lui rappeler les engagements pris au premier, pour le faire réfléchir à ce qu'il était chrétien, et plus intéressé au salut de son âme qu'à toutes les considérations humaines. Je roulais toutes ces pensées dans ma tête, me consolant sans sujet de consolation, et rêvant de lointaines espérances, pour soutenir une vie que j'ai prise en haine à présent.

« Tandis que je parcourais la ville sans savoir que résoudre, puisque je n'avais pas rencontré don Fernand, j'entendis le crieur public annoncer dans les rues une grande récompense pour qui me trouverait, donnant le signalement de mon âge, de ma taille, des habits dont j'étais vêtue. J'entendis également rapporter, comme un ouï-dire, que le valet qui m'accompagnait m'avait enlevée de la maison paternelle. Ce nouveau coup m'alla jusqu'à l'âme ; je vis avec désespoir à quel degré de flétrissure était tombée ma réputation, puisqu'il ne suffisait pas que je l'eusse perdue par ma fuite, et qu'on me donnait pour complice un être si vil et si indigne de fixer mes pensées. Aussitôt que j'entendis publier ce ban, je quittai la ville, suivie de mon domestique, qui commençait à montrer quelque hésitation dans la fidélité à toute épreuve qu'il m'avait promise. La même nuit, dans la crainte d'être découverts, nous pénétrâmes jusqu'au plus profond de ces montagnes ; mais, comme on dit, un malheur en appelle un autre, et la fin d'une infortune est d'ordinaire le commencement d'une plus grande. C'est ce qui m'arriva ; car dès que mon bon serviteur, jusque-là si sûr et si fidèle, se vit seul avec moi dans ce désert, poussé de sa perversité plutôt que de mes attraits, il voulut saisir l'occasion que semblait lui offrir notre solitude absolue. Sans respect pour moi et sans crainte de Dieu, il osa me tenir d'insolents discours ; et, voyant avec quel juste mépris je repoussais ses impudentes propositions, il cessa les prières dont il avait d'abord essayé et se mit en devoir d'employer la violence.

Mais le ciel, juste et secourable, qui manque rarement d'accorder son regard et son aide aux bonnes intentions, favorisa si bien les miennes que, malgré l'insuffisance de mes forces, je le fis, sans grande peine, rouler dans un précipice, où je le laissai mort ou vif. Aussitôt, et plus rapidement que ma fatigue et mon effroi ne semblaient le permettre, je m'enfonçai dans ces montagnes, sans autre dessein que de m'y cacher et d'échapper à mes parents ou à ceux qu'ils enverraient à ma poursuite. Il y a de cela je ne sais combien de mois. Je rencontrai presque aussitôt un gardien de troupeaux qui me prit pour berger et m'emmena dans un hameau, au cœur de la montagne. Je l'ai servi depuis ce temps, faisant en sorte d'être aux champs tout le jour, pour cacher ces cheveux qui viennent, bien à mon insu, de me découvrir. Mais toute mon adresse et toute ma sollicitude furent vaines à la fin. Mon maître vint à s'apercevoir que je n'étais pas homme et ressentit les mêmes désirs coupables que mon valet. Comme la fortune ne donne pas toujours la ressource à côté du danger, et que je ne trouvais point de précipice pour y jeter le maître après le serviteur, je crus plus prudent de fuir encore et de me cacher une seconde fois dans ces âpres retraites que d'essayer avec lui mes forces ou mes remontrances. Je revins donc chercher, parmi ces rochers et ces bois un endroit où je pusse sans obstacle offrir au ciel mes soupirs et mes larmes, où je pusse le prier de prendre en pitié mes infortunes et de me faire la grâce, ou d'en trouver le terme, ou de laisser ma vie dans ces solitudes, et d'y ensevelir la mémoire d'une infortunée qui a donné si innocemment sujet à la malignité de la poursuivre et de la déchirer. »

CHAPITRE XXIX

Qui traite du gracieux artifice qu'on employa pour tirer notre amoureux chevalier de la rude pénitence qu'il accomplissait

« Telle est, seigneurs, la véritable histoire de mes tragiques aventures. Voyez et jugez maintenant si les soupirs que vous avez entendus s'échapper avec mes paroles, si les larmes que vous avez vues couler de mes yeux n'avaient pas de suffisants motifs pour éclater avec plus d'abondance. En considérant la nature de mes disgrâces, vous reconnaîtrez que toute consolation est superflue, puisque tout remède est impossible. Je ne vous demande qu'une chose, qu'il vous sera facile de m'accorder : apprenez-moi où je pourrai passer ma vie sans être exposée à la perdre à tout instant par la crainte et les alarmes, tant je redoute que ceux qui me cherchent ne me découvrent à la fin. Je sais bien que l'extrême tendresse qu'ont pour moi mes parents me promet d'eux un bon accueil ; mais j'éprouve une telle honte, seulement à penser que je paraîtrais en leur présence autrement qu'ils ne devaient l'espérer, que j'aime mieux m'exiler pour jamais de leur vue plutôt que de lire sur leur visage la pensée qu'ils ne trouvent plus sur le mien la pureté et l'innocence qu'ils attendaient de leur fille. »

Elle se tut en achevant ces paroles, et la rougeur qui couvrit alors son visage fit clairement connaître les regrets et la confusion dont son âme était remplie. Ce fut au fond des leurs que ceux qui avaient écouté le récit de ses infortunes ressentirent l'étonnement et la compassion qu'elle inspirait. Le curé voulait aussitôt lui donner des consolations et des avis, mais Cardénio le prévint : « Quoi, madame ! s'écria-t-il, vous êtes la belle Dorothée, la fille unique du riche Clenardo ! » Dorothée resta toute surprise quand elle entendit le nom de son père et qu'elle vit la chétive apparence de celui qui le nommait, car on sait déjà de quelle manière était vêtu Cardénio. « Qui êtes-vous, mon ami, lui dit-elle, pour savoir ainsi le nom de mon père ? Jusqu'à présent, si j'ai bonne mémoire, je ne l'ai pas nommé une seule fois dans le cours de mon récit. – Je suis, répondit Cardénio, cet infortuné que, suivant vous, madame, Luscinde a dit être son époux ; je suis le malheureux Cardénio, que la perfidie du même homme qui vous a mise en l'état où vous êtes a réduit à l'état où vous me voyez, nu, déchiré, privé de toute consolation sur la terre, et, ce qui est pire encore, privé de raison, car je n'en ai plus l'usage que lorsqu'il plaît au ciel de me l'accorder pour quelques instants. Oui, Dorothée, c'est moi qui fus le témoin et la victime des perversités de don Fernand ; c'est moi qui attendis jusqu'à ce que Luscinde, le prenant pour époux, eût prononcé le *oui* fatal ; mais qui n'eus pas assez de courage pour voir où aboutiraient son évanouissement et la découverte du billet caché dans son sein, car mon âme n'eut pas assez de force pour supporter tant de malheurs à la fois. Je quittai la maison quand je perdis patience, et, laissant à mon hôte une lettre que je le priai de remettre aux mains de Luscinde, je m'en vins dans ce désert avec l'intention d'y finir ma vie, que j'ai détestée depuis lors comme mon ennemie mortelle. Mais le ciel n'a pas voulu me l'ôter, se bornant à m'ôter la raison, et me gardant peut-être pour le bonheur qui m'arrive de vous rencontrer aujourd'hui. Car, si tout ce que vous avez conté est vrai, comme je le crois, il est possible que le ciel ait réservé pour tous deux une meilleure fin que nous ne pensons à nos désastres. S'il est vrai que Luscinde ne peut épouser don Fernand, parce qu'elle est à moi, comme elle l'a hautement déclaré, ni don Fernand l'épouser, parce qu'il est à vous, nous pouvons encore espérer que le ciel nous restitue ce qui nous appartient, puisque ces objets existent, et qu'ils ne sont ni aliénés ni détruits. Maintenant que cette consolation nous reste, non fondée sur de folles rêveries et de chimériques espérances, je vous supplie, madame, de prendre, en vos honnêtes pensées, une résolution nouvelle, telle que je pense la prendre moi-même, et de vous résigner à l'espoir d'un meilleur avenir. Quant à moi, je vous jure, foi de gentilhomme et de chrétien, de ne plus vous abandonner que vous ne soyez rendue à don Fernand. Si je ne pouvais, par le raisonnement, l'amener à reconnaître vos droits, j'userais alors de celui que me donne ma qualité de gentilhomme, pour le provoquer à juste titre au combat, en raison du tort qu'il vous cause, mais sans me rappeler mes propres offenses, dont je laisserai la vengeance au ciel, pour ne m'occuper que de celle des vôtres sur la terre. »

Ce que venait de dire Cardénio accrut tellement la surprise de Dorothée que, ne sachant quelles grâces rendre à de telles offres de service, elle voulut se jeter à ses pieds et les embrasser ; mais Cardénio l'en empêcha. Le bon licencié prit la parole pour tous deux, approuva le sage projet de Cardénio, et leur persuada par ses conseils et ses prières de l'accompagner à son village, où ils pourraient se fournir des choses qui leur manquaient, et prendre un parti pour chercher don Fernand, ramener Dorothée à la maison paternelle, ou faire enfin ce qui semblerait le plus convenable. Cardénio et Dorothée acceptèrent son offre avec des témoignages de reconnaissance. Le barbier, qui jusqu'alors avait écouté sans rien dire, fit aussi son petit discours, et s'offrit d'aussi bonne grâce que le curé à les servir autant qu'il en était capable. Par la même occasion, il conta brièvement le motif qui les avait amenés en cet endroit, ainsi que l'étrange folie de don Quichotte, dont ils attendaient l'écuyer, qu'ils avaient envoyé à sa recherche. Cardénio se ressouvint alors, mais comme en un songe, du démêlé qu'il avait eu avec don Quichotte, et raconta cette aventure, sans pouvoir toutefois indiquer le motif de la querelle. En ce moment, des cris se firent entendre ; le curé et le barbier reconnurent aussitôt la voix de Sancho Panza, qui, ne les trouvant point dans l'endroit où il les avait laissés, les appelait à tue-tête. Ils allèrent tous à sa rencontre et, comme ils lui demandaient avec empressement des nouvelles de don Quichotte, Sancho leur conta comment il l'avait trouvé nu, en chemise, sec, maigre, jaune et mort de faim, mais soupirant toujours pour sa dame Dulcinée. « Je lui ai bien dit, ajouta-t-il, qu'elle lui ordonnait de quitter cet endroit et de s'en aller au Toboso, où elle restait à l'attendre ; il m'a répondu qu'il était décidé à ne point paraître en présence de ses charmes jusqu'à ce qu'il eût fait des prouesses qui le rendissent méritant de ses bonnes grâces. Mais, en vérité, si cela dure encore un peu, mon maître court grand risque de ne pas devenir empereur, comme il s'y est obligé, ni même archevêque, ce qui est bien le moins qu'il puisse faire. Voyez donc, au nom du ciel, comment il faut s'y prendre pour le tirer de là. » Le licencié répondit à Sancho qu'il ne se mît pas en peine, et qu'on saurait bien l'arracher à sa pénitence, quelque dépit qu'il en eût. Aussitôt il conta à Cardénio et à Dorothée le moyen qu'ils avaient imaginé pour la guérison de don Quichotte, ou du moins pour le ramener à la maison. Dorothée s'offrit alors de bonne grâce à jouer elle-même le rôle de la demoiselle affligée, qu'elle remplirait, dit-elle, mieux que le barbier, puisqu'elle avait justement des habits de femme qui lui permettraient de le faire au naturel, ajoutant qu'on pouvait se reposer sur elle du soin de représenter ce personnage comme il convenait au succès de leur dessein, parce qu'elle avait lu assez de livres de chevalerie pour savoir en quel style les damoiselles désolées demandaient un don aux chevaliers errants. « À la bonne heure, donc, s'écria le curé ; il n'est plus besoin que de se mettre à l'œuvre. En vérité, la fortune se déclare en notre faveur ; car, sans penser à vous le moins du monde, madame et seigneur, voilà qu'elle commence par notre moyen à rouvrir une porte à votre espérance, et qu'elle nous fait trouver en vous l'aide et le secours dont nous avions besoin. » Dorothée tira sur-le-champ de son paquet une jupe entière de fine et riche étoffe, ainsi qu'un mantelet de brocart vert, et, d'un écrin, un collier de perles avec d'autres bijoux. En un instant, elle fut parée de manière à passer pour une riche et grande dame. Tous ces ajustements, elle les avait, dit-elle, emportés de la maison de ses parents pour s'en servir au besoin ; mais elle n'avait encore eu nulle occasion d'en faire usage. Ils furent tous enchantés de sa grâce parfaite et de sa beauté singulière, et achevèrent de tenir don Fernand pour un homme de peu de sens, puisqu'il dédaignait tant d'attraits. Mais celui qui éprouvait le plus de surprise et d'admiration, c'était Sancho Panza. Jamais, en tous les jours de sa vie, il n'avait vu une si belle créature. Aussi demanda-t-il avec empressement au curé qui était cette charmante dame, et qu'est-ce qu'elle cherchait à travers ces montagnes. « Cette belle dame, mon ami Sancho, répondit le curé, est tout bonnement, sans que cela paraisse, l'héritière en droite ligne, et de mâle en mâle, du grand royaume de Micomicon [1] ; elle vient à la recherche de votre maître pour le prier de lui octroyer un don, lequel consiste à défaire un tort que lui a fait un déloyal géant ; et c'est au bruit de la renommée de bon chevalier qu'a votre maître sur toute la surface de la terre que cette princesse s'est mise en quête de lui depuis les côtes de Guinée. – Heureuse quête et heureuse trouvaille ! s'écria Sancho transporté, surtout si mon maître est assez chanceux pour venger cette offense et redresser ce tort, en tuant ce méchant drôle de géant que Votre Grâce vient de dire. Et oui, pardieu, il le tuera s'il le rencontre, à moins pourtant que ce ne soit un fantôme ; car, contre les fantômes, mon seigneur est sans pouvoir. Mais, seigneur licencié, je veux, entre autres choses, vous demander une grâce. Pour qu'il ne prenne pas fantaisie à mon maître de se faire archevêque, car c'est là tout ce que je crains, vous ferez bien de lui conseiller de se marier tout de suite avec cette princesse : il se trouvera ainsi dans l'impossibilité de recevoir les ordres épiscopaux, et se décidera facilement à s'en tenir au titre d'empereur, ce qui sera le comble de mes souhaits. Franchement, j'y ai bien réfléchi, et je trouve, tout compté, qu'il ne me convient pas que mon maître soit archevêque ; car enfin je ne suis bon à rien pour l'Église, puisque je suis marié ; et m'en aller maintenant courir après des dispenses pour que je puisse toucher le revenu d'une prébende, ayant, comme je les ai, femme et enfants, ce serait à n'en jamais finir. Ainsi

---

1. *Mico* désignait un singe à longue queue devenu à la mode chez les dames de la Cour comme animal domestique facétieux. Son caractère rusé est passé dans la langue, puisque *dar mico*, encore aujourd'hui, signifie « tromper », « décevoir une attente ». En redoublant le mot, le très imaginatif curé invente un lieu géographique hautement comique, c'est le cas de le dire.

donc, seigneur, tout le joint de l'affaire, c'est que mon maître se marie tout de suite avec cette dame, que je ne peux nommer par son nom, ne sachant pas encore comment elle s'appelle. – Elle s'appelle, répondit le curé, la princesse Micomicona ; car, son royaume s'appelant Micomicon, il est clair qu'elle doit s'appeler ainsi. – Sans aucun doute, reprit Sancho, et j'ai vu bien des gens prendre pour nom de famille et de terre celui du lieu où ils sont nés, s'appelant Pedro de Alcala, ou Juan de Ubéda, ou Diégo de Valladolid ; et ce doit être aussi l'usage, par là en Guinée, que les reines prennent le nom de leur royaume. – C'est probable, répondit le curé ; et, quant au mariage de votre maître, croyez que j'y emploierai toutes les ressources de mon éloquence. » Sancho demeura aussi satisfait de cette promesse que le curé surpris de sa simplicité, en voyant que les contagieuses extravagances de son maître s'étaient si bien nichées dans sa cervelle qu'il croyait très sérieusement le voir devenir empereur quelque beau jour.

Pendant cet entretien, Dorothée s'était mise à cheval sur la mule du curé, et le barbier avait ajusté à son menton la barbe de queue de vache. Ils dirent alors à Sancho de les conduire où se trouvait don Quichotte, mais en l'avertissant bien qu'il ne fît pas semblant de connaître le curé et le barbier, car c'était en cela que consistait tout le prestige pour faire devenir son maître empereur. Pour le curé et Cardénio, ils ne voulurent pas les accompagner, Cardénio dans la crainte que don Quichotte ne se rappelât leur querelle, et le curé parce que sa présence n'était alors d'aucune utilité. Ils les laissèrent prendre les devants, et les suivirent à pied sans presser leur marche. Le curé avait cru prudent d'enseigner à Dorothée comment elle devait s'y prendre ; mais celle-ci lui avait répondu d'être sans crainte à cet égard, et que tout se ferait exactement comme l'exigeaient les descriptions et les récits des livres de chevalerie.

Après avoir fait environ trois quarts de lieue, elle et ses deux compagnons découvrirent don Quichotte au milieu d'un groupe de roches amoncelées, habillé déjà, mais non point armé. Dès que Dorothée l'eut aperçu, et qu'elle eut appris de Sancho que c'était don Quichotte, elle pressa son palefroi, suivi du barbu barbier. En arrivant près de lui, l'écuyer sauta de sa mule et prit Dorothée dans ses bras, laquelle ayant mis pied à terre avec beaucoup d'aisance, alla se jeter à genoux aux pieds de don Quichotte, et, bien que celui-ci fît tous ses efforts pour la relever, elle, sans vouloir y consentir, lui parla de la sorte : « D'ici, je ne me lèverai plus, ô valeureux et redoutable chevalier, que votre magnanime courtoisie ne m'ait octroyé un don, lequel tournera à l'honneur et gloire de votre personne et au profit de la plus offensée et plus inconsolable damoiselle que le soleil ait éclairée jusqu'à présent. Et, s'il est vrai que la valeur de votre invincible bras réponde à la voix de votre immortelle renommée, vous êtes obligé de prêter aide et faveur à l'infortunée qui vient de si lointaines régions, à la trace de votre nom célèbre, vous chercher pour remède à mes malheurs. – Je ne vous répondrai pas un mot, belle et noble dame, répondit don Quichotte, et n'écouterai rien de vos aventures que vous ne soyez relevée de terre. – Et moi, je ne me relèverai point, seigneur, répliqua la damoiselle affligée, avant que, par votre courtoisie, ne me soit octroyé le don que j'implore. – Je vous l'octroie et concède, répondit don Quichotte, pourvu qu'il ne doive pas s'accomplir au préjudice ou au déshonneur de mon roi, de ma patrie et de celle qui tient la clef de mon cœur et de ma liberté. – Ce ne sera ni au préjudice ni au déshonneur de ceux que vous venez de nommer, mon bon seigneur », reprit la dolente damoiselle. Mais, comme elle allait continuer, Sancho s'approcha de l'oreille de son maître et lui dit tout bas : « Par ma foi, seigneur, Votre Grâce peut bien lui accorder le don qu'elle réclame ; c'est l'affaire de rien ; il ne s'agit que de tuer un gros lourdaud de géant ; et celle qui vous demande ce petit service est la haute princesse Micomicona, reine du grand royaume de Micomicon en Éthiopie [1]. – Qui qu'elle soit, répondit don Quichotte, je ferai ce que je suis obligé de faire et ce que me dicte ma conscience, d'accord avec les lois de ma profession. » Puis, se tournant vers la damoiselle : « Que

1. On voit que Sancho, en veine d'invention lui aussi, remplace la Guinée dont il avait été question auparavant par l'Éthiopie, terme vague qui désignait à l'époque la majeure partie de l'Afrique.

votre extrême beauté se lève, lui dit-il ; je lui octroie le don qu'il lui plaira de me demander. – Eh bien donc, s'écria la damoiselle, celui que je vous demande, c'est que votre magnanime personne s'en vienne sur-le-champ avec moi où je la conduirai, et qu'elle me promette de ne s'engager en aucune aventure, de ne s'entremettre en aucune querelle jusqu'à ce qu'elle m'ait vengée d'un traître qui, contre tout droit du ciel et des hommes, tient mon royaume usurpé. – Je répète que je vous l'octroie, reprit don Quichotte ; ainsi, vous pouvez dès aujourd'hui, madame, chasser la mélancolie qui vous oppresse, et faire reprendre courage à votre espérance évanouie. Avec l'aide de Dieu et celle de mon bras, vous vous verrez bientôt de retour dans votre royaume, et rassise sur le trône des grands États de vos ancêtres, en dépit de tous les félons qui voudraient y trouver à redire. Allons donc, la main à la besogne, car c'est, comme on dit, dans le retard que gît le péril. » La nécessiteuse damoiselle fit alors mine de vouloir lui baiser les mains ; mais don Quichotte, qui était en toute chose un galant et courtois chevalier, ne voulut jamais y consentir. Au contraire, il la fit relever et l'embrassa respectueusement ; puis il ordonna à Sancho de bien serrer les sangles à Rossinante, et de l'armer lui-même sans délai. L'écuyer détacha les armes, qui pendaient comme un trophée aux branches d'un chêne, et, après avoir ajusté la selle du bidet, il arma son maître en un tour de main. Celui-ci, se voyant en équipage de guerre, s'écria : « Allons maintenant, avec l'aide de Dieu, prêter la nôtre à cette grande princesse. » Le barbier se tenait encore à genoux, prenant grand soin de ne pas éclater de rire ni de laisser tomber sa barbe, dont la chute aurait pu ruiner de fond en comble leur bonne intention. Quand il vit que le don était octroyé, et avec quelle diligence don Quichotte s'apprêtait à l'aller accomplir, il se leva, prit sa maîtresse de la main qui n'était point occupée, et la mit sur sa mule, avec l'aide du chevalier. Celui-ci enfourcha légèrement Rossinante, et le barbier s'arrangea sur sa monture ; mais le pauvre Sancho resta sur ses pieds, ce qui renouvela ses regrets et lui fit de nouveau sentir la perte du grison. Toutefois, il prenait son mal en patience, parce qu'il lui semblait que son maître était en bonne voie de se faire empereur, n'ayant plus aucun doute qu'il ne se mariât avec cette princesse, et qu'il ne devint ainsi pour le moins roi de Micomicon. Une seule chose le chagrinait : c'était de penser que ce royaume était en terre de nègres, et que les gens qu'on lui donnerait pour vassaux seraient tout noirs. Mais son imagination lui fournit bientôt une ressource, et il se dit à lui-même : « Eh ! que m'importe, après tout, que mes vassaux soient des nègres ? Qu'ai-je à faire, sinon de les emballer et de les charrier en Espagne, où je les pourrai vendre à bon argent comptant ? et de cet argent je pourrai m'acheter quelque titre ou quelque office qui me fera vivre sans souci tout le reste de ma vie et de mes jours. C'est cela ; croyez-vous donc qu'on dorme des deux yeux, et qu'on n'ait ni talent ni esprit pour tirer parti des choses, et pour vendre trente ou dix mille vassaux comme on brûle un fagot de paille ? Ah ! pardieu, petit ou grand, je saurai bien en venir à bout, et les rendre blancs ou jaunes dans ma poche [1], fussent-ils noirs comme l'âme du diable. Venez, venez, et vous verrez si je suce mon pouce [2]. » Plein de ces beaux rêves, Sancho marchait si occupé et si content qu'il oubliait le désagrément d'aller à pied.

Toute cette étrange scène, Cardénio et le curé l'avaient regardée à travers les broussailles, et ne savaient quels moyens prendre pour se réunir au reste de la troupe. Mais le curé, qui était grand trameur d'expédients, imagina bientôt ce qu'il fallait faire pour sortir d'embarras. Avec une paire de ciseaux qu'il portait dans un étui, il coupa fort habilement la barbe à Cardénio, puis il lui mit un mantelet brun dont il était vêtu, ainsi qu'un collet noir, ne gardant pour lui que ses hauts-de-chausses et son pourpoint. Cardénio fut si changé par cette toilette qu'il ne se serait pas reconnu lui-même, se fût-il regardé dans un miroir. Cela fait, et bien que les autres eussent pris les devants pendant qu'ils se déguisaient, les deux amis purent atteindre avant eux le grand chemin, car les roches et les broussailles qui embarrassaient le passage ne permettaient pas aux cavaliers d'aller aussi vite que les piétons. Ceux-ci, ayant une

---

1. C'est-à-dire convertis en monnaies d'argent ou d'or.

2. On dit encore aujourd'hui en Espagne : « *No se chupa el dedo el angelito* » (littéralement, « il ne suce pas son doigt, l'angelot »), pour dire de quelqu'un qu'il n'est pas « un enfant de chœur ».

fois gagné la plaine, s'arrêtèrent à la sortie de la montagne ; et, dès que le curé vit venir don Quichotte suivi de ses compagnons, il se mit à le regarder fixement, montrant par ses gestes qu'il cherchait à le reconnaître ; puis, après l'avoir longtemps examiné, il s'en fut à lui les bras ouverts, et s'écriant de toute la force de ses poumons : « Qu'il soit le bienvenu et le bien trouvé, le miroir de la chevalerie, mon brave compatriote don Quichotte de la Manche, la fleur et la crème de la galanterie, le rempart et l'appui des affligés, la quintessence des chevaliers errants ! » En disant ces mots, il se tenait embrassé au genou de la jambe gauche de don Quichotte, lequel, stupéfait de ce qu'il voyait faire et entendait dire à cet homme, se mit à le considérer avec attention, et le reconnut à la fin. Étrangement surpris de le rencontrer là, don Quichotte fit aussitôt tous ses efforts pour mettre pied à terre ; mais le curé ne voulait pas y consentir : « Eh ! seigneur licencié, s'écria-t-il alors, que Votre Grâce me laisse faire ; il n'est pas juste que je reste à cheval, tandis que Votre Révérence est à pied. – Je ne le souffrirai en aucune manière, répondit le curé ; que Votre Grandeur reste à cheval, puisque c'est à cheval qu'elle affronte les plus grandes aventures et fait les plus merveilleuses prouesses dont notre âge ait eu le spectacle. Pour moi, prêtre indigne, il me suffira de monter en croupe d'une des mules de ces gentilshommes qui cheminent en compagnie de Votre Grâce, s'ils le veulent bien permettre, et je croirai tout au moins avoir pour monture le cheval Pégase, ou le zèbre sur lequel chevauchait ce fameux More Musaraque qui, maintenant encore, gît enchanté dans la grande caverne Zuléma, auprès de la grande ville de Compluto [1]. – Je ne m'en avisais pas, en effet, seigneur licencié, reprit don Quichotte ; mais je suis sûr que madame la princesse voudra bien, pour l'amour de moi, ordonner à son écuyer qu'il cède à Votre Grâce la selle de sa mule, et qu'il s'accommode de la croupe, si tant

1. On n'a trouvé trace nulle part du Maure Musaraque, probablement inventé de toutes pièces par le curé. En revanche Zulema est une montagne proche d'Alcalá de Henares, ville natale de Cervantès, nommée en latin Compluto. La Complutense désigne de nos jours la grande université de Madrid, parce que celle qui avait été fondée à Alcalá par le cardinal Cisneros, au début du XVIe siècle, a été transférée dans la capitale.

est que la bête souffre un second cavalier. – Oui, vraiment, à ce que je crois, répondit la princesse ; mais je sais bien aussi qu'il ne sera pas nécessaire que je donne des ordres au seigneur mon écuyer, car il est si courtois et si fait aux beaux usages de la cour qu'il ne souffrira pas qu'un ecclésiastique aille à pied, pouvant aller à cheval. – Assurément non », ajouta le barbier ; et, mettant aussitôt pied à terre, il offrit la selle au curé, qui l'accepta sans beaucoup de façons. Mais le mal est que c'était une mule de louage, ce qui veut assez dire une méchante bête ; et, quand le barbier voulut monter en croupe, elle leva le train de derrière et lança en l'air deux ruades telles que, si elle les eût appliquées sur l'estomac ou sur la tête de maître Nicolas, il aurait bien pu donner au diable la venue de don Quichotte en ce monde. Ces ruades toutefois l'ébranlèrent si bien qu'il tomba par terre assez rudement, et avec si peu de souci de sa barbe qu'elle tomba d'un autre côté. S'apercevant alors qu'il l'avait perdue, il ne trouva rien de mieux à faire que de se cacher le visage dans les deux mains et de se plaindre que la maudite bête lui avait cassé les mâchoires. Quand don Quichotte vit ce paquet de poils, n'ayant après eux ni chair ni sang, loin du visage de l'écuyer tombé : « Vive Dieu, s'écria-t-il, voici bien un grand miracle ! Elle lui a enlevé et arraché la barbe du menton comme on l'aurait tranchée d'un revers. » Le curé, qui vit le danger que son invention courait d'être découverte, se hâta de ramasser la barbe, et la porta où gisait encore maître Nicolas, qui continuait à jeter des cris étouffés ; puis, lui prenant la tête contre son estomac, il la lui rajusta d'un seul nœud, en marmottant sur lui quelques paroles qu'il dit être un certain charme très propre à faire reprendre une barbe, comme on allait le voir. En effet, dès qu'il eut attaché la queue, il s'éloigna, et l'écuyer se trouva aussi bien portant et aussi bien barbu qu'auparavant. Don Quichotte fut tout émerveillé d'une telle guérison et pria le curé de lui apprendre, dès qu'il en trouverait le temps, les paroles de ce charme, dont la vertu lui semblait devoir s'étendre plus loin qu'à recoller des barbes ; car il était clair que, dans les occasions où les barbes sont arrachées, la chair aussi doit être meurtrie, et que, si le charme guérissait le tout à la fois, il devait servir à la chair comme au poil. Le curé en convint et promit de lui enseigner le charme à la première occasion.

Il fut alors arrêté que le curé monterait seul sur la mule, et que, de loin en loin, le barbier et Cardénio se relayeraient pour prendre sa place, jusqu'à ce qu'on fût arrivé à l'hôtellerie, qui pouvait être à deux lieues de là. Trois étant donc à cheval, à savoir, don Quichotte, le curé et la princesse, et trois à pied, Cardénio, le barbier et Sancho Panza, le chevalier dit à la damoiselle : « Que Votre Grandeur, madame, nous guide maintenant où il lui plaira. » Mais, avant qu'elle répondît, le licencié prit la parole : « Vers quel royaume veut nous guider Votre Seigneurie ? Est-ce, par hasard, vers celui de Micomicon ? C'est bien ce que j'imagine, ou, par ma foi, j'entends peu de chose en fait de royaumes. » Dorothée, dont l'esprit était prêt à tout, comprit bien ce qu'elle devait répondre : « Justement, seigneur, lui dit-elle, c'est vers ce royaume que je me dirige. – En ce cas, reprit le curé, il faut que nous passions au beau milieu de mon village ; de là, Votre Grâce prendra le chemin de Carthagène, où elle pourra s'embarquer à la garde de Dieu ; si le vent est bon, la mer tranquille et le ciel sans tempêtes, en un peu moins de neuf ans, vous serez en vue du grand lac Méona, je veux dire des Palus-Méotides [1], qui sont encore à cent journées de route en deçà du royaume de Votre Grandeur. – Votre Grâce, seigneur, me semble se tromper, répondit-elle, car il n'y a pas deux ans que j'en suis partie, sans avoir eu jamais le temps favorable, et cependant je suis parvenue à rencontrer l'objet de mes désirs, le seigneur don Quichotte de la Manche, dont la renommée a frappé mon oreille dès que j'eus mis le pied sur la terre d'Espagne. C'est le bruit de ses exploits qui m'a décidée à me mettre à sa recherche, pour me recommander à sa courtoisie et confier la justice de ma cause à la valeur de son bras invincible. – Assez, assez, madame, s'écria don Quichotte ; faites trêve à mes louanges ; je suis ennemi de toute espèce de flatterie, et, n'eussiez-vous pas intention, de tels discours néanmoins

1. L'actuelle mer d'Azov, golfe de la mer Noire, se nommait anciennement en latin *Mæotis Palus*. Mais le verbe *mear* en espagnol signifie « uriner ». On voit que le joyeux curé est capable de truculence.

offensent mes chastes oreilles. Ce que je puis vous dire, madame, que j'aie ou non du courage, c'est que celui que j'ai ou que je n'ai pas, je l'emploierai à votre service jusqu'à perdre la vie. Et maintenant, lissant cela pour son temps, je prie le seigneur licencié de vouloir bien me dire quel motif l'a conduit en cet endroit, seul, sans valet, et vêtu tellement à la légère que j'en suis effrayé. – À cette question, je répondrai brièvement, repartit le curé. Vous saurez donc, seigneur don Quichotte, que moi et maître Nicolas, notre ami et notre barbier, nous allions à Séville toucher certaine somme d'argent que vient de m'envoyer un mien parent, qui est passé aux Indes, il y a bien des années ; et vraiment la somme n'est pas à dédaigner, car elle monte à soixante mille piastres de bon aloi ; et, comme nous passions hier dans ces lieux écartés, nous avons été surpris par quatre voleurs de grands chemins qui nous ont enlevé jusqu'à la barbe, et si bien jusqu'à la barbe que le barbier a trouvé bon de s'en mettre une postiche ; et, quant à ce jeune homme qui nous suit (montrant Cardénio), ils l'ont mis comme s'il venait de naître. Ce qu'il y a de curieux, c'est que le bruit court dans tous les environs que ces gens qui nous ont dévalisés sont des galériens qu'a mis en liberté, presque au même endroit, un homme si valeureux qu'en dépit du commissaire et des gardiens il leur a donné à tous la clef des champs. Sans nul doute cet homme avait perdu l'esprit, ou ce doit être un aussi grand scélérat que ceux qu'il a délivrés, un homme, enfin, sans âme et sans conscience, puisqu'il a voulu lâcher le loup au milieu des brebis, le renard parmi les poules et le frelon sur le miel ; il a voulu frustrer la justice, se révolter contre son roi et seigneur naturel, dont il a violé les justes commandements ; il a voulu, dis-je, ôter aux galères les bras qui les font mouvoir ; et mettre sur pied la Sainte-Hermandad, qui reposait en paix depuis longues années ; il a voulu finalement faire un exploit où se perdit son âme sans que son corps eût rien à gagner. »

Sancho avait raconté au curé et au barbier l'aventure des galériens, dont son maître s'était tiré avec tant de gloire, et c'est pour cela que le curé appuyait si fort en la rapportant, afin de voir ce que ferait ou dirait don Quichotte. Le pauvre chevalier changeait de visage à chaque parole et n'osait avouer qu'il était le libérateur de cette honnête engeance. « Voilà, continua le curé, quelles gens nous ont détroussés et mis en cet état. Dieu veuille, en son infinie miséricorde, pardonner à celui qui ne les a pas laissé conduire au supplice qu'ils avaient mérité ! »

CHAPITRE XXX

Qui traite de la finesse d'esprit que montra la belle Dorothée, ainsi que d'autres choses singulièrement divertissantes

Le curé n'avait pas fini de parler que Sancho lui dit : « Par ma foi, seigneur licencié, savez-vous qui a fait cette belle prouesse ? c'est mon maître. Et pourtant je ne m'étais pas fait faute de lui dire, par avance, qu'il prît garde à ce qu'il allait faire, et que c'était un péché mortel que de leur rendre la liberté, puisqu'on les envoyait tous aux galères, comme de fieffés coquins. – Imbécile, s'écria don Quichotte, est-ce, par hasard, aux chevaliers errants à vérifier si les affligés, les enchaînés et les opprimés qu'ils trouvent sur les grands chemins vont en cet état et dans ces tourments pour leurs fautes ou pour leurs mérites ? Ils n'ont rien à faire qu'à les secourir à titre de malheureux, n'ayant égard qu'à leurs misères, et non point à leurs méfaits. J'ai rencontré un chapelet de pauvres diables, tristes et souffrants, et j'ai fait pour eux ce qu'exige le serment de mon ordre : advienne que pourra. Quiconque y trouverait à redire, sauf toutefois le saint caractère du seigneur licencié et sa vénérable personne, je lui dirai qu'il n'entend rien aux affaires de la chevalerie, et qu'il ment comme un rustre malappris ; je le lui ferai bien voir avec la lance ou l'épée, à pied ou à cheval, ou de telle manière qu'il lui plaira. » En disant cela, don Quichotte s'affermit sur ses étriers et enfonça son morion jusqu'aux yeux ; car, pour le plat à barbe, qui était à son compte l'armet de

Mambrin, il le portait pendu à l'arçon de sa selle, en attendant qu'il le remît des mauvais traitements que lui avaient fait essuyer les galériens.

Dorothée, qui était pleine de discrétion et d'esprit, connaissant déjà l'humeur timbrée de don Quichotte, dont elle savait bien que tout le monde se raillait, hormis Sancho Panza, ne voulut point demeurer en reste ; et le voyant si courroucé : « Seigneur chevalier, lui dit-elle, que Votre Grâce ne perde pas souvenance du don qu'elle m'a promis sur sa parole, en vertu de laquelle vous ne pouvez vous entremettre en aucune aventure, quelque pressante qu'elle puisse être. Calmez votre cœur irrité ; car assurément, si le seigneur licencié eût su que c'était à ce bras invincible que les galériens devaient leur délivrance, il aurait mis trois fois le doigt sur sa bouche, et se serait même mordu trois fois la langue, plutôt que de lâcher une parole qui pût causer à Votre Grâce le moindre déplaisir. – Oh ! je le jure, sur ma foi, s'écria le curé, et je me serais plutôt arraché la moustache. – Je me tairai donc, madame, répondit don Quichotte ; je réprimerai la juste colère qui s'était allumée dans mon âme, et me tiendrai tranquille et pacifique jusqu'à ce que j'aie satisfait à la promesse que vous avez reçue de moi. Mais, en échange de ces bonnes intentions, je vous supplie de me dire, si toutefois vous n'y trouvez nul déplaisir, quel est le sujet de votre affliction, quels et combien sont les gens de qui je dois vous donner une légitime, satisfaisante et complète vengeance. – C'est ce que je ferai de bien bon cœur, répondit Dorothée, s'il ne vous déplaît pas d'entendre des malheurs et des plaintes. – Non, sans doute, répliqua don Quichotte. – En ce cas, reprit Dorothée, que Vos Grâces me prêtent leur attention. »

À peine eut-elle ainsi parlé que Cardénio et le barbier se placèrent à côté d'elle, désireux de voir comment la discrète Dorothée conterait sa feinte histoire ; et Sancho fit de même, aussi abusé que son maître sur le compte de la princesse. Pour elle, après s'être bien affermie sur sa selle, après avoir toussé et pris les précautions d'un orateur à son début, elle commença de la sorte, avec beaucoup d'aisance et de grâce :

« Avant tout, mes seigneurs, je veux faire savoir à Vos Grâces qu'on m'appelle… » Ici, elle hésita un moment, ne se souvenant plus du nom que le curé lui avait donné ; mais celui-ci, comprenant d'où partait cette hésitation, vint à son aide et lui dit : « Il n'est pas étrange, madame, que Votre Grandeur se trouble et s'embarrasse dans le récit de ses infortunes. C'est l'effet ordinaire du malheur d'ôter parfois la mémoire à ceux qu'il a frappés, tellement qu'ils oublient jusqu'à leurs propres noms, comme il vient d'arriver à Votre Seigneurie, qui semble ne plus se souvenir qu'elle s'appelle la princesse Micomicona, légitime héritière du grand royaume de Micomicon. Avec cette simple indication, Votre Grandeur peut maintenant rappeler à sa triste mémoire tout ce qu'il lui plaira de nous raconter. – Ce que vous dites est bien vrai, répondit la damoiselle ; mais je crois qu'il ne sera pas désormais nécessaire de me rien indiquer ni souffler, et que je mènerai à bon port ma véridique histoire. La voici donc.

« Le roi mon père, qui se nommait Tinacrio [1] le Sage, fut très versé dans la science qu'on appelle magie. Il découvrit, à l'aide de son art, que ma mère, nommée la reine Xaramilla, devait mourir avant lui, et que lui-même, peu de temps après, passerait de cette vie dans l'autre de sorte que je resterais orpheline de père et de mère. Il disait toutefois que cette pensée ne l'affligeait pas autant que de savoir, de science certaine, qu'un effroyable géant, seigneur d'une grande île qui touche presque à notre royaume, nommé Pantafilando [2] de la Sombre-Vue (car il est avéré que, bien qu'il ait les yeux à leur place, et droits l'un et l'autre, il regarde toujours de travers, comme s'il était louche, ce qu'il fait par malice, pour faire peur à ceux qu'il regarde) ; mon père, dis-je, sut que ce géant, dès qu'il apprendrait que j'étais orpheline, devait venir fondre avec une grande armée sur mon royaume, et me l'enlever tout entier pièce à pièce, sans me laisser le moindre village où je pusse trouver asile ; mais que je pourrais éviter ce malheur et cette ruine si je consentais à me marier avec lui. Du

1. Ce nom est celui d'un mage qui figure dans plusieurs romans de chevalerie, et dit une origine sicilienne, Tinacria étant une appellation poétique de la Sicile.

2. Pandafilando, selon la graphie de l'original, évoque doublement un personnage trompeur, *panda* signifiant dans l'argot de l'époque « arnaque », et *filar*, baratiner.

reste, mon père voyait bien que jamais je ne pourrais me résoudre à un mariage si disproportionné ; et c'était bien la vérité qu'il annonçait ; car jamais il ne m'est venu dans la pensée d'épouser ce géant, ni aucun autre, si grand et si colossal qu'il pût être. Mon père dit aussi qu'après qu'il serait mort, et que je verrais Pantafilando commencer à envahir mon royaume, je ne songeasse aucunement à me mettre en défense, ce qui serait courir à ma perte ; mais que je lui abandonnasse librement la possession du royaume, si je voulais éviter la mort et la destruction totale de mes bons et fidèles vassaux, puisqu'il m'était impossible de résister à la force diabolique de ce géant. Il ajouta que je devais sur-le-champ prendre avec quelques-uns des miens le chemin des Espagnes, où je trouverais le remède à mes maux dans la personne d'un chevalier errant dont la renommée s'étendrait alors dans tout ce royaume et qui s'appellerait, si j'ai bonne mémoire, don Fricote, ou don Gigote… – C'est don Quichotte qu'il aura dit, madame, interrompit en ce moment Sancho Panza, autrement dit le chevalier de la Triste-Figure. – Justement, reprit Dorothée ; il ajouta qu'il devait être haut de stature, sec de visage, et que du côté droit, sous l'épaule gauche, ou près de là, il devait avoir une envie de couleur brune, avec quelques poils en manière de soies de sanglier. – Approche ici, mon fils Sancho, dit aussitôt don Quichotte à son écuyer ; viens m'aider à me déshabiller, car je veux voir si je suis le chevalier qu'annonce la prophétie de ce sage roi. – Et pourquoi Votre Grâce veut-elle se déshabiller ainsi ? demanda Dorothée. – Pour voir si j'ai bien cette envie dont votre père a parlé, répondit don Quichotte. – Il n'est pas besoin de vous déshabiller pour cela, interrompit Sancho ; je sais que Votre Grâce a justement une envie de cette espèce au beau milieu de l'épine du dos, ce qui est un signe de force dans l'homme. – Cela suffit, reprit Dorothée ; entre amis, il ne faut pas y regarder de si près. Qu'elle soit sur l'épaule, qu'elle soit sur l'échine, qu'elle soit où bon lui semble, qu'importe, pourvu que l'envie s'y trouve ? Après tout, c'est là même chair. Sans aucun doute, mon bon père a rencontré juste ; et moi aussi, j'ai bien rencontré en m'adressant au seigneur don Quichotte, qui est celui dont mon père a parlé, car le signalement de son visage concorde avec celui de la grande renommée dont jouit ce chevalier, non seulement en Espagne, mais dans toute la Manche [1].

« En effet, j'étais à peine débarquée à Osuna que j'entendis raconter de lui tant de prouesses qu'aussitôt le cœur me dit que c'était bien celui que je venais chercher. – Mais comment Votre Grâce est-elle débarquée à Osuna, interrompit don Quichotte, puisque cette ville n'est pas un port de mer ? » Avant que Dorothée répondît, le curé prit la parole : « Madame la princesse, dit-il, a sûrement voulu dire qu'après être débarquée à Malaga, le premier endroit où elle entendit raconter de vos nouvelles, ce fut Osuna. – C'est bien cela que j'ai voulu dire, reprit Dorothée. – Et maintenant rien n'est plus clair, ajouta le curé. Votre Majesté peut poursuivre son récit. – Je n'ai plus rien à poursuivre, répondit Dorothée, sinon qu'à la fin ç'a été pour moi une si bonne fortune de rencontrer le seigneur don Quichotte que déjà je me regarde et me tiens pour reine et maîtresse de tout mon royaume ; car, dans sa courtoisie et sa munificence, il m'a octroyé le don de me suivre où il me plairait de le mener, ce qui ne sera pas ailleurs qu'en face de Pantafilando de la Sombre-Vue, pour qu'il lui ôte la vie et me fasse restituer ce que ce traître a usurpé contre tout droit et toute raison. Tout cela doit arriver au pied de la lettre, comme l'a prophétisé Tinacrio le Sage, mon bon père, lequel a également laissé par écrit, en lettres grecques ou chaldéennes (je n'y sais pas lire), que si le chevalier de la prophétie, après avoir coupé la tête au géant, voulait se marier avec moi, je devais, sans réplique, me livrer à lui pour sa légitime épouse, et lui donner la possession de mon royaume en même temps que celle de ma personne. – Eh bien ! que t'en semble, ami Sancho ? dit à cet instant don Quichotte. Ne vois-tu pas ce qui se passe ? Ne te l'avais-je pas dit ? Regarde si nous n'avons pas maintenant royaume à gouverner et reine à épouser ? – J'en jure par ma barbe, s'écria Sancho, et nargue du bâtard qui ne se marierait pas dès qu'il aurait ouvert le gosier au seigneur Pend-au-fil-en-dos. La reine est peut-

1. Inversion comique, puisque la partie est présentée comme plus grande que le tout.

être une laideron, hein ! Que toutes les puces de mon lit ne sont-elles ainsi faites ! » En disant cela, il fit en l'air deux gambades, se frappant le derrière du talon, avec tous les signes d'une grande joie ; puis il s'en fut prendre par la bride la mule de Dorothée, la fit arrêter, et se mettant à genoux devant la princesse, il la supplia de lui donner ses mains à baiser, en signe qu'il la prenait pour sa reine et maîtresse.

Qui des assistants aurait pu s'empêcher de rire, en voyant la folie du maître et la simplicité du valet ? Dorothée, en effet, présenta sa main à Sancho, et lui promit de le faire grand seigneur dans son royaume, dès que le ciel lui aurait accordé la grâce d'en recouvrer la paisible possession. Sancho lui offrit ses remercîments en termes tels qu'il fit éclater de nouveaux rires. « Voilà, seigneur, poursuivit Dorothée, ma fidèle histoire. Je n'ai plus rien à vous dire, si ce n'est que de tous les gens venus de mon royaume à ma suite, il ne me reste que ce bon écuyer barbu : tous les autres se sont noyés dans une grande tempête que nous essuyâmes en vue du port. Lui et moi, nous arrivâmes à terre sur deux planches, et comme par miracle, car tout est miracle et mystère dans le cours de ma vie, ainsi que vous l'aurez observé. Si j'ai dit des choses superflues, si je n'ai pas toujours rencontré aussi juste que je le devais, il faut vous en prendre à ce qu'a dit le seigneur licencié au commencement de mon récit, que les peines extraordinaires et continuelles ôtent la mémoire à ceux qui les endurent. – Elles ne me l'ôteront point à moi, haute et valeureuse princesse, s'écria don Quichotte, quelque grandes et inouïes que soient celles que je doive endurer à votre service. Ainsi, je confirme de nouveau le don que je vous ai octroyé, et je jure de vous suivre au bout du monde, jusqu'à ce que je me voie en face de votre farouche ennemi, auquel j'espère bien, avec l'aide de Dieu et de mon bras, trancher la tête orgueilleuse sous le fil de cette… je n'ose dire bonne épée, grâce à Ginès de Passamont, qui m'a emporté la mienne [1]. » Don Quichotte dit ces derniers

1. Le narrateur aurait dû signaler ce vol de l'épée plus haut, en même temps que celui de l'âne de Sancho. Distraction passagère, ou désinvolture du récit ?

mots entre ses dents, et continua de la sorte : « Après que je lui aurai tranché la tête, et que je vous aurai remise en paisible possession de vos États, vous resterez avec pleine liberté de faire de votre personne tout ce que bon vous semblera ; car, tant que j'aurai la mémoire occupée, la volonté captive et l'entendement assujetti par celle… Je ne dis rien de plus, et ne saurais envisager, même en pensée, le projet de me marier, fût-ce avec l'oiseau phénix. »

Sancho se trouva si choqué des dernières paroles de son maître, et de son refus de mariage que, plein de courroux, il s'écria en élevant la voix : « Je jure Dieu, et je jure diable, seigneur don Quichotte, que Votre Grâce n'a pas maintenant le sens commun ! Comment est-il possible que vous hésitiez à épouser une aussi haute princesse que celle-là ? Pensez-vous que la fortune va vous offrir à chaque bout de champ une bonne aventure comme celle qui se présente ? Est-ce que par hasard Mme Dulcinée est plus belle ? Non, par ma foi, pas même de moitié, et j'ai envie de dire qu'elle n'est pas digne de dénouer les souliers de celle qui est devant nous. J'attraperai, pardieu ! bien le comté que j'attends si Votre Grâce se met à chercher des perles dans les vignes ! Mariez-vous, mariez-vous vite, de par tous les diables, et prenez ce royaume qui vous tombe dans la main comme *vobis*, *vobis* [1] ; et quand vous serez roi, faites-moi marquis, ou gouverneur, et qu'ensuite Satan emporte tout le reste. »

Don Quichotte, qui entendit proférer de tels blasphèmes contre sa Dulcinée, ne put se contenir. Il leva sa pique par le manche et, sans adresser une parole à Sancho, sans lui dire gare, il lui déchargea sur les reins deux coups de bâton tels qu'il le jeta par terre et que, si Dorothée ne lui eût crié de finir, il l'aurait assurément tué sur la place. « Pensez-vous, lui dit-il au bout d'un instant, misérable vilain, qu'il soit toujours temps pour vous de me mettre la main dans l'enfourchure, et que nous n'ayons d'autre chose à faire que vous de pécher et moi de pardonner ! N'en croyez rien, coquin excommunié ; et sans doute tu dois l'être,

---

1. Corruption, explique Jean Canavaggio, de l'expression familière *de bobilis bobilis*, qui signifiait « les doigts dans le nez » ou encore « à l'œil ».

puisque tu as porté la langue sur la sans pareille Dulcinée. Et ne savez-vous plus, maraud, bélître, vaurien, que si ce n'était la valeur qu'elle prête à mon bras, je n'aurais pas la force de tuer une puce ? Dites-moi, railleur à langue de vipère, qui donc pensez-vous qui ait gagné ce royaume, et coupé la tête au géant, et fait de vous un marquis (car tout cela je le donne pour accompli et passé en force de chose jugée), si ce n'est la valeur de Dulcinée, laquelle a pris mon bras pour instrument de ses prouesses ? C'est elle qui combat et qui triomphe en moi ; et moi, je vis et je respire en elle, et j'y puise l'être et la vie. Ô rustre mal né et malappris, que vous êtes ingrat ! On vous lève de la poussière des champs pour vous faire seigneur titré [1], et vous répondez à cette bonne œuvre en disant du mal de qui vous fait du bien ! »

Sancho n'était pas si maltraité qu'il n'eût fort bien entendu tout ce que son maître lui disait. Il se releva le plus promptement qu'il put, alla se cacher derrière le palefroi de Dorothée et, de là, répondit à son maître : « Dites-moi, seigneur, si Votre Grâce est bien décidée à ne pas se marier avec cette grande princesse, il est clair que le royaume ne sera point à vous, et, s'il n'est pas à vous, quelle faveur pouvez-vous me faire ? C'est de cela que je me plains. Croyez-moi, mariez-vous une bonne fois pour toutes avec cette reine, que nous avons ici comme tombée du ciel ; ensuite vous pourrez retourner à Mme Dulcinée ; car il doit s'être trouvé des rois dans le monde qui aient eu, outre leur femme, des maîtresses. Quant à la beauté, je ne m'en mêle pas ; et s'il faut dire la vérité, toutes deux me paraissent assez bien, quoique je n'aie jamais vu Mme Dulcinée. – Comment ? tu ne l'as jamais vue, traître blasphémateur ! s'écria don Quichotte. Ne viens-tu pas à présent de me rapporter une commission de sa part ? – Je veux dire, répondit Sancho, que je ne l'ai pas vue assez à mon aise pour avoir observé ses attraits en détail et l'un après l'autre ; mais comme cela, en masse, elle me semble bien. – À présent, je te pardonne, reprit don Quichotte, et pardonne-moi aussi le petit déplaisir que je t'ai causé ; les

1. Les seigneurs titrés, supérieurs aux *caballeros* dans la hiérarchie nobiliaire espagnole, étaient les comtes, ducs et marquis.

premiers mouvements ne sont pas dans la main de l'homme. – Je le vois bien, répondit Sancho ; mais chez moi le premier mouvement est toujours une envie de parler, et je ne peux m'empêcher de dire une bonne fois ce qui me vient sur la langue. – Avec tout cela, répliqua don Quichotte, prends garde, Sancho, aux paroles que tu dis, car, tant va la cruche à l'eau… Je ne t'en dis pas davantage. – C'est très bien, reprit Sancho, Dieu est dans le ciel qui voit les tricheries, et il jugera entre nous qui fait le plus de mal, ou de moi en ne parlant pas bien, ou de Votre Grâce en n'agissant pas mieux. – Que ce soit fini, interrompit Dorothée ; courez, Sancho, allez baiser la main de votre seigneur, et demandez-lui pardon ; et désormais soyez plus circonspect dans vos éloges et dans vos critiques, et surtout ne parlez jamais mal de cette dame Tobosa, que je ne connais point, si ce n'est pour la servir ; et prenez confiance en Dieu, qui ne vous laissera pas manquer d'une seigneurie où vous puissiez vivre comme un prince. »

Sancho s'en alla, humble et tête basse, demander la main à son seigneur, qui la lui présenta d'un air grave et posé. Quand l'écuyer lui eut baisé la main, don Quichotte lui donna sa bénédiction, et lui dit de le suivre un peu à l'écart, qu'il avait des questions à lui faire et qu'il désirait causer de choses fort importantes. Sancho obéit, et quand ils eurent tous deux pris les devants, don Quichotte lui dit : « Depuis que tu es de retour, je n'ai eu ni le temps ni l'occasion de t'interroger en détail sur l'ambassade que tu as remplie et sur la réponse que tu m'as apportée. Maintenant que la fortune nous accorde cette occasion et ce loisir, ne me refuse pas la satisfaction que tu peux me donner par de si heureuses nouvelles. – Votre Grâce peut demander ce qu'il lui plaira, répondit Sancho ; tout sortira de ma bouche comme il sera entré par mon oreille. Mais, je vous en supplie, ne soyez pas à l'avenir si vindicatif. – Pourquoi dis-tu cela, Sancho ? répliqua don Quichotte. – Je dis cela, reprit-il, parce que les coups de bâton de tout à l'heure me viennent bien plutôt de la querelle que le diable alluma l'autre nuit entre nous deux que de mes propos sur Mme Dulcinée, laquelle j'aime et révère comme une relique, quand même elle ne serait pas bonne à en faire, et seulement parce qu'elle appartient à Votre Grâce. – Ne reprends pas ce sujet, Sancho, par ta vie, répondit don Quichotte ; il me déplaît et me chagrine. Je t'ai pardonné tout à l'heure, et tu sais bien ce qu'on a coutume de dire : à péché nouveau, pénitence nouvelle. »

Tandis qu'ils en étaient là de leur entretien, ils virent venir, le long du chemin qu'ils suivaient, un homme monté sur un âne, lequel, en s'approchant, leur parut être un Bohémien. Mais Sancho Panza, qui ne pouvait voir un âne sans que son âme s'y portât tout entière avec ses yeux, n'eut pas plus tôt aperçu l'homme qu'il reconnut Ginès de Passamont [1], et par le fil du Bohémien il tira le peloton de son âne, et c'était bien, en effet, le grison que Passamont avait pour monture. Celui-ci, pour n'être point reconnu, et pour vendre l'âne à son aise, s'était déguisé sous le costume des Bohémiens, gens dont le jargon lui était familier, aussi bien que d'autres langues qu'il parlait comme la sienne propre. Sancho le vit et le reconnut ; il se mit à lui crier à plein gosier : « Ah ! voleur de Ginésille, laisse mon bien, lâche ma vie, descends de mon lit de repos, rends-moi mon âme, rends-moi ma joie et mon orgueil ; fuis, garnement ; décampe, larron, et restitue ce qui n'est pas à toi. » Il ne fallait ni tant de paroles ni tant d'injures ; car au premier mot, Ginès sauta par terre, et prenant un trot qui ressemblait fort au galop de course, il fut bientôt loin de la compagnie. Sancho courut à son âne, l'embrassa et lui dit : « Eh bien ! comment t'es-tu porté, mon enfant, mon compagnon, cher grison de mes yeux et de mes entrailles ? » Et, tout en disant cela, il le baisait et le caressait comme si c'eût été une personne raisonnable. L'âne se taisait, ne sachant que dire, et se laissait baiser et caresser par Sancho, sans lui répondre une seule parole. Toute la compagnie arriva, et chacun fit compliment à Sancho de ce qu'il avait retrouvé le grison ; don Quichotte, entre autres, qui lui dit qu'il n'annulerait pas pour cela la lettre de change des trois ânons, générosité dont Sancho lui témoigna sa gratitude.

Pendant que le chevalier et l'écuyer s'entretenaient à part, le curé avait complimenté Dorothée sur le tact et

1. Le paragraphe de la rencontre avec Ginés de Passamont est un ajout de la seconde édition.

l'esprit qu'elle avait montrés, aussi bien dans l'invention de son conte que dans sa brièveté, et dans la ressemblance qu'elle avait su lui donner avec les livres de chevalerie. Elle répondit qu'elle s'était fort souvent amusée à en lire, mais que, ne sachant pas aussi bien où étaient les provinces et les ports de mer, elle avait dit à tout hasard qu'elle avait débarqué à Osuna. « Je m'en suis aperçu, reprit le curé, et c'est pour cela que je me suis empressé de dire ce que j'ai dit, et qui a tout réparé. Mais n'est-ce pas une chose étrange que de voir avec quelle facilité ce malheureux gentilhomme donne tête baissée dans toutes ces inventions et dans tous ces mensonges, seulement parce qu'ils ont l'air et le style des niaiseries de ses livres ? – Oui, certes, ajouta Cardénio, c'est une folie tellement bizarre, tellement inouïe que je ne sais si, voulant l'inventer et la fabriquer à plaisir, on trouverait un esprit assez ingénieux pour l'imaginer. – Mais il y a, reprit le curé, une autre chose encore plus étrange ; c'est que, hors des extravagances que dit ce bon gentilhomme à propos de sa monomanie, on n'a qu'à traiter un autre sujet, il va discourir très pertinemment, et montrera une intelligence claire et sensée en toutes choses. De sorte que, si l'on ne touche à la corde de la chevalerie errante, il n'y aura personne qui ne le prenne pour un homme de bon sens et de droite raison. »

CHAPITRE XXXI

De l'exquise conversation qu'eut don Quichotte avec Sancho Panza, son écuyer, ainsi que d'autres aventures

Tandis que ceux-ci s'entretenaient de la sorte, don Quichotte continuait sa conversation avec Sancho. « Ami Panza, lui dit-il, oublions nos querelles, faisons la paix, et dis-moi maintenant, sans garder ni dépit ni rancune, où, quand et comment tu as trouvé Dulcinée. Que faisait-elle ? Que lui as-tu dit ? Que t'a-t-elle répondu ? Quelle mine a-t-elle faite à la lecture de ma lettre ? Qui te l'avait transcrite ? Enfin, tout ce qui te semblera digne, en cette aventure, d'être demandé et d'être su, dis-le-moi, sans faire de mensonges, sans rien allonger pour augmenter mon plaisir, mais aussi sans rien accourcir pour me le diminuer. – Seigneur, s'il faut dire la vérité, personne ne m'a transcrit la lettre, car je n'en ai pas porté du tout. – C'est comme tu le dis, reprit don Quichotte ; car, deux jours après ton départ, j'ai trouvé le livre de poche où je l'avais écrite, ce qui me causa une peine extrême, ne sachant ce que tu allais faire quand tu te verrais sans la lettre ; et je croyais toujours que tu reviendrais la chercher dès que tu te serais aperçu qu'elle te manquait. – C'est bien ce que j'aurais fait, répondit Sancho, si je ne l'avais apprise par cœur quand Votre Grâce m'en fit la lecture, de manière que je la récitai à un sacristain, qui me la transcrivit de mémoire sur le papier, si bien mot pour mot qu'il me dit qu'en tous les jours de sa vie, et bien qu'il eût vu force billets d'enterrement [1], il n'avait jamais lu si gentille lettre que celle-là. – Et la sais-tu encore par cœur, Sancho ? demanda don Quichotte. – Non, seigneur, répondit Sancho ; car, dès que je l'eus donnée au sacristain, comme je vis qu'il ne me servait à rien de la retenir, je me mis à l'oublier. Si quelque chose m'en est resté dans la mémoire, c'est le commencement, la *souterraine*, je veux dire la *souveraine dame*, et la fin, *à vous jusqu'à la mort, le chevalier de la Triste-Figure*. Et, entre ces deux choses, j'ai mis plus de trois cents âmes, vies et beaux yeux.

– Tout ceci ne me déplaît pas, reprit don Quichotte ; continue ton récit. Quand tu es arrivé près d'elle, que faisait cette reine de beauté ? À coup sûr, tu l'auras trouvée enfilant un collier de perles, ou brodant avec un fil d'or quelque devise amoureuse pour ce chevalier son captif. – Je l'ai trouvée, répondit Sancho, qui vannait deux setiers [2] de blé dans sa basse-cour. – Eh bien ! reprit don Quichotte, tu peux compter que, touchés par ses mains, les grains de ce blé se convertissaient en grains de perles. Mais as-tu fait attention si c'était du pur froment, bien lourd et bien brun ? – Ce n'était que du seigle blond, répliqua Sancho. – Je t'assure pourtant, reprit don Quichotte, qu'après avoir été vanné par ses mains, ce seigle aura fait du pain de fine fleur de froment. Mais passons outre. Quand tu lui as donné ma lettre, l'a-t-elle baisée ? L'a-t-elle élevée sur sa tête [3] ? A-t-elle fait quelque cérémonie digne d'une telle épître ? Qu'a-t-elle fait enfin ? – Au moment où j'allais la lui remettre, répondit Sancho, elle était dans toute la fougue de son opération, et secouait une bonne poignée de blé qui remplissait son van ; alors elle me dit : "Mon garçon, mettez cette lettre sur ce sac ; je ne pense pas la lire que je n'aie fini de vanner tout ce qui est là." – Ô discrète [4] personne ! s'écria

1. L'original parle en fait de « lettres d'excommunication », sinistre pratique inquisitoriale ou épiscopale, qui consistait à faire lire par un sacristain lors de la grand-messe le document séparant de la communauté tel ou tel paroissien convaincu d'hérésie.

2. Setier : mesure de capacité pour les grains.

3. On a déjà rencontré plus haut ce signe de respect envers un document royal ou pontifical. Voir p. 55, note 3.

4. Au sens ancien de : dotée de discernement, avisée, spirituelle.

don Quichotte, c'était pour la lire à son aise et en savourer toutes les expressions. Continue, Sancho. Pendant qu'elle achevait sa tâche, quel entretien eûtes-vous ensemble ? Quelles questions te fit-elle à mon sujet ? Et que lui répondis-tu ? Achève, enfin, conte-moi tout, sans me faire tort d'une syllabe. – Elle ne m'a rien demandé, répliqua Sancho ; mais moi, je lui ai dit de quelle manière Votre Grâce était restée à faire pénitence pour son service, que vous étiez nu de la ceinture au cou, perdu au fond des montagnes et des rochers, comme un vrai sauvage, couchant sur la terre, sans manger pain sur table, et sans vous peigner la barbe, mais pleurant, soupirant et maudissant votre fortune. – En disant que je maudissais ma fortune, tu as mal dit, reprit don Quichotte ; car, au contraire, je la bénis et la bénirai tous les jours de ma vie, de ce qu'elle m'a rendu digne de mériter d'aimer une aussi grande dame que Dulcinée du Toboso. – Elle est si grande, en effet, répondit Sancho, qu'en bonne conscience elle me passe la tête de trois doigts. – Mais comment le sais-tu, Sancho ? reprit don Quichotte ; tu t'es donc mesuré avec elle ? – Je me suis mesuré de cette façon, répondit Sancho, qu'en m'approchant pour l'aider à charger un sac de blé sur un âne, nous nous trouvâmes si près l'un de l'autre que je pus bien voir qu'elle avait la tête de plus que moi. – Mais n'est-il pas vrai, ajouta don Quichotte, qu'elle accompagne et pare cette grandeur du corps par un million de grâces de l'esprit ? Il est une chose, du moins, que tu ne me nieras pas, Sancho : quand tu t'es approché tout près d'elle, n'as-tu pas senti une odeur exquise, un parfum d'aromates, je ne sais quoi de doux et d'embaumé, une exhalaison délicieuse, comme si tu eusses été dans la boutique d'un élégant parfumeur ? – Tout ce que je puis dire, répondit Sancho, c'est que j'ai senti une petite odeur un peu hommasse, et c'était sans doute parce qu'à force d'exercice elle suait à grosses gouttes. – Ce n'est pas cela, répliqua don Quichotte ; c'est que tu étais enrhumé du cerveau, ou bien tu te sentais toi-même ; car je sais, Dieu merci, ce que sent cette rose parmi les épines, ce lis des champs, cet ambre délayé. – Ça peut bien être, répondit Sancho, car souvent je sens sortir de moi cette même odeur qui me semblait s'échapper de Sa Grâce Mme Dulcinée.

Mais il n'y a pas de quoi s'étonner, un diable et un diable se ressemblent.

– Eh bien, continua don Quichotte, maintenant qu'elle a fini de nettoyer son blé et qu'elle l'a envoyé au moulin, que fit-elle quand elle lut ma lettre ? – La lettre, répondit Sancho, elle ne l'a pas lue, parce qu'elle dit, dit-elle, qu'elle ne savait pas lire ni écrire ; mais, au contraire, elle la déchira et la mit en petits morceaux, disant qu'elle ne voulait pas que personne pût la lire, afin qu'on ne sût pas ses secrets dans le pays, et que c'était bien assez de ce que je lui avais dit verbalement touchant l'amour que Votre Grâce a pour elle, et la pénitence exorbitante que vous faites à son intention. Et finalement, elle me dit de dire à Votre Grâce qu'elle lui baise les mains, et qu'elle a plus envie de vous voir que de vous écrire ; et qu'ainsi elle vous supplie et vous ordonne qu'au reçu de la présente vous quittiez ces broussailles, et que vous cessiez de faire des sottises, et que vous preniez sur-le-champ le chemin du Toboso, si quelque affaire plus importante ne vous en empêche, car elle meurt d'envie de vous voir. Elle a ri de bon cœur quand je lui ai conté comme quoi Votre Grâce s'appelait *le chevalier de la Triste-Figure*. Je lui ai demandé si elle avait reçu la visite du Biscayen de l'autre fois ; elle m'a dit que oui et que c'était un fort galant homme. Je lui ai fait aussi la même question à propos des galériens, mais elle m'a dit qu'aucun d'eux n'avait encore paru. – Tout va bien jusqu'ici, continua don Quichotte ; mais dis-moi, quand tu pris congé d'elle, de quel bijou te fit-elle présent pour les nouvelles que tu lui portais de son chevalier ? Car c'est une ancienne et inviolable coutume parmi les errants et leurs dames de donner aux écuyers, damoisels [1] ou nains, qui portent des nouvelles aux chevaliers de leurs dames et aux dames de leurs chevaliers, quelque riche bijou en étrennes, pour récompense du message. – Cela peut bien être, répondit Sancho, et je tiens, quant à moi, la coutume pour bonne ; mais sans doute elle ne se pratiquait que dans les temps passés, et l'usage doit être aujourd'hui de donner tout bonnement un morceau de

1. Viardot a curieusement masculinisé les damoiselles de l'original en « damoisels », vieille graphie de « damoiseaux ».

pain et de fromage, car c'est cela que m'a donné Mme Dulcinée, par-dessus le mur de la basse-cour, quand j'ai pris congé d'elle, à telles enseignes que c'était du fromage de brebis. – Elle est libérale [1] au plus haut degré, dit don Quichotte, et, si tu n'a pas reçu d'elle quelque joyau d'or, c'est qu'elle n'en avait point là sous la main pour t'en faire cadeau. Mais ce qui est différé n'est pas perdu ; je la verrai et tout s'arrangera. Sais-tu de quoi je suis émerveillé, Sancho ? C'est qu'il me semble que tu as fait par les airs ton voyage d'allée et de venue, car tu n'as mis guère plus de trois jours pour aller et venir de ces montagnes au Toboso, et, d'ici là, il y a trente bonnes lieues au moins. Cela me fait penser que ce sage magicien qui prend soin de mes affaires, et qui est mon ami, car il faut bien qu'à toute force j'en aie un, sous peine de ne point être un bon et vrai chevalier errant, ce magicien, dis-je, a dû t'aider à cheminer sans que tu t'en aperçusses. En effet, il y a de ces sages qui vous prennent un chevalier errant au chaud du lit et, sans savoir comment la chose s'est faite, celui-ci s'éveille le lendemain à mille lieues de l'endroit où il s'était couché. S'il n'en était pas ainsi, jamais les chevaliers errants ne pourraient se secourir les uns les autres dans leurs périls, comme ils se secourent à tout propos. Il arrivera que l'un d'eux ait à combattre dans les montagnes de l'Arménie contre quelque vampire, ou quelque andriaque [2], ou bien contre un autre chevalier, et que dans la bataille il court danger de mort, et voilà que tout à coup, quand il y pense le moins, arrive sur un nuage ou sur un char de feu quelque autre chevalier de ses amis qui se trouvait peu d'heures auparavant en Angleterre ; celui-ci prend sa défense, lui sauve la vie et, à la nuit venue, se retrouve en son logis, assis à table et soupant tout à son aise ; et pourtant, d'un endroit à l'autre, il y a bien deux ou trois mille lieues. Tout cela se fait par la science et l'adresse de ces sages enchanteurs qui veillent sur ces valeureux chevaliers. Aussi, ami Sancho, ne fais-je aucune difficulté de croire que tu sois réellement allé et venu d'ici au Toboso ; ainsi que je te le disais, quelque sage de mes

1. Au sens de : généreuse.
2. Voir p. 250, note 2.

amis t'aura porté à vol d'oiseau sans que tu t'en sois aperçu.

– C'est bien possible, répondit Sancho, car Rossinante allait, par ma foi, d'un tel train qu'on aurait dit un âne de Bohémien, avec du vif-argent dans les oreilles [1]. – Que dis-tu ? du vif-argent ! s'écria don Quichotte ; c'était bien une légion de diables, gens qui cheminent et font cheminer les autres, sans jamais se lasser, autant qu'ils en ont fantaisie. Mais, laissant cela de côté, dis-moi, qu'est-ce qu'il te semble que je doive faire maintenant touchant l'ordre que m'envoie ma dame d'aller lui rendre visite ? Je vois bien que je suis dans l'obligation d'obéir à son commandement ; mais alors je me vois aussi dans l'impossibilité d'accomplir le don que j'ai octroyé à la princesse qui nous accompagne, et les lois de la chevalerie m'obligent à satisfaire plutôt à ma parole qu'à mon plaisir. D'une part, me presse et me sollicite le désir de revoir ma dame ; d'une autre part, m'excitent et m'appellent la foi promise et la gloire dont cette entreprise doit me combler [2]. Mais voici ce que je pense faire : je vais cheminer en toute hâte et me rendre bien vite où se trouve ce géant ; en arrivant, je lui couperai la tête, et je rétablirai paisiblement la princesse dans ses États ; cela fait, je pars et viens revoir cet astre, dont la lumière illumine mes sens. Alors, je lui donnerai de telles excuses que, loin de s'irriter, elle s'applaudira de mon retard, voyant qu'il tourne au profit de sa gloire et de sa renommée, car toute celle que j'ai acquise, que j'acquiers et que j'acquerrai par les armes dans le cours de cette vie, vient de la faveur qu'elle m'accorde et de ce que je lui appartiens. – Sainte Vierge ! s'écria Sancho, que Votre Grâce est faible de cervelle ! Mais, dites-moi, seigneur, est-ce que vous pensez faire tout ce chemin-là pour prendre l'air ? Est-ce que vous laisserez passer et perdre l'occasion d'un si haut mariage, où la dot est un royaume qui a plus de vingt mille lieues de tour, à

---

1. Dans *L'Illustre Laveuse de vaisselle*, il est dit que les maquignons gitans qui veulent vendre un cheval volé lui mettent du vif-argent dans les oreilles pour le rendre plus fringant.

2. Ce balancement entre « d'une part » et « d'autre part » peut rappeler au lecteur français les conflits cornéliens, ou plutôt, sur le mode comique, les hésitations des personnages rabelaisiens.

ce que je me suis laissé dire, qui regorge de toutes les choses nécessaires au soutien de la vie humaine, et qui est enfin plus grand que le Portugal et la Castille ensemble ? Ah ! taisez-vous, pour l'amour de Dieu, et rougissez de ce que vous avez dit, et suivez mon conseil, et pardonnez-moi, et mariez-vous dans le premier village où nous trouverons un curé ; et sinon, voici notre licencié qui en fera l'office à merveille ; et prenez garde que je suis d'âge à donner des avis, et que celui que je vous donne vous va comme un gant, car mieux vaut le passereau dans la main que la grue qui vole au loin, et quand on te donne l'anneau, tends le doigt. – Prends garde toi-même, Sancho, répondit don Quichotte : si tu me donnes le conseil de me marier, pour que je sois roi dès que j'aurai tué le géant, et que j'aie alors toutes mes aises pour te faire des grâces et te donner ce que je t'ai promis, je t'avertis que, sans me marier, je puis très facilement accomplir ton souhait. Avant de commencer la bataille, je ferai la clause et condition que, si j'en sors vainqueur, on devra, que je me marie ou non, me donner une partie du royaume, pour que je puisse la donner à qui me conviendra ; et quand on me l'aura donnée, à qui veux-tu que je la donne, si ce n'est à toi ? – Voilà qui est clair, reprit Sancho ; mais que Votre Grâce fasse bien attention de choisir ce morceau de royaume du côté de la mer, afin que, si le séjour ne m'en plaît pas, je puisse embarquer mes vassaux nègres et faire d'eux ce que j'ai déjà dit. Et ne prenez pas souci d'aller faire pour le moment visite à Mme Dulcinée ; mais allez vite tuer le géant, et finissons cette affaire, qui me semble, en bonne foi de Dieu, de grand honneur et de grand profit. – Je te dis, Sancho, répondit don Quichotte, que tu es dans le vrai de la chose, et je suivrai ton conseil quant à ce qui est d'aller plutôt avec la princesse qu'auprès de Dulcinée ; mais je t'avertis de ne rien dire à personne, pas même à ceux qui viennent avec nous, de ce dont nous venons de jaser et de convenir ; car, puisque Dulcinée a tant de modestie et de réserve qu'elle ne veut pas qu'on sache rien de ses secrets, il serait fort mal qu'on les sût par moi ou par un autre à ma place. – Mais s'il en est ainsi, répliqua Sancho, comment Votre Grâce s'avise-t-elle d'envoyer tous ceux que son bras a vaincus se présenter devant

Mme Dulcinée ? N'est-ce pas signer de votre nom que vous l'aimez bien, et que vous êtes son amoureux ? Et puisque vous obligez tous ces gens-là à s'aller jeter à deux genoux devant elle et à lui dire qu'ils viennent de votre part lui prêter obéissance, comment seront gardés vos secrets à tous deux ? – Oh ! que tu es simple et benêt ! s'écria don Quichotte ; ne vois-tu pas, Sancho, que tout cela tourne à sa gloire, à son élévation ? Sache donc que, dans notre style de chevalerie, c'est un grand honneur pour une dame d'avoir plusieurs chevaliers errants à son service, sans que leurs pensées aillent plus loin que le plaisir de la servir, seulement parce que c'est elle, et sans espérer d'autre récompense de leurs vœux et de leurs bons offices sinon qu'elle veuille bien les admettre pour ses chevaliers. – Mais, reprit Sancho, c'est de cette façon d'amour que j'ai entendu prêcher qu'il fallait aimer Notre-Seigneur, pour lui-même, sans que nous y fussions poussés par l'espérance du paradis ou par la crainte de l'enfer, bien que je me contentasse, quant à moi, de l'aimer et de le servir pour quelque raison que ce fût. – Diable soit du vilain ! s'écria don Quichotte ; quelles heureuses saillies il a parfois ! On dirait vraiment que tu as étudié à Salamanque [1]. – Eh bien ! ma foi, je ne sais pas seulement lire [2] », répondit Sancho.

En ce moment, maître Nicolas leur cria d'attendre un peu, parce que ses compagnons voulaient se désaltérer à une fontaine qui se trouvait sur le bord du chemin. Don Quichotte s'arrêta, au grand plaisir de Sancho, qui se sentait déjà las de tant mentir, et qui avait grand-peur que son maître ne le prît sur le fait ; car, bien qu'il sût que Dulcinée était une paysanne du Toboso, il ne l'avait vue de sa vie [3]. Pendant cet intervalle, Cardénio s'était vêtu des habits que portait Dorothée quand ils la rencontrèrent ;

1. Le grief religieux invoqué par le spirituel Vivaldo contre l'idolâtrie de l'amour courtois (chap. XIII) est exprimé ici, en termes aussi naïfs que vigoureux, par Sancho lui-même. Comme avec Vivaldo, don Quichotte élude aussitôt la question, et se contente de s'émerveiller des « heureuses saillies » de son écuyer.

2. Comprendre : je ne sais même pas lire.

3. Voilà qui révèle que Sancho avait déjà effrontément menti en prétendant bien connaître Dulcinée et sa voix de stentor (chap. XXV).

lesquels, quoiqu'ils ne fussent pas fort bons, valaient dix fois mieux que ceux qu'il ôtait. Ils mirent tous pied à terre auprès de la fontaine, et des provisions que le curé avait prises à l'hôtellerie ils apaisèrent quelque peu le grand appétit qui les talonnait.

Pendant leur collation, un jeune garçon vint à passer sur le chemin. Il s'arrêta pour regarder attentivement ceux qui étaient assis à la fontaine, puis accourut tout à coup vers don Quichotte et, lui embrassant les jambes, il se mit à pleurer à chaudes larmes : « Ah ! mon bon seigneur, s'écria-t-il, est-ce que Votre Grâce ne me reconnaît pas ? Regardez-moi bien ; je suis ce pauvre André que Votre Grâce délia du chêne où j'étais attaché. »

À ces mots don Quichotte le reconnut et, le prenant par la main, se tourna gravement vers la compagnie : « Afin que Vos Grâces, leur dit-il, voient clairement de quelle importance il est qu'il y ait au monde des chevaliers errants pour redresser les torts et les griefs qu'y commettent les hommes insolents et pervers, il faut que vous sachiez qu'il y a quelques jours, passant auprès d'un bois, j'entendis des cris et des accents plaintifs, comme d'une personne affligée et souffrante. J'accourus aussitôt, poussé par mon devoir, vers l'endroit d'où partaient ces plaintes lamentables, et je trouvai, attaché à un chêne, ce jeune garçon qui est maintenant devant nous ; ce dont je me réjouis au fond de l'âme, car c'est un témoin qui ne me laissera pas accuser de mensonge. Je dis donc qu'il était attaché à un chêne, nu de la tête à la ceinture, et qu'un rustre, que je sus, depuis [1], être son maître, lui déchirait la peau à coups d'étrivières avec les sangles d'une jument. Dès que ce spectacle frappa mes yeux, je demandai au paysan la cause d'un traitement aussi atroce. Le vilain me répondit que c'était son valet, et qu'il le fouettait ainsi parce que certaines négligences qu'il avait à lui reprocher sentaient plus le larron que l'imbécile. À cela cet enfant s'écria : “Seigneur, il ne me fouette que parce que je lui demande mes gages.” Le maître répliqua par je ne sais

1. La brièveté de ce « depuis » ne manque pas de sel : c'est ainsi que don Quichotte escamote le fait qu'il s'était obstiné à prendre le laboureur (chap. IV) pour un chevalier.

quelles harangues et quelles excuses, que je voulus bien entendre, mais non pas accepter. À la fin, je fis détacher le pauvre garçon, et jurer par serment au vilain qu'il l'emmènerait chez lui et lui payerait ses gages un réal sur l'autre, même avec intérêts. N'est-ce pas vrai, tout ce que je viens de dire, André, mon enfant ? N'as-tu pas remarqué avec quel empire je commandai à ton maître, avec quelle humilité il me promit de faire tout ce que lui imposait et notifiait ma volonté ? Réponds sans te troubler, sans hésiter en rien, dis à ces seigneurs comment la chose s'est passée, afin qu'on voie bien s'il n'est pas utile, comme je le dis, qu'il y ait des chevaliers errants sur les grands chemins.

– Tout ce que Votre Grâce a dit est la pure vérité, répondit le jeune garçon ; mais la fin de l'affaire a tourné bien au rebours de ce que vous imaginez.

– Comment, au rebours ? s'écria don Quichotte ; est-ce que ce vilain ne t'a pas payé ?

– Non seulement il ne m'a pas payé, répliqua le jeune homme ; mais, dès que Votre Grâce fut sortie du bois et que nous fûmes restés seuls, il me prit, me rattacha au même chêne et me donna de nouveau tant de coups d'étrivières qu'il me laissa écorché comme un saint Barthélemy ; et chaque coup qu'il m'appliquait, il l'assaisonnait d'un badinage ou d'une raillerie, pour se moquer de Votre Grâce, tellement que, sans la douleur de mes côtes, j'aurais ri de bon cœur de ce qu'il disait. Enfin, il me mit en tel état que, depuis ce temps, je suis resté à l'hôpital pour me guérir du mal que ce méchant homme me fit alors. Et de tout cela, c'est Votre Grâce qui en a la faute ; car, si vous aviez suivi votre chemin, sans venir où l'on ne vous appelait pas, et sans vous mêler des affaires d'autrui, mon maître se serait contenté de me donner une ou deux douzaines de coups de fouet, puis il m'aurait lâché et m'aurait payé tout ce qu'il me devait. Mais Votre Grâce vint l'insulter si mal à propos, et lui dire tant d'impertinences [1], que la colère lui monta au nez et, comme il ne put se venger sur vous, c'est sur moi que le nuage a crevé, si bien qu'à ce que je crois je ne deviendrai homme en toute ma vie. – Le mal fut, dit don Quichotte, que je m'éloignai

1. Au sens classique de : choses hors de propos, incongrues, ridicules.

trop tôt, et que je ne restai pas jusqu'à ce que tu fusses payé. J'aurais dû savoir, en effet, par longue expérience, que jamais vilain ne garde sa promesse, à moins qu'il ne trouve son compte à la garder. Mais tu te rappelles bien, André, que j'ai juré, s'il ne te payait pas, de revenir le chercher, et que je le trouverais, se fût-il caché dans le ventre de la baleine [1]. – Oui, c'est vrai, répondit André, mais ça n'a servi à rien. – Maintenant tu vas voir si ça sert à quelque chose », s'écria don Quichotte ; et, disant cela, il se leva brusquement, appela Sancho, et lui commanda de seller Rossinante, qui s'était mis à paître pendant que les autres mangeaient. Dorothée demanda alors à don Quichotte ce qu'il pensait faire. Celui-ci répondit qu'il pensait aller chercher le vilain, le châtier de sa brutalité, et faire payer André jusqu'au dernier maravédi, en dépit de tous les vilains du monde qui voudraient y trouver à redire. Mais elle lui répliqua qu'il prît garde que, d'après le don promis, il ne pouvait s'entremettre en aucune entreprise avant qu'il eût mis la sienne à fin, et que, sachant cela mieux que personne, il devait calmer cette juste indignation jusqu'au retour de son royaume. « J'en conviens, répondit don Quichotte ; il faut bien qu'André prenne patience jusqu'à mon retour, comme vous dites, madame ; mais je jure de nouveau et promets par serment de ne plus reposer alors qu'il ne soit dûment vengé et payé.

Je me soucie peu de ces jurements, reprit André, et j'aimerais mieux tenir maintenant de quoi me rendre à Séville que toutes les vengeances du monde. Donnez-moi, si vous en avez là, quelque chose à manger ou à mettre dans ma poche, et que Dieu vous conserve, ainsi que tous les chevaliers errants, auxquels je souhaite aussi bonne chance pour eux-mêmes qu'ils l'ont eue pour moi. » Sancho tira de son bissac un quartier de pain et un morceau de fromage, et les présentant au jeune homme : « Tenez, lui dit-il, mon frère André ; de cette manière chacun de nous attrapera une part de votre disgrâce. – Et quelle part attrapez-vous ? demanda André. – Cette part de fromage et de pain que je vous donne, répondit Sancho. Dieu sait si elle doit ou non me faire faute, car il faut que

1. Allusion au fameux épisode biblique de Jonas.

vous sachiez, mon ami, que nous autres, écuyers de chevaliers errants, nous sommes sujets à endurer la faim et la misère, et d'autres choses encore qui se sentent mieux qu'elles ne se disent. » André prit le pain et le fromage ; et, voyant que personne ne se disposait à lui donner autre chose, il baissa la tête, tourna le dos et, comme on dit, pendit ses jambes à son cou. Toutefois il se retourna en partant, et dit à don Quichotte : « Pour l'amour de Dieu, seigneur chevalier errant, si vous me rencontrez une autre fois, bien que vous me voyiez mettre en morceaux, ne prenez pas l'envie de me secourir, mais laissez-moi dans ma disgrâce, qui ne pourra jamais être pire que celle qui me viendrait du secours de Votre Seigneurie, que je prie Dieu de confondre et de maudire avec tous les chevaliers errants que le monde ait vus naître. » Don Quichotte se levait pour châtier ce petit insolent ; mais l'autre se mit à courir de façon que personne n'eut l'idée de le suivre. Notre chevalier resta donc sur la place, tout honteux de l'histoire d'André, et les autres eurent besoin de faire grande attention à ne point éclater de rire, pour ne pas achever de le fâcher tout de bon.

CHAPITRE XXXII

Qui traite de ce qui arriva dans l'hôtellerie à toute la quadrille de don Quichotte

Le splendide festin terminé, on remit bien vite les selles aux montures et, sans qu'il se passât aucun événement digne d'être conté, toute la troupe arriva le lendemain à l'hôtellerie, épouvante de Sancho Panza. Celui-ci aurait bien voulu n'y pas mettre les pieds ; mais il ne put éviter ce mauvais pas. L'hôte, l'hôtesse, leur fille et Maritornes, qui virent de loin venir don Quichotte et Sancho, sortirent à leur rencontre et les accueillirent avec de grands témoignages d'allégresse. Notre chevalier les reçut d'un air grave et solennel, et leur dit de lui préparer un lit meilleur que la première fois. L'hôtesse répondit que, pourvu qu'il payât mieux, il trouverait une couche de prince. Don Quichotte l'ayant promis, on lui dressa un lit passable dans ce même galetas qui lui avait déjà servi d'appartement, et sur-le-champ il alla se coucher, car il avait le corps en aussi mauvais état que l'esprit.

Dès qu'il eut fermé sa porte, l'hôtesse s'approcha du barbier, lui sauta au visage et, prenant sa barbe à deux mains : « Par ma foi, dit-elle, vous ne ferez pas plus longtemps une barbe de ma queue, et vous allez me la rendre sur l'heure. Depuis qu'elle est partie, les saletés de mon mari traînent par terre que c'est une honte, je veux dire le peigne que j'accrochais à ma bonne queue. » Mais l'hôtesse avait beau tirer, le barbier ne voulait pas se laisser arracher la barbe ; enfin le curé lui dit qu'il pouvait la rendre, qu'il n'avait plus besoin de continuer la ruse et qu'il pouvait se montrer sous sa forme ordinaire : « Vous direz à don Quichotte, ajouta-t-il, qu'après avoir été dépouillé par les galériens, vous êtes venu en fuyant vous réfugier dans cette hôtellerie, et, s'il s'informe de ce qu'est devenu l'écuyer de la princesse, on lui dira qu'elle lui a fait prendre les devants pour annoncer aux gens de son royaume qu'elle s'y rendait accompagnée de leur commun libérateur. » Sur cela, le barbier rendit de bon cœur la queue à l'hôtesse, et on lui restitua de même toutes les nippes qu'elle avait prêtées pour la délivrance de don Quichotte.

Tous les gens de la maison étaient restés émerveillés de la beauté de Dorothée, et même de la bonne mine du berger Cardénio. Le curé fit préparer à dîner avec ce qui se trouvait à l'hôtellerie, et, dans l'espoir d'être grassement payé, l'hôte leur servit en diligence un passable repas. Cependant don Quichotte continuait de dormir, et l'on fut d'avis de ne point l'éveiller, le lit devant lui faire plus de bien que la table. Au dessert, on s'entretint devant l'hôtelier, sa femme, sa fille, Maritornes et tous les voyageurs, de l'étrange folie du pauvre don Quichotte et de l'état où on l'avait trouvé dans la montagne. L'hôtesse raconta ce qui lui était arrivé avec le muletier galant, et, voyant que Sancho n'était pas là pour l'entendre, elle conta aussi l'aventure de sa berne, ce qui divertit fort toute la compagnie. Le curé prenant occasion de dire que c'étaient les livres de chevalerie qu'avait lus don Quichotte qui lui avaient tourné la tête : « Je ne sais comment cela peut se faire, s'écria l'hôtelier ; car pour mon compte, en vérité, je ne connais pas de meilleure lecture au monde. J'ai là deux ou trois de ces livres qui m'ont souvent rendu la vie, non seulement à moi, mais à bien d'autres. Dans le temps de la moisson, quantité de moissonneurs viennent se réunir ici les jours de fête, et, parmi eux, il s'en trouve toujours quelqu'un qui sait lire, et celui-là prend un de ces livres à la main, et nous nous mettons plus de trente autour de lui, et nous restons à l'écouter avec tant de plaisir qu'il nous ôte plus de mille cheveux blancs [1]. Du moins, je puis dire de

1. On a élevé, non sans arguments de gros bon sens, des doutes sur l'existence réelle de telles lectures publiques de romans de chevalerie à l'intention de simples moissonneurs illettrés. Mais Cervantès n'a-t-il pu

moi que, quand j'entends raconter ces furieux et terribles coups d'épée que vous détachent les chevaliers, il me prend grande envie d'en faire autant, et je voudrais entendre lire les jours et les nuits. – Et moi tout de même, ajouta l'hôtesse, puisque je n'ai de bons moments dans ma maison que ceux que vous passez à entendre lire, car vous êtes alors si occupé, si ébahi que vous ne vous souvenez pas seulement de gronder. – Oh ! c'est bien vrai, continua Maritornes, et, en bonne foi de Dieu, j'ai grand plaisir aussi à écouter ces choses, qui sont fort jolies ; surtout quand on raconte que l'autre dame est sous des orangers, embrassant son chevalier tout à l'aise, tandis qu'une duègne [1] monte la garde, morte d'envie et pleine d'effroi. Je dis que tout cela est doux comme miel. – Et à vous, que vous en semble, ma belle demoiselle ? dit le curé, s'adressant à la fille de l'hôtesse. – Sur mon âme, seigneur, je ne sais trop, répondit-elle ; mais j'écoute comme les autres, et, bien que je ne comprenne guère, en vérité, je me divertis aussi d'entendre. Mais ce ne sont pas les coups dont mon père s'amuse tant qui m'amusent, moi ; ce sont les lamentations que font les chevaliers quand ils sont loin de leurs dames, et vraiment j'en pleure quelquefois de la pitié qu'ils me donnent. – Ainsi, mademoiselle, reprit Dorothée, vous ne les laisseriez pas se lamenter longtemps, si c'était pour vous qu'ils fussent à pleurer ? – Je

rêver que son propre roman connût un jour une audience plus large que celle réservée à ceux qui savent lire, et qui, à son époque, formaient une élite très restreinte de privilégiés ? Les commentaires qu'il prête à l'humble Maritorne projettent en tout cas le livre vers l'avenir.

1. La duègne, au sens où l'entend Maritorne, correspond à un usage de la société du temps de Cervantès, où des dames de qualité, mais pauvres (des veuves le plus souvent), allaient servir de gouvernante chez quelque parente fortunée, et de chaperon s'il y avait à demeure quelque jeune fille à surveiller. Cervantès s'est beaucoup moqué des duègnes, toujours accusées par lui de lubricité et, dans sa nouvelle *Le Jaloux d'Estrémadoure*, il en montre une, partagée entre la concupiscence et la crainte, qui monte la garde tandis que la maîtresse de maison, épouse d'un vieux barbon, laisse un hardi galant s'introduire à demeure. Mais, dans les romans de chevalerie, ce n'est pas une duègne, c'est, éventuellement, une suivante ou demoiselle de compagnie qui protège les amours de sa maîtresse. Le goût prononcé de Maritorne pour les scènes érotiques la conduit à une réinterprétation très personnelle de celles qu'elle a entendu lire. Mais n'en est-il pas ainsi de toute lecture ?

ne sais trop ce que je ferais, répondit la jeune fille ; mais je sais bien qu'il y en a parmi ces dames de si cruelles que leurs chevaliers les appellent tigres, panthères et autres immondices. Ah ! Jésus ! quelle espèce de gens est-ce donc, sans âme et sans conscience, qui, pour ne pas regarder un honnête homme, le laissent mourir ou devenir fou ? Je ne sais pas pourquoi tant de façons ; si elles font tout cela par sagesse, que ne se marient-elles avec eux, puisqu'ils ne demandent pas autre chose ? – Taisez-vous, petite fille, s'écria l'hôtesse ; on dirait que vous en savez long sur ce sujet, et il ne convient pas à votre âge de tant savoir et de tant babiller. – Puisque ce seigneur m'interroge, répondit-elle, il fallait bien lui répondre. – Maintenant, dit le curé, apportez-moi ces livres, seigneur hôtelier, je voudrais les voir. – Très volontiers », répliqua celui-ci ; et, passant dans sa chambre, il en rapporta une vieille malle fermée d'un cadenas, qu'il ouvrit et de laquelle il tira trois gros volumes. Le curé les prit et vit en les ouvrant que le premier était *Don Cirongilio de Thrace*, l'autre *Félix-Mars d'Hyrcanie*, et le troisième, l'*Histoire du grand capitaine Gonzalve de Cordoue*, avec la *Vie de Diégo Garcia de Parédès* [1]. Après avoir lu le titre des deux premiers ouvrages, le curé se tourna vers le barbier : « Compère, lui dit-il, la gouvernante et la nièce de notre ami nous font faute en ce moment. – Oh ! que non, répondit le barbier ; je saurai aussi bien qu'elles les porter à la basse-cour, ou, sans aller plus loin, les jeter dans la cheminée, car il y a vraiment un bon feu. – Est-ce que Votre Grâce veut brûler mes livres ? s'écria l'hôtelier. – Seulement ces deux-ci, répondit le curé : le *Don Cirongilio* et le *Félix-Mars*. – Allons donc, reprit l'hôte, est-ce que mes livres sont hérétiques ou *flegmatiques*, que vous voulez les jeter au feu ? – Schismatiques, vous voulez dire, mon ami, interrompit le barbier, et non flegmatiques. – Comme il vous plaira, répondit l'hôtelier ; mais, si vous

1. Le roman de chevalerie *Don Cirongilio de Thrace* a été publié en langue espagnole à Séville, en 1545. On a rencontré plus haut Félix-Mars (chap. VI). Gonzalve de Cordoue, surnommé le Grand Capitaine par ses compatriotes, s'illustra contre les Français dans les guerres d'Italie au début du XVIe siècle. Diego de Paredes était un compagnon du Grand Capitaine, et un colosse, comme le rappelle ici le texte.

voulez en brûler quelqu'un, que ce soit du moins celui de ce grand capitaine, et de ce Diégo Garcia ; car je laisserais plutôt brûler ma femme et mes enfants qu'aucun des deux autres. – Mais frère, répondit le curé, ces deux livres sont des contes mensongers, tout farcis de sottises et d'extravagances ; l'autre, au contraire, est une histoire véritable. Il rapporte les faits et gestes de Gonzalve de Cordoue, qui, par ses grands et nombreux exploits, mérita d'être appelé dans tout l'univers le *Grand Capitaine*, surnom illustre, clair, et que lui seul a mérité. Quant à ce Diégo Garcia de Parédès, ce fut un noble chevalier, natif de la ville de Truxillo en Estramadure, guerrier de haute valeur, et de si grande force corporelle qu'avec un doigt il arrêtait une roue de moulin dans sa plus grande furie. Un jour, s'étant placé à l'entrée d'un pont avec une épée à deux mains, il ferma le passage à toute une armée innombrable, et fit d'autres exploits tels que si, au lieu de les écrire et de les raconter lui-même avec la modestie d'un chevalier qui est son propre chroniqueur, il les eût laissé écrire plus librement par un autre, ces exploits mettraient en oubli ceux des Hector, des Achille et des Roland. – Ah ! pardieu ! vous me la donnez belle ! s'écria l'hôtelier. Voilà bien de quoi s'étonner que d'arrêter une roue de moulin ! Faites-moi donc le plaisir de lire maintenant ce que j'ai ouï dire de Félix-Mars d'Hyrcanie, qui, d'un seul revers, coupait cinq géants par le milieu du corps, tout de même que s'ils eussent été faits de chair de rave ; comme les petits moinillons que font les enfants ; et, une autre fois, il attaqua tout seul une très grande et très puissante armée, où l'on comptait plus d'un million six cent mille soldats, tous armés de pied en cap, et il vous les tailla en pièces comme si c'eût été des troupeaux de moutons. Et que me direz-vous de ce brave don Cirongilio de Thrace, qui fut si vaillant et si téméraire, comme vous le verrez dans son livre, où l'on raconte qu'un jour, tandis qu'il naviguait sur une rivière, voilà que du milieu de l'eau sort un dragon de feu, et, dès qu'il le voit, don Cirongilio lui saute dessus, et se met à califourchon sur ses épaules écailleuses, et lui serre des deux mains la gorge avec tant de force que le dragon, voyant qu'il allait l'étrangler, n'eut d'autre ressource que de se laisser aller au fond de la rivière, emmenant avec lui le chevalier, qui ne voulut jamais lâcher prise ? Et, quand ils furent arrivés là-bas au fond, il se trouva dans un grand palais et dans des jardins si jolis que c'était un délice ; et le dragon se changea en un beau vieillard qui lui dit tant et tant de choses qu'il ne faut qu'ouvrir les oreilles. Allez, allez, seigneur, si vous entendiez lire tout cela, vous deviendriez fou de plaisir ; et deux figues [1], par ma foi, pour ce grand capitaine que vous dites, et pour ce Diégo Garcia. »

Quand Dorothée entendit ce beau discours, elle se pencha vers Cardénio, et lui dit tout bas : « Il s'en faut peu que notre hôte ne fasse la paire avec don Quichotte. – C'est ce qu'il me semble, répondit Cardénio, car, à l'entendre, il tient pour article de foi que tout ce que disent ses livres est arrivé au pied de la lettre, comme ils le racontent, et je défie tous les carmes déchaussés de lui faire croire autre chose. – Mais prenez garde, frère, répétait cependant le curé, il n'y a jamais eu au monde de Félix-Mars d'Hyrcanie, ni de Cirongilio de Thrace, ni d'autres chevaliers de même trempe, tels que les dépeignent les livres de chevalerie. Tout cela n'est que mensonge et fiction ; ce ne sont que des fables inventées par des esprits oisifs, qui les composèrent dans le but que vous dites, celui de faire passer le temps, comme le passent, en les lisant, vos moissonneurs ; et je vous jure, en vérité, que jamais il n'y eut de tels chevaliers dans ce monde, et que jamais ils n'y firent de tels exploits ni de telles extravagances. – À d'autres ! s'écria l'hôtelier ; trouvez un autre chien pour ronger votre os : est-ce que je ne sais pas où le soulier me blesse, et combien il y a de doigts dans la main ? Ne pensez pas me faire avaler de la bouillie, car je ne suis plus au maillot. Vous me la donnez belle, encore une fois, de vouloir me faire accroire que tout ce que disent ces bons livres en lettres moulées n'est qu'extravagance et mensonge, tandis qu'ils sont imprimés avec licence et permission de messieurs du conseil royal ! Comme si c'étaient des gens

1. On disait « faire la figue à quelqu'un » quand on le narguait d'un geste obscène, en glissant l'extrémité du pouce entre l'index et le médium.

capables de laisser imprimer tant de mensonges à la douzaine, tant de batailles et d'enchantements qu'on en perd la tête ! – Mais je vous ai déjà dit, mon ami, répliqua le curé, que tout cela s'écrit pour amuser nos moments perdus ; et, de même que, dans les républiques bien organisées, on permet les jeux d'échecs, de paume, de billard, pour occuper ceux qui ne veulent, ne peuvent ou ne doivent point travailler, de même on permet d'imprimer et de vendre de tels livres, parce qu'on suppose qu'il ne se trouvera personne d'assez ignorant et d'assez simple pour croire véritable aucune des histoires qui s'y racontent. Si j'en avais le temps aujourd'hui et un auditoire à propos, je dirais de telles choses sur les romans de chevalerie et ce qui leur manque pour être bons qu'elles ne seraient peut-être ni sans profit ni même sans plaisir ; mais un temps viendra, je l'espère, où je pourrai m'en entendre avec ceux qui peuvent y mettre ordre. En attendant, seigneur hôtelier, croyez à ce que je viens de dire ; reprenez vos livres ; arrangez-vous de leurs vérités ou de leurs mensonges, et grand bien vous en fasse ; Dieu veuille que vous ne clochiez pas du même pied que votre hôte don Quichotte ! – Oh ! pour cela, non, répondit l'hôtelier, je ne serai pas assez fou pour me faire chevalier errant ; je vois bien que les choses ne se passent point à présent comme elles se passaient alors, quand ces fameux chevaliers couraient, à ce qu'on dit, le monde. »

Sancho, qui s'était trouvé présent à la dernière partie de cet entretien, demeura tout surpris et tout pensif d'entendre dire que les chevaliers errants n'étaient plus de mode, et que tous les livres de chevalerie n'étaient que sottises et mensonges ; aussi se proposa-t-il, au fond de son cœur, d'attendre seulement à quoi aboutirait le voyage actuel de son maître, bien décidé, si l'issue n'en était point aussi heureuse qu'il l'avait imaginé, de retourner à sa femme et à ses enfants, et de reprendre avec eux ses travaux habituels.

Cependant l'hôtelier emportait sa malle et ses livres. Mais le curé lui dit : « Attendez un peu ; je veux voir ce que sont ces papiers écrits d'une si belle main. » L'hôtelier les tira du coffre et, les donnant à lire au curé, celui-ci vit qu'ils formaient un cahier de huit feuilles manuscrites, et que, sur la première page, était écrit en grandes lettres le titre suivant : *Nouvelle du curieux malavisé* [1]. Le curé ayant lu tout bas trois ou quatre lignes : « En vérité, s'écria-t-il, le titre de cette nouvelle me tente, et j'ai envie de la lire tout entière. – Votre Révérence fera bien, répondit l'hôtelier, car il faut que vous sachiez que quelques-uns de mes hôtes, qui l'ont lue ici, l'ont trouvée très agréable et me l'ont instamment demandée ; mais je n'ai jamais voulu la céder, pensant la rendre à celui qui a oublié chez moi cette malle avec les livres et les papiers. Il pourrait se faire que leur maître revînt un beau jour par ici et, bien qu'assurément les livres me fissent faute, par ma foi, je les lui rendrais, car enfin, quoique hôtelier, je suis chrétien. – Vous avez grandement raison, mon ami, reprit le curé ; mais pourtant, si la nouvelle me plaît, vous me la laisserez bien copier ? – Oh ! très volontiers », répliqua l'hôte.

Pendant cette conversation, Cardénio avait pris la nouvelle et, s'étant mis à lire quelques phrases, il en eut la même opinion que le curé et le pria de la lire à haute voix pour que tout le monde l'entendît. « Je la lirais de bon cœur, répondit le curé, s'il ne valait pas mieux employer le temps au sommeil qu'à la lecture. – Pour moi, dit Dorothée, ce sera bien assez de repos que de passer une heure ou deux à écouter quelque histoire, car je n'ai pas encore l'esprit assez calme pour dormir à mon gré. – S'il en est ainsi, reprit le curé, je veux bien la lire, ne fût-ce que par curiosité ; peut-être la nôtre ne sera-t-elle pas trompée. » Maître Nicolas, et jusqu'à Sancho, vinrent aussi lui adresser la même prière ; alors le curé voyant qu'il ferait plaisir à tous les assistants, et pensant d'ailleurs ne point perdre sa peine : « Eh bien donc, s'écria-t-il, soyez tous attentifs ; voici de quelle manière commence la nouvelle.

1. On ne livrera pas ici le contenu de cette savoureuse nouvelle. Puisqu'il nous faut quitter le roman cervantin, quittons-le sur la pointe des pieds, respectons son « suspense ».

Don Quichotte et Sancho Pança
Lithographie par Honoré Daumier
(1860)

DOSSIER

1. *Au sujet des traductions françaises du* Quichotte

2. *Réception du* Quichotte

3. *Utopie et contre-utopie*

4. *Stratagèmes et effets d'une esthétique baroque*

1 *Au sujet des traductions françaises du* Quichotte

> L'histoire des traductions est comme un paysage que l'on verrait différemment selon l'heure et la lumière.
>
> Florence DELAY [1].

« LES ATHLÈTES DE LA TRAVERSÉE »

Le nombre des traductions françaises du *Quichotte*, échelonnées sur quatre siècles, dépasse aujourd'hui la dizaine. C'est peu, si l'on estime, avec Henri Meschonnic, qu'un grand écrivain mérite qu'on le retraduise tous les trente ans. Mais ce peu représente au total, compte tenu des dimensions de l'original, un nombre impressionnant de pages. Un bilan honnête, c'est-à-dire complet et précis, demanderait aujourd'hui un travail colossal de lecture et de comparaisons en tous sens. C'est bien pourquoi personne à ce jour ne l'a entrepris. Chacun, pour se faire une idée, procède par sondages, plus ou moins étendus et nombreux, plus ou moins hâtifs. C'est pourquoi il faut se défier des jugements à l'emporte-pièce portés sur tel ou tel traducteur, surtout s'ils émanent d'un successeur soucieux de se faire sa place au soleil. Ainsi, de César Oudin, qui a inauguré la série en 1614, Filleau de Saint-Martin, deuxième de la série en 1677, parle avec une incroyable suffisance. D'autres évaluateurs, moins intéressés à l'affaire, mais tout aussi légers, ont répété après Cioranescu [2] que César Oudin est inférieur à

1. In *Un texte éternel est un texte d'aujourd'hui*. Propos recueillis par Sylvie Lisiecki, *Chroniques de la Bibliothèque nationale de France*, nº 33, hiver 2005, p. 13.

2. Alexandre Cioranescu, *Le Masque et le visage. Du baroque espagnol au classicisme français*, Genève, Droz, 1983, p. 533.

François de Rosset, son continuateur immédiat, traducteur en 1618 de la Seconde partie. Façon de laisser croire qu'ils ont procédé à une comparaison soigneuse. Or, au XXe siècle, Jean Cassou, tout en reprochant à Oudin « une trop docile complaisance aux tournures espagnoles », d'où découleraient « de nombreuses bizarreries », n'a pas hésité à s'appuyer fortement sur ce pionnier, ainsi que sur Rosset, pour fournir à la collection « la Pléiade » une traduction rafraîchie, qui a vogué vaillamment, de conserve avec celle de Viardot, jusqu'à nos jours. Et, plus récemment, le regretté Maurice Molho, grand connaisseur des versions françaises anciennes du *Lazarille*, de Mateo Alemán et de Cervantès, et grand traducteur lui-même, a écarté résolument toutes réserves pour proclamer son admiration envers Oudin, qu'il place presque à l'égal de Cervantès, son modèle [1].

Pour ce qui est de la traduction de Louis Viardot, Jean Cassou lui a reconnu « de l'agrément et de la vivacité ». Mais Jean-Claude Chevalier, préfacier de la récente version d'Aline Schulman, tout en ménageant d'abord Viardot comme on fait quand on s'achemine vers une adroite exécution, tout en admettant donc que ce traducteur a eu des « scrupules », qu'il a évité les excès romantiques et qu'il s'est fabriqué « une exactitude », déclare que celle-ci découle d'un « attachement trop étroit » et que, « trop souvent » (ce « trop souvent » suggère une longue pratique sans en fournir de preuves), on a affaire à « une prose empruntée, raide et bien grise ». Verdict équitable ? Chacun ici sera à même d'en juger. Et de saisir que l'enjeu des lignes qui vont suivre ne saurait être d'établir un palmarès.

LA PHRASE INAUGURALE DU *QUICHOTTE*

On voudrait seulement, à partir d'une phrase unique du roman cervantin, tout simplement sa phrase inaugurale, dresser la liste des traductions proposées et poser à travers l'examen de leur diversité quelques-uns des problèmes de fond qu'ont dû affronter, de César Oudin à Jean Canavaggio,

1. Voir la préface de Maurice Molho à *Romans picaresques espagnols*, Gallimard, « Bibliothèque de la Pléiade », 1968, p. CLXXII.

ces « athlètes de la traversée », comme les a spirituellement appelés Albert Bensoussan dans une récente mise au point [1]. Quant à évaluer, au vu d'une seule phrase, chacun de ces athlètes, c'est bien évidemment ce que nous ne ferons pas, sachant d'expérience que, sur le long parcours hérissé d'embûches qu'est le texte du *Quichotte*, tout traducteur peut à chaque instant trébucher, passer d'une prouesse mémorable à une mini-catastrophe. Si l'on voulait vraiment juger – et ce n'est pas le but ici – il faudrait le faire sur pièces (insistons sur le pluriel).

En un lugar de la Mancha, de cuyo nombre no quiero acordarme, no ha mucho tiempo que vivía un hidalgo de los de lanza en astillero, adarga antigua, rocín flaco y galgo corredor (Cervantès, 1605).

En un village de la Manche, du nom duquel je ne me veux souvenir, demeurait, il n'y a pas longtemps, un gentilhomme de ceux qui ont lance au râtelier, targe antique, roussin maigre et lévrier bon coureur (César Oudin, 1614, revu par Jean Cassou, 1934).

Dans une contrée d'Espagne, qu'on appelle la Manche, vivoit il n'y a pas longtemps un gentilhomme de ceux qui ont une lance au râtelier, une vieille rondache, un roussin maigre et quelques chiens de chasse (Filleau de Saint-Martin, 1677).

Dans un village de la Manche dont je ne me soucie guère de me rappeler le nom, vivait il n'y a pas longtemps un de ces gentilshommes qui ont une vieille lance, une rondache rouillée, un cheval maigre et un lévrier (Florian, 1699) [2].

Dans une bourgade de la Manche, dont je ne veux pas me rappeler le nom, vivait, il n'y a pas longtemps, un hidalgo de ceux qui ont lance au râtelier, rondache antique, bidet maigre et lévrier de chasse (Louis Viardot, 1836).

Dans un certain bourg de la Manche, dont je ne veux pas me rappeler le nom, vivait naguère un hidalgo, de ceux qui ont lance

---

1. Lors d'un colloque à la Casa Velázquez (Madrid, 2005) dont les Actes sont à paraître.

2. Florian est à vrai dire un cas d'espèce. Ce charmant fabuliste, qui adorait Cervantès, a offert, non point une traduction, mais une « imitation » ou re-création poétique de *La Galatée* en 1783 (si bien que la traduction de ce roman pastoral par Claude Allaigre au tome I des *Œuvres romanesques complètes de Cervantès*, Gallimard, « Bibliothèque de la Pléiade », 2001, est une authentique première), et une version du *Quichotte*, en 1899, un peu moins « belle infidèle », mais qui a beaucoup tranché dans le texte, comme l'a noté Mérimée.

au râtelier, rondache antique, roussin maigre et lévrier de chasse (Damas Hinard, 1869).

Dans un bourg de la Manche, dont je ne veux pas me rappeler le nom, vivait, il n'y a pas longtemps, un de ces hidalgos qui ont lance au râtelier, targe antique, roussin maigre et lévrier de chasse (Cardaillac-Labarthe, 1923).

Dans un village de la Manche, dont je ne veux pas me rappeler le nom, il n'y a pas longtemps que vivait un de ces hidalgos qui ont lance au râtelier, vieille rondache, maigre haridelle et lévrier de chasse (Jean Babelon, 1929).

Dans un village de la Manche, dont je ne veux point me rappeler le nom, vivait, il n'y a pas longtemps, un de ces gentilshommes qui ont lance au râtelier, bouclier à l'ancienne, roussin efflanqué et lévrier de course (Francis de Miomandre, 1935).

Dans un village de la Manche, dont je ne veux pas me rappeler le nom, vivait il n'y a pas longtemps un de ces gentilshommes avec lance au râtelier, bouclier de cuir à l'ancienne, levrette pour la chasse et rosse efflanquée (Aline Schulman, 1997).

Dans un village de la Manche, dont je ne veux me rappeler le nom, vivait, il n'y a pas longtemps, un gentilhomme de ceux qui ont lance au râtelier, bouclier antique, maigre roussin et lévrier chasseur (Jean Canavaggio, 2001).

Les dix échantillons reproduits ci-dessus suffisent amplement à constater, tout d'abord, que même une courte phrase particulièrement sèche comme celle qui ouvre le premier chapitre du *Quichotte* n'a jamais été traduite à l'identique. Seuls s'en étonneront ceux qui n'ont jamais réfléchi à la multiplicité des paramètres engagés par toute traduction littéraire. Au regard d'une telle complexité, invoquer le souci que peut avoir un traducteur de se démarquer de ses devanciers est une hypothèse subsidiaire, trop courte pour satisfaire.

Essayons maintenant de distinguer, toujours à propos de la seule phrase inaugurale, quelques-uns de ces paramètres.

Il y a en premier lieu l'âge de la langue d'accueil, qui peut être celui d'un certain stade de son évolution, mais qui peut être aussi un choix soit d'archaïsme, soit de rajeunissement, c'est-à-dire, dans l'un ou l'autre cas, un compromis entre plusieurs âges du français. Ainsi l'imparfait « vivoit », sous la plume de Filleau de Saint-Martin, transcrit tout bonnement une diction de l'époque classique. Mais quand on lit, dans le premier échantillon, « du nom duquel je ne me veux souvenir », on devine qu'il y a là un legs de César Oudin que Cassou a recueilli pour donner d'emblée à son édition moderne une certaine patine d'ancienneté (sinuosité de la tournure relative, place du pronom personnel « me »).

La syntaxe des autres traductions de la phrase inaugurale n'a rien d'archaïque ni d'archaïsant, ni de franchement moderne. Ce qui, en revanche, donne une impression d'ancienneté dans l'ensemble des échantillons, c'est le lexique, ou, plus exactement, les réalités d'une Espagne éloignée auxquelles il renvoie (éloignement seulement géographique au temps d'Oudin, doublé, par la suite, d'une distance temporelle toujours grandissante). On a déjà expliqué, dans la Présentation, que l'hidalgo n'avait pas d'homologue dans la hiérarchie nobiliaire française. Dans son précieux dictionnaire intitulé *Trésor des deux langues espagnole et française* (1607), Oudin, qui avait pris la peine de voyager dans le pays voisin et de s'y faire expliquer nombre de termes, traduit, ou plutôt dilue « hidalgo » par l'équivalence : « gentilhomme », ou « noble », ce qui ne l'empêche pas de consacrer ensuite plus d'une page très informée de son dictionnaire à divers emplois particuliers du vocable. Les traducteurs du XIXe siècle ont choisi, eux, comme on voit, de garder le terme espagnol, attesté dans des textes français dès le XVIe siècle, mais qui n'a peut-être jamais été vraiment accueilli dans notre langue, pas en tout cas au même degré, disons, que « paella » ou « corrida ». Peut-être Viardot, à l'époque romantique, a-t-il choisi justement « hidalgo » pour la touche d'exotisme qu'il pouvait encore avoir. Les traducteurs du XXe siècle sont presque tous revenus au « gentilhomme » d'Oudin, mais cela n'a pas dispensé le dernier en date, Jean Canavaggio, d'expliquer dans une note très circonstanciée ce que signifiait « hidalgo » au temps de Cervantès. Le terme « *lugar* », lui non plus, n'a pas d'homologue exact en langue française. Il peut désigner un lieu quelconque, et, plus spécifiquement, dans le domaine de la géographie humaine, une agglomération rurale plus peuplée qu'un simple hameau (« *aldea* » en espagnol), mais de dimension variable, éventuellement supérieure à ce qu'évoque notre terme « village ». C'est le terme « localité », relativement récent (attesté au début du XIXe siècle au sens où on l'entend ici), qui serait le meilleur équivalent, en raison de son flou et de son élasticité. Les indications éparses dans le roman cervantin sont trop rares et trop imprécises pour qu'on puisse se faire une idée du nombre des voisins de don Quichotte et de Sancho. En conséquence les variantes que l'on observe à ce sujet entre les traducteurs, « bourg », « bourgade », « village », sont toutes recevables.

Là où les traductions ont évolué, c'est sur la traduction du vocable « *adarga* ». « Targe » chez Oudin, puis « rondache » de Filleau de Saint-Martin à Damas Hinard, il devient, dans les quatre dernières versions du XXe siècle, « bouclier » à l'ancienne, ou antique (et de cuir, précise même Schulman). Cette évolution ne tient pas à l'éloignement temporel croissant de la réalité désignée, et des termes d'époque qui s'y référaient, mais au fait que des recherches précises sur les vieilles armures ont permis de mieux savoir de quoi il retourne. Une note de Jean Canavaggio nous apprend que la targe (mot d'origine germanique, attesté dans *La Chanson de Roland*) était un bouclier carré, alors que l'*adarga*, mot d'origine arabe, avait une forme ovale, et n'était plus en usage au XVIe siècle. C'est au chapitre VII, lors de sa deuxième sortie, que don Quichotte remplace ce bouclier léger qui lui venait de ses ancêtres par une « rondache », petit bouclier rond que portaient en principe des fantassins. Voilà donc trois faux synonymes remis à leur place respective. Ce genre de rectification peut laisser indifférent bien des lecteurs. On imagine en revanche l'intérêt qu'elle aurait pour un cinéaste soucieux d'exactitude historique.

Autre paramètre : l'adaptation aux exigences ou au goût supposé du public. C'est Filleau de Saint-Martin qui en fournit l'exemple, d'abord en remplaçant la localisation villageoise par un avertissement manifestement destiné à ses compatriotes : la Manche est ici « une contrée de l'Espagne ». On ne peut que sourire de cette précision : le traducteur craignait-il que ses lecteurs ne placent la fiction cervantine au nord de nos côtes et en pleine mer ? Mais là où notre sourire devient grimace, c'est quand on constate – véritable lèse-Cervantès – le silence total sur l'incise « *de cuyo nombre no quiero acordarme* ». Il faut dire que, dans sa préface, Filleau de Saint-Martin ne faisait pas mystère de sa décision d'adapter la fiction cervantine au « génie » des Français. La traduisant en pleine époque classique, il n'appréciait pas, dès le départ, ce qui venait troubler, selon lui, le naturel de l'évocation. Déjà, bien avant lui, Vital d'Audiguier, traducteur en 1618 du *Persilès*, avait manifesté la même mauvaise humeur à l'encontre des interruptions du récit par cette voix impertinente, venue d'on ne sait où (« voix off », dirait-on aujourd'hui).

L'économie des mots est à peu près la même dans nos échantillons. Tous, sauf deux, ont gardé « l'effet croquis » créé dans l'original par l'absence d'articles indéfinis devant les substantifs « *lanza* », « *adarga* », « *rocín* », « *galgo* ». Damas Hinard a sans doute eu tort d'alourdir « un bourg de la Manche » par l'adjonction de l'adjectif « certain », alors que, précisément, ce lieu est on ne peut plus incertain. Filleau de Saint-Martin et Florian ont gâché « l'effet croquis » en multipliant les articles. En outre, Filleau de Saint-Martin, pour faire bonne mesure, a remplacé le lévrier par plusieurs chiens, façon généreuse, certes, d'aider le chasseur esquissé dans la première page à traquer le gibier, mais gommage fâcheux de la maigreur anguleuse qu'évoque l'animal choisi par Cervantès, juste avant qu'un physique analogue soit dévolu au maître de maison.

L'ordre des mots a été le plus souvent respecté. Toutefois Florian, Cardaillac-Labarthe, Babelon, Miomandre et Schulman, par leur adoption commune de « un de ces » devant « gentilshommes » ou « hidalgos », ont choisi une présentation immédiatement sérielle du personnage, alors que les autres traducteurs lui ont laissé, comme dans l'original, le temps d'exister en tant qu'individu, avant qu'il se dilue dans la banalité d'une catégorie sociale. Et le « *galgo corredor* » qui dynamise en fin de phrase une évocation jusque-là statique est non seulement féminisé par Schulman, mais rétrocédé au profit du futur Rossinante (appelé à ce stade « bidet », « rosse », « haridelle » ou « roussin » selon les traducteurs). Il est vrai que ce pauvre lévrier n'a pas, lui, d'avenir dans le roman. « Bon coureur » selon Oudin-Cassou, « chasseur » selon Canavaggio, il est doté dans ces deux cas de velléités bondissantes que Florian a effacées en ne traduisant pas « *corredor* », et qui sont peu sensibles dans les autres traductions, sauf dans celle de Miomandre, lequel fait surgir un « lévrier de course » que l'imagination du lecteur français doit aussitôt tenir en laisse pour l'empêcher de s'élancer sur les champs d'Auteuil ou d'ailleurs…

L'analyse, on le voit, dégage pour une seule phrase un nombre déjà considérable de paramètres engagés par toute traduction : âge(s) de la langue cible, éloignement spatio-temporel des réalités évoquées, adéquation révisable des termes lexicaux correspondants, ajustement au goût du public, économie et ordre des mots. Étendre l'examen de chacun de ces paramètres à toute une série de chapitres donnerait lieu à des développements considérables. On se contentera ici de choisir à titre indicatif un paramètre que nous n'avons pas encore discerné, engagé dès la phrase inaugurale, bien qu'il y soit presque imperceptible : la poéticité du roman cervantin.

Un poète à traduire [1]

« *En un lugar de la Mancha* »… Quoi de plus banal, avons-nous écrit dans la Présentation, que cette façon d'entamer un récit par une indication spatiale ? Et pourtant, une oreille poétique, accoutumée par exemple aux vers du Romancero, peut entendre ce segment inaugural comme un octosyllabe. Il se trouve de fait qu'un romance anonyme de l'époque de Cervantès comporte textuellement parmi ses premiers vers : « *en un lugar de la Mancha* ». Rien ne prouve que Cervantès ait connu ce romance, ni que ses lecteurs, en attente d'un roman essentiellement en prose, aient forcément songé aux coutumes métriques du Romancero. À plus forte raison, le fait que « dans un village de la Manche » est également chez nous un octosyllabe n'a aucune chance d'être remarqué par des lecteurs français, en attente eux aussi d'un roman en prose, ni aucune raison de disqualifier d'autres traductions où l'adoption de « bourg » ou de « bourgade » modifie le décompte syllabique. Le rapprochement proposé par des érudits avec le romance anonyme semble n'avoir aucune incidence pratique sur ce qui nous préoccupe ici.

Mais déclarer que la prose est l'horizon d'attente de tout lecteur qui ouvre le *Quichotte* affirme une évidence qui,

1. On reprend ici, pour l'appliquer au *Quichotte*, l'éclairage proposé par Claude Allaigre et Jean-Marc Pelorson dans leur article « Un poète à traduire : Cervantès. Remarques sur l'écriture et la traduction du *Persilès* », *La Licorne*, n° 39, Poitiers, 1997.

comme beaucoup d'évidences, doit être révisée. Au niveau théorique, elle est solidaire de plusieurs idées reçues, que le poéticien et traductologue Henri Meschonnic, de façon générale et sans référence particulière au cas de Cervantès, s'est acharné à combattre, en dénonçant la triple grossièreté du schéma qui confond prose et langage ordinaire, oppose prose à poésie, et réduit celle-ci à ses manifestations versifiées [1]. Or, tout ce que l'on a reconstitué des idées esthétiques de Cervantès et de Lope de Vega, qui ont procédé l'un et l'autre à des va-et-vient entre prose et poésie versifiée, montre qu'ils avaient bel et bien, à leur manière et selon les conditions mentales de leur temps, la conviction que la prose pouvait être elle-même, dans certains cas, poétique. Ils estimaient par exemple, suivant en cela Aristote, qu'un poème épique pouvait s'écrire en prose. De même, des romans pastoraux tels que *La Galatée* et *L'Arcadie* étaient conçus par leurs créateurs comme des prolongements naturels des églogues virgiliennes. Les nombreux poèmes versifiés intercalés dans la prose de ces romans ne faisaient que concentrer et porter à son plus haut point d'intensité une poéticité diffuse dans le restant de l'ouvrage.

Une remarque incidente de Pierre Larthomas [2] à propos de Molière peut être mise à profit pour le cas, assez similaire, de Cervantès. Molière a versifié consciencieusement une partie de ses pièces, sans atteindre jamais à la qualité poétique, gravée dans tant de mémoires, d'un Racine ou d'un La Fontaine. Mais la prose moliéresque n'en a pas moins son rythme particulier, des cadences occasionnelles (au sens de mesures métriques répétées), et, de façon générale, une sorte de musiquette qui lui est propre, aisément reconnaissable, et que les traductions en d'autres langues doivent avoir bien du mal à conserver, à supposer qu'elles se fixent cet objectif. Cervantès lui aussi a beaucoup versifié, dans des compositions de circonstance, dans son théâtre, dans les poésies intégrées à ses trois romans, dans les pièces liminaires du *Quichotte*, ainsi que dans certaines de ses *Nouvelles exemplaires*. Il n'est pas parvenu pour autant à rivaliser en ce domaine avec le Phénix, surnom poétique de Lope de Vega, ni avec Góngora, qu'il

1. Henri Meschonnic, *Critique du rythme*, Verdier, 1982.
2. Pierre Larthomas, *Le Langage dramatique*, PUF, 2005 (2e éd.), p. 318.

aimait tant. Mais la prose de Cervantès, à commencer par l'inoubliable phrase inaugurale du *Quichotte*, psalmodiée aujourd'hui par tant d'admirateurs hispanophones, a bel et bien une poéticité qui passe par le rythme, la découpe des séquences, les consonances et allitérations, et le réseau des « signifiants » (sonorités, mais aussi volume de chaque mot) qui sous-tend constamment celui des « signifiés » et qui, combiné à eux, produit par endroits des effets remarquables. Ont-ils été toujours remarqués par les traducteurs en français ? Aucun d'eux, à notre connaissance, ne s'en est expliqué, ce qui ne veut pas dire que la poéticité de la prose cervantine ait été négligée par tous. Quand, par exemple, Oudin écrit « à toute course de son âne », il traduit en poète.

Et Viardot ? Son culte de « l'exactitude » accordait manifestement la priorité au signifié. Cela ne veut pas dire qu'il n'ait pas réfléchi au rythme des phrases cervantines. Héritier des innovations stylistiques de Voltaire, il a cherché, suivi en cela par d'autres, telle aujourd'hui Aline Schulman, à donner à ces phrases une découpe plus brève, plus nerveuse que dans l'original, à tort, selon Canavaggio, attentif pour sa part à l'ampleur de la respiration cervantine. Mais la notion de poéticité reste extérieure à ces questions d'ampleur ou de brièveté. Ce qu'on peut affirmer en tout cas, c'est que le réseau des signifiants n'a guère intéressé Viardot. Négligeant, comme on l'a déjà dit, les pièces liminaires, il est de ceux qui ont transposé en simple prose les morceaux versifiés du *Quichotte*.

Pourtant deux de ses devanciers avaient fait preuve à ce sujet d'une certaine capacité à versifier joliment sans trop sacrifier pour autant le sens. Filleau de Saint-Martin, qu'on n'a guère vu jusqu'ici à son avantage, a traduit comme suit la première strophe de la chanson d'Antoine, adressée à Eulalie, au chapitre XI du roman :

> Olalla, je sais que tu m'aimes
> Sans que ta bouche me l'ait dit.
> Tes yeux sont muets tout de même,
> Mais j'aime et tu le sais et cela seul suffit.

Et Florian avait mis son talent de poète fabuliste au service d'une re-création très libre, mais inspirée, de quelques strophes de cette chanson d'Antoine, entre autres morceaux versifiés du *Quichotte* :

Tu trouves toujours des excuses
Pour ne pas danser avec moi.
Je suis le seul que tu refuses.
Je serai donc choisi par toi.

Ah ! crois-moi, charmante Eulalie,
Ne perdons point ainsi nos jours.
Songe bien que toute la vie
Est trop courte pour les amours.

Les traducteurs les plus récents ont renoué avec ces efforts d'autrefois pour garder un peu de la musique ou du parfum des poésies cervantines. Le souci de trouver des compromis honorables entre signifiés et signifiants les a conduits à ne pas trop chasser la rime, à pratiquer au besoin le vers libre. On a eu l'occasion de saluer en note certaine réussite à cet égard de Jean Canavaggio.

Ceux qui privilégient dans le *Quichotte* la veine réaliste et sont peu sensibles aux poésies intercalées estimeront peut-être, comme le fait Viardot, qu'on peut se passer de l'équilibrisme raffiné auquel se risque la traduction poétique. Mais les poésies du *Quichotte* ne sont pas de simples hors-d'œuvre. Tantôt elles prolongent de leurs harmoniques la poéticité diffuse de la prose où elles viennent s'insérer, tantôt, quand cette prose est prosaïque, elles contrastent avec elle, et contribuent ainsi au balancement général du roman entre rêve et rappel à la réalité, utopie et contre-utopie.

2 — *Réception du* Quichotte

Vues d'ensemble

L'évocation des traductions, ci-dessus limitées à l'aire francophone, a déjà engagé l'étude de cette réception. Mais il faut ouvrir plus largement l'éventail : en effet, éditions, traductions, rééditions de l'original et de ses versions en diverses langues, tirages attestant la popularité, jamais démentie depuis son origine, d'un *best-seller*, tout cela, même porté à l'échelle mondiale, ne donne qu'une idée restreinte d'un rayonnement qui passe aussi par les imitations, plus ou moins libres, les adaptations scéniques, la haie d'honneur des commentaires, et l'accompagnement de quantité d'artistes, illustrateurs, peintres, musiciens, chorégraphes, sculpteurs, cinéastes, publicistes ou autres. On risque de se perdre très vite dans un tel fouillis, d'autant que, depuis un siècle, des commémorations officielles sont venues, de loin en loin, ajouter leur battage médiatique, provoquant tout un fatras, mais impulsant aussi des avancées positives de la bibliographie critique, et encourageant des hommages artistiques parfois créatifs.

Trois siècles après la publication à Madrid, en 1605, de la Première partie du *Quichotte*, c'est l'Espagne qui a donné le coup d'envoi en célébrant le tricentenaire. Il faut y voir un sursaut culturel des intellectuels d'un pays démoralisé par la défaite militaire que lui avait infligée, en 1898, la grande puissante montante des États-Unis, avec, pour conséquence, la perte de presque tous les derniers pans – Cuba, Porto Rico, les Philippines – de son empire colonial. La mobilisation de l'orgueil national sous la bannière du *Quichotte* a trouvé alors un chantre en la personne du philosophe Miguel de Unamuno, dont on fera entendre plus loin la voix passionnée.

Un siècle plus tard, en 2005, c'est le monde entier qui vient de fêter le *Quichotte*. L'Espagne et l'aire hispanophone sont demeurées au cœur de l'effervescence : lectures publiques à la radio et à la télévision, articles de presse quasiment quotidiens, « coin Cervantès » dans toutes les grandes librairies, conférences, colloques, essais, livres, expositions… Mais l'événement s'est mondialisé. Il faudra des mois, des années peut-être, pour trier ce qui s'emmagasine sur Internet aux entrées « Cervantès » et « Quichotte », pour dresser des bilans, mesu-rer les apports vraiment originaux, les avancées durables. Les cervantistes sont débordés.

En attendant de digérer tout ce qui vient de se produire, on dispose, pour embrasser du regard la « fortune » du livre sur les quatre siècles qu'a traversés sa gloire croissante, de tout le recul nécessaire grâce à une synthèse récente à la fois ample et précise. Actualisant et élargissant considérablement l'enquête, limitée à la seule France des XVIIe et XVIIIe siècles et aux seuls aspects littéraires, qu'avait menée en 1931 un autre hispaniste français, Maurice Bardon [1], Jean Canavaggio [2] vient de retracer, d'une main ferme, la courbe de cette « fortune », prodigieux destin posthume d'un vieil hidalgo pauvre et malade.

Indiquons d'emblée le tracé d'ensemble : depuis son émergence jusqu'au seuil du XIXe siècle, le roman est placé sous le signe exclusif du rire, d'un comique de passe-temps. Se produit ensuite une mutation, due à des romantiques allemands [3],

1. Maurice Bardon, *Don Quichotte en France au XVIIe et au XVIIIe siècle*, Honoré Champion, 1931, 2 vol.

2. Jean Canavaggio, *Don Quichotte, du livre au mythe. Quatre siècles d'errance*, Fayard, 2005.

3. Le rôle crucial qu'ont joué les romantiques allemands appelle quelques précisions : après Herder, qui, en 1772, exalte la sagesse populaire de Sancho et se déclare troublé et attristé par les malheurs de don Quichotte, Friedrich Schlegel voit dans le roman cervantin un livre grave, soulevé par la puissance du *Witz*, c'est-à-dire d'un génie créateur en osmose avec les forces de la Nature, et le frère aîné de Friedrich, prénommé August Wilhelm, estime dans ses *Leçons sur la littérature et l'art* (Berlin, 1801-1804) que la totalité contradictoire de la vie, la tension entre Poésie et Prose, est représentée par le couple don Quichotte-Sancho. Ce couple, estime à son tour Friedrich von Schelling dans ses *Leçons sur la philosophie de l'art* (1804-1805), illustre la lutte entre le réel et l'idéal, et l'idéal, en dépit des humiliations qu'il subit, triomphe à travers la supériorité de don Quichotte, être noble, sur son vulgaire entourage. Traducteur du roman cervantin, Ludwig Tieck admire lui aussi l'héroïque chevalier, tout en admettant qu'on puisse rire de sa maladresse à servir l'Idéal. Les hommages vibrants rendus à Cervantès par le philosophe Hegel, en 1820, dans son *Cours d'esthétique*, et par le poète Heine, préfaçant en 1837 une édition du roman,

qui découvrent au livre profondeur et gravité. Dès lors et jusqu'à nos jours, c'est l'ambivalence et la complexité du texte cervantin qu'on ne cesse d'admettre et de creuser.

Le cadre général étant posé, on va évoquer maintenant les suites et imitations étroites du *Quichotte* qui ont surgi presque immédiatement en Espagne et en France, puis quelques œuvres authentiquement créatives qui, à partir du XVIIIe siècle, se sont librement inspirées du roman cervantin, puis divers jugements et commentaires, enfin l'accompagnement artistique au fil des siècles. Le tout sans ambition exhaustive : plutôt que de verser dans le catalogue, on s'en tiendra à quelques exemples saillants.

Suites et imitations

Le succès immédiat du *Quichotte* dès la parution de sa Première partie n'a pas tardé à susciter chez certains l'envie de l'imiter, envie non exempte de jalousie.

Ainsi, comme l'attente se prolongeait, après 1605, de la suite promise par Cervantès et que l'auteur était connu pour ses atermoiements, lui qui n'en finissait pas d'annoncer aussi une Seconde partie, qui n'est jamais venue, de sa *Galatée*, un plagiaire caché sous le pseudonyme Alonso Fernandez de Avellaneda prit l'initiative en 1614 de se parer des plumes du paon en publiant de nouvelles aventures de don Quichotte. On n'est jamais parvenu à identifier ce faussaire, qui a brouillé les pistes en se prétendant natif de Tordesillas (près de Valladolid). Le texte de 1605 ayant laissé entrevoir, vers sa fin (I, chap. LII), que don Quichotte projetait de se rendre à Saragosse pour y participer à des joutes, c'est vers la capitale aragonaise qu'Avellaneda guide les pas du chevalier. Le désir de

portent au plus haut cette valorisation du *Quichotte*, livre grandiose. Plus tard, en 1887, Nietzsche a résumé à merveille l'inversion de sens opérée par ces lectures romantiques, tout en marquant quelque distance à leur égard, puisqu'il estime que le sens voulu par Cervantès lui-même était autre : « Nous lisons aujourd'hui *Don Quichotte* avec tout au long un goût amer dans la bouche, presque à la torture, et son auteur comme ses contemporains nous trouveraient en cela bien bizarres et bien incompréhensibles – car eux le lisaient avec la meilleure conscience du monde comme un livre des plus gais, qui les faisait mourir de rire. »

s'y rendre est ravivé chez celui-ci par le passage dans son village d'une troupe de chevaliers grenadins pressés d'aller aux joutes. L'un d'eux, nommé don Alvaro Tarfe, fait étape chez don Quichotte, et lui laisse en dépôt, au moment de repartir, une riche armure de Milan. Il n'en faut pas plus pour que la folie de l'hidalgo se réveille et qu'il s'élance à son tour. Passons sur les innombrables mésaventures qui s'ensuivent : emprisonnement à Saragosse pour avoir voulu libérer un prisonnier, prestation ridicule lors des joutes, retour lent et pénible jusqu'à Madrid, en compagnie d'une horrible tripière, Barbe la Balafrée, que son amant vient de plaquer, et que don Quichotte transfigure en Zénobie, reine des Amazones. Fin lamentable de l'équipée : don Alvaro Tarfe fait interner son ancien hôte à l'hôpital des fous de Tolède. Escroqué et injurié par Avellaneda, qui avait ironisé sur l'invalidité du manchot de Lépante, Cervantès riposte en faisant bifurquer, dans « sa » Seconde partie, « son » don Quichotte vers Barcelone au lieu de Saragosse, et en provoquant une rencontre avec don Alvaro Tarfe qui permet au chevalier d'expliquer à ce personnage qu'il a été victime d'un imposteur, un huissier étant appelé à la rescousse pour dresser constat de la vérité des propos et de l'authenticité de celui qui les tient.

La grossièreté du plagiat d'Avellaneda [1], qui enferme don Quichotte et Sancho dans des rôles mécaniquement ridicules, et réduit le comique à la scatologie, est assez représentative de la réception première du roman cervantin. En l'absence de témoignages directs de lecteurs, divers indices convergents autorisent à penser que les publics d'époque n'ont pas été à la hauteur du livre. Lorsque le dramaturge valencien Guillén de Castro (mieux inspiré quand il a campé les prouesses du Cid) met en scène sous le titre *Don Quichotte de la Manche* certains événements de la Première partie, c'est aux aventures sentimentales qu'il donne la préséance, don Quichotte et Sancho se contentant de faire figuration en retrait, tels des personnages carnavalesques en carton ; la seule interférence entre les deux plans est une raclée infligée par Cardenio au chevalier. La captation de divers épisodes du roman par des

1. Au début du XVIIIe siècle, Lesage, grand relayeur, avant Hugo, de la littérature espagnole dont son *Gil Blas de Santillane* est pétri, s'est donné la peine de traduire en français Avellaneda.

mascarades et ballets burlesques, tant en Espagne qu'en France, confirme ce type, décevant à nos yeux, de réception.

Moins malhonnête qu'Avellaneda à l'égard de Cervantès s'est montré le Français Charles Sorel, encore qu'il se soit obstiné à nier la dette évidente de son *Berger extravagant* (1627-1628) envers le *Quichotte*. La transposition des aventures dans un cadre pastoral est directement issue de l'intention manifestée par le personnage cervantin de se faire berger (II, chap. LXVII) alors que, défait par le bachelier Sansón Carrasco déguisé en chevalier errant, il a dû jurer de rentrer au village et de renoncer à ses escapades belliqueuses. L'imagination du berger inventé par Sorel est elle aussi victime de s'être trop investie dans les fictions livresques : si Louis, fils d'un commerçant parisien, fait une fugue écologique en allant, sous le nom de Lysis, paître des moutons à Saint-Cloud, puis en Brie, c'est pour avoir lu *L'Astrée*, roman pastoral d'Honoré d'Urfé. Du coup le voilà qui prend l'humble cours du Morin pour le Lignon, la rivière du Forez qu'avait choisie Urfé. La transposition, affadie par trop de bêlements et desservie par un style assez lourd, démarque souvent des épisodes du *Quichotte*. Lysis met beaucoup de bonne volonté à se ridiculiser, mais il n'est pas vraiment persuadé de son rôle de fou, il se laisse aisément raisonner, et, comme c'était à prévoir, le bon jeune bourgeois finit par se ranger.

On ne résiste pas au plaisir de signaler trois comédies de Guyon Guérin de Bouscal des années 1640 intitulées *Don Quixote de la Manche*, *Don Quixot de la Manche* (autre version comme l'indique la modification de la graphie) et *Le Gouvernement de Sancho Pança*. Non que nous espérions faire lire ces pièces bien oubliées. Mais parce que, selon une anecdote célèbre, Molière a tenu en 1660 le rôle de Sancho Panza dans une adaptation tirée des deux premières pièces de Guérin de Bouscal, et que, préfigurant, sans le savoir bien sûr, une scène hilarante du *Cirque* de Chaplin, ce Sancho moliéresque, ou Molière sanchopancesque, comme on voudra, s'est retrouvé, sans le vouloir non plus, suspendu au décor, l'âne qu'il montait pour son entrée en scène lui ayant échappé.

Il y a eu au XVIIe siècle, en dehors de ces quelques exemples, des imitations plus ou moins étroites du *Quichotte*, mais qui n'ont rien laissé de mémorable. Et c'est la libre imitation qui est venue, avec le temps, prendre le relais et inspirer d'authentiques créations. La stature de Cervantès, sous-estimée au début, a conduit à cet éloignement respectueux. Il ne pousse rien sous un grand chêne, ou pas grand-chose.

IMITATIONS LIBRES ET INSPIRÉES

Le *Pharsamon ou les Folies romanesques* de Marivaux (1713) a été réédité à La Haye en 1739 sous le titre éloquent *Pharsamon ou le Don Quichotte françois*. L'imitation, au départ, est assez étroite, puisque Pierre Bagnol, fils d'un seigneur de village, se prend pour un personnage de roman et s'affuble du nom de Pharsamon, tandis que Colin Michard, son valet, rebaptisé Cliton, est promu écuyer. Mais la Dulcinée de Pharsamon n'est pas une évanescente princesse en sabots, c'est une jeune fille de bonne famille, nommée Cidalise, qui a elle aussi la passion des livres. Ce bas-bleu a une suivante, que Cliton, bien évidemment, va courtiser. On reconnaît aussitôt Marivaux à cet agencement d'amours parallèles entre maîtres et valets, typique d'une longue tradition surtout théâtrale à laquelle Cervantès avait d'ailleurs sacrifié lui-même, tant dans sa *Galatée* que dans ses *comedias*. Mais le couple don Quichotte-Sancho échappe à ce type de construction. Marivaux, comme on le voit, a modifié les données fondamentales du roman cervantin. Cela n'empêche pas l'histoire contée dans *Pharsamon* de démarquer souvent, un peu à la manière de Sorel, divers épisodes du *Quichotte*, en tirant parti d'une alternance, notée par Gérard Genette, entre scènes romanesques et scènes burlesques. Mais l'objectif principal de Marivaux semble être de mettre les conversations littéraires de Pharsamon et Cidalise, prolongées par des commentaires directs de l'auteur (semblables aux intrusions de la voix off dans la narration cervantine), au service d'une réflexion sur le genre romanesque, le tout soutenu par la vivacité d'un style dont l'éloge n'est plus à faire.

Tandis que les lettrés espagnols du siècle des Lumières commencent à s'intéresser à la biographie de Cervantès et, selon les exigences d'un goût néo-classique venu de France, croient pouvoir le féliciter de s'être soustrait aux « excès » du gongorisme, considéré par eux comme une impasse, c'est donc en France, avec Marivaux, que l'admiration pour le *Quichotte* produit vraiment du neuf. Mais aussi en Angleterre, avec les romanciers Fielding, Smollett et Sterne [1]. Ils se sont plu tous trois à prolonger, dans leurs fictions respectives, les impertinences de la voix off, et tout en s'amusant des extravagances du chevalier errant, ils ont vu en lui une personnalité attachante, incarnant une propension, présente selon eux en tout être humain, à l'excentricité.

Prenons le seul exemple de *Tristram Shandy* de Sterne. Ce roman désopilant est truffé d'allusions et d'hommages au *Quichotte*. Ne se privant pas d'interrompre le récit, à la façon de Cervantès, par des adresses directes au lecteur, le romancier anglais exalte « l'incomparable Chevalier de la Manche, un homme qui, soit dit en passant, est plus cher à mon cœur, en dépit de toutes ses folies… que le plus grand des héros de l'Antiquité. » La technique cervantine de clignotement de l'illusion a été admirablement comprise par Sterne, qui a tiré aussi profit, nous semble-t-il, d'un maillon intermédiaire entre lui et le romancier espagnol, à savoir les *Nouvelle*s *à Marcia Leonarda* de Lope de Vega.

Dans ces *Nouvelles*, composées entre 1621 et 1624, donc après la mort de Cervantès, Lope, revenu de sa vieille inimitié contre l'auteur du *Quichotte*, a su méditer et prolonger ses stratagèmes de brouillage des plans entre auteur et lecteur. Lorsque Cervantès écrit : « dont je ne veux pas me rappeler le nom » dans la célèbre phrase inaugurale, il reste du côté de la tradition orale des conteurs [2], qui disent volontiers : « dont je ne me souviens pas ». Toutefois, et la différence est essen-

1. Fielding a écrit dès 1727 une comédie intitulée *Dom Quixote in England* (*Don Quichotte en Angleterre*), puis, en 1742, son *Joseph Andrews*, doublement parodique puisque la chasteté de Joseph, invariablement révulsé dès que des femmes l'entreprennent, renvoie à la fois à celle de don Quichotte et à celle de Pamela Andrews, héroïne de Richardson, et enfin, en 1749, *Tom Jones*, qui entretient avec le roman cervantin des rapports plus lointains. Traducteur en anglais du *Quichotte*, Smollett reconnaît sa dette envers Cervantès dès son premier roman, *Roderick Random* (1748), puis dans son quatrième roman, *Launcelot Greaves* (1762), enfin dans *The Expedition of Humphrey Clinker* (1771), où un certain Lismahago, doté d'une longue et maigre figure et cavalier maladroit, est explicitement comparé à don Quichotte juché sur Rossinante. Sterne a publié son *Tristram Shandy* en deux temps (1759 et 1767).

2. Voir Michel Moner, *Cervantès conteur. Écrits et paroles*, Madrid, Casa de Velázquez, 1989.

tielle, à la place du trou de mémoire feint par le conteur, c'est une réticence impertinente d'écrivain qui s'affiche. Lope, lui, va plus loin dans le sens de l'écrit, et crée une relation fantasmatique entre sa main censée être en train de tracer les lignes et la dédicataire supposée être en train de les lire. Il dit donc par exemple à Marcia Leonarda : « Ici, tournez la page. » Ou encore il propose à sa lectrice de sauter une description trop conventionnelle, qui pourrait l'ennuyer, etc. Or c'est ce que fait Sterne très souvent, au point d'offrir une page blanche au lecteur, pour qu'il décrive à sa guise tel personnage, et une page noire pour montrer ce qu'a vu Yorick quand on l'a assommé. Ces jeux baroques hilarants sont dans le droit-fil de ceux du *Quichotte*, ils viennent à Sterne de Cervantès, par Lope de Vega interposé.

De tous les romanciers (et la liste pourrait être longue et impressionnante) du XIXe siècle qui se sont librement inspirés du *Quichotte*, une place d'honneur revient ici de droit à Flaubert. Les exclamations d'enthousiasme de sa correspondance (on en citera un peu plus loin) confirment, s'il en était besoin, à quel point le roman cervantin a constitué pour lui, sinon un modèle à suivre (Flaubert déclare modestement Cervantès trop grand pour qu'on ose l'imiter), une source de réflexion sur l'irrépressible propension de certains êtres humains à s'évader d'une réalité jugée médiocre pour se réfugier dans une vie imaginative et romanesque. C'est ce qu'on a appelé le « bovarysme », terme étrenné en 1865 par Barbey d'Aurevilly et consacré en 1902 par une étude de J. de Gaultier. Madame Bovary, nourrie de lectures exaltées qui lui servent d'écran pour oublier son gros médecin de mari, mais qui la jettent aussi dans un désespoir progressif, est bien un ou une « don Quichotte en jupons », comme l'a appelée le philosophe espagnol Ortega y Gasset (qui a publié en 1914 ses *Méditations* du roman cervantin), et Frédéric Moreau, personnage central de *L'Éducation sentimentale*, relève de la même vision désenchantée de la vie.

Parmi la liste, longue elle aussi, de romanciers du XXe siècle qu'il est fructueux de placer sous le signe du *Quichotte*, Gabriel García Márquez se recommande à l'attention. D'abord parce que, dans *Cent Ans de solitude* (1967), magistral coup d'envoi du grand romancier colombien, la parodie de toute une littérature latino-américaine antérieure, marquée par un réalisme au petit pied ou par un culte verbeux des forces telluriques, rappelle, *mutatis mutandis*, la révolution opérée en son temps par le *Quichotte*. Puis parce que les quêtes obstinées de certains personnages, qu'il s'agisse de José Arcadio Buendía enfermé dans ses rêves utopiques de savant de laboratoire, ou du colonel Aureliano Buendía champion des causes perdues ne sont pas sans rapport avec l'errance obstinée du chevalier.

Quelques jugements et commentaires sur Cervantès et le *Quichotte*

Cette rubrique pourrait donner lieu à des énumérations fastidieuses. On se contentera de proposer un florilège de citations échelonnées sur les trois premiers siècles de la réception du *Quichotte*. Pour le XXe siècle, on fera entendre plus longuement trois grandes voix.

Ce qu'ils ont dit de Cervantès

Lope de Vega (1604) : « Beaucoup de poètes en herbe nous sont promis pour l'an prochain, mais aucun aussi mauvais que Cervantès, ni assez sot pour louer le *Quichotte* [1]. »

Avellaneda (1614) : « Qu'il se contente de sa *Galatée* et de ses comédies en prose : c'est encore ce qu'il a fait de mieux en guise de nouvelles, et qu'il cesse de nous assommer ! »

Sancho Panza (1615) : « Je suis infiniment aise que l'auteur de l'histoire ait parlé de telle sorte que les choses qu'on raconte de moi ne soient pas ennuyeuses. »

Don Quichotte (1615) : « L'auteur de notre histoire doit être quelque sage enchanteur. »

La Fontaine (1665) : « Cervantès me ravit. »

Saint-Évremond (1671) : « De tous les livres que j'ai jamais lus, *Don Quichotte* est celui que j'aimerois mieux

1. Cet extrait d'une lettre de Lope, probablement de 1604, laisse penser que la Première partie du *Quichotte* a circulé en cercle restreint avant d'être imprimée.

avoir fait… J'admire comme [1] dans la bouche du plus grand fou de la terre, Cervantès a trouvé le moyen de se faire connoître l'homme le plus entendu, et le plus grand connoisseur qui se puisse imaginer. »

Cadalso (1773, jugement prêté à un Marocain) [2] : « Il est dans cette nation un livre fort applaudi de toutes les autres. Je l'ai lu et, sans conteste, il m'a plu ; mais un doute ne laisse pas de tracasser mon esprit : à côté du sens littéral, n'y en a-t-il pas un autre, le véritable ? Que lit-on ? Une suite d'extravagances, commises par un fou qui croit qu'il y a des géants, des enchanteurs, etc., quelques sentences dans la bouche d'un niais, et nombre de scènes de la vie, bien critiquées ; mais ce qui se cache sous cette apparence, c'est, à mon avis, tout un ensemble de choses importantes et profondes. »

Voltaire (1774) : « Je suis devenu une espèce de don Quichotte et de redresseur de torts. »

Florian (1783) : « Mon bien-aimé Cervantès. »

« Il corrigea son siècle et mourut de misère. »

D'Alembert (1786) : « Malgré son rare mérite, Cervantès auroit peut-être assez de peine, s'il n'étoit ancien, à nous intéresser aujourd'hui, parce que le genre de folie qu'il attaque n'existe plus. »

Florian (1799) : « Don Quichotte est fou dès qu'il agit, il est sage dès qu'il raisonne ; et comme il est toujours bon, on ne cesse point de l'aimer, on rit de lui et l'on s'y intéresse. »

Flaubert (1852) : « Quel livre ! Quel livre ! Comme on voit ces routes d'Espagne qui ne sont nulle part décrites ! »

Victor Hugo (1859) : « Il montre l'un après l'autre, l'un avec l'autre, les deux profils de l'homme et les parodie, sans plus de pitié pour le sublime que pour le grotesque. »

Flaubert (1869) : « Quel gigantesque bouquin ! »

---

1. Construction classique du verbe « admirer » avec une interrogative indirecte. Il faut comprendre : j'admire cette façon qu'a trouvée Cervantès de…

2. José de Cadalso a composé, à l'imitation des *Lettres persanes* de Montesquieu, des *Lettres marocaines*. Il est, avec Saint-Évremond, un des rares précurseurs, avant 1800, des tenants de la gravité et de la profondeur du *Quichotte*.

MIGUEL DE UNAMUNO

Le philosophe espagnol Miguel de Unamuno propose en 1905 une lecture symbolique du *Quichotte*, destinée à mobiliser ses compatriotes vers un redressement national par l'exemple de l'admirable folie du chevalier errant. Traduite en français par Jean Babelon, *La Vie de don Quichotte et de Sancho Pança, d'après Miguel de Cervantès Saavedra* est une longue glose à visée symbolique du roman, assortie de deux vigoureux paradoxes : l'un, c'est que la folie quichottesque, loin d'être anachronique, trace à l'Espagne la voie de l'avenir. L'autre, c'est que Cervantès aurait été d'emblée dépassé par son personnage. Unamuno se serait-il laissé prendre aux jeux vertigineux de l'esthétique baroque ? Ou serait-ce le problème de la part de l'inconscient dans l'inspiration créatrice qu'il pose en ce début du XXe siècle ? Voici deux courts extraits du livre, l'un pris dans le premier chapitre intitulé « Le sépulcre de Don Quichotte » (le philosophe s'y adresse à un ami qui pourrait être le lecteur), l'autre dans les dernières pages.

Eh bien oui, je crois qu'on peut se lancer dans une nouvelle sainte croisade, aller racheter le sépulcre de Don Quichotte, qui est aux mains des bacheliers, des curés, des barbiers, des ducs et des chanoines. Je crois qu'il faut aller le racheter, ce tombeau de Chevalier de la Folie et l'arracher aux hidalgos de la raison.

Bien entendu, ils défendront ce qu'ils ont usurpé, ils s'efforceront de prouver, par raisons fort bien déduites, que la garde du sépulcre leur revient de droit : ils le gardent pour que le chevalier ne ressuscite pas. À ces bonnes raisons, il faut répondre par des insultes, par des pierres, par des cris de rage, par des coups de lance. Il ne faut pas raisonner avec eux. Si tu veux faire pièce à leurs raisonnements, tu es perdu.

Ta folie quichottesque t'a conduit plusieurs fois à me parler du quichottisme comme d'une nouvelle religion. Je te dirai que cette nouvelle religion, si elle arrivait à se former, aurait deux singulières prééminences. L'une, c'est que son fondateur, son prophète – Don Quichotte, pas Cervantès bien entendu –, nous ne sommes pas sûrs qu'il soit un homme réel, de chair et d'os, nous soupçonnons que ce fut une pure fiction. L'autre avantage, c'est que ce prophète était un prophète ridicule, qui fut moqué par les gens.

C'est, en effet, bien là le courage qui nous manque, celui d'affronter le ridicule. Le ridicule est l'arme que manient tous les misérables bacheliers, barbiers, curés et chanoines et ducs, qui gardent caché le sépulcre du Chevalier de la Folie, le chevalier qui fit rire tout le monde, mais qui ne risqua jamais une plaisanterie, il avait l'âme trop grande pour cela. C'est par son sérieux qu'il donna à rire.

Il ne saurait être contesté que, dans *L'Ingénieux Hidalgo Don Quichotte de la Manche*, Miguel de Cervantès se montra bien au-dessus de ce qu'on pouvait attendre de lui, il se surpassa lui-même. C'est ce qui nous porte à croire que l'historien arabe Cide Hamete Bengeli [*sic*] n'est pas une pure création littéraire, mais qu'il cache une profonde vérité ; c'est que l'histoire fut dictée à Cervantès par un autre qu'il portait en lui, un esprit qui demeurait dans les profondeurs de son âme. Et cette immense distance qu'il y a de l'histoire de notre Chevalier aux autres œuvres de Cervantès, ce miracle patent et splendide est la raison principale qui nous fait croire et confesser que cette histoire est réelle, et que c'est Don Quichotte lui-même, enveloppé dans Cide Hamete Bengeli, qui la dicta à Cervantès…

J'ajouterai ici que bien des fois nous tenons un écrivain pour une personne réelle et historique, parce que nous le voyons en chair et en os, et que les personnages qui sont les fruits de son imagination, nous les prenons pour des fictions de sa fantaisie, alors qu'il en est tout au rebours : ce sont ces personnages qui existent en vérité et qui se servent de cet autre qui nous semble être de chair et d'os, pour prendre eux-mêmes figure devant les hommes [1].

Jorge Luis Borges

Voici maintenant un autre grand maître du paradoxe : l'écrivain argentin Jorge Luis Borges. Il a imaginé qu'un Français du XIXe siècle, nommé Pierre Ménard, se met en tête de récrire le *Quichotte*, et parvient à rédiger, au prix de grands efforts non pas mémoriels mais créatifs, des pages qui se révèlent absolument identiques à celles de quelques fragments du roman. Cette incroyable coïncidence étant posée, Borges s'amuse à écrire :

---

1. Miguel de Unamuno, *La Vie de don Quichotte et de Sancho Pança, d'après Miguel de Cervantès Saavedra,* Albin Michel, 1959, trad. Jean Babelon, D.R., p. 3-4 et 370-371.

Comparer le Don Quichotte de Ménard à celui de Cervantès est une révélation. Celui-ci, par exemple, écrivit (*Don Quichotte*, première partie, chapitre IX) :

... la vérité, dont la mère est l'histoire, émule du temps, dépôt des actions, témoin du passé, exemple et connaissance du présent, enseignement de l'avenir.

Rédigée au XVIIe siècle par le « génie ignorant [1] » Cervantès, cette énumération est un simple éloge de rhéteur de l'histoire. Ménard écrit en revanche :

... la vérité, dont la mère est l'histoire, émule du temps, dépôt des actions, témoin du passé, exemple et connaissance du présent, enseignement de l'avenir.

L'Histoire, *mère* de la vérité : l'idée est stupéfiante. Ménard, contemporain de William James, ne définit pas l'histoire comme une recherche de la vérité, mais comme son origine. La vérité historique, pour lui, n'est pas ce qui s'est passé, c'est ce que nous pensons qui s'est passé. Les termes de la fin – *exemple et connaissance du présent, enseignement de l'avenir* – sont effrontément pragmatiques.

Le contraste entre les deux styles est également violent. Le style archaïsant de Ménard – tout compte fait étranger – n'est pas exempt d'une certaine affectation. Il n'en est pas de même pour son précurseur qui manie avec aisance l'espagnol courant de l'époque [2].

Ce texte déconcertant de Borges a fait couler beaucoup d'encre. Pourtant l'idée est assez simple : tout message est daté et il change forcément de sens quand l'écoulement du temps modifie son contexte. Répété à des années de distance l'identique n'est jamais le même.

D'autres textes de Borges sont plus intimement liés au contenu du *Quichotte*. Par exemple un très beau poème intitulé « *No quiero ser el que soy* » (« Je ne veux pas être celui que je suis ») qui donne la parole au chevalier. Celui-ci parle de la poussière et de la routine de la Castille, des papotages du curé et du barbier, puis de l'achat des livres « véridiques » où

---

1. Traduction discutable par Ibarra et Verdevoye de la formule « *ingenio lego* », par laquelle Cervantès a été longtemps présenté comme un semi-lettré, peu versé en latin, avant que le grand ouvrage, en 1925, d'Américo Castro intitulé *El Pensamiento de Cervantes* (*La Pensée de Cervantès*) rétablisse les vraies dimensions de son immense culture.

2. Jorge Luis Borges, « Pierre Ménard auteur du *Quichotte* », *Fictions* (1956), trad. R. Caillois, P. Verdevoye et N. Ibarra, © Gallimard, « Folio », 1994, pour la trad. fr.

passe le souffle chevaleresque. Alors, pour pouvoir poursuivre ce rêve héroïque, le personnage, conscient de n'être qu'un être de papier, se tourne vers son créateur et lui dit, dans le dernier vers : « Ô mon dieu, mon rêveur, continue, rêve-moi ! »

MICHEL FOUCAULT

Dans *Les Mots et les Choses*, le philosophe Michel Foucault met en lumière la place cruciale qu'occupe le *Quichotte* dans l'histoire des liens entre le monde des signes et la réalité. Cette histoire relève de l'épistémologie, au sens large du terme, c'est-à-dire de l'étude des conditions mentales qui rendent possibles les différentes formes de science à une époque donnée, et, par-delà, les autres formes du savoir humain.

> Avec leurs tours et leurs détours, les aventures de don Quichotte tracent la limite : en elles finissent les jeux anciens de la ressemblance et des signes ; là se jouent déjà de nouveaux rapports. Don Quichotte n'est pas l'homme de l'extravagance, mais plutôt le pèlerin méticuleux qui fait étape devant les marques de la similitude. Il est le héros du Même. Pas plus que de son étroite province, il ne parvient à s'éloigner de la plaine familière qui s'étale autour de l'Analogue. Indéfiniment il la parcourt, sans franchir jamais les frontières nettes de la différence, ni rejoindre le cœur de l'identité. Or il est lui-même à la ressemblance des signes. Long graphisme maigre comme une lettre, il vient d'échapper tout droit du bâillement des livres. Tout son être n'est que langage, texte, feuillets imprimés, histoire déjà transcrite. Il est fait de mots entrecroisés ; c'est de l'écriture errant dans le monde parmi la ressemblance des choses. Pas tout à fait cependant : car en sa réalité de pauvre hidalgo, il ne peut devenir le chevalier qu'en écoutant de loin l'épopée séculaire qui formule la Loi. Le livre est moins son existence que son devoir. Sans cesse il doit le consulter afin de savoir que faire et que dire, et quels signes donner à lui-même et aux autres pour montrer qu'il est bien de même nature que le texte dont il est issu. Les romans de chevalerie ont écrit une fois pour toutes la prescription de son aventure. Et chaque épisode, chaque décision, chaque exploit seront signes que Don Quichotte est en effet semblable à tous ces signes qu'il a décalqués…
>
> Don Quichotte dessine le négatif du monde de la Renaissance ; l'écriture a cessé d'être la prose du monde ; les ressemblances et les signes ont dénoué leur vieille entente ; les similitudes déçoivent, tournent à la vision et au délire ; les choses demeurent

obstinément dans leur identité ironique : elles ne sont plus que ce qu'elles sont ; les mots errent à l'aventure, sans contenu, sans ressemblance pour les remplir ; ils ne marquent plus les choses ; ils dorment entre les feuillets des livres au milieu de la poussière. La magie qui permettait le déchiffrement du monde en découvrant les ressemblances secrètes sous les signes ne sert plus qu'à expliquer sur le mode délirant pourquoi les analogies sont toujours déçues. L'érudition qui lisait comme un texte unique la nature et les livres est renvoyée à ses chimères : déposés sur les pages jaunies des volumes, les signes du langage n'ont plus pour valeur que la mince fiction de ce qu'ils représentent. L'écriture et les choses ne se ressemblent plus. Entre elles, don Quichotte erre à l'aventure [1].

L'ACCOMPAGNEMENT ARTISTIQUE

De Jean Mosnier, qui fut le premier, vers 1625, à s'inspirer d'épisodes du *Quichotte* (pour la décoration, commandée par Marie de Médicis, du château de Cheverny), jusqu'à Picasso, Dalí, et, plus récemment encore, Gérard Garouste, en passant par Coypel, Fragonard, Hogarth, Goya, Hermann Paul, Decaris, Keisuke Serisawa, la liste serait longue des illustrateurs et peintres qui ont rêvé sur les pages de Cervantès. On se contentera de dire quelques mots sur ceux qui ont été retenus pour les deux reproductions ci-incluses.

Dans sa série des *Don Quichotte*, Honoré Daumier (1808-1879) a su capter en peinture la poésie de bien des scènes cervantines, par exemple ce nocturne où l'on voit, sous un arbre, Sancho, dos tourné à son maître, dormir à poings fermés, tandis que le chevalier, adossé contre le tronc, tête légèrement relevée vers le ciel, jambes raides chaussant toujours leurs éperons, veille, observé de loin paisiblement par Rossinante. Mais toute la poésie de l'errance passe dans la lithographie qu'on a retenue pour le présent ouvrage (voir p. 354) : les deux compagnons qui voyagent côte à côte tout au long du roman semblent ici se suivre, par le jeu de la perspective, Sancho venant derrière, évidemment. Issus d'on ne sait où, cheminant à travers un paysage incertain, où en sont-ils de leur histoire, de leurs duos ? Suivant la formule d'un conte

1. Michel Foucault, *Les Mots et les Choses*, © Gallimard, 1966, p. 60-62.

oriental, ils sont comme deux boîtes fermées à clef dont chacune contient la clef de l'autre.

Gustave Doré (1832-1883) réalise le tour de force de restaurer l'étrangeté, galvaudée par trop de célébrité, de l'épisode des moulins à vent (voir l'illustration page suivante). Également illustrateur des bons gros géants de Rabelais, Doré s'est gardé ici d'anthropomorphiser les moulins (Apeles Mestres, lui, dans une édition catalane du *Quichotte* en 1879, a représenté un moulin en homme surdimensionné à regard fixe, moustache et longue barbe, étreignant d'une main Rossinante et tenant par un pied, du bout d'un second bras placé du même côté que l'autre, don Quichotte tête en bas). Le moulin que Doré nous donne à voir n'est pas celui, matériel, que voit Sancho, sans quoi il aurait sa texture minérale. Il n'est pas non plus celui que voit don Quichotte, car le chevalier, emporté avec Rossinante, ne peut plus rien voir. Enfin il n'est pas conforme à nos représentations mentales d'un moulin à vent, invention-technique-récente-au-temps-de-Cervantès, etc. C'est une bête monstrueuse, un dragon, un animal préhistorique, Jurassic Park avant la lettre, qui d'un coup de patte ou de nageoire squameuse est en passe d'envoyer valser cavalier et monture. Instant de suspense, comme dans l'arrêt sur image du chapitre IX, mais dramatisé selon l'imagination romantique. C'est un moulin fantastique, de cauchemar, de terreur viscérale. Quelque chose qu'on ne pourrait soutenir du regard. Et qu'on voit.

Richard Strauss, Massenet, Manuel de Falla, Ravel, entre autres musiciens, ont composé d'inoubliables partitions inspirées par le *Quichotte*. Falla, par exemple, a tiré de magnifiques variations musicales de l'épisode des tréteaux de Maître Pierre (II, chap. XXV-XXVII), où les voix du montreur, d'un jeune récitant et de don Quichotte s'entrecroisent plus ou moins comme dans l'original [1]. De mémorables ballets de Béjart, *L'Homme de la Manche*, adaptation par Jacques Brel d'une comédie musicale initialement donnée aux États-Unis, ou encore l'opéra de Cristóbal Halffter, étrenné à Madrid en

1. Le forçat Ginès de Passamont, déjà présent à plusieurs reprises dans la Première partie, comme forçat enchaîné d'abord, puis comme voleur de l'âne de Sancho, refait surface dans la Seconde partie déguisé sous le nom de Maître Pierre en montreur de marionnettes.

L'AILE EMPORTE APRÈS ELLE LE CHEVAL ET LE CHEVALIER. — T. I. CH. VIII.

L'Aile emporte après elle le cheval et le chevalier
Gravure par Héliodore Joseph Pisan d'après Gustave Doré, illustrant *Les Aventures de don Quichotte* de Miguel de Cervantès (Paris, Hachette, 1863)

février 2000, témoignent de la vitalité toujours renouvelée de ces orchestrations et jeux chorégraphiques.

Après un film en seize minutes de Ferdinand Zecca et Lucien Nonguet au tout début du cinéma (1903), l'avènement du parlant suscite, signées par G.W. Pabst, deux versions simultanées du *Quichotte*, l'une française, l'autre anglaise. En 1972 Arthur Hiller porte à l'écran le roman cervantin, sans grand succès en dépit de la participation de Peter O'Toole en don Quichotte, et de Sophia Loren en Dulcinée. Manuel Gutiérrez Aragón a tourné, en 1991, pour la télévision espagnole les aventures de la Première partie, et pour le cinéma, en 2002, celles de la Seconde partie. Orson Welles a travaillé pendant vingt ans et jusqu'à sa mort en 1984 à préparer un film, dont on peut se faire une idée par un montage fragmentaire, projeté parfois dans les salles de cinéphiles. Tout récemment, Keith Fulton et Louis Pepe ont réalisé sous le titre *Lost in la Mancha* un documentaire sur les déboires vraiment quichottesques (orage subit noyant les accessoires, maladie de Jean Rochefort qui devait camper don Quichotte) qui ont contraint Terry Gilliam à renoncer, l'humour aux lèvres et le cœur gros, à son projet de film longuement médité.

Le cinéma, tout compte fait, convient-il au *Quichotte* ? Concrétiser les deux silhouettes qui vivent dans l'imagination du lecteur, n'est-ce pas les appauvrir en les enrichissant de détails visuels superflus ? Serait-on dans un cas où l'expérience de la lecture demeure insurpassable ? On laissera ouvertes ces questions.

3 Utopie et contre-utopie

Les enjeux d'une question

Dans un livre daté de 1976, *Utopía y contrautopía en el Quijote* [1], José Antonio Maravall, grand historien des idées et idéologies dans l'Espagne du Siècle d'or, démontre que, replacé dans son contexte d'époque, le balancement permanent entre utopie et contre-utopie dans le roman cervantin s'avère représentatif d'une société en crise. La parodie contre-utopique des romans de chevalerie, telle que la conduit Cervantès, n'est pas seulement un jeu littéraire. Elle rejoint la pensée de divers réformateurs de son temps qui, conscients du danger de poursuivre dans une Espagne essoufflée des rêves héroïques devenus illusoires, demeurent cependant fidèles aux valeurs qui avaient nourri ces rêves utopiques. Valeurs qui leur servent désormais à dénoncer les carences de la réalité et à chercher des solutions d'avenir pour leur pays.

Vingt ans auparavant, un retentissant article de l'historien français Pierre Vilar [2] avait ouvert la voie à cette façon de concevoir dialectiquement et d'étendre à toute une société les relations entre utopie et contre-utopie dans le *Quichotte*. Vilar avait suggéré un rapprochement entre le thème des « enchanteurs » dans le roman cervantin et certaine phrase d'un *arbitrista*, c'est-à-dire d'un précurseur de nos économistes modernes, qui comparait l'Espagne à une « république d'hommes enchantés ». « Enchantement », dans cette phrase, doit être compris selon son acception d'époque, qui désigne tout le contraire d'une satisfaction intense, ou d'un ravissement au sens moderne du terme. Proches bien plutôt d'une

1. José Antonio Maravall, *Utopía y contrautopía en el Quijote*, Saint-Jacques-de-Compostelle, Éd. Pico Sacro, 1976.
2. Pierre Vilar, « Le temps du *Quichotte* », *Europe*, janvier 1956, p. 3-16.

aliénation mentale, et donc de don Quichotte, ceux des Espagnols qui sentaient, au seuil du règne de Philippe III, tant de réalités leur échapper [1] !

Ces efforts de contextualisation sont passionnants pour qui s'intéresse de près à l'histoire de l'Espagne ou encore pour qui cherche à aborder le *Quichotte* par le versant de la création. Mais si le roman cervantin continue à captiver aujourd'hui des lecteurs du monde entier, n'est-ce pas pour des raisons qui transcendent son historicité de départ ?

L'enjeu commence à se préciser : étant admis que l'efficacité esthétique ne fait pas tout et qu'une fiction d'il y a quatre siècles ne peut encore émouvoir que si les valeurs qui l'animent ont encore quelque sens aujourd'hui, il s'agit de comprendre en quoi la mise en cause de ces lointains romans de chevalerie, qu'on ne lit plus, dans une Espagne du Siècle d'or qui a vécu, est pourtant capable de rejoindre des préoccupations actuelles et universelles.

Une première démonstration pourrait être facilement menée en ce sens, à partir du problème, souvent posé à la fois par les livres de chevalerie et par le *Quichotte*, des droits du cœur. Sur ce point, la réponse de ceux-là et de celui-ci est très exactement la même : l'aspiration de jeunes aristocrates à s'aimer sans tenir compte des pressions parentales est un thème prégnant des livres de chevalerie, où les unions clandestines sont fréquentes. Dans le roman cervantin, la bergère Marcelle, soumise au chantage d'un soupirant, puis accusée d'avoir provoqué son suicide, affirme avec force son droit de choisir qui aimer et le moment d'aimer, et don Quichotte lui donne raison. De même qu'il soutient plus loin la ruse par laquelle un paysan pauvre mais aimé parvient à souffler la

1. À l'intérieur, ravages récents de la peste, effets cumulatifs de problèmes socio-économiques structuraux mal réglés – comme l'évasion des métaux précieux, à peine arrivés en Espagne, par la ponction de créanciers étrangers, la tendance de beaucoup à vivre de leurs rentes et à parasiter le corps social, l'appel croissant à une main-d'œuvre étrangère (souvent française), la mauvaise « intégration » des Morisques, les faillites fréquentes –, aboulie du nouveau monarque Philippe III. À l'extérieur, redressement de la France ennemie, montée en puissance d'autres nationalités, coût énorme du maintien de la puissance militaire espagnole dans le bassin méditerranéen, dans les possessions d'Italie, seulement joignables par mer, aux Pays-Bas, seulement joignables par des voies terrestres compliquées puisqu'il faut contourner la France, cependant que tient bon la résistance des protestants hollandais, etc.

belle de son cœur au riche Gamache. Cette tradition libérale des fictions sentimentales s'est maintenue à travers les siècles. Mais dans beaucoup de sociétés modernes, le scandale des atteintes aux droits du cœur n'est plus tellement d'actualité. Ou alors, s'il revient en force, c'est du fait de traditions religieuses rétrogrades. De ce point de vue, l'histoire pathétique, contée dans la Première partie (chap. XXXIX-XLI), de la jeune musulmane maudite par son père quand elle décide de favoriser l'évasion d'un captif chrétien qu'elle aime et de le suivre jusqu'en Espagne, est susceptible de connaître aujourd'hui un regain d'actualité. Mais l'épisode du Captif ne fait pas partie des chapitres ici retenus.

C'est donc un autre thème qu'on abordera : l'aspiration à plus de justice, présente dans l'idéal chevaleresque qui prétend protéger la veuve et l'orphelin, et reprise par don Quichotte en tant que justicier solitaire.

Un justicier par deux fois disqualifié et sanctionné

À première vue, il semble que les deux épisodes où le chevalier errant joue les justiciers – intervention en faveur du petit André (chap. IV) et libération des forçats (chap. XXII) – ne laissent place à aucune équivoque : dans les deux cas, ses initiatives sont disqualifiées par la présentation sarcastique qu'en fait le narrateur et par le déroulement même de l'action.

La rencontre avec André est la toute première des aventures de don Quichotte, lorsque, s'étant fait armer chevalier par l'aubergiste qu'il a pris pour un châtelain, il s'engage seul dans une forêt. Il entend des cris. Avant même d'en connaître la cause, il se persuade qu'il tient là une première occasion d'imiter les romans de chevalerie, en secourant quelque « nécessiteux » ou « nécessiteuse ». Là-dessus il découvre qu'un enfant de quinze ans environ, attaché à un chêne, est rossé à coups de ceinture par un laboureur très costaud. Effroi du gros paysan quand il voit venir sur lui cette figure bardée de fer, qui pointe sa lance vers son visage et lui demande la raison d'un tel traitement. Surgissent alors, comme dans la vie, les versions contradictoires des deux parties qu'oppose ce conflit privé. Selon le laboureur, le petit pâtre qu'est André, par négligence ou coquinerie, laisse disparaître des moutons du troupeau, et c'est pour cela qu'il le châtie. Selon André, son maître lui doit des arriérés de gages, et cherche des prétextes pour ne pas payer. Don Quichotte finit par épouser la cause de l'enfant. Par indignation contre la violence de cet adulte qui maltraite un plus faible que lui ? Cela n'est pas dit dans le texte. Par découverte de quelque indice qui lui permette de savoir qui ment dans l'affaire ? Non plus. Le seul indice interprété par don Quichotte, et interprété de travers, c'est une lance appuyée contre un arbre. Il n'en faut pas plus pour qu'il s'imagine que l'autre est comme lui chevalier errant. Or le laboureur, dans le feu du dialogue, s'écrie qu'André a menti. Grave indélicatesse envers qui y assiste qu'un démenti public, selon les codes d'honneur raffinés de l'époque ! Don Quichotte aurait sans doute pardonné cette incivilité à un rustre, il ne peut en absoudre celui qu'il croit son égal, et qu'il traite de « vilain », c'est-à-dire de manant, non pour avoir deviné sa vraie condition sociale, mais pour l'humilier. De ce montage minutieux de la scène il ressort que le justicier solitaire n'est ni lucide ni compatissant. C'est par susceptibilité aristocratique qu'il prend parti. Et l'intervention est catastrophique : après avoir juré de délier l'enfant et de lui payer ses gages, le laboureur, voyant don Quichotte s'éloigner majestueusement, se venge de sa peur passée en rossant l'enfant de plus belle.

Voici maintenant que le chevalier, accompagné de Sancho, croise une chaîne de forçats qu'on mène aux galères sous bonne escorte. La raideur dogmatique de don Quichotte le conduit cette fois à estimer d'emblée que les torts sont du côté de ceux qui « forcent » la volonté de leurs semblables en les envoyant où ils ne souhaitent pas aller. Autorisé par les gardes à « interviewer », comme on dirait aujourd'hui, les prisonniers, le chevalier obtient les confidences de scélérats, pour la plupart endurcis, qui se vantent de leurs forfaits. Mais, à ses yeux, certains délits n'en sont pas, tels ceux qu'on reproche à un entremetteur, profession utile selon le chevalier errant. Il admet l'insinuation d'un autre forçat, selon laquelle la justice a pu s'acharner contre de pauvres diables dépourvus du moyen de soudoyer. Il ne voit pas pourquoi les gardes, à qui les condamnés n'ont pas causé directement de tort, devraient se mêler de leur punition. Enfin il revient à l'idée qu'on ne doit en aucun cas traiter en esclaves des hommes libres. Au nom de cette profession de foi libertaire, il somme les gardes de relâcher les forçats, et, devant leur refus, parvient à les mettre en fuite, sourd aux cris de Sancho qui se doute de ce qu'il en coûte de s'attaquer à la justice royale, et qui craint la milice paysanne de la Sainte-Hermandad, très active dans ces campagnes de la Manche. Lorsque don Quichotte demande à ses protégés d'aller témoigner devant Dulcinée de ce qu'il a fait pour eux, non seulement ils se mutinent, mais ils le lapident et le détroussent avant de disparaître dans la nature.

En ce second cas, une justice immanente sanctionne immédiatement le justicier. Lors de l'affaire précédente, c'est le petit André qui seul avait subi les frais. Comme pour rééquilibrer le premier épisode par rapport au second, Cervantès imagine de faire ressurgir l'enfant (chap. XXXI). Pour des raisons laissées dans l'ombre, André est en route pour Séville. Il croise en chemin don Quichotte et toute son escorte, qui viennent de faire halte pour se rafraîchir à une fontaine. C'est l'occasion d'une mise au point : l'enfant apprend à son « bienfaiteur » que son intervention a aggravé son sort, puisque les coups redoublés du laboureur l'ont conduit à l'hôpital, et il énonce clairement la leçon : « si vous aviez suivi votre chemin, sans venir où l'on ne vous appelait pas, et sans vous mêler des affaires d'autrui, mon maître se serait contenté de me donner une ou deux douzaines de coups de fouet, puis il m'aurait lâché et m'aurait payé tout ce qu'il me devait ». Don Quichotte reconnaît alors qu'il s'est éloigné « trop tôt », et qu'il aurait dû veiller à ce que le manant tienne devant lui les engagements qu'il lui avait arrachés. Et de proposer de s'élancer à la poursuite de ce parjure pour le châtier. Dorothée lui rappelle qu'il doit satisfaire à d'autres priorités. Il croit rassurer André en lui promettant de le venger plus tard. L'enfant lui lâche alors, avant de déguerpir : « Pour l'amour de Dieu, seigneur chevalier errant, si vous me rencontrez une autre fois, bien que vous me voyiez mettre en morceaux, ne prenez pas l'envie de me secourir, mais laissez-moi dans ma disgrâce, qui ne pourra jamais être pire que celle qui me viendrait du secours de Votre Seigneurie, que je prie Dieu de confondre et de maudire avec tous les chevaliers errants que le monde ait vus naître. »

Peut-on mieux enfoncer le clou ? La cuisante humiliation que subit là don Quichotte, surtout en présence de Dorothée qui est à ses yeux la princesse Micomicona, sanctionne à retardement ses erreurs imbéciles de justicier. De l'épisode de la forêt et de son prolongement lors de la scène de la fontaine, se dégage une leçon manifeste. C'est bien celle qu'a retenue une tradition passée dans la langue espagnole elle-même, et dans d'autres langues d'Europe, dont la nôtre, où « être un don Quichotte » (« *ser un Quijote* ») signifie être un médiateur indiscret et irréaliste, se mêlant indûment des affaires des autres et prétendant y imposer sa justice sans en avoir les moyens. Pour dénoncer un tel comportement, la langue espagnole a accueilli aussi le terme « *quijotada* », couramment employé aujourd'hui sans être référé au texte originel, que la plupart des Espagnols n'ont pas lu. Il n'y a pas en ce cas d'homologue en français. Mais le substantif « donquichottisme » et, d'un emploi plus rare, l'adjectif « donquichottesque » offrent le pendant de termes espagnols similaires, qui servent à sanctionner de la même façon les interventions contre-productives de quantité de médiateurs persuadés de bien faire. Dans cette forme d'idéalisme et dans ses aspects mentaux complexes – don Quichotte est un altruiste égocentrique, qui travaille pour sa gloire personnelle, ou, comme ont dit de lui Marx et Engels, « un égoïste doté d'esprit de sacrifice » –, il y a une forte vérité humaine qui a traversé les siècles, et qui inspire des prises de position très actuelles.

On en trouve un exemple dans un article de Bertrand Poirot-Delpech, paru dans *Le Monde* du 20 octobre 1993. Présenté comme une lettre ouverte à Bill Clinton, l'article s'en prend en termes très vifs à la politique internationale des États-Unis, dont le rôle de « gendarme de la planète » est récusé par beaucoup de ceux qu'elle prétend secourir, et dont elle aggrave le sort, tels les Somaliens de l'époque. « Gendarme de la planète », cette formule recouvre-t-elle exactement, à l'échelle planétaire, ce que recouvre l'expression « redresseur de torts » ? Cela n'est pas net : le redresseur de torts intervient après coup, le gendarme a plutôt un rôle permanent de surveillance. Il est possible que, dès ce début d'article, don Quichotte soit présent, mais de façon voilée, subliminale. S'il y a déjà un clin d'œil en direction de Cervantès, ce clin d'œil n'est pas appuyé. Mais l'académicien journaliste parle ensuite du combat disproportionné, peut-être perdu d'avance, que nos cultures de Français et d'Européens ont à livrer contre l'invasion de certains produits commerciaux de la culture nord-américaine. C'est alors que don Quichotte surgit explicitement dans le texte, et non pas sous ses aspects ridicules de justicier inefficace, mais comme héros, à côté de quelques autres, d'un volontarisme européen nuancé d'humour :

> Si nos héros s'appellent Quichotte, Faust et Don Juan (allez, ajoutons-y Woody Allen, Européen d'honneur !), c'est qu'ils poursuivent un absolu tout en souriant de leur échec. Plutôt ces Prométhée mal enchaînés que la-machine-à-faire-peur-dans-le-noir de Jurassic Park ! Nous aimerions vraiment, pour nos enfants, que vos dinosaures n'écrasent pas don Quichotte.

Dans cet article intitulé « Don Quichotte et les dinosaures », le regard exercé d'un de nos académiciens ne discrédite pas entièrement, on le voit, le chevalier errant en dépit de ses erreurs et finit même par le traiter en « héros ». Ce qui nous incite à retourner au texte cervantin et à le scruter davantage.

Deux problèmes ouverts par le texte : assistance à mineur, déshumanisation de la justice

Cet idéal de justice, initialement « féodal », qu'avait prolongé et hypostasié la rêverie des romans de chevalerie avec leur règle de défense de la veuve et de l'orphelin, est-il renvoyé dans le passé par l'échec de don Quichotte ? Intervenir comme il le fait en faveur du petit André, certes pas. Mais passer son chemin ? Divers commentateurs de l'épisode ont été frappés par la façon dont la scène est présentée : contraste souligné entre les âges, les conditions sociales et les forces physiques du maître et du valet, insistance sur la violence de la correction, cynisme de son aggravation après le départ de don Quichotte. Certes, l'époque de Cervantès était rude et peu encline à s'attendrir sur les châtiments corporels. Les plaintes du petit André pouvaient paraître bien lointaines à un public essentiellement aristocratique et urbain, qui méprisait volontiers le monde des « vilains » et particulièrement les humbles valets de ferme. Que l'enfant rossé dans le bois ne soit pas un petit saint, c'est ce qui paraît, en outre, vraisemblable. Le narrateur se garde de nous éclairer, mais le texte suggère que le laboureur et son domestique tournent dans un cercle vicieux, chacun volant l'autre à l'envi. Sur les coquineries entremêlées des bergers et de leurs maîtres, un passage du *Colloque des chiens* est éloquent. Doit-on en déduire que tout attendrissement sur le sort du petit André, toute révolte contre la dureté de son maître viennent aujourd'hui d'une vision anachronique ? Il existe dans l'Espagne de Cervantès quelques textes où un humanitarisme chrétien, par exemple celui de Fray Luis de León, recommande aux maîtres la mansuétude, stigmatise les mauvais traitements et fait une place à la protection des mineurs. L'existence de cette sensibilité est donc attestée à l'époque où les rêves de protection de la veuve et de l'orphelin dans le cadre de la littérature des romans de chevalerie sont désormais perçus comme dérisoires.

Le texte cervantin ouvre le problème de ce qu'un code pénal moderne nommerait « abstention délictueuse » ou « omission de porter secours ». Problème actuel s'il en est. On sait comment nos sociétés tentent de responsabiliser les citoyens face à la violence. La position du droit pénal à l'égard de diverses formes d'omission longtemps jugées non punissables a évolué, au point de prévoir, dans certaines conditions, la possibilité de poursuites pénales contre qui s'abstient d'intervenir. En France, la loi du 2 février 1981 déclare punissable « celui qui, ayant connaissance de sévices ou de privations infligés à un mineur de quinze ans, n'en aura pas (alors qu'il est encore possible d'en prévenir ou limiter les effets) averti les autorités administratives ou judiciaires ». Or dire que Cervantès ne pouvait, il y a quatre siècles, envisager les choses selon cette problématique, voilà qui est parfaitement justifié. Il serait beaucoup moins justifié d'en déduire que le regard qu'il a posé, et qu'il nous fait poser sur certaines « plages de non-droit » de son époque, n'est pas susceptible de nous aider à maintenir ouverts, aujourd'hui, certains problèmes insuffisamment réglés. Remarquons, par exemple, que la loi de 1981 présuppose toujours (selon l'argument du rapporteur d'une loi antérieure, datant du 19 avril 1898, la première à se fixer de réprimer les violences commises envers les enfants, du moins envers ceux de moins de quinze ans) qu'un adolescent de plus de quinze ans est apte à se défendre par lui-même. Quinze ans, c'est précisément l'âge que Cervantès attribue au petit André. Même si, comme on l'a déjà admis, le texte ne le présente pas comme un petit saint, le malaise que provoque la scène ne peut être dissipé par l'idée, trop commode, qu'il n'avait qu'à se défendre.

Ce malaise, certes, n'est pas forcément ressenti par tous les lecteurs. De ce point de vue, les définitions des dictionnaires, depuis celui de l'Académie française en 1878 jusqu'à une époque récente [1], au sujet de l'antonomase « un don Quichotte » et du « donquichottisme », ont parfois de curieuses implications idéologiques. Lorsque l'Académie française, quelques années après l'écrasement de la Commune, décida d'accueillir dans l'édition de 1878 de son dictionnaire l'antonomase « un don Quichotte », ce fut pour elle une occasion de faire beaucoup d'esprit aux dépens du malheureux chevalier :

> Celui qui, comme le héros célèbre de ce nom, se fait à tout propos et même hors de propos, le redresseur de torts, le défenseur des opprimés ; qui soutient une cause, même bonne, avec un entêtement ridicule et sans avoir les moyens de la faire triompher.

Cette définition première n'a pas dû plaire, s'il en a eu connaissance, à Victor Hugo, défenseur des opprimés, et, pour cette raison même, admirateur inconditionnel de don Quichotte [2]. Dans l'édition de 1932 du dictionnaire de l'Académie, si le « à tout propos et même hors de propos » subsiste, le « et qui soutient une cause, même bonne, avec un entêtement ridicule » a disparu. C'est sans doute que nos académiciens se sont avisés qu'ils ne pouvaient, sans un entêtement

1. Les dictionnaires récents, tant en France qu'en Espagne, tendent à mettre en avant la générosité du chevalier errant à l'entrée « don quichottisme », au lieu de le ridiculiser d'emblée.

2. Dans le personnage d'Eviradnus (*La Légende des siècles*, quinzième partie intitulée « Les chevaliers errants » et datée de 1859), Hugo a mis beaucoup de lui-même et de don Quichotte à la fois. Et si Hugo, dans le jugement de la même date qu'on a cité plus haut à propos de la réception du roman cervantin, a admis que l'écrivain espagnol n'avait pas de pitié pour le sublime, il lui est arrivé aussi d'écrire : « Cervantès est une forme de la moquerie épique… Railler l'idéal, ce serait là le défaut de Cervantès ; mais ce défaut n'est qu'apparent : Cervantès est pour don Quichotte, comme Molière est pour Alceste. »

ridicule, continuer à laisser entendre que, plus une cause est bonne, plus il est ridicule de la soutenir, ou encore que, plus elle est mauvaise, mieux il sied de la servir. Dans les éditions récentes, tout ce persiflage a disparu. Mais que penser, surtout quand on a lu la scène du petit André, de cette définition du donquichottisme que propose encore, en 1977, le *Logos*, ou *Grand Dictionnaire de la langue française* ?

> *Don quichottisme* (familier et péjoratif) : idéalisme généreux et naïf de celui qui est toujours prêt à se poser en redresseur de torts et à défendre les autres alors qu'il n'y a pas intérêt et que personne ne le lui demande.

On ne peut que souhaiter au rédacteur d'une telle définition que, s'il se trouve un jour en difficulté près de quelque plage, ceux qui sont sur la rive ne passent pas trop de temps à se demander quel intérêt ils auraient à le secourir et s'il appelle vraiment au secours. Il est facile de rire de don Quichotte, mais il peut arriver, comme cela se passe parfois dans le livre, que les rieurs se retrouvent en porte à faux.

Notre code pénal, en tout cas, ne voit pas les choses comme le *Logos* de 1977, et l'argument de l'absence d'intérêt personnel, ou de l'absence d'appel au secours, ne saurait mettre le témoin passif d'une scène de violence à l'abri de poursuites. Même la condition d'absence de risque pour l'intervenant, qui, interprétée trop largement, conduirait à vider de leur substance les textes sur le délit d'omission, fait de nos jours l'objet de limitations dans la jurisprudence, qui, par ailleurs, se montre plus attentive à l'attitude prise devant la situation qu'au résultat. On a pu dire que l'assistance maladroite ou insuffisante est encore une assistance. Voilà qui exonérerait presque don Quichotte.

Tout en sachant que l'enfer est pavé de bonnes intentions, la justice moderne tend donc à apprécier les élans de générosité. Il est vrai qu'on a montré plus haut, par une analyse serrée de ses motivations, que don Quichotte ne prend le parti d'André ni par générosité ni par compassion. Mais l'enfant, lui, y a cru. C'est ce que révèle un infime détail du texte, une de ces finesses extrêmes qu'on se délecte à découvrir dans l'inépuisable *Quichotte* : à la vue de son ex-« bienfaiteur », le premier réflexe d'André est de courir vers lui, de lui embrasser les jambes, et de se mettre à pleurer à chaudes larmes tout en s'écriant : « Ah ! mon bon seigneur, est-ce que Votre Grâce ne me reconnaît pas ? Regardez-moi bien ; je suis ce pauvre André que Votre Grâce délia du chêne où j'étais attaché. » Attendrissement incongru de la part de qui a tant souffert de l'intervention ? Bien plutôt émotion mi-sincère mi-calculatrice d'un orphelin accoutumé à quémander : puisque le chevalier est bien intentionné, il doit être possible d'obtenir de lui quelque indemnité par un récit larmoyant du tort qu'il a causé sans le vouloir. Don Quichotte ne retient de cet élan qu'une occasion de se faire valoir. Il triche abominablement en cachant à son auditoire qu'il avait pris le laboureur pour un chevalier errant. Il en parle maintenant comme d'un paysan, et le seul tort qu'il se reproche c'est d'avoir cru qu'un manant pouvait se sentir lié par l'honneur chevaleresque. Constatant qu'il n'y a rien à tirer de ce beau discoureur, André finit par éclater de rage, d'autant que Sancho, invoquant le dénuement des chevaliers errants au nombre desquels, tant qu'à faire, il s'inclut lui-même, ne lui offre, chiche compensation, qu'un peu de pain et de fromage tirés de son bissac. Admirable clair-obscur du texte cervantin, qui n'interdit pas au lecteur de s'apitoyer sur l'orphelin, mais qui lui donne aussi les moyens de rester lucide.

Avec l'épisode des forçats, le texte donne à voir, là encore, une réalité nuancée. Certes, les gardes ne font pas, eux, de sentiment ni d'exception. Mais les souffrances de la chaîne arrachent à Sancho un geste de compassion : il offre un pain à l'un des forçats. L'interrogatoire des futurs galériens révèle qu'ils ne sont pas tous délinquants au même degré : l'un d'eux a été condamné à plusieurs années de galères pour le seul vol d'une corbeille à linge. L'endurcissement même de certains condamnés, leur cynisme, leur façon de crâner ne pouvaient-ils faire problème dès l'époque pour une sensibilité chrétienne plus soucieuse de « haïr le délit que le délinquant », comme disaient certains textes, et préoccupée par la question du salut des âmes ? Des textes contemporains de Cervantès, traité du pénaliste Pradilla de Barnuevo, témoignage du juge militaire Suarez de Figueroa sur l'horreur du verdict de « dix ans » qui condamnait le galérien à une mort civile, confirment que ces questions, qu'allait bientôt poser en France saint Vincent de Paul, n'étaient pas étrangères à certaines consciences espagnoles au temps de Philippe III. Et dans le contexte idéologique des sociétés laïques modernes, la déshumanisation fréquente de la justice et l'impasse du cycle délit-répression continuent à tracasser beaucoup d'entre nous.

Ainsi donc l'aspiration à plus de justice, venue des tréfonds des livres de chevalerie, n'est raillée qu'en apparence par la parodie cervantine. Les échecs de son personnage ne signifient pas le naufrage des valeurs qui leur servent de référence. Si le mythe du justicier solitaire fait un retour en force dans l'imaginaire collectif, avec Zorro, Superman, l'Égalisateur, n'est-ce pas le signe que trop de violence passe toujours entre les mailles des institutions judiciaires, bien que ces mailles soient plus serrées que celles qui étendaient leur réseau sur la société où vivait Cervantès ? N'est-ce pas le signe aussi que les individus privés, les simples citoyens s'indignent des carences de la justice institutionnelle ? Si ces fictions modernes ont pris la relève des livres de chevalerie et relancé leurs balivernes idéalisantes, cela n'en rend que plus actuel et utile le regard souriant et lucide de Cervantès. La dialectique qui met aux prises utopie et contre-utopie dans les scènes dérangeantes de son roman n'a pas fini de produire ses effets. La puissance évocatrice des pages qu'on vient de commenter et leur capacité à traverser les siècles viennent sans doute en partie de ce que Cervantès a su mêler indissolublement la raillerie à l'égard de divers rêves utopiques et la relance vers l'avenir de ces mêmes rêves. L'auteur du *Quichotte* se distingue de la tradition des humanistes chrétiens et des utopistes du siècle précédent, tel Thomas More (1478-1535), en ce qu'il ne propose pas un programme positif de justice : il le suggère à travers des expériences négatives ou ludiques dont le rayonnement symbolique est bien plus large. La pédagogie implicite qui sous-tend le récit de ces expériences invite à conjuguer générosité et lucidité.

4 Stratagèmes et effets d'une esthétique baroque

> Une œuvre baroque est à la fois l'œuvre et la création de cette œuvre.
>
> Jean ROUSSET [1].

STRATAGÈMES BAROQUES, DE DON QUICHOTTE À TEX AVERY

Dans un dessin animé de Tex Avery, deux animaux habitués à se poursuivre dépassent l'écriteau « FIN ». Ils freinent à toutes pattes, rebroussent chemin pour réintégrer le cadre de l'histoire. Dans une bande dessinée de Gotlib, la « dame aux camélias », entourée de ses admirateurs, tousse avec application, lorsque surgit un cavalier en habit du XVIIe siècle qui s'écrie : « J'apporte les ferrets de la reine ! » Effarement général, jusqu'à ce qu'un des personnages explique : « Il s'est trompé de Dumas. » Dans *La Rose pourpre du Caire*, de Woody Allen, une jeune femme battue par son mari se console comme elle peut en allant voir et revoir tous les jours, dans un vieux cinéma de quartier qui ne change pas d'affiche, un seul et même film, dont elle adore un des personnages, incarné par un acteur plutôt bel homme. Celui-ci, le personnage plus exactement, sort de l'écran, et s'approche de la jeune femme (tandis que le public clairsemé de la salle s'évanouit de saisissement) pour lui dire qu'il a remarqué qu'elle l'apprécie. Par la suite, l'évadé de l'écran se retrouve dans une maison close et provoque la stupeur et les éclats de rire

1. Jean Rousset, *La Littérature de l'âge baroque en France. Circé et le paon*, José Corti, 1953. Le sous-titre indique deux traits du baroque : son goût pour la métamorphose (symbolisée par Circé la magicienne) et son goût pour l'ostentation (symbolisée par le paon).

des prostituées en leur tenant des propos bizarres. C'est qu'il ne connaît de la vie et du langage que ce qu'il était censé en savoir dans le film. Puis la jeune femme croit rencontrer un sosie du personnage : il s'agit de l'acteur qui tenait le rôle !

Ces trois exemples de stratagèmes baroques sont immédiatement efficaces auprès d'un public moderne, même s'il ignore tout des controverses érudites sur le baroque et le classique, et leurs tensions [1].

Ces exemples ne sont pas sans rappeler certains effets du *Quichotte*. La transgression du cadre se produit dès le Prologue du roman, et doublement : happé à l'intérieur de son propre discours, l'auteur prend l'aspect d'un personnage affolé qui prétend d'ailleurs ne pas être l'auteur, tandis que don Quichotte, présenté comme ayant existé, précède la fiction où il va s'insérer, et lui échappe de multiples manières : cette fiction ne sera qu'une version littéraire de sa vie, concurrencée par les versions préexistantes d'autres auteurs, par les témoignages des bonnes gens de la campagne de Montiel, qui l'ont bien connu, et par tout ce que des historiens scrupuleux ont exhumé ou pourraient exhumer des Archives de la Manche. Vous vous êtes trompé de Quichotte, dit en substance et devant huissier le héros de Cervantès à don Alvaro Tarfe, personnage inventé par Avellaneda-le-plagiaire (voir

1. Depuis que l'historien de l'art Heinrich Wölfflin a énoncé, au début du XXe siècle, initialement à propos de l'architecture, ses catégories du baroque, le terme a connu dans ses applications à la littérature tant de définitions diverses et de controverses que certains commentateurs préfèrent l'éviter ou le manient avec des pincettes. D'autres en sont venus à lui donner une extension temporelle et conceptuelle considérable, en lui faisant désigner les aspects artistiques mais aussi politiques de toute une époque des civilisations européennes (entre 1600 et 1750) et en considérant le classicisme français (en gros les années 1660-1690) du règne de Louis XIV non seulement comme un îlot particulier de ce vaste ensemble, mais comme une simple variante du baroque (voir à ce sujet Claude Gilbert Dubois, *L'Imaginaire de la Renaissance*, PUF, 1985). Nous ne saurions entrer ici dans un tel débat, mais notre choix personnel est clair : l'opposition entre classicisme et baroque, non point au sens universel et éternel que lui a donné l'écrivain catalan Eugenio d'Ors y Rovira, mais sous les aspects concrets et datés qu'elle a revêtus au XVIIe siècle au moins, demeure à nos yeux éclairante pour comprendre l'esthétique cervantine, de même qu'elle a aidé Philip Butler, par exemple, à comprendre Racine. De l'ouvrage de Jean Rousset nous retenons ces deux directions : l'œuvre classique distingue les plans alors que l'œuvre baroque les brouille (idée déjà énoncée par Wölfflin), l'œuvre classique cache sa genèse et l'œuvre baroque l'exhibe.

p. 370-371). S'élançant non point hors de l'écran mais hors des romans de chevalerie, l'hidalgo manchois provoque l'hilarité des filles de joie de la première auberge où il s'arrête, en leur servant les mots archaïques de ses livres.

DU VERTIGE AU « MIRACLE »

Long serait l'inventaire des brouillages de plan, des effets trompe-l'œil tout au long du *Quichotte*. Beaucoup d'entre eux ont été remarqués et commentés. Mais personne, à notre connaissance, n'a tenté d'en faire le relevé systématique et le classement. C'est sans doute par crainte justifiée d'ennuyer par la paraphrase là où Cervantès amuse tant. C'est aussi que chacun de ces jeux pose une même question dont on ne peut éluder indéfiniment la réponse : si ces stratagèmes tendent à embrouiller le public jusqu'au vertige, quelle est la justification philosophique de ces techniques de trompe-l'œil ? Seraient-elles seulement « maîtresses de fausseté », « divertissement » frivole ? Doit-on les toiser avec le froncement de sourcils pascalien dont la tradition philosophique classique a accablé en général toute l'imagination humaine ? Beaucoup de commentateurs, pour sauver les chefs-d'œuvre baroques de ce soupçon d'inconsistance, ont invoqué la métaphysique de l'époque. Le trompe-l'œil, le « *engaño a los ojos* » cher à Cervantès, serait un exercice esthétique à visée spirituelle et morale : il conduirait au *desengaño*, c'est-à-dire à la lucidité d'yeux enfin dessillés, à la prise de conscience que tout n'est qu'un jeu mouvant de vaines apparences, que le monde entier est un théâtre, comme a dit Shakespeare, ou que la vie est un songe, comme a dit Calderón.

Cette interprétation austère convient sans doute à Calderón, voire à Shakespeare, du moins quand il est tragique. Mais à Cervantès ?

Allons droit au but : le mouvement en général est cher au baroque, et c'est bien ce qui fait que les œuvres relevant de cette esthétique exhibent leur genèse, comme le dit lumineusement la phrase, citée en exergue, de Jean Rousset. Mais pourquoi cette exhibition serait-elle forcément signe d'une angoisse existentielle ? Dans la page à laquelle on a emprunté cette citation, Rousset explique que l'esthétique baroque est vouée à un paradoxe, parce qu'elle « nourrit en son principe un germe d'hostilité à l'œuvre achevée ». Si le baroque se définit par le mouvement et l'instabilité, « il semble qu'il se trouve devant ce dilemme : ou bien se nier comme baroque pour s'accomplir en une œuvre, ou bien résister à l'œuvre pour demeurer à lui-même ». De cette « aporie », au sens de spirale sans fin d'où l'on ne sort jamais en principe, quantité d'œuvres baroques admirables, poursuit Rousset, parviennent à sortir tout de même et c'est là « le miracle »

Il est aisé d'illustrer la pensée de Jean Rousset par le cas de Cervantès, auquel il ne fait pas référence : nous avons rencontré et abondamment commenté le clignotement de l'illusion dans le *Quichotte*. Le brouillage des plans commence, comme on l'a rappelé plus haut, dès la préface. L'exhibition de l'acte créateur aussi, avec le télescopage temporel qui en résulte inévitablement : l'ami de l'auteur lui donne des conseils sur la façon d'écrire une œuvre annoncée comme terminée. Puis c'est don Quichotte qui, dès les premières pages, s'adresse en pensée à son futur chroniqueur, plaçant donc en aval de ses aventures celui qui est amont, etc. Il est certain que si ces jeux se poursuivaient continûment, le roman deviendrait impossible [1], mais le « miracle » c'est que Cervantès nous reprend invariablement sous le charme après l'avoir rompu. Certes il arrive que le lecteur, dessaisi mille fois du pacte de lecture dont il se croyait gratifié, soit pris d'un peu de vertige. Mais en veut-il pour autant à Cervantès ? Estime-t-il que l'auteur égare la noblesse de sa réflexion à lui lecteur dans des attrape-nigauds ? Sa vanité est-elle irrémédiablement blessée quand il constate que le narrateur lui a fait attendre pendant des pages, en compagnie de don Quichotte et Sancho, « l'aventure inouïe » annoncée par l'intitulé du chapitre XX ?

> Et c'était tout bonnement, si cette découverte, ô lecteur, ne te donne ni regret ni dépit, six marteaux de moulin à foulon qui, de leurs coups alternatifs, faisaient tout ce vacarme.

---

1. C'est la formule proposée tout récemment par le comparatiste Pierre Brunel dans son spirituel et vivifiant rappel de tout ce qui fait du *Quichotte* « un roman malgré lui ».

Le lecteur se remet de ces petites humiliations. Et même il en redemande. Car il n'est pas plus bête que ces enfants d'aujourd'hui écoutés par Raymond Queneau, qui savent très bien que ceux qui grimpent à une paroi verticale dans un film de fiction rampent en fait à plat dans un studio. De vertige en vertige, de mystification en mystification, le lecteur du *Quichotte* progresse, s'initie à l'acte créateur. Il rit de l'histoire elle-même et aussi de ses interruptions, de ces contre-pieds incessants, de ces trouvailles sans cesse renouvelées dans l'art de déstabiliser. Et il rit d'autant plus qu'au fil de l'expérience de sa lecture, il comprend qu'on le fait accéder à un rire intelligent, dont il n'est pas indispensable de se défaire, n'en déplaise aux romantiques allemands, pour atteindre finesse et profondeur.

CHRONOLOGIE

1547 : Naissance de Miguel de Cervantès, quatrième des six enfants de Rodrigo de Cervantès, chirurgien, et de son épouse Leonor de Cortinas, à Alcalá de Henares (en latin Compluto), ville au nord-est de Madrid, où le cardinal Cisneros avait fondé au début du XVIe siècle une grande université à vocation théologique.

1552 : Le père fait de la prison pour dettes à Valladolid.

1553 : La famille Cervantès se trouve à Cordoue, en compagnie du grand-père, diplômé universitaire, puisqu'il est doté du titre de licencié.

1561 : Miguel de Cervantès est peut-être avec sa famille à Madrid, où la cour du roi Philippe II s'est transférée l'année précédente depuis Valladolid.

1567 : Il compose un sonnet adressé à la reine Élisabeth de Valois, troisième épouse de Philippe III, en l'honneur de la naissance de l'infante Catalina Micaela.

1568 : Miguel écrit quelques vers élégiaques, à l'occasion de la mort d'Élisabeth de Valois. Ces vers sont publiés l'année suivante dans un recueil édité par le professeur López de Hoyos, qui compte Miguel parmi ses disciples. López de Hoyos était un « érasmisant [1] ».

1569 : En septembre, un alguazil royal reçoit l'ordre d'arrêter Miguel de Cervantès, accusé d'avoir blessé en duel un certain Antonio de Sigura. Un document atteste la présence de Miguel à Rome en décembre. On peut supposer que le départ en Italie a été un moyen de prendre de la distance avec une affaire d'honneur qui avait mal tourné.

---

1. La pensée d'Érasme (1469-1536), qui offrait une troisième voie, après le schisme de 1517, entre orthodoxie catholique rigide et protestantisme, a eu, jusqu'à la mort d'Érasme, une grande influence en Espagne, facilitée par l'existence avant 1517 d'une pré-Réforme dont Cisneros avait été l'un des représentants. Charles Quint a cherché quelque temps à se servir de l'érasmisme comme contre-feu à l'expansion du luthéranisme en Allemagne.

1570 : Il sert comme chambrier le cardinal Julio Acquaviva à Rome.

1571 : Il engage sa vie de soldat. Il fait partie de la compagnie de Diego de Urbina qui vient d'arriver en Italie, et qui compte parmi ses hommes de troupe Rodrigo de Cervantès, frère cadet de Miguel. Le 7 octobre, sous les ordres du capitaine Urbina, Miguel combat contre les Turcs à Lépante, à bord de la galère *Marquesa*. Il est blessé de deux arquebusades, à la poitrine et à la main gauche. Beaucoup plus tard, quand Avellaneda ironisera sur son invalidité, le « manchot de Lépante » ripostera, dans le Prologue de la Seconde partie du *Quichotte*, sur l'air « et s'il était à refaire, je referais ce chemin », et au moment de dire adieu au Lecteur, dans le Prologue du *Persilès*, il se mettra une dernière fois en scène, sous les traits d'un cavalier hydropique et proche de la mort, rentrant à Madrid d'une virée en Nouvelle Castille avec des amis. Un étudiant monté sur une ânesse les rejoint à grand-peine, et, s'entendant dire que le roussin du sieur Miguel de Cervantès a tendance à forcer l'allure, court tâter le bras gauche du vieux cavalier, pour s'assurer que c'est bien lui.

1572 : En août et en septembre, Cervantès, toujours soldat, prend part à une campagne navale à Corfou de don Juan d'Autriche, son grand homme, le vainqueur de Lépante. Ce don Juan était fils naturel de Charles Quint, et donc demi-frère de Philippe II.

1573 : Il sert à Naples dans la compagnie de Manuel Ponce de León.

1574 : Il prend part en octobre à une expédition de don Juan d'Autriche contre Tunis.

1575 : Cervantès s'embarque à Naples, le 7 septembre, à bord d'une galère pour rentrer en Espagne. Le 26 du même mois, alors qu'elle n'était pas loin de la côte catalane, la galère est arraisonnée par des corsaires d'Afrique du Nord. Voilà Miguel esclave à Alger.

1576 : En janvier, première tentative d'évasion par voie de terre. Lâchés par le guide qui devait les conduire à Oran, Miguel et quelques autres captifs évadés doivent retourner à Alger. Cela ne l'empêche pas de composer deux sonnets dédicacés à l'un de ses compagnons de misère. Cette année-là, le père chirurgien se démène en Espagne pour obtenir des nouvelles de ses fils Miguel et Rodrigo, tous deux captifs.

1577 : Le 24 août, les trinitaires, moines spécialisés dans le rachat des chrétiens tombés au pouvoir des Mores, obtiennent la libération de Rodrigo fils. En septembre, deuxième tentative d'évasion. Miguel, en compagnie d'autres chrétiens captifs, tente de joindre sur la côte d'Alger une frégate dépêchée par son frère Rodrigo. Mais la dénonciation d'un traître fait tout échouer. Conduit devant le roi d'Alger, Cervantès prend sur son dos la responsabilité de l'initiative, ce qui aurait pu lui valoir d'être empalé. Il est seulement mis aux fers pendant cinq mois.

1578 : Troisième tentative d'évasion, en mars. Un More soudoyé est dépêché secrètement à Oran, que tiennent les Espagnols, avec une lettre demandant son aide à don Martín de Córdoba, général de la place-forte. Mais le messager est intercepté par d'autres Mores à l'entrée de la ville, ramené devant le roi Hazan et empalé. Le père chirurgien poursuit en Espagne ses efforts pour obtenir le rachat de son fils.

1579 : Quatrième tentative d'évasion, en octobre. Avec l'aide d'un renégat repenti et d'un marchand valencien, Cervantès fait apprêter une frégate à douze bancs pour le groupe qui compte s'enfuir avec lui, mais un compatriote, Juan Blanco de Paz, docteur en théologie, les dénonce. Revendiquant à nouveau devant Hazan toute la responsabilité de l'initiative, Miguel purge la même peine qu'en 1577 (cinq mois aux fers). Il trouve le moyen d'offrir des vers à un ami, en novembre.

1580 : Cervantès est racheté le 19 septembre par l'entremise des trinitaires. Ceux qui le détenaient avaient surévalué dès le départ les possibilités financières de Miguel et des siens, et fixé un montant élevé à une éventuelle rançon, ce qui explique que le rachat ait tant tardé. En raison de son contentieux avec Blanco de Paz, qui se répand en calomnies sur son compte, Cervantès, soutenu par son père, recueille des témoignages sur sa conduite à Alger. Ce sont ces documents qui, exhumés trois siècles plus tard, ont permis pour l'essentiel de reconstituer les cinq longues années de captivité.

1581 : Sur ordre du roi Philippe II, Miguel est chargé d'une mission à Oran, en mai et juin. C'est à partir de cette année-là et jusqu'à 1587 environ, que Cervantès compose une première série de pièces de théâtre, presque toutes perdues. Ont survécu jusqu'à nous, tout de même, la tragédie *Numance* et la *comedia La Vie à Alger* (*Los tratos de Argel*).

1582 : Début de la rédaction du roman pastoral *La Galatée*.

1584 : Le 12 décembre, Miguel se marie à Esquivias, petite localité de Nouvelle Castille, connue à l'époque pour ses bons vins.

1585 : Cervantès vend à Madrid deux de ses pièces, aujourd'hui perdues, à un chef de troupe. En mars est publiée la première partie de *La Galatée*. En juin, mort du père chirurgien.

1587 : Cervantès offre à plusieurs amis écrivains des sonnets liminaires. Pendant sept ans, il va s'affairer en Andalousie, comme munitionnaire, chargé d'abord de contribuer à l'approvisionnement de l'Invincible Armada, puis, après l'échec, en 1588, de cette expédition navale anti-anglaise, d'acheter ou de réquisitionner des vivres. En octobre 1587, Miguel est excommunié par le vicaire général de Séville pour avoir réquisitionné du blé appartenant à des chanoines d'Ecija.

1590 : Sans doute désireux de s'extirper du pétrin andalou, Miguel sollicite un emploi aux Indes, que le conseil royal compétent (*Consejo de Indias*) lui refuse, le 6 juin, en lui conseillant sèchement de se chercher quelque emploi en Espagne même. Refus considéré providentiel aujourd'hui par les cervantistes (le *Quichotte* serait-il né si l'écrivain avait ainsi quitté la mère patrie ?), mais que l'intéressé a dû trouver bien amer.

1592 : Début septembre, à Séville, Cervantès s'engage à fournir six pièces de théâtre au chef de troupe Rodrigo Osorio. À la fin du même mois, il est emprisonné à Castro del Río pour avoir, à nouveau, réquisitionné du blé appartenant à des chanoines, mais il est peu après libéré sous caution.

1594 : Revenu à Madrid, Cervantès s'efforce de solder ses comptes de munitionnaire en Andalousie, en tentant de récupérer des impôts (la Trésorerie royale, en effet, lorsqu'elle avait besoin d'entrées d'argent, avait coutume d'affermer la levée d'impôts à des particuliers, pratique générale dans les sociétés d'Ancien Régime).

1597 : Un banquier sévillan à qui Cervantès avait remis les sommes recouvrées fait faillite. De fil en aiguille, Miguel se retrouve incarcéré à Séville. C'est peut-être alors que le projet du *Quichotte* commence à naître dans son esprit, s'il faut ajouter foi à ce que dit le Prologue de la Première partie (le livre aurait été « engendré » en prison). Début décembre, Cervantès est libéré sous caution.

1598 : Mort du roi Philippe II, à laquelle Cervantès consacre un sonnet.

1600 : Miguel réside à Séville. Son frère Rodrigo meurt en Flandres dans une bataille.

1603 : La Trésorerie royale estime que Cervantès reste redevable de certaines sommes.

1604 : Cervantès obtient en septembre licence et privilège pour imprimer le *Quichotte*. Lope de Vega dit du mal de l'ouvrage, sans doute au vu d'une version manuscrite (voir *supra*, p. 376, note 1).

1605 : Imprimée par Juan de la Cuesta, la Première partie du *Quichotte* sort en janvier. Résidant à Valladolid, où la Cour s'était transférée depuis 1603, Miguel est incarcéré le 29 juin avec sa famille, en raison des insinuations d'une voisine, recueillies par une enquête de police consécutive au décès, deux jours plus tôt, devant le domicile de l'écrivain, d'un certain Espeleta, qui avait été blessé à mort dans un duel. Le 1er juillet, le juge chargé de l'affaire fait élargir Cervantès et les siens.

1606-1609 : La Cour étant revenue à Madrid, Cervantès s'y installe, déménage une ou deux fois, marie sa fille Isabel, entre en 1609 dans la congrégation du Très-Saint-Sacrement.

1610 : Le comte de Lemos, protecteur de Cervantès, est nommé vice-roi à Naples. Miguel tente de suivre ce mécène, qui emmène avec lui toute une suite d'écrivains. La candidature de Cervantès, qui s'est peut-être rendu à Barcelone à cette occasion pour appuyer sa requête, est rejetée par un confrère de plume, Lupercio Leonardo de Argensola, écrivain aragonais, que Lemos avait chargé de trier les postulants sur le volet. Cervantès évoque non sans amertume ce rejet, dans un passage de son *Voyage au Parnasse*, composé en 1614. Mais l'ombre du grand écrivain s'étend jusqu'à Naples, où le vice-roi, dramaturge à ses heures, projette d'écrire une pièce de théâtre qu'il intitule *La Confuse*, titre chipé à l'une des *comedias* perdues du répertoire de Cervantès, cependant que Lupercio de Argensola se déguise en duègne aux fesses charnues dans une fête plus ou moins inspirée par les déboires de doña Rodríguez dans la Seconde partie du *Quichotte*.

1612 : Participant à une séance de l'Académie littéraire du comte de Saldaña, autre mécène de l'époque, Cervantès prête à Lope de Vega des lunettes qui ressemblaient « à des œufs brouillés mal cuits », selon une lettre adressée par le Phénix au duc de Sessa, son protecteur. Voilà un petit détail qui montre que l'inimitié entre les deux écrivains s'était atténuée ou n'empêchait pas, en tout cas, quelques échanges de bons offices.

1613 : Cervantès prend l'habit du tiers-ordre de Saint-François. Il publie ses douze *Nouvelles exemplaires*.

1614 : Publication en septembre du plagiat d'Avellaneda. Parution du *Voyage au Parnasse*, texte versifié où Cervantès passe en revue le monde des Lettres de son temps, comme il l'avait déjà fait une première fois dans le *Chant de Calliope* inséré dans *La Galatée*. César Oudin publie en France sa traduction de la Première partie du *Quichotte*.

1615 : Selon un témoignage du licencié Márquez Torres, signataire d'une « approbation » (formalité requise à l'époque pour la publication d'un livre) de la Seconde partie du *Quichotte*, des gentilshommes français venus à Madrid à l'occasion d'échanges liés aux mariages entre les deux couronnes (le futur Louis XIII épousant Anne d'Autriche et le futur Philippe IV Élisabeth de France) s'enquièrent de Cervantès et s'étonnent qu'un tel écrivain, dont ils ont tant aimé, entre autres, *La Galatée*, ne soit pas rémunéré sur fonds publics, comme le mériterait l'étendue de sa gloire. On s'est demandé si Cervantès n'aurait pas plus ou moins soufflé un témoignage aussi avantageux pour lui à son ami Márquez Torres. Quoi qu'il en soit, la comparaison des conditions respectives des écrivains français et espagnols au XVIIe siècle montre que ceux-là ont été dans l'ensemble mieux favorisés que ceux-ci : le mécénat en Espagne est resté l'affaire de quelques grands seigneurs plus ou moins généreux ; en France, Marie de Médicis, puis Richelieu, enfin Louis XIV ont offert au plus haut niveau leur protection directe à bien des hommes de lettres. Le mérite du vaillant Cervantès n'en est que plus éclatant.

1616 : 19 avril, Cervantès rédige la dédicace au comte de Lemos de son dernier roman, *Les Épreuves et travaux de Persilès et Sigismunda*. La mort de l'écrivain survient le 22 avril. Les dictionnaires placent ce même jour, ou le lendemain, la mort de Shakespeare. Il s'agit d'une fausse coïncidence, due au fait que le calendrier dit grégorien, institué en 1582 par Grégoire XIII, et appliqué aussitôt par la plupart des pays d'Europe dont l'Espagne, avait supprimé les dix jours séparant le 21 décembre 1582 du 1er janvier 1583, pour remédier à ce que l'astronomie appelait « la dérive de Pâques [1] ». Or les Anglais conservèrent le calendrier antérieur, dit « julien », jusqu'au 2 septembre 1752. Il en résulte que Shakespeare est mort en fait une dizaine de jours avant Cervantès, sans que les dictionnaires aient

1. Au début du XVIe siècle, selon des calculs compliqués dont on ne rendra pas compte ici, quand le calendrier marquait 21 avril, l'équinoxe était déjà passé depuis dix jours.

rectifié la date de décès ni de l'un ni de l'autre, ce qui aurait impliqué de prendre parti entre l'ablation grégorienne et l'atermoiement britannique. Personne ne se battra pour cela aujourd'hui et certains se réjouiront même, peut-être, de l'avantage mnémotechnique que présente cette fausse coïncidence entre la mort de deux génies.

BIBLIOGRAPHIE SÉLECTIVE

Notre bibliographie s'en tient strictement aux ouvrages effectivement utilisés pour le présent ouvrage [1].

ÉDITIONS DES ŒUVRES DE CERVANTÈS

Don Quichotte, précédé de *La Galatée* dans *Œuvres romanesques complètes de Cervantès*, éd. et trad. Jean Canavaggio, en collaboration avec Claude Allaigre et Michel Moner, Gallimard, « Bibliothèque de la Pléiade », 2001, t. I.

Don Quichotte de la Manche, trad. Aline Schulman, Seuil, 1997, 2 vol.

L'Ingénieux Hidalgo don Quichotte de la Manche, trad. Louis Viardot, éd. Maurice Bardon, Garnier, 1961.

Don Quichotte. Nouvelles exemplaires, éd. Jean Cassou, Gallimard, « Bibliothèque de la Pléiade », 1949.

Le Jaloux d'Estrémadure. Les Deux Jeunes Filles, éd. et trad. Jean-Marc Pelorson, Gallimard, « Folio bilingue », 2002.

ÉTUDES GÉNÉRALES ET ARTICLES

ALLAIGRE, Claude (en collaboration avec Jean-Marc PELORSON), « Un poète à traduire : Cervantès. Remarques sur l'écriture et la traduction de *La Galatée* et du *Persilès* », *La Licorne*, n° 39, Poitiers, 1997.

ALLAIGRE, Claude, LY, Nadine et PELORSON, Jean-Marc, *Don Quichotte de Cervantès*, Gallimard, « Foliothèque », 2005.

BARDON, Maurice, *Don Quichotte en France au XVIIe et au XVIIIe siècle*, Honoré Champion, 1931, 2 vol.

BRUNEL, Pierre, *Don Quichotte et le roman malgré lui*, Klincksieck, 2006.

1. Rien de plus étranger à Cervantès qu'une érudition de vitrine : il s'en moque, à juste titre, dans le prologue du *Quichotte*.

BUTLER, Philip, *Classicisme et baroque dans l'œuvre de Racine*, Nizet, 1958.

CANAVAGGIO, Jean, *Don Quichotte, du livre au mythe. Quatre siècles d'errance*, Fayard, 2005.

CHELEBOURG, Christian, *L'Imaginaire littéraire. Des archétypes à la poétique du sujet*, Nathan, 2000.

CHEVALIER, Maxime, *L'Arioste en Espagne (1530-1650)*, Bordeaux, 1966.

CIORANESCU, Alexandre, *Le Masque et le Visage. Du baroque espagnol au classicisme français*, Genève, Droz, 1983.

DEUTSCH, Hélène, « Don Quichotte et donquichottisme », *Psychanalytic Quaterly*, 6, 1937, p. 215-222.

DUBOIS, Claude Gilbert, *L'Imaginaire de la Renaissance*, PUF, 1985.

DURAND, Gilbert, *Les Structures anthropologiques de l'imaginaire*, Dunod, 1969.

FOUCAULT, Michel, *Les Mots et les Choses*, Gallimard, 1966.

GENETTE, Gérard, *Palimpsestes. La littérature au second degré*, Seuil, « Poétique », 1982.

LARTHOMAS, Pierre, *Le Langage dramatique*, PUF, 2005 (2e éd.).

MANNONI, Octave, *Clefs pour l'imaginaire ou l'Autre Scène*, Seuil, 1985.

MARAVALL, José Antonio, *Utopía y contrautopía en el Quijote*, Saint-Jacques-de-Compostelle, Éd. Pico Sacro, 1976.

MESCHONNIC, Henri, *Critique du rythme*, Verdier, 1982.

MONER, Michel, *Cervantès conteur. Écrits et paroles*, Madrid, Casa de Velázquez, 1989.

PELORSON, Jean-Marc, « Les entrecolonnes (*intercolunios*) de Lope de Vega : une métaphore revisitée », in *Hommage des hispanistes français à Henry Bonneville*, Société des hispanistes français de l'enseignement supérieur, 1996, p. 435-461.

RICO, Francisco, *Don Quijote de la Mancha*, Barcelone, Instituto Cervantès, Crítica, 1998, 2 vol.

ROUSSET, Jean, *La Littérature de l'âge baroque en France. Circé et le paon*, José Corti, 1953.

SARTRE, Jean-Paul, *Situations I*, Gallimard, 1947.

VILAR, Pierre, « Le temps du *Quichotte* », *Europe*, janvier 1956, p. 3-16.

EN COMPLÉMENT DU *QUICHOTTE*

ALEMÁN, Mateo, *Guzmán de Alfarache*, dans *Romans picaresques espagnols*, éd. et trad. Maurice Molho et Jean-Francis Reille, Gallimard, « Bibliothèque de la Pléiade », 1968.

ALEMÁN, Mateo, *Ortografía castellana*, Mexico, 1609.

ARIOSTO, Ludovico, *Roland furieux*, trad. A. Rochon, Les Belles Lettres, 1999, 2 vol.

BORGES, Jorge Luis, *Fictions*, trad. R. Caillois, P. Verdevaye et N. Ibarra, Gallimard, « Folio », 1994.

Lazarille de Tormès, dans *Romans picaresques espagnols*, éd. et trad. Maurice Molho et Jean-Francis Reille, Gallimard, « Bibliothèque de la Pléiade », 1968.

OUDIN, César, *Tesoro de las dos lenguas espanola y francesa*, 1609.

ROJAS, Fernando DE, *La Célestine. Tragi-comédie de Calixte et Mélibée*, trad. Pierre Haugas, Aubier, 1980.

UNAMUNO, Miguel DE, *La Vie de don Quichotte et Sancho Pança, d'après Miguel de Cervantès Saavedra*, trad. Jean Babelon, Albin Michel, 1959.

VEGA CARPIO, Lope DE, *Nouvelles à Marcie Léonarde*, trad. Jeanne Agnès et Pierre Guenoun, Aubier, 1978.

TABLE

L'Ingénieux Hidalgo don Quichotte de la Manche

(I, Chapitres I à XXXII)

GF Flammarion

06/04/121449-IV-2006 – Impr. MAURY Eurolivres, 45300 Manchecourt.
N° d'édition FG128901. – Avril 2005. – Printed in France.